वर्जना

निषिद्ध प्रेम का मनोवैज्ञानिक पतन

AF720214

लेखक

डॉ. रवीन्द्र पस्तोर

प्रकाशन विवरण
प्रकाशक: करमा सेतु संस्थान
WB 09, Sakar Building
योजना 94
इंदौर – 45201
भारत
प्रथम संस्करण: 2025
कवर डिज़ाइन: मोहिनी नागरा
वाक्यांश: डॉ.रवीन्द्र पस्तोर
Website: www.ravindrapastor.com

क्रम

अधूरी तान

“एक स्वर-सम्राट की अनकही जिंदगी”

भूमिका

कभी-कभी जीवन एक राग की तरह होता है, शुरु होता है एक सरल "सा" से, धीरे-धीरे विस्तार लेता है, ऊँचाइयों को छूता है, और फिर...कहीं जाकर अधूरा रह जाता है।

यह कहानी उसी अधूरी तान की है। एक ऐसे व्यक्ति की जिसे दुनिया ने "स्वर-सम्राट" कहा, जिसकी आवाज़ ने सभागारों को भर दिया, जिसकी तानों ने लोगों को रुलाया, और जिसकी खामोशी...किसी ने नहीं सुनी।

हम कलाकारों को अक्सर देवत्व दे देते हैं। उन्हें मंच पर खड़ा कर देते हैं, जहाँ वे चमकते हैं, निर्दोष लगते हैं, और हमारी कल्पनाओं के अनुसार जीते हैं।

पर इस चमक के पीछे क्या होता है? क्या वह भी हमारे जैसा ही एक इंसान होता है? डरता हुआ...टूटता हुआ... गलतियाँ करता हुआ...और फिर उन्हीं गलतियों के साथ जीने की कोशिश करता हुआ?

"अधूरी तान" सिर्फ एक कलाकार की कहानी नहीं है। यह उस द्वंद्व की कहानी है, जहाँ एक इंसान अपने भीतर दो हिस्सों में बँट जाता है।

एक हिस्सा, जो दुनिया के सामने है। और दूसरा, जो रात के सन्नाटे में खुद से सवाल करता है।

यह कहानी किसी एक व्यक्ति की जीवनी नहीं है, बल्कि उन सभी कलाकारों, उन सभी लोगों का प्रतिबिंब है, जो बाहर से संपूर्ण दिखते हैं, पर भीतर कहीं...अधूरे रह जाते हैं।

इस कहानी में संगीत है, पर उससे ज्यादा...सन्नाटा है। यहाँ राग हैं, पर उनसे भी गहरे...वे शब्द हैं जो कभी कहे नहीं गए।

आप जब यह कहानी पढ़ेंगे, तो शायद आपको सुर सुनाई दें। पर अगर आप ध्यान से सुनेंगे तो आपको उनके बीच की खामोशी भी सुनाई देगी।

और शायद...उसी खामोशी में, आपको अपनी कोई अधूरी तान मिल जाए। अधूरी तान, एक स्वर-सम्राट की अनकही ज़िंदगी मंच पर वह सम्राट था।

तालियों का शोर उसके नाम से गूँजता था। उसकी आवाज़ में ऐसी ताकत थी कि दुनिया ठहर जाती थी।

लेकिन...कमरे के सन्नाटे में, वह सिर्फ एक हारा हुआ इंसान था। लॉकडाउन की एक अकेली रात में, जब दुनिया थम गई, उसके अतीत के दरवाज़े खुलने लगे।

एक रहस्यमयी संदूक...कुछ अधूरे खत...एक अनकहा प्रेम...और एक ऐसा सच, जिसे उसने पूरी जिंदगी छुपाया।

जब उसकी वसीयत सामने आती है, तो उजागर होती है एक ऐसी ज़िंदगी जहाँ शोहरत थी...पर सुकून नहीं। जहाँ सुर थे...पर भीतर सिर्फ सन्नाटा।

क्या कला इंसान के पाप धो सकती है? या हर अधूरी तान...हमेशा गूँज़ती रहती है?

यह सिर्फ एक महान कलाकार की कहानी नहीं, यह हर उस इंसान की कहानी है, जो दुनिया के लिए कुछ और है...और अपने भीतर कुछ और।

"अधूरी तान" एक ऐसी कहानी...जिसे आप सिर्फ पढ़ेंगे नहीं, महसूस करेंगे।

डॉ. रवीन्द्र पस्तोर

अंतिम रात

17 अगस्त 2020 न्यूयॉर्क

शहर सोया नहीं था - वह बस चुप हो गया था। खिड़की के बाहर, मैनहैटन की ऊँची इमारतें अंधेरे में ऐसे खड़ी थीं जैसे किसी ने उनकी रूह खींच ली हो। सड़कों पर कभी न थमने वाला शोर आज कहीं गुम था। हवा में एक अजीब-सी ठंडक थी, सिर्फ मौसम की नहीं, बल्कि उस खामोशी की, जिसने पूरी दुनिया को अपनी गिरफ्त में ले लिया था।

कमरे के भीतर हल्की नीली रोशनी फैल रही थी, लैपटॉप की स्क्रीन अब भी खुली थी। उस पर जमी एक स्थिर छवि में कुछ चेहरे मुस्कुरा रहे थे, शिष्य, जो कुछ मिनट पहले तक "गुरुजी, प्रणाम" कह रहे थे।

अब वहाँ सिर्फ सन्नाटा था। कमरे के बीचों-बीच, एक वृद्ध पुरुष घुटनों के बल बैठा था। उसकी पीठ झुकी हुई थी, जैसे वर्षों का बोझ अचानक आज उसके कंधों पर उतर आया हो।

उसके सामने कोई खड़ा था। "मैंने... मैंने जानबूझकर नहीं किया..."

उसकी आवाज़ काँप रही थी, सुर से नहीं, पछतावे से।

"मैं डर गया था..."

कमरे की हवा भारी हो गई। जैसे हर शब्द दीवारों से टकराकर लौट रहा हो। वृद्ध ने धीरे-धीरे अपना सिर उठाया। उसकी आँखें लाल थीं, नींद की कमी से नहीं, बल्कि उन आँसुओं से जो अब तक बहने की इजाज़त नहीं पा सके थे।

"तुम समझते क्यों नहीं...?"

सामने खड़े व्यक्ति ने कोई जवाब नहीं दिया। वह बस खामोश था। उसकी परछाईं दीवार पर लंबी होकर फैल गई थी, इतनी लंबी कि वह कमरे से बड़ी लगने लगी थी।

वृद्ध के हाथ काँप रहे थे। उसने पास रखे एक पुराने संदूक की ओर देखा। लकड़ी का वह छोटा-सा संदूक, जिसे उसने वर्षों से किसी को छूने नहीं दिया था।

"मैंने सब... सब लिखकर रख दिया है..."

उसकी आवाज़ टूट गई।

"जो मेरा था... जो तुम्हारा था... जो मैंने छुपाया..."

कुछ पल के लिए कमरा बिल्कुल स्थिर हो गया। सिर्फ घड़ी की टिक-टिक सुनाई दे रही थी, हर सेकंड जैसे एक फैसला सुना रहा हो।

फिर, सामने खड़े व्यक्ति ने एक कदम आगे बढ़ाया। वृद्ध की साँस अटक गई। उसने अपने दोनों हाथ जोड़ दिए, जैसे किसी देवता के सामने नहीं, बल्कि अपने ही अतीत के सामने खड़ा हो।

"माफ कर दो मुझे..."

एक लंबी खामोशी। फिर अचानक, दरवाज़े के बाहर किसी के कदमों की आवाज़ आई। हल्की, लेकिन साफ। वृद्ध ने पलटकर देखा। बस एक पल के लिए। जब उसने फिर सामने देखा, कमरा खाली था। कोई नहीं था।

सिर्फ वह... और उसका सन्नाटा।

उसके हाथ अब भी जुड़े हुए थे। धीरे-धीरे, उसकी उंगलियाँ ढीली पड़ गईं। वह वहीं फर्श पर बैठ गया। आँखें बंद हो गईं। होंठ हिले, बहुत धीरे...

"मुझे... घर जाना है..."

बाहर कहीं दूर एम्बुलेंस की आवाज़ गूँजी। लैपटॉप की स्क्रीन अचानक बुझ गई। और कमरे में अंधेरा फैल गया।

मेवात की धूल

1932 मेवात, धूल यहाँ सिर्फ ज़मीन पर नहीं उड़ती थी, वह लोगों की साँसों में बसती थी।

दोपहर का सूरज आसमान में कील की तरह टँगा हुआ था। हवा गर्म थी, लेकिन उसमें एक अजीब-सी लय थी, जैसे कोई अदृश्य तानपुरा लगातार बज रहा हो।

आँगन में एक छोटा-सा लड़का बैठा था, नंगे पाँव, माथे पर पसीने की बूंदें, और आँखों में एक अनजानी बेचैनी।

भीतर से आवाज़ आ रही थी - "सा... रे... गा..."

उसने कानों पर हाथ रख लिया।

"बस करो!"

लेकिन आवाज़ रुकी नहीं। वह और गहरी हो गई। उसके पिता गा रहे थे। उनकी आवाज़ में कुछ ऐसा था जो दीवारों को भी थमा देता था, पर उस लड़के के लिए वह आवाज़ बोझ थी।

"माँ..." उसने धीरे से पुकारा, "ये हर वक्त गाते क्यों रहते हैं?"

माँ ने चूल्हे से नज़र उठाई। उनकी आँखों में थकान थी, पर एक कोमल मुस्कान भी।

"क्योंकि यही उनकी सांस है, बेटा..."

लड़के ने मुँह फेर लिया।

"तो फिर मैं सांस नहीं लेना चाहता..."

भीतर से अचानक आवाज़ तेज़ हो गई, एक लंबा आलाप, जो जैसे आसमान को छूने की कोशिश कर रहा था। लड़का उठकर भाग गया। धूल उसके पैरों से उड़ती रही।

उसे संगीत से नफरत थी। उसे अपने पिता से नफरत थी।

टूटा हुआ सुर

1935, उस दिन घर में कोई आवाज़ नहीं थी। न "सा", न "रे"... बस खामोशी।

माँ आँगन में बैठी थी, सफेद साड़ी में। आँखें सूखी थीं, जैसे रो-रोकर आँसू भी खत्म हो गए हों।

लड़का दरवाज़े पर खड़ा था।

“माँ...?”

कोई जवाब नहीं। भीतर कमरे में, एक सफेद चादर बिछी थी। उस पर उसके पिता लेटे थे, बिल्कुल स्थिर। पहली बार, लड़के को संगीत की कमी महसूस हुई।

वह धीरे-धीरे आगे बढ़ा।

“उठो...”

उसने हिलाया। कोई जवाब नहीं।

“उठो ना...”

उसकी आवाज़ काँप गई।

कमरे में खड़े एक बुज़ुर्ग ने उसका हाथ पकड़ लिया।

“अब वो नहीं उठेंगे...”

लड़के ने उन्हें देखा, समझ नहीं पाया।

“क्यों?”

बुज़ुर्ग ने कोई जवाब नहीं दिया। बस एक लंबी साँस ली। उस दिन...

उसने पहली बार खामोशी को सुना। और वह खामोशी... किसी भी राग से ज्यादा भारी थी।

नफरत से रियाज़ तक

1938, घर अब और भी छोटा लगने लगा था। और गरीबी... पहले से ज्यादा गहरी। माँ अब खुद गुनगुनाने लगी थी, धीरे-धीरे, जैसे किसी टूटी हुई चीज़ को जोड़ रही हो।

"तू भी सीख ले..."

लड़का चिढ़ गया।

"नहीं सीखना मुझे ये सब!"

"तो क्या करेगा?"

वह चुप हो गया। कुछ नहीं पता था। बस इतना पता था कि संगीत ने उससे उसके पिता छीन लिए।

एक शाम, वह खेतों की तरफ भटक गया। दूर से एक आवाज़ आई, धीमी, लेकिन स्थिर।

"सा..."

वह रुक गया। आवाज़ पास आती गई। एक बूढ़ा आदमी पेड़ के नीचे बैठा था, आँखें बंद, हाथ में तानपुरा। लड़का चुपचाप खड़ा रहा।

आवाज़ बदलने लगी - "सा... रे... गा..."

इस बार, उसने कान नहीं ढके। कुछ था उस आवाज़ में जो दर्द जैसा था... पर सुकून भी देता था।

“क्यों खड़ा है?”

बूढ़े ने आँखें खोलीं। लड़का घबरा गया।

“मैं... मैं बस...”

“सुन रहा था?”

लड़के ने धीरे से सिर हिलाया।

“तो बैठ जा।”

वह बैठ गया। और पहली बार... उसने संगीत को नफरत से नहीं, ध्यान से सुना।

सुर का सच

1942, अब वह रोज़ आता था। सुबह, शाम, रियाज़ चलता रहता है।

“सुर सिर्फ आवाज़ नहीं है...”

बूढ़ा गुरु कहता, “ये तेरी साँस है... तेरी आत्मा...”

लड़का आँखें बंद कर लेता है।

“महसूस कर...”

वह कोशिश करता है। पहले कुछ नहीं होता। फिर धीरे-धीरे जैसे भीतर कोई दरवाज़ा खुलने लगा।

एक दिन उसने “सा” लगाया। साफ़ नहीं था। पर सच्चा था। गुरु मुस्कुराए।

“अब समझा...?”

लड़के ने आँखें खोलीं।

“क्या?”

“संगीत क्यों है...”

लड़का कुछ देर चुप रहा। फिर बहुत धीरे से बोला - “ये... दर्द को छुपाने के लिए नहीं है...”

“तो?”

उसकी आवाज़ काँप गई - “ये... उसे सहने के लिए है...”

गुरु ने सिर हिलाया।

“यही है हमारा घराना...”

हवा में एक हल्की-सी लहर उठी। जैसे मेवात की धूल भी उस पल को सुन रही हो। और कहीं दूर, एक नई तान जन्म ले रही थी।

स्क्रीन के उस पार

अप्रैल, 2020, न्यूयॉर्क, लैपटॉप की स्क्रीन पर छोटे-छोटे चौकोर चेहरे चमक रहे थे। हर चेहरे पर एक ही भाव - श्रद्धा।

"गुरुजी, प्रणाम..."

वृद्ध ने हल्की मुस्कान के साथ सिर झुकाया।

"आशीर्वाद..."

उसकी आवाज़ अब भी स्थिर थी, जैसे सालों का रियाज़ उसमें बस गया हो।

"आज हम भैरवी की एक बंदिश करेंगे..."

स्क्रीन पर कुछ शिष्य नोट्स लिखने लगे। कुछ आँखें बंद कर बैठे थे। वह गाने लगा, धीरे... गहरा...

"भोर भई... मनवा रोये..."

कमरे में सिर्फ उसकी आवाज़ थी। लेकिन कैमरे के ठीक नीचे, उसकी उंगलियाँ काँप रही थीं।

कैमरे के पीछे

क्लास खत्म हो चुकी थी।

"धन्यवाद गुरुजी!"

"कल मिलते हैं..."

स्क्रीन एक-एक करके खाली होती गई। आखिरी विंडो बंद होते ही, मुस्कान भी चली गई। कमरा फिर वही हो गया, खाली।

वृद्ध ने धीरे से लैपटॉप बंद किया। और फिर... उसकी आँखें भर आईं।

"का हो... ई का ज़िंदगी बन गई है..."

उसकी आवाज़ में बनारस की मिट्टी घुल आई थी। वह उठकर बालकनी तक गया। नीचे सड़कें सूनी थीं।

"ए सहर... तू भी कैद है का?" हवा चुप थी।

"हमार गंगा... हमार घाट..."

उसने आसमान की ओर देखा, जैसे वहाँ कहीं बनारस छुपा हो।

माटी की पुकार

रात गहरी हो चुकी थी। वह बिस्तर पर लेटा था, पर नींद दूर थी। आँखें बंद करते ही, एक अलग दुनिया खुलती है।

घाट। आरती। घंटी की आवाज़। "हर-हर महादेव..." उसने करवट बदली।

"हमके घरे जाए के बा..." उसकी साँस भारी हो गई। "ई परदेस... अब ना सहात..."

कमरे की दीवारें जैसे पास आने लगीं। वह उठ बैठा। टेबल के नीचे रखा

वह छोटा-सा संदूक, फिर उसकी नज़र में आ गया। वह कुछ देर उसे देखता रहा। जैसे उसमें सिर्फ लकड़ी नहीं... पूरा अतीत बंद हो।

अधूरी तान

अगले दिन की क्लास।

"आज हम आलाप से शुरु करेंगे..." वह फिर वही था, शांत, स्थिर, गुरु।

"सुर को पकड़ो... उसे महसूस करो..."

एक शिष्य ने पूछा, "गुरुजी, भाव कैसे लाते हैं?"

वह कुछ पल चुप रहा। फिर मुस्कुराया। "जब दिल टूटता है... तो भाव खुद आ जाता है..."

स्क्रीन पर हल्की हँसी गूँजी। पर उसकी आँखें... फिर भर आई थीं। इस बार उसने कैमरा थोड़ा नीचे कर दिया।

"बस... इतना काफी है आज के लिए..." क्लास अचानक खत्म हो गई। शिष्य समझ नहीं पाए।

संदूक का रहस्य

रात। कमरे में हल्की रोशनी थी। वह धीरे-धीरे संदूक के पास गया। हाथ बढ़ाया, फिर रोक लिया।

"अब का बचे है छुपावे के..." उसने ढक्कन खोला। अंदर, पुराने खत। पीले पड़े कागज़। एक नाम बार-बार लिखा था, "उर्मिला ..."

उसने एक खत उठाया। हाथ काँप रहे थे।

"उर्मिला ...जब भी मंच से उतरता हूँ...सब तालियाँ खत्म हो जाती हैं...और मैं अकेला रह जाता हूँ..."

उसकी आवाज़ टूट गई। आँखों से आँसू गिरकर कागज़ पर फैल गए।

अचानक, दरवाजे के बाहर हल्की-सी आहट हुई। वह ठिठक गया। धीरे-धीरे उसने सिर उठाया।

"कौन...?"

कोई जवाब नहीं। बस सन्नाटा। लेकिन इस बार... वह सन्नाटा खाली नहीं था। जैसे कोई वहीं... खड़ा हो।

आदिम स्वर

1943, मेवात, सुबह की हवा में एक अजीब-सी शांति थी। गुरु वासुदेव पेड़ के नीचे बैठे थे, आँखें बंद, तानपुरा उनके हाथ में स्थिर। लड़का उनके सामने बैठा था।

"आज गाना नहीं..." गुरु ने आँखें खोले बिना कहा।

"फिर?"

"आज समझना है..."

कुछ पल की खामोशी। फिर गुरु बोले, "जब कोई शब्द नहीं थे... तब भी ध्वनि थी। जब भाषा नहीं थी... तब भी स्वर था।"

लड़का ध्यान से सुन रहा था। "सामवेद सुना है?"

लड़के ने सिर हिलाया, ना में।

"वही सबसे पहला संगीत है..."

हवा हल्की-सी बहने लगी। "ऋषि गाते नहीं थे... वो प्रकृति से सुर निकालते थे..."

लड़के की आँखें फैल गईं। "मतलब... संगीत भगवान से आया?"

गुरु ने हल्की मुस्कान दी। "नहीं... संगीत ही भगवान है..."

ध्रुपद की जड़ें

"सा..." गुरु ने लंबा आलाप लिया। इस बार वह अलग था, गहरा... स्थिर... जैसे धरती खुद गा रही हो।

"ये क्या है?" लड़के ने पूछा।

"ध्रुपद..." गुरु ने आँखें खोलीं। "सबसे पुराना रूप..."

उन्होंने मिट्टी उठाकर अपनी हथेली पर रखी। "जैसे ये धरती है... वैसे ही ध्रुपद संगीत की जड़ है..."

लड़का मंत्रमुग्ध था। "इसमें दिखावा नहीं... सिर्फ सत्य है..."

फिर उन्होंने कहा, "राजाओं के दरबार में भी यही गूंजता था... और मंदिरों में भी..."

हवा में एक गंभीरता घुल गई। "ध्रुपद में अहंकार नहीं चलता..."

गुरु की आवाज़ कठोर हो गई, "यहाँ सिर्फ समर्पण है..."

पहला तानपुरा

उस दिन गुरु ने एक कपड़े में कुछ लपेटकर लाए। लड़का उत्सुक था। "खोल..."

उसने धीरे-धीरे कपड़ा हटाया। अंदर, एक छोटा-सा तानपुरा था। लकड़ी पुरानी थी, पर चमक अब भी थी।

"ये... मेरा?" उसकी आवाज़ काँप गई।

गुरु ने सिर हिलाया। "आज से..."

लड़के ने उसे दोनों हाथों से उठाया, जैसे कोई पूजा की वस्तु हो।

"पर... मैं तो अभी..." गुरु ने उसे रोका। फिर मुस्कुराकर बोले, "सुर तान सों नहीं, अंतस सों निकले है छोरा..."

लड़का ठिठक गया। ये शब्द सीधे उसके भीतर उतर गए।

"तानपुरा बस सहारा है... सुर तो तेरे भीतर है..."

लड़के ने आँखें बंद कीं। पहली बार, उसने तानपुरा छेड़ा।

"सा..." ध्वनि बहुत साफ नहीं थी, पर उसमें सच्चाई थी। गुरु ने सिर झुका दिया।

रियाज़ का तप

अब दिन बदल गए थे। सुबह सूरज उगने से पहले, रियाज़। दोपहर की तपिश में, रियाज़। रात के सन्नाटे में, रियाज़।

उँगलियाँ छिल गई थीं। गला बैठ जाता।

“बस करो...” माँ कहती।

“नहीं...” वह धीरे से जवाब देता। “अब रुक नहीं सकता...”

एक शाम, वह थककर बैठ गया। “क्यों कर रहा हूँ मैं ये सब...?”

गुरु पास आकर बैठे। “क्योंकि अब तू भाग नहीं रहा...”

लड़के ने उनकी ओर देखा।

“तू खोज रहा है...”

“क्या?”

गुरु ने आसमान की ओर इशारा किया, “खुद को...”

स्वर का जन्म

1945 में, बरसात की पहली बूंदें गिर रही थीं। हवा ठंडी थी। लड़का अब थोड़ा बड़ा हो चुका, आँखें बंद किए बैठा था। तानपुरा उसके हाथ में स्थिर था।

उसने एक लंबा आलाप लिया, "आ..." इस बार, कुछ बदल गया था। आवाज़ में गहराई थी। दर्द था। और एक अजीब-सी शांति भी।

गुरु दूर खड़े थे। उन्होंने आँखें बंद कर लीं। "अब समझा..." उन्होंने धीरे से कहा।

लड़के ने आँखें खोलीं। "क्या?"

गुरु मुस्कुराए। "अब तू गा नहीं रहा..."

"तो?"

"अब... स्वर तुझमें गा रहा है..."

बारिश तेज़ हो गई। मेवात की मिट्टी भीग गई। और उसी मिट्टी में, एक नई तान जन्म ले चुकी थी।

पहली झलक

1952, ब्रज, गली संकरी थी, पर उसमें एक अजीब-सी मिठास थी।

दीवारों पर चूना झड़ रहा था, पर कहीं-कहीं रंगों की हल्की छाप अब भी बची थी, जैसे किसी ने वर्षों पहले होली खेली हो और रंग अब भी याद में रह गए हों।

आर्यवेश धीरे-धीरे चल रहा था। पहली बार वह मेवात से बाहर आया था और ब्रज की हवा में कुछ अलग था।

"यहाँ हर चीज़ गाती है..." उसने मन ही मन सोचा।

तभी, एक आवाज़ आई।

धीमी... कोमल...जैसे किसी ने हवा को छू लिया हो।

“श्याम... मोरे...”

वह ठिठक गया। आवाज़ एक छोटे-से आँगन से आ रही थी। उसने अंदर झाँका। वहां, एक लड़की बैठी थी। आँखें बंद। हाथ में मटका। और होंठों पर एक अधूरा-सा गीत।

आर्यवेश कुछ पल उसे देखता रह गया। जैसे समय रुक गया हो।

पहली बात

“कौन हो तुम?” लड़की ने अचानक आँखें खोल दीं।

आर्यवेश चौंक गया।

“मैं... मैं...” वह कुछ कह नहीं पाया।

लड़की हल्की मुस्कुराई।

“गाना सुनने आए थे का?” उसकी आवाज़ में शरारत थी।

आर्यवेश ने धीरे से सिर हिलाया।

“तुम... बहुत अच्छा गाती हो...”

लड़की ने कंधे उचकाए।

“अच्छा? हम तो बस ऐसे ही गा लेते हैं...”

"नाम क्या है तुम्हारा?"

"राधा ..."

उसने जवाब दिया, सहज, बिना किसी बनावट के।

"और तुम?"

"आर्य..."

कुछ पल दोनों चुप रहे। फिर राधा ने पूछा, "तुम भी गाते हो?"

आर्यवेश ने धीरे से कहा, "हाँ... थोड़ा बहुत..."

राधा हँस पड़ी।

"थोड़ा बहुत कोई ना गाता... या तो मन से गाता है, या फिर बिल्कुल ना..."

आर्यवेश पहली बार मुस्कुराया।

कुंज गलियों का संगीत

दिन बीतने लगे। आर्यवेश अब रोज़ उस गली में जाने लगा। कभी बहाना बनाकर...कभी बिना बहाने के।

राधा वहीं मिल जाती, कभी आँगन में, कभी कुएँ के पास।

"आज क्या सिखाओगे?" वह पूछती।

"मैं?" आर्यवेश हँसता है।

“तुम तो खुद गुरु हो...”

राधा ने आँखें तरेरीं।

“अरे, हमसे मज़ाक मत करो...”

फिर दोनों साथ बैठ जाते। वह राग छेड़ता, और राधा उसमें अपने लोकगीत की मिठास घोल देती। ब्रज की हवा में अब दो सुर मिलकर गूंजने लगे थे।

अधूरी तान

एक शाम, आसमान गुलाबी था। राधा चुप थी।

“क्या हुआ?” आर्यवेश ने पूछा।

वह कुछ देर तक कुछ नहीं बोली।

फिर धीरे से कहा, “तोरे बिना ई राग हमसों ना गाया जाय...”

आर्यवेश का दिल जैसे रुक गया। उसने राधा की ओर देखा। उसकी आँखें झुकी हुई थीं। पर उनमें एक साफ़ भाव था, बिना कहे सब कुछ कह देने वाला।

“राधा ...” वह आगे बढ़ा। पर शब्द नहीं मिले। सिर्फ खामोशी। जो इस बार... भारी नहीं थी।

प्रेम का पहला सुर

उस दिन पहली बार, आर्यवेश ने गाना बंद कर दिया।

"क्यों?" राधा ने पूछा।

वह मुस्कुराया। "आज... सिर्फ सुनना है..."

"क्या?"

"तुम्हें..."

राधा ने आँखें बंद कीं। धीरे-धीरे गाने लगी, कोई राग नहीं...कोई नियम नहीं...बस दिल।

आर्यवेश उसे देखता रहा।

उसे पहली बार लगा, संगीत सिर्फ साधना नहीं है...यह किसी और में खुद को ढूँढना भी है।

डर की आहट

"तुम रोज़ वहाँ जाते हो?"

गुरु वासुदेव की आवाज़ कठोर थी। आर्यवेश चुप था।

"उत्तर दो..."

"हाँ..."

गुरु ने गहरी साँस ली।

"क्यों?"

आर्यवेश ने आँखें उठाईं।

"क्योंकि... वहाँ मुझे शांति मिलती है..."

गुरु की आँखें सिकुड़ गईं।

"संगीत में नहीं मिलती?"

वह चुप हो गया।

"याद रखो..." गुरु की आवाज़ भारी हो गई, "सुर में बँटवारा नहीं होता..."

दो राहें

रात। आर्यवेश अकेला बैठा था। एक तरफ, तानपुरा। दूसरी तरफ, राधा की याद। उसने तानपुरा उठाया।

"सा..."

आवाज़ निकली, पर अधूरी। उसने आँखें बंद कीं। राधा की आवाज़ गूँजी,

"तोरे बिना..."

उसने तानपुरा नीचे रख दिया।

"ये कैसा राग है..." उसने खुद से पूछा,

"जिसमें सुर भी है...और दर्द भी..." कमरे में खामोशी फैल गई।

और उस खामोशी में, एक नई जंग शुरु हो चुकी थी।

दरबार की पहली दस्तक

1956, दिल्ली, बड़ा हॉल रोशनी से जगमगा रहा था। सामने बैठे थे, संगीत के बड़े नाम, राजघरानों के संरक्षक, और वे लोग... जो तय करते थे कि कौन "महान" है।

आर्यवेश पीछे खड़ा था। हाथ में तानपुरा, दिल में धड़कन।

"अगला..." नाम पुकारा गया।

वह मंच पर गया। नज़रें उस पर टिक गईं। किसी ने धीमे से कहा, "नया लड़का है..." किसी ने हँसकर जोड़ा, "देखते हैं..."

आर्यवेश ने आँखें बंद कीं। "सा..." आवाज़ निकली, साफ़... पर अनसुनी।

तुलना

प्रस्तुति के बाद, कुछ तालियाँ थीं। कुछ खामोशी। एक बुजुर्ग समीक्षक बोले, "आवाज़ अच्छी है... पर गहराई नहीं..."

दूसरे ने कहा, "तुम्हारा घराना?"

"मेवाती..."

कमरे में हल्की-सी हँसी गूँजी। "ओह..."

"यहाँ तो ग्वालियर और पटियाला चलते हैं..." किसी ने व्यंग्य से कहा।

आर्यवेश के हाथ कस गए। "संगीत घराने से बड़ा होता है..." उसने धीरे से कहा। कमरे में सन्नाटा छा गया।

चुनौती

रात। आर्यवेश अकेला बैठा था। उसके कानों में वही शब्द गूँज रहे थे, "गहराई नहीं..." "छोटा घराना..."

उसने तानपुरा उठाया। "सा..." इस बार आवाज़ भारी थी।

"मैं दिखाऊँगा..." उसने खुद से कहा। "मैं दिखाऊँगा कि सुर... नाम से नहीं, साधना से बड़े होते हैं..." उसकी आँखों में पहली बार, जिद थी।

टकराव

एक बड़ी संगीत सभा। इस बार मंच पर पहले गायक थे, ग्वालियर घराने के प्रतिनिधि। उनकी प्रस्तुति, सटीक, परंपरागत, अनुशासित। तालियाँ गूँज उठीं।

फिर, दूसरे गायक आए, पटियाला घराना से। तेज़ तानें, चमक, प्रदर्शन। भीड़ मंत्रमुग्ध थी।

आर्यवेश ने सब देखा। फिर उसका नाम पुकारा गया। वह मंच पर गया। कुछ लोग फुसफुसाए, “देखते हैं...”

अपनी राह

आर्यवेश ने आँखें बंद कीं। इस बार, उसने किसी की नकल नहीं की। ना ग्वालियर की शुद्धता, ना पटियाला की चमक। उसने बस... अपने भीतर की आवाज़ सुनी।

“आ...” आलाप धीरे-धीरे फैलने लगा। गहरा... स्थिर... जैसे ध्रुपद की जड़ें और ख्याल की उड़ान मिल गई हों।

हॉल में सन्नाटा छा गया। कोई हिला नहीं। जब उसने आँखें खोलीं, सब उसे देख रहे थे। पहली बार... ध्यान से।

कीमत

प्रस्तुति खत्म हुई। इस बार, तालियाँ लंबी थीं। पर आर्यवेश मुस्कुरा नहीं रहा था। वह बाहर निकला। गली में अंधेरा था। और वहाँ, राधा खड़ी थी।

“तुम आए...” उसकी आवाज़ में उम्मीद थी।

आर्यवेश ठिठक गया। कुछ पल, वह कुछ कह नहीं पाया। फिर धीरे से बोला, “अब... मैं रुक नहीं सकता...”

राधा की आँखें भर आईं। “तो हम...?”

उसने जवाब नहीं दिया। बस एक लंबी साँस ली। “मुझे...अपना नाम बनाना है...”

राधा ने सिर झुका लिया। “और हम?”

आर्यवेश की आवाज़ बहुत धीमी थी, “तुम... मेरी तान हो...”

“पर अधूरी...”

हवा भारी हो गई। राधा ने उसकी ओर देखा, “तोरे बिना ई राग... अब कभी पूरा ना होई...”

वह मुड़ गई। धीरे-धीरे... अंधेरे में खो गई। आर्यवेश वहीं खड़ा रहा। हाथ में तानपुरा था, पर इस बार... उसमें कोई सुर नहीं था।

निर्णय

1958, मेवात, आँगन में सन्नाटा था। गुरु वासुदेव खड़े थे, चेहरे पर कठोरता, आँखों में अटल निर्णय।

“तुझे चुनना होगा...”

आर्यवेश चुप था।

“घराना... या वो लड़की।”

हवा जैसे रुक गई। आर्यवेश ने सिर झुका लिया।

“गुरुजी...”

“उत्तर दो।”

उसकी उंगलियाँ काँपने लगीं। “मैं... मैं संगीत नहीं छोड़ सकता...”

गुरु ने गहरी साँस ली। “तो फिर...”

कुछ पल की खामोशी। आर्यवेश ने आँखें बंद कर लीं।

“मैं... उसे छोड़ दूँगा...”

ये शब्द जैसे उसके भीतर से नहीं, किसी और ने कहे हों। गुरु ने सिर हिलाया।

“याद रख... महानता की कीमत होती है।”

अंतिम मुलाकात

ब्रज, साँझ ढल रही थी। राधा वहीं खड़ी थी, जहाँ वो हमेशा मिलते थे। आर्यवेश धीरे-धीरे उसकी ओर बढ़ा। हर कदम भारी था।

“तुम देर से आए...” राधा ने हल्की मुस्कान के साथ कहा।

उसने कुछ नहीं कहा। बस खड़ा रहा। राधा ने उसकी आँखों में देखा और सब समझ गई।

“कह दो...” उसकी आवाज़ कांप रही थी।

आर्यवेश ने होंठ खोले, पर शब्द नहीं निकले।

“कह दो ना...” अब उसकी आँखों से आँसू बहने लगे। “तोरे बिना... ई राग...” वह रुक गई। “पूरा ना होई...”

आर्यवेश ने आँखें बंद कर लीं। “राधा ... मैं मजबूर हूँ...”

राधा हँस पड़ी, एक टूटी हुई हँसी। “मजबूरी...?”

उसने धीरे से सिर हिलाया। “नहीं आर्य... ये मजबूरी नहीं...” वह पीछे हट गई। “ये चुनाव है...”

खामोशी

उस रात, बारिश हो रही थी। राधा अकेली बैठी थी। आँगन में पानी भर गया था।

उसने आसमान की ओर देखा। “काहे भेजे हो ऐसे लोग...” उसकी आवाज़ बहुत धीमी थी। “जो आधे रास्ते छोड़ जाएँ...” उसने आँखें बंद कर लीं। कुछ देर बाद, वह उठी। धीरे-धीरे बाहर चली गई। बारिश तेज़ हो गई। दरवाज़ा खुला रह गया।

अधूरा गीत

सुबह। गाँव में हलचल थी। लोग इकट्ठा थे। फुसफुसाहटें, सवाल, खामोशी।

आर्यवेश दौड़ता हुआ पहुँचा। “क्या हुआ?”

किसी ने कुछ नहीं कहा। बस रास्ता छोड़ दिया। वह आगे बढ़ा। और फिर, रुक गया।

उसके सामने... सब कुछ खत्म हो चुका था। राधा ... अब आवाज़ नहीं थी। ना गीत... ना शब्द... बस एक गहरी खामोशी।

आर्यवेश वहीं खड़ा रह गया। उसके हाथ से तानपुरा गिर गया। "राधा ..." उसकी आवाज़ टूटी। कोई जवाब नहीं।

उसने घुटनों पर बैठकर ज़मीन को छुआ, जैसे शायद वहाँ... उसकी आवाज़ बची हो।

"तोरे बिना..." उसकी साँस अटक गई। "ई राग..." आँखों से आँसू बह निकले। "अब... कभी ना गाया जाए..."

हवा चलने लगी। बारिश रुक चुकी थी। पर मिट्टी अब भी भीगी थी। और उस भीगी हुई मिट्टी में, एक तान हमेशा के लिए अधूरी रह गई।

पहली जीत, पहला साया

1962, दिल्ली, तालियाँ गूँज रही थीं। लंबी... लगातार... मानो रुकने का नाम ही नहीं ले रही हैं।

आर्यवेश मंच के बीचोंबीच खड़ा था। आँखें झुकी हुई हैं, पर होंठों पर एक हल्की मुस्कान। आज उसे पहचान मिल गई थी।

"कमाल..." "अद्भुत..." शब्द उसके चारों ओर तैर रहे थे।

पर उसके भीतर कुछ और था। वह मंच से नीचे उतरा। भीड़ रास्ता छोड़ती गई। अचानक उसकी नज़र दूर खड़े एक आदमी पर पड़ी। काले कपड़े। चेहरा आधा छुपा हुआ है। वह बस... देख रहा था। बिना ताली के। बिना भाव के।

आर्यवेश ठिठक गया। कुछ पल दोनों की आँखें मिलीं। और फिर वह आदमी भीड़ में गायब हो गया।

आर्यवेश का दिल ज़ोर से धड़कने लगा। "कौन था...?" उसने खुद से पूछा। पर जवाब... सिर्फ खामोशी थी।

पीछा

1965 में, अब हर शहर में हर मंच पर वह साया मौजूद था। कभी सामने की पंक्ति में, कभी दरवाज़े के पास, कभी सिर्फ एक परछाईं बनकर।

आर्यवेश गाता, लोग खो जाते पर उसकी नज़र... उसी को ढूँढती रहती है।

एक रात, प्रस्तुति खत्म होते ही, वह तेजी से बाहर निकला। "आज... पकड़ लूँगा..." उसने भीड़ को चीरते हुए आगे बढ़ा।

और फिर वह दिखा। वही आदमी। आर्यवेश दौड़ा। "रुको!"

आदमी मुड़ा नहीं। बस चलता रहा। गली के मोड़ पर वह अचानक गायब हो गया। आर्यवेश वहीं रुक गया। साँस तेज़ थी।

"तुम कौन हो...?" हवा में उसका सवाल गूँजता रहा।

और उसी हवा में, एक धीमी-सी आवाज़ आई... "जो तुमसे छूट गया..."

आर्यवेश सिहर गया।

दाग

1970, अब वह "महान" कहलाने लगा था। अखबारों में नाम, रेडियो पर आवाज़, हर जगह, आर्यवेश।

पर हर सफलता के पीछे वही साया। अब वह सिर्फ दिखता नहीं था, महसूस भी होता था।

एक रात, वह होटल के कमरे में अकेला बैठा था। टेबल पर पुरस्कार रखा था। उसने उसे उठाया। कुछ पल देखा। फिर अचानक, उसे लगा... जैसे उस पर कोई दाग हो।

उसने आँखें झपकाईं। कुछ नहीं था। पर फिर भी कुछ था। उसे लगा... जैसे कोई उसके पीछे खड़ा है। धीरे-धीरे उसने मुड़कर देखा। कोई नहीं।

पर आईने में एक पल के लिए उसे दो चेहरे दिखे। अपना... और... राधा का।

उसने आँखें बंद कर लीं। "तू भाग नहीं सकता..." आवाज़ उसके भीतर से आई।

उसने तानपुरा उठाया। "सा..." आवाज़ निकली पर इस बार... उसमें एक दरार थी। जैसे हर सुर पर, एक अदृश्य दाग लगा हो। और उसी दाग के साथ, उसकी महानता की शुरुआत हुई।

लिंकन सेंटर की रात

1982, न्यूयॉर्क, रोशनी... इतनी तेज़ कि आँखें चौंधिया जाएँ। हॉल खचाखच भरा हुआ था। हर सीट पर कोई था और हर निगाह मंच की ओर।

घोषणा हुई "प्लीज़ वेलकम... पंडित आर्यवेश..."

तालियाँ गूँज उठीं। वह मंच पर आया। सफ़ेद वस्त्र... शांत चेहरा... जैसे भीतर कुछ भी न हो। पर भीतर तूफ़ान था।

उसने आँखें बंद कीं। तानपुरा छेड़ा। "सा..." आवाज़ पूरे हॉल में फैल गई। और फिर "आज... राग दरबारी..."

दरबारी का जादू

"आ..." आलाप धीरे-धीरे उठने लगा। गहरा... गंभीर... जैसे रात खुद गा रही हो। हर सुर धीरे-धीरे दिल में उतरता गया।

श्रोता स्थिर हो गए। कोई हिला नहीं। समय रुक गया। और उस स्थिरता में आर्यवेश की आवाज़ फैलती गई।

पर उसी आवाज़ के भीतर एक हल्की-सी दरार थी। जिसे कोई नहीं सुन पा रहा था। सिवाय उसके।

रॉयल अल्बर्ट हॉल

1985, लंदन, इतिहास की दीवारें... और उनके बीच एक भारतीय स्वर। "रॉयल अल्बर्ट हॉल" में आज भारतीय संगीत गूँजने वाला था।

आर्यवेश मंच पर खड़ा था। भीड़ में विदेशी चेहरे पर आँखों में वही जिज्ञासा।

"व्हाट इज़ दिस राग?" किसी ने पूछा।

उसने हल्की मुस्कान दी। "इट इज़... द साउंड ऑफ नाइट..."

और फिर दरबारी शुरू हुआ। इस बार और गहरा। और भी भारी। जैसे हर सुर में... सालों का दर्द घुल गया हो।

तालियों का सन्नाटा

प्रस्तुति खत्म हुई। कुछ सेकंड पूरी खामोशी। फिर तालियों का विस्फोट। लोग खड़े हो गए।

"ब्रावो!" "अमेज़िंग!"

आर्यवेश झुका। पर उसके कानों में कोई आवाज़ नहीं थी। उसे सिर्फ... खामोशी सुनाई दे रही थी। वह मंच से उतरा। पीछे मुड़ा और एक पल के लिए उसे वही साया दिखा। भीड़ के बीच। स्थिर। अकेला।

चकाचौंध के पीछे

होटल का कमरा। रात गहरी। टेबल पर फूलों के गुलदस्ते। अवार्ड। और बीच में वह। अकेला। उसने कोट उतारा। आईने के सामने खड़ा हुआ। कुछ पल खुद को देखा। फिर धीरे से बोला, "ये सब... किसके लिए?"

कोई जवाब नहीं। उसने आँखें बंद कीं। राधा की आवाज़ फिर गूँज उठी। "तोरे बिना..."

उसने तुरंत आँखें खोल दीं। "बस..."

उसने तानपुरा उठाया। "सा..." आवाज़ निकली, पर इस बार... वह खुद को नहीं सुन पा रहा था। जैसे उसके और उसके सुर के बीच कोई खड़ा हो। एक साया। जो हर जीत के साथ... और करीब आता जा रहा था।

बदलता हुआ स्वर

1987, मुंबई, बरसात की हल्की बूंदें खिड़की से टकरा रही थीं। आर्यवेश अपने कमरे में बैठा था, तानपुरा सामने, पर आज रियाज़ नहीं हो रहा था। उसके सामने खुली थी एक पुरानी किताब।

"हिंदुस्तानी संगीत पद्धति..." वह पन्ने पलटता गया। "संगीत बदलता है..." उसने धीरे से खुद से कहा। "पर क्या आत्मा भी बदलती है...?"

खयाल का उदय

अगले दिन, वह अपने शिष्यों के साथ बैठा था।

"आज हम सिर्फ गाएँगे नहीं..." उसने कहा, "समझेंगे भी..."

सब चुप हो गए। "ध्रुपद से ख्याल कैसे आया... जानते हो?" किसी ने सिर हिलाया, "ना, मैं।

आर्यवेश ने तानपुरा छेड़ा। "ध्रुपद जड़ है..." फिर उसने हल्की तान ली "और खयाल... शाखा..."

उसकी आवाज़ में अब एक लचीलापन था, स्वतंत्रता। "खयाल में नियम हैं... पर उनमें साँस लेने की जगह भी है..."

एक शिष्य ने पूछा, “गुरुजी, क्या ये आसान है?”

आर्यवेश मुस्कुराया। “सबसे मुश्किल वही होता है... जो आसान लगता है...”

दो महान नाम

रात। वह अकेला बैठा था। किताब फिर खुली थी। इस बार दो नाम उसके सामने थे। विष्णु नारायण भातखण्डे और विष्णु दिगम्बर पलुस्कर। उसने धीरे से पढ़ा,“एक ने संगीत को समझाया...” “दूसरे ने उसे घर-घर पहुँचाया...” उसकी आँखें ठहर गईं। “अगर ये न होते...” उसने सोचा, “तो शायद हम भी... कहीं खो जाते...”

परंपरा और परिवर्तन

अगले दिन की क्लास। “भातखंडे जी ने संगीत को नियम दिए...” आर्यवेश ने समझाया। “थाट... राग... संरचना...”

शिष्य नोट्स लिख रहे थे। “और पलुस्कर जी...” उसकी आवाज़ नरम हो गई। “उन्होंने संगीत को मंदिरों से निकालकर... जनता तक पहुँचाया...”

एक शिष्य ने पूछा, “तो गुरुजी... हम क्या करें?”

आर्यवेश कुछ पल चुप रहा। फिर बोला, “परंपरा को बचाओ... पर उसे कैद मत करो...” उसकी आँखों में एक हल्की चमक थी। “संगीत... बहना चाहता है...”

एक श्रोता

उसी शाम, प्रस्तुति के बाद, एक महिला धीरे-धीरे उसके पास आई। सादगी... पर आँखों में गहराई।

"आपका दरबारी..." वह रुकी। "सिर्फ सुना नहीं... महसूस किया..."

आर्यवेश ने उसकी ओर देखा। कुछ अलग था उसमें।

"आप संगीत समझती हैं?"

महिला ने हल्की मुस्कान दी। "नहीं..." "बस... आपके सुरों में जो छुपा है... उसे सुन लेती हूँ..."

आर्यवेश ठिठक गया। "नाम?"

"उर्मिला ..."

कुछ पल, दोनों चुप रहे। फिर उसने कहा, "आपके सुर... बहुत सच्चे हैं..." वह थोड़ा झुकी, "पर आप... नहीं..."

यह कहकर वह मुड़ गई। आर्यवेश वहीं खड़ा रह गया। पहली बार किसी ने उसके संगीत को नहीं... उसे सुन लिया था।

पहला पत्र

1988, मुंबई, प्रस्तुति के बाद होटल के कमरे में लौटते ही उसे वह लिफाफा मिला। सादा। बिना किसी सजावट के। सिर्फ नाम लिखा था - "आर्यवेश"

उसने धीरे से खोला। अंदर एक कागज़ था।

“आपके सुरों में जो दर्द है... वह सीखा हुआ नहीं लगता। वह... जिया हुआ लगता है, - उर्मिला ”

बस इतना ही। आर्यवेश ने कागज़ को देर तक देखा। फिर... पहली बार मुस्कुराया नहीं। सोच में पड़ गया।

जवाब

उस रात बहुत देर तक वह जागता रहा। फिर कई सालों बाद उसने खुद किसी को पत्र लिखा।

“उर्मिला ,

तुमने सही पहचाना। ये दर्द सीखा नहीं जाता... यह छुपाया जाता है। मंच पर मैं सम्राट हूँ... पर कमरे में... सिर्फ एक हारा हुआ पिता, - आर्य”

उसने कागज़ मोड़ा। कुछ पल उसे देखा। फिर... भेज दिया।

अनकहा रिश्ता

दिन बीतते गए। पत्र आते रहे। जवाब जाते रहे।

“आप क्यों खुद को छुपाते हैं?”

“क्योंकि सच... सबके लिए नहीं होता...”

“तो मेरे लिए?”

अधूरी तान

“तुम... सुन लेती हो...”

हर पत्र के साथ एक परत उतरती गई। पर रिश्ता अब भी नामहीन था। ना प्रेम... ना भक्ति... कुछ बीच का।

आईना

एक पत्र, "आप अपने आप से भाग रहे हैं। आपके सुर सच्चे हैं... पर आप... नहीं, - उर्मिला "

आर्यवेश ने उसे कई बार पढ़ा। फिर आईने के सामने खड़ा हुआ।

"क्या मैं सच में... झूठ हूँ?" उसने खुद से पूछा।

आईने में उसे अपना चेहरा दिखा। और उसके पीछे एक पल के लिए वही साया। वह तुरंत मुड़ा। कोई नहीं था। पर अब उसे समझ आने लगा था।

स्वीकार

आखिरी पत्र उस साल का

"उर्मिला , मैंने बहुत कुछ पाया है... पर जो खोया है... उसकी गिनती नहीं कर सकता। कुछ रिश्ते मैंने खुद तोड़े... कुछ को निभाने की हिम्मत नहीं थी।

तुम पूछती हो, मैं कौन हूँ? मैं... अपने ही फैसलों का कैदी हूँ। अगर तुम सुन सकती हो तो सुनो... मेरे सुर नहीं... मेरा सन्नाटा, -आर्य"

पत्र खत्म हुआ। कमरे में खामोशी फैल गई। और उसी खामोशी में एक

रिश्ता जन्म ले चुका था। जिसका कोई नाम नहीं था... पर जो शायद... सबसे सच्चा था।

बंद पन्ने

2005, दिल्ली, कमरे की अलमारी के भीतर एक पुरानी डायरी रखी थी। काले कवर वाली। किनारे घिस चुके थे।

आर्यवेश ने उसे धीरे से निकाला। कुछ पल हाथ में थामे रखा। फिर खोला।

पहला पन्ना - “आज फिर... मंच से उतरकर लगा मैंने कुछ छुपा लिया।”

उसने गहरी साँस ली। “कितने साल हो गए...?” वह खुद से बुदबुदाया।

सच की स्याही

डायरी के पन्ने एक-एक करके खुलते गए।

“संगीत ने मुझे सब कुछ दिया... पर सुकून नहीं...” “हर ताली... एक सवाल बनकर लौटती है...” “क्या मैं सच में वो हूँ... जो दुनिया देखती है?”

स्याही कहीं गहरी थी, कहीं धुंधली, जैसे कुछ सच साफ़ था, कुछ दबे हुए।

एक पन्ने पर बस एक नाम लिखा था, -“राधा ...” और उसके नीचे कुछ नहीं।

छवि का बोझ

एक प्रेस कॉन्फ्रेंस। कैमरे... लाइट... माइक्रोफोन।

"आपकी सफलता का राज़?"

आर्यवेश मुस्कुराया। "साधना..."

"आपका निजी जीवन?" उसने हल्की हँसी दी। "कुछ खास नहीं..."

भीड़ हँस पड़ी। पर उसकी आँखों में थकान थी। बाद में वह अकेला बैठा था।

"कितना आसान है..." उसने सोचा, "एक कहानी बना लेना... और उसे बार-बार जीना..." उसने आईने में खुद को देखा। "और असली कहानी...?" उसने आँखें फेर लीं।

साया भीतर

रात। कमरा अंधेरे में डूबा था। डायरी फिर खुली थी।

"आज... मैंने उसे फिर देखा..." उसने लिखा। "वो कहीं बाहर नहीं... यहीं है..." उसने अपनी छाती पर हाथ रखा। "हर सुर के बीच... हर खामोशी में..." उसकी उंगलियाँ काँपने लगीं।

"मैं भाग नहीं सकता..." कलम रुक गई। कुछ देर बाद, उसने आखिरी लाइन लिखी "शायद... यही मेरी सज़ा है..."

टूटता हुआ मुखौटा

2010, एक भव्य समारोह। लोग खड़े होकर तालियाँ बजा रहे थे। "महान... अद्वितीय..." शब्द गूँज रहे थे।

आर्यवेश मंच पर खड़ा था। हाथ में पुरस्कार। पर इस बार वह मुस्कुरा नहीं पा रहा था। उसे लगा जैसे सब देख रहे हैं... सिर्फ उसे नहीं, उसके भीतर छुपे सच को।

उसने माइक पकड़ा। कुछ कहने की कोशिश की। पर आवाज़ नहीं निकली। कुछ सेकंड, सन्नाटा।

फिर उसने खुद को संभाला। "धन्यवाद..." बस इतना ही।

तालियाँ फिर गूँज उठीं। पर उसके भीतर कुछ टूट चुका था। और उस टूटन की आवाज़ सिर्फ उसे सुनाई दे रही थी।

दस्तक

17 अगस्त, 2020, न्यूयॉर्क, दरवाज़े पर हल्की-सी दस्तक हुई। आर्यवेश ठिठक गया। इस समय...?

वह धीरे-धीरे उठा। दिल की धड़कन तेज़ हो गई।

"कौन...?"

कोई जवाब नहीं। बस फिर एक और दस्तक। उसने दरवाज़ा खोला। सामने एक आदमी खड़ा था। करीब पचास साल का। चेहरा शांत... पर आँखें अजीब-सी ठंडी।

“मैं... अंदर आ सकता हूँ?”

उसकी आवाज़ स्थिर थी। आर्यवेश कुछ पल उसे देखता रहा। फिर... चुपचाप हट गया।

पहचान

कमरे में खामोशी थी। दोनों आमने-सामने बैठे थे। कुछ सेकंड तक कोई कुछ नहीं बोला।

फिर “आप मुझे नहीं पहचानते...” आदमी ने कहा।

आर्यवेश ने सिर हिलाया। “नहीं...”

आदमी हल्का-सा मुस्कुराया। “पर मैं आपको... बहुत अच्छी तरह जानता हूँ...” हवा भारी हो गई।

“आपकी हर प्रस्तुति...” “हर राग...” “हर तान...”

आर्यवेश की उंगलियाँ कांपने लगीं। “आप कौन हैं...?”

आदमी ने उसकी आँखों में देखा। और धीरे से कहा,

“आपका... बेटा।”

सन्नाटा

समय रुक गया। आर्यवेश की साँस अटक गई।

“क्या...?” उसकी आवाज़ फट गई।

आदमी ने जेब से एक पुरानी तस्वीर निकाली। उसने टेबल पर रखी। एक युवा स्त्री... और उसकी गोद में एक बच्चा।

आर्यवेश के हाथ कांपने लगे। “यह...” वह शब्द नहीं पूरा कर पाया।

“हाँ...” आदमी ने कहा। “जिसे आपने कभी स्वीकार नहीं किया...” कमरे में सन्नाटा फैल गया।

सवाल

“क्यों...?” आदमी की आवाज़ अब बदल चुकी थी। “क्यों छोड़ा आपने हमें?”

आर्यवेश ने सिर झुका लिया। “मैं...”

“डर गए थे?” उसने तीखे स्वर में कहा। “या... आपकी ‘छवि’ ज्यादा ज़रूरी थी?”

हर शब्द एक वार था। आर्यवेश की आँखों से आँसू बहने लगे। “मैं... मजबूर था...”

आदमी हँस पड़ा, “मजबूरी...?” उसने टेबल पर हाथ मारा। “या कायरता?”

आर्यवेश चुप रहा। क्योंकि इस बार उसके पास कोई जवाब नहीं था।

पत

कुछ देर दोनों चुप बैठे रहें। फिर आदमी उठ खड़ा हुआ।

“मैं कुछ लेने नहीं आया...” उसने कहा। “बस... ये बताने आया था...” वह दरवाज़े की ओर बढ़ा। “कि आपकी हर जीत...” वह रुका। मुड़कर देखा। “मेरे हिस्से की हार पर खड़ी है।”
दरवाज़ा खुला। वह बाहर चला गया। दरवाज़ा बंद हुआ। और उसी पल आर्यवेश टूट गया।

वह धीरे-धीरे घुटनों के बल बैठ गया। हाथ काँप रहे थे।

“मैं...” उसकी आवाज़ निकल नहीं रही थी। “मैंने क्या किया...”

कमरे की दीवारें जैसे पास आने लगीं। साँस भारी हो गई। उसे लगा जैसे कोई उसके चारों ओर खड़ा है। राधा ... उर्मिला ... वह साया... और अब उसका बेटा। सब... एक साथ।

उसने आँखें बंद कीं। “माफ कर दो...” उसकी आवाज़ टूट गई। और उसी टूटन में उसकी सारी महानता... धीरे-धीरे ढहने लगी।

तहखाने का दरवाज़ा

न्यूयॉर्क, 2020, रात गहरी थी। घर में सन्नाटा फैला था, वैसा सन्नाटा, जो सिर्फ बाहर नहीं... भीतर भी उतर जाता है।

आर्यवेश धीरे-धीरे सीढ़ियाँ उतर रहा था। तहखाने की ओर। हर कदम भारी था जैसे वह नीचे नहीं... अपने अतीत में उतर रहा हो।

दरवाज़े के सामने आकर वह रुक गया। हाथ काँप रहे थे।

“अब... छुपाने को क्या बचा है...” उसने खुद से कहा।
दरवाज़ा खुला।

संदूक

तहखाने में धूल थी। और बीच में वह छोटा-सा लकड़ी का संदूक। सालों से बंद। आर्यवेश उसके पास गया। घुटनों के बल बैठ गया। हाथ बढ़ाया, पर रुक गया।

"क्या मैं तैयार हूँ...?"

कुछ पल... बस खामोशी। फिर उसने धीरे से ताला खोला। संदूक खुला।

अंदर पुराना खत। एक तस्वीर। और... एक डायरी। उसने पहला खत उठाया। ऊपर लिखा था - "उर्मिला ..."

छुपे हुए सच

उसने पढ़ना शुरू किया। "उर्मिला , तुम ही हो जिससे मैं सच कह सकता हूँ..." उसकी आँखें भर आईं। एक-एक खत उसकी परतें खोलता गया। उसमें राधा का जिक्र था... उसके बेटे का... उसकी कायरता का।

एक खत में "मैंने एक जीवन नहीं... कई जीवन अधूरे छोड़े हैं..." आर्यवेश के हाथ कांपने लगे। उसने तस्वीर उठाई। वही... जो उस आदमी ने दिखाई थी। अब कोई शक नहीं था।

"मैंने... सचमुच..." वह बोल नहीं पाया।

दूसरी वसीयत

अगली सुबह। टेबल पर कागज़ रखा था। कलम उसके हाथ में थी। कुछ देर वह खाली पन्ने को देखता रहा। फिर लिखना शुरू किया।

"यह वसीयत... मेरी पहली नहीं... मेरी सच्ची वसीयत है।"

उसने गहरी साँस ली। "जो कुछ मैंने पाया... उसका एक हिस्सा उन लोगों का है... जिनसे मैंने छीन लिया।"

उसने नाम लिखे राधा का परिवार। उर्मिला । और... वह रुका। कुछ पल बाद उसने लिखा "मेरा पुत्र..." स्याही फैल गई। जैसे शब्द भी कांप रहे हों।

प्रायश्चित

रात। आर्यवेश फिर उसी कमरे में बैठा था। संदूक खुला हुआ था। कागज़ उसके सामने रखे थे। कुछ बदल गया था। दर्द अभी भी था, पर अब वह भाग नहीं रहा था।

उसने तानपुरा उठाया। "सा..." आवाज़ निकली और इस बार... उसमें एक अजीब-सी सच्चाई थी। जैसे पहली बार वह खुद से झूठ नहीं बोल रहा था।

उसने आँखें बंद कीं।

"राधा ..." धीरे से बोला। "उर्मिला ..." फिर "बेटा..."

उसकी आवाज़ काँप गई। "माफ कर दो..."

कमरे में खामोशी थी। पर इस बार वह खामोशी बोझ नहीं थी। जैसे कहीं... बहुत दूर... एक अधूरी तान धीरे-धीरे पूरी होने लगी हो।

प्रश्न

न्यूयॉर्क, 2020, रात गहरी थी। आर्यवेश खिड़की के पास खड़ा था। बाहर सन्नाटा। अंदर और गहरा।

उसने धीरे से खुद से पूछा , "क्या... संगीत पाप धो सकता है?"

कोई उत्तर नहीं। सिर्फ यादें राधा ... उर्मिला ... वह बेटा... और उनके बीच वह खुद। टूटा हुआ।

"अगर सुर इतने पवित्र हैं..." उसने आँखें बंद कीं। "तो मैं अब भी इतना भारी क्यों हूँ...?"

अंतिम रियाज़

अगली सुबह। कमरे में हल्की रोशनी थी। तानपुरा उसके सामने रखा था। आज वह अलग था। ना कोई जल्दबाज़ी। ना कोई डर। बस... एक शांत स्वीकार।

उसने तानपुरा उठाया। "सा..." आवाज़ निकली धीमी... पर स्थिर। फिर "आज... भैरवी..." उसने खुद से कहा।

भैरवी

"आ..." राग भैरवी धीरे-धीरे खुलने लगी। उसकी आवाज़ में अब कोई दिखावा नहीं था। सिर्फ सच्चाई। हर सुर जैसे एक स्वीकारोक्ति। हर तान जैसे एक प्रार्थना।

"माफ कर दो..." वह गा नहीं रहा था, कह रहा था।

राधा ... उर्मिला ... उसका बेटा... सब जैसे उसके सामने थे। और वह पहली बार... उनसे भाग नहीं रहा था।

उत्सर्ग

आवाज़ धीमी होने लगी। साँस भारी हो गई। पर तानपुरा अब भी बज रहा था। उसने आखिरी बंदिश ली धीरे... बहुत धीरे... जैसे हर सुर को थामकर रखना चाहता हो।

"अब..." उसने आँखें खोलीं। कमरा खाली था। पर उसे लगा कि वह अकेला नहीं है।

एक हल्की मुस्कान उसके होंठों पर आई। और फिर आवाज़ रुक गई। तानपुरा की गूंज... कुछ पल और रही। फिर खामोशी।

अधूरी या पूरी?

कुछ दिन बाद। घर खोला गया। लोग आए। कागज़... संदूक... डायरी... सब सामने आए।

“महान कलाकार...” “अद्भुत विरासत...” शब्द फिर गूँज़े। पर इस बार उनके बीच सच भी था।

किसी ने धीरे से कहा, “क्या उन्होंने खुद को माफ कर दिया होगा...?”

कोई जवाब नहीं। बस... दूर कहीं राग भैरवी की एक हल्की-सी गूंज। जो ना पूरी थी... ना अधूरी। बस... सच्ची थी।

वसीयत

दिल्ली में कुछ हफ्ते बाद, कमरा भरा हुआ था। पर माहौल खाली है। परिवार... करीबी लोग... शिष्य... सब बैठे थे। टेबल के उस पार वकील हैं। उनके हाथ में कागज़ था।

“यह पंडित आर्यवेश की अंतिम वसीयत है...” आवाज़ औपचारिक थी। पर असर गहरा है।

“उनकी संपत्ति का विभाजन...” कुछ लोग सिर हिलाते रहे। सब सामान्य था। फिर वकील रुके।

“और... एक दूसरी वसीयत भी है...” कमरे में हलचल हुई।

दूसरा सच

“यह वसीयत... कुछ विशेष व्यक्तियों के लिए है...” वकील ने पढ़ना शुरू किया।

“उन लोगों के लिए... जिनसे मैंने जीवन में न्याय नहीं किया...” कमरा अचानक भारी हो गया। परिवार के चेहरे बदलने लगे।

"राधा का परिवार..." एक फुसफुसाहट - "कौन राधा ?"

"उर्मिला ..." इस बार सीधा सन्नाटा।

और फिर "मेरा पुत्र..." शब्द जैसे दीवारों से टकराए। किसी ने कुर्सी कसकर पकड़ ली।

"यह... क्या है...?"

दरवाज़ा खुलता है

उसी समय दरवाज़ा धीरे से खुला। सबकी नज़र उधर गई। पहले एक बुज़ुर्ग महिला अंदर आई। सादा साड़ी... पर आँखों में वर्षों का इंतज़ार।

"मैं... उर्मिला ..." कमरे में खामोशी जम गई।

फिर एक और व्यक्ति। करीब पचास साल का। वही चेहरा... जो अब कई लोगों को याद आने लगा था।

"और मैं..." वह रुका। "उनका बेटा..."

किसी ने कुछ नहीं कहा। क्योंकि कहने को कुछ बचा ही नहीं था।

सामना

परिवार के बीच तनाव फैल गया।

"यह झूठ है..." किसी ने कहा। "इतने साल... और अब?"

उर्मिला शांत खड़ी रही। "हम कभी सामने नहीं आए..." उसने धीरे से कहा। "क्योंकि उन्होंने नहीं चाहा..." उसकी आवाज़ में आरोप नहीं था, सिर्फ सच।

वह आदमी आगे बढ़ा। "मैं कुछ लेने नहीं आया..." उसने स्पष्ट कहा। "बस... यह जानने..." वह रुक गया। "कि क्या अब भी... हमें छुपाया जाएगा?" कमरे में किसी के पास जवाब नहीं था।

विरासत बदलती है

वसीयत पूरी पढ़ी जा चुकी थी। सब कुछ सामने था। एक महान कलाकार... और उसकी छुपी हुई ज़िंदगी।

परिवार चुप था। शिष्य स्तब्ध। उर्मिला ने कमरे को देखा। फिर धीरे से कहा, "उन्होंने गलती की..." सबकी नज़र उस पर टिक गई। "पर अंत में... उन्होंने सच चुना..."

वह मुड़ी। जाने लगी। दरवाज़े तक पहुँचकर रुकी।

"अब यह आप पर है..." उसने पीछे देखे बिना कहा, "आप उनकी छवि बचाएँगे... या उनकी सच्चाई?"

दरवाज़ा बंद हुआ। कमरे में फिर सन्नाटा छा गया। पर इस बार वह सन्नाटा अलग था। जैसे किसी ने... एक पुरानी गूंज को पहली बार सुन लिया हो।

गूंज

कुछ दिनों में खबर फैल गई। अखबार... टीवी... रेडियो... हर जगह बस एक ही नाम।

"महान कलाकार की छुपी हुई ज़िंदगी..." लोग पढ़ रहे थे। सुन रहे थे। और बाँट रहे थे।

"क्या यह सच है?"

"इतने बड़े आदमी ने...?" किसी के चेहरे पर आश्चर्य था, किसी पर निराशा। पर सबसे ज़्यादा भ्रम।

बहस

एक टीवी डिबेट। स्क्रीन दो हिस्सों में बंटी हुई। एक तरफ संगीत के जानकार। दूसरी तरफ, सामाजिक आलोचक।

"हमें उनकी कला को अलग देखना चाहिए..." एक ने कहा।

"पर क्या हम इंसान को नज़रअंदाज़ कर सकते हैं?" दूसरे ने सवाल उठाया।

"उन्होंने गलती की..." "पर क्या वह उनकी महानता को कम करता है?"

बहस तेज़ हो गई। आवाज़ें ऊँची होने लगीं। पर जवाब अब भी कहीं नहीं था।

एक सच्चाई

ब्रज, एक छोटी-सी गली। वही जहाँ कभी दो सुर मिले थे। अब कुछ लोग बैठे थे। चुपचाप।

एक बुज़ुर्ग बोले, "हमने उसे बच्चा देखा था..."

दूसरे ने कहा, "फिर कलाकार..."

तीसरे ने धीरे से जोड़ा "और अब... इंसान..."

कुछ पल खामोशी रही। फिर एक बूढ़ी औरत ने कहा, "वह भगवान नहीं थे..."

सबने उसकी ओर देखा। उसकी आँखों में नमी थी।

"वह हम जैसे ही... एक अधूरे इंसान थे..."

हवा में हल्की-सी गूंज फैल गई। जैसे किसी ने... आख़िरकार सही सुर छेड़ दिया हो।

गंगा के किनारे

वाराणसी, सुबह का समय। धुंध हल्की-हल्की उठ रही थी। गंगा शांत बह रही थी जैसे सब कुछ जानती हो... पर कुछ कहती न हो।

किनारे पर लोग खड़े थे। परिवार... शिष्य... और कुछ अनजान चेहरे जो अब अनजान नहीं रहे थे।

उर्मिला थोड़ी दूर खड़ी थी। उसके हाथ जुड़े हुए थे, पर आँखें खुली थीं। जैसे वह विदाई नहीं... साक्षी बन रही हो। वह आदमी, उसका बेटा अस्थियों का कलश थामे खड़ा था।

कुछ पल सब खामोश रहें। फिर पंडित ने मंत्र पढ़ना शुरु किया। हवा में शब्द घुलने लगे। पर उन शब्दों के बीच एक और गूंज थी। अनसुनी... पर मौजूद।

अधूरी तान

कलश धीरे-धीरे झुका। अस्थियाँ गंगा में बहने लगीं। पानी ने उन्हें अपने भीतर समा लिया। जैसे... वह सब कुछ अपने साथ ले जा रही हो। सच... झूठ... पछतावा... और वे सारे सवाल... जो कभी पूछे ही नहीं गए।

उर्मिला ने आँखें बंद कर लीं। हवा हल्की-सी चली। और उसी हवा में एक बहुत हल्की-सी तान उभरी।

"आ..."

कोई सुन नहीं पाया। पर महसूस हुआ। जैसे कहीं दूर कोई राग अधूरा छूटा हो।

बेटे ने पानी की ओर देखा। कुछ देर... बस देखता रहा। फिर धीरे से बोला, "अब... शायद पूरा हो जाए..."

कोई जवाब नहीं आया। गंगा बहती रही। हवा चलती रही। और उस सबके बीच एक तान थी जो ना पूरी थी... ना अधूरी। बस... गूँज थी।

वहम का सच

प्राक्कथन

हर कहानी सिर्फ घटनाओं का सिलसिला नहीं होती... कुछ कहानियाँ मन के भीतर घटती हैं, धीरे, चुपचाप, और बहुत गहराई से। यह उपन्यास ऐसी ही एक कहानी है।

यह राज और सोनल की कहानी है, पर यह सिर्फ प्रेम कहानी नहीं है। यह उस बारीक रेखा की कहानी है, जहाँ प्रेम और अधिकार एक-दूसरे में घुल जाते हैं... और इंसान यह समझ ही नहीं पाता कि वह प्यार कर रहा है या किसी को बाँध रहा है। हम सब अपने-अपने मन के भीतर एक दुनिया बसाते हैं। उस दुनिया में इच्छाएँ होती हैं, डर होते हैं, और कुछ अधूरे वादे भी होते हैं। कई बार ये अधूरे वादे इतने गहरे उतर जाते हैं कि वे हमारी हकीकत को बदलने लगते हैं। इस कहानी का नायक भी उसी जाल में फँसता है, जहाँ उसका प्रेम, उसका डर, और उसका वहम एक हो जाते हैं।

इस उपन्यास में मनोविज्ञान, अपराध और भावनाओं का एक ऐसा संगम है, जहाँ हर घटना के पीछे सिर्फ 'क्या हुआ' नहीं, बल्कि 'क्यों हुआ' अधिक महत्वपूर्ण हो जाता है। एक ओर पुलिस की जांच, फॉरेंसिक साक्ष्य और अदालत की बहसें हैं... तो दूसरी ओर एक टूटता हुआ मन, जो अपने ही बनाए भ्रम में सच्चाई ढूँढता है। यह कहानी हमें मजबूर करती है यह सोचने के लिए कि क्या हर अपराधी सिर्फ अपराधी होता है? या कभी-कभी वह अपने ही दिमाग का कैदी भी होता है?

राज का चरित्र एक ऐसा आईना है, जिसमें हम इंसानी मन के अंधेरे को देख सकते हैं। उसका प्रेम धीरे-धीरे जुनून बनता है... और फिर जुनून नियंत्रण में बदल जाता है। वह खुद को सही मानता है, क्योंकि उसके लिए उसकी दुनिया ही अंतिम सच है। सोनल इस कहानी में सिर्फ एक पात्र नहीं है, वह उस स्वतंत्रता का प्रतीक है, जिसे हर इंसान जीना

चाहता है। उसका संघर्ष सिर्फ एक व्यक्ति से नहीं, बल्कि उस सोच से है जो प्रेम को अधिकार समझ बैठती है।

जांच अधिकारी, वकील, और जासूस, ये सभी इस कहानी में सच की तलाश करते हैं। लेकिन जैसे-जैसे कहानी आगे बढ़ती है, यह स्पष्ट होता जाता है कि सच हमेशा सीधा और साफ नहीं होता। कभी-कभी सच परतों में छिपा होता है, और कभी-कभी वह इतना धुंधला होता है कि उसे पकड़ना लगभग असंभव हो जाता है। यह उपन्यास किसी निष्कर्ष पर पहुँचने की कोशिश नहीं करता। यह पाठक को सोचने के लिए छोड़ देता है।

क्या राज दोषी है? क्या वह बीमार है? क्या वह सिर्फ एक प्रेमी था... या एक खतरनाक जुनूनी? शायद इन सवालों का कोई एक जवाब नहीं है। इस कहानी को लिखने का उद्देश्य सिर्फ एक थ्रिलर प्रस्तुत करना नहीं था, बल्कि उस मनोवैज्ञानिक यात्रा को दिखाना था, जिसमें एक सामान्य इंसान धीरे-धीरे अपनी ही सोच के अंधेरे में खो जाता है।

अंत में, यह कहानी आपको वहीं ले जाकर खड़ा करती है जहाँ से यह शुरू हुई थी, एक बेंच, एक पेड़, और कुछ अधूरे वादे। फर्क सिर्फ इतना है कि अब आप उस दृश्य को पहले की तरह नहीं देख पाएंगे।

- डॉ. रवीन्द्र पस्तोर

भाग 1: स्मृतियों का पिंजरा

अध्याय 1
वह बेंच और अधूरा वादा

पुणे की शाम हमेशा थोड़ी उदास होती है, खासकर जब आसमान में बादल घिरे हों और हवा में नमी हो। फर्ग्यूसन कॉलेज रोड के पास के उस पुराने कैफ़े के कोने में बैठा राज, खिड़की के बाहर गिरती बारिश की बूंदों को देख रहा था। सामने रखी कॉफी अब ठंडी होकर एक बेजान तरल में बदल चुकी थी। उसने पिछले आधे घंटे से उसे छुआ तक नहीं था।

उसकी उंगलियां कप के हैंडल को कसकर पकड़े हुए थीं, जैसे वह उस ठंडे होते सिरेमिक से कोई अंतिम गर्माहट निचोड़ लेना चाहता हो। बाहर की दुनिया अपनी रफ्तार से चल रही थी, ट्रैफिक का शोर, लोगों की भागदौड़, छात्रों का शोरगुल लेकिन राज के भीतर जैसे समय थम गया था। उसकी नज़रें सामने नहीं थीं, वे उन यादों के कोहरे को भेद रही थीं जहाँ से लौटना हर बीतते दिन के साथ और भी कठिन होता जा रहा था।

उसके दिमाग में फिर से वही तस्वीर उभरी... वह बेंच।

वह कोई विशेष बेंच नहीं थी। कॉलेज के पश्चिम परिसर (West Campus) के एक सुनसान कोने में स्थित लकड़ी की एक साधारण बेंच, जिसके ऊपर से बरगद के पेड़ की विशाल शाखाएं नीचे की ओर झुकी रहती थीं। वह बरगद का पेड़ इतना पुराना था कि शायद कॉलेज की इमारतें बनने से पहले भी वहां खड़ा था। उसकी लंबी जटाएं ज़मीन को छूती थीं, जैसे पुराने राजों को दबाने की कोशिश कर रही हों।

लोगों के लिए वह बस एक बैठने की जगह थी, जहाँ अक्सर धूल जमी रहती थी। लेकिन राज के लिए? राज के लिए वह दुनिया का सबसे पवित्र स्थान था। वह उसे एक 'मंदिर' मानता था, एक ऐसा मंदिर जहाँ उसकी और सोनल की दुनिया शुरू हुई थी।

"तुम हमेशा यहीं बैठते हो?"

वह आवाज़ आज भी उसके कानों में गूँजती है। वह दिन राज को बिल्कुल साफ याद है। सोनल ने सफेद कुर्ता पहना था, उसके बाल हवा में लहरा रहे थे और उसकी आँखों में वह शांति थी जो राज ने पहले कभी किसी इंसान में नहीं देखी थी। राज ने उस समय अपनी किताब से नज़रें उठाकर उसकी ओर देखा और बस इतना कहा था, "शायद अब बैठूँगा।"

उस एक पल में राज ने अपने भविष्य की पूरी पटकथा लिख दी थी। सोनल की वह मुस्कान राज के लिए एक लत बन गई। धीरे-धीरे वह बेंच उनका सुरक्षित ठिकाना बन गई। क्लास के बाद, चाहे कितनी ही तेज़ धूप हो या मूसलाधार बारिश, वे वहीं मिलते हैं।

सोनल अक्सर अपने करियर की बातें करती है। वह 'इन्फोसिस' (Infosys) में जाने के सपने देखती थी, जबकि राज का लक्ष्य 'विप्रो' (Wipro) था। उन्होंने वादा किया था कि वे एक ही कंपनी जॉइन करेंगे, ताकि कभी अलग न हों। लेकिन नियति का खेल अलग था। कैंपस सिलेक्शन के दिन जब सोनल को मुंबई के लिए इन्फोसिस का ऑफर मिला और राज को पुणे के लिए विप्रो का, तो उस बेंच पर एक अजीब-सी खामोशी छा गई।

राज को याद है कि सोनल ने उसका हाथ अपने हाथ में लेकर कहा था, "राज, जब उन्होंने मुझसे स्वीकृति (Acceptance) के बारे में पूछा, तो मैं मना नहीं कर पाई... लेकिन मैं तुम्हारे बारे में ही सोच रही थी।"

उस शाम सोनल की बातों ने राज के भीतर एक असुरक्षा का बीज बो दिया था। वह उसे 'नहीं' कहना चाहता था, वह उसे रोकना चाहता था, लेकिन उसने बस मुस्कुराकर अपनी उदासी छिपा ली। उसे लगा कि वह सोनल का साथ देकर उसे खुश रखेगा, लेकिन उसके अवचेतन मन में एक डरावना विचार घर करने लगा था, क्या सोनल उसे छोड़ रही है?

उसी बेंच पर बैठकर सोनल ने एक दिन वह बात कही जिसने राज की रातों की नींद छीन ली।

"राज, मुझे मुंबई जाना है। शायद... हमेशा के लिए।"

उस पल हवा की सरसराहट जैसे बंद हो गई। राज के भीतर सब कुछ कांच की तरह टूटकर बिखर गया। उसने सोनल की ओर देखा, उसकी आँखों में वही पुरानी मासूमियत थी, लेकिन अब उसमें एक 'शहरी' चमक भी आने लगी थी। राज, जो अपनी जड़ों से, अपने गाँव के संस्कारों से जुड़ा हुआ था, सोनल की इस नई आज़ादी से सहम गया।

"हम... बात करते रहेंगे, ना?" राज की आवाज़ में जो डर था, सोनल ने शायद उसे नहीं पहचाना। या शायद उसने उसे नज़रअंदाज कर दिया।

सोनल ने हल्की मुस्कान के साथ कहा, "हाँ, क्यों नहीं?"

लेकिन राज जानता था। उसने महसूस कर लिया था कि सोनल अब उस बेंच का हिस्सा नहीं रही। वह अब बरगद की जड़ों की तरह वहां नहीं

थमना चाहती थी। वह उड़ना चाहती थी। और राज? राज उस बेंच पर ही खड़ा रह गया, जैसे वह बरगद का पेड़, जो अपनी जगह से हिल नहीं सकता था।

यहीं से राज का 'आदर्शीकरण' (Idealization) एक बीमारी का रूप लेने लगा।

कैफ़े की ठंडी कॉफी को देखते हुए राज ने अपनी जेब से सोनल की एक पुरानी डायरी निकाली। इस डायरी के कुछ पन्ने फटे हुए थे। राज ने उन पन्नों को बार-बार पढ़ा था, हर शब्द के पीछे छिपे मतलब को खोजने की कोशिश की थी। उसके लिए सोनल अब एक साधारण लड़की नहीं थी। वह एक देवी थी, जिसे उसने अपने मन के मंदिर में स्थापित कर लिया था। और मंदिर से देवी का बाहर जाना उसे अपवित्र लगने लगा था।

अचानक, उसकी मेज़ पर रखा फोन वाइब्रेट हुआ। स्क्रीन पर एक अनजान नंबर चमक रहा था। राज ने कांपते हाथों से फोन उठाया।

"हेलो?" उसकी आवाज़ भारी थी।

दूसरी तरफ से सिर्फ भारी सांसों की आवाज़ आ रही थी। फिर एक धीमी, जानी-पहचानी फुसफुसाहट सुनाई दी।

"राज... क्या तुम अब भी वहीं बैठे हो?"

राज की आँखों में खून उतर आया। वह आवाज़ सोनल जैसी थी, लेकिन उसमें एक ठंडापन था। फोन कट गया।

राज कैफ़े से बाहर निकला। बारिश तेज़ हो चुकी थी। उसने छाता नहीं

खोला। उसे पुणे की सड़कों पर सोनल की परछाईं दिखने लगी थी। उसे लग रहा था कि सोनल मुंबई नहीं गई है, वह यहीं है, किसी अंधेरे कोने से उसे देख रही है और उसकी परीक्षा ले रही है।

उसके दिमाग के एक कोने में फ्रायड की वह बात गूँज रही थी जो उसने हाल ही में एक किताब में पढ़ी थी, 'दबाए हुए जज़्बात कभी मरते नहीं, वे ज़िंदा दफन हो जाते हैं और बाद में और भी बदसूरत तरीके से बाहर निकलते हैं।'

राज के लिए वह बेंच अब सिर्फ यादों का हिस्सा नहीं थी। वह उसके प्रतिशोध और जुनून का केंद्र बनने वाली थी। सोनल ने उसे छोड़ दिया था, लेकिन राज ने तय कर लिया था कि वह सोनल को कभी खुद से दूर नहीं होने देगा। चाहे इसके लिए उसे कानून, नैतिकता या खुद सोनल के वजूद को ही क्यों न मिटाना पड़े।

उस फोन कॉल ने राज को हिलाकर रख दिया था। क्या वह सच में सोनल थी? या राज का अपना वहम? और सबसे बड़ा सवाल: राज के बैग में रखी वह पुरानी डायरी, जिसके फटे हुए पन्ने कहाँ थे?

राज इवान पावलोव का कुत्ता बन गया था। जिसकी क्लासिकल कंडीशनिंग उसके फोन की उस रिंगटोन के साथ हो गई थी, जो उसने सोनल के नंबर के साथ सेव की थी।

जैसे पावलोव ने कुत्ते की क्लासिकल कंडीशनिंग घंटी को बार-बार बजाने पर भोजन देने के साथ जोड़ दी थी। घंटी बजते ही कुत्ता भोजन की उम्मीद में लार टपकाने लगा, भले ही भोजन न दिया गया हो।

पावलोव ने देखा कि कुत्ता केवल घंटी की आवाज़ पर लार टपकाने लगता था। इसी तरह जब भी राज के फोन की घंटी में वह रिंगटोन

बजती, उसे लगता कि फोन सोनल ने ही किया होगा।

अध्याय 2
एक चीख

मुंबई की रात और ऊपर से सावन की वह बेतरतीब बारिश। अरब सागर से उठती हवाएं जब ऊंची इमारतों से टकराती थीं, तो एक अजीब सी सायं-सायं की आवाज़ पैदा होती थी। अंधेरी वेस्ट के 'सी-व्यू अपार्टमेंट' की चौथी मंज़िल पर सन्नाटा पसरा था, लेकिन वह सन्नाटा सुकून देने वाला नहीं था। वह भारी थी, जैसे किसी आने वाले तूफान की आहट हो।

खिड़की आधी खुली थी। बाहर की ठंडी बौछारें अंदर रखे महँगे कारपेट को भिगो रही थीं। कमरे के अंदर रखे टेबल पर एक कॉफ़ी मग था, जिसमें से अब भाप निकलना बंद हो गई थी। सोनल, जो कुछ ही महीने पहले पुणे की शांत गलियों को छोड़कर इस 'सपनों के शहर' में अपनी पहचान बनाने आई थी, आज फर्श पर बेजान पड़ी थी।

उसका सफेद कुर्ता, जो उसकी सादगी की पहचान था, अब खून के गहरे लाल धब्बों से भर चुका था।

धाँय!!!

वह आवाज़ बारिश के शोर को चीरती हुई बाहर निकली। पास की इमारत के नीचे खड़े चौकीदार रामू ने चौंककर ऊपर देखा। "ये क्या था? पटाखा? इस मौसम में?" उसने खुद से सवाल किया। लेकिन जब कुछ सेकंड बाद एक और हल्की चीख सुनाई दी, तो उसका माथा ठनका।

उसने तुरंत पुलिस कंट्रोल रूम को फोन किया।

करीब बीस मिनट बाद, मुंबई पुलिस की दो जीपें सायरन बजाती हुई अपार्टमेंट के गेट पर रुकीं। इंस्पेक्टर विजय देशमुख अपनी टीम के साथ बाहर निकले। उनके चेहरे पर वही पुरानी सख़्ती थी, जो बरसों की क्राइम इन्वेस्टिगेशन के बाद पत्थर जैसी हो गई थी।

"दरवाज़ा तोड़ो!" देशमुख ने संक्षेप में आदेश दिया।

जब दरवाज़ा टूटा, तो अंदर का दृश्य देखकर अनुभवी पुलिस वालों की सांसें भी कुछ पलों के लिए थम गईं। सोनल की आँखें खुली थीं, जैसे वह आखिरी पल में किसी को देख रही हो, हैरानी से, या शायद खौफ से।

"कोई भी चीज़ छुओ मत!" देशमुख ने गरजते हुए कहा। फॉरेंसिक टीम अंदर आई। कैमरों की फ्लैशलाइट अंधेरे कमरे को बार-बार रोशन कर रही थी।

फॉरेंसिक एक्सपर्ट डॉ. वाघ ने सोनल के शरीर के पास घुटनों के बल बैठकर जांच शुरू की। "सर, एंट्री वाउंड (Entry Wound) छाती के ठीक बाईं तरफ है। गोली दिल को चीरती हुई पार निकल गई है।"

"दूरी कितनी रही होगी?" देशमुख ने कमरे का मुआयना करते हुए पूछा।

डॉ. वाघ ने लेज़र लाइट से एंगल नापा। "करीब 5 से 7 फीट। शूटर सोनल के बहुत करीब था। और सबसे अजीब बात देखिए सर... फर्श पर किसी संघर्ष (Struggle) के निशान नहीं हैं। मेज पर रखा कॉफ़ी मग भी नहीं गिरा। इसका मतलब है कि सोनल उस व्यक्ति को जानती

थी। उसने उसे अंदर आने दिया, उसके लिए कॉफ़ी बनाई और शायद वे बातें कर रहे थे जब अचानक उसने गोली चला दी।"

"जान-पहचान वाला हत्यारा..." देशमुख बुदबुदाए। "यही सबसे खतरनाक होते हैं।"

एक कॉन्स्टेबल ने पाउडर और ब्रश के साथ दरवाज़े के हैंडल और खिड़की के पास जांच की। "सर, यहाँ कुछ धुंधले फिंगरप्रिंट्स मिले हैं। लेकिन शूटर ने शायद दस्ताने पहने थे।"

तभी देशमुख की नज़र सोनल के हैंडबैग पर पड़ी। "फोन कहाँ है? सोनल का मोबाइल?"

पूरी टीम ने कमरे का कोना-कोना छान मारा, लेकिन फोन कहीं नहीं था। देशमुख के चेहरे पर चिंता की लकीरें गहरी हो गईं। "आजकल इंसान की पूरी जिंदगी उसके फोन में होती है। अगर फोन गायब है, तो इसका मतलब है कि कातिल ने केवल सोनल को नहीं मारा, उसने उस सच को भी मिटाने की कोशिश की है जो उस फोन में कैद था।"

उसी वक्त, मुंबई से करीब 150 किलोमीटर दूर पुणे के उस पुराने कैफ़े में, राज की आँखों में एक अजीब सी चमक थी। वह अपनी घड़ी देख रहा था। रात के 10:30 बज रहे थे।

उसके दिमाग में बार-बार वह 'प्लेसमेंट डे' घूम रहा था।

(फ्लैशबैक) कॉलेज का वह ऑडिटोरियम छात्रों के शोर से भरा था। राज और सोनल एक-दूसरे का हाथ थामे बैठे थे। "सोनल शर्मा - इन्फोसिस, मुंबई!" जैसे ही घोषणा हुई, सोनल खुशी से उछल पड़ी। राज

ने भी तालियाँ बजाईं, लेकिन उसके हाथ कांप रहे थे। उसके अंदर एक राक्षस जाग रहा था, असुरक्षा का राक्षस।

"मुंबई? इतनी दूर? वहाँ तो हज़ारों लड़के होंगे। सोनल मेरी पहुँच से बाहर हो जाएगी," उसके अचेतन मन ने उसे चेतावनी दी थी।

बाद में उसी बरगद के पेड़ वाली बेंच पर बैठकर सोनल ने कहा था, "राज, हम हर वीकेंड मिलेंगे। प्रॉमिस।" राज ने मुस्कुराकर कहा था, "हाँ सोनल, तुम जहाँ भी जाओगी, मैं तुम्हारे साथ रहूँगा। हमेशा।"

उस 'हमेशा' शब्द के पीछे जो डार्क साइकोलॉजी छिपी थी, उसे सोनल कभी समझ नहीं पाई। राज के लिए सोनल कोई इंसान नहीं थी जिसे आज़ादी चाहिए थी, वह उसकी एक 'प्रॉपर्टी' थी जिसे वह खोना नहीं चाहता था।

वर्तमान (पुणे) राज ने ठंडी हो चुकी कॉफ़ी का एक घूँट भरा। उसके होंठों पर एक ठंडी मुस्कान थी। उसे याद आया फ्रायड का वह सिद्धांत, 'Erotomania'। इरोटोमेनिया (Erotomania), जिसे 'डी क्लेरम्बॉल्ट सिंड्रोम' भी कहते हैं, एक दुर्लभ मानसिक भ्रामक विकार (Delusional Disorder) है।

इसमें व्यक्ति को यह दृढ़ विश्वास या भ्रम होता है कि कोई दूसरा व्यक्ति (अक्सर उच्च सामाजिक स्थिति वाला, सेलिब्रिटी या अनजान व्यक्ति) उनसे प्यार करता है। यह प्यार एकतरफा भ्रम है, जिसे कोई सबूत न होने पर भी वे सच मानते हैं।जब एक मरीज़ को यकीन हो जाता है कि कोई उससे बहुत प्यार करता है, भले ही असलियत में ऐसा न हो।

राज को लग रहा था कि सोनल मुंबई जाकर उसे 'टेस्ट' कर रही है। वह

चाहता था कि सोनल वापस आ जाए। "अगर वो मेरी नहीं हुई, तो वो किसी की भी नहीं होगी। और अगर वो आज़ाद नहीं रह सकती, तो मैं उसे सुरक्षित कर दूँगा। हमेशा के लिए।"

उसने अपनी जेब से सोनल की डायरी का वह फटा हुआ पन्ना निकाला जिस पर सोनल ने लिखा था, "मैं आज़ाद होना चाहती हूँ।"

राज ने उस पन्ने को धीरे से जला दिया। "आज़ादी खतरे से भरी होती है, सोनल। मैंने तुम्हें उस खतरे से बचा लिया।"

अगली सुबह, मुंबई पुलिस स्टेशन में हलचल तेज़ थी। सोनल की पोस्टमार्टम रिपोर्ट देशमुख की मेज़ पर थी। "टाइम ऑफ डेथ रात 9:45 के आसपास है," देशमुख ने अपनी टीम को बताया। "और सोनल के CDR (Call Data Records) से पता चला है कि पिछले एक हफ्ते से उसे पुणे के अलग-अलग पीसीओ (PCO) से फोन आ रहे थे। फोन करने वाला कभी अपना मोबाइल इस्तेमाल नहीं करता था।"

"सर, क्या यह स्टॉकिंग (Stalking) का मामला हो सकता है?" एक जूनियर ऑफिसर ने पूछा।

देशमुख ने खिड़की के बाहर देखा, जहाँ अभी भी हल्की बारिश हो रही थी। "यह केवल स्टॉकिंग नहीं है। यह 'नियंत्रण' का खेल है। किसी ने सोनल को एक पिंजरे में कैद करने की कोशिश की थी, और जब सोनल ने पिंजरा तोड़ने की कोशिश की... तो उसने उसे हमेशा के लिए शांत कर दिया।"

"पुणे पुलिस को खबर करो। हमें उस लड़के के बारे में जानना है जिसके साथ सोनल कॉलेज में थी।"

मुंबई में देशमुख को गायब फोन की तलाश थी, और पुणे में राज के कमरे में एक अलमारी थी जो हमेशा बंद रहती थी। उस अलमारी के अंदर एक मोबाइल फोन लगातार बज रहा था... वह सोनल का फोन था।

राज के पास सोनल का फोन कैसे पहुँचा, जबकि मर्डर के वक्त वह पुणे के टोल नाके के सीसीटीवी में दिख रहा था? क्या राज के पीछे कोई और है, या यह राज का ही कोई मास्टर प्लान है?

अध्याय 3
'डिटेक्टिव' इनपुट्स

मुंबई पुलिस स्टेशन का वह कमरा सीलन और पुरानी फाइलों की गंध से भरा था। बाहर मूसलाधार बारिश अब धीमी होकर एक निरंतर टप-टप में बदल चुकी थी, जो इंस्पेक्टर विजय सावंत के दिमाग में किसी हथौड़े की तरह बज रही थी। विजय अपनी मेज पर झुके हुए थे, आँखों के नीचे डार्क सर्कल्स उनकी रातों की नींद हराम होने की गवाही दे रहे थे।

सामने सोनल शर्मा की फाइल खुली थी।

"एक गोली... दिल के ठीक पार। कोई स्ट्रगल नहीं। फोन गायब।" विजय ने अपने पेन को मेज पर टिक-टिक करते हुए बुदबुदाया। "यह मर्डर या तो बहुत सफाई से किया गया प्रोफेशनल काम है... या फिर किसी ऐसे व्यक्ति का, जो सोनल के इतने करीब था कि उसे खतरे का अहसास तक नहीं हुआ।"

तभी दरवाजे पर दस्तक हुई। कॉन्स्टेबल कदम अंदर आया। "सर, एक आदमी आपसे मिलना चाहता है। कह रहा है कि वह प्राइवेट इन्वेस्टिगेटर है और उसके पास इस केस से जुड़ी अहम जानकारी है।"

विजय ने अपनी भौंहें सिकोड़ीं। पुलिस और प्राइवेट जासूसों का रिश्ता हमेशा से तनावपूर्ण रहा है। "भेजो उसे अंदर।"

दरवाजा खुला और एक मध्यम कद का, साधारण दिखने वाला व्यक्ति

अंदर आया। उसने एक ग्रे रंग की जैकेट पहनी थी जो थोड़ी गीली थी। उसकी चाल में एक अजीब सा ठहराव और आत्मविश्वास था।

"नमन जैन," उसने हाथ बढ़ाते हुए कहा। "प्राइवेट इन्वेस्टिगेटर।"

विजय ने हाथ नहीं मिलाया, बस उसे बैठने का इशारा किया। "एक पुलिस केस में प्राइवेट इन्वेस्टिगेटर की इतनी दिलचस्पी? क्या तुम जानते हो कि मर्डर केस में हस्तक्षेप करना तुम्हें मुसीबत में डाल सकता है?"

नमन मुस्कुराया, उसकी आँखों में एक ऐसी चमक थी जो केवल उन लोगों में होती है जो परछाइयों में रहने के आदी होते हैं। "सर, मैं हस्तक्षेप नहीं कर रहा, सहायता कर रहा हूँ। क्योंकि जिस लड़की का कल रात मर्डर हुआ है, मैं उस पर पिछले दो महीने से नजर रख रहा था।"

कमरे में सन्नाटा छा गया। विजय की कलम रुक गई। "क्या मतलब? तुम सोनल को ट्रैक कर रहे थे?"

"जी सर," नमन ने एक टैबलेट निकालकर मेज पर रखा। "मेरे पास उसका डेली रुटीन, उसके मिलने वाले लोग और उसकी हर गतिविधि का डेटा है। जिम, ऑफिस, अंधेरी का वह कैफ़े जहाँ वह अक्सर अकेले कॉफ़ी पीने जाती थी... सब कुछ यहाँ रिकॉर्डेड है।"

पहला बड़ा सवाल: किसने हायर किया?

विजय की आँखें नमन के चेहरे पर गड़ गईं। "तुम्हें किसने हायर किया था? किसने कहा था सोनल की जासूसी करने के लिए?"

नमन ने एक लंबी साँस ली और कुर्सी पर थोड़ा पीछे झुक गया। "यही

तो सबसे बड़ा राज है, सर। जिसने मुझे हायर किया, उसने कभी अपनी असली पहचान उजागर नहीं की। भुगतान एक गुमनाम ऑनलाइन वॉलेट से हुआ। मुझे लगा कि यह कोई साधारण 'प्री-मैरिटल चेक' (शादी से पहले की जांच) है या फिर कोई बहुत ही पजेसिव प्रेमी है जो उस पर नजर रखना चाहता था।"

विजय ने तस्वीरें स्वाइप करनी शुरू कीं। सोनल मुस्कुरा रही थी, कभी फोन पर बात कर रही थी, तो कभी किसी सहकर्मी के साथ हंस रही थी।

"जासूसी कैसे की तुमने? उसे पता क्यों नहीं चला?" विजय ने पूछा।

नमन ने गर्व से अपनी तकनीक के बारे में बताया, जो उसने डिटेक्टिव नमन जैन के अनुभवों से सीखी थी। "सर, अंडरकवर काम में सबसे बड़ी कला है 'दृश्यता के बीच अदृश्य' होना। कभी मैं जोमैटो का डिलीवरी बॉय बनकर उसके अपार्टमेंट के चक्कर लगाता, तो कभी ओला कैब का ड्राइवर बनकर उसे ऑफिस छोड़ता। मेरा एक एजेंट तो उसके ऑफिस के पास 'लाइफ कोच' बनकर भी घूमता रहा ताकि उसके मानसिक तनाव को पढ़ सके।"

"और तुम्हें कुछ अजीब मिला?"

"हाँ, सर," नमन गंभीर हो गया। "पिछले कुछ हफ्तों से सोनल को ऐसा महसूस होने लगा था कि कोई उसका पीछा कर रहा है। वह बार-बार पीछे मुड़कर देखती थी। वह डरी हुई थी। और यह फोटो देखिए..." नमन ने एक धुंधली तस्वीर दिखाई। "यह लड़का पुणे से बार-बार मुंबई आता था। एक बार मैंने उसे सोनल के अपार्टमेंट के बाहर देखा था। सोनल ने उसे को पुकारा था - 'राज'।"

उसी समय, पुणे के अपने छोटे से कमरे में राज दीवार पर टंगी एक घड़ी को एकटक देख रहा था। कमरे में अंधेरा था, सिवाय कंप्यूटर स्क्रीन की नीली रोशनी के।

उसने अपना फोन उठाया और सोनल का नंबर मिलाया।

"The number you are calling is currently switched off..."
"जिस नंबर पर आप कॉल कर रहे हैं, वह अभी बंद है।"

राज ने फोन पटक दिया। उसके अंदर एक अजीब सी बेचैनी थी, जैसे कोई भूखा जानवर पिंजरे के अंदर छटपटा रहा हो।

"वो फोन बंद क्यों है? क्या वो किसी और के साथ है? क्या वो मुंबई की चकाचौंध में मुझे भूल गई?"

उसके दिमाग में सिगमंड फ्रायड की 'दमित इच्छाओं' (Repressed Desires) का सिद्धांत एक शोर की तरह गूँज रहा था। उसका अवचेतन मन (Unconscious Mind) उसे बता रहा था कि सोनल अब उसकी पहुँच से दूर जा रही है।

"अगर वो मेरी नहीं हुई, तो वो किसी की भी नहीं होगी," उसने खुद से फुसफुसाया। राज की सोच अब 'प्रेम' से 'अधिकार' (Possession) की ओर बढ़ चुकी थी। उसे मैकियावेली का वह सिद्धांत याद आया, प्रेम से कहीं ज्यादा सुरक्षित है 'डर' में रहना। वह चाहता था कि सोनल उससे प्यार न करे तो कम से कम उससे डरे, ताकि वह उसे छोड़ न सके।

फ्लैशबैक: वह बेंच और एक चेतावनी

उसे याद आया कॉलेज का वह आखिरी हफ्ता। वे उसी बरगद के पेड़ के

नीचे बैठे थे। सोनल बहुत खुश थी क्योंकि उसका मुंबई जाने का टिकट कन्फर्म हो गया था।

"राज, तुम इतना सवाल क्यों पूछते हो? मैं कहाँ जा रही हूँ, किससे मिल रही हूँ... तुम्हें सब क्यों जानना होता है?" सोनल ने मुस्कुराते हुए पूछा था, लेकिन उसकी आँखों में एक हल्की सी झुंझलाहट थी।

"बस... अच्छा लगता है जानना। तुम्हारी सुरक्षा की चिंता होती है," राज ने अपनी ग्रामीण संवेदनशीलता के साथ कहा था।

"या फिर... तुम मुझे कंट्रोल करना चाहते हो?" सोनल ने मजाक में कहा था।

राज उस वक्त चुप रहा था, लेकिन उसके अचेतन मन ने उस मजाक को एक चुनौती की तरह लिया था। उसके लिए नियंत्रण ही प्रेम का एकमात्र सबूत था।

पुलिस स्टेशन में इंस्पेक्टर विजय ने नमन जैन की ओर देखा। "उस राज को ढूंढना होगा। अगर वह मुंबई में था, तो वह हमारे रडार पर क्यों नहीं आया?"

नमन ने धीरे से कहा, "सर... वह लड़का सिर्फ एक प्रेमी नहीं है। वह एक 'ऑब्जर्वर' (अवलोकक) है। और मेरा अनुभव कहता है कि जो इंसान खुद को परछाइयों में छिपाना जानता है, वह पुलिस से हमेशा एक कदम आगे रहता है।"

विजय ने मेज पर रखा हुआ अपना वायरलेस उठाया। "सभी यूनिट्स को अलर्ट करो। हमें उस 'राज' नाम के लड़के की पूरी प्रोफाइल चाहिए। और नमन... तुम अभी कहीं नहीं जा रहे। मुझे उस क्लाइंट की डिजिटल

आईडी चाहिए जिसने तुम्हें हायर किया था।"

नमन की नजरें सोनल की बेजान तस्वीर पर टिकी थीं। "सर, एक बात और। सोनल पर नजर सिर्फ मैं नहीं रख रहा था। उस रात वहां कोई और भी था... जिसे मेरा कैमरा भी कैप्चर नहीं कर पाया।"

बाहर बारिश फिर से तेज हो गई थी। मुंबई की सड़कों पर सच बह रहा था, लेकिन पुणे के एक अंधेरे कमरे में बैठा राज अब भी सोनल के फोन के चालू होने का इंतजार कर रहा था... एक ऐसे फोन का, जो उसकी अपनी अलमारी के गुप्त खाने में रखा हुआ था।

सोनल पर नज़र रखवाने वाला वह 'बेनाम क्लाइंट' कौन था? क्या वह राज था, या फिर कोई और जो राज के जुनून का फायदा उठा रहा था?

अध्याय 4
विप्रो बनाम इन्फोसिस

पुणे की चिलचिलाती दोपहर। कॉलेज के मुख्य ऑडिटोरियम के बाहर सन्नाटा था, लेकिन अंदर का माहौल किसी युद्धक्षेत्र से कम नहीं था। दीवारों पर लगे एयर कंडीशनर अपनी पूरी ताकत से चल रहे थे, फिर भी वहां बैठे हर छात्र के माथे पर पसीने की बूंदें चमक रही थीं। आज 'कैंपस प्लेसमेंट' का आखिरी और सबसे बड़ा दिन था।

राज ऑडिटोरियम की सबसे पिछली कतार में बैठा था। उसकी आँखें सामने लगीं बड़ी प्रोजेक्टर स्क्रीन पर टिकी थीं, लेकिन उसका मन कहीं और भटक रहा था। वह रह-रहकर सोनल की ओर देख लेता, जो सबसे पहली कतार में बैठी थी। सोनल ने आज नीले रंग का फॉर्मल ब्लेज़र पहना था। वह आत्मविश्वास से भरी लग रही थी, जैसे उसे पहले से पता हो कि यह दुनिया उसकी मुट्ठी में आने वाली है।

राज के लिए यह दिन केवल नौकरी पाने का नहीं था, बल्कि सोनल को अपने करीब रखने की आखिरी जंग थी।

घोषणा का वह क्रूर पल

अचानक, स्टेज पर खड़े प्लेसमेंट ऑफिसर ने माइक संभाला। एक लंबी गूँज के साथ हॉल में खामोशी छा गई।

"इन्फोसिस, मुंबई के लिए चुनी गई कैंडिडेट हैं... सोनल शर्मा!"

पूरा ऑडिटोरियम तालियों की गूँज से भर उठा। सोनल की सहेलियों ने

उसे गले लगा लिया। सोनल के चेहरे पर एक ऐसी मुस्कान थी जो राज ने पहले कभी नहीं देखी थी, यह जीत की मुस्कान थी, आज़ादी की मुस्कान थी। वह हल्के कदमों से स्टेज की ओर बढ़ी। उसकी चाल में कोई हिचक नहीं थी, जैसे वह मुंबई की भीड़ और वहां की ऊंची इमारतों के बीच पहले से ही अपना रास्ता बना चुकी हो।

राज ने भी ताली बजाई, लेकिन उसे महसूस हुआ कि उसके हाथ जैसे जमे हुए थे। उसके कान सुन्न हो गए थे। "मुंबई..." यह शब्द उसके दिमाग में किसी गंदे नाले की तरह बहने लगा। उसके लिए मुंबई कोई शहर नहीं था, बल्कि एक ऐसी भूलभुलैया थी जहाँ जाकर लोग अपनी जड़ें भूल जाते थे।

कुछ देर बाद, प्लेसमेंट ऑफिसर ने दूसरी लिस्ट पढ़ी।

"विप्रो , पुणे के लिए चुने गए कैंडिडेट हैं... राज मिश्रा।"

तालियाँ फिर बजीं, लेकिन राज को अपनी जीत हार जैसी महसूस हुई। उसने सोनल की ओर देखा, जो अब अपनी सहेलियों के साथ फोटो खिंचवा रही थी। उसने राज को देखकर हाथ हिलाया, लेकिन राज ने बस एक औपचारिक मुस्कान के साथ सिर झुका लिया।

बरगद का पेड़ और कड़वे संवाद

शाम ढल चुकी थी। कॉलेज कैंपस अब खाली होने लगा था। राज और सोनल अपनी उसी पुरानी लकड़ी की बेंच पर बैठे थे। बरगद के पेड़ के पत्तों से छनकर आती रोशनी उनके चेहरों पर बेतरतीब साये बना रही थी।

"तो... मैडम अब मुंबई जाएँगी," राज ने चुप्पी तोड़ते हुए कहा। उसकी आवाज़ में एक अजीब सा खिंचाव था।

"हाँ, राज! मुंबई! सपनों का शहर!" सोनल की आँखों में चमक थी। "वहां का वर्क कल्चर, वहां की लाइफस्टाइल... मैं हमेशा से यही चाहती थी।"

"और मेरा क्या?" राज ने सीधे उसकी आँखों में देखते हुए पूछा।

सोनल थोड़ा चौंक गई। "तुम्हारा क्या मतलब? तुम पुणे में हो, मैं मुंबई में। सवा तीन घंटे का रास्ता है। हम हर शनिवार-रविवार मिल सकते हैं।"

"शहर पास हो सकते हैं सोनल... लोग नहीं," राज ने धीमे स्वर में कहा। "मुंबई में तुम अकेली रहोगी। वहां का माहौल हमारे यहाँ जैसा नहीं है। लोग दिखावे के पीछे भागते हैं। तुम बदल जाओगी सोनल।"

सोनल की मुस्कान धीरे-धीरे गायब होने लगी। "राज, तुम फिर से वही पुरानी बातें शुरू कर रहे हो। क्या तुम्हें मुझ पर भरोसा नहीं है? या तुम मेरी सफलता से डर रहे हो?"

यहीं पर राज की परवरिश का वह 'मैकियावेलियन' पहलू सामने आया जिसे उसने अब तक छुपाकर रखा था। वह उत्तर प्रदेश के एक छोटे से गाँव से आया था, जहाँ लड़कियों की आज़ादी का मतलब अक्सर 'मर्यादा का उल्लंघन' माना जाता था। यह ग्रामीण पृष्ठभूमि बनाम शहरी महत्वाकांक्षा का शाश्वत द्वन्द था।

उसके पिता अक्सर कहते थे, "बेटा, जो चीज़ अपनी है, उसे खूंटे से बाँध कर रखना चाहिए, वरना हवा उसे उड़ा ले जाती है।"

"भरोसा तो है सोनल," राज ने अपनी आवाज़ को थोड़ा भारी और नियंत्रित करते हुए कहा, "पर सुरक्षा भी तो कुछ होती है। पुणे में मैं तुम्हारे पास रहता। अगर तुम्हें कुछ चाहिए होता, मैं वहां पहुँच जाता। मुंबई में... वहां कौन है तुम्हारा? अगर कोई मुसीबत आई तो?"

सोनल अब चिढ़ गई थी। "मैं अपनी मुसीबतें खुद संभाल सकती हूँ राज। मुझे तुम्हारी सुरक्षा की ज़रूरत नहीं है, मुझे तुम्हारी 'समझ' की ज़रूरत है। यह मेरा करियर है, मेरी आज़ादी है।"

"आज़ादी..." राज ने इस शब्द को ऐसे दोहराया जैसे वह कोई अपशब्द हो। "आज़ादी अक्सर इंसान को अकेला कर देती है, सोनल। मैं तुम्हें खोना नहीं चाहता।"

"और मैं खुद को खोना नहीं चाहती, राज," सोनल ने दृढ़ता से जवाब दिया।

राज के अचेतन मन (Unconscious Mind) में एक भयानक युद्ध चल रहा था। राज की यह असुरक्षा उसके बचपन के उन अनुभवों से उपजी थी जहाँ उसने अपनी माँ को हमेशा पिता की छाया में दबते देखा था। उसके लिए 'प्यार' का मतलब ही 'नियंत्रण' था।

उसके दिमाग के एक कोने में विचार आया, "अगर ये चली गई, तो ये मेरे वश में नहीं रहेगी। ये वहां नए दोस्त बनाएगी, शायद किसी और को पसंद करने लगे। मुझे इसे रोकना ही होगा... किसी भी कीमत पर।"

उसने सोनल का हाथ पकड़ा। उसकी पकड़ ज़रूरत से ज्यादा सख्त थी। "सोनल, तुम इन्फोसिस छोड़ दो। विप्रो में बात करो, मैं वहां तुम्हारी सिफारिश करूँगा। तुम पुणे में ही रुक जाओ।"

सोनल ने अपना हाथ झटके से छुड़ा लिया। उसकी आँखों में अब प्यार नहीं, बल्कि खौफ की एक हल्की सी लकीर थी। "तुम पागल हो गए हो राज। तुम चाहते हो कि मैं अपना सपना छोड़ दूँ सिर्फ इसलिए ताकि तुम मुझे अपनी आँखों के सामने रख सको? यह प्यार नहीं है, यह सनक है।"

सोनल वहां से उठकर चली गई। राज वहीं बेंच पर बैठा रहा। बरगद के पेड़ से एक पत्ता गिरकर उसकी गोद में आ पड़ा। उसने उस पत्ते को अपने हाथों में मसल दिया।

पुणे के उस ठंडे कैफ़े में बैठा वर्तमान का राज अपनी बंद मुट्ठी को देख रहा था। उसके दिमाग में सोनल के वे आखिरी शब्द गूँज रहे थे, "यह प्यार नहीं है, यह सनक है।"

उसने अपने बैग से सोनल का वह फोन निकाला जो कल रात से बंद था। उसने उसे ऑन किया। वॉलपेपर पर अब भी सोनल की वही मुस्कुराती हुई तस्वीर थी, जिसे राज ने उसी बेंच पर क्लिक किया था।

"तुमने कहा था कि मैं पागल हूँ सोनल," राज ने स्क्रीन को चूमते हुए फुसफुसाया, "पर देखो... आखिर तुम आ ही गई ना मेरे पास। अब तुम मुंबई में नहीं हो, तुम कहीं नहीं जा सकतीं। अब तुम सिर्फ मेरी हो।"

राज की आँखों में वह 'Delusional Disorder' (वहम की बीमारी) अब अपने खतरनाक रुप में साफ दिखाई दे रही थी। उसके लिए सोनल की मौत कोई त्रासदी नहीं थी, बल्कि उसे 'हमेशा के लिए पा लेने' का एक तरीका था।

उस दिन कॉलेज में राज ने जो हार महसूस की थी, क्या उसने उसका बदला लेने के लिए ही यह सब प्लान किया था? और सोनल के उस फोन में ऐसा क्या छिपा था जिसे राज दुनिया से छिपाना चाहता था?

अध्याय 5
गन शॉट रेसीड्यू का जाल

मुंबई की फॉरेंसिक साइंस लेबोरेटरी (FSL) की सफेद दीवारें और वहां की ठंडी, स्थिर हवा किसी भी साधारण इंसान के मन में घबराहट पैदा करने के लिए काफी थी। यहाँ हर चीज़ एक नंबर थी, हर भावना एक साक्ष्य। इंस्पेक्टर विजय सावंत लैब के गलियारे में तेज़ी से चलते हुए डॉ. कुलकर्णी के केबिन की ओर बढ़ रहे थे। उनके हाथ में राज मिश्रा की शुरुआती फॉरेंसिक रिपोर्ट थी।

"सर, परिणाम आ गए हैं," डॉ. कुलकर्णी ने चश्मा उतारते हुए कहा। उनकी आवाज़ में वह नीरसता थी जो केवल सालों तक लाशों और रसायनों के बीच रहने से आती है।

"क्या निकला?" विजय ने सीधे पूछा।

"राज मिश्रा के हाथों का GSR (Gunshot Residue) टेस्ट पॉजिटिव आया है। हमने उसके दोनों हाथों की हथेलियों और उंगलियों के पोरों से एडहेसिव स्टब्स (Adhesive Stubs) के ज़रिए नमूने लिए थे। SEM-EDS (Scanning Electron Microscopy-Energy Dispersive X-ray Spectroscopy) विश्लेषण में बेरियम, एंटिमनी और लेड के सूक्ष्म कण मिले हैं। यह इस बात का पुख्ता सबूत है कि उसने हाल ही में या तो गोली चलाई है, या वह हथियार के बहुत करीब था।"

विजय के चेहरे पर एक कठोर मुस्कान उभरी। "तो खेल खत्म? वह अपराधी है?"

डॉ. कुलकर्णी ने थोड़ा हिचकिचाते हुए कहा, "विज्ञान कभी झूठ नहीं बोलता इंस्पेक्टर, लेकिन उसकी व्याख्या बदली जा सकती है।"

पुणे से मुंबई लाए गए राज को अब एक छोटे, बंद कमरे में रखा गया था। कमरे के बीचों-बीच एक धातु की मेज थी और ऊपर एक तेज़ रोशनी वाला बल्ब, जो सीधे राज के चेहरे पर चमक रहा था। विजय ने उसके सामने रिपोर्ट पटक दी।

"तुम्हारे हाथों पर बारूद मिला है, राज। अब क्या कहोगे? क्या सोनल को मारना भी कॉलेज प्रोजेक्ट का हिस्सा था?"

राज कुछ पलों तक रिपोर्ट को देखता रहा। उसके चेहरे पर डर कम और हैरानी ज़्यादा थी। फिर वह धीरे से मुस्कुराया।

"सर, हम गाँव के लोग हैं। हमारे यहाँ दिवाली केवल दियों का त्योहार नहीं होता, धमाकों का होता है। उस रात पूरे मोहल्ले ने पटाखे फोड़े थे, मैंने भी फोड़े। अगर पटाखे चलाने से हाथों पर बारूद आता है, तो क्या वह अपराध है?"

विजय ने मेज पर झुकते हुए उसकी आँखों में देखा। "दिवाली पुणे में थी राज, और गोली मुंबई में चली। और फॉरेंसिक एक्सपर्ट्स जानते हैं कि पटाखे के बारूद और गोली के बारूद की बनावट में क्या फर्क होता है। तुम हमें बेवकूफ नहीं बना सकते।"

राज की नज़रें फिर से फर्श पर टिक गईं। उसके भीतर विचारों के आंतरिक द्वंद्व का एक बवंडर चल रहा था।

"GSR... ये कैसे मुमकिन है?" वह मन ही मन बुदबुदाया। उसके दिमाग में 'दमन' (Repression) की थ्योरी गूँज रही थी। क्या ऐसा हो सकता

है कि उसने सोनल पर गोली चलाई और उसका दिमाग उस भयानक घटना को भूल गया हो? क्या उसका अचेतन मन (Unconscious Mind) उसे बचाने के लिए यादों को मिटा रहा था?

उसे याद आई वह दिवाली की रात... धुंआ, शोर और सोनल का वह चेहरा जो बार-बार उसके ख्यालों में आ रहा था। "अगर मैंने किया... तो मुझे याद क्यों नहीं? और अगर नहीं किया... तो ये रिपोर्ट मेरे खिलाफ क्यों है?" राज का 'वहम' अब उसे खुद पर शक करने को मजबूर कर रहा था।

पूछताछ के बाद विजय ने बाहर खड़े डिटेक्टिव नमन जैन की ओर देखा। "सबूत उसके खिलाफ हैं, नमन। क्या अभी भी तुम्हें लगता है कि वह निर्दोष है?"

नमन ने सिगरेट सुलगाने की कोशिश की, फिर पुलिस स्टेशन का ख्याल कर रुक गया। "सर, GSR पॉजिटिव होना हमेशा हत्या का सबूत नहीं होता। इसे 'Secondary Transfer' भी कहते हैं। अगर राज किसी ऐसे व्यक्ति से मिला जिसने गोली चलाई थी, या अगर उसे किसी ऐसी गाड़ी में बैठाया गया जहाँ पहले फायरिंग हुई थी, तो भी कण उसके हाथों पर आ सकते हैं।"

"तुम कहना चाहते हो कि उसे फंसाया जा रहा है?"

"सर, आजकल अपराधी मैकियावेली के सिद्धांतों पर चलते हैं। वे अपने हाथ गंदे नहीं करते, वे दूसरों के हाथों का इस्तेमाल करते हैं ताकि

कानून गुमराह हो सके।

राज का फोन पिछले 24 घंटों से बंद था। उसकी लोकेशन ट्रेस नहीं हो

रही है। किसी ने बहुत चतुराई से उसकी डिजिटल पहचान मिटा दी और भौतिक पहचान (Physical Evidence) को उसके खिलाफ खड़ा कर दिया।"

फ्लैशबैक: वह काली दिवाली

राज को याद आया... दिवाली की वह रात। वह सोनल को फोन करने की कोशिश कर रहा था, लेकिन सोनल ने उसका नंबर ब्लॉक कर दिया था। वह गुस्से में था, हाथ में एक बड़ा बम था जिसे उसने दीवार पर पटककर फोड़ा था। उस वक्त उसे लगा था कि वह बम नहीं, सोनल का अहंकार फोड़ रहा है।

क्या उस गुस्से ने उसे मुंबई खींच लिया था? या कोई और था जो उस रात पुणे की उन गलियों में राज का पीछा कर रहा था?

विजय ने राज के करीब जाकर फुसफुसाया, "तुम्हारे पास एक मौका है राज। सच बताओ, वरना फॉरेंसिक की ये रिपोर्ट तुम्हें फांसी के फंदे तक ले जाएगी।"

राज ने धीरे से सिर उठाया। उसकी आँखों में अब एक अजीब सी शांति थी। "सर, अगर सच आपको भी समझ में न आए... तो आप किसे सजा देंगे? साक्ष्य को, या उस इंसान को जो खुद अपनी यादों का कैदी है?"

विजय कुछ नहीं बोले। उन्होंने महसूस किया कि यह केस जितना सीधा दिख रहा था, उतना था नहीं।

क्या राज का GSR टेस्ट वाकई दिवाली के पटाखों का नतीजा था, या किसी ने साक्ष्यों के साथ इतनी सफाई से हेरफेर की थी कि खुद राज भी अपने वजूद पर शक करने लगा था?

अध्याय 6:
'दमित' सत्य

मुंबई के बांद्रा इलाके का वह छोटा सा कैफ़े 'द मॉर्निंग ड्यू' अपनी खामोशी के लिए जाना जाता था। बाहर बारिश अब धीमी होकर बस एक नमी में बदल चुकी थी। खिड़कियों पर जमी धुंध के पीछे शहर धुंधला सा दिख रहा था। इंस्पेक्टर विजय सावंत एक कोने वाली टेबल पर बैठे थे। उनके सामने सोनल की सबसे करीबी सहेली, रिया बैठी थी।

रिया के हाथ कांप रहे थे। वह अपनी चाय के कप को देख रही थी, लेकिन उसने एक घूँट भी नहीं लिया था। उसकी आँखें लाल थीं, जो गवाही दे रही थीं कि वह रात भर सोई नहीं है।

"रिया, मैं जानता हूँ यह तुम्हारे लिए मुश्किल है," विजय ने अपनी आवाज़ को जितना संभव हो सके उतना नरम रखते हुए कहा। "पर जो भी तुम जानती हो, वह साफ़-साफ़ बताओ। सोनल और राज के बीच वास्तव में क्या चल रहा था?"

रिया ने एक लंबी साँस ली और अपनी नज़रें उठाईं। "सर... सोनल खुश नहीं थी। वह आजाद होना चाहती थी, पर वह कैद महसूस कर रही थी।"

सच की पहली दरार: देखभाल या नियंत्रण?

"कैसा था राज?" विजय ने अपनी नोटपैड खोलते हुए पूछा।

"शुरू में तो वह एक सपने जैसा था, सर," रिया ने याद करते हुए कहा।

"बेहद केयरिंग, समझदार, हर छोटी चीज़ का ख्याल रखने वाला। हमें लगता था कि सोनल को दुनिया का सबसे अच्छा लड़का मिला है। लेकिन धीरे-धीरे... वह बदलने लगा। उसकी देखभाल 'देखरेख' (Monitoring) में बदल गई।"

विजय ने भौहें सिकोड़ीं। "पजेसिव?"

"नहीं सर... पजेसिव शब्द बहुत छोटा है," रिया ने ज़ोर देकर कहा। "वह 'कंट्रोलिंग' था। वह सोनल के हर कदम को मैनेज करना चाहता था, वह किससे बात करती है, ऑफिस में किसके साथ लंच करती है, उसने कितने बजे घर के लिए कैब ली... यहाँ तक कि सोनल ने क्या कपड़े पहने हैं, इस पर भी उसकी अदृश्य नज़र रहती थी।"

फ्लैशबैक: 'शैडो साइकिल' का जन्म

रिया की आवाज़ में एक दर्द भरा कंपन था। उसे याद आया वह दिन जब सोनल उसके घर आई थी और फूट-फूटकर रोई थी।

"रिया, मुझे घुटन होती है," सोनल ने सिसकते हुए कहा था। "क्यों? राज तो तुम्हें बहुत प्यार करता है ना?" रिया ने उसे सांत्वना दी थी।

सोनल ने सिर हिलाया था। "तुम समझ नहीं रही हो। वह मुझे समझना नहीं चाहता, वह मुझे 'मैनेज' करना चाहता है। उसने एक शब्द इस्तेमाल किया था, रिया, 'शैडो साइकिल' (Shadow Cycle)। उसने कहा कि राज का एक 'अच्छा' रूप है, जो दुनिया को दिखता है। वह सभ्य है, पढ़ा-लिखा है, गाँव के संस्कारों की बात करता है। लेकिन उसके भीतर

एक और राज है, एक 'परछाई' वाला राज... जो केवल मुझे दिखता है। वह हिस्सा डरावना है।"

हर इंसान के भीतर दबी हुई इच्छाएँ और असुरक्षाएँ (Suppressed Desires) कभी खत्म नहीं होतीं। वे अचेतन मन (Unconscious Mind) में एक 'शैडो' बनकर रह जाती हैं। राज के मामले में, उसकी ग्रामीण पृष्ठभूमि और वहां की पितृसत्तात्मक सोच ने उसे सिखाया था कि स्त्री पर नियंत्रण ही पुरुषत्व है।

जब वह शहरी आज़ादी वाली सोनल से मिला, तो उसका 'ईगो' (Ego) तो प्रेम दिखा रहा था, लेकिन उसका 'आईडी' (Id) वह आदिम हिस्सा, नियंत्रण के लिए छटपटा रहा था। वह सोनल को प्यार नहीं कर रहा था, वह उसे अपने हिसाब से ढालने की कोशिश कर रहा था।

उसी वक्त नमन जैन कैफ़े में दाखिल हुआ। उसने विजय के सामने कुछ प्रिंटआउट रखे।

"सर, मैंने सोनल के क्लाउड बैकअप और ईमेल्स ट्रेस किए हैं। ड्राफ्ट्स फोल्डर में कुछ ऐसे ईमेल्स मिले हैं जो उसने कभी भेजे नहीं थे।"

विजय ने पन्ने पढ़े। उन वाक्यों में सोनल की छटपटाहट साफ़ थी: "राज, मुझे सांस लेने की जगह चाहिए (I need space)..." "यह अब प्यार नहीं रहा, यह निगरानी है (This is not love anymore, it's surveillance)..." "मुझे ऐसा लगता है जैसे कोई हर पल मुझे देख रहा है (I feel watched)..." कमरे में एक भारी सन्नाटा छा गया।

सैकड़ों मील दूर पुणे में राज अपने कमरे की खिड़की से बाहर देख रहा था।

"वो मुझसे डरती थी?" यह सवाल उसके दिमाग में किसी कांटे की तरह चुभ रहा था। "मैं तो बस उसका ख्याल रखता था। मैं चाहता था कि वह मुंबई की इस मतलबी दुनिया में सुरक्षित रहे।"

तभी उसके पिता की आवाज़ उसके कानों में गूँजी,"बेटा, औरत को ज्यादा आज़ादी दोगे... तो हाथ से निकल जाएगी।" राज ने उस सोच को कभी चुनौती नहीं दी थी। उसे लगा था कि वह सही कर रहा है। लेकिन अब, सोनल की मौत के बाद, उसे सोनल के वे शब्द याद आ रहे थे जो उसने आखिरी मुलाकात में कहे थे, "राज, तुम मुझे प्यार नहीं करते, तुम अपनी सनक को प्यार करते हो।"

राज के भीतर दो व्यक्तित्व लड़ रहे थे, एक जो खुद को निर्दोष मान रहा था, और दूसरा 'शैडो राज', जो धीरे-धीरे अंधेरे में मुस्कुरा रहा था।

नमन जैन ने विजय की ओर देखा। "सर, यह एक क्लासिक मैकियावेलियन केस है। जहाँ एक इंसान प्यार के मुखौटे के पीछे सत्ता (Power) का खेल खेलता है। राज के लिए सोनल कोई इंसान नहीं, एक उपलब्धि (Achievement) थी जिसे उसे हर हाल में अपने पास रखना था।"

विजय ने धीरे से पूछा, "और जब नियंत्रण टूटता है, नमन... तो वह इंसान क्या करता है?"

नमन का जवाब ठंडा और सीधा था, "या तो वह खुद को खत्म कर लेता है, या उस चीज़ को, जिसे वह कंट्रोल नहीं कर पाया।"

विजय ने सोनल की फाइल बंद की। उनके पास अब एक मज़बूत 'मोटिव' (उद्देश्य) था। राज केवल एक प्रेमी नहीं था; वह सोनल का जेलर बनना चाहता था।

रिया ने कांपती आवाज़ में पूछा, "सर... क्या राज ने ही सोनल को...?"

विजय ने उसे बीच में ही रोक दिया। "रिया, सच अभी परछाइयों में छिपा है। पर एक बात तय है, राज मिश्रा जितना सीधा दिखता है, उसका 'शैडो' उतना ही गहरा है।"

उसी रात, मुंबई पुलिस की एक टीम पुणे के लिए रवाना हुई। लेकिन राज के कमरे में, वह सोनल की तस्वीर के सामने बैठा एक अघोरी मंत्र पढ़ रहा था।

क्या राज किसी और ही दुनिया के सहारे सोनल को वापस लाने की कोशिश कर रहा था? या वह अपनी ही बनाई हुई किसी मानसिक भूलभुलैया में पूरी तरह खो चुका था?

अध्याय 7
धुंधली परछाई

मुंबई पुलिस की साइबर सेल का वातावरण किसी साइंस-फिक्शन फिल्म के सेट जैसा था। नीली रोशनी, बड़े-बड़े मॉनिटर्स की कतारें और सर्वर्स की धीमी गुनगुनाहट। कमरे में एसी की ठंडक इतनी अधिक थी कि पसीने की जगह कंपकंपी छूटने लगी। इंस्पेक्टर विजय सावंत और प्राइवेट डिटेक्टिव नमन जैन एक मुख्य कंसोल के सामने खड़े थे, जहाँ 'सी-व्यू अपार्टमेंट' के बाहर लगे कैमरों की फुटेज को प्रोसेस किया जा रहा था।

"यही है वह क्रिटिकल विंडो, सर," टेक्निकल एक्सपर्ट समीर ने कीबोर्ड पर अपनी उंगलियां चलाते हुए कहा।

स्क्रीन पर एक धुंधली, काली-सफेद वीडियो चलने लगी। समय रात के 9:12 का था। मूसलाधार बारिश के कारण विजिबिलिटी (दृश्यता) बहुत कम थी। तभी गेट के पास एक साया उभरता है। उसने हुडी पहनी थी और सिर झुका रखा था। वह तेज़ी से बिल्डिंग के भीतर दाखिल होता है।

"रुकिए! इसे ज़ूम करो," विजय ने आदेश दिया।

जैसे ही समीर ने इमेज को बड़ा किया, पिक्सेल फटने लगे। आकृति एक मोज़ेक पेंटिंग की तरह बिखर गई।

"सर, ट्रेडिशनल ज़ूम से कुछ नहीं मिलेगा। मुझे AI-Enhanced फेशियल रिकंस्ट्रक्शन एल्गोरिद्म रन करना होगा," समीर ने समझाया।

समीर ने कमांड दी। स्क्रीन पर कोडिंग की हज़ारों पंक्तियाँ तेज़ी से ऊपर जाने लगीं। AI अब वीडियो के अलग-अलग फ्रेम से डेटा इकट्ठा कर रहा था। 'फ्रेम स्टेबिलाइज़ेशन' ने बारिश के धुंधलेपन को काटा, 'नॉइज़ रिडक्शन' ने साये को साफ़ किया और अंत में 'फेशियल एनहांसमेंट' ने उस छिपे हुए चेहरे की एक डिजिटल छवि बनानी शुरू की।

धीरे-धीरे चेहरा आकार लेने लगा। उभरी हुई नाक, गहरी आँखें और वही ठंडी मुस्कान।

कमरे में सन्नाटा छा गया। विजय सावंत के माथे पर सिलवटें पड़ गईं। "यह तो राज मिश्रा है!"

चेहरा हूबहू राज से मिलता था। वही राज जो पुणे के अपने कमरे में होने का दावा कर रहा था। लेकिन नमन जैन की आँखें कुछ और ही तलाश रही थीं। वह मॉनिटर के एकदम करीब गया।

"समीर, एक मिनट रुको। इस साये का हाइट एनालिसिस करो," नमन ने शांत स्वर में कहा।

समीर ने स्क्रीन पर एक वर्चुअल ग्रिड और स्केल सेट किया। बिल्डिंग के मुख्य गेट की ऊंचाई 7 फीट थी। उस आधार पर AI ने साये की लंबाई मापी।

"सर..." समीर की आवाज़ में हैरानी थी। "इस व्यक्ति की हाइट 5 फीट 7 इंच निकल रही है।"

विजय ने नमन की ओर देखा। "तो क्या हुआ?"

"राज मिश्रा की हाइट 5 फीट 11 इंच है, सर। यह साया राज से पूरे 4 इंच

छोटा है," नमन ने खुलासा किया।

कमरे में एक बार फिर सन्नाटा छा गया, पर इस बार वह उलझन भरा था। चेहरा राज का, लेकिन कद किसी और का?

"क्या मतलब है इसका? क्या कैमरा झूठ बोल रहा है?" विजय ने झुंझलाकर पूछा।

नमन ने धीरे से जवाब दिया, "सर, मैकियावेली ने कहा था कि जो दिखता है, वह हमेशा होता नहीं। आजकल डीपफेक टेक्नोलॉजी और सिलिकॉन फेस मास्क से किसी की भी पहचान चुराई जा सकती है। कोई चाहता है कि हमारी आँखें केवल राज को देखें और दिमाग सवाल करना बंद कर दे।"

विजय सावंत ने अपनी मेज पर हाथ मारा। "अगर यह राज नहीं है, तो कोई राज बनकर सोनल के घर क्यों गया? और उसे राज जैसा दिखने की ज़रूरत क्यों पड़ी?"

पुणे में अपने कमरे में बैठा राज न्यूज़ चैनल देख रहा था। स्क्रीन पर वही धुंधला फुटेज चल रहा था जिसे पुलिस 'अहम सुराग' बता रही थी।

"क्या वह मैं हूँ?" राज ने खुद से फुसफुसाकर पूछा। उसके दिल की धड़कनें उसके कानों में हथौड़े की तरह बज रही थीं।

जब कोई सत्य इतना भयानक होता है कि मन उसे स्वीकार नहीं कर पाता, तो वह उसे 'रिप्रेस' (Repress) यानी दबा देता है। राज को अपनी यादों पर भरोसा नहीं रहा। "मैं तो पुणे में था... या शायद मैं मुंबई गया था और भूल गया? क्या मेरा 'शैडो' खुद-ब-खुद सोनल के पास चला गया?"

उसका वहम अब उसे मानसिक पागलपन की ओर धकेल रहा था। उसे अपनी ही परछाईं से डर लगने लगा था।

फ्लैशबैक: एक अजीब आदत

राज को कॉलेज का वह दिन याद आया जब वह और सोनल बरगद के पेड़ के नीचे बैठे थे। "राज, तुम हमेशा थोड़ा झुककर क्यों चलते हो? जैसे अपनी हाइट छुपा रहे हो," सोनल ने उसे टोकते हुए कहा था। "गाँव में कहते हैं सोनल, कि ज्यादा ऊंचा उड़ने वाले जल्दी गिरते हैं। बस ज़मीन के करीब रहना अच्छा लगता है," राज ने मुस्कुराकर जवाब दिया था।

सोनल हँसी थी, "पागल! तुम और तुम्हारे गाँव के किस्से।"

वर्तमान: राज की आँखें भर आईं। क्या वह झुकाव आज उसके खिलाफ सबसे बड़ा सबूत बनने वाला था? या वही झुकाव उसे बेगुनाह साबित करेगा?

नमन जैन ने विजय की ओर देखा। "सर, यह मर्डर एक 'स्क्रिप्टेड गेम' है। कातिल जानता था कि हम सीसीटीवी चेक करेंगे। उसने जानबूझकर ऐसे एंगल से एंट्री ली जहाँ उसका चेहरा राज जैसा दिखे, लेकिन वह एक छोटी सी गलती कर गया, उसका अपना कद। वह राज का चेहरा तो कॉपी कर सका, पर उसकी हड्डियों की लंबाई नहीं।"

विजय ने समीर से कहा, "उस फुटेज का हर एक पिक्सल दोबारा चेक करो। मुझे वह पल चाहिए जहाँ यह मुखौटा गिरता हो।"

तभी समीर ने एक और फुटेज प्ले की। यह सोनल के अपार्टमेंट के पिछवाड़े की थी। वहां एक काली कार खड़ी थी। कार की खिड़की

खुली थी और अंदर से एक हाथ बाहर निकला था, जिसने एक सिगरेट का टुकड़ा बाहर फेंका था।

नमन की आँखें चमक उठीं। "उस सिगरेट के टुकड़े को उठाओ। उस पर जो DNA होगा, वह उस चेहरे का सच बता देगा जो कैमरे ने नहीं देखा।"

क्या वह DNA राज मिश्रा का होगा, या उस 'परछाई' का जिसने राज का चेहरा ओढ़ रखा था? और क्या होगा अगर वह DNA किसी ऐसे व्यक्ति का निकले जो पहले ही 'मृत' घोषित किया जा चुका है?

अध्याय 8
कॉल डेटा रिकॉर्ड्स

मुंबई पुलिस मुख्यालय की साइबर सेल में रात के सन्नाटे के बीच केवल सर्वर्स की गुनगुनाहट सुनाई दे रही थी। इंस्पेक्टर विजय सावंत अपनी कुर्सी पर पीछे की ओर झुके हुए थे, उनकी आँखें सामने लगी विशाल स्क्रीन पर दौड़ रहे नंबरों के जाल पर टिकी थीं। उनके बगल में नमन जैन खड़ा था, जो एक हाथ में कॉफी का कप थामे बड़ी गहराई से डेटा का विश्लेषण कर रहा था।

"शुरु करो, समीर," विजय ने टेक्निकल एक्सपर्ट को आदेश दिया।

समीर ने माउस पर क्लिक किया और सोनल शर्मा का CDR (Call Data Record) स्क्रीन पर चमक उठा। "सर, यह सोनल के पिछले 15 दिनों का डेटा है। हज़ारों कॉल्स और मैसेजेस, लेकिन एक खास पैटर्न है जो बार-बार उभर कर आ रहा है।"

उसने एक विशिष्ट नंबर को हाईलाइट किया और उसे ज़ूम किया।

"यह नंबर... पिछले 5 दिनों में सोनल को 27 बार कॉल कर चुका है। कॉल्स की टाइमिंग देखिए अक्सर देर रात या सुबह के वक्त जब सोनल ऑफिस के लिए निकलती थी।"

विजय ने भौहें सिकोड़ीं। "किसका नंबर है? राज मिश्रा का?"

"नहीं, सर," समीर ने झिझकते हुए कहा। "यह किसी व्यक्तिगत

मोबाइल का नंबर नहीं है। यह पुणे के एक PCO (Public Call Office) का नंबर है।"

कमरे में अचानक सन्नाटा छा गया। नमन जैन ने अपनी कॉफी की चुस्की ली और धीरे से बोला, "पुराना तरीका... लेकिन बहुत प्रभावी। राज का मोबाइल उस वक्त स्विच ऑफ था, पर क्या वह पुणे की उस तंग गली में एक पीली बूथ के अंदर खड़ा सोनल को सुन रहा था?"

विजय ने तुरंत आदेश दिया, "पुणे पुलिस से संपर्क करो। मुझे उस PCO की सटीक लोकेशन और वहां के टावर डेटा चाहिए।"

अगली सुबह, विजय और नमन पुणे की एक पुरानी बस्ती में खड़े थे। संकरी गलियां, स्कूटरों का शोर और हवा में तलते हुए वड़ा-पाव की खुशबू। वहां एक पुराना सा PCO बूथ था, जिसके पीले बोर्ड पर अक्षर अब धुंधले पड़ चुके थे। काउंटर के पीछे एक बुजुर्ग मराठी व्यक्ति बैठा था, जो अखबार पढ़ने में मशगूल था।

"काका, ये नंबर आपका है?" विजय ने पुलिसिया लहज़े को थोड़ा नरम रखते हुए पूछा।

बुज़ुर्ग ने अपनी ऐनक ठीक की और नंबर देखा। "हाँ साहब, मेरा ही है। पुराना धंधा है... अब तो मोबाइल के जमाने में कम ही लोग आते हैं, बस कुछ परदेसी मजदूर या फिर..." वह रुक गया।

"या फिर कौन?" नमन ने तुरंत पूछा।

"एक लड़का आता था, साहब," बुज़ुर्ग ने याद करते हुए कहा। "पिछले हफ्ते तीन-चार बार आया। चुप-चाप रहता था, चेहरा हुडी से ढका हुआ। काफी देर तक बात करता था और जब निकलता तो हमेशा पैसे

टेबल पर रख कर बिना मुड़े चला जाता।"

"कैसा दिखता था वह?" विजय ने अपनी डायरी निकाली।

"साहब, चेहरा तो ठीक से नहीं देखा... लेकिन वह थोड़ा झुककर चलता था," बुज़ुर्ग ने इशारा करते हुए बताया।

नमन और विजय ने एक-दूसरे की ओर देखा। 'हाइट और गेट एनालिसिस' (Gait Analysis) सही साबित हो रहा था। वह साया, जो सोनल के घर के बाहर दिखा था, वही इस PCO से कॉल कर रहा था।

तभी विजय के फोन पर समीर का कॉल आया।

"सर, एक नया खुलासा हुआ है। हमने उस PCO के आसपास के मोबाइल टावर का डेटा डंप (Data Dump) निकाला है। हर बार जब उस PCO से सोनल को कॉल किया गया, उसी टावर लोकेशन पर एक और मोबाइल पिंग (Ping) हो रहा था।"

"किसका नंबर है?"

"सर... वह नंबर एक फेक आईडी पर रजिस्टर्ड है। आईडी उत्तर प्रदेश के किसी सुदूर गाँव की है। लेकिन सबसे अजीब बात यह है कि वह फोन केवल पिंग होता था, उससे कभी कोई कॉल या मैसेज नहीं किया गया। ऐसा लगता है जैसे कोई राज का पीछा कर रहा था या फिर राज खुद एक 'घोस्ट फोन' (Ghost Phone) लेकर घूम रहा था।"

पुणे में अपने कमरे की खिड़की के पास खड़ा राज बाहर की भागदौड़ देख रहा था। उसके दिमाग में PCO शब्द किसी गूँज की तरह बज रहा था।

"PCO...? क्या मैंने वहां से कॉल किया था?" उसका दिमाग तेज़ी से पुरानी यादों को खंगालने लगा। राज का अचेतन मन (Unconscious Mind) उन यादों को 'रिप्रेस' कर रहा था जिन्हें वह स्वीकार नहीं करना चाहता था।

"मैंने सोनल को फोन किया था... मुझे याद है। लेकिन क्या मैं PCO गया था? या कोई और मेरे नाम से सोनल को डरा रहा था?" राज को अब खुद की मानसिक स्थिति पर खौफ होने लगा था। उसे लगा जैसे उसके शरीर के अंदर कोई और 'राज' है, जो उसकी गैर-मौजूदगी में फैसले ले रहा है।

नमन ने विजय से कहा, "सर, यह खेल सीधा नहीं है। यह 'डिसेप्शन' (छल) के सिद्धांत पर आधारित है। अपराधी जानता था कि मोबाइल ट्रैक होगा, इसलिए उसने PCO चुना। लेकिन उसने एक फेक आईडी वाला फोन भी चालू रखा ताकि पुलिस को एक 'डिजिटल ट्रेल' मिले। वह हमें किसी खास दिशा में मोड़ना चाहता है।"

"किस दिशा में?" विजय ने पूछा।

"उस दिशा में, जहाँ केवल राज मिश्रा दोषी दिखे," नमन ने ठंडे स्वर में जवाब दिया।

विजय ने जोर से कहा, "उस PCO के आसपास के सभी दुकानों के सीसीटीवी फुटेज निकालो! मुझे वह 'हुडी' वाला लड़का साफ़ देखना है।"

उसी समय, नमन को सोनल के गायब फोन से एक मैसेज मिला। मैसेज में केवल एक फोटो थी, कॉलेज की वह पुरानी बेंच और बरगद का पेड़।

फोटो के नीचे लिखा था: "अधूरे वादे कभी मरते नहीं।"

वह मैसेज भेजने वाला कौन था? राज का फोन तो पुलिस की निगरानी में था। क्या सोनल का फोन अब किसी 'तीसरे' खिलाड़ी के हाथ में था? या राज ने पुलिस की आंखों में धूल झोंकने के लिए कोई और ही जाल बुना था?

क्या वह 'झुककर चलने वाला' इंसान वाकई राज था, या किसी ने राज के चलने के तरीके को भी कॉपी कर लिया था ताकि कानून का फंदा केवल राज के गले में ही फंसे?

अध्याय 9
पेड़ के नीचे दबे राज

पुणे का वह कॉलेज कैंपस आज भी वैसा ही था, जैसा राज ने पांच साल पहले छोड़ा था। पुरानी ऐतिहासिक इमारतें, लाल ईंटों की दीवारें और हवा में घुली हुई किताबों और चमेली की मिली-जुली महक। लेकिन आज उस शांति में एक खलल था। कैंपस के उत्तरी कोने में स्थित उस विशाल बरगद के पेड़ के चारों ओर पुलिस की पीली 'क्राइम सीन' टेप लिपटी हुई थी।

इंस्पेक्टर विजय सावंत पेड़ की विशाल जटाओं को देख रहे थे, जो ज़मीन में धंसकर खंभों जैसी मज़बूत हो गई थीं। उनके बगल में नमन जैन खड़ा था, जिसकी नज़रें ज़मीन की सतह को बड़ी बारीकी से स्कैन कर रही थीं।

"यही है वह जगह?" विजय ने पूछा। उनकी आवाज़ में संदेह और उत्सुकता का मिश्रण था।

नमन ने सिर हिलाया। "हाँ सर। राज की कॉलेज डायरी के स्केचेस और सोनल के पुराने सोशल मीडिया पोस्ट्स के 'जियो-टैग' को मिलाया जाए, तो यही वह 'पवित्र स्थान' है जहाँ राज अपना सारा खाली समय बिताता था। और पीआई रिपोर्ट्स कहती हैं कि कॉलेज के आखिरी दिन, विदाई समारोह के बाद, राज यहाँ करीब तीन घंटे तक अकेला था।"

विजय ने पेड़ की जड़ों के बीच की उस जगह की ओर इशारा किया जहाँ

मिट्टी कुछ उभरी हुई और सूखी लग रही थी। "ऐसा लग रहा है जैसे यहाँ किसी ने कुछ सहेजा है... या शायद दफनाया है।"

फ्लैशबैक: विदाई का वह आखिरी दिन

कॉलेज का आखिरी दिन। शाम के साये गहरे हो रहे थे। ऑडिटोरियम में फेयरवेल पार्टी का शोर गूँज रहा था, लेकिन राज वहां नहीं था। वह उसी पुराने बरगद के नीचे खड़ा था। उसके चेहरे पर कोई शिकन नहीं थी, पर आँखों में एक अजीब सा ठहराव था।

उसके हाथ में एक धातु का छोटा सा बॉक्स था। उसने सोनल को मुंबई जाते देखा था, उसे पता था कि अब उसकी 'देवी' उससे दूर जा रही है।

"सोनल चली जाएगी, पर उसकी यादें यहाँ कैद रहेंगी," राज ने खुद से फुसफुसाया। उसके लिए यह सिर्फ एक बॉक्स नहीं था, यह एक 'संस्कार' था। वह अपनी असुरक्षा और अपने अधिकार को इस मिट्टी में सुरक्षित कर देना चाहता था। उसने एक खुरपी निकाली और पागलों की तरह ज़मीन खोदनी शुरू की।

यह राज का 'रिचुअलिस्टिक बिहेवियर' (कर्मकांडीय व्यवहार) था। जब कोई व्यक्ति अपनी वास्तविकता को नियंत्रित नहीं कर पाता, तो वह प्रतीकों (Symbols) के माध्यम से अपनी शक्ति को स्थापित करने की कोशिश करता है। राज के लिए मिट्टी के नीचे दबा वह बॉक्स, सोनल पर उसके शाश्वत अधिकार का प्रतीक था।

उसने बॉक्स को गड्ढे में रखा और उस पर मिट्टी डाल दी। "अब तुम कहीं नहीं जा सकतीं, सोनल। तुम यहीं हो, मेरे पास।"

वर्तमान: खुदाई और तनाव

"खोदना शुरू करो!" विजय ने आदेश दिया।

दो कॉन्स्टेबल्स ने फावड़ा ज़मीन में मारा। हर प्रहार के साथ राज के अतीत की एक परत खुल रही थी। नमन जैन हाथ में कैमरा लिए हर पल को रिकॉर्ड कर रहा था। करीब दो फीट की खुदाई के बाद, फावड़ा किसी सख्त चीज़ से टकराया।

"टुनन..."

सबकी सांसें थम गईं। विजय खुद आगे बढ़ गया और ब्रश से मिट्टी हटानी शुरू की। धीरे-धीरे एक पुराना, जंग लगा हुआ स्टील का बॉक्स दिखाई दिया। दस्ताने पहनकर विजय ने उसे बाहर निकाला।

नमन ने धीरे से कहा, "सर, यह सिर्फ एक बॉक्स नहीं है... यह राज के दिमाग का 'हार्ड ड्राइव' है।"

बॉक्स का ढक्कन जैसे ही खुला, अंदर रखी चीज़ें सोनल के साथ राज के पागलपन की गवाही देने लगीं।

पुरानी तस्वीरें: सोनल की ऐसी तस्वीरें, जो उसने खुद कभी नहीं खिंचवाई थीं। वे दूर से ली गई थी, लाइब्रेरी में पढ़ते हुए, कैंटीन में हँसते हुए, यहाँ तक कि उसके घर की खिड़की की ओर देखते हुए।

एक डायरी: राज के हाथ से लिखी हुई। पन्ने पीले पड़ चुके थे, पर स्याही का दर्द ताज़ा था। नमन ने एक पन्ना पढ़ा, "अगर वो मेरी नहीं हुई, तो उसे मिटाना ही उसकी सुरक्षा होगी। आज़ादी उसे बर्बाद कर देगी।"

एक छोटा मोबाइल फोन: सबसे निचली परत में एक पुराना कीपैड फोन रखा था।

विजय ने फोन को ऑन करने की कोशिश की। स्क्रीन जली। बैटरी लो थी, पर वह अभी भी ज़िंदा था।

"सर..." नमन की आवाज़ में एक सिहरन थी। "यह सोनल का वह फोन हो सकता है जो पुलिस को कभी मिला ही नहीं। या शायद राज का वह 'बैकअप फोन' जिससे वह सोनल को PCO से कॉल करने के बाद ट्रैक करता था।"

उसी वक्त पुणे में राज अपने कमरे में दीवार की ओर मुँह करके बैठा था। उसे जैसे टेलीपैथी से अहसास हो गया था कि उसके राज़ अब सुरक्षित नहीं हैं।

उसकी सांसें तेज़ हो गई थीं। उसके दिमाग में सोनल की आवाज़ गूँजी,"राज, तुम मुझे प्यार नहीं करते, तुम अपनी सनक को प्यार करते हो। क्या यह सब सबूत बनेगा?"

राज ने अपना सिर दोनों हाथों से जकड़ लिया। "नहीं! मैंने उसे बचाया है! मैंने उसे सुरक्षित किया है!" वह ज़ोर-ज़ोर से चिल्लाने लगा। राज अब 'साइकोटिक ब्रेकडाउन' की स्थिति में था। उसका 'ईगो' अब 'शैडो' के सामने पूरी तरह हार चुका था। उसका वहम अब उसे पूरी तरह निगल चुका था।

नमन जैन ने बॉक्स को सील करते हुए विजय से कहा, "सर, राज मिश्रा ने अपनी यादों को मिट्टी में इसलिए नहीं दबाया था कि वह उन्हें भूलना चाहता था। उसने उन्हें इसलिए दबाया था क्योंकि वह उन्हें 'सहेज' (Preserve) कर रखना चाहता था। उसके लिए सोनल एक इंसान नहीं, एक संपत्ति (Possession) थी जिसे वह दुनिया की नज़रों से छुपाकर रखना चाहता था।"

विजय ने तेज़ी से अपनी जीप की ओर कदम बढ़ाए। "इसे तुरंत डिजिटल फॉरेंसिक लैब भेजो। मुझे इस फोन के कॉल लॉग्स और राज की उस डायरी का पूरा साइको-एनालिसिस चाहिए।"

जैसे ही पुलिस की जीप कैंपस से बाहर निकली, बरगद के पेड़ के ऊपर बैठा एक गिद्ध तेज़ी से उड़ा। उसी समय नमन जैन को महसूस हुआ कि बॉक्स के अंदर एक और चीज़ थी जिसे किसी ने नोटिस नहीं किया था, एक छोटी सी चाबी। वह चाबी किस ताले की थी? क्या राज का कोई और भी ठिकाना था जहाँ उसने सोनल के अस्तित्व को कैद कर रखा था?

क्या वह बॉक्स वाकई राज ने दबाया था, या किसी ने राज के पुराने ठिकानों का इस्तेमाल करके पुलिस को गुमराह करने के लिए यह जाल बुना था?

अध्याय 10
पहली गिरफ्तारी

मुंबई पुलिस स्टेशन का इंटेरोगेशन रूम नंबर 4। यहाँ की दीवारें सफेद नहीं, बल्कि एक अजीब सी पीली और मटमैली थीं, जैसे दशकों के अपराध और झूठ ने उन पर अपनी परतें जमा दी हों। छत पर लगा पुराना पंखा एक कराहने वाली आवाज़ के साथ घूम रहा था। इंस्पेक्टर विजय सावंत ने अपनी जैकेट उतारी और मेज पर रखी सोनल की फाइल को बंद किया। उनकी आँखें लाल थीं, जो गवाही दे रही थीं कि साक्ष्यों की कड़ियाँ जोड़ने में उन्होंने कई रातें गँवाई हैं।

"वक्त आ गया है," विजय ने गहरी साँस लेते हुए कहा। "राज मिश्रा को आधिकारिक तौर पर गिरफ्तार करो।"

पुणे की उस तंग गली में राज का कमरा एक टापू जैसा था। बाहर बारिश की निरंतर झड़ी लगी थी। राज अपनी खिड़की के पास बैठा था, खाली आँखों से गिरती बूंदों को देख रहा था। अचानक, सीढ़ियों पर जूतों की भारी आवाज़ गूँजी।

धप! धप! धप!

दरवाज़े पर जोर की दस्तक हुई। राज ने बिना किसी घबराहट के दरवाज़ा खोला। सामने तीन पुलिस वाले खड़े थे।

"राज मिश्रा? तुम्हें सोनल शर्मा की हत्या के संदेह में गिरफ्तार किया जाता है। ये वारंट है," एक हवलदार ने कड़क आवाज़ में कहा।

राज ने वारंट की ओर देखा भी नहीं। उसके चेहरे पर एक अजीब सी, लगभग मासूम मुस्कान थी। "हत्या? साहब, हम गाँव के लोग हैं। सीधी बात करते हैं, सीधा जीते हैं। अगर मैंने कुछ किया होता... तो मैं भागता नहीं, और न ही कुछ छुपाता।"

"अपनी सादगी का चोला मुंबई ले जाकर उतारना, राज। अभी हमारे साथ चलो," हवलदार ने उसे हथकड़ी लगाते हुए कहा। राज ने अपना हाथ आगे बढ़ा दिया, जैसे वह किसी बड़ी यात्रा पर निकलने वाला हो।

चार घंटे बाद, राज उसी मटमैले कमरे में विजय सावंत और नमन जैन के सामने बैठा था। मेज पर साक्ष्यों का एक पहाड़ खड़ा था और साक्ष्यों की बौछार:

GSR रिपोर्ट: जो कह रही थी कि राज के हाथों पर बारूद था।

CCTV फुटेज की स्थिर तस्वीरें: जहाँ एक 'परछाई' सोनल के घर के बाहर खड़ी थी।

CDR रिकॉर्ड्स: जो पुणे के PCO से सोनल को किए गए 27 कॉल्स की गवाही दे रहे थे।

वह स्टील का बॉक्स: जिसे राज ने बरगद के नीचे दफनाया था, और उसके अंदर मिला सोनल का गायब फोन।

विजय ने एक-एक करके तस्वीरें राज के सामने सरकाईं। "राज, कानून अंधा हो सकता है, लेकिन ये कागज़ नहीं। तुम्हारे खिलाफ हर चीज़ बोल रही है। अब भी वक्त है, सच उगल दो।"

राज चुप रहा। उसकी आँखें मेज पर रखे उस पुराने कीपैड फोन पर टिकी थीं।

राज के भीतर यादों का एक हिंसक तूफान उठ खड़ा हुआ था। जब वास्तविकता इतनी कड़वी हो जाए कि मन उसे सह न सके, तो वह 'डिनायल' (अस्वीकार) का सहारा लेता है।

"ये सब मेरे खिलाफ क्यों है?" राज का अचेतन मन (Unconscious Mind) चिल्ला रहा था। उसे धुंधला सा याद आ रहा था... वह रात... वह PCO... सोनल की आवाज़... और फिर एक धमाका। "नहीं! मैंने उसे नहीं मारा! मैंने उसे बचाया है!"

लेकिन एक और 'शैडो राज' उसके दिमाग के अंधेरे कोने में खड़ा मुस्कुरा रहा था। वह उसे याद दिला रहा था कि नियंत्रण पाने का एकमात्र तरीका उसे 'स्थिर' कर देना था। राज का दिमाग दो हिस्सों में बंट चुका था, एक जो खुद को प्रेमी मानता था, और दूसरा जो हत्यारा था।

"सोनल को क्यों मारा, राज? क्या उसका मुंबई जाना इतना बर्दाश्त के बाहर था?" विजय ने मेज पर हाथ मारते हुए पूछा।

कमरे में सन्नाटा पसर गया। नमन जैन राज की आँखों को पढ़ रहा था। उसने देखा कि राज की आँखों की पुतलियाँ फैल रही थीं। अचानक, राज के होंठों पर एक ऐसी मुस्कान आई जिसने विजय सावंत जैसे अनुभवी ऑफिसर की रीढ़ में भी सिहरन पैदा कर दी।

"यह हँस क्यों रहा है?" नमन ने फुसफुसाकर पूछा।

राज ने बहुत शांत, लगभग लयबद्ध आवाज़ में कहा, "साहब, आप लोग बहुत पढ़ लिख गए हैं, इसीलिए सीधी बात नहीं समझ पा रहे। ये जो

कागज़ आप दिखा रहे हैं... ये महज़ एक 'कहानी' है। और कहानियाँ अक्सर सच से कोसों दूर होती हैं।"

विजय ने गुस्से में उसकी शर्ट का कॉलर पकड़ा। "सीधा जवाब दो! क्या तुमने सोनल को मारा?"

राज ने विजय की आँखों में सीधे झाँकते हुए कहा, "सोनल मरी नहीं है, इंस्पेक्टर साहब।"

कमरे की लाइट अचानक झिलमिलाई। विजय का हाथ ढीला पड़ गया। "क्या बकवास कर रहे हो? हमने उसकी लाश का पोस्टमार्टम किया है!"

राज ने अपनी हथकड़ियों को मेज पर टिकाया और आगे झुकते हुए बोला, "वह बस... मुझसे खेल रही है। वह देखना चाहती है कि मैं उसे ढूंढ पाता हूँ या नहीं। वह मुंबई में कहीं छुपी है... या शायद पुणे की उसी बेंच पर मेरा इंतज़ार कर रही है। आप लोग जिसे मौत कह रहे हैं, वह उसकी एक चाल है... मुझे आजमाने की।"

नमन जैन ने अपनी डायरी बंद की। "सर, यह डिनायल नहीं है। यह 'कंप्लीट साइकोसिस' है। उसे सच में विश्वास है कि सोनल ज़िंदा है।"

राज ने मुस्कुराते हुए खिड़की के बाहर देखा, जहाँ बारिश अब और तेज़ हो गई थी। "सुनिए... वह मुझे बुला रही है। क्या आप लोगों को उसकी आवाज़ सुनाई नहीं दे रही?"

जैसे ही राज ने यह कहा, पुलिस स्टेशन की बिजली चली गई। अंधेरे में केवल राज की धीमी हँसी गूँज रही थी। तभी नमन जैन के फोन की स्क्रीन जली। सोनल के उस 'मृत' फोन से एक नया संदेश आया था, जो

पुलिस की कस्टडी में था।

संदेश में लिखा था: "राज सही कह रहा है। मैं यहीं हूँ।"

क्या राज वाकई पागल था, या सोनल की मौत के पीछे कोई ऐसा 'अदृश्य' खेल चल रहा था जिसे विज्ञान और कानून कभी नहीं पकड़ सकते थे? और वह मैसेज किसने भेजा, जबकि फोन नमन की आँखों के सामने मेज पर रखा था?

भाग 2: वहम की गहराई

अध्याय 11
एडवोकेट एंट्री

मुंबई का सेशन कोर्ट (Sessions Court)। बाहर मानसून की बारिश अब थमती दिख रही थी, लेकिन कोर्टरूम नंबर 12 के भीतर का तापमान किसी ज्वालामुखी की आहट जैसा था। गैलरी में लोगों की भीड़, वकीलों की फुसफुसाहट और लकड़ी की बेंचों पर बैठी फाइलों की गंभीरता, सब कुछ एक ही कहानी की गवाही दे रहे थे। दीवार पर टंगे पुराने पंखे की आवाज़ कोर्ट के सन्नाटे को और गहरा कर रही थी।

जज साहब ने अपनी कुर्सी संभाली। उनके चेहरे पर वह पत्थर जैसी शांति थी जो दशकों तक न्याय के तराजू को संभालने से आती है। सामने लकड़ी के कटघरे में राज मिश्रा को लाया गया। उसके कपड़े सादे थे, बाल थोड़े बिखरे हुए, लेकिन उसकी आँखें... वे बिल्कुल शांत थीं। वह न तो घबराया हुआ था और न ही अपराधी जैसा दिख रहा था। उसे देखकर ऐसा लगता था जैसे वह इस भीड़ और इस जगह का हिस्सा ही नहीं है।

सरकारी वकील श्री कुलकर्णी ने खड़े होकर अपना गला साफ़ किया और फाइल खोलते हुए अपनी बात शुरू की।

"माय लॉर्ड, यह एक स्पष्ट और सोची-समझी हत्या का मामला है। आरोपी राज मिश्रा ने अपनी सनक और जुनून के चलते एक होनहार लड़की, सोनल शर्मा की जान ली है। हमारे पास पर्याप्त सर्कम्स्टांशियल एविडेंस (परिस्थितिजन्य साक्ष्य) का एक ऐसा जाल है जिसे तोड़ना

नामुमकिन है।"

उन्होंने एक-एक करके सुरागों की सूची कोर्ट के सामने रखी:

GSR रिपोर्ट: जो साबित करती है कि हत्या के वक्त आरोपी के हाथों पर बारूद के कण थे।

CCTV फुटेज: जहाँ एक साया सोनल के घर के बाहर बिल्कुल उसी समय देखा गया जब हत्या हुई।

CDR डेटा: पुणे के अलग-अलग PCO से सोनल को किए गए अनगिनत डरावने कॉल्स।

बरगद के नीचे मिला फोन: मृतका का वह फोन, जिसे आरोपी ने अपने पुराने कॉलेज में दफना दिया था।

"माय लॉर्ड, ये सभी सबूत एक ही दिशा में इशारा करते हैं, आरोपी राज मिश्रा।"

जज ने नज़र उठाई। "डिफेंस?"

तभी कोर्टरूम के भारी दरवाजे एक झटके से खुले। तेज़ कदमों से चलता हुआ एक आदमी अंदर आया। गहरा काला सूट, सफ़ेद कमीज़ और आँखों में एक ऐसी पैनी नज़र जो पसीने छुड़ा दे। उसके चेहरे पर आत्मविश्वास की एक ऐसी लकीर थी जो हारना नहीं जानती थी।

"माय लॉर्ड, डिफेंस की ओर से - एडवोकेट आर्यन खन्ना।"

आर्यन ने अपनी ब्रीफकेस मेज पर रखी। उसने राज की तरफ एक सरसरी निगाह डाली। राज अब भी शून्य में देख रहा था। आर्यन जज की

ओर मुड़े और धीमी लेकिन मज़बूत आवाज़ में बोले, “माय लॉर्ड, यह केस उतना सीधा और सपाट नहीं है, जितना प्रॉसिक्यूशन इसे दिखाने की कोशिश कर रहा है। कभी-कभी जो सुराग चिल्ला-चिल्लाकर गवाही देते हैं, वे ही सबसे बड़े झूठ होते हैं।”

सबूत या सिर्फ एक गढ़ी हुई कहानी?

सरकारी वकील कुलकर्णी ने बीच में ही टोका, “साफ़ है, सबूत आरोपी के खिलाफ हैं।”

आर्यन खन्ना के होंठों पर एक तंज भरी मुस्कान आई। “सबूत... या कहानी? माय लॉर्ड, यह पूरा केस 'परिस्थितिजन्य साक्ष्य' के कमज़ोर धागों पर बुना गया है। इस पूरी चार्जशीट में कोई 'डायरेक्ट विटनेस' (प्रत्यक्षदर्शी) नहीं है। कोई ऐसा चश्मदीद नहीं, जिसने राज को गोली चलाते देखा हो।”

आर्यन ने मज़बूत दलीलें देनी शुरु कीं:

GSR पर सवाल: “GSR सिर्फ यह बताता है कि राज किसी फायरिंग के पास था। लेकिन यह नहीं बताता कि ट्रिगर उसने ही दबाया। क्या दिवाली के पटाखों और हत्या की गोली के कणों का सूक्ष्म अंतर कोर्ट के सामने स्पष्ट किया गया?”

CCTV और कद का रहस्य: “फुटेज में चेहरा मिलता-जुलता हो सकता है, लेकिन हाइट एनालिसिस साफ कहता है कि वह साया राज के कद से करीब चार इंच छोटा है। क्या विज्ञान भी झूठ बोल रहा है?”

CDR की उलझन: “पीसीओ से कॉल करने वाला कोई भी हो सकता है। यह साबित नहीं होता कि वह राज ही था।”

आर्यन खन्ना ने अचानक अपनी फाइल बंद की और राज की ओर इशारा किया। “और अब... सबसे ज़रूरी बात। आरोपी की मानसिक स्थिति।”

राज कटघरे में खड़ा था, लेकिन उसे आर्यन खन्ना की आवाज़ बहुत दूर से आती महसूस हो रही थी। उसे लग रहा था कि यह सब एक नाटक है। 'ये सब लोग... मुझे समझ क्यों नहीं रहे? सोनल मरी नहीं है... वह तो मेरे साथ है। वह हँस रही है, वह पुणे की उसी बेंच पर बैठी मेरा इंतज़ार कर रही है।' उसका अचेतन मन (Unconscious Mind) अब उसकी नई वास्तविकता बन चुका था। फ्रायड के अनुसार, राज 'साइकोटिक डिनायल' की उस स्थिति में था जहाँ सत्य अब उसके लिए असहनीय हो चुका था।

आर्यन खन्ना ने आगे कहा, “लॉर्डशिप, राज मिश्रा एक ऐसी ग्रामीण पृष्ठभूमि से आता है जहाँ रिश्तों का मतलब 'अधिकार' (Ownership) होता है। वह एक ऐसी सोच में पला-बढ़ा जहाँ सुरक्षा और नियंत्रण को ही प्रेम माना जाता है। और दूसरी तरफ सोनल थी, एक स्वतंत्र सोच वाली शहरी लड़की। यह टकराव सिर्फ दो लोगों का नहीं था, यह दो मानसिकताओं का, दो अलग दुनियाओं का था।”

आर्यन ने जज की आँखों में देखते हुए कहा, “मेरा मुवक्किल या तो पूरी तरह निर्दोष है... या फिर वह उस मानसिक हालत में नहीं था जहाँ वह अपने कर्मों के परिणामों को समझ सके। वह एक बीमार इंसान है जिसे सज़ा की नहीं, इलाज की ज़रूरत है।”

तभी राज अचानक मुस्कुराया। कोर्टरूम में मौजूद नमन जैन ने देखा कि वह मुस्कान किसी मासूम की नहीं, बल्कि एक ऐसे इंसान की थी जो किसी दूसरे ही आयाम में जी रहा है।

राज ने बहुत धीमे लेकिन साफ स्वर में कहा, "सर... मैंने कुछ गलत नहीं किया। सोनल मरी नहीं है... वो बस मुझसे खेल रही है।"

पूरे कोर्टरूम में जैसे बर्फ जम गई। जज ने अपना पेन रोक दिया। सरकारी वकील ने हैरानी से राज को देखा। आर्यन खन्ना खामोश हो गए और गौर से राज की उन खाली आँखों को पढ़ने की कोशिश करने लगे।

अब यह केस महज़ एक हत्या का मुक़दमा नहीं रहा था, यह सच और वहम के बीच की एक खूनी जंग बन चुका था। एक तरफ वे वैज्ञानिक सबूत थे जो राज को कातिल कह रहे थे, और दूसरी तरफ एक ऐसा मन था जो खुद अपनी बनाई कहानी का लेखक और शिकार दोनों था।

नमन जैन ने विजय सावंत की ओर झुककर फुसफुसाया, "सर, अगर राज वाकई सच बोल रहा है... तो फिर सोनल की लाश किसकी थी? और वह साया कौन था जो राज बनकर सोनल के घर गया था?"

अदालत ने अगली तारीख दे दी, लेकिन कोर्ट के बाहर निकलते ही आर्यन खन्ना को एक अनजान लिफाफा मिला। उसके अंदर एक पुरानी कॉलेज फोटो थी, बरगद के पेड़ के नीचे तीन लोग खड़े थे। राज, सोनल और एक 'तीसरा चेहरा' जिसे फोटो से खुरचकर मिटा दिया गया था।

अध्याय 12
मिसमैच का रहस्य

मुंबई फॉरेंसिक साइंस लैब की हवा में रसायनों की तीखी गंध और मशीनों की एक निरंतर गूँज थी। यह वह जगह थी जहाँ भावनाओं का कोई स्थान नहीं था, केवल डेटा और अणुओं का बोलबाला था। इंस्पेक्टर विजय सावंत और प्राइवेट डिटेक्टिव नमन जैन पिछले एक घंटे से मुख्य लैब के बाहर इंतज़ार कर रहे थे। विजय के चेहरे पर बेचैनी साफ़ झलक रही थी। उनके लिए यह रिपोर्ट राज मिश्रा के ताबूत में आखिरी कील ठोकने जैसी थी।

तभी दरवाजे का सेंसर बीप हुआ और फॉरेंसिक एक्सपर्ट डॉ. कुलकर्णी एक मोटी फाइल लेकर बाहर आए।

“सर...” डॉक्टर की आवाज़ में एक अजीब सा संकोच था। “पोस्टमार्टम के दौरान सोनल के नाखूनों के नीचे से जो जैविक नमूने (Biological Samples) मिले थे, उनकी DNA प्रोफाइलिंग रिपोर्ट आ गई है।”

विजय ने लपककर फाइल ली। “क्या निकला? राज का ही है न?”

डॉ. कुलकर्णी ने चश्मा उतारकर अपनी आँखें मलीं और धीरे से कहा, “सर... यह DNA, राज मिश्रा के प्रोफाइल से मैच नहीं करता।”

लैब के गलियारे में कुछ सेकंड के लिए जैसे समय ठहर गया। नमन जैन, जो अब तक दीवार से टेक लगाए खड़ा था, सीधा होकर खड़ा हो गया।

"क्या? कन्फर्म है?" नमन ने पूछा।

"जी हाँ। हमने दो बार STR (Short Tandem Repeat) एनालिसिस रन किया है। सोनल के नाखूनों में जो बाहरी त्वचा के कण (Skin Cells) और खून के अंश मिले थे, वे किसी अज्ञात पुरुष के हैं। वह 'अज्ञात पुरुष' राज मिश्रा नहीं है।"

विजय कुर्सी पर ढह गए। उनका दिमाग तेज़ी से घूमने लगा। "इसका मतलब... जिस वक्त सोनल ने अपनी जान बचाने के लिए संघर्ष किया, उसने कातिल को खरोंचा था। और अगर वह कातिल राज नहीं था... तो फिर राज मिश्रा कौन है?"

नमन ने धीमे स्वर में कहा, "या तो राज अकेला नहीं था, या फिर राज सिर्फ एक 'परछाई' है जिसे हम असली चेहरा समझ रहे थे।"

कोर्टरूम: अगली सुनवाई और कानूनी धमाका

अदालत का कमरा नंबर 12 एक बार फिर खचाखच भरा था। सरकारी वकील कुलकर्णी ने जैसे ही अपनी जिरह शुरू करने के लिए फाइल उठाई, एडवोकेट आर्यन खन्ना अपनी जगह से खड़े हो गए।

"माय लॉर्ड, बचाव पक्ष के पास एक ऐसा फॉरेंसिक एविडेंस है जो इस पूरे केस की बुनियाद हिला देगा।"

कोर्टरूम में फुसफुसाहट शुरू हो गई। आर्यन ने डॉ. कुलकर्णी की रिपोर्ट जज की टेबल पर रखी।

"माय लॉर्ड, सोनल के नाखूनों के नीचे पाया गया DNA आरोपी राज मिश्रा से मैच नहीं करता। STR प्रोफाइलिंग के अनुसार, वह DNA

किसी 'तीसरे' व्यक्ति का है। जिस व्यक्ति ने सोनल का गला घोंटने या उस पर हमला करने की कोशिश की, उसे सोनल ने खरोंचा था। विज्ञान कहता है कि वह व्यक्ति राज मिश्रा नहीं था।"

सरकारी वकील का चेहरा सफेद पड़ गया। "यह... यह असंभव है! हमारे पास सीसीटीवी और फोन लोकेशन के सबूत हैं!"

आर्यन खन्ना मुस्कुराए, उनकी वह मैकियावेलियन मुस्कान जो जीत की आहट देती थी। "सच अक्सर असंभव ही लगता है, वकील साहब। पर कानून कल्पनाओं पर नहीं, साक्ष्यों पर चलता है। अगर राज कातिल होता, तो उसका DNA सोनल के नाखूनों में क्या कर रहा होता? या शायद... सोनल किसी और से लड़ रही थी जब राज वहां पहुँचा?"

अदालत की कार्यवाही स्थगित होने के बाद, नमन ने विजय सावंत को कैंटीन के पास रोका।

"सर, यह केस अब सीधा नहीं रहा। यह एक बहुत ही जटिल 'सेटअप' लग रहा है।"

"मतलब?" विजय ने झुंझलाकर पूछा।

"मतलब यह सर कि राज का चेहरा सीसीटीवी में दिखाना, उसके फोन का बरगद के नीचे मिलना और पीसीओ से कॉल्स आना... ये सब राज को फंसाने के लिए एक 'डिजिटल और फिजिकल ट्रेल' बनाई गई थी। लेकिन कातिल सोनल के नाखूनों के नीचे अपनी असली पहचान छोड़ गया। उसने राज की हाइट और चाल तो कॉपी कर ली, पर वह अपनी कोशिकाओं का DNA नहीं बदल पाया।"

विजय ने आँखें सिकोड़ीं। "तो वह साया कौन था? राज का कोई

हमशक्ल? या राज का वह 'Shadow' जिसे वह खुद भी नहीं जानता?"
पुणे से लाई गई जेल की वैन में बैठा राज कटघरे में खड़ा था। उसके दिमाग के भीतर एक अलग ही युद्ध चल रहा था।

"देखा... मैंने कहा था..." उसके अचेतन मन में एक आवाज़ गूँजी। "मैंने कुछ नहीं किया... सोनल मुझे जानती है। वो जानती है कि मैं उसे चोट नहीं पहुँचा सकता।"

लेकिन तभी एक दूसरा विचार आया, "लेकिन अगर मैंने नहीं किया... तो उस रात वहां कौन था? सोनल ने किसे खरोंचा था? क्या वहां कोई और भी था जो सोनल को उतना ही चाहता था जितना मैं?"

राज इस वक्त 'प्रोजेक्शन' और 'डिस्प्लेसमेंट' के बीच झूल रहा था। उसे अब लगने लगा था कि सोनल ने ही किसी 'तीसरे' को बुलाया था ताकि वह राज को जला सके। उसके वहम की एक नई परत तैयार हो रही थी, जलन (Jealousy)।

फ्लैशबैक: एक अनदेखा पल

मुंबई का वही अपार्टमेंट। मर्डर वाली रात से कुछ घंटे पहले। सोनल अपने फ्लैट में पेंटिंग कर रही थी। अचानक दरवाजे पर दस्तक हुई।

सोनल ने पेंट ब्रश नीचे रखा और दरवाजे की ओर बढ़ी। "कौन?"

बाहर से कोई आवाज़ नहीं आई। सोनल ने धीरे से 'आई-होल' (I-hole) से बाहर झाँका। उसके चेहरे पर पहले हैरानी आई, फिर एक गहरा डर। उसने कांपते हाथों से कुंडी खोली।

सामने एक चेहरा खड़ा था। एक ऐसा चेहरा जिसे वह पुणे में छोड़ आई

थी... या शायद उसे ऐसा लगा था।

नमन जैन ने विजय से कहा, "सर, मुझे डिटेक्टिव नमन जैन के उस पुराने केस की याद आ रही है जहाँ एक पति ने अपनी ही पत्नी की जासूसी के लिए एक 'अंडरकवर एजेंट' हायर किया था, पर बाद में वह एजेंट खुद ही खेल खेलने लगा। क्या राज ने सोनल पर नज़र रखने के लिए किसी को मुंबई भेजा था?"

विजय ने फाइल बंद की। "अब हमें उस DNA के असली मालिक को ढूंढना होगा। राज मिश्रा अब भी हमारा मुख्य संदिग्ध है, लेकिन अब हमें उस 'तीसरे साये' की तलाश है जिसने राज का मुखौटा ओढ़ रखा था।"

उसी शाम, फॉरेंसिक लैब से एक और कॉल आया। डॉ. कुलकर्णी की आवाज़ कांप रही थी। "इंस्पेक्टर, एक गड़बड़ हो गई है। वह अज्ञात DNA... जब हमने उसे नेशनल डेटाबेस में रन किया, तो वह किसी 'अपराधी' का नहीं निकला। वह एक ऐसे व्यक्ति का DNA है जिसे दो साल पहले एक कार एक्सीडेंट में 'मृत' घोषित किया जा चुका है।"

मुर्दे वापस नहीं आते, पर उनका DNA मर्डर सीन पर क्या कर रहा था? क्या सोनल की हत्या किसी 'ज़िंदा लाश' ने की थी, या राज मिश्रा की पागलपन की दुनिया में अब भूतों की भी एंट्री हो चुकी थी?

अध्याय 13
अंडरकवर एजेंट

मुंबई का पॉश अंधेरी ईस्ट इलाका। यहाँ का एक आलीशान कॉर्पोरेट ऑफिस, काँच की पारदर्शी दीवारें, शांत केबिन, और हर चेहरे पर एक सधी हुई पेशेवर मुस्कान। इंस्पेक्टर विजय सावंत और नमन जैन रिसेप्शन पर खड़े थे। वातावरण में ताज़ी कॉफ़ी और एयर फ्रेशनर की

मिली-जुली गंध थी, लेकिन विजय के लिए यहाँ की हवा भी भारी थी।

“हमें एचआर (HR) हेड से मिलना है,” नमन ने रिसेप्शनिस्ट से कहा। उसकी आवाज़ में वही जासूसी वाला ठंडा आत्मविश्वास था।

ऑफिस के अंदर का सच

एचआर मैनेजर, मिसेज डिसूज़ा, अपने केबिन में सामने बैठी थीं। उन्होंने चश्मा ठीक करते हुए सोनल की फाइल खोली।

“सोनल... वह हमारे बेहतरीन कर्मचारियों में से एक थी। बहुत प्रोफेशनल,” उन्होंने गहरी साँस लेते हुए कहा। “लेकिन सच कहूँ तो, पिछले कुछ महीनों से वह थोड़ी परेशान और थकी हुई लगती थी। उसका परफॉरमेंस भी गिर रहा था।”

“किस बात से परेशान थी वह? क्या उसने किसी सहकर्मी की शिकायत की थी?” विजय ने सीधे अपनी डायरी खोलते हुए पूछा।

मिसेज डिसूज़ा ने थोड़ा हिचकिचाते हुए कहा, “शिकायत तो नहीं,

लेकिन वह एक 'लाइफ कोच' (Life Coach) से मिल रही थी। वह कहती थी कि उसे मानसिक तनाव और वर्क-लाइफ बैलेंस में दिक्कत आ रही है।"

नमन की नज़रें तुरंत तेज़ हो गईं। जासूसी के बरसों के अनुभव ने उसे सिखाया था कि कॉर्पोरेट दुनिया में 'लाइफ कोच' अक्सर सूचनाएं निकालने का सबसे सुरक्षित ज़रिया होते हैं। "कौन लाइफ कोच? क्या वह कंपनी द्वारा नियुक्त था?"

एचआर ने सिस्टम में कुछ डेटा चेक किया। "नाम, अर्जुन मेहरा। फ्रीलांस लाइफ कोच। सोनल ने उसे खुद ढूंढकर हायर किया था, हालांकि उसका सुझाव उसे किसी लिंक या सोशल मीडिया विज्ञापन से मिला था।"

"कब से मिल रही थी वह उससे?" नमन ने पूछा।

"करीब दो महीने से। हर हफ्ते एक सेशन होता था। कभी ऑफिस के पास वाले कैफ़े में, तो कभी ऑनलाइन।"

ऑफिस से बाहर आते ही नमन की चाल तेज़ हो गई। "सर... यह सामान्य नहीं है। कॉर्पोरेट लाइफ कोच इस तरह से काम नहीं करते। अगर कोई तनाव में है, तो कंपनी के ईएपी (EAP) प्रोग्राम के थ्रू मदद ली जाती है। सोनल ने व्यक्तिगत रूप से किसी 'अर्जुन मेहरा' को क्यों चुना?"

नमन ने कार में बैठते ही अपना लैपटॉप खोला और फाइलों को खंगालना शुरू किया। "सर, मैंने इस अर्जुन मेहरा का बैकग्राउंड चेक रन किया है। नतीजा शून्य है। कोई स्थायी रिकॉर्ड नहीं, कोई रजिस्टर्ड एड्रेस

नहीं। और उसकी प्रोफाइल फोटो? हर प्लेटफॉर्म पर वह अलग और धुंधली है। यह एक 'क्लासिक घोस्ट आइडेंटिटी' है।"

विजय ने स्टियरिंग व्हील पर हाथ मारा। "मतलब... एक फेक आइडेंटिटी। एक जासूस के अंदर दूसरा जासूस।"

नमन ने स्क्रीन की ओर इशारा करते हुए धीरे से कहा, "और सबसे दिलचस्प बात सर... इस 'लाइफ कोच' का जो पहला पेमेंट हुआ था, वह एक गुमनाम बैंक अकाउंट से हुआ था। मैंने उस अकाउंट को ट्रैक किया।"

"और क्या मिला?"

"उस अकाउंट की डिजिटल लिंकिंग और आईपी (IP) एड्रेस का सीधा संबंध राज मिश्रा के उस पुराने कॉलेज ईमेल से जुड़ता है, जिसे वह पुणे में इस्तेमाल करता था।"

जीप में एक भारी सन्नाटा छा गया। विजय सावंत ने कुछ सेकंड तक खिड़की के बाहर देखा। "मतलब... राज ने ही सोनल के पास उस आदमी को भेजा था? राज उसे प्यार नहीं कर रहा था, वह उसे 'ऑब्जर्व' कर रहा था।"
नमन ने सिर हिलाया। "हाँ सर। राज सिर्फ बाहर से सोनल को स्टॉक नहीं कर रहा था... वह उसके दिमाग के अंदर भी घुस चुका था। वह लाइफ कोच असल में राज का 'अंडरकवर एजेंट' था।"

सोनल उस दिन कैफ़े में बैठी अपनी डायरी में कुछ लिख रही थी। तभी अर्जुन मेहरा, एक सौम्य और शांत चेहरे वाला आदमी, वहां पहुँचा।

"तुम बहुत स्ट्रेस में लग रही हो, सोनल," अर्जुन ने बड़ी सहानुभूति के

साथ कहा। सोनल ने हल्की और फीकी मुस्कान दी। "हाँ... थोड़ा काम का बोझ है।" "सिर्फ काम? या कोई रिलेशनशिप इश्यू?" अर्जुन ने सीधे उसकी आँखों में झाँकते हुए पूछा।

सोनल चौंकी। "आपको कैसे पता?" अर्जुन ने शांत स्वर में कहा, "यह मेरे काम का हिस्सा है। लोगों के मन की परतों को पढ़ना।"

सोनल को अंदाज़ा भी नहीं था कि वह जिस इंसान को अपना दर्द बता रही है, वह उसकी हर बात, हर आँसू और राज के प्रति उसके डर को रिकॉर्ड कर रहा है। वह हर जानकारी सीधे पुणे पहुँच रही थी।

धीरे-धीरे, अर्जुन सोनल से ऐसे सवाल पूछने लगा जिनका जवाब केवल राज को चाहिए था, सोनल के नए दोस्त, उसका ऑफिस मैनेजर, और क्या वह राज को छोड़ने का मन बना चुकी है। हर जवाब राज के उस 'वहम' की खाद बन रहा था।

नमन ने विजय से कहा, "सर, यह एक क्लासिक 'मैकियावेलियन' अंडरकवर ऑपरेशन है। पहले भरोसा बनाओ, फिर जानकारी निकालो, और फिर उस जानकारी का इस्तेमाल सामने वाले को कंट्रोल करने के लिए करो। राज सोनल को आज़ाद नहीं छोड़ना चाहता था, इसलिए उसने उसे एक मानसिक जेल में बंद कर दिया था।"

पुणे में जेल की कोठरी के अंधेरे में बैठा राज अपनी हथेलियों को देख रहा था। "मैं बस उसे समझना चाहता था..." उसने खुद से फुसफुसाया। लेकिन तभी उसके भीतर का वह 'शैडो राज' बोला, "नहीं, तुम उसे समझना नहीं, उसे पालतू बनाना चाहते थे। तुम चाहते थे कि वह वही सोचे जो तुम चाहते हो।"

उसका मन अब खुद की ही सच्चाइयों से भाग नहीं पा रहा था। उसे अपने पिता की बात याद आई, “अगर सामने वाला हाथ से निकल रहा हो, तो उसे पकड़ने का तरीका बदलो।” राज ने सीधे टकराव के बजाय छल का रास्ता चुना था।

अध्याय 14
आकर्षण का खेल

मुंबई पुलिस स्टेशन का एविडेंस रूम (Evidence Room)। यहाँ की हवा में पुरानी फाइलों की धूल और सीलन की एक अजीब सी गंध थी। मेज पर वह फटी-पुरानी डायरी खुली पड़ी थी, जिसे कुछ दिनों पहले पुणे के उस कॉलेज के बरगद के पेड़ के नीचे से निकाला गया था। इंस्पेक्टर विजय सावंत और प्राइवेट डिटेक्टिव नमन जैन उसके पीले पड़ चुके पन्नों को बड़ी सावधानी से पलट रहे थे।

विजय ने चश्मा ठीक किया और एक पन्ने पर अपनी नज़रें टिका दीं। वहां राज की लिखावट में कुछ ऐसा दर्ज था जिसने विजय की रीढ़ में सिहरन पैदा कर दी।

“सर... यह देखिए,” नमन ने एक विशिष्ट पैराग्राफ की ओर इशारा किया।

विजय ने धीरे-धीरे उन शब्दों को पढ़ा: “Presence makes her comfortable... Absence makes her curious. (मौजूदगी उसे सहज बनाती है... अनुपस्थिति उसे जिज्ञासु बनाती है।)”

विजय ने अपनी भौंहें सिकोड़ लीं। “यह किसी प्रेमी की डायरी नहीं लग रही, नमन। यह तो किसी युद्ध की रणनीति (Strategy) जैसा लग रहा है।”

नमन जैन ने गहरी साँस ली और कुर्सी पर थोड़ा पीछे झुक गया। “सर, यह एक बहुत पुरानी मनोवैज्ञानिक तकनीक है, जिसे मैकियावेली के

सिद्धांतों में 'अनुपस्थिति से मूल्य बढ़ाना' (Absence creates value) कहा जाता है। राज सिर्फ सोनल से प्यार नहीं कर रहा था; वह उसे 'प्रोग्राम' कर रहा था।"

"मतलब?" विजय ने पूछा।

"मतलब यह सर कि राज जानता था कि अगर वह हर समय सोनल के लिए उपलब्ध रहेगा, तो सोनल उसे एक साधारण हिस्सा मान लेगी। लेकिन अगर वह जानबूझकर गायब हो जाए, उसे अनिश्चितता में रखे, तो सोनल का दिमाग उसे खोजने के लिए मजबूर हो जाएगा। वह उसके लिए एक पहेली बन जाना चाहता था।"

डायरी के अगले पन्नों में राज ने अपनी योजना का विस्तार से वर्णन किया था: "अगर मैं हर समय उसके फोन का इंतज़ार करूँगा, तो वह मेरी कीमत भूल जाएगी। लेकिन अगर मैं उसके मैसेज को घंटों तक अनदेखा करूँ, तो वह अपनी गलतियाँ ढूँढने लगेगी।"

विजय ने मेज पर हाथ मारा। "यह रिश्ता नहीं... यह तो एक लैब एक्सपेरिमेंट लग रहा है।"

फ्लैशबैक: राज का खेल शुरू (The Push and Pull)

पुणे के कॉलेज कैंपस का वह दिन राज को आज भी याद था। सोनल कैंटीन में उसका इंतज़ार कर रही थी। राज वहीं पास की झाड़ियों के पीछे छुपा उसे देख रहा था।

"राज, तुम अचानक गायब क्यों हो जाते हो? मैं आधे घंटे से तुम्हारा वेट कर रही हूँ!" सोनल ने नाराज़ होकर पूछा था जब राज आखिरकार उसके सामने आया। राज ने अपने चेहरे पर एक मासूम मुस्कान ओढ़ी और

कहा, “बस... कभी-कभी खुद को ढूंढने निकल जाता हूँ। ताकि जब वापस आऊं, तो तुम मुझे और ज्यादा मिस करो।”

सोनल उस समय हँस पड़ी थी। “पागल हो क्या?” राज भी हँस पड़ा था, लेकिन उसके भीतर का 'मैकियावेली' मुस्कुरा रहा था। उसने देख लिया था कि सोनल की आँखों में अब उसे लेकर एक हल्की सी बेचैनी थी। वही बेचैनी जो धीरे-धीरे जुनून (Obsession) की खाद बनती है।

मुंबई और 'शैडो साइकिल' का गहरा रूप

जब सोनल मुंबई शिफ्ट हुई, तो राज ने इस खेल को और खतरनाक स्तर पर पहुँचा दिया।

सोनल मुंबई की भागदौड़ में अकेली महसूस करती है, तो वह राज को फोन करती है। राज जानबूझकर फोन नहीं उठाता। सोनल परेशान होकर तीन-चार मैसेज करती है, तब भी कोई जवाब नहीं आता। फिर अचानक, जब सोनल हार मानकर सोने वाली होती, राज का एक छोटा सा मैसेज आता, “Hey, I missed you today. बस थोड़ा व्यस्त था।”

और सोनल... वह फिर से उसी चक्र (Cycle) में खिंच जाती है।

नमन ने विजय से कहा, “सर, यह वही ‘शैडो साइकिल’ है जिसकी चर्चा सोनल की सहेली रिया ने की थी। पहले दूरी बनाओ, सामने वाले को असुरक्षित (Insecure) महसूस कराओ, और फिर अचानक ढेर सारा प्यार देकर उसे राहत पहुँचाओ। इसे 'इंटरमिटेंट रीइन्फोर्समेंट' (Intermittent Reinforcement) कहते हैं। यह किसी नशे से कम नहीं होता।”

पुणे की जेल की कोठरी में बैठा राज अपनी आँखें बंद किए हुए था। उसके दिमाग में वे सभी पन्ने गूँज रहे थे जो उसने अपनी डायरी में लिखे थे।

"मैं बस चाहता था कि वो मुझे खोने से डरे..." उसका अचेतन मन (Unconscious Mind) खुद को सही ठहराने की कोशिश कर रहा था। "अगर वो मुझे खोने से डरेगी, तो वो कभी मुंबई के उन चकाचौंध वाले लोगों के पास नहीं जाएगी। मेरा उसे डराना ही मेरा उसे बचाना था।"

लेकिन तभी फ्रायड की वह दबी हुई आवाज़ उसके भीतर से आई, "क्या तुम उसे बचा रहे थे, या उसके डर का इस्तेमाल अपनी सत्ता (Power) को बनाए रखने के लिए कर रहे थे?" राज का मन अब उस सच्चाई को और नहीं दबा पा रहा था।

नमन ने डायरी का आखिरी पन्ना खोला। इस बार राज की लिखावट थोड़ी गहरी और हिंसक लग रही थी। वहां लिखा था, "Control is not force... Control is making her believe that she needs me." (नियंत्रण दबाव नहीं है... नियंत्रण उसे यह विश्वास दिलाना है कि उसे मेरी ज़रूरत है।)"

विजय सावंत ने उस पन्ने को ध्यान से देखा। "बस... यही है इस मर्डर का असली मोटिव। राज सोनल को एक ऐसी मानसिक स्थिति में ले जाना चाहता था जहाँ उसे लगे कि राज के बिना उसका वजूद ही नहीं है। और जब सोनल ने आज़ाद होने का फैसला किया..."

"तो राज का यह पूरा महल ढह गया," नमन ने वाक्य पूरा किया।

फ्लैशबैक: आखिरी टकराव और अनिश्चितता का अंत

मर्डर से कुछ हफ्ते पहले सोनल ने राज से मिलने की कोशिश की थी। "राज, मैं थक गई हूँ..." सोनल ने फोन पर रोते हुए कहा था। "किससे, सोनल?" राज ने ठंडे स्वर में पूछा था। "इस खेल से... तुम्हारी इस चुप्पी से... इस अनिश्चितता से। मुझे नहीं पता कि तुम मुझसे प्यार करते हो या मुझ पर नज़र रख रहे हो।"

राज उस वक्त कुछ नहीं बोला था। उसकी वही खामोशी सोनल के लिए एक सजा बन गई थी।

नमन ने विजय सावंत की ओर देखते हुए कहा, "सर, मैकियावेली की सबसे खतरनाक बात यह है कि वह इंसान को सिखाता है कि भावनाएँ भी महज़ एक 'टूल' (औजार) हैं। राज ने प्रेम को एक हथियार बना लिया था। उसने सोनल की 'मंजूरी पाने की इच्छा' (Need for Validation) को अपनी ताकत में बदल दिया था।"

विजय ने धीरे से डायरी बंद की। "अब हमारे पास सिर्फ वैज्ञानिक सबूत नहीं हैं नमन, हमारे पास अपराधी का 'इरादा' (Intent) भी है। और अदालत में इरादा ही सबसे मज़बूत गवाह होता है।"

लेकिन जैसे ही विजय डायरी लेकर बाहर निकलने वाले थे, एविडेंस रूम के गार्ड ने उन्हें रोका। "सर, अभी लैब से एक रिपोर्ट आई है। वह जो 'लाइफ कोच' अर्जुन मेहरा था... उसकी जो आखिरी लोकेशन मिली है, वह राज के पुणे वाले घर के ठीक पीछे की गली में है।"

नमन और विजय एक-दूसरे को देखने लगे।

अगर अर्जुन मेहरा राज का एजेंट था, तो वह राज के घर के पास क्या कर रहा था? क्या राज का वहम इतना गहरा था कि उसने अपने ही जासूस पर नज़र रखने के लिए कोई और जासूस रखा था?

अध्याय 15
माता-पिता का दुख

मुंबई का सेशन कोर्ट परिसर किसी पुराने किले की तरह खड़ा था, जहाँ न्याय की गूँज से ज्यादा फाइलों का शोर था। बाहर चिलचिलाती धूप और उमस के बीच ओबी वैनों (OB Vans) का हुजूम लगा था। इस भागदौड़ और आधुनिकता के शोर के बीच, गेट नंबर 3 के पास एक अधेड़ उम्र का व्यक्ति खड़ा था। धोती-कुर्ता, पैरों में रबर की चप्पलें और सिर पर एक पुरानी गांधी टोपी। उसकी आँखों में वह चमक नहीं थी जो शहर देखने आए लोगों में होती है, वहाँ सिर्फ एक गहरा खौफ और अनजाना सा डर था।

वह राज के पिता थे, रामखेलावन मिश्रा। उनके लिए यह शहर 'सपनों की नगरी' नहीं, बल्कि वह 'भक्षक' था जिसने उनके इकलौते बेटे की बुद्धि हर ली थी।

"ए भाई... ये कोर्ट किधर है? जहाँ हमारा छोरा को रखा गया है?" रामखेलावन ने एक चाय वाले से पूछा। उनकी आवाज़ में उत्तर प्रदेश के किसी सुदूर गाँव की मिट्टी की महक थी।

चाय वाला हंस पड़ा। "बाबा, सामने ही तो है इतनी बड़ी बिल्डिंग। सब वकील लोग उधर ही जा रहे हैं।"

रामखेलावन ने गर्दन उठाकर उस गगनचुंबी इमारत को देखा और अपनी आँखें सिकोड़ लीं। "हमार गाँव में तो पंचायत भी उस पुराने बरगद के नीचे हो जावे... यहाँ तो इन्सान कागजों और दीवारों के बीच दब जावे है।"

प्राइवेट डिटेक्टिव नमन जैन कोर्ट के बाहर खड़ा एक फोन कॉल खत्म कर रहा था। तभी उसकी नज़र उस बेबस बाप पर पड़ी। नमन ने डिटेक्टिव नमन जैन के पॉडकास्ट में अक्सर सुना था कि एक 'क्रिमिनल' की सबसे बड़ी कमज़ोरी उसका 'अतीत' होता है।

"बाबू... तुम पुलिस हो का?" रामखेलावन ने नमन के करीब आकर पूछा। उनकी आवाज़ कांप रही थी।

नमन ने शांति से जवाब दिया, "नहीं बाबा, मैं इन्वेस्टिगेटर हूँ। आप राज के पिता हैं?"

रामखेलावन की आँखों से आँसू छलक पड़े। "हाँ बाबू... हमार राज... ऐसा ना है। बचपन से सीधा रहा। स्कूल में मास्टर साहब कहते थे कि ये तो हीरा है। किसी से आँख उठाके बात तक ना करी इसने कभी।" उन्होंने अपनी मैली धोती के कोने से आँखें पोंछीं। "ये शहर... ये मुंबई की जहरीली हवा... इसने छोरे को पागल कर डारी।"

राज को जब अगली पेशी के लिए कोर्ट के गलियारे से ले जाया जा रहा था, तब सुरक्षा घेरे के बीच रामखेलावन की नज़र उस पर पड़ी। राज की हथकड़ियों की आवाज़ ने रामखेलावन के कलेजे को चीर दिया।

"बाबूजी..." राज के होंठों से बहुत धीमे से निकला।

रामखेलावन तेज़ी से आगे बढ़े, लेकिन पुलिस ने उन्हें रोक दिया। "अरे ओ राज! ये का कर डारो तू? हम तो गाँव में छाती ठोक के कहते थे कि हमार लड़का 'विप्रो' में बड़ी नौकरी कर रहा है। ये खून-खराबा का है रे?"

राज चुप रहा। उसकी आँखें नीचे झुकी थीं, लेकिन उनमें वह 'वहम' अब

भी साफ दिख रहा था जो उसे वास्तविकता से अलग कर चुका था।

"बता ना... लोग कह रहे हैं तूने उस सोनल छोरी को मार डारो। वही सोनल जो तेरे साथ कॉलेज में पढ़ती थी?" पिता की आवाज़ में गुस्सा और दर्द दोनों थे।

राज ने धीरे से सिर उठाया। "बाबूजी... मैंने कुछ नहीं किया। सोनल मरी नहीं है... वह बस मुझसे खेल रही है। वह यहीं कहीं है... वह मुझे बुला रही है।"

रामखेलावन ने अपनी दोनों हथेलियों से राज का चेहरा पकड़ लिया। "चुप! एकदम चुप हो जा! मर गई है वो! टीवी वाले कह रहे हैं, पुलिस कह रही है... समझ ले रे पगले... मर गई है वो!"

कोर्ट के उस ठंडे गलियारे में रामखेलावन की चीख गूँज उठी। राज के चेहरे पर एक पल के लिए हैरानी आई, जैसे कोई पुरानी याद उसे छूकर निकल गई हो, पर अगले ही पल उसकी आँखों में फिर वही खालीपन छा गया।

फ्लैशबैक: बचपन की वह सीख

रामखेलावन की आँखों के सामने गाँव की वह धूल भरी पगडंडी आ गई। छोटा सा राज मिट्टी में खेल रहा था। "बाबूजी, हम बड़े होकर शहर जाएंगे? शहर में बिजली कभी नहीं जाती ना?" राज ने मासूमियत से पूछा था।

रामखेलावन ने उसे गोद में उठाते हुए कहा था, "जा बेटा, खूब नाम कमा। पर याद रखना, शहर की चमक में अपनी सादगी और अपने आप को मत खो देना।"

वर्तमान में वापसी: रामखेलावन की आँखों में अब पश्चाताप था। "तू खुद को खो बैठो है राज... तू अब हमार राज ना रहा।"

नमन जैन यह सब दूर से देख रहा था। उसे राज की वह डायरी याद आई। फ्रायड के अनुसार, राज का 'ईगो' (Ego) उसके पिता की बातों को सुनकर वास्तविकता से जुड़ने की कोशिश कर रहा था, पर उसका 'आईडी' (Id) वह 'शैडो राज' उसे वापस उस वहम की दुनिया में खींच रहा था जहाँ सोनल ज़िंदा थी।

राज का मन दो हिस्सों में बंट चुका था। एक जो उस बूढ़े बाप के आँसू देख रहा था, और दूसरा जो सोनल की 'आत्मा' से बातें कर रहा था।

रामखेलावन ने नमन की तरफ देखा। "बाबू... तुम पढ़े-लिखे हो। सच बताओ... हमार छोरा... गुनहगार है का? क्या इसने सच में उस मासूम छोरी की जान ली है?"

नमन के पास फॉरेंसिक रिपोर्ट्स थीं, राज की डायरी थी, और सीसीटीवी के साक्ष्य थे। पर उस बूढ़े बाप की आँखों में झाँककर वह ये नहीं कह पाया कि उसका बेटा एक 'राक्षस' बन चुका है।

"बाबा, अदालत फैसला करेगी," नमन ने बस इतना ही कहा।

कोर्ट का घंटा बजा। "ऑर्डर! ऑर्डर!" पुलिस ने राज को आगे धकेला। राज मुड़ा, उसकी आँखों में आँसू थे पर होंठों पर वही डरावनी मुस्कान।

पिता पीछे से चिल्लाए, "राज! सच बता दे! झूठ में मत जी बेटा! झूठ इन्सान को ज़िंदा निगल जावे है!"

राज ने आखिरी बार पीछे देखा और बुदबुदाया, "सोनल मरी नहीं है

बाबूजी... वह मुझे बचा लेगी।"

जब राज को वैन में बिठाया जा रहा था, रामखेलावन ज़मीन पर बैठ गए और फूट-फूटकर रोने लगे। "शहरी हवा... शहरी हवा मार डारी हमार बेटे को।"

तभी नमन को एक कॉल आया। सोनल का गायब फोन, जो पुलिस के पास था, वह अचानक से एक्टिवेट हो गया। किसी ने उस फोन से राज के पिता को एक मैसेज भेजा था।

मैसेज में लिखा था: "बाबा, अपने बेटे को बचा लो... वह अगला निशाना है।"

अगर सोनल मर चुकी थी, तो वह राज के पिता को मैसेज कौन भेज रहा था? क्या कोई और था जो राज के इस पागलपन को एक 'कवर' की तरह इस्तेमाल कर रहा था?

अध्याय 16
बैलिस्टिक मैचिंग

मुंबई की फॉरेंसिक बैलिस्टिक लैब में रोशनी हमेशा बहुत तेज होती है, ताकि धातु के सूक्ष्म निशानों को भी साफ देखा जा सके। इंस्पेक्टर विजय सावंत और प्राइवेट डिटेक्टिव नमन जैन एक बड़ी मेज के सामने खड़े थे। मेज पर एक कांच के पेट्री-डिश (Petri-dish) के अंदर एक छोटी सी, मुड़ी हुई धातु की वस्तु रखी थी।

"सर, यही वह बुलेट है जो सोनल के शरीर से निकाली गई थी," बैलिस्टिक एक्सपर्ट डॉ. सान्याल ने चिमटी से गोली को उठाते हुए कहा।

विजय ने अपनी नजरें उस पर टिका दीं। "क्या पता चला? क्या यह राज की पिस्टल से मैच करती है?"

डॉ. सान्याल ने उन्हें पास रखे एक 'कंपैरिजन माइक्रोस्कोप' (Comparison Microscope) की ओर ले जाते हुए समझाया, "सर, जब एक गोली बंदूक की बैरल (Barrel) से बाहर निकलती है, तो बैरल के अंदर बनी 'राइफलिंग' (Rifling) की वजह से उस पर कुछ सूक्ष्म खरोंचें छप जाती हैं। हर बंदूक की ये खरोंचें वैसी ही अनोखी होती हैं जैसे इंसान के फिंगरप्रिंट। इसे हम 'बैलिस्टिक फिंगरप्रिंट' कहते हैं।"

"और इस गोली के निशान क्या कह रहे हैं?" नमन ने उत्सुकता से पूछा।

"निशान बहुत गहरे और स्पष्ट हैं," सान्याल ने जवाब दिया। "लेकिन समस्या यह है कि मिलान करने के लिए हमारे पास वह हथियार नहीं है

जिससे यह गोली चलाई गई।"

सबसे बड़ा अड़ंगा: गायब हथियार, विजय सावंत ने मेज पर हाथ मारा। "राज मिश्रा की लाइसेंसी बंदूक... वह अभी तक बरामद नहीं हुई है। हमने उसके पुणे वाले घर, उसकी कार, यहाँ तक कि उसके ऑफिस की भी तलाशी ली है। वह गायब है।"

कमरे में एक भारी खामोशी छा गई। नमन ने धीरे से कहा, "मतलब... जब तक हथियार नहीं मिलता, हम यह साबित नहीं कर सकते कि गोली राज की बंदूक से ही चली थी?"

"तकनीकी रूप से, नहीं सर," सान्याल ने कहा। "लेकिन हमने कैलिबर एनालिसिस (Caliber Analysis) किया है। गोली का साइज, वजन और धातु की संरचना यह बताती है कि यह एक .32 कैलिबर की पिस्टल से चलाई गई है।"

नमन ने तुरंत अपना टैबलेट चेक किया। "राज की लाइसेंसी पिस्टल भी .32 कैलिबर की ही है। यह एक मज़बूत लिंक है, पर कानूनी तौर पर कन्फर्मेशन नहीं।"

फ्लैशबैक: सुरक्षा का वहम और हथियार

राज को वह दिन याद आया जब उसने गाँव के प्रधान और अपने पिता के सामने हथियार के लाइसेंस की बात की थी।

"बाबूजी, शहर जा रहा हूँ, वहाँ अपनी हिफाज़त खुद करनी पड़ती है। एक लाइसेंस वाली बंदूक पास रहेगी तो कलेजे में ठंडक रहेगी," राज ने गाँव के दालान में बैठते हुए कहा था।

उसके पिता ने अपनी हुक्के की नली छोड़ते हुए पूछा था, "शहर में बंदूक से सेफ्टी? वहाँ तो लोग पुलिस पर भरोसा करते हैं, राज।"

राज ने एक कुटिल मुस्कान के साथ जवाब दिया था, "बाबूजी, पुलिस तो होने के बाद आती है। बंदूक तो होने ही नहीं देती। कभी-कभी प्यार और इज्जत बचाने के लिए डर दिखाना भी ज़रूरी होता है।"

उस वक्त राज के लिए बंदूक केवल सुरक्षा का साधन नहीं थी, बल्कि उसके 'मैकियावेलियन' व्यक्तित्व का वह हिस्सा थी जो उसे नियंत्रण (Control) का अहसास दिलाती थी।

जेल की कालकोठरी में दीवार से टिककर बैठा राज अपनी आँखों के सामने उस रात की धुंधली तस्वीरें देख रहा था।

"बंदूक..." उसके दिमाग में यह शब्द किसी गूँज की तरह बज रहा था। "क्या मैंने उसे अपने साथ रखा था? क्या मैंने उसे निकाला था?"

उसके अचेतन मन (Unconscious Mind) में स्मृतियाँ किसी टूटे हुए शीशे की तरह चुभ रही थीं। फ्रायड के अनुसार, राज का दिमाग उस भयानक कृत्य को 'रिप्रेस' (Repress) कर रहा था। उसे धुंधला सा याद था कि सोनल का हाथ पकड़ने के बाद उसने अपनी कमर से कुछ निकाला था।

"नहीं! मैंने उसे नहीं मारा! या शायद... मैंने अपनी ही सनक में उसे हमेशा के लिए अपना बनाने के लिए वह बटन दबा दिया?" राज को अब खुद की यादों पर भरोसा नहीं रहा। वह पागलपन और हकीकत के बीच के

उस धुंधले इलाके में था जहाँ अपराधी खुद अपना पहला गवाह होता है।

नमन जैन ने विजय सावंत से कहा, “सर, अगर यह एक 'प्लान्ड मर्डर' है, तो अपराधी का सबसे पहला कदम हथियार गायब करना ही होगा। राज जैसा दिमाग, जो मैकियावेली की तरह सोचता है, वह हथियार को मर्डर सीन पर कभी नहीं छोड़ेगा। लेकिन अगर वह हथियार राज का था, तो वह गया कहाँ? क्या उसे पुणे के उस बरगद के पास नहीं होना चाहिए था?”

विजय ने आँखें संकरी कीं। “या फिर... किसी और ने राज की बंदूक चुराई और उसका इस्तेमाल किया ताकि बैलिस्टिक रिपोर्ट सीधे राज तक पहुँच जाए।”

अदालत की अगली सुनवाई में माहौल गर्माया हुआ था। सरकारी वकील कुलकर्णी ने जोर देकर कहा, “माय लॉर्ड, गोली का कैलिबर आरोपी की बंदूक से मेल खाता है। परिस्थितियाँ चीख-चीख कर कह रही हैं कि हत्या राज मिश्रा ने की है।”

एडवोकेट आर्यन खन्ना अपनी कुर्सी से बिजली की तेज़ी से उठे। “लॉर्डशिप, वकील साहब ‘मेल खाता है’ कह रहे हैं, ‘साबित’ नहीं कर रहे। .32 कैलिबर की हज़ारों पिस्तौले शहर में हैं। जब तक वह विशिष्ट हथियार नहीं मिलता जिससे यह गोली चली, तब तक यह केवल एक अनुमान (Conjecture) है। क्या अदालत किसी की जान महज़ एक अनुमान पर ले लेगी?”

आर्यन खन्ना की वह मैकियावेलियन मुस्कान फिर से उभरी। वह जानते थे कि बिना हथियार के पुलिस का केस कच्चा है।

विजय सावंत ने वायरलेस पर संदेश दिया, “शहर के हर नाले, हर तालाब और राज के पुणे से मुंबई के पूरे रास्ते की फिर से जांच करो! मुझे वह .32 कैलिबर की बंदूक हर हाल में चाहिए!”

नमन जैन ने खिड़की के बाहर देखा, जहाँ रात का अंधेरा गहरा रहा था। “सर, जब तक वह बंदूक नहीं मिलती, यह केस एक ऐसी अधूरी किताब है जिसका आखिरी पन्ना किसी ने फाड़ दिया हो।”

तभी पुलिस स्टेशन के बाहर एक लावारिस बैग मिला। जब बम निरोधक दस्ते ने उसे खोला, तो अंदर कोई बम नहीं था। वहां एक मखमली कपड़े में लिपटी एक .32 कैलिबर की पिस्टल थी। पर उस पर एक पर्ची चिपकी थी जिस पर लिखा था:

“यह मेरी नहीं है। पर क्या आप सच में इसे साबित कर पाएंगे?”

क्या वह राज की ही बंदूक थी? और अगर राज जेल में था, तो वह लावारिस बैग वहां किसने रखा? क्या कोई और था जो पुलिस को साक्ष्यों की 'भीख' दे रहा था या उन्हें एक और बड़े जाल में फंसा रहा था?

अध्याय 17
प्रोफाइलिंग सेशन

मुंबई की आर्थर रोड जेल का वह छोटा सा मुलाकात कमरा। दीवारों पर लगा हल्का नीला रंग शांति का आभास देने की कोशिश करता था, लेकिन वहां की हवा में कैद और अपराध की एक भारी गंध घुली हुई थी। कमरे के बीचों-बीच एक साधारण लकड़ी की मेज थी और उसके दोनों तरफ दो कुर्सियाँ।

एक कुर्सी पर राज मिश्रा बैठा था, जिसके चेहरे पर वही रहस्यमयी और स्थिर मुस्कान थी। दूसरी तरफ डॉ. अंजलि मेहता बैठी थीं, शहर की सबसे प्रतिष्ठित क्रिमिनल साइकोलॉजिस्ट। उनके सामने एक फाइल खुली थी जिस पर बड़े अक्षरों में लिखा था: "Subject: Raj Mishra"।

डॉ. अंजलि ने चश्मा ठीक किया और राज की आँखों में सीधे झाँका। उनकी पेशेवर नज़रें राज की पुतलियों के फैलने और उसके हाथों की सूक्ष्म हलचल को पढ़ रही थीं।

पहली मुलाकात: चुप्पी और चुनौती

"कैसे हो, राज?" डॉ. अंजलि ने शांत और सहानुभूति पूर्ण स्वर में पूछा।

राज ने एक गहरी साँस ली और अपनी कुर्सी पर थोड़ा पीछे झुक गया। उसके चेहरे की मुस्कान गहरी हो गई। "आप लोग सब एक जैसे सवाल पूछते हैं डॉक्टर साहिबा। इंस्पेक्टर विजय भी यही पूछते हैं, जेलर भी यही पूछता है।"

“और तुम?” डॉ. अंजलि ने तुरंत पलटकर पूछा। “क्या तुम भी हर बार एक जैसा ही जवाब देते हो?”

राज अचानक खामोश हो गया। कमरे में एक असहज सन्नाटा छा गया, जिसे केवल बाहर गलियारे में सुरक्षा गार्ड के जूतों की आवाज़ तोड़ रही थी।

“मुझे बताओ राज... तुम्हारे हिसाब से उस रात वास्तव में क्या हुआ था?” डॉ. अंजलि ने धीरे से पूछा।

राज की आँखें एक पल के लिए चमकीं। उसने मेज पर झुकते हुए फुसफुसाकर कहा, “जो हुआ ही नहीं, उसके बारे में क्या बताऊं? आप लोग जिसे 'सत्य' कह रहे हैं, वह महज़ एक भ्रम है। सोनल मरी नहीं है।”

डॉ. अंजलि ने अपने पैड पर एक नोट लिखा,“Subject firmly denies death. Constructs an elaborate alternate reality. (विषय मृत्यु को पूरी तरह नकारता है। एक वैकल्पिक वास्तविकता का निर्माण कर रहा है।)”

“तो वह कहाँ है, राज? अगर वह मरी नहीं है, तो पुलिस को उसकी लाश क्यों मिली?”

राज की आवाज़ में एक अजीब सी खनक थी। “वह छुपी हुई है। और ये सब... जो आप देख रही हैं, ये एक खेल है। सोनल को खेल बहुत पसंद थे, डॉक्टर।”

“किसका खेल?” डॉ. अंजलि ने अपनी आवाज़ को स्थिर रखते हुए पूछा।

राज की आँखें अचानक ठंडी और कठोर हो गईं। उसके चेहरे की मासूमियत गायब हो गई और वहां एक हिंसक संदेह उभर आया। "पुलिस का। ये सब इंस्पेक्टर विजय और उसके आदमियों का किया धरा है।"

"तुम ऐसा क्यों सोचते हो?"

राज और भी आगे झुका, उसकी आँखों में एक डरावनी चमक थी। "क्योंकि... उन्हें मुझे फंसाना है। उन्हें जलन है हमारे प्यार से। सोनल को उन्होंने ही कहीं गायब कर दिया है ताकि मैं टूट जाऊँ, ताकि मैं हार मान लूँ। पर मैं हारने वालों में से नहीं हूँ।"

राज के मन में विचार किसी बिजली की तरह दौड़ रहे थे। 'ये डॉक्टर भी उन्हीं की तरफ हैं। ये मुझे पागल साबित करना चाहती है ताकि सोनल कभी वापस न आ सके। पर मुझे शांत रहना होगा। सोनल मुझे देख रही है... वह खिड़की के बाहर उस धुंध के पीछे खड़ी मुस्कुरा रही है।'

डॉ. अंजलि ने बड़ी बारीकी से नोट किया,"Projection + Denial. Subject shifts blame outward to protect ego. (प्रोजेक्शन और इनकार। विषय अपने अहंकार की रक्षा के लिए दोष को बाहर की दुनिया पर डाल रहा है।)"

राज का 'ईगो' (Ego) उस भयानक सत्य, सोनल की मौत, को स्वीकार नहीं कर पा रहा था क्योंकि वह सत्य राज के वजूद को खत्म कर देता। इसलिए उसके अचेतन मन ने एक सुरक्षा कवच बना लिया था जहाँ पुलिस विलेन थी और सोनल ज़िंदा थी।

फ्लैशबैक: नियंत्रण का अंतिम टूटना

राज की आँखों के सामने अचानक सोनल का वह चेहरा आया जो आखिरी बार मुंबई के उस फ्लैट में दिखा था। "राज, मैं अब यह सब नहीं सह सकती! तुम मुझे प्यार नहीं करते, तुम मुझे अपनी जागीर समझते हो! तुम मुझे समझते क्यों नहीं?" सोनल चिल्ला रही थी।

राज उस वक्त शांत खड़ा था, पर उसके अंदर एक ज्वालामुखी फट रहा था। उसके लिए सोनल की आज़ादी का मतलब था उसका खत्म हो जाना।

वर्तमान में वापसी: "वह मुझसे दूर नहीं जा सकती, डॉक्टर," राज ने बहुत धीमी आवाज़ में कहा। "क्यों राज?"

राज की आवाज़ में एक ऐसा विश्वास था जो रूह कंपा दे। "क्योंकि... वह मेरी है। मेरी बनाई हुई दुनिया की मलिका। और मलिका कभी महल छोड़कर नहीं जाती।"

डॉ. अंजलि ने सिर झुकाकर एक और शब्द लिखा, "Extreme possessiveness. Objectification of victim. (अत्यधिक अधिकार भावना। पीड़िता का वस्तुकरण।)"

तभी डॉ. अंजलि ने एक तीखा सवाल किया, "राज, अगर वह सच में मर गई हो तो? अगर हम साबित कर दें कि वह अब इस दुनिया में नहीं है?"

राज की आँखें अचानक फैल गईं। उसके माथे पर पसीने की बूंदें चमकने लगीं। "नहीं! यह झूठ है! आप भी उन्हीं के साथ मिली हुई हैं!"

"उन्होंने मारा है उसे!" राज अचानक अपनी जगह से उठ खड़ा हुआ और चिल्लाया। उसकी हथकड़ियाँ मेज से टकराकर गूँजीं। "पुलिस ने मारा है! ताकि मुझे फंसा सकें! ताकि हमारी उस बेंच की यादें मिटा सकें! पर

मैं होने नहीं दूँगा!"

सन्नाटा छा गया। गार्ड तुरंत दरवाज़े के पास आ गया, पर डॉ. अंजलि ने हाथ उठाकर उसे रुकने का इशारा किया। राज हँफ रहा था, उसकी आँखों में खौफ और जुनून का एक भयानक मिश्रण था।

डॉक्टर का निष्कर्ष - सेशन खत्म होने के बाद डॉ. अंजलि ने अपनी अंतिम रिपोर्ट तैयार की: Diagnosis: Delusional Disorder (Stage 3 - Paranoia) Symptoms:

Reality distortion (वास्तविकता का विरूपण)

Strong denial of objective facts (तथ्यों का कड़ा खंडन)

Persecution belief (पुलिस और समाज द्वारा सताए जाने का वहम)

Risk: Subject may not distinguish between his imagination and reality. He is a 'Criminal Psychotic'.

अगले दिन अदालत में एडवोकेट आर्यन खन्ना ने वह रिपोर्ट जज के सामने रखी। "माय लॉर्ड, यह मेडिकल रिपोर्ट गवाही दे रही है कि राज मिश्रा एक अपराधी नहीं, बल्कि एक गंभीर रूप से बीमार इंसान है। वह उस मानसिक स्थिति में ही नहीं है जहाँ वह अपने किए का पछतावा कर सके या कानूनी प्रक्रिया को समझ सके।"

जज ने गंभीरता से रिपोर्ट पढ़ी। "तो आप कह रहे हैं कि आरोपी मानसिक रूप से अस्थिर है?"

आर्यन ने सिर झुकाया। "जी, और इस स्थिति में उसके बयानों को सीधे सच या झूठ नहीं माना जा सकता। उसे सज़ा नहीं, चिकित्सकीय

देखरेख की ज़रूरत है।"

कोर्ट के बाहर इंस्पेक्टर विजय सावंत ने नमन जैन की ओर देखा। "यह असली पागलपन है नमन, या फांसी से बचने का कोई मैकियावेलियन तरीका?"

नमन ने सिगरेट का धुआं हवा में छोड़ते हुए धीरे से कहा, "सर... कभी-कभी इंसान इतना गहरा और लंबा झूठ बोलता है कि वह खुद भी उसे सच मानने लगता है। राज ने खुद को अपनी ही कहानी का नायक बना लिया है। पर सवाल यह है कि क्या उसने सोनल को सच में अपनी यादों में ज़िंदा रखा है, या वह बस हमें उस 'तीसरे साये' तक पहुँचने से रोक रहा है?"

उसी रात राज की सेल में एक अजीब घटना हुई। राज दीवार पर कोयले से कुछ लिख रहा था। जब गार्ड ने टॉर्च मारी, तो पूरी दीवार पर एक ही नाम हज़ारों बार लिखा था, 'सोनल'। पर सबसे नीचे एक छोटा सा वाक्य लिखा था जिसने गार्ड के होश उड़ा दिए:

"तुम आ गई ना, अर्जुन?"

अर्जुन? वही 'लाइफ कोच' जो गायब था? क्या राज का वहम अब उसे मरे हुए लोगों या गायब चेहरों से बात करने पर मजबूर कर रहा था? या अर्जुन सच में राज की कोठरी तक पहुँच चुका था?

अध्याय 18
डिजिटल पीछा

मुंबई का एक गुमनाम इलाका, जहाँ प्राइवेट डिटेक्टिव नमन जैन ने अपना अस्थायी 'वॉर-रूम' बना रखा था। कमरे के बीचों-बीच एक बड़ी मेज पर कई लैपटॉप, हाई-स्पीड हार्ड ड्राइव्स और प्रोफेशनल स्टूडियो हेडफोन्स रखे थे। खिड़कियाँ भारी पर्दों से ढकी थीं, जिससे दिन में भी रात का अहसास हो रहा था।

स्क्रीन पर एक फोल्डर खुला था जिसका नाम था, “Audio_Logs”। नमन के चेहरे पर थकान थी, लेकिन उसकी आँखों में एक खोजी की चमक थी।

“सर... इधर आइए। यह आपको सुनना चाहिए,” नमन ने हेडफोन इंस्पेक्टर विजय सावंत की ओर बढ़ाते हुए कहा।

पहली रिकॉर्डिंग: निजता का कत्ल

विजय ने हेडफोन लगाए। शुरुआत में केवल एक स्थिर सन्नाटा था, फिर बहुत धीमी और लयबद्ध आवाज़ सुनाई देने लगी। हल्की साँसों की आवाज़... कमरे में चल रहे पुराने पंखे की धीमी गूँज... और फिर, एक लड़की की नींद में करवट लेने की आहट।

“यह...” विजय ने हेडफोन हटाते हुए धीमी आवाज़ में कहा, “यह सोनल है?”

नमन ने धीरे से सिर हिलाया। “हाँ सर। और यह सोनल के मुंबई वाले फ्लैट की 'लाइव ऑडियो फीड' है। रिकॉर्डिंग्स पूरी तरह से

टाइम-स्टैम्प्ड (Time-stamped) हैं। पिछले दो महीनों की हर रात का रिकॉर्ड यहाँ मौजूद है।"

विजय का चेहरा गुस्से से लाल हो गया। "लाइव? क्या मतलब है तुम्हारा?"

नमन ने स्क्रीन पर एक सर्किट डायग्राम ज़ूम किया। "सर, यह एक अतिसूक्ष्म मिनी ऑडियो ट्रांसमीटर (Micro Audio Transmitter) है। यह न केवल आवाज़ रिकॉर्ड करता है, बल्कि घर के वाई-फाई (Wi-Fi) का उपयोग करके सीधे एक रिमोट सर्वर पर 'लाइव फीड' भेजता है। इसे बेडरूम के सोफे के नीचे या लिविंग एरिया में किसी ऐसी जगह लगाया गया था जहाँ सोनल की नज़र कभी नहीं पहुँच सकती थी।"

उसने एक विशिष्ट फाइल खोली जिसका नाम था, "Sonal_sleep_03_14.wav"।

"हर फाइल का नाम तारीख और सेकंड के हिसाब से है," नमन ने बताया। "कोई उसे हर रात, हर पल सुन रहा था। उसे पता था कि सोनल कब सोती है, कब उठती है और कब वह बेचैनी में बड़बड़ाती है।"

उसी वक्त जेल की तंग कोठरी में राज मिश्रा अपनी आँखें बंद किए बैठा था। वह अपनी हथेलियों को अपने कानों पर रखे हुए था, जैसे वह पुरानी रिकॉर्डिंग्स को अपने दिमाग में दोबारा चला रहा हो।

"उसकी साँसें... वे मुझे सुकून देती थीं," राज के होंठों पर एक डरावनी मुस्कान आई। "जब वो सोती थी, तो वो सबसे सच्ची होती थी। तब वो

मुझसे झूठ नहीं बोलती थी, तब वो मुझसे भागती नहीं थी। उन आवाजों के ज़रिये वो हमेशा मेरे पास थी।"

राज का यह व्यवहार 'Voyeuristic Control' का एक रूप था। वह सोनल के जीवन के उन पलों पर कब्ज़ा करना चाहता था जहाँ वह सबसे अधिक असुरक्षित (Vulnerable) थी।

फ्लैशबैक: जासूसी का कार्यान्वयन (Undercover Execution)

नमन जैन ने एक पुरानी वीडियो क्लिप दिखाई। यह सोनल के घर के बाहर के सीसीटीवी की थी। "तुम पानी लोगी?" स्क्रीन पर अर्जुन (वही लाइफ कोच) सोनल से पूछ रहा था। जैसे ही सोनल किचन में गई, अर्जुन ने बड़ी सफाई से अपनी स्मार्टवॉच के पीछे से एक छोटा सा काला बटन जैसा डिवाइस निकाला और उसे सोफे के निचले हिस्से में चिपका दिया।

"सर, यह काम अकेले राज नहीं कर सकता था," नमन ने तर्क दिया। "राज ने अर्जुन को मोहरा बनाया। अर्जुन ने सोनल का भरोसा जीता और उसके घर में राज के लिए 'कान' लगा दिए।"

रिकॉर्डिंग में एक और आवाज़: वो रात

"सर... अब यह सुनिए। यह सबसे अहम हिस्सा है," नमन ने मर्डर से ठीक एक दिन पहले की फाइल चलाई।

रिकॉर्डिंग शुरू हुई। पहले सब सामान्य था, फिर सोनल की अचानक घबराई हुई आवाज़ आई, "कौन है वहाँ?" फिर किसी के जूते की रगड़... और एक खिड़की के खुलने की आवाज़। सोनल ने फिर से चिल्लाकर पूछा, "अर्जुन? राज? कौन है? मज़ाक मत करो!" उसके बाद एक भारी

सन्नाटा... और फिर रिकॉर्डिंग कट गई।

नमन ने धीमे स्वर में कहा, “सर, यह अब प्यार नहीं है... यह पूर्ण नियंत्रण है। मैकियावेली के अनुसार, अगर आप किसी की वास्तविकता (Reality) के स्वामी बन जाते हैं, तो आप उसके अस्तित्व के स्वामी बन जाते हैं। राज ने सोनल की प्राइवेसी को खत्म करके उसे एक 'डिजिटल जेल' में डाल दिया था।”

विजय सावंत ने वायरलेस उठाया। “उस डिवाइस को ढूंढो जो फ्लैट में लगा है। मुझे देखना है कि आखिरी रिकॉर्डिंग के बाद फीड कहाँ ट्रांसफर हुई।”

अदालत में जब सरकारी वकील ने इन ऑडियो लॉग्स का जिक्र किया, तो पूरा कोर्टरूम हिल गया। “माय लॉर्ड, आरोपी ने पीड़िता के घर में अवैध ऑडियो निगरानी (Illegal Surveillance) की थी। यह महज़ स्टॉकिंग नहीं, एक सुनियोजित मानसिक प्रताड़ना थी।”

एडवोकेट आर्यन खन्ना अपनी जगह से खड़े हुए। उनके चेहरे पर कोई शिकन नहीं थी। “माय लॉर्ड, यह सबूत केवल यह साबित करता है कि मेरा मुवक्किल 'जुनूनी' (Obsessive) था। लेकिन जुनून और हत्या के बीच एक लंबी कानूनी दूरी है। क्या प्रॉसिक्यूशन के पास इस रिकॉर्डिंग में गोली चलने की आवाज़ है? नहीं। तो फिर यह हत्या का सबूत कैसे हुआ?”

विजय और नमन एक-दूसरे को देखने लगे। आर्यन खन्ना सच और सबूतों के बीच की दरार का फायदा उठा रहे थे।

नमन ने विजय से कहा, “सर, आखिरी रिकॉर्डिंग में सोनल ने किसी का नाम नहीं लिया, उसने सिर्फ पूछा, 'कौन है वहाँ?' इसका मतलब उस

रात कमरे में कोई ऐसा था जिसे सोनल पहचान नहीं पा रही थी, या शायद वह किसी ऐसे को देख रही थी जिसे वह 'देखना' नहीं चाहती थी।"

तभी टेक्निकल एक्सपर्ट समीर चिल्लाया, "सर! डिवाइस की लोकेशन मिल गई है! वह सोनल के घर में नहीं, बल्कि राज के पुणे वाले ऑफिस के सर्वर रूम में अभी भी 'एक्टिव' है!"

अगर राज जेल में है, तो पुणे के सर्वर रूम में उस लाइव फीड को अभी कौन सुन रहा है? क्या सोनल की 'आवाज़' अब भी किसी के लिए मनोरंजन बनी हुई थी?

अध्याय 19
क्राइम सीन रिकंस्ट्रक्शन

मुंबई पुलिस की फॉरेंसिक विज़ुअलाइज़ेशन लैब किसी भविष्यवादी (Futuristic) मूवी के सेट जैसी लग रही थी। चारों ओर अंधेरा था, और कमरे के बीचों-बीच एक विशाल 8K डिजिटल स्क्रीन चमक रही थी। उस स्क्रीन पर सोनल शर्मा के अंधेरी वाले फ्लैट का एक सटीक 3D डिजिटल मॉडल दिखाई दे रहा था। इंस्पेक्टर विजय सावंत, नमन जैन और फॉरेंसिक तकनीशियनों की टीम गहरी खामोशी के साथ उस स्क्रीन को घूर रही थी।

"सर, हमने पूरे क्राइम सीन को 3D में रीक्रिएट कर लिया है," तकनीकी हेड, समीर ने अपना चश्मा ठीक करते हुए कहा।

"कैसे किया यह सब?" विजय ने पूछा, उनकी आवाज़ में उत्सुकता और संदेह दोनों थे।

"सर, हमने घटनास्थल से लिए गए लेज़र स्कैन्स, फ्लैट के ब्लूप्रिंट्स, हाई-रिज़ॉल्यूशन फोटोग्राफ्स और फॉरेंसिक डेटा को एक साथ सिंक किया है। इसमें बैलिस्टिक एंगल और सोनल के शरीर की स्थिति (Post-mortem Lividity) का भी ध्यान रखा गया है।"

समीर ने एक बटन दबाया। स्क्रीन पर डिजिटल परछाइयां आकार लेने लगीं। फ्लैट का दरवाज़ा, सोफा, और बेडरूम का वह कोना जहाँ सोनल की लाश मिली थी, सब कुछ जीवंत हो उठा।

"यह हत्या से ठीक पाँच मिनट पहले का सीन है," समीर ने बताया।

स्क्रीन पर एक डिजिटल आकृति उभरी; यह सोनल थी। वह अपने मोबाइल पर कुछ देख रही थी। तभी समीर ने 'टाइमलाइन सिंक' मोड ऑन किया।

"अब हम हर सबूत को समय के साथ सिंक कर रहे हैं, कॉल रिकॉर्ड्स (CDR), सीसीटीवी फुटेज, वह डरावनी ऑडियो रिकॉर्डिंग और पोस्टमार्टम की 'टाइम ऑफ डेथ' रिपोर्ट।"

रात के 10:42 PM: डिजिटल सोनल दरवाज़े की तरफ बढ़ती है। शायद उसने घंटी सुनी थी या कोई दस्तक। रात के 10:43 PM: दरवाज़ा खुलता है। एक धुंधली डिजिटल आकृति (The Shadow) अंदर आती है। यह वही साया था जो सीसीटीवी में दिखा था। रात के 10:44 PM: फ्लैट के भीतर संघर्ष शुरू होता है। ऑडियो फीड से 'जूतों की रगड़' की आवाज़ सुनाई देती है। रात के 10:45 PM: एक फ्लैश चमकता है, गोली चलने का डिजिटल चित्रण। सोनल फर्श पर गिरती है।

कमरे में सन्नाटा छा गया। विजय सावंत ने गहरी साँस ली। "क्रोनोलॉजी एकदम साफ़ है। हत्या रात 10:45 पर हुई।"

"अब..." समीर की आवाज़ में एक अजीब सा तनाव आ गया। "हम मुख्य आरोपी राज मिश्रा की लोकेशन इस टाइमलाइन में जोड़ते हैं।"

स्क्रीन के एक कोने में एक छोटा मैप खुला। वह मैप पुणे के किवाले टोल नाके का था।

"यह डेटा टोल प्लाज़ा के सीसीटीवी कैमरों और राज की कार के

FASTag रिकॉर्ड से लिया गया है," समीर ने खुलासा किया।

तभी स्क्रीन पर एक लाल बिंदु चमकने लगा। राज मिश्रा की कार, रात 10:41 PM पर पुणे के टोल प्लाज़ा से गुज़रती हुई साफ़ दिख रही थी।

विजय सावंत अपनी जगह से उछल पड़े। "क्या? यह कैसे मुमकिन है?"

नमन जैन ने कैलकुलेटर की ओर इशारा किया। "सर, मुंबई के अंधेरी से पुणे के टोल नाके की दूरी करीब 140 किलोमीटर है। एक्सप्रेस-वे पर भी कम से कम 2.5 से 3 घंटे लगते हैं। अगर मर्डर मुंबई में 10:45 पर हुआ, तो राज 10:41 पर पुणे में कैसे हो सकता है?"

विजय ने स्क्रीन की तरफ देखा, जहाँ राज की कार की फुटेज चल रही थी। "मतलब... जब मुंबई में गोली चली, राज पुणे में था। वह एक साथ दो जगह नहीं हो सकता।"

सन्नाटा और गहरा हो गया। विजय ने धीमे स्वर में कहा, "तो फिर... कातिल कौन है? क्या राज का वह 'Shadow' सच में भौतिक रूप (Physical Form) ले चुका है?"

जेल की कोठरी में राज दीवार को घूर रहा था। उसकी आँखों में एक अजीब सी शांति थी, जो पागलपन की सरहद छू रही थी।

"मैं वहाँ नहीं था..." राज ने खुद से बुदबुदाया। "मैंने नहीं किया... सोनल जानती है।"

लेकिन फिर उसके दिमाग के अंधेरे कोने से 'शैडो राज' बोला, "अगर तुम वहाँ नहीं थे, तो सोनल कैसे मरी? क्या तुमने उसे अपने ख्यालों से मार

दिया? क्या तुम्हारा वहम इतना ताकतवर है कि वह मीलों दूर जाकर ट्रिगर दबा सकता है?"

राज का दिमाग फिर उलझ गया। वह समझ नहीं पा रहा था कि वह बेगुनाह है या उसकी सनक ने उसे एक ऐसी भूलभुलैया में फँसा दिया है जहाँ सच और झूठ के मायने ही खत्म हो गए हैं।

फ्लैशबैक: टोल नाका और वह पल

राज को वह रात याद आई। पुणे का टोल नाका। बारिश हो रही थी। टोल कर्मी ने रसीद दी। राज ने बिना उसकी ओर देखे पैसे दिए। उसकी आँखें सड़क पर नहीं, बल्कि डैशबोर्ड पर रखे सोनल के फोटो फ्रेम पर थीं।

वह शारीरिक रूप से वहाँ था, पर उसका पूरा अस्तित्व सोनल के पास मुंबई में था। क्या उसकी यह 'मानसिक उपस्थिति' ही उसे अपराधी बना रही थी?

नमन ने विजय से कहा, "सर, अब हमारे पास तीन स्पष्ट संभावनाएँ हैं।"

पहली: राज वाकई निर्दोष है और उसे बहुत सफाई से फँसाया गया है।

दूसरी: राज ने किसी को 'किराए' पर भेजा और खुद के लिए एक मज़बूत 'Alibi' (अनुपस्थिति का सबूत) बनाया।

तीसरी: कोई ऐसा 'मैकियावेलियन' खेल खेला जा रहा है जहाँ साक्ष्य और हकीकत के बीच एक जानबूझकर 'गैप' पैदा किया गया है।

अगले दिन अदालत में एडवोकेट आर्यन खन्ना ने यह डेटा पेश किया। पूरे कोर्टरूम में हलचल मच गई।

“माय लॉर्ड, यह ठोस डिजिटल सबूत है! मेरे मुवक्किल की लोकेशन मर्डर के वक्त पुणे में थी। वह 'सुपरमैन' नहीं है जो चार मिनट में मुंबई पहुँच जाए। विज्ञान खुद राज की बेगुनाही की गवाही दे रहा है!”

सरकारी वकील चिल्लाए, “यह ध्यान भटकाने की कोशिश है! सीसीटीवी का चेहरा राज जैसा है!”

आर्यन खन्ना मुस्कुराए। “चेहरा राज का हो सकता है, लेकिन भौतिक उपस्थिति विज्ञान की कसौटी पर खरी नहीं उतरती। माय लॉर्ड, मैं मांग करता हूँ कि राज मिश्रा को संदेह का लाभ दिया जाए!”

विजय सावंत ने नमन की ओर देखा। “हमें उस ‘दूसरे आदमी’ को ढूंढना होगा जिसने राज का चेहरा पहनकर मुंबई में कत्ल किया। और हमें यह भी पता करना होगा कि उस वक्त राज की कार में कोई और तो नहीं था?”

नमन ने सिर हिलाया। “सर, शायद वह वही है जो कैमरे में धुंधली परछाई बनकर दिखा था। राज का हमशक्ल... या फिर राज का ही कोई पुराना राज।”

तभी तकनीकी टीम के समीर ने नमन को एक और फाइल भेजी। यह राज के ऑफिस का एक पुराना सर्वर लॉग था। किसी ने उस रात मर्डर के ठीक बाद पुणे से एक मैसेज भेजा था।

मैसेज में सिर्फ एक ही शब्द था: “मिशन कम्पलीट, राज।”अगर राज कार चला रहा था, तो यह मैसेज किसने भेजा? क्या राज का वहम सिर्फ उसकी अपनी सोच नहीं थी, बल्कि एक पूरी टीम थी जो उसके पागलपन को हकीकत में बदल रही थी?

अध्याय 20
सोनल का मैनेजर

मुंबई के पॉश पवई इलाके में स्थित इन्फोसिस का विशाल कॉर्पोरेट ऑफिस। नीली काँच की यह इमारत बाहर से जितनी शांत और व्यवस्थित दिख रही थी, उसके भीतर एक अनकहा मनोवैज्ञानिक तनाव उतनी ही तेज़ी से फैल रहा था। इंस्पेक्टर विजय सावंत और प्राइवेट डिटेक्टिव नमन जैन एक बार फिर उसी गलियारे में थे, जहाँ कुछ महीने पहले सोनल शर्मा अपने सपनों को सच करने आई थी।

"सर, एक बात बार-बार सामने आ रही है," नमन ने लिफ्ट की ओर बढ़ते हुए कहा।

"क्या?" विजय ने अपनी डायरी की जांच करते हुए पूछा।

"सोनल और उसके मैनेजर, अमित खुराना के बीच कुछ ज्यादा ही करीबियाँ थीं। कम से कम ऑफिस की गपशप (Office Gossip) तो यही कहती है।"

एचआर मैनेजर, मिसेज डिसूज़ा, आजकल के मुकाबले थोड़ी ज्यादा परेशान दिख रही थीं। "देखिये इंस्पेक्टर, हम कॉर्पोरेट वर्ल्ड में अफवाहों पर भरोसा नहीं करते, लेकिन सोनल के मामले में... हाँ, लोग बात करते थे।"

"कैसी बातें?" विजय ने सीधे शब्दों में पूछा।

"यही कि अमित और सोनल अक्सर ऑफिस के बाद भी साथ देखे जाते

थे। अमित उसे प्रोजेक्ट्स में काफी सपोर्ट करता था, और सोनल भी उसकी काफी तारीफ करती थी। पर क्या यह मर्डर की वजह हो सकती है?"

नमन ने तुरंत एक सवाल दागा, "क्या राज मिश्रा को इसके बारे में पता था?"

मिसेज डिसूज़ा ने गहरी साँस ली। "शायद... क्योंकि एक बार राज बिना किसी अपॉइंटमेंट के सीधे अमित के केबिन में घुस गया था। काफी बड़ा सीन हुआ था उस दिन।"

फ्लैशबैक: ऑफिस में वह कड़वा टकराव

राज उस दिन पुणे से बिना बताए मुंबई आ गया था। उसने देखा कि सोनल अमित के केबिन में बैठी ठहाके मार रही थी। जैसे ही सोनल बाहर निकली, राज सीधे अंदर चला गया।

"आप अमित खुराना हैं?" राज ने अपनी आवाज़ को मज़बूत और स्थिर रखते हुए पूछा, हालांकि उसकी आँखों में जलती जलन साफ़ थी। अमित ने अपनी फाइलों से नज़र उठाई और एक पेशेवर मुस्कान दी। "हाँ... और आप?" "सोनल का... दोस्त," राज ने 'दोस्त' शब्द पर ज़रूरत से ज्यादा ज़ोर दिया।

अमित खुराना एक शहरी, मंझा हुआ और स्मार्ट कॉर्पोरेट लीडर था। उसने राज की आँखों में सीधे देखते हुए जवाब दिया, "ओह... सिर्फ दोस्त? मुझे लगा शायद कोई और है। सोनल ने कभी आपका जिक्र तो किया नहीं।"

राज की मुट्ठियाँ कस गईं। उस पल उसे महसूस हुआ कि अमित के पास

वह सब कुछ था जो राज के पास नहीं, आत्मविश्वास, रुतबा और सोनल की नज़दीकी।

अमित खुराना अब इंस्पेक्टर विजय के सामने इंटेरोगेशन रूम में बैठा था। वह साफ-सुथरा, प्रेस किए हुए कपड़ों में था, पर उसके माथे पर चमक रहा पसीना और बार-बार अपनी अंगूठी घुमाना उसकी घबराहट बयां कर रहा था।

“मिस्टर अमित, हम घुमा-फिराकर बात नहीं करेंगे। आप और सोनल के बीच क्या रिश्ता था?” विजय ने सख्ती से पूछा। अमित ने नज़रें मिलाईं। “सिर्फ प्रोफेशनल, सर। वह एक ब्रिलियंट कोडर थी और मैं उसका मैनेजर।”

नमन ने एक तंज भरी मुस्कान के साथ पूछा, “सिर्फ प्रोफेशनल? तो फिर आप उसे रात को 11 बजे 'पर्सनल नंबर' से कॉल क्यों करते थे?” अमित ने नज़रें चुरा लीं। “वह... वह प्रोजेक्ट की डेडलाइन को लेकर था।”

“हत्या वाली रात आप कहाँ थे?” विजय ने सीधा सवाल किया। “मैं... मैं घर पर था। सो रहा था।” “कोई प्रूफ? कोई गवाह?” अमित कुछ सेकंड चुप रहा। “नहीं सर... मैं अकेला रहता हूँ।”

कमरे में एक भारी सन्नाटा पसर गया। नमन ने विजय की ओर देखा। बिना किसी 'अलिबाई' (Alibi) के अमित खुराना अब एक मज़बूत संदिग्ध बन चुका था।

तभी बाहर खड़े कॉन्स्टेबल ने विजय को एक नई रिपोर्ट थमाई। विजय ने उसे पढ़ा और नमन को पास कर दिया। “सर, हमने अमित का CDR (Call Data Record) निकाला है। मर्डर से ठीक दो घंटे पहले उसने

सोनल को 4 बार कॉल किया था। सोनल ने एक भी कॉल नहीं उठाया।"

"और मर्डर के बाद?" नमन ने पूछा। "सर... मर्डर के ठीक बाद, यानी रात 11 बजे से लेकर सुबह 1 बजे तक अमित खुराना का फोन स्विच ऑफ था।"

विजय सावंत की आँखें चमक उठीं। "तो हमारे पास एक मोटिव है और वह गायब समय भी जो हत्या की टाइमलाइन से मैच करता है।"

नमन ने धीरे से विजय के कान में फुसफुसाया, "सर, एक मिनट रुकिए। मुझे कुछ अजीब लग रहा है। क्या यह मुमकिन है कि राज ने जानबूझकर शक इस तरफ मोड़ा हो?"

"मतलब? तुम कहना चाहते हो कि राज ने ही अमित को फंसाया है?"

नमन ने विश्लेषण किया, "सोचिये सर... राज ने लाइफ कोच अर्जुन के ज़रिये सोनल और अमित की नज़दीकियों के बारे में सब कुछ जान लिया था। उसे पता था कि अमित के पास उस रात का कोई गवाह नहीं होगा। क्या उसने मर्डर ऐसी टाइमिंग पर किया कि अमित खुद-ब-खुद जाल में फंस जाए?"

पुणे की जेल में बैठा राज अपनी बंद आँखों के पीछे एक दृश्य देख रहा था। उसे सोनल का हँसना याद आ रहा था... अमित के साथ। "वो उसके साथ हँसती थी... मेरे साथ तो वह सिर्फ डरती थी," राज ने मन ही मन बुदबुदाया। उसकी मुट्ठियाँ जेल की सलाखों पर कस गईं। "मैंने उसे चेतावनी दी थी कि वह मेरे अलावा किसी और की नहीं हो सकती।

अगर उसने मेरी बात नहीं मानी... तो फिर उसे किसी का होने का हक

नहीं था। और उस मैनेजर को... उसे तो कीमत चुकानी ही थी।”

राज के भीतर का 'पैरानोइया' अब उसे एक रक्षक के बजाय एक प्रतिशोधक (Avenger) के रूप में देख रहा था।

वर्तमान: जांच का दबाव

विजय ने अमित खुराना की मेज पर हाथ मारा। “मिस्टर अमित, आपके पास मोटिव भी है, सोनल का आपको रिजेक्ट करना, और आपके पास मौका भी है। आपका फोन ऑफ होना आपके खिलाफ सबसे बड़ा सबूत है।”

अमित ने गहरी साँस ली और कांपती आवाज़ में कहा, “सर... मैंने उसे नहीं मारा। मैं उससे प्यार करता था, मैं उसे नुकसान पहुँचाने के बारे में सोच भी नहीं सकता।”

नमन ने विजय से कहा, “सर, अभी यह सिर्फ शक है। लेकिन हमारे पास सोनल के नाखूनों के नीचे से मिला वह 'अज्ञात DNA' है। अगर हम अमित का नमूना ले लें...”

विजय ने बात पूरी की, “तो दूध का दूध और पानी का पानी हो जाएगा।”

“अमित खुराना की DNA सैंपलिंग की तैयारी करो,” विजय ने आदेश दिया। “और नमन, मुझे उस लाइफ कोच अर्जुन मेहरा और अमित खुराना के बीच का कोई भी लिंक चाहिए। क्या उन दोनों ने कभी आपस में बात की थी?”

नमन ने सिर हिलाया। “सर, अगर राज मास्टरमाइंड है, तो उसने अर्जुन

को अमित के खिलाफ साक्ष्य प्लांट करने के लिए इस्तेमाल किया होगा।"

तभी नमन के लैपटॉप पर एक नोटिफिकेशन आया। अर्जुन मेहरा का डिजिटल फुटप्रिंट एक बार फिर सक्रिय हुआ था। लोकेशन? अमित खुराना के घर के ठीक बाहर का वाई-फाई नेटवर्क।

क्या अमित खुराना वाकई हत्यारा है, या वह राज मिश्रा की उस 'मैकियावेलियन' बिसात का सिर्फ एक मोहरा है जिसे राज ने अपनी पहुँच से दूर, मुंबई में बैठकर सजा देने के लिए चुना था?

अध्याय 21
नारको-एनालिसिस

मुंबई की एक सरकारी फॉरेंसिक लैब का वह 'विशेष कक्ष' (Specialized Observation Room)। कमरे में हल्की नीली रोशनी थी जो वातावरण को और भी गंभीर और ठंडा बना रही थी। यहाँ की खामोशी में केवल मशीनों की धीमी 'बीप-बीप' और एयर कंडीशनर की सरसराहट सुनाई दे रही थी। कमरे के बीचों-बीच एक धातु के बेड पर राज मिश्रा लेटा हुआ था। उसका शरीर ढीला पड़ चुका था, चेहरा पीला था और उसकी पलकें भारी होकर आधी बंद थीं।

राज इस वक्त सोडियम पेंटोथल (Sodium Pentothal) के प्रभाव में था, जिसे आम भाषा में 'ट्रुथ सीरम' कहा जाता है। यह दवा दिमाग के 'क्रिटिकल थिंकिंग' वाले हिस्से को सुस्त कर देती है, जिससे व्यक्ति झूठ गढ़ने की क्षमता खो देता है।

कक्ष के बगल वाले ऑब्जर्वेशन रुम में इंस्पेक्टर विजय सावंत और नमन जैन कांच के पीछे खड़े थे। फॉरेंसिक डॉक्टर ने माइक्रोफोन ठीक किया और प्रक्रिया शुरू की।

“डोज़ कंट्रोल में है?” विजय ने वायरलेस पर पूछा।

“जी सर,” डॉक्टर ने जवाब दिया, “सब कुछ रिकॉर्ड हो रहा है। वह अब अर्ध-मूर्छा (Semi-conscious State) में है।”

प्रक्रिया की शुरुआत: अचेतन मन की यात्रा

"राज..." डॉक्टर ने बेड के पास झुककर बहुत धीमी और शांत आवाज़ में कहा। "तुम मुझे सुन पा रहे हो?"

राज के होंठ बहुत धीरे से हिले। एक अस्पष्ट सी आवाज़ आई - "हूँ..."

"राज, मुझे बताओ... उस रात सोनल के साथ क्या हुआ था? वह कहाँ है?" डॉक्टर ने पहला सवाल दागा।

कमरे में कुछ सेकंड के लिए भारी सन्नाटा छा गया। राज की ब्रेन एक्टिविटी मॉनिटर पर ग्राफ तेज़ी से ऊपर-नीचे होने लगा। राज ने अपनी गर्दन हल्की-सी घुमाई और फुसफुसाया, "वो... वो वहीं है..."

विजय ने कांच पर हाथ टिका दिया। "कहाँ राज? वह कहाँ है?" डॉक्टर ने सवाल दोहराया।

राज की साँसें अब तेज़ हो रही थीं। उसके चेहरे पर एक अजीब सी तड़प थी। "बेंच के पास... हमारी वो जगह..."

फ्लैशबैक का दरवाज़ा: यादों और वहम का मिलन

नमन जैन ने विजय की तरफ देखा और धीमे से कहा, "सर... वही कॉलेज वाली बेंच। बरगद का पेड़।"

राज की आवाज़ अब थोड़ी स्पष्ट थी, लेकिन लयबद्ध हो गई थी। वह अब कोर्ट के आरोपी की तरह नहीं, बल्कि उस कॉलेज के छात्र की तरह बोल रहा था जो अपनी प्रेमिका की यादों में खोया हो।

"वो बेंच... बरगद... पेड़ गवाह है..." राज के होंठों पर एक ऐसी मुस्कान आई जिसने लैब के वातावरण को और भी डरावना बना दिया। "पेड़ गवाह है... सोनल... मेरी है..."

राज के इन शब्दों में 'स्वामित्व' (Possession) और 'पागलपन' का एक ऐसा मिश्रण था जिसे सुनकर वहां मौजूद नर्सों की भी रीढ़ में सिहरन दौड़ गई।

ऑब्जर्वेशन रूम में खड़ी डॉ. अंजलि मेहता ने अपने नोट्स में लिखा: "Subject mixing past memory with delusional belief. Reality processing is compromised. (विषय पुरानी यादों को अपने वहम के साथ मिला रहा है। वास्तविकता को समझने की क्षमता खत्म हो चुकी है।)"

राज का 'अचेतन मन' (Unconscious Mind) अब पूरी तरह सत्ता में था। वह सोनल की मौत को स्वीकार करने के बजाय उसे एक 'शाश्वत मिलन' का रूप दे रहा था। उसके लिए सोनल का मरना उसे 'पा लेना' था।

डॉक्टर ने अगला और सबसे महत्वपूर्ण सवाल पूछा, "राज, क्या तुमने सोनल को मारा? क्या तुमने गोली चलाई?"

राज कुछ पलों के लिए बिल्कुल शांत हो गया। मॉनिटर पर उसका पल्स रेट स्थिर था। "नहीं..." उसने बड़ी दृढ़ता से कहा।

"तो किसने मारा?" डॉक्टर ने तुरंत पूछा।

राज की भौंहें अचानक सिकुड़ीं, जैसे वह किसी धुंधली तस्वीर को साफ़ देखने की कोशिश कर रहा हो। "उन्होंने..."

"किसने? नाम बताओ, राज!" विजय ने ऑब्जर्वेशन रूम से चिल्लाकर कहा।

राज की आवाज़ बहुत धीमी और कांपती हुई हो गई, “वो... चेहरा नहीं दिखता... परछाईं... वो उसे मुझसे दूर ले जा रहे थे... मुंबई के राक्षस...”

नमन का विश्लेषण: ग्रे ट्रुथ (The Grey Truth)

नमन जैन ने विजय की ओर मुड़कर कहा, “सर, यह पारंपरिक कन्फेशन (Confession) नहीं है। यह राज के दिमाग का 'नक्शा' है। जहाँ उसने अपनी सनक को 'बचाव' का नाम दे दिया है। वह खुद को एक नायक (Hero) के रूप में देख रहा है जो सोनल को बचाने में नाकाम रहा, जबकि असलियत में वह खुद ही उसका शिकारी था।”

विजय की आवाज़ में निराशा थी। “मतलब, नारको में भी वह यही कह रहा है कि सोनल ज़िंदा है? क्या हम इतना सब करके भी कुछ साबित नहीं कर पाएंगे?”

डॉक्टर ने बेड से हटते हुए कहा, “सर, नारको-एनालिसिस में कही गई बातें सीधे तौर पर कोर्ट में सबूत के तौर पर मान्य नहीं होतीं। यह केवल जांच को एक 'दिशा' दे सकती हैं, फैसला नहीं।”

नमन अचानक सक्रिय हो उठा। “सर, हमें उस पुणे वाली बेंच पर वापस जाना होगा। सिर्फ ऊपरी तौर पर नहीं, बल्कि उस पेड़ के आसपास के पूरे इलाके की गहराई से जांच करनी होगी।”

“क्यों?” विजय ने पूछा।

“क्योंकि सर, राज ने कहा,'पेड़ गवाह है'। राज का वहम प्रतीकों (Symbols) पर टिका है। या तो उस बेंच के नीचे सोनल की मौत का असली सबूत है, या फिर राज ने अपना सबसे बड़ा सच वहीं दफन कर दिया है जिसे वह नारको में भी नहीं उगल पा रहा।”

जैसे ही राज को बेड से उठाया गया, उसने नमन का हाथ कसकर पकड़ लिया। उसकी आँखें बंद थीं, पर उसने फुसफुसाकर कहा, "तुमने सिगरेट का वो टुकड़ा उठा लिया ना, नमन? वो मेरा नहीं था।"

नमन सन्न रह गया। राज को कैसे पता चला कि नमन ने सीसीटीवी फुटेज में सिगरेट का टुकड़ा देखा था? क्या राज वाकई बेहोश था, या उसका वहम उसे सर्वज्ञ (All-knowing) बना चुका था?

क्या वह बेंच और बरगद का पेड़ वाकई सिर्फ एक याद थे, या राज ने वहां अपनी किसी 'काली सच्चाई' को ज़िंदा दफना रखा था?

अध्याय 22
'इरोटोमेनिया' थ्योरी

मुंबई का सेशन कोर्ट, कोर्टरूम नंबर 3। आज की सुबह हवा में एक अलग ही भारीपन था। गैलरी में बैठे लोगों की फुसफुसाहट उस वक्त थम गई जब जज महोदय ने अपनी कुर्सी संभाली। आज का दिन सबूतों, फिंगरप्रिंट्स या सीसीटीवी फुटेज का नहीं था। आज 'दिमाग' कटघरे में था। न्याय की तराज़ू के एक पलड़े पर वैज्ञानिक साक्ष्य थे, तो दूसरे पर एक ऐसा मन जो वास्तविकता की सीमाओं को बहुत पीछे छोड़ चुका था।

एडवोकेट आर्यन खन्ना ने अपनी फाइल समेटी और शांत स्वर में कहा, "माय लॉर्ड, बचाव पक्ष अपनी अगली गवाह, डॉ. अंजलि मेहता को बुलाना चाहता है।"

डॉ. अंजलि मेहता, जो एक प्रसिद्ध क्रिमिनल साइकोलॉजिस्ट थीं, गरिमा के साथ गवाह के कटघरे में आईं। उनकी आँखों में वह पेशेवर गहराई थी जो किसी के भी झूठ को चीरने की क्षमता रखती थी।

आर्यन खन्ना ने जिरह शुरू की। "डॉक्टर, आपने पिछले कई हफ्तों से राज मिश्रा की मानसिक स्थिति का अध्ययन किया है। क्या आप अदालत को बता सकती हैं कि वह किस स्थिति से गुजर रहा है?"

डॉ. अंजलि ने सीधे जज की ओर देखते हुए कहा, "राज मिश्रा एक बहुत ही गंभीर और दुर्लभ भ्रम (Delusion) में जी रहा है। मनोविज्ञान की भाषा में हम इसे 'इरोटोमेनिया' (Erotomania) कहते हैं।"

कोर्टरूम में एक सन्नाटा छा गया। जज ने अपनी ऐनक ठीक की। "इरोटो... क्या? डॉक्टर, कृपया इसे सरल शब्दों में समझाएं।"

"माय लॉर्ड," डॉ. अंजलि ने विस्तार से समझाना शुरू किया, "इरोटोमेनिया एक ऐसी मानसिक स्थिति है जिसमें व्यक्ति को यह अटूट और पक्का विश्वास हो जाता है कि कोई विशिष्ट व्यक्ति, अक्सर कोई ऐसा जो उससे सामाजिक या पेशेवर स्तर पर ऊँचा हो, उससे बेहद प्रेम करता है। यह विश्वास इतना मज़बूत होता है कि सामने वाला अगर उसे ठुकरा दे, या उससे नफरत करे, तब भी मरीज़ को लगता है कि वह व्यक्ति उसे 'गुप्त संकेत' (Secret Signals) भेज रहा है।"

डॉ. अंजलि ने राज की ओर इशारा किया, जो कटघरे में अपनी उंगलियों को सहला रहा था।

"राज के मामले में यह भ्रम और भी खतरनाक स्तर पर पहुँच चुका है। उसे लगता है कि सोनल उससे दूर नहीं गई है। उसके अचेतन मन (Unconscious Mind) ने एक ऐसी कहानी गढ़ ली है जहाँ सोनल ने खुद को 'खत्म' किया है, ताकि वह राज के पास एक 'आत्मा' (Soul) बनकर रह सके। राज का मानना है कि सोनल का मरना उनके प्रेम की सर्वोच्च सफलता है, क्योंकि अब कोई भी उसे राज से छीन नहीं सकता।"

पूरे कोर्टरूम में एक ठंडी सिहरन दौड़ गई। नमन जैन ने देखा कि राज के चेहरे पर एक ऐसी सुकून भरी मुस्कान थी, जैसे उसे किसी बहुत बड़े सच की प्राप्ति हो गई हो।

उसी वक्त राज के मन के भीतर विचारों का एक सैलाब उमड़ रहा था। 'ये डॉक्टर कितनी नादान हैं,' राज ने मन ही मन सोचा। 'उसे 'बीमारी' कह

रही हैं जिसे मैं 'अमरता' कहता हूँ। जब वो ज़िंदा थी, तो मुंबई की ये भीड़, उसकी ये नौकरी, उसका वो मैनेजर... सब उसे मुझसे छीन रहे थे। पर अब? अब वो सिर्फ मेरी है। हवा में, यादों में, मेरी सांसों में। अब उसे कोई नहीं देख सकता, सिवाय मेरे।'

फ्रायड के अनुसार, राज का 'ईगो' (Ego) अब उसके 'सुपर ईगो' (Super Ego) से पूरी तरह हार चुका था। उसने अपनी जलन और असुरक्षा को एक 'आध्यात्मिक पवित्रता' का जामा पहना दिया था।

सरकारी वकील कुलकर्णी अपनी जगह से उखड़े। "माय लॉर्ड! यह सब महज़ एक कहानी है। आरोपी अपने अपराध से बचने के लिए पागलपन का नाटक कर रहा है। सोनल की मौत कोई 'आध्यात्मिक मिलन' नहीं, बल्कि बेरहमी से की गई हत्या है। हमारे पास बंदूक की गोली का साक्ष्य है!"

आर्यन खन्ना ने शांति से जवाब दिया, "वकील साहब, कहानी वह है जो आप सबूतों से बना रहे हैं। यह जो डॉक्टर बता रही हैं, वह एक 'बीमार दिमाग की हकीकत' है। राज उस स्थिति में है जहाँ वह सच और भ्रम में फर्क ही नहीं कर पा रहा है। उसके लिए सोनल की मौत एक 'खूबसूरत अंत' है, कत्ल नहीं।"

डॉ. अंजलि का अंतिम निष्कर्ष

"राज का दिमाग अब 'पॉज़ेसिव लव' (कब्ज़ा करने वाले प्यार) से बहुत आगे बढ़ चुका है," डॉ. अंजलि ने अपनी बात पूरी की। "वह अब 'स्पिरिचुअल ओनरशिप' (आध्यात्मिक स्वामित्व) में विश्वास करता है। उसके लिए सोनल एक 'वस्तु' (Object) बन चुकी है जिसे उसने अपनी कल्पनाओं के पिंजरे में कैद कर लिया है। वह अब इस दुनिया में नहीं,

बल्कि अपनी ही बनाई हुई परछाइयों की दुनिया में रह रहा है।"

जज ने गंभीर स्वर में पूछा, "क्या इसका मतलब यह है कि यह व्यक्ति अपने कर्मों के लिए कानूनी रूप से जिम्मेदार नहीं है?"

डॉ. अंजलि कुछ पल चुप रहीं, फिर बोलीं, "यह इस केस का सबसे कठिन सवाल है, माय लॉर्ड। क्योंकि चिकित्सकीय रूप से वह बीमार है, पर क्या उस बीमारी ने ही उसे ट्रिगर दबाने के लिए उकसाया? यह अदालत को तय करना है।"

तभी राज अपनी जगह से खड़ा हो गया। उसकी आँखों में एक ऐसी चमक थी जो कमरे की रोशनी से भी तेज़ थी। उसने सीधे जज की तरफ देखा और फुसफुसाकर कहा, "सर... सोनल यहीं है।"

पूरे कोर्टरूम में जैसे बर्फ जम गई। लोग डर के मारे एक-दूसरे को देखने लगे।

"कहाँ है?" जज ने भारी आवाज़ में पूछा।

राज मुस्कुराया, वही डरावनी, मासूम मुस्कान। "आप नहीं देख पाएंगे, सर। वह आपके पीछे खड़ी है।"

कोर्टरूम के सुरक्षा गार्डों ने अपनी बंदूकों पर हाथ रख लिया। माहौल इतना तनावपूर्ण हो गया कि लगा कि अभी कोई विस्फोट होगा।

"क्यों नहीं देख पाएंगे हम?" जज ने अपनी घबराहट छुपाते हुए पूछा।

राज ने खिड़की से आती धूप की ओर देखते हुए कहा, "क्योंकि वो सिर्फ मेरे लिए है। वह आज़ादी से डरती थी, इसलिए उसने मेरे पास आने

का यह रास्ता चुना।"

अदालत की कार्यवाही तुरंत स्थगित कर दी गई। राज को वापस जेल ले जाया जाने लगा। लेकिन तभी नमन जैन को कोर्टरूम की बेंच पर एक सफेद गुलाब का फूल मिला। उस फूल के साथ एक छोटी सी पर्ची थी, जिस पर राज की लिखावट नहीं थी।

पर्ची पर लिखा था: "राज सही कह रहा है। मैं यहीं हूँ, पर मैं राज की कैद में नहीं हूँ।"

क्या राज का वहम वाकई हकीकत में तब्दील हो रहा था? या कोई और था जो राज के इस पागलपन को एक हथियार की तरह इस्तेमाल करके असली कातिल को छुपा रहा था?

अध्याय 23
ब्लैक मैजिक

रात के साढ़े ग्यारह बज रहे थे। मुंबई की गगनचुंबी इमारतों के बीच डिटेक्टिव नमन जैन का ऑफिस एक शांत द्वीप जैसा लग रहा था। कमरे में सन्नाटा था, सिवाय नमन के लैपटॉप की नीली रोशनी और उसके हेडफोन से आती धीमी आवाज़ के। नमन एक प्रसिद्ध 'प्राइवेट इन्वेस्टिगेटर पॉडकास्ट' सुन रहा था, जहाँ एक अनुभवी जासूस अपने सबसे वियर्ड (अजीब) केसेस के बारे में बता रहा था।

“कभी-कभी क्लाइंट इतना डर जाता है कि वह लॉजिक और साइंस छोड़कर तंत्र-मंत्र और अघोरी बाबाओं तक पहुँच जाता है। यह डर उसे कुछ भी करने पर मजबूर कर देता है...” पॉडकास्ट की आवाज़ नमन के कानों में गूँज रही थी।

नमन की आँखें अचानक सुकुड़ गईं। उसने पॉडकास्ट पॉज किया और एक विशिष्ट फोल्डर खोला, “Raj_Family_Background”।

वित्तीय साज़िश: ₹2,50,000 की मिस्ट्री

नमन ने राज के पिता के बैंक स्टेटमेंट को बड़ी बारीकी से ट्रैक किया था। स्क्रीन पर एक एंट्री चमक रही थी, “Transaction - Unknown Baba (Cash Withdrawal linked to Local Account) - ₹2,50,000”।

नमन ने तुरंत इंस्पेक्टर विजय सावंत को फोन मिलाया। “सर, आपको यह देखना होगा। राज का केस सिर्फ एक जुनूनी प्रेमी का केस नहीं है।

इसमें उसके पूरे परिवार की 'सामूहिक असुरक्षा' (Collective Insecurity) शामिल है।"

विजय की नींद भरी आवाज़ भारी हो गई। "क्या मिला, नमन?"

"सर, राज के परिवार ने पुणे के एक 'अघोरी' को ढाई लाख रुपये दिए थे। पेमेंट सोनल के मुंबई शिफ्ट होने से ठीक तीन दिन पहले की गई थी।"

गाँव का फ्लैशबैक: दीपक की लौ और अघोरी का साया

पुणे के बाहरी इलाके का एक छोटा सा कच्चा घर। रात का सन्नाटा और हवा में जलते हुए लोबान की तीखी गंध। राज की माँ, पार्वती देवी, ज़मीन पर बैठी कांप रही थीं। उनके सामने एक लाल कपड़े पहने, भस्म रमाए हुए अघोरी बैठा था। दीपक की हल्की लौ में उसके चेहरे की झुर्रियां और काली आँखें किसी शैतान जैसी लग रही थीं।

"बाबा... हमारी बहू हाथ से निकल रही है। वो उस बम्बई के शहर में चली गई तो हमारे हाथ कुछ नहीं आएगा। वो राज को भूल जाएगी," पार्वती देवी ने हाथ जोड़कर कहा।

राज के पिता, रामखेलावन, कोने में खड़े डरे हुए थे। "बाबा, कुछ करो... हमारा घर टूट जाएगा। राज उस लड़की के बिना पागल हो रहा है।"

अघोरी ने अपनी आँखें बंद कीं और एक खौफनाक आवाज़ में बोला, "उस लड़की पर किसी और का साया है। शहर की हवा उसे तुम लोगों से छीन लेगी। अगर उसे रोकना है, तो उसकी 'आज़ादी' की बलि देनी होगी।"

“बलि?” रामखेलावन की आवाज़ दब गई।

“खून की नहीं... उसकी बुद्धि की बलि,” अघोरी ने धीमे स्वर में कहा। “कीमत लगेगी... और काम तुरंत नहीं होगा। पर वो कभी मुंबई की नहीं हो पाएगी।”

नमन ने विजय को विस्तार से बताया, “सर, यह सिर्फ अंधविश्वास नहीं है। यह एक गहरी इनसिक्योरिटी है जो धीरे-धीरे जुनून बन गई। राज के परिवार को लगा कि काला जादू सोनल को मुंबई जाने से रोक देगा। पर जब वह नहीं रुकी, तो राज के दिमाग ने इस अंधविश्वास को एक 'हथियार' बना लिया।”

नमन ने विश्लेषण जारी रखा, “डर अक्सर 'नियंत्रण' की इच्छा को जन्म देता है। जब इंसान को लगता है कि वह अपनी मेहनत या प्यार से किसी को नहीं रोक सकता, तो वह अलौकिक शक्तियों (Supernatural Forces) का सहारा लेता है ताकि उसे अपनी हार का अहसास न हो।”

जेल की कोठरी में राज अपनी हथेलियों को रगड़ रहा था। उसके दिमाग में उस अघोरी की बातें गूँज रही थीं। “उन्होंने सही किया था,” राज ने मन ही मन सोचा। “वे उसे बचाना चाहते थे। वो अघोरी जानता था कि मुंबई सोनल को बदल देगी। अगर उसे 'मंत्र' से नहीं रोका जा सकता था, तो उसे 'बंदूक' से रोकना ही एकमात्र रास्ता था। मैंने उसे सुरक्षित कर दिया... अब कोई अघोरी या कोई शहर उसे मुझसे नहीं छीन सकता।”

राज के लिए 'काला जादू' कोई अंधविश्वास नहीं, बल्कि सोनल को पाने का एक पवित्र माध्यम बन गया था।

फ्लैशबैक: सोनल का तीखा विरोध

राज को याद आया वह दिन जब उसने सोनल को एक ताबीज (Amulet) देने की कोशिश की थी। "राज, तुम पागल हो गए हो क्या? काला जादू? ताबीज? सच में?" सोनल उस दिन बहुत चिल्लाई थी। "मैं 21वीं सदी की लड़की हूँ, इन्फोसिस में काम करने जा रही हूँ, और तुम मुझे इन पिछड़ी सोच वाली चीज़ों में बाँधना चाहते हो?"

राज उस वक्त चुप रहा था, लेकिन सोनल के उन शब्दों ने उसके भीतर के 'मैकियावेली' को अपमानित कर दिया था। सोनल का विरोध उसके लिए 'अहंकार' था, जिसे कुचलना अब राज का धर्म बन गया था।

नमन ने विजय से कहा, "सर, एक और बात। उस अघोरी का कोई रिकॉर्ड नहीं है। न नाम, न पता। राज के पिता ने जिसे ढाई लाख दिए, वह आदमी पेमेंट के अगले दिन ही पुणे से गायब हो गया।"

विजय ने गहरी साँस ली। "मतलब... या तो वह फर्जी था, या फिर किसी ने जानबूझकर राज के परिवार की असुरक्षा का फायदा उठाया ताकि राज को हत्या के लिए उकसाया जा सके।"

जब यह जानकारी अदालत में पहुँची, तो सरकारी वकील ने इसे 'आपराधिक पृष्ठभूमि' (Criminal Background) के रूप में पेश किया। "माय लॉर्ड, आरोपी का परिवार अंधविश्वास और डर में डूबा हुआ था। यह साबित करता है कि राज का पूरा माहौल ही 'नियंत्रण' और 'दमन' पर आधारित था।"

आर्यन खन्ना तुरंत खड़े हुए। "माय लॉर्ड, अंधविश्वास कोई अपराध नहीं है। भारत के करोड़ों लोग बाबाओं के पास जाते हैं, तो क्या वे सब

हत्यारे हैं? यह प्रॉसिक्यूशन की एक कमज़ोर कोशिश है राज के चरित्र हनन (Character Assassination) की।"

नमन ने विजय से कहा, "सर, हमें उस अघोरी को ढूंढना ही होगा। क्योंकि वह सिर्फ एक बाबा नहीं है... वह इस कहानी का सबसे खतरनाक गवाह है। हो सकता है राज की पिस्टल उसी के पास हो।"

तभी नमन के लैपटॉप पर राज के पिता के पुराने कॉल रिकॉर्ड्स की एक और फाइल खुली। मर्डर की रात, ठीक 10:45 पर जब मुंबई में गोली चली थी, राज के पिता ने उसी 'अघोरी' को फोन किया था।

कॉल की ड्यूरेशन (अवधि) थी 66 सेकंड।

क्या वह अघोरी वाकई राज का साथी था, या वह कोई 'तीसरा चेहरा' था जो राज के पागलपन की स्क्रिप्ट लिख रहा था? और वह 66 सेकंड का कॉल क्या था, एक प्रार्थना या एक हत्या की कन्फर्मेशन?

एक परिवार जो डर में डूबा था, एक अघोरी जिसका कोई वजूद नहीं था, और एक कत्ल जो 'मंत्रों' और 'बंदूकों' के बीच उलझ गया था। क्या सच वाकई उतना ही डरावना था जितना राज का वहम?

अध्याय 24
एक नया गवाह

मुंबई का सेशन कोर्ट। आज की कार्यवाही अंतिम सुनवाई की दिशा में एक बड़ा कदम होने वाली थी। पूरी अदालत खचाखच भरी थी। कैमरों की चमक और वकीलों की फुसफुसाहट के बीच हर चेहरा एक ही सवाल लिए बैठा था, क्या राज मिश्रा को फांसी होगी?

अदालत में तनाव उस समय चरम पर पहुँच गया जब सरकारी वकील

कुलकर्णी अपनी सीट से उठे और एक घोषणा की।

"माय लॉर्ड... मामले में एक बहुत ही महत्वपूर्ण मोड़ आया है। प्रॉसिक्यूशन एक नया गवाह पेश करना चाहता है।"

पूरे कोर्टरूम में हलचल मच गई। एडवोकेट आर्यन खन्ना की भौंहें सिकुड़ गईं। "इस स्टेज पर नया गवाह? माय लॉर्ड, यह प्रक्रिया के खिलाफ है।"

जज ने शांति बनाए रखने का आदेश दिया। "कौन है गवाह? और उसकी गवाही इस केस के लिए कितनी ज़रूरी है?"

रमेश यादव: वो चश्मदीद गवाह

अदालत के भारी दरवाज़े खुले और एक दुबला-पतला आदमी अंदर आया। उसने होटल का सफ़ेद यूनिफॉर्म पहन रखा था। वह घबराया हुआ था और उसकी नज़रें बार-बार ज़मीन की ओर झुक रही थीं।

"नाम?" जज ने पूछा।

"रमेश... रमेश यादव," उसने हिचकते हुए जवाब दिया।

सरकारी वकील ने जिरह शुरु की। "रमेश, तुम क्या करते हो?"

"सर... मैं वेटर हूँ। अंधेरी के 'द ब्लू लैगून' रेस्टोरेंट में काम करता हूँ।"

वकील कुलकर्णी रमेश के करीब गए। "रमेश, क्या तुमने मर्डर वाली रात सोनल शर्मा को देखा था?"

रमेश ने एक गहरी साँस ली और अपनी आँखें बंद कर लीं, जैसे वह उस रात की यादों को साफ़ करने की कोशिश कर रहा हो। "हाँ साहब... मर्डर वाली रात... करीब रात के 9 बजे वह हमारे रेस्टोरेंट में आई थी।"

कोर्टरूम में एक भारी सन्नाटा छा गया। विजय सावंत और नमन जैन ने एक-दूसरे की ओर देखा।

"कहाँ बैठी थी वह? और क्या वह अकेली थी?" वकील ने पूछा।

रमेश की आवाज़ अब कांपने लगी थी। "साहब... वह कोने वाली टेबल पर बैठी थी। और वह अकेली नहीं थी..."

"किसके साथ थी?" वकील ने कड़क आवाज़ में पूछा।

रमेश ने राज की ओर देखा और फिर सिर हिलाया। "वह एक आदमी के साथ थी। मध्यम कद, सांवला रंग... चेहरा पूरी तरह साफ़ नहीं दिखा क्योंकि उसने अपनी हुडी चढ़ा रखी थी। लेकिन..."

"लेकिन क्या?" जज ने उत्सुकता से पूछा।

रमेश ने साफ़ शब्दों में कहा, "वो आदमी... राज साहब जैसा नहीं था। राज साहब लंबे हैं, और वह आदमी उनसे काफी छोटा था।"

कोर्टरूम में एक विस्फोट जैसा सन्नाटा टूट गया। फुसफुसाहटें तेज़ हो गईं। आर्यन खन्ना तुरंत खड़े हुए। "माय लॉर्ड, यह गवाही अस्पष्ट है। हुडी में चेहरा कैसे दिख सकता है?"

जज ने हाथ उठाकर उन्हें शांत किया। "गवाह को अपनी बात पूरी करने दीजिए।"

"वो आदमी कैसा व्यवहार कर रहा था?" वकील ने पूछा।

रमेश ने याद किया, "साहब, वे लोग बहुत धीमी आवाज़ में बात कर रहे थे। सोनल मैडम बहुत डरी हुई लग रही थीं। मैंने उन्हें पानी दिया तो उनका हाथ कांप रहा था। उस आदमी ने सोनल का हाथ पकड़ा और बहुत धीरे से कुछ कहा।"

फ्लैशबैक: मर्डर की रात (रेस्टोरेंट का दृश्य) सोनल रेस्टोरेंट के उस अंधेरे कोने में बैठी थी। सामने वही हुडी वाला साया था। "तुम्हें डर नहीं लगता, सोनल?" उस आदमी की आवाज़ ठंडी और सपाट थी। सोनल ने अपनी भीगी आँखों से उसकी ओर देखा और धीरे से कहा, "डर अब खत्म हो गया है... अब सिर्फ नफरत बची है।"

वर्तमान: रमेश ने अपनी गवाही जारी रखी। "साहब, करीब 15 मिनट बाद वे दोनों साथ में रेस्टोरेंट से निकल गए। सोनल मैडम उस आदमी के साथ उसकी काली कार में बैठकर चली गईं।"

आर्यन खन्ना रमेश यादव के करीब पहुँचे। उनकी चाल किसी शिकारी

जैसी थी। “रमेश जी... आप एक दिन में कितने लोगों को देखते हैं? कितने ग्राहकों को सर्व करते हैं?”

“बहुत... साहब... गिनती याद नहीं रहती।”

“तो फिर आपको इतने महीनों बाद... यह खास रात कैसे याद है? क्या प्रॉसिक्यूशन ने आपको पैसे दिए हैं?”

रमेश कुछ पल चुप रहा, फिर उसने आर्यन की आँखों में झाँका। “साहब, मुझे इसलिए याद है क्योंकि उस लड़की की आँखों में 'मौत का डर' था। मैंने हज़ारों चेहरे देखे हैं, पर वैसा खौफ कभी नहीं देखा।”

कोर्टरूम में फिर से खामोशी छा गई। आर्यन खन्ना भी कुछ पल के लिए निरुत्तर हो गए।

नमन ने विजय से फुसफुसाकर कहा, “सर... यह वही ‘दूसरा आदमी’ हो सकता है जिसे हमने सीसीटीवी में देखा था। वही चेहरा, वही हुडी।”

विजय ने सिर हिलाया। “या फिर... यह एक और परछाई है जो राज ने खुद पैदा की है।”

उसी समय कटघरे में खड़े राज ने पहली बार अपना सिर उठाया। उसके चेहरे पर वही डरावनी मुस्कान वापस आ गई थी। उसने धीरे से बुदबुदाया, जिसे केवल पास खड़े गार्ड ने सुना, “वो आ गया... मैंने कहा था, वो अकेली नहीं थी। अब सच सामने आएगा।”

जज ने अपना फैसला सुरक्षित रखते हुए आदेश दिया, “पुलिस उस काली कार और उस हुडी वाले व्यक्ति की पहचान करे। अगली सुनवाई में इस पर विस्तृत रिपोर्ट पेश की जाए।”

अदालत स्थगित हो गई। राज को वापस ले जाया जाने लगा। लेकिन तभी नमन जैन को महसूस हुआ कि रमेश यादव जब कोर्ट से बाहर निकल रहा था, तो उसने राज की ओर देखकर एक गुप्त इशारा (Signal) किया था।

क्या वह वेटर वाकई सच बोल रहा था? या वह राज की उस मैकियावेलियन योजना का हिस्सा था जिसे आर्यन खन्ना ने बड़े करीने से बुना था? और वह अनजान आदमी कौन था जिसने सोनल को आखिरी बार ज़िंदा देखा था?

एक वेटर जिसने खौफ देखा, एक साया जो राज नहीं था, और एक राज

जो अब भी मुस्कुरा रहा था। क्या सच वाकई अब सामने आने वाला था, या कहानी का सबसे बड़ा सस्पेंस अभी बाकी था?

भाग 3: सच का विस्फोट

अध्याय 25
असली रात का सच

मुंबई की वह रात... समय रात के 10:15 बज रहे थे। अंधेरी वेस्ट के उस फ्लैट के बाहर आसमान टूटकर गिर रहा था। बारिश की आवाज़ इतनी तेज़ थी कि खिड़कियों के शीशे थरथरा रहे थे। सोनल अपने लिविंग रूम में अकेली बैठी थी। कमरे की रोशनी मध्यम थी, और उसके चेहरे पर एक ऐसी बेचैनी थी जो उसे घंटों से सोने नहीं दे रही थी।

अचानक, मुख्य दरवाज़े पर मद्धम सी दस्तक हुई।

ठक... ठक...

सोनल चौंकी। इस वक्त कौन हो सकता है? उसने घड़ी की ओर देखा, फिर कांपते हुए पूछा, “कौन है?”

बाहर से कोई जवाब नहीं आया। उसने फिर से पूछा, “अर्जुन? क्या तुम हो?”

कुछ सेकंड के सन्नाटे के बाद एक जानी-पहचानी, भारी आवाज़ आई, “मैं हूँ, सोनल...”

सोनल के पैरों तले ज़मीन खिसक गई। वह आवाज़ राज की थी।

आखिरी मुलाकात: टूटने की कगार पर

सोनल ने भारी मन से दरवाज़ा खोला। सामने राज खड़ा था, सिर से पाँव तक भीगा हुआ। उसके बाल माथे पर चिपके थे और उसकी आँखों में वह चमक थी जिसे देखकर सोनल को अब प्यार नहीं, खौफ महसूस होता था।

"राज? तुम यहाँ? इस वक्त?" सोनल ने हैरानी और गुस्से के मिश्रण के साथ पूछा।

राज बिना इजाज़त अंदर आ गया। उसके जूतों से फर्श पर पानी के निशान बन रहे थे। "तुमसे बात करनी थी, सोनल। ज़रूरी बात।"

"राज, अब क्या बाकी है?" सोनल ने थककर सोफे का सहारा लिया। "सब कुछ खत्म हो चुका है। मैंने तुमसे कहा था कि मुझे अपनी लाइफ जीने दो।"

"सब कुछ खत्म नहीं हुआ, सोनल, सब अब शुरु होगा," राज ने उसकी ओर एक कदम बढ़ाते हुए कहा। उसकी आवाज़ में वह 'मैकियावेलियन' धीमापन था जिसे वह सोनल को वश में करने के लिए इस्तेमाल करता था। "तुम बस समझ नहीं रही हो। तुम खतरे में हो।"

"कौन सा खतरा, राज? तुम ही मेरा सबसे बड़ा खतरा बन चुके हो!" सोनल चिल्लाई।

"नहीं! ये लोग... ये मुंबई शहर... ये ऊँची इमारतें और तुम्हारा ये नया मैनेजर... ये सब तुम्हें मुझसे दूर कर रहे हैं। मैं तुम्हें बचाना चाहता हूँ सोनल," राज के दिमाग में उसका वहम (Delusion) अब पूरी तरह हावी था।

सोनल का सब्र का बाँध टूट गया। "राज! कोई मुझे तुमसे दूर नहीं कर

रहा। मैं खुद जा रही हूँ! मैं तुमसे भाग रही हूँ क्योंकि तुम्हारी ये 'सुरक्षा' मुझे दम घोंटने वाली कैद लगती है!"

राज की आँखें अचानक ठंडी और हिंसक हो गईं। "तुम ऐसा नहीं कर सकती सोनल। तुम मेरी हो। उस बेंच पर हमने जो वादा किया था, वो सिर्फ एक कॉलेज की बात नहीं थी। वह मेरा जीवन था।"

राज को याद आया वह बरगद का पेड़। "हम कभी अलग नहीं होंगे..." राज ने उस दिन कहा था।

"वो बचपना था, राज! हकीकत में आओ!" सोनल ने पीछे हटते हुए कहा।

राज ने झटके से उसका हाथ पकड़ लिया। उसकी पकड़ इतनी मज़बूत थी कि सोनल की कलाई पर नीले निशान पड़ने लगे। "मैं तुम्हें बचाने आया हूँ, और तुम मुझे पागल कह रही हो? तुम्हें नहीं पता कि बाहर क्या चल रहा है!"

"छोड़ो मुझे! राज, छोड़ो!" सोनल छूटने की कोशिश करने लगी, पर राज की सनक उसे और कसती जा रही थी।

तभी, दरवाज़े के बाहर एक हल्की सी आहट हुई। दरवाज़ा पहले से ही थोड़ा खुला था। एक आदमी अंदर आया। मध्यम कद, सांवला रंग, हुडी से आधा ढका हुआ चेहरा।

सन्नाटा छा गया। राज और सोनल दोनों अपनी जगह स्थिर हो गए।

सोनल की आँखों में एक पहचान उभरी। उसने फटी हुई आवाज़ में कहा, "तुम? यहाँ?"

राज ने उस आदमी की तरफ देखा, उसकी आँखों में जलन और नफरत का एक नया ज्वालामुखी फटा। “तू यहाँ क्या कर रहा है? मैंने तुझे कहा था कि दूर रहना!”

“मैं इसे लेने आया हूँ, राज,” उस आदमी ने शांत, ठंडी और घातक आवाज़ में कहा। “यह इसका फैसला है, तुम्हारा नहीं।”

अब उस कमरे में तीन लोग थे, एक जो डर में कांप रही थी (सोनल), एक जो अपने वहम में जल रहा था (राज), और एक... जो अपने गुप्त इरादों के साथ खड़ा था।

“वो कहीं नहीं जाएगी!” राज चिल्लाया और उस आदमी की तरफ झपटा।

कमरे के बीचों-बीच एक जोरदार धक्का-मुक्की और संघर्ष शुरू हो गया। सोनल बीच में फँस गई थी; वह उन दोनों को रोकने की कोशिश कर रही थी। तभी उस 'तीसरे आदमी' ने अपनी हुडी के अंदर से एक .32 कैलिबर की पिस्टल निकाली।

धाँय!

एक धमाका हुआ जिसने बारिश की आवाज़ को भी दबा दिया। सोनल के चेहरे पर एक पल के लिए सन्न रह जाने वाला भाव आया। उसका सफेद कुर्ता धीरे-धीरे लाल होने लगा। वह घुटनों के बल फर्श पर गिर पड़ी।

राज के हाथ कांप रहे थे। उसका दिमाग सुन्न हो गया था। “सोनल... यह... यह कैसे हो गया?”

वह तीसरे आदमी को पीछे हटा। उसके हाथ में अब भी वह धुआँ उगलती पिस्तौल थी। उसने राज की ओर देखा और एक डरावनी आवाज़ में बोला, "यह होना ही था राज। अब वो तुम्हारी है... हमेशा के लिए।"

वह आदमी तेज़ी से दरवाज़े से बाहर भागा और बारिश के अंधेरे में गायब हो गया।

राज सोनल के बेजान शरीर के पास बैठ गया। उसने उसका सिर अपनी गोद में लिया। "उठो सोनल... देखो मैं तुम्हें बचाने आया था। देखो मैं आ गया..."

राज की आँखों से आँसू गिर रहे थे, पर उसका दिमाग फिर से एक 'बचाव तंत्र' (Defense Mechanism) बुन रहा था। राज का दिमाग उस सच को स्वीकार नहीं कर सका कि सोनल मर चुकी है।

"नहीं... वो मरी नहीं है..." राज मुस्कुराने लगा। "वो बस... रूप बदल रही है। वो अब मेरी यादों में आ गई है। वो अब आज़ाद है उन लोगों से।"

कोर्टरूम के कटघरे में खड़ा राज अब भी उसी रात को जी रहा था। उसकी आँखों के सामने सोनल अब भी उसी फर्श पर पड़ी मुस्कुरा रही थी।

सच सामने था, लेकिन अब भी अधूरा। वह तीसरा आदमी कौन था जिसे सोनल ने पहचान लिया था? क्या वह वाकई राज का भेजा हुआ कोई जासूस था, या राज के परिवार के उस 'काले जादू' का कोई जीता-जागता हिस्सा?

विजय सावंत ने नमन की ओर देखा। “वह वेटर सही कह रहा था। राज कातिल नहीं है, पर वह कातिल का गवाह ज़रूर है।”

तभी नमन के पास एक मैसेज आया: अर्जुन मेहरा की लोकेशन पुलिस को मिल गई थी। वह पुणे के उसी पुराने कॉलेज के पास था... जहाँ वह बरगद का पेड़ और बेंच थी।

अध्याय 26
मानसिक पतन

मुंबई सेंट्रल जेल (आर्थर रोड)। रात के दो बज रहे थे। जेल के ऊंचे गलियारों में सन्नाटा इतना गहरा था कि अपनी ही सांसों की आवाज़ किसी शोर जैसी लग रही थी। लोहे की भारी सलाखों के पीछे से कभी-कभी किसी कैदी के कराहने या दूर कहीं संतरी की चाबियों के गुच्छे के टकराने की आवाज़ गूँज उठती थी।

सेल नंबर 17 में राज मिश्रा अपने घुटनों में सिर डाले कोने में बैठा था। दीवार की सीलन और फर्श की ठंडक उसके शरीर में उतर रही थी, लेकिन उसे इसका अहसास नहीं था। उसका पूरा अस्तित्व अब एक ही विचार पर टिका था।

खामोशी के बीच एक गूँज

अचानक, उस मरे हुए सन्नाटे को एक आवाज़ ने चीर दिया।

"राज..."

वह आवाज़ बहुत धीमी थी, जैसे कोई कान के पास आकर फुसफुसाया हो। राज ने झटके से अपना सिर उठाया। उसकी आँखें, जो अब तक बुझी हुई थीं, अचानक एक अलौकिक चमक से भर उठीं।

"सोनल...?"

उसने खाली सेल की ओर देखा। वहां कोई नहीं था, सिवाय दीवार पर

कोयले से लिखे गए सोनल के हज़ारों नामों के। लेकिन राज के होंठों पर एक ऐसी मुस्कान आई जो किसी सामान्य इंसान की नहीं हो सकती थी।

"तुम आ गई... मुझे पता था कि तुम आओगी।"

"मैं कभी गई ही नहीं थी राज... मैं तो हमेशा यहीं थी," वह आवाज़ फिर गूँजी। राज ने धीरे-धीरे अपना सिर हिलाया। उसे अब किसी वैज्ञानिक प्रमाण या अदालत के फैसले की ज़रूरत नहीं थी। उसके लिए उसका वहम ही अंतिम सत्य था।

राज का मन खुद से ही उलझ रहा था। 'देखा... सब कह रहे थे कि वो मर गई। वकील, पुलिस, वो डॉक्टर... सब झूठ बोल रहे थे। वो यहीं है, मेरे पास।' राज का 'ईगो' अब पूरी तरह ध्वस्त हो चुका था। वह अब उस अवस्था में था जिसे फ्रायड 'कंप्लीट साइकोटिक ब्रेक' (Complete Psychotic Break) कहते हैं। जहाँ मन बाहरी दुनिया के कड़वे सच को पूरी तरह मिटाकर अपनी एक काल्पनिक दुनिया बसा लेता है।

राज ने अपनी सूखी आँखों से अंधेरे को घूरते हुए पूछा, "तुम मुझे छोड़कर क्यों गई थी सोनल? मुंबई क्यों आई थी?"

सोनल की वह 'आवाज़', जो असल में राज के दिमाग की अपनी रचना थी, ने जवाब दिया, "मैं नहीं गई थी राज... तुमने मुझे जाने दिया था।"

राज का चेहरा पीड़ा से भर गया। वह अपनी हथेलियों को फर्श पर पटकने लगा। "नहीं! मैंने तुम्हें रोकने की कोशिश की थी। मैंने तुम्हें बचाने की कोशिश की थी!"

"बचाने?" आवाज़ में एक बर्फीला ठंडापन आ गया। "या कैद करने?

राज, क्या तुम्हें सच में लगता है कि तुम मुझे बचा रहे थे? या तुम मुझे अपनी उस 'बेंच' के नीचे दफन करना चाहते थे?"

कमरे में एक भारी सन्नाटा छा गया। राज की सांसें तेज़ हो गईं। उसका मन पहली बार एक ऐसे सवाल से टकरा रहा था जिसे उसने सालों से दबा रखा था।

"क्या... मैंने गलत किया?" राज ने पहली बार कांपते हुए स्वर में पूछा।

आवाज़ अब कुछ नरम हुई, जैसे कोई माँ अपने बच्चे को समझा रही हो। "राज... प्यार में डर नहीं होता। और जहाँ डर होता है, वहाँ प्यार कभी रह ही नहीं सकता।"

राज की आँखों से आँसू बहने लगे। "तो फिर... यह सब क्या था? वो कॉलेज, वो बरगद का पेड़, वो वादे... वो सब क्या था, सोनल?"

"वह तुम्हारा डर था राज... जिसे तुमने प्यार का नाम दे दिया। तुम्हारा वह डर कि तुम अकेले रह जाओगे, तुम्हारा वह डर कि शहर मुझे तुमसे छीन लेगा। और उसी डर ने आज तुम्हें इस सलाखों के पीछे खड़ा कर दिया है।"

राज अब फूट-फूटकर रोने लगा। "मैंने तुम्हें खो दिया... सोनल, मैंने तुम्हें खो दिया!"

तभी गलियारे में जूतों की भारी आवाज़ गूँजी। सेल का रक्षक गार्ड दौड़कर आया। उसने टॉर्च की रोशनी सलाखों के अंदर फेंकी। उसने देखा कि राज अकेला बैठा हवा से बातें कर रहा था और ज़ोर-ज़ोर से चिल्ला रहा था।

"ए! क्या हुआ? चुप हो जा!" गार्ड ने चिल्लाकर कहा।

राज ने टॉर्च की रोशनी की ओर देखा और फिर गुस्से में चिल्लाया, "तुम लोग उसे क्यों नहीं देख पा रहे? देखो! वो यहीं खड़ी है! वो मुझसे बात कर रही है!"
गार्ड ने हताशा में अपना सिर हिलाया और अपने वायरलेस पर संदेश दिया, "कंट्रोल रूम, सेल नंबर 17 के कैदी को दौरा पड़ा है। वह पूरी तरह आपे से बाहर है। मेडिकल टीम को भेजिए।"

उसने धीरे से बुदबुदाया, "पागल हो गया है बेचारा..."

राज ने अपना हाथ हवा में आगे बढ़ाया, जैसे वह सोनल का हाथ पकड़ने की कोशिश कर रहा हो। "सोनल... मत जाओ। मुझे अपने साथ ले चलो।"

लेकिन वहां कुछ नहीं था। राज का मन अब वास्तविकता से पूरी तरह कट चुका था। उसे सोनल का वह आखिरी दृश्य याद आ रहा था, फर्श पर फैला खून, बारिश की आवाज़ और वह तीसरा आदमी।

"वो ज़िंदा है..." राज धीरे-धीरे बुदबुदाया और कोठरी के कोने में दुबक कर बैठ गया। अब उसके लिए हकीकत और कल्पना एक हो चुके थे।

अगली सुबह, डॉ. अंजलि मेहता को जेल से एक रिपोर्ट मिली। उन्होंने उसे पढ़ा और एक गहरी लंबी सांस ली। "Subject has entered a state of complete psychotic break. He is no longer capable of understanding his surroundings. Reality and Delusion have merged permanently."

उन्होंने धीरे से कहा, "अब यह केस सिर्फ एक कत्ल का मामला नहीं

रहा। यह एक खोया हुआ दिमाग है... एक ऐसा इंसान जो खुद अपनी ही बनाई हुई सज़ा में कैद हो गया है।"

राज सेल के कोने में बैठा मुस्कुरा रहा था। वह हवा में कुछ देख रहा था, शायद सोनल को हँसते हुए। उसके लिए अब न कोई जेल थी, न कोई पुलिस, और न ही कोई मौत।

एक आदमी जो अपने ही दिमाग के पिंजरे में कैद हो गया। एक प्यार जो अब महज़ एक आवाज़ बनकर रह गया था। लेकिन क्या राज का यह पागलपन ही उसे उस 'तीसरे आदमी' के सच से बचा रहा था? और क्या होगा अगर राज का यह पतन ही उस कातिल की सबसे बड़ी जीत थी?

क्या राज को मिली यह मानसिक विस्मृति वाकई एक बीमारी थी, या यह उसकी अपनी आत्मा द्वारा खुद को दी गई सबसे बड़ी सज़ा थी?

अध्याय 27
अंतिम सुनवाई

मुंबई सेशन कोर्ट का कमरा नंबर 12 आज खचाखच भरा हुआ था। गलियारों में वकीलों की आवाजाही और मीडिया के कैमरों की चमक के बीच एक भारी सन्नाटा था। हर कोई जानता था कि आज फैसला भले ही न आए, लेकिन न्याय की दिशा आज ही तय होगी। हवा में एक अजीब सी बेचैनी थी, जैसे कोई बड़ा सच बाहर आने के लिए छटपटा रहा हो।

जज महोदय ने अपनी कुर्सी संभाली। सरकारी वकील कुलकर्णी ने अपनी अंतिम दलीलें पूरी कीं और आत्मविश्वास के साथ बैठ गए। अब सबकी नज़रें उस व्यक्ति पर थीं जो अपनी मज़बूत रणनीतियों के लिए जाना जाता था - एडवोकेट आर्यन खन्ना।

आर्यन खन्ना अपनी जगह से धीरे से उठे। उन्होंने अपना काला कोट ठीक किया, गहरी साँस ली और कटघरे में खड़े राज मिश्रा की ओर एक नज़र डाली। राज की आँखें खाली थीं; वह शून्य में देख रहा था, जैसे वह उस भरी हुई अदालत का हिस्सा ही न हो।

आर्यन की शुरुआत: एक अलग दृष्टिकोण

"माय लॉर्ड..." आर्यन खन्ना की आवाज़ शांत लेकिन बेहद प्रभावशाली थी। "आज मैं यहाँ सिर्फ एक मुवक्किल का बचाव करने नहीं खड़ा हूँ। मैं यहाँ उस अंधेरे के बारे में बात करने आया हूँ जो इंसान की रूह को

धीरे-धीरे निगल जाता है। यह केस... एक साधारण हत्या का केस नहीं है।"

अदालत में एक हल्की सी फुसफुसाहट हुई। आर्यन ने मेज पर रखे सोनल शर्मा के फोटो फ्रेम की ओर इशारा किया।

"यह केस है, एक ऐसे दिमाग का, जो धीरे-धीरे अपनी ही बनाई काल्पनिक दुनिया में खो गया। एक ऐसा मन जो प्यार और नियंत्रण के बीच की लकीर भूल गया।"

आर्यन खन्ना जज के बिल्कुल करीब पहुँचे। "प्रॉसिक्यूशन कहता है कि यह एक सुनियोजित और क्रूर हत्या है। वे कहते हैं कि राज ने बदला लेने के लिए ट्रिगर दबाया। लेकिन मैं कहता हूँ, यह एक बिखरते हुए मन की कहानी है। यह एक मानसिक टूटन है जिसे कानून की चक्की में पीसना नाइंसाफी होगी।"

आर्यन ने अपनी आवाज़ को थोड़ा गहरा किया और वह वाक्य कहा जो आने वाले कई दिनों तक उस अदालत की दीवारों में गूँजने वाला था:

"माय लॉर्ड, यह मर्डर नहीं... एक बीमार दिमाग का सुसाइडल प्यार है।"

पूरे कोर्टरूम में सन्नाटा छा गया। सरकारी वकील कुलकर्णी ने भी हैरानी से आर्यन की ओर देखा।

तर्क की कड़ियाँ: साक्ष्यों का विश्लेषण

आर्यन ने एक-एक करके अपने तर्क कोर्ट के सामने रखे:

मानसिक स्थिति (Dr. Anjali's Report): "डॉ. अंजलि मेहता की

रिपोर्ट स्पष्ट कहती है कि राज 'डिल्यूज़नल डिसऑर्डर' और 'इरोटोमेनिया' से जूझ रहा है। वह उस स्थिति में है जहाँ हकीकत और कल्पना एक हो चुकी हैं। उसके लिए सोनल की मौत, मौत नहीं बल्कि एक आध्यात्मिक मिलन है।"

डिजिटल अलबाई (Toll Plaza Evidence): "3D रिकंस्ट्रक्शन और FASTag डेटा गवाही दे रहे हैं कि जब मुंबई में गोली चली, राज पुणे के किवाले टोल नाके पर था। विज्ञान और भूगोल एक साथ झूठ नहीं बोल सकते।"

तीसरा व्यक्ति (The Waiter's Testimony): "गवाह रमेश यादव ने शपथ लेकर कहा है कि उसने सोनल को एक 'छोटे कद' वाले हुडी पहने आदमी के साथ देखा था। राज का कद उस साये से चार इंच बड़ा है।"

आर्यन थोड़ा आगे बढ़े और राज के पिता की ओर देखा, जो पीछे की बेंच पर बैठे रो रहे थे। "राज एक ऐसी ग्रामीण पृष्ठभूमि से आता है जहाँ 'अधिकार' को ही प्रेम का पर्याय माना जाता है। उसने प्यार को समझने की कोशिश तो की, लेकिन वह उसे सिर्फ एक 'बेंच' और 'बरगद के पेड़' तक सीमित कर पाया। उसने सोनल को प्यार नहीं किया, उसने सोनल को अपना 'ईश्वर' बना लिया और ईश्वर पर कोई दूसरा हक जमाए, यह उसकी सनक बर्दाश्त नहीं कर सकी।"

राज कटघरे में खड़ा धीरे-धीरे मुस्कुरा रहा था। वह हवा में अपनी उंगलियां ऐसे चला रहा था जैसे वह सोनल के बाल संवार रहा हो।

"माय लॉर्ड," आर्यन ने अंतिम प्रहार किया। "क्या हम एक ऐसे बीमार दिमाग को, जो खुद अपनी ही बनाई सज़ा को भुगत रहा है, एक

सोची-समझी हत्या के अपराधी के बराबर रख सकते हैं? राज ने शायद गलती की... उसने निगरानी की, उसने पीछा किया, लेकिन क्या उसने ट्रिगर दबाया? उस तीसरे आदमी का सच अभी सामने आना बाकी है।"

सरकारी वकील गुस्से में चिल्लाए, "यह सिर्फ सहानुभूति की अपील है! अपराध, अपराध होता है!"

आर्यन ने शांत स्वर में कहा, "सही कहा आपने वकील साहब... अपराध अपराध होता है। लेकिन हर अपराधी एक जैसा नहीं होता। कुछ अपराधी परिस्थितियों के शिकार होते हैं, और कुछ अपनी ही चेतना के।"

आर्यन ने जज की आँखों में सीधे झाँकते हुए कहा, "माय लॉर्ड, यह फैसला सिर्फ कानून की धाराओं का नहीं होगा... यह फैसला इंसानियत की उस समझ का भी होगा जो विज्ञान और भावनाओं के बीच खड़ी है।"

कोर्टरूम में खामोशी की एक मोटी चादर बिछ गई। जज महोदय कुछ देर तक अपनी डायरी में कुछ लिखते रहे, फिर उन्होंने अपनी नज़रें राज पर टिका दीं।

राज ने बहुत धीरे से बुदबुदाया, जिसे केवल पास खड़ा नमन जैन सुन पाया, "वो यहीं है नमन... सोनल... तुम सुन रही हो ना? देखो ये वकील बाबू भी कह रहे हैं कि हमारा प्यार अमर है।"

आर्यन खन्ना की दलीलों ने केस की बुनियाद हिला दी थी। संदेह का लाभ अब राज की ओर झुकता दिख रहा था। लेकिन तभी कोर्ट के क्लर्क ने जज को एक सीलबंद लिफाफा पकड़ाया। जज ने उसे खोला और उसका चेहरा अचानक पीला पड़ गया।

उन्होंने आर्यन की ओर देखा और कहा, "मिस्टर खन्ना, आपकी दलीलें बहुत मज़बूत हैं... लेकिन फॉरेंसिक लैब से एक 'अंतिम रिपोर्ट' अभी-अभी आई है। वह सिगरेट का टुकड़ा जो घटनास्थल पर मिला था... उस पर राज मिश्रा का ही नहीं, बल्कि एक ऐसे व्यक्ति का DNA मिला है जिसकी मौत राज के ही हाथों कॉलेज के दिनों में हुई थी।"

अगर वह व्यक्ति मर चुका था, तो उसका DNA मर्डर सीन पर क्या कर रहा था? क्या राज का वहम अब मरे हुए लोगों को भी कब्र से बाहर बुला रहा था?

अध्याय 28
निर्णायक सबूत

मुंबई की स्टेट फॉरेंसिक लैब। आज का वातावरण किसी मूक फिल्म के दृश्य जैसा था, जहाँ शब्द कम और मशीनों की 'बीप' ज्यादा बोल रही थी। कमरे के बीचों-बीच एक धातु की मेज पर धूल से ढका हुआ एक पुराना टेप रिकॉर्डर रखा था। यह वही 'एनालॉग डिवाइस' था जिसे आधुनिक युग के लोग अब भूल चुके थे, लेकिन आज यही इस मर्डर मिस्ट्री का सबसे बड़ा गवाह बनने वाला था।

इंस्पेक्टर विजय सावंत ने अपनी जैकेट उतारी और मेज की ओर झुके। “नमन, यह कहाँ से मिला? इतने महीनों बाद?”

नमन जैन ने दस्ताने पहन रखे थे। उसने सावधानी से रिकॉर्डर की ओर इशारा किया। “सर, सोनल के फ्लैट के स्टोर रूम में। एक पुराने गत्ते के डिब्बे के अंदर, जिसमें उसकी कॉलेज की किताबें रखी थीं। ऐसा लग रहा था जैसे इसे किसी ने बहुत सावधानी से छुपाया था... या शायद सोनल इसे किसी को दिखाना चाहती थी, पर मौका नहीं मिला।”

लैब टेक्नीशियन ने रिकॉर्डर को डिजिटल कनवर्टर से जोड़ा। “सर, टेप काफी पुराना है और उस पर काफी 'हिसिंग' (Hissing) नॉइज़ है। हमने एल्गोरिदम का इस्तेमाल करके बैकग्राउंड शोर को साफ़ कर दिया है।”

उसने प्ले बटन दबाया।

खर्र... खर्र... टप... टप... (बारिश की आवाज़)

फिर एक कांपती हुई आवाज़ कमरे में गूँजी। यह सोनल की आवाज़ थी।

सोनल: “राज... तुम समझ क्यों नहीं रहे? तुम पुणे से यहाँ क्यों आए? मैंने तुम्हें मना किया था!”

कमरे में मौजूद हर शख्स की सांसें थम गईं। विजय सावंत ने अपनी आँखें सिकोड़ लीं। तो राज उस रात वहां मौजूद था।

राज: (एक शांत लेकिन डरावनी आवाज़) “मैं तुम्हें बचा रहा हूँ सोनल। ये शहर तुम्हें निगल जाएगा। देखो, मैं तुम्हारे लिए वो बेंच की मिट्टी लाया हूँ।”

सोनल: “यह प्यार नहीं है, राज, यह पागलपन है! तुम मुझे डराते हो। प्लीज... यहाँ से चले जाओ!”

टेप में धक्का-मुक्की और गिरने की आवाज़ आई। तभी एक तीसरी आवाज़ कमरे में गूँजी जिसने नमन के होश उड़ा दिए।

तीसरी आवाज़ (पुरुष): “बस! बहुत हो गया! तुम लोग पागल हो गए हो क्या?”

नमन जैन ने तुरंत रिकॉर्डिंग रुकवाई। “सर... यह आवाज़! यह वही ‘तीसरा आदमी’ है। सोनल ने उसे पहचान लिया था।”

विजय ने इशारा किया, और टेक्नीशियन ने प्ले जारी रखा।

धाँय!!! (गोली चलने का धमाका)

कुछ सेकंड का डरावना सन्नाटा। फिर राज की दहाड़ सुनाई दी।

राजः “नहीं! सोनल! यह मैंने नहीं किया... सोनल उठो! मैं तो बस... तुम्हें रोक रहा था... मैंने गोली नहीं चलाई!”

तीसरे आदमी की ठंडी और सपाट आवाज़ गूँजी: “अब बहुत देर हो चुकी है राज। अब वह तुम्हारी है... हमेशा के लिए। भागो यहाँ से, पुलिस आती होगी।”

रिकॉर्डिंग खत्म हुई। सन्नाटा इतना भारी था कि किसी के दिल की धड़कन साफ़ सुनी जा सकती थी।

टेक्नीशियन ने अपनी रिपोर्ट पर साइन किया। “सर, यह ऑडियो पूरी तरह से ऑथेंटिक (Authentic) है। इसमें कोई डिजिटल एडिटिंग या 'डीपफेक' के लक्षण नहीं हैं। टाइम-स्टैम्प और आवाज़ की फ्रीक्वेंसी सोनल और राज मिश्रा से मेल खाती है।”

विजय ने धीरे से कहा, “मतलब... राज वहां था। संघर्ष हुआ था। तीसरा आदमी मौजूद था। लेकिन... गोली राज ने नहीं चलाई।”

नमन ने खिड़की से बाहर देखा। “लेकिन सर, अगर राज ने गोली नहीं चलाई, तो वह उस रात खामोश क्यों रहा? उसने पुलिस को उस तीसरे आदमी के बारे में क्यों नहीं बताया?”

अगले दिन अदालत में एडवोकेट आर्यन खन्ना ने वह रिकॉर्डिंग चलाई। पूरे कोर्टरूम में स्तब्धता छा गई। सोनल के माता-पिता की आँखों से आँसू बह रहे थे। सरकारी वकील कुलकर्णी का चेहरा सफ़ेद पड़ चुका था।

कटघरे में खड़ा राज मुस्कुरा रहा था। जब सोनल की आवाज़ कोर्ट के

स्पीकर्स में गूँजी, तो वह धीरे से बुदबुदाया, "देखा... मैंने कहा था ना... वो मरी नहीं है। वो अभी भी मुझसे बात कर रही है।"

डॉ. अंजलि मेहता ने अपनी डायरी में लिखा: "Subject is now completely detached from the physical reality of death. For him, the recording is a live conversation."

रिकॉर्डिंग ने केस को पूरी तरह पलट दिया था:

पुष्टि: राज घटनास्थल पर मौजूद था (Physical Presence).

सत्य: राज और सोनल के बीच हिंसक संघर्ष हुआ था.

खुलासा: गोली एक 'तीसरे' अज्ञात व्यक्ति ने चलाई थी.

जज ने अपना चश्मा उतारा और गंभीर स्वर में पूछा, "मिस्टर खन्ना, यह रिकॉर्डिंग आरोपी को कत्ल के इल्जाम से तो बचा सकती है, लेकिन वह 'गवाह' है। वह जानता है कि कातिल कौन है। राज मिश्रा उस आदमी का नाम क्यों नहीं ले रहा?"

आर्यन खन्ना ने राज की ओर देखा और फिर जज से कहा, "माय लॉर्ड, राज नाम नहीं ले सकता... क्योंकि राज के लिए वह आदमी इस दुनिया का हिस्सा ही नहीं है। वह राज का 'शैडो' है।"

नमन जैन ने लैब से एक और गुप्त जानकारी निकाली थी। वह सिगरेट का टुकड़ा जिस पर 'मृत व्यक्ति' का DNA मिला था... उस रिकॉर्डिंग में उस तीसरे आदमी के जूतों की आवाज़ बिल्कुल वैसी ही थी जैसी मरे हुए व्यक्ति की चाल थी।

क्या वह तीसरा आदमी वाकई कोई भूत था, या कोई ऐसा इंसान जिसने

अपनी मौत का नाटक किया था ताकि वह राज के वहम के पीछे छुपकर कत्ल कर सके?

अध्याय 29
न्याय या सजा?

मुंबई सेशन कोर्ट के गलियारों में आज एक असामान्य और भारी खामोशी व्याप्त थी। मीडिया के कैमरों का शोर भी आज कुछ थमा हुआ सा लग रहा था, जैसे वे भी उस अंतिम फैसले की प्रतीक्षा कर रहे हों जो आधुनिक फॉरेंसिक विज्ञान और प्राचीन मानवीय जुनून के बीच के संघर्ष को समाप्त करने वाला था। कोर्टरूम नंबर 12 के भीतर हवा स्थिर थी। कोई फुसफुसाहट नहीं, कोई वकीलों की तीखी बहस नहीं, बस एक अंतहीन इंतज़ार।

ठीक 11 बजे, दो सशस्त्र सिपाहियों के बीच राज मिश्रा को लाया गया। राज धीरे-धीरे, सधे हुए कदमों से कटघरे की ओर बढ़ा। उसका चेहरा बिल्कुल शांत था, आँखों में कोई डर या पछतावा नहीं था। वह बार-बार अपनी बगल की खाली जगह को देख रहा था और मंद-मंद मुस्कुरा रहा था, जैसे वह इस भरे हुए कमरे में भी किसी के साथ व्यक्तिगत चर्चा में व्यस्त हो।

“ऑल राइज़!” की पुकार गूँजी।

जज महोदय ने अपने आसन पर बैठते ही एक मोटी फाइल खोली। उन्होंने कुछ पल खामोशी से पन्ने पलटे और फिर अपनी नज़रें राज पर टिका दीं।

“अभियुक्त राज मिश्रा, क्या फैसले से पहले तुम्हें कुछ कहना है?” जज की आवाज़ गंभीर और भारी थी।

राज ने सिर उठाया और जज की आँखों में सीधे झाँकते हुए एक ऐसी मुस्कान दी जिसने कोर्टरूम का तापमान जैसे गिरा दिया। “सोनल यहीं है, माय लॉर्ड। वह कह रही है कि आप बहुत अच्छे इंसान हैं। उसने सफ़ेद साड़ी पहनी है... बिल्कुल वैसी जैसी वह हमारे कॉलेज के विदाई समारोह में पहनना चाहती थी।”

पूरे कोर्टरूम में एक सिहरन दौड़ गई। सरकारी वकील ने निराशा में अपना सिर हिलाया। डॉ. अंजलि मेहता ने अपने नोट्स में आखिरी लाइन लिखी, “Subject has completely substituted social reality with a private hallucination.”

जज ने एक गहरी साँस ली और अपना चश्मा साफ़ करते हुए फैसला पढ़ना शुरू किया।

“अदालत ने प्रॉसिक्यूशन और डिफेंस द्वारा पेश किए गए सभी सबूतों, फॉरेंसिक रिपोर्ट्स और गवाहों का गहन अध्ययन किया है। फॉरेंसिक लैब से प्राप्त 'एनालॉग टेप' की रिकॉर्डिंग यह स्पष्ट करती है कि आरोपी मर्डर वाली रात घटनास्थल पर मौजूद था। संघर्ष की आवाज़ें और राज की आवाज़ यह साबित करती हैं कि वह सोनल को 'नियंत्रित' करने की कोशिश कर रहा था।”

जज कुछ पल रुके, सबकी सांसें थम गईं।

“लेकिन... वह रिकॉर्डिंग और 3D रिकंस्ट्रक्शन यह भी साबित करते हैं कि गोली किसी 'तीसरे व्यक्ति' ने चलाई थी, जिसकी पहचान अभी तक पुलिस नहीं कर पाई है। इसके अतिरिक्त, डॉ. अंजलि मेहता की मनोवैज्ञानिक प्रोफाइलिंग और जेजे हॉस्पिटल की मेडिकल बोर्ड रिपोर्ट यह पुष्टि करती है कि आरोपी ‘डिल्यूशनल डिसऑर्डर’

(Stage 3 – Paranoia) और 'इरोटोमेनिया' से ग्रसित है।"

कोर्ट में हर दिल ज़ोर से धड़क रहा था। राज के पिता पीछे की बेंच पर हाथ जोड़कर आँखें बंद किए बैठे थे।

"कानून की नज़रों में, किसी भी कृत्य को अपराध मानने के लिए 'मेन्स री' (Mens Rea) यानी अपराधी की मंशा और उसकी मानसिक सक्षमता का होना अनिवार्य है। भारतीय दंड संहिता की धारा 84 के सिद्धांतों को ध्यान में रखते हुए, अदालत इस निष्कर्ष पर पहुँचती है कि आरोपी राज मिश्रा हत्या का प्रत्यक्ष दोषी (Direct Culprit) साबित नहीं हुआ है, परंतु वह साक्ष्यों को छुपाने और अवैध निगरानी का अपराधी है।"

जज ने अपना पेन उठाया और अंतिम आदेश दिया:

"अतः, राज मिश्रा को उसके मानसिक स्वास्थ्य को देखते हुए कारावास की सज़ा के बजाय, 'क्रिमिनल लुनैटिक असाइलम' (Criminal Lunatic Asylum) में अनिश्चित काल के लिए भेजा जाता है। वहां उसकी कड़ी सुरक्षा में मनोवैज्ञानिक चिकित्सा की जाएगी। जब तक मेडिकल बोर्ड उसे समाज के लिए सुरक्षित घोषित नहीं करता, वह राज्य की कस्टडी में रहेगा।"

कोर्ट रूम में अचानक एक हलचल मच गई। कुछ लोग हैरान थे कि एक प्रेमी जिसने सोनल की जिंदगी नरक बना दी थी, वह जेल से बच गया। आर्यन खन्ना ने अपनी आँखें बंद कीं और एक लंबी राहत की सांस ली, यही उनकी रणनीति थी। सरकारी वकील कुलकर्णी ने भारी मन से फाइल बंद की; उन्हें पता था कि कानूनी रूप से यह एक 'तकनीकी जीत' थी, पर नैतिक रूप से कातिल अब भी आज़ाद था।

नमन जैन ने इंस्पेक्टर विजय सावंत की ओर देखा। "सर... क्या यह न्याय है?"

विजय ने अपनी टोपी ठीक की और धुंधली नज़रों से राज को देखा। "शायद नमन... या शायद नहीं। राज के लिए जेल से भी बड़ी सज़ा उसका अपना दिमाग है। वह जहाँ भी रहेगा, अपने वहम की सलाखों के पीछे ही रहेगा।"

जैसे ही सिपाही राज को ले जाने के लिए आगे बढ़े, राज ने हवा में अपना हाथ बढ़ाया।

"चलो सोनल..." उसने हवा में देखते हुए फुसफुसाया। "अब कोई हमें अलग नहीं करेगा। न ये पुलिस, न ये शहर। अब हम अपने उस पुराने बरगद के नीचे जा रहे हैं। देखा मैंने कहा था ना, अंत में सब ठीक हो जाता है।"

राज हँस रहा था, एक धीमी, पागलपन भरी हँसी। उसे ले जाया जा रहा था, लेकिन वह पीछे मुड़कर नहीं देख रहा था। उसके लिए अब दुनिया वही थी जो उसके सिर के भीतर थी।

मुंबई के बाहरी इलाके में स्थित उस मानसिक अस्पताल के गेट पर होता है। भारी लोहे का दरवाज़ा एक कराहने वाली आवाज़ के साथ खुलता है।

ठक!

दरवाज़ा बंद हो गया। बाहर की दुनिया अपनी रफ़्तार से चलती रही, ट्रैफिक का शोर, बारिश की गूँज और शहरी भागदौड़। लेकिन अंदर, एक कहानी कैद हो चुकी थी।

अदालत ने अपना फैसला सुना दिया था। राज को उसके पागलपन ने बचा लिया था। लेकिन जैसे ही विजय सावंत अपनी जीप की ओर बढ़े, उन्हें सोनल के पिता का एक फोन आया।

"साहब... सोनल की एक और डायरी मिली है। पुणे वाले घर के पुराने संदूक में। इसके आखिरी पन्ने पर राज का नहीं... किसी और का नाम लिखा है।"

क्या वह 'तीसरा आदमी' कोई अनजान साया था, या सोनल के अतीत का कोई ऐसा हिस्सा जिसे राज भी नहीं जानता था? क्या राज का वहम सिर्फ एक ढाल था असली कातिल को बचाने के लिए?

अध्याय 30
अंतिम विश्लेषण

मुंबई का एक छोटा सा ऑफिस, जो रात के एक बजे फाइलों के ढेर और डिजिटल साक्ष्यों की नीली रोशनी से भरा हुआ था। बाहर शहर सो चुका था, लेकिन डिटेक्टिव नमन जैन की आँखों में नींद का कोई निशान नहीं था। टेबल पर कॉफी का आधा खाली और ठंडा पड़ चुका कप रखा था। नमन ने अपना पुराना वॉयस रिकॉर्डर ऑन किया और कुर्सी पर पीछे की ओर झुक गया।

"केस नोट्स, फाइनल एनालिसिस। विषय: वहम का सच," उसने एक थकी हुई लेकिन गहरी आवाज़ में कहना शुरू किया।

पहला बिंदु: राज का द्वैत दिमाग

"राज मिश्रा... एक ऐसा दिमाग जो बीमार था, पर चालाक भी। फ्रायड के अनुसार, उसका 'ईगो' (Ego) मर चुका था, लेकिन उसके 'सुपर-ईगो' (Super-Ego) ने अपराध और सुरक्षा के बीच एक ऐसी धुंध पैदा कर दी थी जहाँ उसने अपने भ्रम को ही अपना सबसे बड़ा हथियार बना लिया। वह जानता था कि पागलपन उसे कानून से बचा सकता है, और शायद वह सच में पागल था, लेकिन उसकी हर चाल एक पेशेवर अपराधी जैसी थी।"

दूसरा बिंदु: अंडरकवर नेटवर्क और लाइफ कोच

नमन ने एक फाइल के पन्ने पलटे। "इस पूरे केस का सबसे बड़ा और डरावना खेल उसका 'अंडरकवर नेटवर्क' था। वह लाइफ कोच, अर्जुन

मेहरा है। जिसे हमने एक स्वतंत्र संदिग्ध माना, वह असल में राज का भेजा हुआ एक 'साइकोलॉजिकल एजेंट' था। राज ने सिर्फ सोनल के घर में कैमरे नहीं लगाए थे; उसने सोनल के दिमाग के भीतर अपना एक आदमी बिठाया था। वह कोच सोनल की हर असुरक्षा, उसके हर डर और उसके मैनेजर के साथ उसकी हर बातचीत को रिकॉर्ड करके सीधे राज को भेज रहा था। यह निगरानी नहीं थी, यह एक मानसिक कब्ज़ा (Mental Possession) था।"

तीसरा बिंदु: गुमराह करने की सुनियोजित योजना

नमन की आवाज़ में अब एक सिहरन था। "राज एक 'मैकियावेलियन' मास्टरमाइंड था। उसने पहले से ही गुमराह करने की एक ऐसी योजना बनाई थी जिसमें पुलिस को दो रास्तों में बाँट दिया गया। एक तरफ वह खुद को 'अंधविश्वास और काले जादू' का शिकार दिखा रहा था (अघोरी वाला मामला), तो दूसरी तरफ वह खुद को एक 'तड़पता हुआ प्रेमी' बना चुका था। उसने जानबूझकर PCO से कॉल्स किए और डिजिटल फुटप्रिंट्स छोड़े ताकि पुलिस उलझ जाए कि वह पागल है या हत्यारा। सच इन दोनों के बीच कहीं था।"

चौथा बिंदु: वह 'तीसरा आदमी' और अधूरा सच

नमन रिकॉर्डर के करीब झुका। "और वह 'तीसरा आदमी'... जिसका जिक्र टेप रिकॉर्डर और वेटर की गवाही में आया। क्या वह वाकई कोई और था? या राज ने ही किसी को वहां बुलाया था ताकि गोली कोई और चलाए और राज को सोनल की 'आत्मा' हमेशा के लिए मिल जाए? राज ने खुद को भी धोखा दिया। उसने अपनी यादों से उस रात के उस हिस्से को मिटा दिया जहाँ उसने कातिल को अंदर आने दिया था।"

तभी दरवाजे की चरमराहट के साथ इंस्पेक्टर विजय सावंत अंदर आए। उनके चेहरे पर भी वही अधूरापन था जो नमन महसूस कर रहा था।

“अब भी वही सोच रहे हो, नमन?” विजय ने पूछा।

“सर... आपको क्या लगता है? क्या हमने सच पा लिया?” नमन ने सवाल दागा।

विजय ने खिड़की की ओर देखते हुए कहा, “मुझे लगता है नमन, हमने केस सुलझा लिया है, लेकिन सच नहीं। हमने धाराओं के हिसाब से फैसला ले लिया, पर हकीकत शायद उस असाइलम की दीवारों के पीछे राज के साथ ही दफन हो गई है।”

नमन ने वॉयस रिकॉर्डर की ओर देखा और अपनी आखिरी लाइन बोली, “राज मिश्रा, एक अपराधी, एक बीमार दिमाग, या शायद एक ऐसा इंसान जिसने अपनी सनक में पूरी दुनिया को अपने वहम का हिस्सा बना लिया। या शायद... वह इन दोनों का एक घातक मिश्रण था।”

उसने रिकॉर्डर बंद कर दिया। बाहर धीरे-धीरे सुबह की पहली किरणें मुंबई की इमारतों को छूने लगी थीं। वह केस, जो महीनों से सुर्ख़ियों में था, अब कागजों में बंद हो चुका था। लेकिन सस्पेंस अब भी हवा में था।

कभी-कभी सबसे खतरनाक अपराध वह नहीं होता जो हम दूसरों के साथ करते हैं, बल्कि वह होता है जो इंसान अपने ही दिमाग के साथ करता है, एक ऐसा झूठ जिसे वह सच मान लेता है।

पुणे का वह कॉलेज कैंपस, वह पुरानी लकड़ी की बेंच और वह विशाल बरगद का पेड़ आज भी वहीं हैं। हवा आज भी उन पत्तों के बीच से गुज़रते हुए वही 'वादे' दोहराती है। लेकिन अब वहां कोई इंतज़ार नहीं

करता। बेंच खाली है, और बरगद की जटाएं अब और गहराई तक ज़मीन में धंस चुकी हैं, जैसे किसी बहुत बड़े राज़ को हमेशा के लिए छुपाने की कोशिश कर रही हों।

अध्याय 31
वह बेंच

पुणे का वही पुराना कॉलेज कैंपस। सुबह का समय था और हल्की सुनहरी धूप पेड़ों की घनी शाखाओं से छनकर ज़मीन पर बेतरतीब साये बना रही थी। पक्षियों का चहचहाना और दूर कहीं कॉलेज की घंटी की गूँज हवा में एक शांति का अहसास करा रही थी, लेकिन इंस्पेक्टर विजय सावंत के लिए इस शांति में भी एक बेचैनी थी।

वे धीरे-धीरे कैंपस के उस सुनसान गलियारे की ओर बढ़े जिसे वे अपनी जांच में कई बार देख चुके थे। और फिर... वह दिख गई।

विशाल बरगद के पेड़ के नीचे रखी वही पुरानी लकड़ी की बेंच। उसका रंग अब फीका पड़ चुका था और उसकी लकड़ी पर समय की खरोंचें साफ देखी जा सकती थीं। विजय बेंच के पास जाकर रुक गए। उन्होंने बहुत धीरे से अपने हाथ से उस पर जमी धूल हटाई और बैठ गए।

चारों ओर सन्नाटा था, लेकिन विजय को जैसे हवा में गुज़रे हुए समय की गूँज सुनाई दे रही थी, सोनल की हँसी, राज के वादे और वह भविष्य जो कभी हकीकत नहीं बन पाया।

फ्लैशबैक: "हम कभी अलग नहीं होंगे, राज..." सोनल ने एक बार इसी बेंच पर बैठकर कहा था। "कभी नहीं, सोनल, यह पेड़ हमारे प्यार का गवाह है," राज की आवाज़ में उस समय भी एक अजीब सा स्वामित्व था।

वर्तमान की सच्चाई: विजय ने गहरी और भारी साँस ली। "'कभी नहीं'...

शायद इंसान का बोला हुआ सबसे बड़ा झूठ होता है," उन्होंने खुद से फुसफुसाया।

विजय की नज़र अचानक बेंच के नीचे दबी मिट्टी की ओर गई। वहां की मिट्टी थोड़ी उभरी हुई और सूखी लग रही थी। उनके मन में डिटेक्टिव नमन जैन की वह बात कौंधी, "राज चीज़ों को छुपाता नहीं था, उन्हें सहेजता था।"

विजय झुके और अपने हाथों से मिट्टी को कुरेदना शुरू किया। कुछ ही इंच की खुदाई के बाद उन्हें एक धातु की आवाज़ सुनाई दी। उन्होंने सावधानी से मिट्टी हटाई और बाहर निकाला, एक छोटा सा टिन का डिब्बा।

पुराना, जंग लगा हुआ और शायद मर्डर वाली रात से बहुत पहले यहाँ दबाया गया था। विजय के दिल की धड़कन तेज़ हो गई। उन्होंने धीरे से डिब्बे का ढक्कन खोला। अंदर एक मुड़ी हुई चिट्ठी रखी थी।

हवा जैसे कुछ पलों के लिए थम गई। विजय ने सावधानी से उस पीले पड़ चुके कागज़ को खोला। उस पर धुंधली स्याही में लिखा था, "राज के नाम..."

विजय की आँखें शब्दों पर ठहर गईं:

"राज, अगर तुम यह पढ़ रहे हो... तो शायद मैं तुमसे बहुत दूर जा चुकी हूँ। मैं यह चिट्ठी इस बेंच के नीचे इसलिए छुपा रही हूँ क्योंकि मुझे पता है कि तुम्हारी यादें तुम्हें हमेशा यहाँ खींच लाएंगी।"

विजय के हाथ हल्के से कांपे।

“राज, मैंने तुम्हें कभी धोखा नहीं दिया। लेकिन तुम्हारा प्यार... वह मुझे धीरे-धीरे खत्म कर रहा था। तुमने मुझे बचाने की कोशिश की, लेकिन उस सुरक्षा के पीछे जो 'पकड़' थी, उसने मेरा दम घोंट दिया था। मैं खुद को खो रही थी राज।”

चिट्ठी की अगली लाइन सबसे दर्दनाक थी:

“राज... प्यार में 'पकड़' (Grip) नहीं होता, प्यार में 'जगह' (Space) होती है। मैं मुंबई तुमसे दूर होने के लिए नहीं, बल्कि खुद को ढूँढने के लिए जा रही हूँ। अगर कभी तुम सच में मुझसे प्यार करते हो... तो मुझे जाने देना सीखो। मुझे अपनी यादों की कैद से आज़ाद कर दो।”

- तुम्हारी, सोनल

हवा फिर चलने लगी। बरगद के पत्तों की सरसराहट अब किसी रोने की आवाज़ जैसी लग रही थी। विजय ने चुपचाप चिट्ठी को वापस उसी डिब्बे में रख दिया।

“अगर यह चिट्ठी उसे वक्त पर मिल जाती...” विजय ने आकाश की ओर देखते हुए कहा, “तो शायद आज एक ज़िंदगी खत्म नहीं होती और एक दिमाग पागलखाने के अंधेरों में नहीं खोता।”

गहरी सोच में डूबे विजय ने धीरे से बुदबुदाया, “कभी-कभी... सच बहुत देर से मिलता है। इतना देर कि वह केवल एक अफ़सोस बनकर रह जाता है।”

विजय अपनी जगह से उठे। उन्होंने एक आखिरी बार उस बेंच को देखा, उस मूक गवाह को जिसने एक प्रेम कहानी का जन्म और एक मासूम का अंत दोनों देखे थे। वे धीरे-धीरे वहां से चले गए, लेकिन उनके पीछे वह

बेंच और बरगद का पेड़ अब भी वहीं खड़े थे।

हर कहानी का एक कानूनी अंत होता है, लेकिन कुछ कहानियाँ सवालों के रूप में ज़िंदा रह जाती हैं।

बरगद का पेड़ अब भी वहीं है। बेंच अब भी वहीं है। हवा आज भी उन पत्तों के बीच से गुज़रती है। लेकिन अब वहां कोई वादा नहीं करता, और न ही कोई किसी का इंतज़ार करता है। वहां केवल एक सन्नाटा है, जो सोनल की उस आखिरी चिट्ठी की तरह आज भी न्याय का इंतज़ार कर रहा है।

अध्याय 32
वहम ही सच है

पुणे के बाहरी इलाके में स्थित वह सरकारी 'क्रिमिनल लुनैटिक असाइलम' है। यहाँ की दुनिया मुंबई की भागदौड़ से बहुत अलग थी। सफेद ऊंची दीवारें, कँटीले तारों की बाड़ और गलियारों में फैली हुई एक भारी, दवाइयों जैसी गंध। सुबह की पहली धूप खिड़कियों की लोहे की सलाखों को चीरकर अंदर फर्श पर समानांतर रेखाएँ बना रही थी।

वार्ड नंबर 4 के एक कोने वाले बिस्तर पर राज मिश्रा शांत बैठा था। उसने सफेद अस्पताल के कपड़े पहने थे, बाल सलीके से संवारे हुए थे। उसकी आँखें खिड़की के बाहर फैले खुले मैदान की ओर टिकी थीं।

राज धीरे-धीरे उठा और लड़खड़ाते कदमों से खिड़की के पास आकर खड़ा हो गया। उसके चेहरे पर वही पुरानी, रहस्यमयी मुस्कान थी। बाहर मैदान के एक सुदूर कोने में, धूप और धुंध के बीच उसे कुछ दिखाई दे रहा था।

वहाँ एक विशाल बरगद का पेड़ खड़ा था। और उसके नीचे, वही पुरानी लकड़ी की बेंच।

हकीकत या भ्रम? क्या वह असाइलम के बगीचे का हिस्सा था, या राज के विक्षिप्त मन की कोई नई रचना? इसे कोई नहीं जानता था, और राज के लिए इसके कोई मायने भी नहीं थे।

राज हल्का-सा मुस्कुराया और धीरे से फुसफुसाया, "तुम आ गई ना...

मैंने कहा था, तुम मुझे छोड़कर कहीं नहीं जा सकतीं।"

"मैं यहीं थी राज... मैं तो हमेशा यहीं थी," हवा के एक झोंके के साथ वह चिर-परिचित आवाज़ फिर गूँजी।

राज के मन ने एक गहरा संतोष महसूस किया। 'देखा... सब कह रहे थे कि तुम मर गई। वे डॉक्टर, वो जज... वे सब बेवकूफ थे। वे जो देख रहे थे, वे सिर्फ शरीर थे, लेकिन मैं जो देख रहा हूँ, वह तुम हो। तुम हमेशा के लिए मेरी हो चुकी हो।'

राज ने अब अपनी वास्तविकता को पूरी तरह 'सबस्टीट्यूट' (Substitute) कर लिया था। उसके लिए अचेतन और चेतन का फर्क अब मिट चुका था। उसकी दबी हुई इच्छाएँ अब उसकी स्थायी हकीकत बन चुकी थीं।

"राज..." सोनल की आवाज़ अब थोड़ी गंभीर थी। "हूँ..." राज ने खिड़की की सलाखों को थाम लिया। "अब मुझे जाने दोगे? क्या अब तुम्हारी 'पकड़' ढीली होगी?"

राज की मुस्कान एक पल के लिए कांपी। उसकी आँखों में पहली बार सच का एक कड़वा स्पर्श महसूस हुआ। "जाने दूँ?" उसके मन ने एक हिंसक विद्रोह किया। 'अगर वो चली गई, तो मैं इस सफेद कमरे में अकेला रह जाऊँगा। इस सन्नाटे में मैं मर जाऊँगा।'

लेकिन तभी उसे वह बेंच याद आई। उसे याद आया कि कैसे सोनल आज़ादी के लिए छटपटाती थी। राज की आँखों में पहली बार निस्वार्थ आँसू आ गए। उसने बहुत धीरे से, लगभग एक प्रार्थना की तरह कहा, "अगर तुम खुश हो... तो तुम जा सकती हो सोनल। मैं अब तुम्हें नहीं

रोकूँगा।"

खिड़की से एक हल्की हवा अंदर आई। मैदान में खड़े बरगद के पेड़ के पत्ते हिले और धूल का एक गुबार उठा। जब राज ने दोबारा देखा, तो मैदान खाली था। सिर्फ एक पुराना पेड़ खड़ा था। बेंच गायब था। सोनल का साया भी ओझल हो चुका था।

राज कुछ पल चुप रहा। उसका चेहरा पत्थर जैसा हो गया। फिर उसके होंठ फिर से उसी डरावनी मुस्कान में खिंच गए। "वो गई नहीं है... वह बस छुप गई है। वह फिर से मेरे साथ खेल रही है। वह चाहती है कि मैं उसे फिर से ढूँढूँ।"

गलियारे के दूसरे छोर पर डॉ. अंजलि मेहता खड़ी थीं। उन्होंने राज को हवा में हाथ हिलाते देखा, जैसे वह किसी अदृश्य व्यक्ति को विदा कर रहा हो।

"क्या वह ठीक हो रहा है, डॉक्टर?" पास खड़ी नर्स ने धीमी आवाज़ में पूछा।

डॉ. अंजलि ने एक गहरी और उदास साँस ली। "शायद... या शायद वह अपने भ्रम में और भी गहराई तक धंस चुका है। कभी-कभी 'जागना' इतना पीड़ादायक होता है कि इंसान हमेशा के लिए 'सपनों' में सो जाना ही पसंद करता है। राज मिश्रा अब उस दुनिया में है जहाँ हम कभी नहीं पहुँच सकते।"

राज खिड़की के पास खड़ा रहा। उसने हवा में अपना हाथ हिलाया, जैसे वह सामने खड़ी सोनल को 'अलविदा' कह रहा हो या उसे वापस बुला रहा हो। कैमरा धीरे-धीरे पीछे हटता है। सलाखें बड़ी होती जाती हैं और राज का सफेद चेहरा छोटा।

बाहर मैदान में बरगद का पेड़ मूक खड़ा था, जैसे उसने सदियों से ऐसे हज़ारों वहमों को अपनी जटाओं में दफन कर रखा हो।

क्या हम कभी किसी के दिमाग के अंधेरे को पूरी तरह जान सकते हैं? क्या न्याय वाकई मिल गया, या वह भी महज़ एक 'वहम' था?

कभी-कभी... वहम ही सच बन जाता है। और सच... सिर्फ एक वहम।

एक प्यार... जो कभी समझा नहीं गया। एक दिमाग... जो खुद में ही खो गया। और एक कहानी, जो कभी खत्म नहीं होती, बस महसूस होती है।

वर्जना

निषिद्ध प्रेम का मनोवैज्ञानिक पतन

प्रस्तावना

मनुष्य का स्वभाव बड़ा विचित्र है। हम अक्सर उस वृक्ष की छाया में बैठना चाहते हैं जिसकी जड़ें विषैली हों, और उस फल को चखने के लिए व्याकुल रहते हैं जिसे 'वर्जित' घोषित किया गया हो। "वर्जना" केवल एक सामाजिक प्रतिबंध का नाम नहीं है, यह मानवीय चेतना की वह गहरी खाई है जहाँ 'रोमांच' और 'विनाश' के बीच की रेखा अत्यंत धुंधली हो जाती है।

हर कहानी प्रेम से शुरू नहीं होती। कुछ कहानियाँ भीतर के खालीपन से जन्म लेती हैं, जहाँ प्रेम केवल एक बहाना होता है और वास्तविक खोज कुछ और ही होती है खुद को महसूस करने की, अपनी सीमाओं को तोड़ने की, और उस रोमांच को जीने की जो समाज ने हमेशा "वर्जित" कहकर बंद कर दिया होता है। यह उपन्यास भी ऐसी ही एक यात्रा है।

यह किसी साधारण प्रेम कथा की तरह नहीं लिखा गया है। यहाँ प्रेम का चेहरा सुंदर नहीं है, बल्कि जटिल है। यहाँ आकर्षण केवल मिलन की ओर नहीं ले जाता, बल्कि टूटन की ओर भी खींचता है। और सबसे महत्वपूर्ण बात यह कहानी किसी एक व्यक्ति की नहीं है, यह उस मन की कहानी है जो हर इंसान के भीतर कहीं न कहीं मौजूद है।

हम सबके भीतर एक संसार होता है, जो बाहर की दुनिया से अलग चलता है। बाहर हम नियमों में बंधे होते हैं, समाज, परिवार, नैतिकता, मर्यादा और जिम्मेदारियाँ। लेकिन भीतर एक और व्यक्ति जीता है, जो सवाल पूछता है, जो सीमाओं को चुनौती देता है, और जो कभी-कभी उन चीज़ों की ओर खिंच जाता है जिन्हें "सही" नहीं माना गया। यही द्वंद्व इस उपन्यास की आत्मा है।

हम अक्सर प्रेम को बहुत सरल शब्दों में समझते हैं, एक-दूसरे के प्रति आकर्षण, सम्मान और साथ निभाने की भावना। लेकिन वास्तविक

जीवन में प्रेम कभी इतना सीधा नहीं होता। यह अक्सर इच्छा, असुरक्षा, नियंत्रण, भय और आत्म-खोज के बीच कहीं उलझा होता है।

इस कहानी में प्रेम धीरे-धीरे एक भावनात्मक प्रयोग बन जाता है। पात्र एक-दूसरे की उपस्थिति में खुद को खोजने की कोशिश करते हैं, लेकिन अंततः वे खुद को खो बैठते हैं। यहाँ आकर्षण केवल भावनात्मक नहीं है, यह मनोवैज्ञानिक भी है, जहाँ हर मुलाकात केवल एक संबंध नहीं बनाती, बल्कि एक नया भ्रम भी पैदा करती है।

कभी-कभी हम किसी व्यक्ति की ओर इसलिए नहीं खिंचते क्योंकि वह सही होता है, बल्कि इसलिए खिंचते हैं क्योंकि वह हमारे भीतर की अधूरी परतों को छू लेता है। और यही इस कहानी का सबसे बड़ा सत्य है।

मानव मन स्वभाव से ही सीमाओं के प्रति आकर्षित होता है। जिस चीज़ को मना किया जाता है, वही चीज़ अधिक आकर्षक लगने लगती है। यह केवल सामाजिक या नैतिक सत्य नहीं है, यह मनोवैज्ञानिक सत्य भी है। वर्जना किसी चीज़ को समाप्त नहीं करती, बल्कि उसे और गहरा कर देती है। यह उपन्यास इसी मनोविज्ञान को परत-दर-परत खोलता है।

पात्र धीरे-धीरे उस दुनिया में प्रवेश करते हैं जहाँ सही और गलत के बीच की रेखा धुंधली हो जाती है। यहाँ निर्णय तर्क से नहीं, भावनाओं से होते हैं। और भावनाएँ हमेशा स्पष्ट नहीं होतीं, वे कभी-कभी भ्रम, अपराध बोध और आकर्षण के रूप में एक साथ मौजूद होती हैं।

यह उपन्यास पल्लवी सोलंकी के माध्यम से उस मनोवैज्ञानिक पतन की गाथा है, जहाँ एक सुरक्षित और 'परफेक्ट' जीवन का खालीपन किसी अजनबी अंधकार की ओर मुड़ने के लिए विवश कर देता है। यह कहानी प्रेम की नहीं, बल्कि प्रेम के नाम पर होने वाले 'विषाक्त सम्मोहन' की

है। यह उन दबी हुई चीखों का दस्तावेज़ है जो मर्यादाओं के सुव्यवस्थित कमरों में दम तोड़ देती हैं और फिर किसी 'अराजकता' में अपनी मुक्ति खोजती हैं।

इस उपन्यास का हर प्रमुख पात्र केवल एक व्यक्ति नहीं है, बल्कि एक मनोवैज्ञानिक अवस्था है। कोई पात्र खालीपन का प्रतीक है, जो बाहरी रूप से पूर्ण दिखाई देता है, लेकिन भीतर से टूट चुका होता है।

कोई पात्र नियंत्रण का प्रतीक है, जो दूसरों को प्रभावित करने की क्षमता रखता है, लेकिन स्वयं भीतर से अस्थिर होता है। और कोई पात्र स्थिरता का प्रतीक है, जो प्रेम को सुरक्षित रखना चाहता है, लेकिन बदलते हुए संबंधों के सामने कमजोर पड़ जाता है।

इन तीनों के बीच का टकराव केवल प्रेम त्रिकोण नहीं है, यह तीन मानसिक प्रवृत्तियों का संघर्ष है। यह संघर्ष धीरे-धीरे एक ऐसी दिशा में बढ़ता है जहाँ भावनाएँ निर्णयों पर हावी हो जाती हैं, और निर्णय परिणामों को जन्म देते हैं।

इस उपन्यास में अपराध केवल बाहरी घटना नहीं है। यह एक मानसिक प्रक्रिया है। कोई भी व्यक्ति अचानक अपराधी नहीं बनता। अपराध हमेशा धीरे-धीरे जन्म लेता है, विचारों से, तर्कों से, आत्म-औचित्य से और धीरे-धीरे बढ़ती हुई भावनात्मक निर्भरता से।

जब मनुष्य अपने निर्णयों को सही ठहराने लगता है, तब वह वास्तविकता से दूरी बनाने लगता है। और यही दूरी उसे उस सीमा तक ले जाती है जहाँ वापसी कठिन हो जाती है। यह उपन्यास इस प्रक्रिया को केवल दिखाता नहीं है, बल्कि समझाने की कोशिश करता है, कि कैसे एक सामान्य जीवन धीरे-धीरे एक असामान्य दिशा में मुड़ सकता है।

ओशो के दर्शन से लेकर फ्रायड की डार्क मनोवैज्ञानिक चालों तक, यह उपन्यास उस युद्ध को चित्रित करता है जो हमारे भीतर 'होश' और 'बेहोशी' के मध्य निरंतर चलता रहता है। पल्लवी का पतन और उसका कठिन प्रायश्चित हमें यह सोचने पर विवश करेगा कि क्या हम वास्तव में स्वतंत्र हैं, या हम केवल नए प्रकार के बंधनों की तलाश में पुराने बंधनों को तोड़ रहे हैं?

इस कहानी में कई स्थानों पर विचारों का टकराव दिखाई देता है, समाज, मन और स्वतंत्रता के बीच। ओशो के विचारों की तरह यहाँ भी यह प्रश्न उठता है कि क्या दबाई गई इच्छाएँ अंततः और अधिक शक्तिशाली नहीं हो जातीं?

और आधुनिक मनोविज्ञान की तरह यह भी दिखाया गया है कि भावनात्मक रिक्तता अक्सर व्यक्ति को ऐसे निर्णयों की ओर ले जाती है जो तर्कसंगत नहीं होते। यह उपन्यास किसी दर्शन को स्थापित नहीं करता, बल्कि दर्शन को प्रश्न बनाता है।

इस कहानी का उद्देश्य किसी को दोषी ठहराना नहीं है। यह कहानी यह प्रश्न उठाती है कि क्या नैतिकता हमेशा स्पष्ट होती है? क्या हर निर्णय सही और गलत के बीच सरल रुप से बाँटा जा सकता है?

या फिर कुछ परिस्थितियाँ ऐसी होती हैं जहाँ मनुष्य केवल प्रतिक्रिया करता है, निर्णय नहीं लेता? यह उपन्यास इसी धुंधले क्षेत्र में चलता है, जहाँ नैतिकता एक स्थिर रेखा नहीं है, बल्कि एक बदलता हुआ अनुभव है।

यह कहानी पढ़ते समय पाठक से केवल एक आग्रह है, निर्णय जल्दी मत लेना। क्योंकि यहाँ कोई पात्र पूरी तरह सही या गलत नहीं है। हर व्यक्ति किसी न किसी परिस्थिति का परिणाम है। और हर निर्णय किसी न किसी दर्द का।

अगर आप इस कहानी को केवल अपराध या प्रेम की कहानी के रूप में देखेंगे, तो आप इसका आधा हिस्सा ही देख पाएँगे। लेकिन अगर आप इसे मन के भीतर चल रहे संघर्ष के रूप में देखेंगे, तो शायद आप इसमें अपने कुछ हिस्से भी पहचान पाएँ।

यह उपन्यास किसी अंतिम सत्य की घोषणा नहीं करता। यह केवल एक यात्रा है, जहाँ पात्र अपने भीतर के अंधकार से गुजरते हैं, और धीरे-धीरे यह समझने की कोशिश करते हैं कि वे कौन हैं। कुछ लोग टूट जाते हैं। कुछ लोग बदल जाते हैं। और कुछ लोग खुद को स्वीकार कर लेते हैं। लेकिन हर कोई कुछ न कुछ खोता है।और शायद यही जीवन का सबसे बड़ा सत्य है।

यह उपन्यास आपको सहज नहीं रखेगा। यह आपको प्रश्नों के सामने खड़ा करेगा। कभी-कभी यह आपको असहज करेगा। और कभी-कभी आपको अपने भीतर झाँकने पर मजबूर करेगा। क्योंकि यह कहानी बाहर की दुनिया की नहीं है। यह कहानी भीतर की दुनिया की है। और भीतर की दुनिया हमेशा सरल नहीं होती।

पाठक जब इस यात्रा के अंतिम पृष्ठ पर पहुँचेंगे, तो वे स्वयं से पूछेंगे, "क्या हम वर्जित को इसलिए चाहते हैं क्योंकि वह आकर्षक है, या हम उसे केवल इसलिए चाहते हैं क्योंकि वह 'वर्जित' है?"

लेखक
डॉ. रवीन्द्र पस्तोर

भाग 1: आकर्षण का बीज

शून्य का आरंभ

सूर्य की पहली किरण ने जब पल्लवी के कक्ष की खिड़की पर दस्तक दी, तो वह कोई मंगल गान नहीं था। वह केवल एक और दिन की पुनरावृत्ति थी, वही यांत्रिक प्रकाश, वही अनुशासित समय और वही अनचाही जागृति। पल्लवी ने अपनी आँखें खोलीं, परंतु उसकी पुतलियों में उत्साह की कोई चमक नहीं थी। उसके लिए सुबह का अर्थ केवल एक 'भूमिका' का पुनरारंभ था।

वह कक्ष, जो किसी कुशल वास्तुकार की कला का प्रमाण लगता था, वास्तव में पल्लवी के व्यक्तित्व का दर्पण था। बिस्तर की चादर पर एक भी सिलवट नहीं थी, मेज़ पर पुस्तकें वर्णमाला के क्रम में सजी थीं और दीवार पर टंगी घड़ी की सुइयाँ अपनी मर्यादा में बँधी हुई निरंतर चल रही थीं। सब कुछ 'परफेक्ट' था, और यही पल्लवी की सबसे बड़ी विभीषिका थी।

वह उठी और बिना किसी पदचाप के आईने के समक्ष जा खड़ी हुई। आईने में जो प्रतिबिंब था, वह पल्लवी सोलंकी का था, एक सुशील, संस्कारी और सुलझी हुई युवती। समाज उसे इसी रूप में जानता था। उसकी माँ के लिए वह एक आज्ञाकारी पुत्री थी, समाज के लिए एक आदर्श उदाहरण, और दीपांकर के लिए... दीपांकर के लिए वह एक सुरक्षित भविष्य की नींव थी।

पल्लवी ने आईने में अपने चेहरे को स्पर्श किया। त्वचा कोमल थी, नैन-नक्श तीखे थे, परंतु भीतर कहीं एक 'भावनात्मक रिक्तता' थी जो निरंतर गहरी होती जा रही थी। ओशो अक्सर कहते थे कि समाज

आपको एक 'मुखौटा' देता है ताकि वह आप पर नियंत्रण कर सके, और उस मुखौटे को सहेजते-सहेजते व्यक्ति अपनी मूल आत्मा की पुकार भूल जाता है। पल्लवी के साथ भी यही हो रहा था। उसके भीतर की 'स्त्री' उस सुव्यवस्थित जीवन की केंचुल को उतार फेंकना चाहती थी, पर उसे मार्ग नहीं मिल रहा था।

"पल्लवी, उठ गई बेटा? चाय मेज़ पर रख दी है," नीचे से उसकी माँ की स्वर-लहरी गूंजी।

"जी माँ, बस आ रही हूँ," पल्लवी ने उत्तर दिया। उसकी आवाज़ में वह 'प्रशिक्षित मिठास' थी जो उसने वर्षों के अभ्यास से सीखी थी।

रसोई में चाय की भाप और नाश्ते की सुगंध फैली थी। पल्लवी जब नीचे पहुँची, तो उसकी माँ ने उसे गौरव भरी नज़रों से देखा। उन्हें अपनी बेटी पर नाज़ था, वह कभी सीमाएँ नहीं लांघती थी, कभी ऊँचे स्वर में बात नहीं करती थी। परंतु वे यह नहीं देख पा रही थीं कि जिस बाँध की वे प्रशंसा कर रही हैं, उसके पीछे जल का स्तर खतरनाक रूप से बढ़ रहा है।

"आज दीपांकर का फोन आया था," माँ ने परांठा परोसते हुए कहा। "वह कह रहा था कि आज शाम को वह तुम्हें कॉलेज से लेने आएगा। उसने कुछ विशेष योजना बनाई है।"

पल्लवी के हाथ में पकड़ा गया चाय का प्याला एक पल के लिए थमा। दीपांकर। उसका प्रेम शीतल जल की भांति था, प्यास तो बुझाता था, पर रक्त में उत्तेजना पैदा नहीं करता था। दीपांकर का प्रेम 'ऑक्सीटोसिन' की उस सुखद अनुभूति जैसा था जो सुरक्षा तो देती है,

पर रोमांच छीन लेती है। पल्लवी को पता था कि शाम को क्या होगा। दीपांकर उसे किसी शांत रेस्तरां में ले जाएगा, भविष्य की सुरक्षित योजनाओं पर चर्चा करेगा, और शायद विवाह की तारीख निश्चित करने की बात छेड़ेगा।

यह सब इतना प्रेडिक्टेबल था कि पल्लवी को जी मिचलाने जैसी अनुभूति हुई।

"ठीक है, माँ," उसने धीमे स्वर में कहा।

कॉलेज जाने का मार्ग भी उतना ही नीरस था। सड़कें वही थीं, मोड़ वही थे। चलते-चलते अचानक पल्लवी एक चौराहे पर रुक गई। लोग अपने गंतव्य की ओर भाग रहे थे। गाड़ियाँ शोर मचा रही थीं। जीवन अपने पूरे वेग में था, पर पल्लवी को लगा जैसे वह समय के एक स्थिर बिंदु पर खड़ी है।

'क्या यही है जीवन?' उसके अंतर्मन ने पूछा। 'क्या मैं केवल एक सामाजिक अनुबंध को पूरा करने के लिए जन्मी हूँ?'

उसे याद आया, उसने कहीं पढ़ा था कि मनुष्य अक्सर उस चीज़ की ओर आकर्षित होता है जो उसे 'जीवित' होने का बोध कराए, भले ही वह उसे विनाश की ओर ले जाए। पल्लवी के जीवन में सुरक्षा तो प्रचुर मात्रा में थी, पर तीव्रता लुप्त थी। उसे सुकून नहीं, एक मानसिक 'सनसनी' चाहिए थी।

क्लास में प्रोफेसर का व्याख्यान पल्लवी के कानों से टकराकर वापस लौट रहा था। उसकी दृष्टि खिड़की के बाहर लगे उस पुराने बरगद के पेड़ पर टिकी थी, जिसकी जड़ें ज़मीन फाड़कर बाहर निकल आई थीं।

वह उन जड़ों की विद्रोही शक्ति को देख रही थी। समाज चाहता है कि हम गमले में सजे हुए पौधों की तरह रहें, जिन्हें समय पर पानी मिले और जो एक निश्चित आकार में बढ़ें। पर पल्लवी के भीतर का जंगल अब उस गमले को तोड़ने के लिए आतुर था।

शाम को जब वह कॉलेज से बाहर निकली, दीपांकर अपनी चमकती हुई कार के साथ खड़ा था। उसके चेहरे पर एक आश्वस्त मुस्कान थी, वही मुस्कान जो एक ऐसे व्यक्ति की होती है जिसे लगता है कि उसने सब कुछ पा लिया है।

"कैसा रहा दिन, पल्लवी?" दीपांकर ने कार का दरवाज़ा खोलते हुए पूछा।

"सामान्य," पल्लवी ने संक्षिप्त उत्तर दिया।

"मैंने आज उस नए कैफे में टेबल बुक की है। वहाँ का माहौल बहुत शांत है, हम शांति से बात कर पाएंगे," दीपांकर ने उत्साह से कहा।

पल्लवी ने खिड़की के बाहर देखते हुए मन ही मन सोचा, 'शांति ही तो मेरी शत्रु है, दीपांकर। मुझे वह शोर चाहिए जो मेरे भीतर के सन्नाटे को दबा सके।'

दीपांकर उसे अपनी सुरक्षा के घेरे में ले रहा था, और पल्लवी उस घेरे से बाहर निकलने के लिए किसी 'वर्जित' द्वार की तलाश कर रही थी। उसे पता नहीं था कि जल्द ही वह द्वार उसके सामने खुलने वाला था। उसे पता नहीं था कि 'करण' नाम का एक तूफान उसके जीवन की इस कृत्रिम व्यवस्था को उखाड़ फेंकने के लिए तैयार खड़ा है।

रात को जब वह वापस अपने कमरे में लौटी, उसने फिर आईने के सामने खड़े होकर वह सीखी हुई मुस्कान हटा दी। अब जो चेहरा सामने था, वह एक अजनबी का था। एक ऐसी स्त्री का, जो गिरने के लिए तैयार थी, बस उसे एक गहरे खड्डे की तलाश थी।

यहीं से पल्लवी सोलंकी के उस पतन की शुरुआत हुई, जिसे समाज अपराध कहेगा और पल्लवी... शायद 'मुक्ति'।

व्यवस्थित जीवन का भ्रम

घर की दीवारें आज पल्लवी को कुछ अधिक ही संकरी प्रतीत हो रही थीं। वही हाथीदांत रंग के पर्दे, वही पुरानी लकड़ी की नक्काशीदार मेज़, और वही अनुशासित सन्नाटा जो सोलंकी निवास की पहचान था। यहाँ सब कुछ अपनी नियत जगह पर था, जैसे इस घर में अनिश्चितता या उच्छृंखलता के लिए कोई स्थान ही न हो। पल्लवी के पिता, जो स्वयं एक सेवानिवृत्त प्रशासनिक अधिकारी थे, 'व्यवस्था' को ही ईश्वर का दूसरा रुप मानते थे।

"जीवन में यदि 'रिदम' (ताल) न हो, तो वह शोर बन जाता है," नाश्ते की मेज़ पर पिता अक्सर यह वाक्य दोहराते थे। "अव्यवस्था मनुष्य को भटका देती है, उसे समाज की मुख्यधारा से पृथक कर देती है।"

पल्लवी चुपचाप चाय की प्याली में चम्मच घुमा रही थी। चम्मच की वह लयबद्ध खन-खन आज उसे चिढ़ा रही थी। उसके भीतर एक प्रश्न कुलबुला रहा था, 'क्या यह तालबद्ध जीवन वास्तव में संगीत है, या केवल एक मधुर सुनाई देने वाली गुलामी?'

ओशो कहते थे कि समाज आपको 'सभ्य' बनाने के नाम पर 'मृत' कर देता है। सभ्यता एक सुंदर ताबूत है जिसमें हम अपनी जीवंतता को

दफन कर देते हैं। पल्लवी को महसूस हो रहा था कि वह उस ताबूत की मखमल को स्पर्श तो कर सकती है, पर उसमें स्वतंत्र होकर श्वास नहीं ले सकती।

"शर्मा जी की सुपुत्री की सगाई का समाचार मिला," माँ ने परांठा परोसते हुए एक नया विषय छेड़ा। "लड़का सुशिक्षित है, कुलकुलीन है और सबसे बड़ी बात, स्थिर है। अच्छे घर में रिश्ता हो जाए, यही सबसे बड़ा सौभाग्य है।"

'स्थिर'। पल्लवी ने मन ही मन इस शब्द का उपहास किया। समाज की दृष्टि में 'स्थिरता' का अर्थ था, एक बँधी-बँधाई दिनचर्या, एक सुरक्षित घर और एक ऐसा व्यक्तित्व जिसमें कोई रहस्य न हो। दीपांकर भी तो ऐसा ही था। वह पल्लवी के लिए एक खुली पुस्तक जैसा था, जिसमें सुरक्षा के अनेक अध्याय थे, पर रोमांच की एक पंक्ति भी नहीं थी।

"पल्लवी, अब तुम्हारे बारे में भी सोचना चाहिए," माँ ने हल्के से मुस्कुराते हुए कहा। "तुम्हारी उम्र भी तो... और दीपांकर जैसा लड़का मिलना आज के समय में दुर्लभ है।"

पल्लवी ने सिर झुका लिया। उसके भीतर कुछ हिला, पर वह शब्द नहीं बना। उसके पिता ने अख़बार के पीछे से कहा, "दीपांकर मर्यादाओं को समझता है। वह तुम्हें वही स्थिरता देगा जो एक सफल जीवन का आधार है।"

"क्या स्थिरता ही जीवन का अंतिम लक्ष्य है, पापा?" पल्लवी के स्वर में पहली बार एक सूक्ष्म विद्रोह झलका।

मेज़ पर सन्नाटा पसर गया। माँ और पिता दोनों ने उसे आश्चर्य से देखा।

पल्लवी ने तुरंत अपनी नज़रें झुका लीं। उसके भीतर की 'संस्कारी लड़की' ने उसे चेतावनी दी, पर उसके भीतर की 'स्त्री' ने एक ठंडी मुस्कान बिखेरी। वह जानती थी कि वह क्या ढूँढ रही थी; उसे सरलता नहीं, जटिलता चाहिए थी। उसे वह 'आदर्श प्रेम' नहीं चाहिए था जो धूप की तरह स्पष्ट और सुरक्षित हो, बल्कि उसे वह प्रेम चाहिए था जो चाँदनी की तरह रहस्यमयी और अमावस की तरह डरावना हो।

कॉलेज के गलियारों में सहेलियों की चर्चाएँ भी 'आदर्श प्रेमी' के इर्द-गिर्द घूमती थीं। "मुझे तो बस एक सिंपल-सा लड़का चाहिए, जो मुझे समझे, सम्मान दे... बस," उसकी सहेली तान्या ने चहकते हुए कहा।

पल्लवी ने केवल एक कृत्रिम मुस्कान के साथ उत्तर दिया। वह कैसे समझाती कि सम्मान और सुरक्षा उसे उबाऊ लगने लगे हैं? उसे वह पुरुष चाहिए था जो उसे चुनौती दे सके, जो उसे उस अंधेरे की ओर ले जाए जहाँ उसने स्वयं को कभी देखा न हो। मनोविज्ञान का एक काला पक्ष यह है कि जब जीवन अत्यधिक 'सही' होने लगता है, तो मन सहज रूप से 'गलत' की ओर भागता है ताकि वह अपनी सत्ता को प्रमाणित कर सके।

दिन बीतते गए, और पल्लवी के भीतर एक सूक्ष्म परिवर्तन की प्रक्रिया तीव्र हो गई। अब उसे हर सुरक्षित विकल्प अधूरा लगने लगा था। वह खुद से पूछती,'अगर सब कुछ इतना सही है, तो मैं इतनी रिक्त क्यों हूँ?'

उस रात, जब पूरा सोलंकी निवास निद्रा के आगोश में था, पल्लवी अपने कक्ष की खिड़की खोलकर रात की काली चादर को देख रही थी। अचानक एक निषिद्ध विचार उसके मानस पटल पर उभरा 'अगर मैं वह करूँ जो मुझे नहीं करना चाहिए... तो कैसा लगेगा?'

उसने तुरंत अपनी आँखें मूंद लीं। हृदय की गति तीव्र थी। यह विचार अनैतिक था, वह जानती थी। पर उसी क्षण, उस अनैतिक विचार में एक अजीब-सी मिठास थी। जैसे कोई कह रहा हो "जो वर्जित है, वही आकर्षक है। जो मर्यादा के बाहर है, वही स्वतंत्रता है।"

कुछ दिनों पश्चात, कॉलेज के गलियारे में चलते हुए, उसकी दृष्टि अचानक एक अपरिचित चेहरे पर ठहर गई। वह व्यक्ति भीड़ में अलग था: अव्यवस्थित बाल, गहरी लापरवाह आँखें और नियमों के प्रति एक स्पष्ट अनादर। वह पुस्तकालय के उस अनुभाग की ओर बिना अनुमति के जा रहा था जहाँ प्रवेश वर्जित था।

पल्लवी के शरीर में एक सूक्ष्म सिहरन दौड़ गई। यह वह 'उत्तेजना' थी जिसकी वह अचेतन रूप से भूखी थी। उस अजनबी की आँखों में एक प्रकार की 'अराजकता' थी जो दीपांकर के 'अनुशासन' से कहीं अधिक शक्तिशाली थी।

उसने तुरंत अपनी नज़रें हटा लीं, पर कदम आगे बढ़ाते हुए भी उसका चित्त वहीं रह गया। उस रात उसने अपनी डायरी में एक पंक्ति लिखी:

"मन को सुकून नहीं, सनसनी चाहिए... क्योंकि सुकून तो मृत्यु के पश्चात भी मिल जाएगा, पर यह सनसनी ही है जो बताती है कि मैं अभी जीवित हूँ।"

यह पल्लवी के 'व्यवस्थित जीवन के भ्रम' का अंत था। एक चिंगारी सुलगी थी, जिसे हवा देने के लिए अब 'करण' का रहस्यमयी व्यक्तित्व तैयार था। पल्लवी को आभास नहीं था कि यह चिंगारी कब उसे जलाकर भस्म कर देगी, पर वह जलने के लिए भी तैयार थी।

पहली दरार

दिन का स्वरूप वैसा ही था सामान्य, व्यवस्थित और पूर्णतः अनुमानित। सूर्य अपनी नियत गति से उदित हुआ था और सोलंकी निवास की दिनचर्या किसी यंत्र की भांति चल रही थी। परंतु पल्लवी के भीतर कुछ अब वैसा नहीं था। उसके चित्त में एक सूक्ष्म कंपन था, जैसे शांत झील के तलहटी में कोई अदृश्य ज्वालामुखी करवट ले रहा हो।

कॉलेज के प्रांगण में विद्यार्थियों की कोलाहल थी, हँसी के फव्वारे थे, पर पल्लवी के लिए वह सब किसी धुंधले चलचित्र की भांति था। उसकी दृष्टि अनायास ही उस दिशा में भटक जाती, जहाँ वह 'अराजक' अजनबी कभी-कभी दिखाई दे जाता था। आज भी वह वहीं था एक पुराने नीम के वृक्ष के नीचे खड़ा, भीड़ के मध्य होकर भी भीड़ से नितांत पृथक। उसकी देहयष्टि में एक प्रकार की निश्चिंतता थी, जैसे वह उन सामाजिक परिधियों से निर्लिप्त हो जिन्होंने पल्लवी को जन्म से ही जकड़ रखा था।

पल्लवी ने उसे देखा और तुरंत अपनी नज़रें हटा लीं। परंतु उस एक पल के 'अदृश्य संपर्क' ने उसके भीतर जो हलचल मचाई, वह अब उससे छिपी नहीं रही।

'यह क्या है?' उसने स्वयं से प्रश्न किया। 'भय या आकर्षण?'

ओशो कहते थे कि जिसे तुम भय कहते हो, वह अक्सर किसी अज्ञात रोमांच की आहट होती है। मनुष्य जिसे 'पाप' कहता है, वह अक्सर उसकी दबी हुई प्रबल अभीप्सा होती है। पल्लवी के लिए वह अजनबी केवल एक पुरुष नहीं था, वह उन सभी नियमों का साक्षात् उल्लंघन था जिन्हें उसने आज तक पूजनीय माना था।

क्लास में प्रोफेसर 'नीतिशास्त्र' पर व्याख्यान दे रहे थे। "नैतिकता वह सेतु है जो समाज को अराजकता से बचाता है," प्रोफेसर के शब्द हवा में तैर रहे थे।

पल्लवी की नोटबुक खुली थी, पर उसकी लेखनी स्थिर थी। उसके मानस पटल पर एक विद्रोही विचार कौंधा 'अगर यह सेतु मुझे मेरी अपनी आत्मा तक पहुँचने से रोक रहा हो, तो क्या इसे तोड़ देना ही धर्म नहीं?' उसने पहली बार अपनी 'आइडेंटिटी क्राइसिस' को शब्दों में महसूस किया। क्या वह हमेशा ऐसे ही रहेगी? एक सुरक्षित, संस्कारी, पर मृतप्राय वस्तु?

शाम को जब वह घर लौटी, तो माँ ने उसकी थकी हुई आँखों को देखकर पूछा, "पल्लवी, आजकल तुम बहुत मौन रहती हो। दीपांकर से कोई मनमुटाव तो नहीं?"

पल्लवी ने वही 'प्रशिक्षित मुस्कान' ओढ़ ली। "नहीं, माँ, बस पढ़ाई का थोड़ा तनाव है।"

पर इस बार उस मुस्कान के पीछे एक हल्का-सा प्रतिशोध था। उसे अपनी माँ की चिंता में एक प्रकार का 'भावनात्मक नियंत्रण' महसूस हुआ। समाज प्रेम के नाम पर अक्सर हमें अपनी अपेक्षाओं की जंजीरों में बाँध देता है।

रात गहरा चुकी थी। सोलंकी निवास निद्रा के वशीभूत था, पर पल्लवी के कक्ष में अंधकार के बीच विचारों का प्रकाश तीव्र होता जा रहा था। वह खिड़की के निकट खड़ी थी। बाहर की सड़क सुनसान थी, और उस सुनसान में एक अघोषित स्वतंत्रता थी।

अचानक एक अति-साहसी विचार उसके मन में आया, 'अगर मैं अभी इस

समय, बिना किसी को बताए, बाहर निकल जाऊँ तो?'

हृदय की धड़कनें उसके कानों में गूंजने लगीं। यह अनुचित था। यह उस मर्यादा का घोर उल्लंघन था जिसका पालन उसने 20 वर्षों तक किया था। परंतु उसी क्षण, उसी विचार में एक अद्भुत, नशीला रोमांच था। यह 'थ्रिल-सीकिंग' का वह प्रारंभिक स्तर था जहाँ व्यक्ति भय को ही अपनी ऊर्जा बना लेता है।

पल्लवी ने द्वार की ओर देखा। वह स्थिर रही। फिर, धीरे-धीरे उसके कदम आगे बढ़े। प्रत्येक पदचाप के साथ एक भय था पकड़े जाने का, अपमानित होने का परंतु उसी भय के पीछे एक तीव्र मिठास भी थी। उसने धीरे से द्वार की कुंडी खोली। एक सूक्ष्म ध्वनि हुई। पल्लवी का श्वास जैसे रुक गया। उसने पीछे मुड़कर देखा। सब सो रहे थे। परंतु उसे आभास हुआ जैसे उसके भीतर की 'पुरानी पल्लवी' उसे बड़ी करुण नज़रों से देख रही हो।

उसने परवाह नहीं की और बाहर निकल आई। रात की वायु शीतल थी, पर उसके रक्त में एक उष्णता प्रवाहित हो रही थी। यह 'वर्जित का पहला स्पर्श' था।

सड़क के उस पार, अँधेरे में एक आकृति उभरी। वही अजनबी। करण ठाकुर।

वह वहाँ ऐसे खड़ा था जैसे उसे ज्ञात हो कि पल्लवी आएगी। दोनों के मध्य मौन का एक गहरा सागर था, जिसमें अनकहे संवादों की लहरें उठ रही थीं।

"तुम्हें यहाँ नहीं होना चाहिए," करण की आवाज़ धीमी थी, पर उसमें एक अधिकार था।

पल्लवी ने कुछ कहने का प्रयास किया, पर उसकी जिह्वा ने साथ नहीं दिया।

"या शायद तुम्हें यहीं होना चाहिए था?" करण ने एक कुटिल मुस्कान के साथ कहा। उसकी आँखों में कोई झिझक नहीं थी, जैसे वह पल्लवी के अंतर्मन के उन डार्क कोनों को देख पा रहा हो जिन्हें पल्लवी स्वयं से भी छिपाती आई थी।

"मुझे... बस ताजी हवा चाहिए थी," पल्लवी ने आत्म-औचित्य देने का प्रयास किया।

करण उसके समीप आया। पल्लवी को उसके व्यक्तित्व से आती एक कस्तूरी और तंबाकू की गंध महसूस हुई एक ऐसी गंध जो दीपांकर की 'महँगी पर कृत्रिम' परफ्यूम से सर्वथा भिन्न थी।

"जानती हो पल्लवी," करण ने उसके कान के समीप झुककर कहा, "जो फल निषिद्ध होते हैं, प्रकृति उनमें सबसे अधिक मिठास भरती है। समाज हमें सीमाएँ देता है ताकि वह हमें प्रबंधित कर सके, पर मन... मन तो अनंत आकाश का पक्षी है।"

यह कोई सामान्य वार्तालाप नहीं था। यह एक 'मनोवैज्ञानिक प्रलोभन' था। करण पल्लवी के भीतर के उस 'अधूरेपन' को सहला रहा था।

"और यदि वह आकाश तूफानी हो तो?" पल्लवी ने कांपते स्वर में पूछा।

करण हंसा। "तूफान ही तो सिद्ध करता है कि तुम जीवित हो। शांति तो श्मशान का गुण है।"

यहीं पल्लवी की मर्यादा में पहली वास्तविक दरार पड़ी। उसने पीछे

मुड़कर अपने घर की ओर देखा, जहाँ सुरक्षा थी पर जड़ता थी। फिर उसने सामने देखा, जहाँ करण की आँखों में अनिश्चितता थी, खतरा था, पर एक 'जीवंतता' भी थी।

पल्लवी उस रात अपने कक्ष में लौटी, पर वह पुरानी पल्लवी नहीं थी। वह 'अच्छी लड़की' मर चुकी थी, और उसके अवशेषों से एक ऐसी स्त्री का जन्म हो रहा था जो अब पतन के लिए भी तैयार थी।

"मर्यादा का टूटना दुखद नहीं होता, दुखद होता है मर्यादा के भीतर रहकर अपनी इच्छाओं का गला घोंटना।" उसने अपनी डायरी में यह अंतिम वाक्य लिखा। 'शून्य' अब एक खतरनाक आकर्षण से भरने लगा था।

वर्जित का पहला स्पर्श

पिछली रात का प्रभाव पल्लवी के मानस पटल पर किसी अमिट स्याही की भांति अंकित हो चुका था। सूर्य की किरणें पुनः उसी अनुशासित क्रम में खिड़की से भीतर आईं, पर आज पल्लवी को उनमें वह पूर्ववत पवित्रता अनुभव नहीं हुई। आईने में वही चिर-परिचित चेहरा था, वही संतुलित नैन-नक्श, वही सुसंस्कृत छवि। परंतु उसकी पुतलियों में एक सूक्ष्म, लगभग अदृश्य परिवर्तन घटित हो चुका था। जैसे किसी ने उसके भीतर का वह गुप्त द्वार खोल दिया हो, जिसे सदियों से संस्कारों की सांकल लगाकर बंद रखा गया था।

उस दिन कॉलेज में पल्लवी असामान्य रूप से शांत थी। उसकी दृष्टि निरंतर भीड़ को टटोलती रही, जैसे वह किसी अनकही पुकार की प्रतीक्षा में हो। चित्त की चंचलता अब केवल विचार मात्र नहीं, बल्कि उसके श्वासों की गति में भी उतर आई थी।

और तभी, कॉरिडोर के उस छोर पर वह पुनः दिखाई दिया - करण ठाकुर।

वह एक दीवार के सहारे टिका हुआ खड़ा था, उसकी देहयष्टि में वही चिर-परिचित लापरवाही थी। वह किसी की प्रतीक्षा में नहीं लग रहा था, फिर भी उसकी उपस्थिति एक मौन आमंत्रण जैसी थी। जैसे ही पल्लवी के कदम उसके समीप पहुँचे, करण की गहरी, भेदती हुई आँखें उस पर ठहर गईं।

पल्लवी के हृदय की गति अनायास ही तीव्र हो गई। यह दूसरी भेंट थी, परंतु पहली से कहीं अधिक 'विनाशकारी'। क्योंकि अब यह आकस्मिक नहीं थी; इसमें एक 'मनोवैज्ञानिक सहमति' सम्मिलित थी।

"तुम फिर आई..." करण ने हल्की, लगभग न के बराबर मुस्कान के साथ कहा। यह कोई प्रश्न नहीं था, बल्कि पल्लवी की आंतरिक इच्छा का एक तीखा स्वीकारोक्ति था।

पल्लवी ने उत्तर देने में एक क्षण का विलंब किया, अपनी चंचलता को संयम के आवरण में छिपाने का प्रयास करते हुए। "यह कॉलेज है, करण। यहाँ आना स्वाभाविक है।"

करण ने धीरे से सिर हिलाया, उसकी आँखों में एक 'शिकारी' जैसी चमक उभरी। "स्वाभाविक? या शायद कुछ और? लोग कॉलेज शिक्षा के लिए आते हैं, पल्लवी, पर तुम... तुम यहाँ स्वयं से पलायन करने आई हो।"

यह प्रहार अप्रत्याशित था। करण उसके 'मुखौटे' के पीछे छिपी उस 'भावनात्मक रिक्तता' को स्पर्श कर रहा था। पल्लवी ने पहली बार अपनी दृष्टि हटा ली।

"तुम्हें भय लगता है?" करण ने अचानक पूछा। स्वर धीमा था, पर प्रश्न में एक भार था।

"किससे?" पल्लवी ने स्वयं को संतुलित करते हुए पूछा।

"स्वयं से," करण ने थोड़ा झुककर उसके कान के समीप फुसफुसाते हुए कहा। "तुम्हें उस 'पल्लवी' से भय लगता है जो नियमों की बेड़ियाँ तोड़कर बाहर आना चाहती है। तुम्हें उस 'वर्जना' से भय लगता है जो तुम्हें सम्मोहित कर रही है।"

पल्लवी के भीतर एक कंपन उठा। ओशो का वह दर्शन उसके कानों में गूंज उठा 'जिसे तुम नैतिकता कहते हो, वह केवल तुम्हारी कायरता का दूसरा नाम है।' करण वही अराजक स्वर बन चुका था।

"नियम हमें सुरक्षित रखते हैं, करण," पल्लवी ने अपने अंतिम संस्कारों को ढाल बनाने का प्रयास किया।

"नहीं," करण ने उसे काटते हुए कहा, "नियम तुम्हें केवल 'अनुमानित' बनाते हैं। वे तुम्हारी जीवंतता छीन लेते हैं। और मन... मन हमेशा उस 'निषिद्ध फल' की ओर भागता है जिसमें पतन का जोखिम हो। क्योंकि जोखिम ही वह एकमात्र तत्व है जो तुम्हें यह बोध कराता है कि तुम वास्तव में जीवित हो।"

यह कोई साधारण संवाद नहीं था, यह एक 'माइंड गेम' था। करण पल्लवी को यह विश्वास दिला रहा था कि उसका 'सही' होना ही उसकी सबसे बड़ी 'कमी' है। वह उसे 'रोमांच की खोज' के उस दलदल की ओर ले जा रहा था जहाँ से वापसी का मार्ग लुप्त हो जाता है।

"तुम हमेशा ऐसे ही रहना चाहती हो?" करण ने पुनः पूछा। "सही,

मर्यादित... पर पूर्णतः अधूरी?"

'अधूरी'। इस शब्द ने पल्लवी के हृदय के उस घाव को कुरेद दिया जिसे वह वर्षों से छिपाती आई थी। दीपांकर का प्रेम उसे 'पूरा' नहीं करता था, वह उसे केवल 'व्यवस्थित' करता था। और यहाँ करण था, जो उसे 'बिखरने' का निमंत्रण दे रहा था।

"जानती हो पल्लवी," करण ने उसकी आँखों में आँखें डालकर कहा, "वर्जित वस्तुएँ इतनी आकर्षक क्यों होती हैं? क्योंकि उनमें पकड़े जाने का भय होता है। और वही भय, जब आकर्षण के साथ मिल जाता है, तो जीवन का सबसे तीव्र चरम अनुभव प्रदान करता है।"

तभी, कॉरिडोर के दूसरे छोर से कुछ पदचापों की आहट सुनाई दी। पल्लवी का शरीर जड़वत हो गया। उसका हृदय कानों में ढोल की तरह बजने लगा। यदि कोई उसे इस अजनबी के साथ इतनी निकटता में देख लेता, तो उसके 'आदर्श जीवन' का तिलिस्म क्षण भर में टूट जाता।

यही वह क्षण था भय और उत्तेजना का वह 'विषाक्त मिश्रण'। पल्लवी ने उस खतरे को महसूस किया और आश्चर्यजनक रूप से, उसे उस खतरे में एक अपार 'आनंद' की अनुभूति हुई।

करण ने उसकी इस बेचैनी को देखा और मुस्कुराया। "डर अच्छा होता है, पल्लवी। यह बताता है कि तुम अब केवल एक मृत भूमिका नहीं निभा रही हो।"

आहट समीप आ रही थी। पल्लवी ने एक बार पुनः करण की ओर देखा। उसकी आँखों में कोई चिंता नहीं थी, जैसे वह इस पूरी दुनिया को चुनौती देने के लिए जन्मा हो। पल्लवी ने तेजी से अपने कदम आगे बढ़ा दिए, पर उसका मन वहीं पीछे छूट गया।

उस रात, पल्लवी ने अपनी डायरी में केवल एक पंक्ति लिखी: "आज मैंने पहली बार स्वयं को स्पर्श किया... किसी दूसरे की आँखों के माध्यम से। वह स्पर्श देह का नहीं, एक निषिद्ध चेतना का था।"

नैतिकता की रेखाएँ अब धुंधली नहीं, बल्कि लुप्त होने लगी थीं। 'शून्य' अब उस 'वर्जित स्पर्श' की गूँज से भर चुका था। पल्लवी अब बदल नहीं रही थी, वह अपने भीतर की उस 'अंधेरी गलियों' को पहली बार प्रकाश में देख रही थी। और वह प्रकाश करण ठाकुर की आँखों से आ रहा था।

आकर्षण की अनकही लहर

दिन व्यतीत होते रहे, पर पल्लवी के भीतर समय जैसे किसी एक बिंदु पर ठहर गया था। अब उसके जीवन के प्रत्येक क्षण में एक अदृश्य प्रतीक्षा व्याप्त थी एक ऐसी प्रतीक्षा जो अनजानी थी, अनकही थी, पर अत्यंत तीव्र थी। वह स्वयं से यह स्वीकार करने का साहस नहीं जुटा पाती थी, परंतु उसके चित्त की चंचलता अब उसके सधे हुए व्यवहार के आवरण को भेदकर बाहर आने लगी थी।

कॉलेज का वही चिर-परिचित प्रांगण, वही विद्यार्थियों का कोलाहल और वही दैनिक गतिविधियाँ अब पल्लवी के लिए अर्थहीन हो चुकी थीं। उसके मन ने अनजाने में ही एक केंद्र चुन लिया था, जिसके चारों ओर उसके विचार किसी ग्रह की भांति परिक्रमा कर रहे थे।

करण ठाकुर।

वह कहीं भी हो भीड़ के किसी कोने में, कॉरिडोर के किसी अंधियारे छोर पर, या बस एक क्षणिक झलक भर पल्लवी की दृष्टि अनायास ही उसी दिशा में खिंच जाती थी। यह कोई सचेत निर्णय नहीं था, बल्कि यह

एक ऐसा मनोवैज्ञानिक प्रवाह था जिसे रोकना उसके वश में नहीं था।

"मुझे उससे दूर रहना चाहिए," वह एकांत में स्वयं को समझाती। "वह एक अराजक पुरुष है; वह मर्यादाओं का सम्मान नहीं करता।"

परंतु अगला ही क्षण उसके संकल्प को धराशायी कर देता और उसके कदम स्वतः ही उसी मार्ग पर बढ़ जाते जहाँ करण के होने की संभावना होती। यही आकर्षण की वह 'अनकही लहर' थी जो तर्क की सीमाओं को स्वीकार नहीं करती। ओशो कहते थे कि प्रेम और आकर्षण कभी तर्कसंगत नहीं होते; वे तो अस्तित्व की गहरी पुकार हैं जो अक्सर 'सही' और 'गलत' के सामाजिक पैमानों को कुचल देती हैं।

उस दिन पल्लवी ने जानबूझकर पुस्तकालय का वह लंबा मार्ग चुना जहाँ से करण प्रायः गुजरता था। उसने अपने मन को छला "यह केवल एक संयोग है, मुझे बस उस ओर जाना है।" पर उसके अंतर्मन में एक सत्य स्पष्ट था यह संयोग नहीं, वरन एक 'चयन' था। वह अपने 'रोमांच की खोज' को संयोग का नाम देकर अपने विवेक को सांत्वना दे रही थी।

कॉरिडोर में प्रतिध्वनित होते कदमों की आहट के बीच, वह पुनः उसके सम्मुख था।

करण।

इस बार उसने कोई संबोधन नहीं किया, केवल उसकी ओर देखा। वह दृष्टि एक क्षण के लिए थमी, पर उस लघु अंतराल में वर्षों का संवाद समाहित था। पल्लवी ने अनुभव किया कि उसके रक्त का प्रवाह तीव्र हो गया है और उसकी धड़कनें उसके कानों में गूंज रही हैं। उसने अपनी पलकें झुका लीं, पर उसका मौन ही उसकी स्वीकृति बन गया।

"तुम मुझे ढूँढ रही थी?" करण की आवाज़ में एक ऐसी निश्चितता थी जो पल्लवी के सुरक्षा कवच को खंडित कर रही थी।

"नहीं..." पल्लवी ने तुरंत प्रतिकार किया। यह उत्तर था या अपनी दुर्बलता को छिपाने का एक असफल प्रयास?

करण के होंठों पर वही कुटिल मुस्कान उभरी। "पल्लवी, मुखौटा शरीर पर लगाया जाता है, चित्त पर नहीं। मन कभी असत्य नहीं बोलता, बस हम उसे सुनने के साहस से वंचित होते हैं।"

करण का यह प्रहार सीधा उसके 'आइडेंटिटी क्राइसिस' पर था। वह उसे यह बोध करा रहा था कि वह जिसे 'संस्कार' कह रही है, वह वास्तव में उसके मन की इच्छाओं का दमन है।

"तुम्हें ज्ञात है, पल्लवी, संसार में सबसे घातक वस्तु क्या है?" करण ने उसकी ओर एक कदम और बढ़ाया। "वह, जो हमें बिना किसी तार्किक कारण के अपनी ओर आकर्षित करे। क्योंकि जहाँ तर्क समाप्त होता है, वहीं से वास्तविक अनुभव का आरंभ होता है। और तुम... तुम अनुभव की भूखी हो।"

पल्लवी के भीतर एक भयावह स्पष्टता कौंधी, 'मैं इसमें फँस रही हूँ।' पर उसी के समानांतर एक और भावना बलवती हो रही थी 'और मैं इस जाल से मुक्त होना भी नहीं चाहती।' यह वही 'विषाक्त सम्मोहन' था जहाँ शिकार अपने शिकारी के जाल की बुनावट की प्रशंसा करने लगता है।

"यह सब... यह मर्यादा के विरुद्ध है, करण। यह गलत है," पल्लवी ने अपने भीतर बची हुई नैतिकता की अंतिम पुकार को स्वर दिया।

करण ने उसकी आँखों में अपनी गहरी दृष्टि गड़ा दी। "गलत वह है, जिसे हम भयवश अस्वीकार करते हैं। जो समझ में आ जाए, वह आकर्षण नहीं रहता, वह केवल एक सामाजिक अनुबंध बन जाता है। आकर्षण का सौंदर्य उसके रहस्य में है, उसके खतरे में है।"

यह एक अत्यंत सूक्ष्म मनोवैज्ञानिक प्रलोभन था। करण उसे 'आत्म-औचित्य' का मार्ग दिखा रहा था। पल्लवी अब स्वयं को समझाने लगी थी, 'मैं केवल वार्तालाप ही तो कर रही हूँ, इसमें अपराधबोध जैसा क्या है?'

यही वह सूक्ष्म बिंदु था जहाँ से हर महान पतन का मार्ग प्रशस्त होता है। सीमा लांघने से पहले मन हमेशा एक 'तर्क' गढ़ता है ताकि वह स्वयं की दृष्टि में अपराधी न बने।

उस रात पल्लवी ने अपनी खिड़की के पास खड़े होकर उस निबिड़ अंधकार को देखा। बाहर सन्नाटा था, पर उसके भीतर एक प्रलयंकारी शोर था।

"मैं क्यों उसकी ओर खिंची जा रही हूँ?" उसने स्वयं से प्रश्न किया। उत्तर स्पष्ट था, पर डरावना "क्योंकि वह वह सब है, जो मुझे होने की अनुमति नहीं दी गई। वह नियमों से मुक्त है, वह उच्छृंखल है, और वह मुझे मेरे 'परफेक्ट' जीवन की कृत्रिमता का बोध कराता है।"

उसने आँखें बंद कीं और पहली बार उस 'अनकही लहर' को स्वयं के भीतर प्रवाहित होने की अनुमति दी। वह अब गिर नहीं रही थी, बल्कि वह स्वयं को गिरने की 'अनुमति' दे रही थी। आकर्षण अब विचार नहीं रहा था, वह एक ऐसा 'अनुभव' बन चुका था जिसने उसकी आत्मा के द्वार पर दस्तक दे दी थी।

पल्लवी सोलंकी, जो कभी अपनी सुव्यवस्थित दुनिया की शासिका थी, अब उस 'वर्जित सत्य' की ओर बह रही थी जहाँ से वापसी का मार्ग केवल विनाश की राख से होकर गुजरता था।

नैतिकता बनाम चाहत

संध्या की वह वेला थी जब प्रकाश और अंधकार परस्पर आलिंगन कर रहे होते हैं एक ऐसा क्षण जहाँ न पूर्ण उजाला होता है, न पूर्ण तिमिर। पल्लवी के चित्त की अवस्था भी ठीक इसी गोधूलि बेला के समान थी। वह कॉलेज के रिक्त प्रांगण में एक बेंच पर बैठी थी, जहाँ गिरते हुए पत्तों की सरसराहट भी उसके हृदय की धड़कन जैसी सुनाई दे रही थी।

वह जानती थी कि वह किसकी प्रतीक्षा कर रही है, और यही स्वीकृति उसके 'आदर्शवादी अहंकार' के लिए सबसे घातक प्रहार थी।

"तुम अब विलंब तक रुकने लगी हो..." पीछे से एक परिचित, शांत और भारी स्वर गूँजा।

करण।

पल्लवी ने मुड़कर देखा। आज करण की आँखों में वह पूर्ववत रहस्यमयी दूरी नहीं थी, बल्कि एक सूक्ष्म 'अधिकार' की झलक थी। वह उसके समीप आकर खड़ा हो गया, इतनी निकटता कि पल्लवी को उसकी श्वासों की ऊष्मा अपने कंधों पर अनुभव हो रही थी।

"कभी-कभी... एकांत अच्छा लगता है," पल्लवी ने अपनी आवाज़ में स्थिरता लाने का प्रयास किया।

करण ने एक कुटिल मुस्कान के साथ उसकी आँखों में झाँका।

"कभी-कभी... या मेरे लिए? पल्लवी, तुम स्वयं से असत्य बोल सकती हो, पर तुम्हारी देह की यह सूक्ष्म थरथराहट सत्य कह रही है।"

यह 'गैसलाइटिंग' और सम्मोहन का एक मिला-जुला रूप था। करण उसे यह विश्वास दिला रहा था कि वह उसे उससे बेहतर जानता है।

"तुम मुझे बदल रहे हो, करण। यह ठीक नहीं है," पल्लवी के स्वर में एक अंतिम प्रतिरोध शेष था।

करण धीरे से उसके और समीप आया। "नहीं, पल्लवी। मैं तुम्हें बदल नहीं रहा हूँ। मैं केवल उस 'पल्लवी' का प्रकटीकरण कर रहा हूँ जिसे तुमने समाज के भय से भीतर कहीं जीवित दफन कर दिया था। ओशो कहते थे कि समाज तुम्हें 'परमात्मा' से नहीं, केवल 'परंपरा' से जोड़ता है। और परंपरा वह ज़हर है जो तुम्हारी मौलिकता को मार देता है।"

पल्लवी का चित्त चंचल हो उठा। 'नैतिकता बनाम चाहत' का वह प्राचीन युद्ध उसके भीतर छिड़ गया। एक ओर दीपांकर का वह सुरक्षित संसार था जहाँ सब कुछ 'सही' था, और दूसरी ओर करण का यह निषिद्ध आकर्षण जहाँ सब कुछ 'तीव्र' था।

"क्या तुम सच में जानती हो कि 'सही' क्या है?" करण ने उसके मानसिक द्वंद्व को ताड़ते हुए पूछा। "वही, जो तुम्हें बचपन से रटाया गया है? या वह, जो तुम्हारा अस्तित्व पुकार रहा है? समाज तुम्हें नियम देता है ताकि तुम प्रश्न न पूछ सको। और जैसे ही तुम अपनी इच्छाओं का सम्मान करती हो, वही समाज तुम्हें अपराधी घोषित कर देता है।"

यह नैतिक औचित्य का वह जाल था जिसमें पल्लवी फँसती जा रही थी। उसे लगने लगा था कि उसकी वर्जित कामनाएँ वास्तव में उसकी 'स्वतंत्रता' की पुकार हैं।

"तो क्या हमें सब मर्यादाएँ भंग कर देनी चाहिए?" पल्लवी ने धीमे स्वर में पूछा।

करण की आँखों में एक डार्क चमक उभरी। "केवल वही मर्यादाएँ, जो तुम्हें स्वयं से दूर रखती हैं।" वह क्षण भर के लिए रुका, फिर उसने वह प्रस्ताव रखा जिसने पल्लवी के सुरक्षित संसार की नींव हिला दी। "आज रात्रि... दस बजे। पुराने पार्क के उस एकांत कोने में, जहाँ नगर की कृत्रिम रोशनी नहीं पहुँचती। क्या तुममें अपनी मर्यादा की रेखा लांघने का साहस है?"

पल्लवी का हृदय एक क्षण के लिए रुक गया। "मैं नहीं आ सकती... यह असंभव है।"

करण ने एक उपेक्षापूर्ण हँसी बिखेरी। "तुम नहीं आओगी... या तुम 'डर' रही हो? तुम उस आज्ञाकारी पुत्री की भूमिका से बाहर निकलने में सक्षम नहीं हो। तुम केवल एक पिंजरे की पक्षी हो जिसे मुक्त होने का अभिनय करना पसंद है।"

यह सीधा आक्रमण था पल्लवी के आत्म-सम्मान और उसकी 'पहचान के संकट' पर।

"मैं भयभीत नहीं हूँ," पल्लवी ने लगभग उत्तेजित होकर कहा।

"तो प्रमाणित करो," करण ने चुनौती दी और बिना पीछे मुड़े अंधेरे गलियारे में विलीन हो गया।

उस रात सोलंकी निवास में सन्नाटा था, पर पल्लवी के कक्ष में एक प्रलयंकारी युद्ध चल रहा था। घड़ी की टिक-टिक उसे चेतावनी दे रही थी। उसका विवेक कह रहा था 'मत जाओ, यह पतन का मार्ग है।' पर

उसका मन कह रहा था 'यदि नहीं गई, तो तुम फिर कभी स्वयं को जीवित महसूस नहीं कर सकोगी।'

रात के दस बजने में पाँच मिनट शेष थे। पल्लवी ने अपना द्वार खोला। उसकी हथेलियाँ पसीने से भीग रही थीं। पकड़े जाने का रोमांच उसके रक्त में एक नशीली उत्तेजना भर रहा था। उसने दबे पाँव सीढ़ियाँ उतरीं और पिछले द्वार से बाहर निकल गई।

जैसे ही उसने घर की दहलीज लांघी, उसे एक विचित्र 'मुक्ति' का अहसास हुआ। यह 'वर्जितता' का वह पहला वास्तविक चरण था जहाँ व्यक्ति स्वयं को अपराध की ओर धकेलता है, केवल यह देखने के लिए कि वह कितना गिर सकता है।

उसने स्वयं को समझाया "मैं केवल उसे यह दिखाने जा रही हूँ कि मैं डरती नहीं हूँ। इसमें कुछ भी अनैतिक नहीं है।"

यही वह 'आत्म-औचित्य' था जिसने पल्लवी सोलंकी के अंत की पटकथा लिखनी शुरू कर दी थी। वह अब उस नियंत्रण की ओर बढ़ रही थी जहाँ करण ठाकुर उसका रचयिता और विनाशक, दोनों बनने वाला था।

पल्लवी ने पार्क के अंधेरे में कदम रखा, यह जानते हुए भी कि वहाँ से लौटने वाली पल्लवी वह नहीं होगी जो घर से निकली थी।

रहस्य का मोह

पिछली रात्रि की वह 'वर्जित भेंट' बीत चुकी थी, पर उसका स्पर्श पल्लवी की चेतना में अभी भी एक विद्युतीय कंपन की भांति जीवित था। अगले दिन जब सूर्य की किरणें पुनः उदित हुईं, तो पल्लवी के लिए

संसार का मानचित्र पूर्णतः परिवर्तित हो चुका था। अब उसके लिए घर की शांति एक 'सन्नाटा' थी और मर्यादा एक 'कारागार'।

अब वह कॉलेज में ज्ञानार्जन के लिए नहीं आ रही थी, बल्कि वह उस 'रहस्य' की प्रतीक्षा कर रही थी जिसने उसके सुव्यवस्थित जीवन की जड़ें हिला दी थीं। और जैसा कि मनोवैज्ञानिक नियति थी, करण पुनः उसके सम्मुख था। परंतु आज उसके आसपास एक अदृश्य, सघन परत थी, एक ऐसा रहस्य जो डराता भी था और अपनी ओर खींचता भी था।

"कल रात्रि..." करण ने अत्यंत धीमे, लगभग फुसफुसाते हुए स्वर में कहा, "तुमने अपनी ही खींची हुई लक्ष्मण-रेखा को पार कर लिया। कैसा अनुभव हुआ? मुक्ति या अपराधबोध?"

यह 'गैसलाइटिंग' का वह सूक्ष्म स्तर था जहाँ अपराधी अपने शिकार को उसके स्वयं के 'पतन' पर गर्व करना सिखाता है।

पल्लवी ने उसकी ओर देखा। उसके भीतर एक विचित्र गर्व की भावना उठी। "भय था, पर पहली बार स्वयं के होने का बोध भी था।"

करण मुस्कुराया, पर उसकी आँखों में एक स्थायी उदासी और अराजकता का मेल था। "भय और अस्तित्व का गहरा संबंध है, पल्लवी। जो कभी डरते नहीं, वे कभी अपनी सीमाओं को पहचान भी नहीं पाते। और तुम... तुम अब अपनी सीमाओं को खंडित कर रही हो।"

"तुम हमेशा से ऐसे ही हो, करण?" पल्लवी ने दबी हुई जिज्ञासा को स्वर दिया। "नियमों के प्रति इतने निर्लिप्त? इतने असामाजिक?"

करण ने अपनी दृष्टि कहीं दूर क्षितिज पर टिका दी। "नियम उन लोगों के लिए एक रक्षा-कवच होते हैं जिनके पास खोने के लिए बहुत कुछ

होता है। मैंने अपना सब कुछ बहुत पहले उस अग्नि में होम कर दिया था जिसे समाज 'व्यवस्था' कहता है।"

पल्लवी का चित्त अब केवल आकर्षित नहीं था, वह जिज्ञासु हो चुका था। मनोविज्ञान कहता है कि जब हमें किसी के बारे में 'अपूर्ण जानकारी' मिलती है, तो हमारा मस्तिष्क उसे भरने के लिए और अधिक उत्सुक हो जाता है। यही वह 'रहस्य का मोह' है जो सम्मोहन को जुनून में बदल देता है।

"तुम्हारा अतीत..." पल्लवी ने संकोचवश पूछा, "वह कैसा था? तुम ऐसे क्यों बने?"

करण ने उसकी ओर देखा, जैसे वह तौल रहा हो कि पल्लवी के कोमल मन पर कितना 'अंधकार' डालना उचित होगा। "मेरा अतीत सामान्य नहीं था, पल्लवी। मैंने वह सब किया है जिसे तुम्हारी दुनिया में 'पाप' या 'अपराध' कहा जाता है। कानून के साथ मेरा टकराव कोई आकस्मिक घटना नहीं, बल्कि मेरा स्वभाव रहा है।"

पल्लवी के हृदय की गति बढ़ गई। यह 'खतरे की घंटी' थी, पर उसके कानों में यह किसी 'प्रेम संगीत' की भांति गूँज रही थी। 'वर्जितता' का जाल यही है जहाँ बुराई अपनी कुरूपता खो देती है और एक 'रोमांचक रहस्य' का चोला ओढ़ लेती है।

"कानून..." पल्लवी ने कांपते स्वर में दोहराया, "क्या तुम पुलिस से...?"

"कानून हमेशा सत्य का पक्षधर नहीं होता, पल्लवी," करण ने उसे काटते हुए कहा। "वह केवल शक्तिशालियों का एक हथियार है। मैंने उस हथियार को चुनौती दी थी। मुझे सुधारने के प्रयास हुए, मुझे दंडित किया गया, पर वे यह नहीं समझ पाए कि जिस पक्षी ने तूफानों से प्रेम

कर लिया हो, वह पिंजरे की शांति में मर जाएगा।"

ओशो का दर्शन यहाँ करण के शब्दों में विकृत होकर प्रकट हो रहा था। वह पल्लवी को यह विश्वास दिला रहा था कि उसका 'अपराधी' होना वास्तव में उसकी 'विद्रोही चेतना' का प्रमाण है।

"तुम्हें मुझसे दूर रहना चाहिए," करण ने अचानक एक मनोवैज्ञानिक चाल चलते हुए कहा। "मैं तुम्हारी उस 'स्वच्छ और सुरक्षित' दुनिया का हिस्सा नहीं हूँ। मैं वह अंधकार हूँ जो तुम्हारे प्रकाश को लील जाएगा।"

यह चेतावनी नहीं, वरन एक तीव्र 'निमंत्रण' था। पल्लवी, जो 'पहचान के संकट' से जूझ रही थी, उसे लगा कि करण उसे 'विशेष' महसूस करा रहा है। वह उसे उस अंधकार का हिस्सा बनाना चाह रहा था जिसे देखने का साहस किसी और में नहीं था।

"और यदि मैं उस अंधकार से भयभीत न हूँ तो?" पल्लवी ने अपनी मर्यादा की अंतिम ईंट को भी गिराते हुए पूछा।

करण के चेहरे पर एक संतोषजनक चमक उभरी। खेल अब पूर्णतः उसके नियंत्रण में था। उसने पल्लवी के मन को एक ऐसी दिशा में मोड़ दिया था जहाँ 'अपराध' उसे 'रोमांच' लगने लगा था और 'कानून' एक 'प्रतिबंध'।

उस रात पल्लवी ने अपने कक्ष में बैठकर करण के उन अधूरे शब्दों को जोड़ने का प्रयास किया। उसका रहस्य, उसका कानून से टकराव, उसका उच्छृंखल अतीत यह सब उसके लिए एक नशा बन चुका था।

"जो समझ में नहीं आता, वही सबसे अधिक आकर्षित करता है। और जो खतरनाक होता है, वही सबसे सच्चा लगता है।"

पल्लवी सोलंकी अब उस 'रहस्य की कैद' में स्वेच्छा से प्रवेश कर चुकी थी। उसे आभास नहीं था कि जिस अंधकार को वह 'स्वतंत्रता' समझ रही थी, वह वास्तव में उस कालकोठरी का द्वार था जिसके पीछे केवल पश्चाताप और सलाखें थीं।

सुरक्षित प्रेम का बिखरना

शाम की धुंधलका धीरे-धीरे नगर को अपनी आगोश में ले रहा था। कॉलेज के बाहर की वह पुरानी चाय की दुकान, जहाँ कभी पल्लवी और दीपांकर घंटों बैठकर अपने भविष्य के 'सुनहरे और सुरक्षित' स्वप्न बुना करते थे, आज पल्लवी को किसी पराई भूमि जैसी लग रही थी। दीपांकर वहीं बैठा था वही चिर-परिचित सौम्यता, वही चिंतामयी आँखें और वही 'ऑक्सीटोसिन' से भरा हुआ सुरक्षित प्रेम।

"तुम बदल गई हो, पल्लवी..." दीपांकर ने चाय का प्याला मेज़ पर रखते हुए अत्यंत धीमे स्वर में कहा। उसकी आवाज़ में कोई क्रोध नहीं था, केवल एक गहरी असुरक्षा थी।

पल्लवी चुप रही। उसने चाय का प्याला अपने हाथों में लिया, पर उसकी ऊष्मा उसे स्पर्श नहीं कर पा रही थी। उसके भीतर अब करण की बातों का वह 'विषाक्त नशा' था जो दीपांकर की सादगी को 'फीका' बना चुका था।

"पहले तुम हर छोटी बात साझा करती थी," दीपांकर आगे बोला, "पर अब... अब तुम स्वयं से भी कुछ छिपा रही हो। तुम्हारा चित्त यहाँ नहीं है, पल्लवी।"

यह पल्लवी के 'पहचान के संकट' पर एक और सीधा प्रहार था। वह झूठ बोलना चाहती थी, पर दीपांकर की पारदर्शी आँखों के सामने

उसके शब्द लड़खड़ा गए।

"ऐसा कुछ नहीं है, दीपांकर। बस पढ़ाई और भविष्य का तनाव है। " पल्लवी ने 'नैतिक औचित्य' का सहारा लिया।

"तुम असत्य बोलना नहीं जानती," दीपांकर ने उसकी आँखों में झाँकते हुए कहा। "कोई है? कोई ऐसा, जिसने तुम्हें यह भ्रम दिया है कि 'अव्यवस्था' ही जीवन है?"

पल्लवी का हृदय तीव्र गति से धड़कने लगा। दीपांकर का यह प्रश्न उस सत्य के बहुत निकट था जिसे पल्लवी अभी स्वीकार करने को तैयार नहीं थी। "दीपांकर, हर आकर्षक वस्तु सही नहीं होती, मैं जानती हूँ। पर..." वह रुकी, फिर उसके भीतर का विद्रोह बोल पड़ा, "...हर 'सही' वस्तु पर्याप्त भी नहीं होती।"

दीपांकर के चेहरे पर एक ऐसी पीड़ा उभरी जिसे देखकर पल्लवी का मन एक पल के लिए काँप गया। पर अगले ही क्षण करण के शब्द गूँज उठे "शांति तो श्मशान का गुण है।" उसे लगा कि दीपांकर उसे उस श्मशान की ओर ले जा रहा है, और करण उसे जीवन की आग की ओर।

दीपांकर ने पहली बार महसूस किया कि वह पल्लवी को खो चुका है। वह 'सुरक्षित प्रेम' जो उसे अब तक थामे हुए था, आज रेत की भांति फिसल रहा था।

उसी रात, जब पल्लवी अपने कक्ष में दीपांकर की उन दुखी आँखों को भुलाने का प्रयास कर रही थी, उसका फोन बजा। एक अज्ञात नंबर।

"बाहर आओ। अभी।"

स्वरकरण का था। यह कोई निवेदन नहीं था, यह एक 'आदेश' था। यही वह 'नियंत्रण' था जिसे पल्लवी ने अनजाने में 'प्रेम' समझ लिया था। उसके भीतर के विवेक ने एक बार पुनः चेतावनी दी, 'मत जाओ, यह खतरा है।' पर रोमांच की तलाश की भूख इतनी प्रबल थी कि वह पिछली खिड़की से कूदकर अंधेरे में विलीन हो गई।

सड़क के उस पार करण खड़ा था, पर आज उसका स्वरूप भिन्न था। उसकी आँखों में वह दार्शनिक शांति नहीं, बल्कि एक 'आपराधिक तनाव' था।

"करण? क्या हुआ? हम कहाँ जा रहे हैं?" पल्लवी ने उसकी घबराहट देख पूछा।

"मौन रहो और साथ चलो," करण ने उसका हाथ कसकर पकड़ा। यह पहला वास्तविक शारीरिक स्पर्श था, पर इसमें कोई कोमलता नहीं थी; इसमें भागने की व्याकुलता थी।

अचानक, दूर से पुलिस के सायरन की तीव्र आवाज़ गूंजी। पल्लवी का शरीर जड़वत हो गया। "पुलिस? करण, यह सब क्या है?"

करण ने एक डरावनी मुस्कान के साथ उसकी ओर देखा। "यही वह 'वास्तविक अनुभव' है जिसकी तुम तलाश में थी, पल्लवी। कभी-कभी जिसे हम 'स्वतंत्रता' कहते हैं, कानून की भाषा में उसे 'अपराध' कहा जाता है। मैंने वह 'वर्जित फल' चख लिया है, और अब तुम भी उसका हिस्सा हो।"

सायरन समीप आ रहा था। "हमें इन गलियों से निकलना होगा," करण उसे खींचते हुए एक अंधेरे निर्माणाधीन भवन की ओर ले गया। पल्लवी का हृदय सीने को चीरकर बाहर आने को आतुर था। उसे अपनी माँ की

आवाज़, पिता का अनुशासन और दीपांकर की सुरक्षा याद आने लगी, पर अब वह बहुत दूर निकल चुकी थी।

"तुमने... तुमने क्या किया है?" पल्लवी ने कांपते हुए पूछा।

"वही, जो मुझे जीवित होने का बोध कराए," करण ने बेरुखी से कहा। उसके हाथ में एक छोटा सा पैकेट था जिसे वह छिपाने का प्रयास कर रहा था। पल्लवी को आभास हुआ कि वह किसी 'अवैध तस्करी' या 'लूट' का हिस्सा बन चुकी है।

यही था वह 'विषाक्त मिश्रण', भय, जोखिम और पतन। पल्लवी हाँफ रही थी। उसे लगा जैसे उसके चारों ओर की दीवारें ढह रही हैं। करण ने उसे दीवार से सटा दिया और उसके मुँह पर हाथ रख दिया। पुलिस की गाड़ी लाइटें चमकाती हुई पास से गुजर गई।

पकड़े जाने का वह क्षणिक भय जब आकर्षण के साथ मिलता है, तो वह एक ऐसा 'मनोवैज्ञानिक नशा' पैदा करता है जो बुद्धि को नष्ट कर देता है। पल्लवी को उस भयानक स्थिति में भी एक विक्षिप्त रोमांच महसूस हुआ।

"अब तुम वापस नहीं जा सकती, पल्लवी," करण ने उसके कान के पास फुसफुसाते हुए कहा। "अब तुम 'संस्कारी लड़की' नहीं हो। अब तुम मेरी साझीदार हो... अपराध में और इस निषिद्ध अंधेरे में।"

पल्लवी के भीतर की वह 'परफेक्ट लड़की' अब पूरी तरह मर चुकी थी। दीपांकर का सुरक्षित प्रेम अब एक धुंधली याद बन गया था और करण का 'आपराधिक जुनून' उसकी नई वास्तविकता।

सुरक्षित प्रेम सुकून तो देता है, पर वर्जित प्रेम अपनी कीमत माँगता है।

और पल्लवी सोलंकी अब उस कीमत का भुगतान करने के लिए जेल और तबाही की राह पर पहला कदम बढ़ा चुकी थी।

जोखिम का रोमांच

रातें अब पल्लवी के लिए केवल विश्राम का समय नहीं रही थीं; वे एक निषिद्ध आमंत्रण बन चुकी थीं। दिन के प्रकाश में वह अभी भी वही 'परफेक्ट' पल्लवी थी घर की मर्यादा, कॉलेज का अनुशासन और समाज की अपेक्षाओं को निभाने वाली एक कठपुतली। परंतु जैसे ही संध्या का अंधकार गहराता, उसके भीतर की दमित आकांक्षाएँ जागृत हो उठतीं।

अब मुलाकातें आकस्मिक नहीं थीं; वे सुनियोजित थीं। निशब्द, गुप्त और हर बार पहले से अधिक खतरनाक।

उस रात भी पल्लवी ने अपने कक्ष की खिड़की से उस सुनसान सड़क पर छलांग लगाई। प्रत्येक कदम पर एक भय था कि कहीं कोई परिचित न देख ले, पर उसी भय में एक 'एड्रिनल रश' अफीमी उत्तेजना थी। मनोवैज्ञानिक सत्य यही है कि 'पकड़े जाने का डर' ही वह ईंधन है जो वर्जित प्रेम की अग्नि को प्रज्वलित रखता है। पल्लवी को लग रहा था कि वह पहली बार 'जी' रही है, जबकि वास्तव में वह आत्मविनाश की ओर बढ़ रही थी।

करण ठाकुर उस पुराने, जर्जर ढांचे के पास खड़ा था जिसे नगर ने वर्षों पहले त्याग दिया था। वह अंधकार में इस प्रकार समाहित था जैसे वह उस रात्रि का अधिपति हो।

"तुम आ गई..." करण ने कहा। अब उसके स्वर में प्रश्न का पुट नहीं था, बल्कि एक पूर्ण 'नियंत्रण' था।

"तुम्हें कभी भय नहीं लगता, करण?" पल्लवी ने उसके समीप पहुँचते हुए पूछा। उसकी सांसें अभी भी तेज़ थीं।

करण की आँखों में एक विक्षिप्त स्थिरता थी। "भय ही तो वह स्पर्श है, पल्लवी, जो हमें हमारे जीवित होने का प्रमाण देता है। जो लोग समाज की 'सुरक्षित दीवारों' में कैद हैं, वे कभी जान ही नहीं पाते कि स्वतंत्रता की गंध कैसी होती है। जो डर के साथ मित्रवत हो जाते हैं, वे कभी पराजित नहीं होते।"

ओशो का यह विकृत दर्शन पल्लवी के अंतर्मन को सम्मोहित कर रहा था। वे उस जर्जर इमारत के भीतर प्रवेश कर गए। वहाँ की हवा में सीलन और लोहे की एक अजीब-सी गंध व्याप्त थी। पल्लवी का चित्त व्याकुल होने लगा।

"करण, यह स्थान... यह कुछ अधिक ही भयावह लग रहा है," उसने फुसफुसाते हुए कहा।

"हर 'भयावह' स्थान सत्य के निकट होता है, पल्लवी। सभ्यता तो केवल चमचमाते हुए झूठों का नाम है," करण ने बिना पीछे मुड़े उत्तर दिया।

वे एक बंद कमरे के द्वार पर पहुँचे। भीतर से कुछ दबी हुई आवाज़ें आ रही थीं, किसी के कराहने की ध्वनि और भारी कदमों की आहट। पल्लवी का हृदय जैसे सीने को फाड़कर बाहर आने लगा। उसे आभास हुआ कि वह किसी 'रोमांटिक रहस्य' का नहीं, बल्कि एक 'आपराधिक वास्तविकता' का हिस्सा बनने वाली है।

करण ने द्वार को धीरे से धकेला। अंदर के दृश्य ने पल्लवी के पैरों तले

ज़मीन खिसका दी।

कमरे के बीचों-बीच एक कुर्सी पर एक व्यक्ति बंधा हुआ था, उसका चेहरा रक्तरंजित था और वह अचेत अवस्था में था। कमरे में दो अन्य पुरुष खड़े थे, जिनके हाथों में धातु की छड़ें थीं। यह कोई छोटी-मोटी तस्करी नहीं थी; यह एक सुनियोजित अपहरण और शारीरिक प्रताड़ना का दृश्य था।

पल्लवी की चीख उसके गले में ही घुट गई। उसकी आँखें फटी की फटी रह गईं। "करण... यह... यह क्या है?"

करण उसकी ओर मुड़ा। उसकी मुखमुद्रा पर कोई शिकन नहीं थी। "यही मेरा वास्तविक परिचय है, पल्लवी। जिस 'खतरे' की तुम तलाश में थी, उसका चेहरा यही है। कभी-कभी व्यवस्था को चुनौती देने के लिए रक्त बहाना आवश्यक हो जाता है।"

पल्लवी पीछे की ओर भागी, पर करण ने उसकी कलाई को लोहे की पकड़ के साथ जकड़ लिया। "तुम अब भाग नहीं सकती। तुमने स्वयं उस लक्ष्मण-रेखा को लांघा था। तुमने 'रोमांच' मांगा था, और यह रहा तुम्हारा रोमांच।"

"यह गलत है! यह पाप है!" पल्लवी के भीतर की नैतिकता ने अंतिम बार पुकार लगाई।

करण मुस्कुराया, एक ऐसी मुस्कान जिसमें केवल अंधकार था। "गलत और सही केवल दृष्टिकोण का अंतर है। यह व्यक्ति वह है जिसने मेरे व्यापार में हस्तक्षेप करने का दुस्साहस किया। समाज जिसे 'अपराध' कहता है, मैं उसे 'न्याय' कहता हूँ। और तुम... तुम अब मेरी 'साझीदार'

हो। तुमने देखा है, तुमने मौन रहकर सहमति दी है।"

यही वह 'शॉक ट्विस्ट' था। करण केवल एक विद्रोही युवक नहीं था; वह एक संगठित आपराधिक गिरोह का क्रूर हिस्सा था। पल्लवी का 'नैतिक औचित्य' यहाँ आकर पूरी तरह खंडित हो गया। उसे समझ आया कि उसने जिस 'स्वतंत्रता' को चुना था, वह वास्तव में एक 'दलदल' था।

तभी बाहर पुलिस की गाड़ी का सायरन सुनाई दिया। कमरे में अफरातफरी मच गई। करण ने पल्लवी की आँखों में आँखें डालकर कहा, "शांत रहो। यदि अब पकड़ी गई, तो तुम्हारा 'संस्कारी परिवार' तुम्हें जीते जी मार देगा। अब तुम्हारी मुक्ति केवल मुझमें है।"

यह 'ट्रॉमा बॉन्डिंग' की पराकाष्ठा थी। पल्लवी का मन भागना चाहता था, पर उसका अस्तित्व करण के अपराध के साथ जुड़ चुका था। वह पहली बार स्वयं से डरने लगी थी। उसे उस अजनबी पुरुष से अधिक अपने भीतर जन्म ले रहे उस अंधेरे से भय लगने लगा था, जिसने उसे एक अपराधी का सहभागी बना दिया था।

उस रात जब वह अपने घर लौटी, तो उसने आईने में खुद को नहीं देखा। उसने अपने हाथ धोए, पर उसे लगा कि वे अभी भी कलंकित हैं।

"वर्जना का आकर्षण केवल आँखों का भ्रम है... वास्तविक पतन तो तब होता है जब आप वापस जाना चाहें और पीछे कोई रास्ता ही न बचे।"

पल्लवी सोलंकी अब उस 'सुरक्षित' पल्लवी की परछाईं मात्र थी। उसने रोमांच तो पा लिया था, पर उसकी कीमत उसकी 'आत्मा' थी।

मन का द्वंद्व

सूर्य का प्रकाश जब अगले दिन पल्लवी के कक्ष में प्रविष्ट हुआ, तो वह जीवन का संदेश लेकर नहीं, बल्कि पिछली रात के काले रहस्यों पर से पर्दा उठाने आया था। आईने में वही चिर-परिचित चेहरा था, परंतु आँखों के नीचे अंकित काली रेखाएँ और पुतलियों में व्याप्त 'शून्य' साक्ष्य दे रहे थे कि पल्लवी की रातों की नींद अब छीनी जा चुकी है।

"मैं वहाँ क्यों गई?" यह प्रश्न अब उसके अस्तित्व का स्थायी हिस्सा बन चुका था। हर बार जब वह अपनी आँखें मूँदती, उसे वह रक्तरंजित चेहरा और करण की वह निर्मम मुस्कान दिखाई देती। फँसाव का वह प्रथम वास्तविक बोध अब उसके गले में एक फाँस की तरह अटक गया था।

वह कॉलेज पहुँची, जहाँ की सामान्य भीड़ भी आज उसे किसी 'जांच दल' की भांति प्रतीत हो रही थी। उसे लगा जैसे हर आँख उसे संदेह की दृष्टि से देख रही है, जैसे उसके चेहरे पर उसके 'साझीदार' होने का कलंक स्पष्ट छप गया हो। यही 'गिल्ट' का वह चरण है जहाँ व्यक्ति स्वयं को ही अपना सबसे बड़ा शत्रु बना लेता है।

क्लास में प्रोफेसर के शब्द उसके कानों से टकराकर अर्थहीन होकर गिर रहे थे। उसके भीतर 'तर्क' और 'भावना' का एक महायुद्ध छिड़ा हुआ था। 'तर्क' चिल्लाकर कह रहा था, "यह गलत है, पल्लवी! तुम एक अपराधी की सहभागी बन चुकी हो। तुम्हें पुलिस के पास जाना चाहिए।" परंतु 'भावना' और 'भय' का स्वर कहीं अधिक तीव्र था, "पर तुम करण के बिना अब कुछ भी नहीं हो। यदि तुमने सच बोला, तो तुम्हारा सुरक्षित समाज तुम्हें जीते-जी दफन कर देगा।"

मनुष्य अक्सर वही मार्ग चुनता है जो उसे अधिक 'सुरक्षित' तो नहीं, पर

अधिक 'तीव्र' अनुभव कराता है। पल्लवी का यह द्वंद्व उसे मानसिक रूप से तोड़ रहा था।

तभी, कॉलेज के प्रवेश द्वार पर अचानक हलचल हुई। एक पुलिस की जीप वहाँ आकर रुकी और कुछ वर्दीधारी अधिकारी भीतर प्रविष्ट हुए। पल्लवी का हृदय जैसे एक क्षण के लिए रुक गया। उसके हाथ अनायास ही कांपने लगे।

"क्या हुआ?" उसने अपनी सहेली से कांपते स्वर में पूछा।

"कल रात नगर के उस पुराने कारखाने में किसी व्यक्ति को मरणासन्न अवस्था में पाया गया है," सहेली ने फुसफुसाते हुए कहा। "कहते हैं कि यह किसी संगठित गैंग का काम है। पुलिस अब गवाहों की तलाश कर रही है।"

पल्लवी की सांसें अवरुद्ध होने लगीं। 'मैं वहाँ थी...' यह विचार उसके मस्तिष्क में किसी हथौड़े की तरह बजने लगा। वह अपराधबोध के उस गहरे अंधकार में डूबने लगी जहाँ 'नैतिक पतन' अब एक 'कानूनी जुर्म' का रूप ले चुका था। वह पीछे हटने लगी, जैसे भाग जाना ही एकमात्र उपाय हो।
"पल्लवी? तुम ठीक तो हो? तुम बहुत पीली लग रही हो," एक स्थिर और सौम्य स्वर गूँजा।

पल्लवी ने मुड़कर देखा। दीपांकर। उसकी आँखों में वही पुरानी, निस्वार्थ चिंता थी। वह सुरक्षा का वही घेरा था जिसे पल्लवी ने 'उबाऊ' समझकर त्याग दिया था। पर आज, उस तूफान के बीच, वह घेरा उसे बहुत कीमती लगा। पर दुखद सत्य यह था कि वह अब उस घेरे के योग्य नहीं रही थी।

"मैं... मैं ठीक हूँ, दीपांकर," उसने अपना चेहरा छिपाते हुए कहा। यह उसके जीवन का सबसे भारी झूठ था।

"यदि कोई समस्या है, तो तुम मुझे बता सकती हो। मैं हमेशा तुम्हारे साथ हूँ," दीपांकर ने उसका हाथ थामना चाहा।

पल्लवी ने अपना हाथ झटके से पीछे खींच लिया। "कुछ नहीं है, दीपांकर! मुझे अकेला छोड़ दो।"

दीपांकर की आँखों में जो आहत भाव उभरा, उसने पल्लवी के 'चित्त की चंचलता' को और अधिक विचलित कर दिया। उसने सुरक्षा को ठुकरा दिया था क्योंकि वह अब 'असुरक्षा' की आदी हो चुकी थी।

शाम को जब वह अपने कक्ष के सन्नाटे में बैठी थी, उसका फोन बजा। करण।

पल्लवी ने कांपते हाथों से कॉल उठाया। "डर रही हो?" करण की आवाज़ में वही बर्फीली शांति थी, जो अब पल्लवी को डराने लगी थी।

"पुलिस कॉलेज आई थी, करण... वे पूछताछ कर रहे हैं," पल्लवी ने लगभग रुआंसे स्वर में कहा।

"और तुमने उन्हें क्या बताया?" करण का स्वर अब और गंभीर हो गया।

"कुछ नहीं... पर मैं वहाँ थी, करण। मैं यह सब नहीं सह सकती।"

करण ने एक ठंडी हँसी बिखेरी। "पल्लवी, ओशो कहते थे कि सत्य वही है जिसे तुम स्वीकार कर लो। यदि तुमने स्वयं को अपराधी मान लिया, तो तुम अपराधी हो। पर यदि तुमने यह मान लिया कि वह केवल एक

'अनुभव' था, तो तुम मुक्त हो। याद रखो, तुमने कुछ नहीं देखा। तुम्हारी स्मृति वही है जो मैं तुम्हें दे रहा हूँ।"

यह 'चालाकी की चरम सीमा' थी। करण उसकी स्मृतियों और उसकी नैतिकता को अपनी इच्छा के अनुरूप ढाल रहा था। "सच वही होता है, पल्लवी, जो हम याद रखना चाहते हैं। बाकी सब केवल शोर है।"

कॉल कट गया। पल्लवी खिड़की के पास खड़ी होकर बाहर के अंधकार को देखने लगी। उसे लगा कि वह एक ऐसे जाल में फँस गई है जिसकी हर तार करण के हाथ में है।

उसी समय, नगर के पुलिस मुख्यालय में, इंस्पेक्टर राघव फाइलों के पन्ने पलट रहे थे। उनकी आँखों में एक अनुभवी चमक थी। "यह मामला जितना सीधा दिख रहा है, उतना है नहीं," उन्होंने अपने कनिष्ठ अधिकारी से कहा। "वहाँ कोई और भी मौजूद था। किसी स्त्री के पदचिह्न मिले हैं। कोई ऐसा, जो उस अंधकार का हिस्सा तो है, पर शायद अपराधी नहीं।"

कहानी अब केवल पल्लवी के मन के भीतर नहीं, बल्कि कानून की फाइलों में भी खुलने लगी थी। पल्लवी सोलंकी का 'मन का द्वंद्व' उसे जीत की ओर नहीं, बल्कि एक ऐसे विनाश की ओर ले जा रहा था जहाँ 'तर्क' और 'भावना' दोनों की आहुति दी जानी थी।

पल्लवी को आभास होने लगा था कि वर्जित प्रेम का रोमांच अब एक काल कोठरी की दीवारों में तब्दील हो रहा है।

सीमा का उल्लंघन

रात्रि का निविड़ अंधकार पुनः सोलंकी निवास पर उतर आया था, पर आज पल्लवी के लिए यह अंधकार केवल बाह्य जगत तक सीमित नहीं

था; वह उसकी चेतना के अंतस्तल तक फैल चुका था। उसके कक्ष में व्याप्त सन्नाटा अब शांतिदायक नहीं, बल्कि भयावह था। उसके चित्त में विचारों का एक ऐसा प्रलयंकारी तूफान उठा था जिसने उसके जीवन के समस्त नैतिक स्तंभों को झकझोर कर रख दिया था।

"मुझे उससे दूर हो जाना चाहिए..." यह विवेक की अंतिम पुकार थी। पर जैसे ही यह विचार आता, उसके समानांतर एक और स्वर गूँजता है, "पर क्या अब बहुत विलंब नहीं हो चुका है?"

यही वह क्षण था जहाँ 'फँसाव का वास्तविक बोध' आरंभ हुआ।

तभी उसके फोन की स्क्रीन करण के नाम से चमक उठी। पल्लवी ने उसे कुछ क्षणों तक जड़वत होकर देखा। उसके हाथों में एक अनियंत्रित कंपन था। उसने कांपते हुए कॉल उठाई।

"मिलना है..." करण की आवाज़ में वही चिर-परिचित अधिकार था, पर आज उसमें एक बर्फीली शीतलता भी थी।

"नहीं..." पल्लवी ने पहली बार पूर्ण सामर्थ्य बटोरकर प्रतिरोध किया। "मैं... मैं अब यह सब और नहीं कर सकती। जो मैंने कल देखा, वह... वह भयानक था।"

अपर छोर पर कुछ क्षणों का मौन रहा। फिर करण की हँसी गूँजी एक ऐसी हँसी जिसमें कोई उल्लास नहीं, केवल एक 'मनोवैज्ञानिक पाश' था।

"सच में, पल्लवी? तुम्हें लगता है कि तुम बस एक शब्द कहकर इस चक्रव्यूह से बाहर निकल सकती हो?" करण का स्वर अब अत्यंत धीमा

और गंभीर हो गया। "यदि मैं कहूँ कि तुम्हारे 'न आने' से तुम्हारी यह सुंदर, संस्कारी और सुव्यवस्थित दुनिया क्षण भर में भस्म हो सकती है, तो?"

पल्लवी का हृदय जैसे एक क्षण के लिए थम गया। "क्या... क्या तात्पर्य है तुम्हारा?"

"कल रात्रि, तुम उस कारखाने में उपस्थित थी, पल्लवी। तुमने वह सब देखा जो समाज की दृष्टि में घोर अपराध है।" करण ने प्रत्येक शब्द को अत्यंत संयम से उच्चारित किया। "और यदि यह सूचना कानून या तुम्हारे 'मर्यादावादी' पिता तक पहुँच जाए, तो क्या होगा? क्या वे तुम्हें वही 'परफेक्ट बेटी' मान पाएंगे?"

यह धमकी नहीं थी; यह 'ब्लैकमेल' का वह सूक्ष्म रुप था जिसे करण 'वास्तविकता का बोध' कह रहा था। पल्लवी के भीतर एक ठंडी सिहरन दौड़ गई। उसे आभास हुआ कि वह केवल आकर्षित नहीं थी; वह अब 'बंदी' बन चुकी थी।

"तुम... तुम ऐसा नहीं कर सकते," उसने रुआंसे स्वर में कहा।

"मैं कुछ नहीं करूँगा, पल्लवी। मैं तो केवल एक माध्यम हूँ। 'सत्य' स्वयं अपना मार्ग खोज लेता है।" करण ने दार्शनिक लहजे में कहा। "अब यह तुम पर निर्भर है, तुम उस सत्य का सामना करना चाहती हो, या मेरे साथ उस 'वर्जना' को जीना चाहती हो जहाँ कोई नियम नहीं, केवल हम हैं।"

यही वह 'आइडेंटिटी क्राइसिस' थी जिसका लाभ करण उठा रहा था। उसने पल्लवी को उस बिंदु पर ला खड़ा किया था जहाँ 'मर्यादा' को

बचाए रखने के लिए उसे 'मर्यादा' को ही भंग करना था।

"कहाँ आना है?" पल्लवी ने अत्यंत क्षीण स्वर में पूछा।

"वहीं... जहाँ तुमने प्रथम बार स्वयं को खोया था। पुराने पार्क के उसी अँधियारे कोने में।"

पल्लवी धीरे-धीरे अपने घर की दहलीज़ लांघकर बाहर निकली। प्रत्येक कदम उसे भारी प्रतीत हो रहा था, जैसे उसके पैरों में कोई अदृश्य लौह-श्रृंखला बँधी हो। वह पार्क के उस एकांत भाग में पहुँची जहाँ छायाएँ और भी सघन थीं। करण वहाँ पहले से उपस्थित था, जैसे वह इस अंधकार का रचयिता हो।

"तुम आ गई..." उसने कहा। इस बार पल्लवी को उस स्वर में कोई 'रहस्य' नहीं, बल्कि पूर्ण 'नियंत्रण' का अनुभव हुआ।

"तुम मेरे साथ ऐसा क्यों कर रहे हो, करण? क्या तुम्हारा प्रेम केवल एक जाल था?" पल्लवी ने साहस जुटाकर उसकी आँखों में झाँका।

करण उसके अत्यंत समीप आया। उसकी आँखों में एक अजीब-सी डार्क चमक थी। "पल्लवी, ओशो कहते थे कि प्रेम और घृणा एक ही सिक्के के दो पहलू हैं। मैंने तुम्हें जाल में नहीं फँसाया, मैंने केवल तुम्हें वह दिखाया है जो तुम वास्तव में हो। तुम स्वयं उस रोमांच की भूखी थी। मैंने तो बस तुम्हें भोजन परोसा है।"

यह 'नैतिक औचित्य' की पराकाष्ठा थी। वह पल्लवी के अपराधबोध को 'आत्म-खोज' का नाम दे रहा था।

"तुम चाहो तो अभी भी पुलिस के पास जा सकती हो," करण ने एक

नया मनोवैज्ञानिक दांव खेला। "बस... तुम्हें अपना सब कुछ खोना होगा। तुम्हारा परिवार, तुम्हारी प्रतिष्ठा, दीपांकर का वह 'पवित्र' प्रेम। क्या तुममें इतना साहस है कि तुम सत्य के लिए अपनी इस झूठी दुनिया की आहुति दे सको?"

पल्लवी निरुत्तर थी। यहीं 'सीमा का उल्लंघन' घटित हुआ। उसके सम्मुख दो मार्ग थे, एक सत्य का, जो उसे मुक्त तो करता पर सर्वनाश की कीमत पर; और दूसरा झूठ का, जो उसे सुरक्षित तो रखता पर करण की गुलामी की कीमत पर।

"मैं... मैं किसी से कुछ नहीं कहूँगी," पल्लवी ने सिर झुकाकर कहा।

यही उसका 'पहला बड़ा नैतिक पतन' था। उस क्षण पल्लवी ने केवल एक झूठ नहीं चुना था; उसने अपनी आत्मा के मूल केंद्र को ही त्याग दिया था। उसने अपनी मर्यादा की रक्षा के लिए अधर्म को स्वीकार कर लिया था।

करण के चेहरे पर एक परमानंद की मुस्कान उभरी। "अब तुम समझ गई हो, पल्लवी। सही और गलत केवल निर्बलों के शब्द हैं। हम जैसे लोगों के लिए केवल 'अनुभव' और 'अस्तित्व' सत्य है।"

उस रात्रि जब पल्लवी वापस लौटी, तो उसने आईने में स्वयं को देखा। उसका रूप वही था, पर उसकी आँखों की चमक लुप्त हो चुकी थी। वहाँ अब एक 'स्वीकार' था, एक अपराधी का, एक सहभागी का।

"सीमा का उल्लंघन केवल एक कृत्य नहीं है, यह एक मानसिक अवस्था है। एक बार जब आप उस पार चले जाते हैं, तो पीछे की दुनिया केवल एक धुंधली स्मृति बनकर रह जाती है।"

पल्लवी सोलंकी अब 'वर्जना' के उस पार खड़ी थी, जहाँ से वापसी का प्रत्येक मार्ग स्वयं उसके द्वारा ही बंद कर दिया गया था। वह अब करण के 'भावनात्मक पिंजरे' का वह पक्षी थी जिसने स्वयं ही अपनी उड़ानों का गला घोंट दिया था।

आकर्षण का जाल

रात्रि की निस्तब्धता अब पल्लवी को भयभीत नहीं करती थी; इसके विपरीत, वह उसे एक आत्मीय आलिंगन की भांति प्रतीत होने लगी थी। कुछ ही सप्ताह पूर्व जहाँ अंधकार में उसे पग-पग पर भय का आभास होता था, अब वहाँ एक विचित्र और नशीली सहजता थी। जैसे उसका चित्त धीरे-धीरे उस 'वर्जित अंधकार' का अभ्यस्त हो गया हो।

आईने के सम्मुख खड़ी पल्लवी ने स्वयं के प्रतिबिंब को निहारा। चेहरा वही था, पर उसके भीतर एक अमिट परिवर्तन स्थायी हो चुका था। "मैं अब वापस नहीं जा सकती..." यह विचार अब उसके मन में किसी पश्चाताप की तरह नहीं, बल्कि एक 'अंतिम सत्य' की तरह गूँजता था। और मनोविज्ञान का क्रूर सत्य यही है कि जब लौटने के समस्त मार्ग अवरुद्ध हो जाते हैं, तो मन आगे बढ़ने के लिए नए 'आत्म-औचित्य' गढ़ने लगता है।

उस दिन कॉलेज में पुलिस का पहरा और भी कड़ा था। इंस्पेक्टर राघव की टीम सक्रिय थी। संदेह के घेरे बढ़ रहे थे और चेहरे पहचाने जा रहे थे। पल्लवी का हृदय प्रत्येक बार तीव्र गति से धड़कने लगता जब कोई वर्दीधारी अधिकारी उसके समीप से गुजरता।

"क्या आपने उस रात्रि उस जर्जर कारखाने के पास किसी संदेहास्पद व्यक्ति को देखा था?" एक अधिकारी ने पल्लवी को रोककर पूछा।

क्षण भर के लिए काल ठहर गया। पल्लवी के सम्मुख 'सत्य' और 'विनाश' दोनों खड़े थे। उसने अपनी हथेलियों के पसीने को छिपाते हुए सीधे अधिकारी की आँखों में देखा और अत्यंत सधे हुए स्वर में कहा, "नहीं, मैंने कुछ नहीं देखा।"

उस एक 'मौन' और एक 'असत्य' ने उसे और भी गहराई से उस जाल में बाँध लिया। उसने न केवल करण को बचाया, बल्कि स्वयं को कानून की दृष्टि में एक अपराधी बना लिया।

संध्या होते ही करण का संदेश आया। इस बार स्थान पूर्ववत नहीं था। वह नगर की एक अत्यंत संकरी और घृणित गली थी, जहाँ टूटी हुई दीवारें और बंद दरवाज़े किसी गहरे षड्यंत्र की गूँज दे रहे थे। पल्लवी के कदम वहाँ पहुँचते ही धीमे हो गए।

"आज... तुम्हें एक कार्य सिद्ध करना होगा," करण ने बिना किसी औपचारिकता के कहा। उसकी आँखों में आज वह दार्शनिक सम्मोहन नहीं, बल्कि एक पेशेवर अपराधी की क्रूरता थी।

"क्या?" पल्लवी की आवाज़ में भय का पुट अभी भी शेष था।

करण ने उसके अत्यंत निकट आकर उसके कंधों को पकड़ा। "बस एक लघु कार्य। उस बंद कमरे के भीतर एक बैग रखा है, तुम्हें उसे वहाँ से उठाकर बस तीन गलियाँ छोड़कर खड़ी एक काली कार तक पहुँचाना है। पुलिस की चौकसी अधिक है, पर एक संस्कारी युवती पर कोई संदेह नहीं करेगा।"

यही होता है, 'अपराध का प्रथम सक्रिय सोपान'। वह कभी महान नहीं लगता, वह हमेशा छोटा और 'मदद' जैसा प्रतीत होता है।

"मैं... मैं यह नहीं कर सकती, करण! यह सरासर गलत है," पल्लवी ने अपने विवेक का अंतिम टुकड़ा समेटकर कहा।

करण ने एक ठंडी हँसी बिखेरी। "तुम कर सकती हो, पल्लवी, और तुम करोगी भी। क्योंकि अब तुम वह 'पल्लवी' नहीं रही जो नियमों की पूजा करती थी। तुम अब उस जाल का हिस्सा हो जिसका सिरा केवल मेरे हाथ में है। यदि आज तुम पीछे हटीं, तो कल का सूर्य तुम जेल की सलाखों के पीछे देखोगी।"

यह 'ब्लैकमेल' का वह अंतिम स्तर था जहाँ 'आकर्षण' अब 'आतंक' में बदल चुका था। पल्लवी ने अपनी आँखें मूंद लीं। उसके भीतर कोई उत्तर नहीं था, केवल एक विवशता थी। उसने स्वयं को समझाया, 'मैं केवल बैग ही तो पहुँचा रही हूँ, मैं किसी की जान तो नहीं ले रही।' यही वह 'संज्ञानात्मक द्वंद्व' था जिसने उसे उस द्वार की ओर धकेल दिया।

पल्लवी के कांपते हाथों ने उस भारी बैग को उठाया। वह मात्र एक बैग नहीं था; वह उसकी नैतिकता की अर्थी थी। उसने उसे कसकर पकड़ा और उन अंधेरी गलियों में चलना आरंभ किया। प्रत्येक पदचाप उसे समाज से दूर और अपराध के केंद्र के निकट ले जा रही थी। उसने सफलतापूर्वक उस बैग को काली कार तक पहुँचा दिया।

"उत्तम..." करण ने बैग लेते हुए उसके माथे को चूमा। "देखा? इतना कठिन भी नहीं था।"

पल्लवी मौन रही। उसे उस स्पर्श में अब प्रेम नहीं, बल्कि एक 'उपकरण' होने का बोध हो रहा था। वह अब केवल गवाह नहीं थी; वह एक 'सक्रिय साझीदार' बन चुकी थी।

रात्रि को जब वह अपने कक्ष में लौटी, उसने पुनः आईने में स्वयं को देखा। उसने अनुभव किया कि उसकी आँखों से वह 'पवित्रता' सदैव के लिए लुप्त हो चुकी है। उसने स्वयं से धीमे स्वर में कहा, "मैं पूरी तरह बदल गई हूँ..."

और इस बार, उसने इस सत्य को नकारा नहीं; उसने इसे स्वीकार कर लिया।

'आकर्षण का जाल' पहले व्यक्ति को केवल बाँधता है, फिर उसे अपनी इच्छा के अनुरुप चलाने लगता है। पल्लवी सोलंकी अब उस जाल की शिकार नहीं थी, वह उस जाल का एक 'कलपुर्जा' बन चुकी थी। यहीं आकर्षण का बीज' का समापन होता है, जहाँ एक सामान्य युवती के मन में बोया गया 'वर्जना का बीज' अब अपराध का एक विषैला वृक्ष बन चुका था।

भाग 2: गहराता जुनून

असामान्य का आकर्षण

रात्रि की कालिमा अब पल्लवी के लिए विश्राम का अंतराल नहीं, वरन एक 'व्यसन' बन चुकी थी। पहले जहाँ वह प्रत्येक निषिद्ध चरण रखने से पूर्व सहस्र बार आत्म-मंथन करती थी, अब उसके भीतर एक भयावह सहजता व्याप्त थी। जैसे भय ने अपनी धार खो दी हो और उसकी जगह एक नशीली उत्तेजना ने ले ली हो। मनोविज्ञान का एक काला सत्य यह है कि जब मनुष्य किसी 'वर्जना' को बार-बार लांघता है, तो उसका मस्तिष्क उस 'जोखिम' को 'पुरस्कार' के रूप में ग्रहण करने लगता है।

पल्लवी अब प्रत्येक भेंट के पश्चात स्वयं से 'उचित-अनुचित' के प्रश्न नहीं पूछती थी। वह केवल उस अनुभव को आत्मसात करती थी। यही था, असामान्य का आकर्षण।

दिन के प्रकाश में दीपांकर का सान्निध्य अब उसे शीतलता नहीं, बल्कि एक प्राणघातक 'फीकापन' प्रदान करता था। दीपांकर की वे बातें, जो कभी उसे सुरक्षा का बोध कराती थीं, अब उसे एक भारी बोझ और कृत्रिम मर्यादा प्रतीत होती थीं।

"पल्लवी, तुम अब पहले जैसी नहीं रही हो। तुम्हारी आँखों में वह कौमार्य और सरलता लुप्त हो चुकी है," दीपांकर ने एक दिन भारी मन से कहा था।

पल्लवी ने उसकी ओर देखा, पर उसके चित्त में कोई उद्वेग नहीं हुआ। उसके भीतर के मौन ने उत्तर दिया, 'शायद मैं अब उस सरल संसार की वासी रहना भी नहीं चाहती।' यही वह 'पहचान का संकट' था जहाँ व्यक्ति अपनी पुरानी सामाजिक छवि को स्वेच्छा से खंडित कर देता है,

भले ही नई पहचान आत्म-विनाश की ओर ले जाने वाली हो।

करण के साथ अब उसकी मुलाकातें केवल संयोग नहीं, एक नियत अनुष्ठान बन चुकी थीं। प्रत्येक भेंट के साथ एक नवीन 'कार्य' जुड़ा होता था, कभी किसी संदिग्ध वस्तु का आदान-प्रदान, तो कभी किसी गोपनीय सूचना का प्रेषण। और प्रत्येक बार पल्लवी के भीतर वही चिर-परिचित मनोवैज्ञानिक चक्र चलता: प्रारंभ में एक सूक्ष्म सिहरन, फिर करण का सम्मोहक तर्क, तदोपरांत 'आत्म-औचित्य' और अंत में पूर्ण आत्म-समर्पण।

"तुम्हें ज्ञात है पल्लवी," एक अंधकारमयी निशा में करण ने सिगरेट का धुआँ छोड़ते हुए कहा, "संसार के अधिकांश लोग अपराध इसलिए नहीं करते कि वे जन्मजात दुष्ट हैं। वे ऐसा इसलिए करते हैं क्योंकि वे उस 'तीव्रता' के भूखे होते हैं जो सामान्य जीवन की नीरस मर्यादाओं में सुलभ नहीं है। वे जीवित रहने का साक्ष्य चाहते हैं।"

करण का यह ओशो-प्रेरित विकृत दर्शन पल्लवी के अंतर्मन में गहरे तक पैठ बना चुका था। उसे आभास हुआ कि वह अब केवल भय या विवशता के कारण करण के साथ नहीं थी; वह उस 'नशे' के वशीभूत थी जो उसे नियमों की परिधि से बाहर छलांग लगाने से प्राप्त होता था।

उस रात्रि, जब वह एक और संदेहास्पद कार्य पूर्ण कर अपने कक्ष में लौटी, तो उसका हृदय तीव्र गति से धड़क रहा था। परंतु इस बार वह धड़कन 'अपराध बोध' की नहीं, बल्कि एक विक्षिप्त 'गर्व' की थी। उसने आईने में स्वयं को निहारा। उसकी आँखों में एक नई, विद्रोही चमक थी।

"मैंने यह कर दिखाया..." उसने फुसफुसाते हुए कहा। पहली बार उसके स्वर में स्वयं के प्रति घृणा नहीं, बल्कि एक 'अपराधी का उल्लास' था।

यही थी, अपराध की लत।

अब पल्लवी केवल करण के आदेशों की अनुगामिनी नहीं थी; वह स्वयं उन अवसरों की प्रतीक्षा करने लगी थी जहाँ उसे उस 'असामान्य जोखिम' का पुनः साक्षात्कार हो सके। यह परिवर्तन अत्यंत सूक्ष्म था, पर उसके चरित्र के लिए अत्यंत घातक था। करण ने भी इस 'डार्क शिफ्ट' को अनुभव किया और वह जान गया कि अब पल्लवी को डराने की आवश्यकता नहीं है, वह स्वयं उस अंधकार की ओर आकर्षित हो रही है।

"अब तुम वास्तव में मेरी सहचरी बन रही हो," करण ने एक रात उसके बिखरे बालों को सहलाते हुए कहा। "अब तुम समझ गई हो कि सीमा के उस पार जीवन कहीं अधिक तीव्र और सत्य है।"

यह सत्य था, पर एक 'आधा सत्य'। करण ने उसे यह नहीं बताया कि वही तीव्रता अंततः मनुष्य के विवेक और पहचान को भस्म कर देती है। पल्लवी के भीतर अब एक नवीन द्वंद्व ने जन्म लिया था, पर यह पूर्व के 'तर्क बनाम भावना' के युद्ध जैसा नहीं था। अब यह संघर्ष 'सामान्य' और 'असामान्य' के मध्य था। और पल्लवी के लिए अब वह 'असामान्य' जीवन ही एकमात्र आकर्षण बन चुका था।

उसे अब पकड़े जाने का भय नहीं सताता था; उसे तो अब उस 'भय की अनुपस्थिति' से भय लगने लगा था। वह उस एड्रेनालिन के बिना स्वयं को रिक्त महसूस करती थी।

रात और गहरी होती गई। उस सघन अंधकार में पल्लवी अब खो नहीं रही थी, वह स्वयं उस अंधकार की एक इकाई बनती जा रही थी।

"व्यसन कभी अकस्मात उत्पन्न नहीं होता; वह प्रत्येक छोटे चुनाव के

साथ निरंतर गहराता जाता है। और पल्लवी... पल्लवी अब उस गहराई में पूरी तरह उतर चुकी थी जहाँ प्रकाश की अंतिम किरण भी ओझल हो चुकी थी।"

आत्म-औचित्य

रात्रि के उस निबिड़ सन्नाटे में, जब समस्त संसार निंद्रा के आगोश में सुशुप्त होता है, पल्लवी सोलंकी जाग रही थी। पर यह जागरण केवल आँखों का नहीं था, यह उसके चित्त का एक नया और विकृत स्वरूप था। अब उसके भीतर 'क्यों' और 'कैसे' के प्रश्न मंद पड़ चुके थे और उनके स्थान पर 'तर्क' के मुखौटे पहने 'उत्तर' प्रभावी होने लगे थे। परंतु ये उत्तर सत्य नहीं थे, ये 'आत्म-औचित्य' थे।

"मैं अपराधी नहीं हूँ," उसने अँधेरे में स्वयं से बुदबुदाकर कहा। "मैंने किसी का अहित नहीं किया। मैंने तो केवल परिस्थितियों का साथ दिया।"

मनोविज्ञान का एक अत्यंत जटिल प्रपंच यही है, जब मनुष्य अपनी ही मर्यादाओं को भंग कर वापस लौटने में अक्षम हो जाता है, तो वह उन अपराधों को 'बदलने' के स्थान पर उन्हें 'सही ठहराने' की प्रक्रिया आरंभ कर देता है। पल्लवी अब स्वयं को यह विश्वास दिलाने लगी थी कि समाज के नियम निर्बलों के लिए हैं, और वह... वह तो अब उस 'वर्जित सत्य' की वासी है जो इन तुच्छ नियमों से परे है।

अगले दिन कॉलेज में उसकी देहयष्टि में एक नवीन और अप्राकृतिक आत्मविश्वास था। उसकी चाल में अब वह संकोच नहीं था जिसने उसे वर्षों तक एक 'संस्कारी कन्या' की छवि में कैद रखा था। दीपांकर ने उसे कॉरिडोर में रुकते हुए देखा। उसकी आँखों में अभी भी वही पुरानी,

करुण चिंता व्याप्त थी।

"पल्लवी, तुम... तुम अब कुछ भिन्न दिखती हो। जैसे तुम्हारे भीतर कोई युद्ध समाप्त हो गया हो," दीपांकर ने उसके समीप आकर कहा।

पल्लवी ने एक रहस्यमयी मुस्कान बिखेरी। "युद्ध केवल तब तक होता है, दीपांकर, जब तक आप निर्णय नहीं ले पाते। अब मैं शांत हूँ।"

यह शांति वास्तव में उसके विवेक की मृत्यु के पश्चात आया हुआ सन्नाटा था। दीपांकर जिसे 'शांति' समझ रहा था, वह पल्लवी का अपने 'झूठ' को 'सत्य' मान लेने का परिणाम था। पल्लवी के लिए अब दीपांकर का सुरक्षित प्रेम एक ऐसा 'पुराना वस्त्र' बन चुका था जिसकी अब उसे आवश्यकता नहीं थी।

संध्या होते ही करण ठाकुर का सम्मोहक प्रभाव उसके अस्तित्व को घेरने लगा। अब वह करण के साथ केवल अपराध में सहभागी नहीं थी, वह उसके 'मानसिक नियंत्रण' के पूर्ण प्रभाव में थी। करण का व्यक्तित्व उसके लिए वह केंद्र बन गया था जिसके बिना उसका अपना अस्तित्व अब निराधार प्रतीत होता था।

"तुम्हें ज्ञात है पल्लवी, मनुष्य का सबसे बड़ा शत्रु कौन है?" करण ने एक सुनसान पार्क की बेंच पर बैठते हुए पूछा। उसकी उँगलियाँ पल्लवी के बालों के साथ खेल रही थीं, जैसे वह उसके विचारों को सुलझा रहा हो।

"समाज?" पल्लवी ने प्रश्न किया।

करण हँसता एक ऐसी हँसी में था जिसमें अधिकार और उपहास का

मिश्रण था। "नहीं। मनुष्य का सबसे बड़ा शत्रु उसका अपना 'अतीत' और वे 'संस्कार' हैं जो उसे यह सोचने पर विवश करते हैं कि वह 'गलत' है। सत्य तो वह है जिसे तुम अभी अनुभव कर रही हो। तुम अब उस भीड़ का हिस्सा नहीं हो जो भेड़ों की तरह नियमों का पालन करती है। तुम अब एक स्वतंत्र चेतना हो।"

यह 'चालाकी की पराकाष्ठा' थी। करण पल्लवी के भीतर की 'अपराधबोध' की अग्नि को बुझाने के लिए 'दर्शन' का उपयोग कर रहा था। वह उसे यह विश्वास दिला रहा था कि उसकी 'निर्भरता' वास्तव में उसकी 'मुक्ति' है।

"तुम अब मेरे बिना नहीं रह पाओगी, पल्लवी," करण ने उसके कान के समीप फुसफुसाया। "क्योंकि तुम्हारी इस नई दुनिया का रचयिता मैं हूँ। बाहर की दुनिया तुम्हें अपराधी मानती है, पर मेरे पास... मेरे पास तुम महान हो।"

यही था वह 'नियंत्रण का जाल'। पल्लवी को अब लगने लगा था कि केवल करण ही वह व्यक्ति है जो उसे 'समझता' है। उसने अपनी समस्त भावनात्मक डोर करण के हाथों में सौंप दी थी। वह अब स्वतंत्र नहीं थी, वह 'करण ठाकुर' के विचारों का एक विस्तार मात्र बन चुकी थी।

रात को अपने कक्ष में आईने के सम्मुख खड़े होकर पल्लवी ने स्वयं से पुनः वही संवाद दोहराया, "मैं गलत नहीं हूँ। मैं तो केवल जीवित रहने का साहस कर रही हूँ।"

उसने अपनी आँखों में झाँका। वहाँ अब उसे कोई 'पाप' नहीं दिखाई दिया, केवल एक 'निर्णय' दिखा। उसने अपने भीतर के 'अच्छे' और 'बुरे'

की परिभाषा को ही परिवर्तित कर लिया था। ओशो के सिद्धांतों को विकृत कर उसने स्वयं को यह समझा लिया था कि 'मर्यादाओं को तोड़ना ही वास्तविक धर्म है।'

"आत्म-औचित्य मनुष्य को शांति नहीं देता, वह उसे केवल अपने ही बुने हुए झूठ की निद्रा में सुला देता है।"

पल्लवी सोलंकी अब उसी गहरी निद्रा में थी, जहाँ उसे यह भ्रम हो रहा था कि वह जागृत है। उसे आभास नहीं था कि यह निद्रा उसे उस गर्त की ओर ले जा रही थी जहाँ से केवल 'विनाश' ही अंतिम सत्य होने वाला था। वह अब करण के मानसिक पिंजरे की वह स्वेच्छाचारी बंदी थी जिसे अपनी बेड़ियाँ ही अपने आभूषण लगने लगे थे।

समाज से दूरी

प्रातःकाल की स्वर्णिम रश्मियाँ जब पल्लवी के वातायन से भीतर प्रविष्ट हुईं, तो वे उसके अंतर्मन के अंधकार को स्पर्श भी न कर सकीं। सोलंकी निवास में अब पल्लवी की उपस्थिति केवल एक भौतिक देह तक सीमित रह गई थी। जहाँ पूर्व में वह घर के प्रत्येक लघु संवाद और हास-परिहास का केंद्र होती थी, अब वह केवल एक मूक प्रेक्षक बनकर रह गई थी। उसके चित्त की विमुखता अब उसके व्यवहार में स्पष्ट झलकने लगी थी।

"पल्लवी, तुम इतनी अंतर्मुखी और मौन क्यों रहने लगी हो? क्या स्वास्थ्य ठीक नहीं है?" माँ ने एक दिन नाश्ते की मेज़ पर उसकी चिंतातुर आँखों में झाँकते हुए पूछा।

पल्लवी ने एक कृत्रिम और क्षीण मुस्कान बिखेरी। "बस माँ, परीक्षाओं

का मानसिक बोझ है और कुछ नहीं।"

यह उत्तर सरल था और सामाजिक रूप से स्वीकार्य भी, क्योंकि समाज अक्सर सतह के नीचे छिपी प्रलयंकारी उथल-पुथल को देखने में असमर्थ होता है। पल्लवी के लिए अब माँ का वात्सल्य और पिता का अनुशासन, दोनों ही 'मर्यादाओं के पहरेदार' प्रतीत होने लगे थे।

धीरे-धीरे पल्लवी ने अपने मित्रों के वृत्त से भी स्वयं को पृथक कर लिया। सहेलियों के कॉल्स अनसुने होने लगे और संदेशों के उत्तर घंटों तक नहीं दिए जाते थे। मनोविज्ञान के अनुसार, जब व्यक्ति किसी 'निषिद्ध कृत्य' को अपनी पहचान बना लेता है, तो वह उन लोगों से दूर भागने लगता है जो उसे उसके वास्तविक और सात्विक स्वरूप का स्मरण कराते हैं।

दीपांकर, जो अब भी उसके जीवन में प्रकाश की अंतिम किरण की भांति टिका हुआ था, निरंतर प्रयास कर रहा था। "पल्लवी, हम बात क्यों नहीं कर रहे? क्या मैंने कोई त्रुटि की है?" उसने एक दिन कॉलेज के एकांत कोने में उसे रोकते हुए पूछा।

पल्लवी ने उसकी ओर देखा, पर उसकी आँखों में अब वह पूर्ववत कोमलता और सम्मान नहीं था। वहाँ अब एक बर्फीली उपेक्षा व्याप्त थी। "दीपांकर, जीवन में कभी-कभी मार्ग पृथक हो जाते हैं। तुम मुझे 'समझने' का व्यर्थ प्रयास कर रहे हो, जबकि समझने के लिए अब कुछ शेष ही नहीं है।"

यह उत्तर वज्रपात की भांति कठोर था। दीपांकर ने पहली बार अनुभव किया कि वह जिस पल्लवी से प्रेम करता था, वह मर चुकी है और उसके स्थान पर एक ऐसी स्त्री खड़ी है जो अपनी असुरक्षाओं और

अपराधों को 'स्वतंत्रता' मान बैठी है।

"क्या वह... वह रहस्यमयी पुरुष तुम्हारी इस परिवर्तित स्थिति का कारण है?" दीपांकर ने कांपते स्वर में पूछा।

पल्लवी ने उसे एक ऐसी दृष्टि से देखा जिसमें दया और तिरस्कार का मिश्रण था। "यह अब तुम्हारी बौद्धिक परिधि के बाहर की बात है, दीपांकर। तुम सुरक्षा और मर्यादाओं के पिंजरे में सुख खोजते हो, और मुझे... मुझे वह आकाश चाहिए जो भले ही तूफानी हो, पर वास्तविक हो।"

यह संवाद केवल एक अलगाव नहीं था, यह पल्लवी द्वारा अपने 'सुरक्षित अतीत' पर किया गया अंतिम प्रहार था। दीपांकर वहाँ से चला गया, और उसके साथ ही पल्लवी के जीवन से 'सात्विक प्रेम' की अंतिम संभावना भी लुप्त हो गई।

पल्लवी का संसार अब अत्यंत संकुचित हो चुका था, घर, कॉलेज और इन सबके केंद्र में, करण ठाकुर। करण ने बड़ी सूक्ष्मता से उसे यह विश्वास दिला दिया था कि समस्त संसार उसके विरुद्ध है और केवल वही उसे 'समझ' सकता है।

"तुम्हें ज्ञात है पल्लवी," करण ने एक रात्रि उस अंधेरी गली में कहा, जहाँ वे गुप्त रूप से मिले थे, "सामान्य लोग हमें कभी समझ नहीं सकते। वे भेड़ों की भांति समाज द्वारा बनाए गए 'सही और गलत' के बाड़े में रहते हैं। वे हमारी तीव्रता और हमारे साहस से भयभीत होते हैं।"

यह 'विभाजन की रणनीति' थी। करण पल्लवी को समाज से पूर्णतः अलग कर अपने ऊपर पूर्णतः आश्रित बना रहा था। पल्लवी के भीतर यह 'श्रेष्ठता का भ्रम' घर करने लगा कि वह 'साधारण' नहीं है।

अब वह स्वयं को समाज से पृथक पाकर दुखी नहीं थी, बल्कि उसे एक विक्षिप्त गर्व का अनुभव होता था। उसे लगता था कि वह उन 'वर्जित सत्यों' की स्वामिनी है जिन्हें सामान्य लोग स्पर्श करने का भी साहस नहीं कर सकते।

रात्रि को जब वह अपने एकांत कक्ष में होती, तो एक क्षण के लिए उसे उस 'शून्य' का आभास होता, पर अगले ही क्षण करण के साथ किए गए 'अपराधों का रोमांच' और उसकी 'कठोर बातें' उस रिक्तता को भर देतीं। यही थी 'पूर्ण अधीनता' की अवस्था।

माँ ने पुनः एक रात उसके कक्ष में आकर कहा, "बेटा, तुम पूरी तरह बदल गई हो। तुम्हारी आँखों में अब वह पल्लवी नहीं दिखती।"

पल्लवी ने खिड़की के बाहर सघन अंधकार को देखते हुए धीरे से कहा, "शायद माँ... मैं अब उस पल्लवी को स्वयं भी नहीं पहचानती। और सत्य तो यह है कि मैं उसे फिर कभी पहचानना भी नहीं चाहती।"

यह केवल एक वाक्य नहीं था; यह पल्लवी की ओर से समाज और परिवार को दी गई अंतिम विदा थी।

"समाज से दूरी कभी अकस्मात उत्पन्न नहीं होती। वह प्रत्येक छोटे झूठ, प्रत्येक अनसुनी पुकार और प्रत्येक 'वर्जित रहस्य' के साथ बढ़ती जाती है।"

पल्लवी सोलंकी अब उस 'मर्यादित तट' को छोड़ चुकी थी जहाँ से वापसी संभव तो थी, पर अब उसकी इच्छा मर चुकी थी। उसका संसार अब छोटा, अंधेरा और खतरनाक था, पर उसे वही अब अपना एकमात्र गंतव्य प्रतीत हो रहा था।

करण का प्रभाव

परिवर्तन कभी ढोल-नगाड़ों के साथ उद्घोषित होकर नहीं आता; वह तो स्याही की एक बूंद की भांति होता है जो जल के स्वच्छ पात्र में गिरकर धीरे-धीरे संपूर्ण रंग ही बदल देती है। पल्लवी सोलंकी के साथ भी यही घटित हो रहा था। अब वह पहले जैसी नहीं रही थी, परंतु यह रूपांतरण किसी एक आकस्मिक क्षण की उपज नहीं था। यह उन अनगिनत रातों का संचित परिणाम था जहाँ उसने अपनी मर्यादाओं की बलि दी थी।

कॉलेज के गलियारों में अब पल्लवी की चाल में एक भिन्न प्रकार का 'असात्त्विक आत्मविश्वास' दृष्टिगोचर होने लगा था। अब न तो उसके कंधों में वह पूर्ववत संकोच था, न ही उसकी दृष्टि में वह 'संस्कारी' लज्जा। वह चलती तो लोग उसे देखते, पर वह किसी की ओर नहीं देखती थी। उसकी आँखों में अब एक ऐसी शीतलता व्याप्त थी जो दूसरों को समीप आने से वर्जित करती थी।

करण ठाकुर के साथ बिताए गए वे निषिद्ध क्षण अब केवल स्मृतियाँ नहीं थे; वे उसके व्यवहार का स्थायी अंग बन चुके थे। उसकी भाषा, उसके विचार और उसकी दृष्टि सब कुछ करण के साये में रंग चुके थे।

"तुम अब पहले जैसी मौन और सौम्य नहीं रही हो, पल्लवी," उसकी एक पुरानी सहेली ने एक दिन टोका। "तुम्हारी बातों में अब एक अजीब-सी कड़वाहट और विद्रोह झलकता है।"

पल्लवी ने एक रहस्यमयी और उपेक्षापूर्ण मुस्कान दी। "शायद पल्लवी... अब मैं केवल समझदार हो गई हूँ। जिसे तुम सौम्यता कहती हो, वह वास्तव में दासता थी।"

यह उत्तर उसका स्वयं का नहीं था। यह करण द्वारा उसके मस्तिष्क में रोपा गया वह विचार था जो अब फलने-फूलने लगा था। करण ने उसे केवल प्रभावित नहीं किया था; उसने उसके सोचने के व्याकरण को ही बदल दिया था। करण अक्सर कहता था, "समाज की सम्मति केवल उनके लिए महत्वपूर्ण है जो स्वयं की सत्ता से अनभिज्ञ हैं।" और अब पल्लवी इसी 'अराजक सत्य' को अपना धर्म मान चुकी थी।

धीरे-धीरे उसके निर्णय लेने की पद्धति में भी आमूलचूल परिवर्तन आ गया। जहाँ पूर्व में वह तुच्छ बातों पर भी धर्म-अधर्म का विचार करती थी, अब वह सीधे और कठोर निर्णय लेती थी, बिना किसी हिचक के, बिना किसी पश्चाताप के। यही था पल्लवी के व्यक्तित्व का 'पुनर्निर्माण'।

एक दिन कॉलेज के द्वार पर दीपांकर ने उसे रोका। उसकी आँखों में पल्लवी के प्रति अब केवल प्रेम नहीं, बल्कि एक गहरा विषाद था।

"तुम्हारी आँखों में पल्लवी... अब कुछ अत्यंत डरावना और अजनबी सा दिखता है," उसने कांपते स्वर में कहा। "पहले उनमें एक सादगी थी, एक पवित्र प्रकाश था। अब... अब वहाँ केवल एक गहरा कुआँ दिखता है जिसमें कोई तल नहीं है।"

पल्लवी ने उसकी ओर एक ऐसी दृष्टि डाली जैसे वह किसी क्षुद्र प्राणी को देख रही हो। "सादगी केवल अज्ञानता का दूसरा नाम है, दीपांकर। अब मैं संसार को उसके नग्न स्वरुप में देख रही हूँ। मैं अब तुम्हारी उस 'पवित्रता' के पिंजरे की पक्षी नहीं हूँ।"

दीपांकर निरुत्तर रह गया। उसे आभास हुआ कि पल्लवी की जिह्वा से करण बोल रहा था। वह प्रभाव अब इतना गहरा हो चुका था कि

पल्लवी और करण के विचारों के मध्य कोई स्पष्ट विभाजक रेखा शेष नहीं रही थी।

मनोविज्ञान का एक अत्यंत घातक चरण यही है, जहाँ व्यक्ति यह भ्रम पाल लेता है कि वह 'स्वतंत्र' निर्णय ले रहा है, जबकि वह वास्तव में किसी अन्य की चेतना का विस्तार मात्र होता है। करण ने पल्लवी को 'विशेष' होने का बोध कराकर उसे वास्तव में अपनी 'मानसिक परतंत्रता' में ले लिया था।

एक रात्रि करण ने उसके समीप आकर बहुत धीमे स्वर में कहा, "पल्लवी, तुम अब पहले से कहीं अधिक श्रेष्ठ हो गई हो। पहले तुम समाज के दर्पण में अपना चेहरा देखती थी, अब तुम स्वयं एक दर्पण बन गई हो।"

पल्लवी ने मंत्रमुग्ध होकर उसकी ओर देखा। "क्या वास्तव में, करण?"

"हाँ। पहले तुम दूसरों की अपेक्षाओं की परिधि में जीती थी, अब तुम अपनी इच्छाओं के केंद्र में हो।" करण का यह वाक्य पल्लवी के अहंकार को तुष्ट कर रहा था। यही नियंत्रण का अंतिम चरण था, जहाँ शिकार अपनी बेड़ियों को अपनी 'शक्ति' समझने लगता है।

रात्रि को अपने कक्ष के एकांत में, आईने के सम्मुख खड़ी पल्लवी ने पुनः स्वयं को निहारा। इस बार उसकी आँखों में पकड़े जाने का भय नहीं था, बल्कि एक भयावह 'स्वीकार' था। उसने अनुभव किया कि उसका अतीत वह संस्कारी पल्लवी, वह माता-पिता का लाड़, वह दीपांकर का सादा प्रेम सब कुछ धुंधला हो रहा है।

अब उसका वर्तमान और भविष्य केवल करण था। वह अब स्वयं और करण के मध्य कोई अंतर नहीं कर पा रही थी। करण ठाकुर का प्रभाव

अब केवल एक आकर्षण नहीं रहा था, वह पल्लवी सोलंकी की नई 'पहचान' बन चुका था।

"प्रभाव कभी बाह्य स्वरुप को नहीं बदलता, वह तो भीतर की आत्मा के रंग को परिवर्तित कर देता है। और पल्लवी... पल्लवी अब उस रंग में रंग चुकी थी जहाँ से श्वेत होने का मार्ग सदैव के लिए लुप्त हो चुका था।"

खतरनाक खेल

अपराध कभी अपनी विभीषिका के साथ सीधे द्वार पर दस्तक नहीं देता; वह तो अत्यंत लघु और निरापद चरणों के साथ चुपके से जीवन में प्रविष्ट होता है। पल्लवी सोलंकी के लिए भी सब कुछ एक 'लघु कार्य' से आरंभ हुआ था एक अज्ञात बैग को सुरक्षित स्थान पर पहुँचाना, एक सूक्ष्म असत्य बोलना, या एक जघन्य सत्य को मौन रहकर छिपा लेना। और अब, ये समस्त वर्जनाएँ उसे असामान्य नहीं, बल्कि अत्यंत सहज और सामान्य प्रतीत होने लगी थीं। यही था पल्लवी के जीवन के उस 'खतरनाक खेल' का वास्तविक सूत्रपात।

रात्रि की वे गुप्त मुलाकातें अब और अधिक सुव्यवस्थित और सुनियोजित हो चुकी थीं। स्थान निरंतर बदलते रहते हैं, कभी नगर के निर्जन खंडहर, तो कभी घनी बस्तियों की तंग गलियाँ। समय का कोई निश्चित क्रम नहीं था, पर एक तत्व जो प्रत्येक भेंट में स्थायी था, वह था, 'जोखिम'। और पल्लवी अब उस जोखिम के नशीले एड्रेनालिन के अभ्यस्त हो चुकी थी।

"आज हम कुछ भिन्न करेंगे, पल्लवी," करण ने एक धुंधली रात्रि में कहा। उसके स्वर में वह चिर-परिचित सम्मोहन था जिसने पल्लवी के

विवेक को शिथिल कर दिया था।

पल्लवी ने उत्सुकता और भय के मिश्रण के साथ उसकी ओर देखा। "क्या?"

करण ने एक कुटिल और रहस्यमयी मुस्कान बिखेरी। "बस... एक छोटा-सा खेल। एक ऐसा खेल जो यह सिद्ध करेगा कि तुम समाज के बनाए हुए उन 'काल्पनिक नियमों' से कितनी ऊपर उठ चुकी हो।"

'खेल' यह शब्द अब पल्लवी के लिए नवीन नहीं था, पर इस बार उसके भीतर एक अज्ञात उत्तेजना का संचार हुआ। वे नगर के एक अत्यंत संकुल और व्यस्त बाज़ार में पहुँचे। चारों ओर कोलाहल था, प्रकाश की चकाचौंध थी और मनुष्यों की अंतहीन कतारें थीं।

"यहाँ?" पल्लवी ने विस्मय से पूछा।

करण ने सिर हिलाया। "भीड़ ही सबसे सुरक्षित आवरण होती है, पल्लवी। जहाँ प्रत्येक व्यक्ति स्वयं में लीन है, वहाँ कोई किसी की सूक्ष्म गतिविधियों को नहीं देखता। यही अराजकता का सौंदर्य है।"

करण का यह विचार सरल था, पर उसके पीछे एक गहरा मनोवैज्ञानिक षड्यंत्र छिपा था। वह पल्लवी को 'भीड़ के बीच अदृश्य' होने का बोध करा रहा था।

"तुम्हें बस उस संभ्रांत दुकान से एक विशिष्ट वस्तु उठानी है और बिना किसी हलचल के बाहर आ जाना है," करण ने अत्यंत धीमे स्वर में निर्देश दिया।

पल्लवी के शरीर में एक सिहरन दौड़ गई। "चोरी?" उसने कांपते हुए पूछा।

करण ने उसकी आँखों में आँखें डालीं। "नहीं, पल्लवी। इसे 'चोरी' कहना तुच्छ होगा। यह तो एक 'मनोवैज्ञानिक परीक्षण' है। यह तुम्हारी एकाग्रता और समाज के प्रति तुम्हारे अनादर की परीक्षा है।"

यह भाषा का वह जाल था जिसमें 'चोरी' को 'साहस का परीक्षण' बना दिया गया था। पल्लवी के भीतर के पुराने संस्कारों ने एक अंतिम बार सिर उठाया, 'यह अनुचित है।' पर अगले ही क्षण उसके 'आत्म-औचित्य' ने उत्तर दिया, 'यह केवल एक लघु कृत्य है, इससे किसी का विनाश नहीं होगा।'

वह दुकान के भीतर प्रविष्ट हुई। उसकी हथेलियाँ पसीने से भीग रही थीं, पर उसके कदम अब करण के प्रभाव के कारण स्थिर थे। उसने वह वस्तु उठाई और उसे अपनी पोशाक के भीतर छिपा लिया। कुछ क्षणों के लिए काल ठहर गया। उसे लगा जैसे समस्त संसार की दृष्टि उस पर टिकी है। पर जैसा कि करण ने कहा था, भीड़ अंधी थी।

वह निर्विघ्न बाहर आ गई। कोई कोलाहल नहीं हुआ, कोई पकड़ा नहीं गया। केवल उसके हृदय की तीव्र धड़कनें थीं जो उसके कानों में गूँज रही थीं। करण सम्मुख खड़ा था।

"कैसा अनुभव हुआ?" उसने उसकी आँखों में झाँकते हुए पूछा।

पल्लवी कुछ क्षण मौन रही। उसका गला शुष्क था। फिर उसने बहुत धीमे स्वर में कहा, "अजीब... पर अत्यंत तीव्र।"

"डर लगा?" करण ने पूछा।

पल्लवी ने नकारात्मकता में सिर हिलाया। "नहीं... कुछ और ही था। एक प्रकार का... परमानंद।"

करण मुस्कुराया। "उत्तेजना। यही वह औषधि है पल्लवी, जो तुम्हें उन मृत लोगों से अलग करती है जो नियमों की बेड़ियाँ पहने जी रहे हैं।"

यही था अपराध की लत का अगला और घातक चरण, जहाँ 'भय' अब 'आनंद' में रूपांतरित हो चुका था। अब यह केवल एक आकस्मिक घटना नहीं रही। आगामी कुछ दिनों में ऐसे अनेक 'लघु खेल' आयोजित किए जाएंगे। कभी किसी की सूचना चुराना, कभी किसी को भ्रमित करना, तो कभी छोटी-मोटी लूट का हिस्सा बनना।

प्रत्येक बार जोखिम की मात्रा बढ़ती गई और उसके समानांतर पल्लवी का यह विक्षिप्त आत्मविश्वास भी 'मैं अजेय हूँ। नियम मेरे लिए नहीं बने हैं।'

"तुम अब वास्तव में सत्य को समझने लगी हो, पल्लवी," करण ने उसकी प्रशंसा करते हुए कहा। "कि नियम केवल एक सामूहिक भ्रम हैं जो निर्बलों को प्रबंधित करने के लिए गढ़े गए हैं।"

पल्लवी को अब यह आभास होने लगा था कि वह जो चाहे कर सकती है। यही था वह 'नियंत्रण का भ्रम' जहाँ व्यक्ति स्वयं को सर्वशक्तिमान मानने लगता है, जबकि वह वास्तव में पतन के अंतिम सोपान पर खड़ा होता है।

एक रात्रि जब वह अपने एकांत कक्ष में थी, उसने स्वयं से प्रश्न किया, 'क्या मैं वही पल्लवी हूँ जो कुछ मास पूर्व मर्यादाओं की मूर्ति थी?'

उसने आईने में अपने प्रतिबिंब को देखा और एक रहस्यमयी मुस्कान के साथ उत्तर दिया, "नहीं। और मुझे उस पुरानी पल्लवी पर अब दया आती है।"

उसके स्वर में अब कोई अनुताप नहीं था, केवल एक 'अंधेरा स्वीकार' था। खेल जब आदत बन जाता है, तो वह खेल नहीं रहता; वह व्यक्ति की 'नियुक्ति' बन जाता है। और पल्लवी सोलंकी अब उसी खेल को अपनी नियति मान चुकी थी।

उसे यह बोध नहीं था कि जो खेल उसने आरंभ किया है, उसका अंतिम पासा अब उसके हाथ में नहीं, बल्कि उस विनाश के हाथ में है जिसकी आहट वह अपनी उत्तेजना के शोर में नहीं सुन पा रही थी।

भय का क्षय

रात्रि का तृतीय प्रहर था। निशा का अंधकार स्थिर था, पर पल्लवी का चित्त अब विचलित नहीं, वरन 'शून्य' हो चुका था। एक समय था जब इसी अंधकार में उसके पग कांपते थे और प्रत्येक अज्ञात पदचाप उसे किसी अदृश्य दैवीय दंड का संकेत प्रतीत होती थी। परंतु आज, वह उसी अंधकार में निःसंकोच विचरण कर रही थी। न हृदय में कोई कंपन था, न श्वासों में वह पूर्ववत व्याकुलता; केवल एक विचित्र और ठंडी शांति व्याप्त थी।

यही था, भय का पूर्णतः क्षय ।

मनोविज्ञान का एक अत्यंत क्रूर सत्य यह है कि जब मनुष्य बार-बार अपनी मर्यादाओं का उल्लंघन करता है, तो मस्तिष्क उस 'अपराध बोध' को एक सामान्य 'अनुभव' के रूप में स्वीकार करने लगता है। पल्लवी के लिए अब जोखिम कोई बाधा नहीं, बल्कि एक 'नया सामान्य' बन

चुका था।

करण ठाकुर उस निर्जन स्थान पर खड़ा था जहाँ छायाएँ और भी डरावनी थीं, पर पल्लवी के लिए अब कुछ भी डरावना शेष नहीं रहा था।

"तुम्हें अब पकड़े जाने का भय नहीं सताता?" करण ने उसकी स्थिर आँखों में झाँकते हुए पूछा। उसके स्वर में आज एक सूक्ष्म आश्चर्य था।

पल्लवी ने उसकी ओर देखा। उसकी दृष्टि में अब वह 'संस्कारी' लज्जा नहीं थी। "भय... अब एक पुरानी और विस्मृत अनुभूति जैसा लगता है, करण। जब आप अंधकार को ही अपना घर बना लेते हैं, तो फिर प्रकाश की किरणें आपको विचलित नहीं करतीं।"

करण के होंठों पर एक संतोषजनक मुस्कान उभरी। "क्योंकि तुमने उसे पार कर लिया है, पल्लवी। ओशो कहते थे कि डर केवल तभी तक रहता है जब तक तुम 'स्वयं' को बचाने का प्रयास करते हो। जिस क्षण तुम बिखरने के लिए तैयार हो जाते हो, डर तुम्हारा दास बन जाता है। तुम अब उस 'समाज' से ऊपर उठ चुकी हो जो डर के सहारे राज करता है।"

यह प्रशंसा पल्लवी के अहंकार को तुष्ट कर रही थी, पर उसके पीछे 'पतन' की अंतिम सीढ़ी छिपी थी। आज का कार्य पहले से कहीं अधिक जोखिमपूर्ण था, एक सरकारी भवन से कुछ गोपनीय दस्तावेज़ों का 'हस्तांतरण'। पहले जहाँ ऐसी कल्पना मात्र से पल्लवी का चित्त चंचल हो उठता था, आज वह किसी कुशल यंत्र की भांति स्थिर थी।

वह भवन के भीतर प्रविष्ट हुई। दीवारों पर छायाओं का नृत्य हो रहा था, हवा में सीलन की एक तीखी गंध थी। पर पल्लवी के भीतर कोई

प्रतिक्रिया नहीं हुई। यही था 'भावनात्मक रिक्तता' का चरम। जहाँ न दया बचती है, न संकोच; केवल 'क्रिया' शेष रह जाती है।

उसने कार्य पूर्ण किया। न कोई हड़बड़ी दिखाई, न कोई संशय। सब कुछ यंत्रवत् था।

वापस लौटते समय उसने एक क्षण के लिए स्वयं से प्रश्न किया, "क्या यह घोर अधर्म है?" पर इस बार उसके भीतर से कोई प्रतिरोधी स्वर नहीं उभरा। उत्तर स्वतः आया, "अब यही मेरा सत्य है।"

यही था 'आत्म-औचित्य' का वह अंतिम रुप जहाँ मनुष्य अपने कर्मों को तर्क से नहीं, बल्कि आदत से सही ठहराने लगता है। वह अब उस 'जोखिम के रोमांच' की इतनी आदी हो चुकी थी कि सामान्य जीवन उसे मृत्यु के समान शांत लगने लगा था।

"अब असली खेल आरंभ होगा," करण ने उसके माथे को स्पर्श करते हुए कहा।

पल्लवी ने कोई प्रश्न नहीं किया। अब उसके भीतर प्रश्नों का अस्तित्व समाप्त हो चुका था। वह 'आकर्षण के जाल' से निकलकर अब 'अंधकार की दासता' में पूर्णतः समर्पित हो चुकी थी।

भय का क्षय स्वतंत्रता नहीं देता; वह तो मनुष्य को उसके ही भीतर के दानव का दास बना देता है। पल्लवी सोलंकी अब उस दासता का उत्सव मना रही थी। उसे आभास नहीं था कि यह 'निडरता' वास्तव में उस विनाश का निमंत्रण है जहाँ कानून और समाज का दंड एक साथ उसकी प्रतीक्षा कर रहे थे।

पहचान का संकट

रात्रि शांत थी, परंतु पल्लवी का अंतर्मन एक भीषण कोलाहल से ग्रसित था। वह अपने कक्ष के विशाल दर्पण के सम्मुख स्थिर खड़ी थी। कुछ दीर्घ क्षणों तक वह अपलक स्वयं के प्रतिबिंब को निहारती रही। बाह्य रूप से वही चिर-परिचित चेहरा था, वही सुगठित काया, परंतु उन आँखों के पीछे कोई और ही सत्ता विराजमान थी।

"मैं वास्तव में कौन हूँ?"

यह प्रश्न कोई आकस्मिक विचार नहीं था; यह उस प्रत्येक क्षण की संचित प्रतिध्वनि थी जहाँ उसने स्वयं की मूल चेतना से दूर जाने का निर्णय लिया था। एक समय था जब पल्लवी सोलंकी की पहचान सुस्पष्ट थी, उसकी अपनी मर्यादाएं थीं, उसके अपने नैतिक मापदंड थे और उसका एक परिभाषित संसार था। परंतु अब, वे समस्त सीमाएं धुंधली होकर लुप्त हो चुकी थीं। और मनोविज्ञान का यह शाश्वत नियम है कि जहाँ सीमाएं धूमिल होती हैं, वहाँ व्यक्तित्व की पहचान भी खंडित होने लगती है।

पल्लवी अब एक 'द्वैत' के साथ जी रही थी। दिन के प्रकाश में वह एक साधारण, सुशील कन्या थी, माता-पिता के लिए एक आज्ञाकारी पुत्री और समाज के लिए एक शालीन छात्रा। परंतु रात्रि का अंधकार उसका दूसरा रूप उजागर करता था, एक ऐसी स्त्री जो नियमों से निर्लिप्त थी, जो 'भय के क्षय' का उत्सव मनाती थी और जो पूर्णतः एक अन्य पुरुष, करण ठाकुर, के प्रभाव में थी।

"एक ही देह में दो विपरीत अस्तित्वों का वास..." उसने अपने प्रतिबिंब से फुसफुसाकर कहा।

ओशो अक्सर कहते थे कि व्यक्ति जिसे अपनी 'पहचान' कहता है, वह केवल समाज द्वारा थोपा गया एक 'मुखौटा' है। पल्लवी को लगने लगा था कि उसका पुराना 'संस्कारी' रूप वह मुखौटा था और उसका यह नया, 'अंधकारमय' स्वरूप ही उसका वास्तविक सत्य है। परंतु क्या यह सत्य था, या केवल करण द्वारा रचित एक 'भ्रम'?

दीपांकर ने एक दिन कॉलेज के रिक्त गलियारे में उसे रोकते हुए बहुत करुण स्वर में कहा था, "पल्लवी, मैं तुम्हें अपनी आँखों के सामने स्वयं को खोते हुए देख रहा हूँ। तुम उस दिशा में जा रही हो जहाँ से कोई भी अक्षत वापस नहीं लौटा।"

पल्लवी ने उसकी ओर एक ऐसी दृष्टि से देखा जिसमें अब संवेदना का लेशमात्र भी शेष नहीं था। "शायद दीपांकर, मैं स्वयं को 'खो' नहीं रही, बल्कि प्रथम बार स्वयं को 'खोज' रही हूँ। जिसे तुम खोना कह रहे हो, वह वास्तव में मेरा रूपांतरण है।"

यह उत्तर पल्लवी का नहीं, वरन करण के विचारों का अनुकरण था। करण ने बड़ी सूक्ष्मता से उसे यह विश्वास दिला दिया था कि उसका 'परिवर्तन' वास्तव में उसकी 'शक्ति' है।

"तुम अब वैसी निर्बल नहीं रही, पल्लवी," करण ने एक रात्रि उसके समीप आकर कहा था। "तुमने उस 'कमजोरी' को त्याग दिया है जिसे समाज 'मर्यादा' कहता है।"

पल्लवी के भीतर यह शब्द किसी मंत्र की भांति गूँजने लगे। क्या वह वास्तव में पूर्व में निर्बल थी? या अब वह कुछ ऐसा बन चुकी थी जिसके लिए नैतिकता का कोई अर्थ नहीं था? यही पहचान संकट का वह मूल बिंदु था जहाँ व्यक्ति अपने गौरवशाली अतीत को नकार देता है और

अपने वर्तमान अंधकार को 'विकास' मान लेता है।

उस रात पल्लवी जब अकेली थी, उसने आँखें मूंद लीं। उसके भीतर दो परस्पर विरोधी स्वर परस्पर टकरा रहे थे। एक स्वर, जो मंद पड़ चुका था, कह रहा था, "रुक जाओ पल्लवी, यह पतन का मार्ग है। तुम ऐसी नहीं हो।" और दूसरा स्वर, जो अब अत्यंत प्रबल और नशीला था, कह रहा था, "यही तुम्हारा वास्तविक स्वरूप है। तुम अब उस भीड़ से ऊपर उठ चुकी हो।"

यह आंतरिक विखंडन अब असहनीय होता जा रहा था। वह हताश होकर भूमि पर बैठ गई। "मैं कौन हूँ?" उसने पुनः पूछा, पर इस बार उत्तर के स्थान पर केवल एक गहरा सन्नाटा था।

जब व्यक्ति बार-बार अपने मूल सत्य से विश्वासघात करता है, तो एक दिन उसका अपना ही सत्य उसे पहचानने से इनकार कर देता है। पल्लवी सोलंकी अब उसी मानसिक अवस्था में थी। अगले दिन कॉलेज में जब लोग उसे देख रहे थे, उसे ऐसा अनुभव हुआ जैसे वह 'अदृश्य' हो गई हो। कोई भी उसे उसके वास्तविक स्वरूप में नहीं देख पा रहा था क्योंकि वह स्वयं को ही नहीं देख पा रही थी।

करण ने उसे पुनः एक गुप्त स्थान पर बुलाया। उसकी सूक्ष्म मनोवैज्ञानिक दृष्टि ने पल्लवी की व्याकुलता को भाँप लिया। "तुम विचलित लग रही हो, पल्लवी।"

"मैं... मुझे समझ नहीं आ रहा करण, कि मैं क्या बनती जा रही हूँ। कभी-कभी मुझे स्वयं के प्रतिबिंब से भय लगता है," उसने अपनी दुर्बलता प्रकट की।

करण ने उसके चेहरे को अपने हाथों में लिया और अत्यंत सम्मोहक स्वर में कहा, "तुम वही बन रही हो, पल्लवी, जो तुम सदैव से होना चाहती थी पर समाज ने तुम्हें अनुमति नहीं दी। तुम एक 'यथार्थ' बन रही हो।"

करण का यह तर्क पल्लवी के अंतर्मन के प्रत्येक संदेह को 'सत्य' का जामा पहना रहा था। उसने करण की आँखों में अपनी मुक्ति देखी और अपने प्रश्न को पुनः भीतर कहीं गहरा दफन कर दिया। यही होता है 'व्यक्तित्व का पूर्ण विखंडन', जहाँ प्रश्न तो रहते हैं, परंतु उनके उत्तर किसी और के नियंत्रण में होते हैं।

रात्रि को पुनः दर्पण के सम्मुख खड़े होकर पल्लवी ने स्वयं को देखा। इस बार उसने कोई प्रश्न नहीं किया। उसने केवल एक ठंडी और रहस्यमयी मुस्कान बिखेरी और धीरे से कहा, "शायद... मैं दोनों हूँ। और अंततः, केवल वही पक्ष जीवित रहेगा जो अधिक शक्तिशाली होगा।"

पहचान का यह संकट कभी सीधे उत्तर नहीं देता; वह केवल व्यक्ति को दो खंडों में विभाजित कर देता है, एक वह जो अब भी बचना चाहता है, और दूसरा वह जो पूर्णतः अंधकार को अंगीकार कर चुका है। पल्लवी सोलंकी अब इसी विभाजन की भेंट चढ़ चुकी थी। उसे ज्ञान नहीं था कि इन दोनों पक्षों के युद्ध में उसकी 'आत्मा' की आहुति दी जा चुकी थी।

प्रेम या नियंत्रण?

रात्रि अपनी सघनता के चरम पर थी, परंतु इस बार पल्लवी के मानस में अंधकार से अधिक प्रश्नों की एक अनंत श्रृंखला व्याप्त थी। उसके भीतर एक अत्यंत सूक्ष्म परंतु तीक्ष्ण स्वर गूँज रहा था, "क्या यह वास्तव में प्रेम है, या केवल एक अदृश्य कारागार?"

यह प्रश्न किसी तार्किक विमर्श से उत्पन्न नहीं हुआ था, वरन उन समस्त

क्षणों की संचित पीड़ा थी जहाँ पल्लवी ने स्वयं को 'निर्णय' लेते हुए नहीं, अपितु केवल 'निर्देशों' का अनुपालन करते हुए पाया था। करण उसके सम्मुख खड़ा था, सदा की भांति स्थिर, अटल और रहस्यमयी। उसकी उपस्थिति पल्लवी के लिए एक ऐसा ध्रुवतारा बन चुकी थी जिसने उसे उसके अपनों से दूर कर दिया था।

"तुम आज असाधारण रूप से मौन हो, पल्लवी," करण ने उसकी आँखों में अपनी भेदती दृष्टि गड़ाते हुए कहा।

"मैं आत्म-मंथन कर रही हूँ, करण," पल्लवी ने बहुत सधे हुए स्वर में उत्तर दिया।

"किस विषय पर?"

पल्लवी ने एक क्षण का विराम लिया और फिर वह प्रश्न कर दिया जिसने उनके संबंधों की मनोवैज्ञानिक नींव को हिला दिया, "यह... जो हमारे मध्य व्याप्त है, जिसे हम आकर्षण और समर्पण का नाम दे रहे हैं... क्या यह वास्तव में प्रेम है, या तुम्हारा मुझ पर बढ़ता हुआ नियंत्रण?"

वातावरण में एक भारी सन्नाटा पसर गया। यह वही प्रश्न था जिससे करण निरंतर बचता आ रहा था। उसके होंठों पर वही चिर-परिचित, कुटिल मुस्कान उभरी, एक ऐसी मुस्कान जो उत्तर देने के स्थान पर प्रश्नकर्ता को ही कटघरे में खड़ा कर देती थी।

"तुम्हें क्या प्रतीत होता है, पल्लवी?" उसने प्रत्युत्तर दिया। यह 'गैसलाइटिंग' की वह शैली थी जहाँ व्यक्ति के संदेह को ही उसकी दुर्बलता सिद्ध कर दिया जाता है।

"मुझे अनुभव होता है कि मैं अब स्वतंत्र नहीं हूँ," पल्लवी ने साहस

जुटाकर कहा। "मेरे निर्णय, मेरे विचार, यहाँ तक कि मेरी अनुभूतियाँ भी अब तुम्हारी इच्छाओं के अधीन हैं।"

करण उसकी ओर दो कदम बढ़ा और उसके अत्यंत निकट आकर बोला, "पल्लवी, ओशो कहते थे कि प्रेम और स्वतंत्रता एक ही सिक्के के दो पहलू हैं। पर समाज जिसे 'स्वतंत्रता' कहता है, वह वास्तव में केवल एक 'सुरक्षित भय' है। मैंने तुम्हें उस भय से मुक्त किया है। क्या मार्गदर्शन को तुम नियंत्रण की संज्ञा दोगी?"

यही था 'भ्रम का विस्तार'। जहाँ स्पष्ट परतंत्रता को 'मुक्ति' और 'मैनीपुलेशन' को 'मार्गदर्शन' का नाम दिया जा रहा था। पल्लवी के तर्क धुंधले होने लगे। करण का सम्मोहन उसे पुनः अपने आगोश में ले रहा था।

"पर यदि मैं 'न' कहूँ... तो?" पल्लवी ने अपनी अंतिम शक्ति समेटकर पूछा।

"क्या तुममें 'न' कहने का सामर्थ्य शेष है?" करण ने उसकी आँखों में झाँकते हुए एक ऐसा प्रश्न किया जिसका उत्तर पल्लवी के पास नहीं था।

यही नियंत्रण का वास्तविक और वीभत्स स्वरूप था। जहाँ आदेश नहीं दिए जाते, अपितु व्यक्ति को मानसिक रूप से इस प्रकार ढाल दिया जाता है कि वह स्वयं उन जंजीरों को अपना आभूषण मानने लगे। पल्लवी को आभास हुआ कि वह अब करण की परछाईं मात्र रह गई है। करण ने बड़ी सूक्ष्मता से उसकी 'इच्छाशक्ति' का हरण कर लिया था और उसके स्थान पर अपनी 'अधीनता' स्थापित कर दी थी।

"तुम मुझ पर विश्वास करती हो?" करण ने उसका हाथ अपने हाथों में लेकर अत्यंत कोमल स्वर में पूछा।

यह प्रश्न साधारण नहीं था। यह पल्लवी के अस्तित्व का समर्पण मांगने वाला एक अंतिम दांव था। पल्लवी ने उसकी आँखों में देखा, जहाँ उसे वह तूफान दिख रहा था जिससे वह अब डरने लगी थी, पर जिसके बिना वह अब रिक्त भी थी।

"हाँ..." उसने फुसफुसा कर कहा। और उसी 'हाँ' के साथ, उसने अपने आत्म-नियंत्रण का अंतिम अंश भी त्याग दिया।

करण की आँखों में एक विक्षिप्त संतोष की चमक उभरी। यही वह क्षण था जहाँ पल्लवी का 'अजेयता का भ्रम' पूर्णतः करण की 'कैद' में बदल चुका था। अब पल्लवी को यह भ्रम होने लगा था कि वह 'स्वयं' निर्णय ले रही है, जबकि सत्य यह था कि प्रत्येक निर्णय की पटकथा करण द्वारा ही लिखी जा रही थी।

रात्रि के एकांत में दर्पण के सम्मुख खड़ी पल्लवी ने पुनः स्वयं को देखा और धीमे स्वर में कहा, "मैं उसके बिना नहीं रह सकती..."

यही वह सूक्ष्म अंतर है जो प्रेम और नियंत्रण को पृथक करता है। प्रेम व्यक्ति को 'मुक्त' करता है, जबकि नियंत्रण उसे 'निर्भर' बनाता है। पल्लवी सोलंकी अब स्वतंत्र प्रेमिका नहीं थी; वह एक मानसिक रूप से परतंत्र साझीदार थी जिसे अपने ही पतन में एक दिव्य आनंद की अनुभूति हो रही थी।

"भ्रम का विस्तार कभी सत्य को परिवर्तित नहीं करता; वह केवल सत्य को देखने की दृष्टि को विकृत कर देता है।"

पल्लवी अब वही देख रही थी जो करण उसे दिखाना चाहता था। वह अब उस दलदल की गहराई में थी जहाँ उसे लगा कि वह उड़ रही है, जबकि वास्तविकता यह थी कि वह डूब रही थी।

अपराध का पहला बड़ा कदम

रात्रि का वह अंधकार आज सामान्य से अधिक सघन और भयावह प्रतीत हो रहा था। आकाश में छाई काली घटाएं जैसे किसी अशुभ घटना की मूक साक्षी थीं। पल्लवी अपने कक्ष के वातायन के समीप खड़ी थी; उसकी दृष्टि बाहर के शून्य में थी, परंतु उसका अंतर्मन उस प्रलयंकारी तूफान से जूझ रहा था जो आज उसके अस्तित्व को सदैव के लिए परिवर्तित करने वाला था।

आज का कार्य पूर्व के उन 'लघु खेलों' या 'परीक्षणों' जैसा कदापि नहीं था। आज का कदम वह निर्णायक मोड़ था जहाँ से पीछे मुड़ने का प्रत्येक मार्ग स्वेच्छा से बंद कर दिया जाना था। इसे मनोविज्ञान की भाषा में 'अपरिवर्तनीय पतन' कहा जाता है।

"क्या तुम मानसिक रूप से सन्नद्ध हो, पल्लवी?" पीछे से करण का वह शीतल और सम्मोहक स्वर गूँजा।

पल्लवी ने उसकी ओर मुड़कर देखा। उसकी आँखों में आज वह पूर्ववत 'रोमांच' नहीं था, अपितु एक गहरी हिचक और अस्तित्वगत भय व्याप्त था। "करण... यह कार्य पूर्व की घटनाओं जैसा नहीं है। इसमें एक ऐसी गूँज है जो मुझे भीतर तक कंपा रही है।"

करण कुछ क्षण मौन रहा, फिर उसके समीप आकर उसकी आँखों में अपनी विक्षिप्त स्थिर दृष्टि गड़ा दी। "पल्लवी, ओशो कहते थे कि जीवन में जो भी महान है, वह केवल साहस की दहलीज के उस पार मिलता

है। हर बड़ा कदम, पहले के उन छोटे और संकोची कदमों का ही तार्किक परिणाम होता है। यदि तुम यहाँ तक आ चुकी हो, तो अब रुकने का अर्थ स्वयं को पुनः उस 'सुरक्षित पिंजरे' में कैद कर लेना है। क्या तुम पुनः उस निर्जीव पल्लवी के रूप में जीना चाहती हो?"

यह 'संज्ञानात्मक दबाव' का वह रूप था जहाँ पल्लवी को यह अनुभव कराया जा रहा था कि पीछे मुड़ना उसकी 'कायरता' होगी और आगे बढ़ना उसकी 'मुक्ति'। पल्लवी ने अपने अहंकार को अपनी नैतिकता पर हावी होने दिया।

वे नगर के सुदूर छोर पर स्थित एक जीर्ण-शीर्ण भवन में पहुँचे। उसकी दीवारें जर्जर थीं और सन्नाटा इतना अस्वाभाविक था कि पल्लवी को अपनी ही धड़कनें किसी नगाड़े की भांति सुनाई दे रही थीं।

"तुम्हें केवल भीतर प्रवेश करना है और वही करना है जो मैंने निर्देश दिया है," करण ने उसे एक छोटा पर घातक शस्त्र सौंपते हुए कहा।

पल्लवी के भीतर का बचा-कुचा विवेक एक अंतिम बार चीख उठा, 'रुक जाओ! यह वह सीमा है जिसे लांघने के बाद तुम कभी स्वयं से आँखें नहीं मिला पाओगी।' परंतु उसी क्षण करण की वह चुनौती गूँजी, 'पीछे मुड़ना निर्बलों का काम है।' और पल्लवी ने उस आवाज़ को चुन लिया जिसने उसे 'विशेष' होने का भ्रम दिया था।

भवन के भीतर का दृश्य विदीर्ण कर देने वाला था। कक्ष के मध्य में एक व्यक्ति बंधा हुआ था, जिसकी आँखों में मृत्यु का साक्षात् भय था। पल्लवी ठिठक गई। उसका शरीर जड़वत हो गया।

"यह... यह क्या है करण? तुमने यह नहीं कहा था कि..." उसकी आवाज़ कांपकर टूट गई।

"यह केवल एक बाधा है जिसे दूर करना अनिवार्य है," करण ने अत्यंत निष्ठुरता से कहा। "तुम्हें इसे सदैव के लिए मौन करना है। यही तुम्हारा वास्तविक 'शक्ति परीक्षण' है। क्या तुममें वह 'अंधकार' है जिसे तुम स्वयं में खोज रही थीं?"

पल्लवी के हाथ कांप रहे थे। वह उस असहाय व्यक्ति की आँखों में छिपी विनती को देख रही थी। समय जैसे स्थिर हो गया था। 'तर्क' और 'भावना' का अंतिम महायुद्ध चल रहा था। करण ने उसके कान के समीप झुककर फुसफुसाया, "तुम अब वही हो पल्लवी, जो यह कर सकती है। इसे स्वीकार करो।"

यह उसकी पहचान पर अंतिम प्रहार था। पल्लवी ने अपनी आँखें मूंद लीं और उस 'अच्छी लड़की' के अंतिम अवशेष का भी गला घोंट दिया। उसने वह कदम उठा लिया जो उसे समाज की नज़रों में 'हत्यारिन' और करण की नज़रों में 'योग्य' बनाने वाला था।

उस क्षण कक्ष में कोई कोलाहल नहीं हुआ, पर पल्लवी के भीतर सब कुछ टूटकर बिखर गया। वह सीमा, जो मनुष्य को दानव से पृथक करती है, आज सदैव के लिए खंडित हो चुकी थी।

कुछ समय पश्चात सब कुछ शांत था, एक डरावनी और अप्राकृतिक शांति। पल्लवी दीवार के सहारे खड़ी थी, उसकी साँसें अनियंत्रित थीं और उसकी आँखें पूर्णतः शून्य।

"अब सब कुछ व्यवस्थित है," करण ने अत्यंत सहज भाव से कहा, जैसे

उसने किसी तुच्छ कार्य की प्रशंसा की हो।

पल्लवी ने उसकी ओर देखा, पर आज उसे वहाँ 'प्रेमी' नहीं, वरन अपना 'विनाशक' दिखाई दिया। "मैंने... मैंने क्या कर दिया करण? मैंने स्वयं को क्या बना लिया?"

"तुमने वही किया जो अनिवार्य था," करण ने उसे गले लगाते हुए कहा। "अब तुम पूर्णतः मेरी हो। अब तुम्हारा इस संसार में मेरे अतिरिक्त कोई नहीं है।"

यही था वह 'अंतिम औचित्य'। पल्लवी बाहर आई, पर वह अब वह पल्लवी नहीं थी जो भीतर गई थी। उसकी आत्मा में एक ऐसी दरार पड़ चुकी थी जिसे संसार का कोई भी पश्चाताप नहीं भर सकता था।

"कुछ कदम मनुष्य को ऊँचाइयों पर नहीं ले जाते, वे उसे उसके ही अंतर्मन के पाताल में धकेल देते हैं।"

पल्लवी सोलंकी अब उस गहन अंधकार का हिस्सा बन चुकी थी जहाँ से 'प्रत्यावर्तन' का मार्ग केवल राख और रक्त से होकर गुजरता था। वह अब केवल एक 'सहभागी' नहीं थी, वह अब 'अपराध' का केंद्र बन चुकी थी। उसकी पहचान का वह विखंडन अब पूर्ण हो चुका था।

परिणाम की आहट

प्रातःकाल की रश्मियाँ जब पल्लवी के वातायन से भीतर प्रविष्ट हुईं, तो वे उसके अंतर्मन में कोई संवेदना जागृत करने में असफल रहीं। कल की वह विभीषिका, जिसने उसके जीवन की अंतिम मर्यादा को भी खंडित कर दिया था, आज केवल एक धुंधली स्मृति मात्र थी। और वह स्मृति

उसे विचलित नहीं कर रही थी, बल्कि उसे एक विक्षिप्त चेतना से जागृत कर रही थी।

आईने के सम्मुख खड़ी पल्लवी ने स्वयं के प्रतिबिंब को निहारा। उसकी आँखों में अब वह पूर्ववत कातरता या भय का लेश मात्र भी शेष नहीं था। वहाँ अब एक तीव्र और बर्फीली चमक थी।

"मैंने यह किया..." यह विचार अब उसके लिए अनुताप का कारण नहीं था। यह तो एक 'परम अनुभव' बन चुका था। मनोविज्ञान का यह सबसे डरावना चरण है, 'अपराध की लत का चरम'। जहाँ मनुष्य के लिए अधर्म केवल ग्लानि का विषय नहीं रह जाता, बल्कि उसकी नई पहचान बन जाता है। उसे अब सामान्य जीवन की नैतिकता तुच्छ और निर्बलों का विलाप प्रतीत होने लगी थी।

कॉलेज का वातावरण आज असामान्य था। गलियारों में विद्यार्थी झुंड बनाकर अत्यंत धीमे स्वर में चर्चा कर रहे थे।

"क्या तुमने समाचार सुना? कल रात्रि नगर के बाहरी क्षेत्र में..." "कहते हैं कि वह कोई सामान्य संघर्ष नहीं था, बल्कि एक सुनियोजित हत्या थी।"

पल्लवी इन समस्त चर्चाओं को सुन रही थी, पर उसके भीतर कोई स्पंदन नहीं हुआ। उसे उस 'पकड़े जाने की संभावना' में भी एक विचित्र और नशीला रोमांच अनुभव हो रहा था। ओशो कहते थे कि अहंकार जब अपने चरम पर होता है, तो वह मृत्यु से भी नहीं डरता क्योंकि उसे लगता है कि वह स्वयं काल से ऊपर उठ चुका है। पल्लवी अब इसी 'अजेयता के भ्रम' की शिकार थी।

करण के साथ उसकी संध्याकालीन भेंट आज और भी अधिक 'अंधकारमयी' थी। करण ने उसकी आँखों में झाँका और पाया कि उसकी 'शिष्या' अब गुरु से भी आगे निकल चुकी है।

"तुम आज अत्यंत स्थिर और तेजस्वी लग रही हो, पल्लवी," करण ने उसकी प्रशंसा की।

"शायद इसलिए करण, क्योंकि अब मेरे भीतर कोई 'द्वंद्व' शेष नहीं है। मैंने उस शून्य को स्वीकार कर लिया है जिसे तुम 'स्वतंत्रता' कहते थे," पल्लवी ने अत्यंत शांत स्वर में उत्तर दिया।

परंतु इस 'आंतरिक शांति' के समानांतर, नगर के पुलिस मुख्यालय में एक भिन्न प्रकार की हलचल व्याप्त थी। इंस्पेक्टर राघव की मेज़ पर उस जघन्य अपराध की फाइलें खुली थीं।

"यह मामला किसी साधारण अपराधी का नहीं है," राघव ने अपने कनिष्ठ अधिकारी से कहा। उनकी सूक्ष्म दृष्टि साक्ष्यों का अन्वेषण कर रही थी। "घटनास्थल पर मिले पदचिह्न और कार्य करने की पद्धति में एक 'शिक्षित मस्तिष्क' की झलक मिल रही है। कोई ऐसा, जो नियमों को जानता है और उन्हें तोड़ने की कला में निपुण है।"

अन्वेषण की सुई अब धीरे-धीरे उस दिशा में मुड़ने लगी थी जहाँ पल्लवी का सुव्यवस्थित अतीत खड़ा था। राघव ने उन समस्त संदेहास्पद युवाओं की सूची तैयार करनी आरंभ कर दी थी जो पिछले कुछ समय से 'असामाजिक' गतिविधियों में लिप्त पाए गए थे।

पल्लवी को अभी यह ज्ञान नहीं था कि उसका यह 'पूर्ण नियंत्रण' वास्तव में एक 'पूर्ण भ्रम' था। वह स्वयं को अजेय मान रही थी, जबकि

सत्य यह था कि कानून का अदृश्य पाश उसके गले के समीप पहुँच चुका था।

रात्रि को पल्लवी अपनी छत पर खड़ी थी। हवा तीव्र थी और आकाश में बादल मंडरा रहे थे। उसने आँखें बंद कीं और उस रक्त रंजित रात्रि को पुनः याद किया। उसे आश्चर्य हुआ कि उसे अब कुछ भी 'महसूस' क्यों नहीं हो रहा था। यही था 'भावनात्मक शून्यता' का वह अंधकार जहाँ अपराध भी अब कोई हृदय की धड़कन नहीं बढ़ा पाता था।

करण की आवाज़ फिर गूँजी, "यह सामान्य है, पल्लवी। जब तुम सीमा के उस पार चली जाती हो, तो फिर कुछ भी असामान्य नहीं लगता।"

"शायद... यही मैं हूँ," पल्लवी ने स्वयं को पूर्णतः उस अंधकार को समर्पित करते हुए कहा।

सत्य अब भी वहीं था, मौन, धैर्यवान और पल्लवी की ओर बढ़ता हुआ। परिणाम कभी अचानक नहीं आता; वह पहले सूक्ष्म संकेत देता है, और जब अहंकार उन संकेतों को अनदेखा कर देता है, तब वह एक महाविनाश बनकर सम्मुख खड़ा होता है।

पल्लवी सोलंकी अब उन संकेतों के प्रति अंधी हो चुकी थी। उसे लग रहा था कि वह उड़ रही है, पर वह वास्तव में उस पतन की ओर थी जहाँ 'अपराध' और 'परिणाम' का अंतिम और भीषण टकराव होने वाला था। जो पल्लवी के 'सुरक्षा के भ्रम' को चुनौती देने वाला है।

नैतिक पतन की गहराई

रात्रि निस्तब्ध थी, परंतु पल्लवी का अंतर्मन एक भयावह कोलाहल से

आपूरित था। यह कोलाहल शब्दों का नहीं था, अपितु यह उसके चित्त के उस विखंडन की प्रतिध्वनि थी जिसने उसे उसके अस्तित्व की मूल जड़ों से पृथक कर दिया था। वह अपनी शय्या पर निश्चल पड़ी थी, नेत्र खुले हुए थे, परंतु उसकी दृष्टि किसी अनंत शून्य में विलीन हो चुकी थी।

"मुझे अब कुछ भी अनुभव क्यों नहीं हो रहा?" यह प्रश्न अब उसके भीतर एक अनंत लूप की भाँति लौटता रहता था।

पूर्व में, जब वह मर्यादाओं का लघु उल्लंघन भी करती थी, तो एक सूक्ष्म ग्लानि उसे स्पर्श करती थी। फिर वह ग्लानि क्षीण हुई और उत्तेजना का रूप ले लिया। परंतु अब... अब वहाँ कुछ भी शेष न था। न पश्चाताप, न रोमांच, न भय। यही 'भावनात्मक शुष्कता' अब उसके लिए स्वयं एक अज्ञात भय का कारण बनने लगी थी। उसे आभास हो रहा था कि वह अब एक जीवित मनुष्य नहीं, बल्कि एक यंत्र बन चुकी है जिसका नियंत्रण किसी और के हाथ में है।

प्रभात काल में पल्लवी दर्पण के समक्ष खड़ी हुई। उसने अपने मुखमंडल को अत्यंत ध्यानपूर्वक निहारा। नैन-नक्श वही थे, त्वचा का वर्ण वही था, पर उन आँखों में निहित वह 'मानवीय प्रकाश' लुप्त हो चुका था। उसकी आँखों में अब केवल एक बर्फीला ठहराव था, एक ऐसी निर्लिप्तता जो केवल उन लोगों में पाई जाती है जिन्होंने अपनी आत्मा का सौदा कर लिया हो।

महाविद्यालय (कॉलेज) के प्रांगण में सब कुछ पूर्ववत् था। हँसी के फव्वारे, गंभीर वार्तालाप और जीवन की वह स्वाभाविक गतिशीलता जो पल्लवी के लिए अब एक विदेशी भाषा की तरह बन गई थी। उसे प्रतीत हो रहा था मानो वह इस समस्त दृश्य की केवल एक 'तटस्थ दर्शक' बन गई हो। जैसे वह स्वयं अपने ही जीवन से विलग होकर

किसी अन्य लोक से इसे देख रही हो।

"यह मैं नहीं हूँ..." क्षण भर के लिए यह विचार एक कौंध की तरह उसके मस्तिष्क में उदित हुआ। पर तत्क्षण एक और प्रश्न खड़ा हो गया, "तो फिर मैं कौन हूँ?" यही था पहचान का अंतिम विघटन।

करण ठाकुर से आज की भेंट पूर्व की अपेक्षा भिन्न थी। पल्लवी के चेहरे की उस निर्विकार शून्यता ने करण को भी क्षण भर के लिए विचलित कर दिया।

"पल्लवी, तुम आज अत्यंत भिन्न प्रतीत हो रही हो। तुम्हारी देह यहाँ है, पर तुम्हारी चेतना कहाँ है?" करण ने उसके समीप आकर पूछा। उसके स्वर में पहली बार एक सूक्ष्म, लगभग अदृश्य चिंता का स्पर्श था।

"मुझे अब कुछ भी अनुभव नहीं होता, करण। न सुख, न दुःख, न उस रात का रक्तरंजित दृश्य। क्या मैं मर चुकी हूँ?" पल्लवी ने अत्यंत निर्विकार स्वर में पूछा।

करण कुछ क्षण मौन रहा, फिर उसने एक दार्शनिक तर्क गढ़ा, "यह स्वाभाविक है, पल्लवी। जब मानव मन अत्यधिक और तीव्र अनुभवों के भँवर से गुजरता है, तो वह स्वयं की रक्षा हेतु अपनी संवेदनाओं को स्थगित कर देता है। यह तुम्हारा अंत नहीं, बल्कि तुम्हारा रूपांतरण है। तुम अब उस स्तर पर हो जहाँ भावनाएँ तुम्हें विचलित नहीं कर सकतीं।"

यह तर्क शांतिदायक तो था, परंतु पूर्णतः सत्य नहीं था। पल्लवी ने इस विचार को अपना 'आत्म-औचित्य' बना लिया। उसे लगा कि उसकी शून्यता ही उसकी 'शक्ति' है। परंतु उसके अवचेतन में एक और प्रक्रिया चल रही थी, एक दमित व्याकुलता जो किसी भी क्षण ज्वालामुखी बनकर फट सकती थी।

उस रात्रि, पल्लवी जब अपने एकांत कक्ष में थी, उसे अचानक ऐसा अनुभव हुआ मानो कोई उसे अंधकार के किसी कोने से देख रहा हो। उसने चौंककर पीछे मुड़कर देखा, वहाँ कोई नहीं था। फिर भी, एक अस्पष्ट और ठंडी सिहरन उसके शरीर में दौड़ गई। क्या यह इंस्पेक्टर राघव की जांच का अदृश्य दबाव था, या उसके स्वयं के पाप की छाया?

वह खिड़की तक गई। बाहर नगर का अंधकार व्याप्त था, पर इस बार उस अंधकार में उसे वह चिर-परिचित 'सुकून' नहीं मिला। उसे लगा कि बाह्य अंधकार अब उसके आंतरिक अंधकार से अधिक सुरक्षित है। भीतर का वह काला कुआँ अब उसे निगलने के लिए आतुर था।

"मैं ठीक हूँ..." उसने स्वयं को आश्वस्त करने के लिए मंद स्वर में कहा। पर यह वाक्य उसके कानों में एक 'झूठ' की तरह गूँजा।

उसने मस्तक को दोनों हाथों में थामकर नेत्र मूँद लिए। और तभी, उस अंधकार के पीछे वह दृश्य पुनः उभरा वह जर्जर भवन, वह बंधा हुआ व्यक्ति और पल्लवी का अपना हाथ, जिसने उस सीमा को तोड़ा था। इस बार मन ने उस दृश्य को दबाने का प्रयास किया, पर वह छवि और भी विकराल होकर सामने आई।

"मन सत्य को छिपा तो सकता है, परंतु उसे नष्ट कभी नहीं कर सकता।" पल्लवी की श्वासें तीव्र होने लगीं। करण के शब्द अब उसे 'रक्षा कवच' नहीं, बल्कि 'बेड़ियाँ' प्रतीत होने लगे।

यह 'विघटन का चरम' था, जहाँ मनुष्य अपने ही अनुभवों और अपने ही रक्षक पर विश्वास खोने लगता है। पल्लवी पुनः अपनी शय्या पर लेट गई, नेत्र बंद किए, पर निद्रा कोसों दूर थी। उसे ज्ञात नहीं था कि यह

शून्यता, यह विखंडन वास्तव में उस महाविनाश की पूर्वपीठिका थी जो उसके सामाजिक जीवन और उसके मानसिक संतुलन को जड़ से उखाड़ने वाली थी।

पल्लवी सोलंकी अब उस शून्य में फँसी थी जहाँ न पीड़ा थी, न शांति; केवल एक निरंतर होता हुआ आत्मिक विखंडन था। वापसी के सारे मार्ग अब न केवल बंद थे, बल्कि वे पल्लवी की स्मृति से भी मिटा दिए गए थे।

दीपांकर की वापसी

रात्रि अब पल्लवी के लिए केवल अंधकार का आवरण मात्र नहीं रही थी, वह उसके अस्तित्व के भीतर गहराई तक उतर आई थी। पिछले कुछ दिनों से उसे विचित्र और डरावनी अनुभूतियाँ होने लगी थीं। कभी उसे आभास होता मानो निर्जन गलियारे में कोई उसका नाम फुसफुसा रहा हो, तो कभी उसे अनुभव होता कि अंधकार के कोनों से कोई अदृश्य आँखें उसकी प्रत्येक चेष्टा पर निरंतर दृष्टि रखे हुए हैं। वह घबराकर कई बार पीछे मुड़ती, परंतु वहाँ केवल सघन सन्नाटा और उसकी अपनी लंबी छाया के अतिरिक्त कुछ न होता।

यही था संशय का विषाक्त जन्म। और मनोविज्ञान कहता है कि संशय जब अंतर्मन की गहराई में जड़ें जमा लेता है, तो बाह्य संसार भी संदिग्ध और शत्रुवत प्रतीत होने लगता है। पल्लवी अब एक ऐसी 'पैरानोइया' की स्थिति में थी जहाँ उसे अपने ही विचारों से भय लगने लगा था।

उस दिन महाविद्यालय (कॉलेज) के प्रांगण में पल्लवी ने अचानक उसे देखा, दीपांकर।

वही चिर-परिचित मुखमंडल, वही पारदर्शी आँखें... परंतु आज उनमें वह

पूर्ववत कोमलता नहीं, बल्कि एक अचल दृढ़ता और अपार पीड़ा का संगम था। कुछ क्षणों के लिए पल्लवी जड़वत खड़ी रह गई। उसे लगा कि यह भी उसके विखंडित मस्तिष्क का कोई नवीन भ्रम है। उसने अपनी पलकें झपकाईं, स्वयं को आश्वस्त करने का प्रयास किया, पर दीपांकर का अस्तित्व वास्तविक था।

"पल्लवी..."

उसकी आवाज़ शांत थी, परंतु उसमें वह गूँज थी जो पल्लवी के भीतर के 'शून्य' को चीर गई। पल्लवी के शरीर में एक सूक्ष्म कंपन हुआ, पर यह कंपन किसी पुराने अनुराग का नहीं था; यह उस 'अपरिचय' का था जो एक अपराधी अपने रक्षक के सामने अनुभव करता है।

"तुम... तुम यहाँ क्यों आए हो?" पल्लवी ने अत्यंत धीमे और रूखे स्वर में पूछा।

दीपांकर उसकी ओर बढ़ा। "मुझे तुमसे अंतिम बार वार्तालाप करना है, पल्लवी," उसने स्पष्ट और निर्भीक स्वर में कहा।

पल्लवी ने व्याकुल होकर चारों ओर देखा। उसे लगा कि प्रांगण में खड़ा प्रत्येक व्यक्ति उन्हें ही देख रहा है। उसे आभास हुआ मानो हर दृष्टि में एक गुप्त संदेह है, जैसे सबको उसके उस 'रक्त रंजित सच' का ज्ञान हो गया हो। 'इन्हें सब पता चल गया है...' यह विचार उसके भीतर एक भयावह शोर मचाने लगा।

"यहाँ नहीं..." उसने घबराकर कहा और उसे एक शांत, एकांत कोने की ओर ले गई।

वहाँ पहुँचकर कुछ क्षणों तक केवल मौन व्याप्त रहा। दीपांकर ने उसे

बड़ी सूक्ष्मता और करुणा से निहारा। "पल्लवी, तुम मानसिक रूप से पूर्णतः अस्वस्थ हो। तुम वह नहीं हो जिसे मैं जानता था।"

यह वाक्य सीधा उसके उस मर्म पर प्रहार कर गया जिसे उसने करण के प्रभाव में दबा रखा था। "मैं ठीक हूँ, दीपांकर!" उसने तुरंत उत्तर दिया, पर उसके स्वर में वह 'प्रशिक्षित कठोरता' थी जो अब उसकी ढाल बन चुकी थी।

"नहीं," दीपांकर ने उसे काटते हुए कहा। "तुम बदल गई हो। तुम्हारी आँखों में अब वह प्रकाश नहीं, वरन एक डरावना अंधकार है। पल्लवी, मैं जानता हूँ... मैं जानता हूँ कि तुम इस समय किसके प्रभाव में हो और तुम किन अंधेरी गलियों में भटक रही हो।"

पल्लवी का हृदय एक क्षण के लिए स्पंदन करना भूल गया। 'उसे सब ज्ञात है...' इस विचार ने उसके भीतर एक प्रलयंकारी भय उत्पन्न कर दिया। उसने स्वयं पर नियंत्रण पाने का प्रयास किया। "क्या प्रलाप कर रहे हो? तुम्हें कुछ ज्ञात नहीं है।"

दीपांकर ने उसकी आँखों में आँखें डालकर कहा, "करण ठाकुर तुम्हारे लिए प्रेम नहीं, अपितु एक विनाशकारी व्याधि है। वह तुम्हें उस गर्त की ओर ले जा रहा है जहाँ से वापसी का मार्ग असंभव है।"

पल्लवी के भीतर अब संशय और भय का एक विषाक्त मिश्रण प्रवाहित होने लगा। उसे लगा कि दीपांकर के स्थान पर स्वयं करण खड़ा होकर उसका परीक्षण ले रहा है। क्षण भर के लिए उसे करण का विद्रूप चेहरा दीपांकर के मुख पर आरोपित दिखाई दिया। उसने घृणा से अपनी आँखें मूंद लीं और पुनः खोलीं। दीपांकर सम्मुख खड़ा था। यही मानसिक

विघटन का वह गहराता स्तर था जहाँ यथार्थ और मतिभ्रम के बीच का अंतर लुप्त होने लगता है।

"तुम मेरी बात समझने का प्रयास करो," दीपांकर ने याचना भरे स्वर में कहा। "तुम अभी भी वापस लौट सकती हो। मैं तुम्हें उस दलदल से बाहर निकाल लूँगा।"

"वापस?" पल्लवी ने इस शब्द को ऐसे दोहराया जैसे वह किसी मृत भाषा का शब्द हो। क्या वास्तव में वापसी संभव थी? उस अपराध के पश्चात? उस 'शून्यता' के पश्चात?

क्षण भर के लिए उसके भीतर एक सुप्त स्मृति जागी सुरक्षा की, विश्वास की, और उस सादे प्रेम की जिसे उसने 'बोरियत' कहकर ठुकरा दिया था। परंतु उसी क्षण उसके मस्तिष्क के किसी कोने में करण की वह सम्मोहक आवाज़ गूँज उठी, 'कोई तुम्हें समझ नहीं सकता पल्लवी। ये सब साधारण जीव हैं। तुम केवल मेरी हो।'

पल्लवी का मुखमंडल अचानक कठोर हो गया। "तुम कभी नहीं समझ पाओगे, दीपांकर। तुम उस सुरक्षित दुनिया के वासी हो जहाँ नैतिकता के झूठे सिद्धांत तुम्हें जीवित रखते हैं। मैं उस पार जा चुकी हूँ।"

दीपांकर कुछ क्षण मौन रहा, फिर अत्यंत द्रवित होकर बोला, "मैं समझना चाहता हूँ, पल्लवी। मैं तुम्हारे उस अंधकार में भी तुम्हारा हाथ थामने को तैयार हूँ।"

यह निस्वार्थ सच्चाई अब पल्लवी के लिए असहनीय हो गई थी। सत्य अक्सर उन लोगों को सबसे अधिक पीड़ा देता है जो असत्य को अपना घर बना चुके होते हैं। "बहुत विलंब हो चुका है, दीपांकर। अब वापसी

का कोई मार्ग शेष नहीं है।"

"नहीं!" दीपांकर ने दृढ़ता से कहा। "अभी भी समय है। स्वयं को उस दानव के चंगुल से मुक्त करो।"

पल्लवी ने उसे देखा और अचानक उसे लगा कि आसपास की दीवारें सिमट रही हैं। उसकी श्वास तीव्र हो गई। आवाज़ें धुंधली होने लगीं और दीपांकर का चेहरा उसे क्षण भर के लिए पुनः विकृत प्रतीत हुआ। यह 'साइकॉटिक ब्रेकडाउन' का प्रारंभिक लक्षण था। वह घबराकर पीछे हटने लगी।

"मुझे जाना होगा... मुझे यहाँ से जाना होगा!" वह लगभग चिल्लाई।

दीपांकर ने उसका हाथ पकड़ा, "पल्लवी, मेरी बात सुनो!"

उस स्पर्श में कोमलता थी, पर पल्लवी को वह करण की उन बेड़ियों जैसा अनुभव हुआ जो उसे जकड़ रही थीं। "छोड़ो मुझे!" उसने झटके से अपना हाथ छुड़ा लिया।

कुछ क्षणों तक दोनों एक-दूसरे को देखते रहे, एक ओर टूटता हुआ विश्वास था और दूसरी ओर गहराता हुआ उन्माद। पल्लवी मुड़ी और तीव्र कदमों से भागने लगी, जैसे वह किसी अदृश्य शिकारी से बच रही हो। पर वह दीपांकर से नहीं, वह स्वयं के उस अंतिम 'मानवीय पक्ष' से भाग रही थी जो दीपांकर के रूप में उसके सामने खड़ा था।

"पुराना प्रेम हमेशा बचाने नहीं आता; कभी-कभी वह केवल यह बोध कराने आता है कि हमने क्या खो दिया है।"

पीछे दीपांकर खड़ा था, असहाय, पराजित, पर अपने संकल्प में दृढ़। उसे

आभास था कि यह उसका अंतिम प्रयास था। और आगे पल्लवी सोलंकी थी, जो अब और अधिक तीव्रता से उस गहन अंधकार की ओर बढ़ रही थी जहाँ केवल विनाश उसका स्वागत करने के लिए तैयार खड़ा था।

टूटन का बिंदु

रात्रि असामान्य रूप से भारी और निस्तब्ध थी, परंतु पल्लवी को अपने ही कक्ष में तीव्र घुटन का अनुभव हो रहा था। उसे प्रतीत हो रहा था मानो कक्ष की स्थिर दीवारें अब निर्जीव नहीं रहीं, बल्कि वे धीरे-धीरे उसकी ओर बढ़ रही हैं, उसे कुचलने के लिए। उसने आतंकित होकर अपनी आँखें मूंद लीं, पर अंधकार अब केवल बाहर नहीं था, वह उसके अस्तित्व के भीतर पूरी तरह आच्छादित हो चुका था।

“मैं भाग क्यों रही हूँ? और किससे? दीपांकर से, उस अपराध की स्मृति से, या स्वयं से?”

दीपांकर के वे सात्विक शब्द अब भी उसके भीतर एक प्रतिध्वनि की भाँति गूँज रहे थे, “तुम अभी भी वापस आ सकती हो, पल्लवी।” पर उसी क्षण करण का वह बर्फीला स्वर उस पुकार को कुचल देता, “तुम अब वही हो, जो तुम बन चुकी हो। वापसी केवल एक कमज़ोर मन का भ्रम है।” दो स्वर, दो दिशाएँ, और पल्लवी उन दोनों के मध्य पिस रही थी। यही था उसका 'टूटने का बिंदु'।

वह अचानक उठी और उन्मादी अवस्था में दर्पण के सम्मुख जा खड़ी हुई। कुछ दीर्घ क्षणों तक वह अपलक अपने प्रतिबिंब को निहारती रही। "क्या यह वास्तव में मैं हूँ?" उसने अत्यंत मंद स्वर में पूछा। प्रतिबिंब ने कोई मौखिक उत्तर नहीं दिया, पर पल्लवी को एक भयावह मतिभ्रम

हुआ। उसे लगा कि दर्पण में खड़ी लड़की कुटिलता से मुस्कुरा रही है, जबकि उसके अपने होंठ जड़वत और स्थिर थे।

पल्लवी चीखते हुए पीछे हट गई। उसकी श्वास अनियंत्रित हो गई और हृदय की धड़कनें कानों में नगाड़े की भांति बजने लगीं। यह वास्तविकता का दरकना था; उसका 'साइकॉटिक ब्रेकडाउन' अब अपने चरम पर था।

वह भूमि पर बैठ गई, अपने मस्तक को दोनों हाथों में थामकर। अचानक समस्त स्मृतियाँ एक प्रलयंकारी बाढ़ की भाँति उमड़ पड़ीं, करण के साथ वह प्रथम निषिद्ध भेंट, वह रक्त रंजित रात्रि, वह बैग पहुँचाने का अपराध, और फिर... दीपांकर की वह करुण आँखें। एक ओर वह 'विषाक्त आकर्षण' था जिसने उसे जीवित होने का भ्रम दिया, और दूसरी ओर वह 'शांति' थी जिसे उसने उबाऊ समझकर त्याग दिया था।

"बस! अब और नहीं!" वह स्वयं पर ही चिल्लाई।

उस मौन में एक कठोर निर्णय जन्म लेने लगा। वह धीरे-धीरे उठी और अपने कांपते हाथों से मोबाइल उठाया। स्क्रीन की आभा ने उसके चेहरे पर एक पीला प्रकाश डाला। स्क्रीन पर दो नाम थे, 'करण' और 'दीपांकर'। उसकी उंगलियों में एक अनियंत्रित कंपन था। यह केवल एक संवाद का चयन नहीं था; यह उसके भविष्य की दिशा का चयन था। 'अंधकार' या 'प्रायश्चित'।

क्षण भर के लिए उसने अपनी आँखें बंद कीं और ईश्वर से नहीं, अपनी मरी हुई आत्मा से शक्ति मांगी। उसने एक नंबर डायल किया। प्रत्येक रिंग उसके भीतर किसी धमाके की तरह गूँज रही थी। और तभी, भय और संशय के वशीभूत होकर उसने कॉल काट दिया।

"मैं क्या कर रही हूँ? क्या मैं वास्तव में मुक्त होना चाहती हूँ, या मैं इस दलदल की अभ्यस्त हो चुकी हूँ?"

पर इस बार वह अपनी कायरता से भागने को तैयार नहीं थी। उसने एक गहरी और स्थिर श्वास ली। उसकी उंगलियाँ अब दृढ़ थीं। उसने पुनः नंबर डायल किया। कॉल कनेक्ट हुआ और दूसरी ओर से एक भारी, परिचित स्वर आया, "हेलो..."

पल्लवी कुछ क्षण मौन रही, जैसे वह अपने शब्दों को अंतिम बार तौल रही हो। फिर उसने अत्यंत धीमे परंतु अटल स्वर में कहा, "मुझे तुमसे मिलना है... अभी। पुराने पार्क के उसी एकांत कोने में।"

कॉल कट गया। पल्लवी स्थिर खड़ी रही। उसे नहीं ज्ञात था कि उसने 'सत्य' को चुना है या 'सर्वनाश' को, पर उसने एक 'चयन' किया था। और यही उसके जीवन का सबसे बड़ा रूपांतरण था। वह अब एक मूक कठपुतली नहीं रहना चाहती थी।

टूटन का बिंदु हमेशा अंत नहीं होता; कभी-कभी वहीं से एक ऐसी नवीन और विनाशकारी दिशा जन्म लेती है जो मनुष्य को पूरी तरह पुनर्निर्मित कर देती है। पल्लवी सोलंकी के लिए यह नई दिशा उसे कहाँ ले जाएगी, यह अभी भी रहस्य के गर्भ में था। क्योंकि कुछ निर्णय हमें बचाते नहीं, वे केवल हमें उस परिणाम के सम्मुख खड़ा कर देते हैं जिसे हम वर्षों से टाल रहे थे।

उसने अपना दुपट्टा उठाया और अँधेरे में विलीन हो गई, यह जानते हुए कि इस बार जब वह वापस लौटेगी, तो वह पल्लवी सोलंकी का अंत होगा या उसका पुनर्जन्म।

वर्जना

अंधेरे में डूबना

रात्रि का रंग आज पूर्व की अपेक्षा कहीं अधिक गाढ़ा और भयावह था। यह वही नगर था, वही परिचित सड़कें थीं और वही कृत्रिम रोशनियाँ, परंतु पल्लवी को आज सब कुछ एक भिन्न और विद्रूप स्वरुप में दृष्टिगोचर हो रहा था। इसका कारण बाह्य परिवेश का परिवर्तन नहीं था, बल्कि पल्लवी का स्वयं का रूपांतरण था। अब वह इस 'खतरनाक खेल' की केवल एक विवश दर्शक नहीं रही थी; वह अब इस बिसात की एक सक्रिय मोहरा बन चुकी थी।

करण के सम्मुख खड़ी पल्लवी अब वह संकोची युवती नहीं थी जिसने कुछ सप्ताह पूर्व नैतिकता की दुहाई दी थी। उसकी आँखों में अब प्रश्नों का कोई कोलाहल नहीं था, न ही पकड़े जाने का भय। वहाँ केवल एक 'ठंडी स्वीकृति' थी, एक अपराधी की अपनी नियति के प्रति मौन सहमति।

"क्या तुमने अपना अंतिम निर्णय ले लिया है, पल्लवी?" करण ने अत्यंत शांत और गंभीर स्वर में पूछा। उसके स्वर में आज एक सूक्ष्म अधिकार था।

पल्लवी ने उसकी ओर देखा। उसकी दृष्टि में अब कोई संशय नहीं था। "हाँ," उसने अत्यंत धीमे परंतु अटल स्वर में कहा। यह 'हाँ' केवल एक उत्तर नहीं था, यह उसकी आत्मा का पूर्ण समर्पण था, उस 'वर्जित दुनिया' के प्रति जिसे वह अब अपना घर मान चुकी थी।

करण के होंठों पर एक संतोषजनक मुस्कान उभरी। "अब तुम वास्तव में सन्नद्ध हो। आज रात्रि तुम उस 'अंधकार' के वास्तविक स्वरुप का साक्षात्कार करोगी जिसे सामान्य लोग केवल दुःस्वप्नों में देखते हैं।"

उस रात करण उसे नगर के उस विस्मृत हिस्से में ले गया जहाँ प्रकाश की किरणें पहुँचते ही दम तोड़ देती थीं और केवल सायों का साम्राज्य था। संकीर्ण, दुर्गंधयुक्त गलियाँ, अजनबी और संदिग्ध चेहरे, और अत्यंत धीमे स्वर में होती षड्यंत्रकारी बातचीत यह वह संसार था जिसके विषय में पल्लवी ने केवल उपन्यासों में पढ़ा था, पर आज वह उसकी एक इकाई बनने जा रही थी।

"यही है वह यथार्थ, पल्लवी," करण ने एक जर्जर द्वार की ओर संकेत करते हुए कहा।

"क्या?" पल्लवी ने संक्षिप्त प्रश्न किया।

"वह दुनिया, जहाँ नियम तुम्हारे होते हैं और समाज की मर्यादाओं का कोई मूल्य नहीं होता।" करण का यह वाक्य मोहक तो था, पर उसके भीतर एक प्रलयंकारी असत्य छिपा था। पल्लवी को अभी यह बोध नहीं था कि इस दुनिया में नियम किसी के नहीं होते; यहाँ केवल 'शक्ति' और 'धोखे' का वर्चस्व होता है।

वे एक गुप्त कक्ष में प्रविष्ट हुए जहाँ कुछ लोग भारी सन्नाटे के बीच नक्शों और कुछ गोपनीय दस्तावेज़ों का अन्वेषण कर रहे थे। पल्लवी के प्रवेश करते ही समस्त दृष्टि उस पर ठहर गई। उन आँखों में जिज्ञासा नहीं थी, बल्कि एक 'मूल्यांकन' था। वे यह तौल रहे थे कि यह संभ्रांत दिखने वाली युवती उनके इस 'अंधेरे तंत्र' में कितनी दूर तक जा सकती है।

करण ने उसका परिचय कराया, "यह पल्लवी है। अब यह हमारे अभियान का हिस्सा है।"

"क्या यह पूर्णतः विश्वसनीय है?" एक भारी स्वर गूँजा।

करण ने बिना किसी झिझक के उत्तर दिया, "अब यह है। इसने उस सीमा को लांघ लिया है जहाँ से वापसी का मार्ग लुप्त हो जाता है।"

पल्लवी के भीतर एक सूक्ष्म कंपन हुआ। 'अब' इस एक लघु शब्द में उसकी पूरी विनाशकारी यात्रा समाहित थी। वह अब 'शुद्ध' नहीं रही थी, वह अब उन्हीं की भाँति 'कलंकित' थी।

"तुम्हें आज एक स्वतंत्र दायित्व पूर्ण करना होगा," करण ने उसके अत्यंत निकट आकर निर्देश दिया। "इस बार तुम अकेली जाओगी। तुम्हें इस सामग्री को नियत स्थान पर पहुँचाना है और बिना किसी मानवीय संपर्क के वापस आना है।"

क्षण भर के लिए पल्लवी का मन ठिठका। 'अकेली?' यह विचार उसे डराता था, पर अगले ही पल उसके भीतर की वह नई 'शक्ति' जागृत हुई। वह अब करण पर केवल निर्भर नहीं थी, वह उसकी 'परछाईं' बनना चाहती थी।

"मैं तैयार हूँ," पल्लवी ने दृढ़ता से कहा।

रात्रि और गहन हो गई। पल्लवी उस एकाकी पथ पर चल रही थी, जहाँ प्रत्येक पदचाप उसे उसके पुराने जीवन से और दूर ले जा रहा था। उसने अपने भीतर झाँकने का प्रयास किया, पर वहाँ अब कोई भय नहीं था, न ही कोई ग्लानि। वहाँ केवल एक अजीब-सी, डरावनी शांति थी। यही था उसका 'पूर्ण विसर्जन'।

जब मनुष्य बार-बार अंधकार को अपनी स्वेच्छा से चुनता है, तो एक समय ऐसा आता है जब अंधकार स्वयं उसे अपना लेता है। पल्लवी सोलंकी अब चुनी जा चुकी थी। उसे ज्ञान नहीं था कि इस 'अपराध की

दुनिया' में प्रवेश का द्वार तो सुलभ है, पर इससे निष्कासन का मार्ग केवल मृत्यु या सलाखों से होकर गुजरता है।

उस रात पल्लवी ने पीछे मुड़कर नहीं देखा, क्योंकि पीछे देखने के लिए अब न कोई संबंध शेष था, न कोई नैतिकता। आगे केवल अंधकार था, और पल्लवी अब उस अंधकार की ही एक लहर बन चुकी थी।

आत्मा की चीख

रात्रि गहन थी, पर आज उसका अंधकार बाहर नहीं, पल्लवी के अंतर्मन के भीतर व्याप्त था। वह अपने एकांत कक्ष में अकेली थी, पर यह एकांत शांत नहीं था; यह उन अनकही चीखों से भरा हुआ था जिन्हें वह अब तक दबाती आई थी। वह अपनी आसंदी पर निश्चल बैठी थी, परंतु उसके हाथ धीरे-धीरे कांप रहे थे, जैसे वे उस रक्त या उस 'वर्जित स्पर्श' को धोने का निष्फल प्रयास कर रहे हों।

"मैं ठीक हूँ..." उसने स्वयं को सांत्वना देने के लिए पुनः वही आत्म-औचित्य दोहराया। पर इस बार, उसका खंडित मन इस मिथ्या को स्वीकार करने में असमर्थ रहा।

अचानक, एक भयावह दृश्य उसके नेत्रों के सम्मुख सजीव हो उठा। वह काल-कोठरी जैसा भवन, वह कक्ष, और वह असहाय चेहरा... इस बार सब कुछ इतना स्पष्ट था कि पल्लवी को उस व्यक्ति की साँसें अपने कानों में सुनाई देने लगीं। उस व्यक्ति की आँखों में मृत्यु का जो भय था, वह अब पल्लवी की अपनी आँखों में उतर आया था।

यही था दमन का टूटना। मनोविज्ञान कहता है कि आप सत्य को जितना गहरा दफन करते हैं, वह उतने ही विकराल रूप में लौटकर

आता है।

पल्लवी की श्वास तीव्र होने लगी और उसका वक्षस्थल किसी भारी शिला के नीचे दबा हुआ प्रतीत हुआ। "मैंने... मैंने यह क्यों किया?" उसकी आवाज़ उस निस्तब्धता में टूटकर बिखर गई।

तभी उसे अनुभव हुआ जैसे अंधकार के किसी कोने में कोई खड़ा है। वह धीरे से मुड़ी, पर वहाँ शून्य के अतिरिक्त कुछ न था। फिर भी, उसकी रीढ़ में एक ठंडी सिहरन दौड़ गई। उसे लगा जैसे उसका 'अपराध' ही एक देह धारण कर उसके समीप खड़ा हो। यह 'अपराधबोध का साक्षात् होना' था।

पल्लवी ने स्वयं को समेट लिया और भूमि पर बैठकर अपने घुटनों को सीने से लगा लिया। "मुझे बचाओ..." उसने अत्यंत क्षीण स्वर में प्रार्थना की, पर उसे स्वयं नहीं ज्ञात था कि उसकी यह याचना ईश्वर से थी या उस समाज से जिसे वह त्याग चुकी थी।

उसके अंतर्मन से एक धीमी, पर तीखी आवाज़ गूँजी, "तुमने स्वयं चुना था।"

पल्लवी ने आतंकित होकर सिर उठाया। "कौन है वहाँ?"

मौन। पर वह स्वर पुनः उसके भीतर से प्रतिध्वनित हुआ, "तुमने स्वेच्छा से उस सीमा को लांघा था। यह परिणाम किसी और का नहीं, तुम्हारा अपना सृजन है।"

यह उसकी अपनी आत्मा की चीख थी, जो करण के 'प्रभाव' की परतों को फाड़कर बाहर आ रही थी। वह घबराकर उठी और दर्पण के सम्मुख जा खड़ी हुई। उसने स्वयं को देखा, पर इस बार उसे अपने प्रतिबिंब में

एक 'अजनबी' दिखाई दिया। एक ऐसा अजनबी जिसकी आँखों में केवल आरोप थे।

"तुम कौन हो?" उसने दर्पण से पूछा।

उसे आभास हुआ कि दर्पण में खड़ी युवती उससे पृथक हो चुकी है। वह अब पल्लवी सोलंकी नहीं रही थी; वह केवल एक 'अपराध की परछाई' मात्र थी। पल्लवी पीछे हट गई, उसका मस्तक चकराने लगा।

"नहीं... मैं ऐसी नहीं हूँ! मैं वह पल्लवी नहीं हूँ!" उसने सिर हिलाया, पर भीतर से अंतिम निर्णय आया, "अब तुम यही हो।"

उसकी आँखों से अश्रुओं की धारा बहने लगी। यह पहली बार था जब उसने शारीरिक उत्तेजना के स्थान पर 'आत्मिक पीड़ा' का अनुभव किया। वह पूरी तरह टूटकर भूमि पर ढह गई। "मैं वापस जाना चाहती हूँ... मुझे वापस जाना है!"

परंतु वापसी का मार्ग अब केवल धुंधला ही नहीं, वरन समाप्त हो चुका था। अपराध केवल सामाजिक नियमों को नहीं तोड़ता, वह मनुष्य के 'स्व' को दो खंडों में विभाजित कर देता है, एक वह जो अब भी करुणा के लिए रो रहा था, और दूसरा वह जो अंधकार में जकड़ा हुआ था।

रात्रि बीतती रही, पर पल्लवी उसी अंधकारमय कोने में पड़ी रही। उसके भीतर जो चीख उठी थी, वह अब शांत होने वाली नहीं थी। आत्मा की यह चीख हमेशा विलंब से आती है, पर जब आती है, तो वह मनुष्य को चैन से जीने की अनुमति नहीं देती।

पल्लवी सोलंकी अब उसी चीख के साथ जीने को बाध्य थी। उसे ज्ञात

नहीं था कि यह 'असहनीय अपराधबोध' उसे पूरी तरह तोड़कर नष्ट कर देगा, या शायद... उसे आत्म-जागृति के किसी ऐसे मार्ग पर ले जाएगा जहाँ केवल 'सजा' ही अंतिम मुक्ति होगी।

पतन की चरम सीमा

प्रभात का पीला प्रकाश खिड़की के झरोखों से छनकर कक्ष में प्रवेश कर रहा था, परंतु पल्लवी के लिए अब दिन के उजाले और रात्रि के गहन अंधकार में कोई भेद शेष नहीं रहा था। उसकी आँखें रुदन के कारण सूजी हुई थीं और मुखमंडल पर एक निर्जीव पीलापन छा गया था। निद्रा कई रातों से उसके नेत्रों से अनुपस्थित थी, और यदि कभी आती भी, तो वह रक्त रंजित दुःस्वप्नों का संसार साथ लेकर आती।

कल की रात्रि उसकी आत्मा ने जो भीषण चीख लगाई थी, उसकी प्रतिध्वनि आज भी उसके अंतर्मन में गूँज रही थी। परंतु उस चीख के साथ अब एक और निर्दयी सत्य जुड़ चुका था; अब कुछ भी पूर्ववत नहीं हो सकता। पल्लवी दर्पण के सम्मुख खड़ी हुई, पर अब कोई मतिभ्रम नहीं था। उसने स्वयं को उसी नग्न सत्य के साथ स्वीकार किया जो वह बन चुकी थी।

"मैं यही हूँ... एक अपराधी, एक साझीदार।" यह स्वीकारोक्ति अत्यंत पीड़ादायक थी, पर यह प्रथम अवसर था जब उसने स्वयं को किसी 'दर्शन' या 'तर्क' के पीछे नहीं छिपाया।

अचानक, मेज़ पर रखे मोबाइल की कर्कश घंटी बजी। पल्लवी का पूरा शरीर किसी विद्युत झटके की भाँति चौंक उठा। स्क्रीन पर वह नाम चमक रहा था जिसने उसकी दुनिया को शमशान बना दिया था - करण। उसने कुछ क्षण उस नाम को घृणा और विवशता के साथ देखा, फिर

कांपते हाथों से फोन उठाया।

"तुम कहाँ हो?" करण की आवाज़ में आज वह चिर-परिचित दार्शनिक ठहराव नहीं, बल्कि एक हिंसक तीव्रता और घबराहट थी।

"घर पर..." पल्लवी ने अत्यंत क्षीण स्वर में कहा।

"बाहर मत निकलना," करण ने आदेशात्मक स्वर में कहा। "मामला सीमा से बाहर जा चुका है। वह पुराना कारखाना... पुलिस वहाँ पहुँच चुकी है।"

यह वाक्य पल्लवी के कानों में किसी मृत्युदंड की भांति गूँजा। कल तक पकड़े जाने का विचार उसके लिए 'रोमांच' था, आज वह उसकी देह में बर्फ जैसी शीतलता भर रहा था। यही पतन का वास्तविक आरंभ था।

"क्या उन्हें... क्या उन्हें सब ज्ञात हो गया है?" उसने अवरुद्ध कंठ से पूछा।

करण ने उत्तर नहीं दिया। बस इतना कहा, "तुम्हें दृढ़ रहना होगा। यदि पकड़ी जाओ, तो मौन रहना। मेरा नाम कभी मत लेना।"

यह सुनते ही पल्लवी को पहली बार वास्तविक 'एकाकीपन' का बोध हुआ। करण अब उसका रक्षक या प्रेमी नहीं था; वह केवल स्वयं को बचाने में लगा एक अजनबी अपराधी था। वह ट्रॉमा बॉन्डिंग जो पल्लवी को शक्ति देता था, अब उसे दमघोंटू जंजीर प्रतीत होने लगा। करण का स्वर अब आश्वस्त करने वाला नहीं, बल्कि अत्यंत दूर और पराया था। कॉल कट गई और पल्लवी रिक्त दृष्टि से फोन को देखती रही।

पल्लवी धीरे-धीरे भूमि पर बैठ गई। उसे पहली बार यह अहसास हुआ

कि उसने क्या खो दिया है। करण अब सहारा नहीं था, दीपांकर की सुरक्षा वह स्वयं ठुकरा चुकी थी, और उसका परिवार... वह उन्हें कलंकित करने वाली अपराधी बन चुकी थी।

तभी, मुख्य द्वार पर भारी पदचापों की आहट सुनाई दी और फिर एक भीषण दस्तक हुई। पल्लवी का हृदय सीने को चीरकर बाहर आने को आतुर हो उठा। वह धीरे-धीरे उठी, उसके पैर लड़खड़ा रहे थे। उसने अपने कक्ष की ओर एक अंतिम दृष्टि डाली मेज़ पर रखी पुस्तकें, दीपांकर द्वारा दिया गया वह गुलाब, और वे स्मृतियाँ जो अब किसी पराए व्यक्ति की प्रतीत हो रही थीं।

दस्तक पुनः हुई, इस बार और भी कठोरता के साथ। "पुलिस! दरवाज़ा खोलिए!"

एक गंभीर और सधा हुआ स्वर संभवतः इंस्पेक्टर राघव का। पल्लवी ठिठक गई। यह अब किसी डार्क थ्रिलर का हिस्सा नहीं था; यह उसकी वास्तविकता थी। उसने कांपते हाथों से द्वार की कुंडी खोली।

बाहर दो वर्दीधारी अधिकारी खड़े थे, जिनकी आँखों में कोई भावना नहीं थी, केवल एक कठोर कर्तव्य था। उनके पीछे इंस्पेक्टर राघव खड़े थे, जिनकी अनुभवी दृष्टि ने पल्लवी के चेहरे पर लिखे हुए उस 'अपराध' को एक क्षण में पढ़ लिया।

"पल्लवी सोलंकी?" एक अधिकारी ने आधिकारिक स्वर में पूछा।

पल्लवी ने केवल यंत्रवत सिर हिलाया।

"आपको हमारे साथ थाने चलना होगा। आपके विरुद्ध पर्याप्त साक्ष्य प्राप्त हुए हैं।"

यह वाक्य अत्यंत संक्षिप्त था, पर इसमें पल्लवी का संपूर्ण जीवन समाहित हो गया। उसने कुछ कहने का प्रयास किया, पर उसकी जिह्वा जड़ हो चुकी थी। पतन की चरम सीमा कभी अचानक नहीं आती; वह तो उन सैकड़ों छोटे निर्णयों, उन वर्जित आकर्षणों और उस अहंकार में छिपी होती है जो हमें अजेय होने का भ्रम देता है।

पल्लवी सोलंकी अब उसी दहलीज पर खड़ी थी जहाँ उसका सामाजिक अस्तित्व समाप्त हो रहा था और उसके दंड का अध्याय आरंभ हो रहा था। उसे ले जाते हुए राघव ने केवल इतना कहा, "सत्य को दबाना और उसे जीना, दोनों की अपनी कीमत होती है, पल्लवी।"

और पल्लवी अब उस कीमत का भुगतान करने के लिए निकल पड़ी थी।

भाग 3: अपराध और परिणाम

गिरफ्तारी

द्वार खुला और उसके साथ ही पल्लवी सोलंकी के व्यवस्थित और फिर विद्रोही जीवन का एक अध्याय सदैव के लिए बंद हो गया। बाहर खड़े अधिकारियों ने जब भीतर प्रवेश किया, तो उनकी उपस्थिति में न तो कोई व्यक्तिगत आक्रोश था और न ही कोई कृत्रिम सहानुभूति; वहाँ केवल 'नियम' की निर्जीव और कठोर शीतलता थी।

"पल्लवी सोलंकी?" एक अधिकारी ने औपचारिक परंतु दृढ़ स्वर में पूछा।

"जी..." पल्लवी की आवाज़ इतनी क्षीण थी कि वह स्वयं को भी पराई प्रतीत हुई।

"आपको कुछ गंभीर प्रश्नों के उत्तर हेतु हमारे साथ चलना होगा। आपके विरुद्ध पर्याप्त साक्ष्य और गवाह प्राप्त हुए हैं।" यह वाक्य अत्यंत संयमित था, पर इसके भीतर एक ऐसी अनिवार्यता छिपी थी जिसे चुनौती देना अब पल्लवी के सामर्थ्य से बाहर था।

पल्लवी ने एक अंतिम बार अपने घर के उस परिवेश को देखा जहाँ उसने अपना बचपन बिताया था। वह स्थान, जो कभी उसकी सुरक्षा का अभेद्य दुर्ग था, आज उसे किसी अजनबी वधशाला की भाँति प्रतीत हो रहा था। 'यही अंत है...' यह विचार उसके मस्तिष्क में कौंधा, पर उसके अंतर्मन के किसी कोने से एक और भयावह स्वर उभरा, "नहीं, यह अंत नहीं, यह तो उस वास्तविक दंड का आरंभ है जिसका बीजारोपण तुमने स्वयं किया था।"

यही था 'परिणाम का प्रथम स्पर्श'। बाहर पुलिस का वाहन खड़ा था। उसकी धातु की ठंडी और नीली चमक पल्लवी की आँखों में प्रतिबिंबित हो रही थी, जो उसके भीतर के 'अजेयता के भ्रम' को खंडित कर रही थी। वह धीरे-धीरे आगे बढ़ी। कल तक जो मार्ग उसे करण ठाकुर की बांहों में 'स्वतंत्रता' का अनुभव कराते थे, आज वही मार्ग उसे 'बंधन' की ओर ले जा रहे थे।

वाहन का द्वार खुला। "बैठिए," अधिकारी ने कहा। पल्लवी भीतर बैठ गई और द्वार एक सूक्ष्म ध्वनि के साथ बंद हुआ। वह ध्वनि केवल लोहे के टकराने की नहीं थी, वह पल्लवी की नागरिक स्वतंत्रता के समाप्त होने का अंतिम संकेत थी।

वाहन चल पड़ा। खिड़की के बाहर शहर अपनी चिर-परिचित गति से प्रवाहित था। लोग अपने कार्यों में व्यस्त थे, दुकानें खुल रही थीं, जीवन सामान्य था। केवल पल्लवी के लिए सब कुछ बदल चुका था। उसने शीशे में अपना प्रतिबिंब देखा, अब उसमें कोई 'रहस्य का मोह' नहीं था, कोई 'रोमांच की भूख' नहीं थी। वहाँ केवल एक नग्न स्वीकार था, "मैंने स्वयं यह मार्ग चुना था।"

पुलिस स्टेशन पहुँचते ही वातावरण का मनोवैज्ञानिक दबाव और बढ़ गया। वहाँ की प्रत्येक दीवार जैसे पल्लवी के अपराधों की साक्षी थी। उसे एक विशेष पूछताछ कक्ष में ले जाया गया, एक मेज़, दो कुर्सियाँ, कुछ धूल भरी फाइलें और ऊपर चलता हुआ एक पुराना पंखा जिसकी आवाज़ पल्लवी को किसी के कराहने जैसी लग रही थी।

"बैठिए, पल्लवी जी," सामने से इंस्पेक्टर राघव का स्वर गूँज़ा। वे एक फाइल खोल रहे थे। उनकी अनुभवी आँखों ने पल्लवी पर अपनी दृष्टि स्थिर की। "आपको ज्ञात है कि हम आपको यहाँ क्यों लाए हैं?"

यह प्रश्न सीधा था, और इसमें किसी दार्शनिक तर्क के लिए कोई स्थान नहीं था। पल्लवी कुछ क्षण मौन रही। उसका गला शुष्क था। अंततः उसने धीरे से कहा, "शायद..."

यह 'शायद' कोई अस्वीकार नहीं था; यह उसके पूर्ण आत्मसमर्पण और स्वीकारोक्ति का प्रारंभ था। इंस्पेक्टर ने उसकी ओर देखा और अत्यंत गंभीर स्वर में बोले, "तो फिर... सत्य की परतों को खोलना शुरू करते हैं।"

यही था कानून का वास्तविक हस्तक्षेप। अब यह कहानी केवल भावनाओं, निषिद्ध आकर्षणों और ओशो के विकृत दर्शनों की नहीं रही थी। अब यह 'तथ्य' बन चुकी थी। अब साक्ष्य होंगे, गवाह होंगे और वे प्रश्न होंगे जिनका उत्तर पल्लवी को स्वयं को भी देना होगा।

"कानून भावनाओं के व्याकरण को नहीं समझता, पल्लवी। वह केवल कर्म की भाषा पढ़ता है।" इंस्पेक्टर राघव के ये शब्द पल्लवी के 'चित्त की व्याकुलता' को और बढ़ा रहे थे।

गिरफ्तारी केवल शरीर का कारावास नहीं होती; वह तो मन को भी उन स्मृतियों और परिणामों की बेड़ियों में जकड़ देती है जिनसे मनुष्य जीवन भर भागने का प्रयास करता है। पल्लवी सोलंकी अब उसी मानसिक और कानूनी बंधन में प्रवेश हो चुकी थी। उसे आभास होने लगा था कि सलाखों के पीछे जो समय बीतने वाला था, वह उसके द्वारा बिताए गए 'रोमांचक क्षणों' से कहीं अधिक भारी और निर्णायक होने वाला था।

पूछताछ

पूछताछ कक्ष की दीवारों में एक विचित्र और स्थिर ठंडक व्याप्त थी। वे

दीवारें श्वेत और नितांत साधारण थीं, परंतु उनका मनोवैज्ञानिक प्रभाव असाधारण था। पल्लवी सोलंकी उस अकेली लकड़ी की कुर्सी पर बैठी थी, जहाँ प्रकाश की एक तीक्ष्ण किरण सीधे उसके चेहरे पर केंद्रित थी। टेबल के उस पार दो अधिकारी विराजमान थे, एक जिनकी आँखों में एक कृत्रिम सौम्यता थी, और दूसरे जिनकी दृष्टि किसी हिंसक शिकारी की भांति स्थिर और गंभीर थी।

"अत्यंत सहजता से बैठिए, पल्लवी जी," सौम्य स्वर वाले अधिकारी ने कहा। यह स्वर कोमल था, परंतु पल्लवी जानती थी कि यह 'गुड कॉप' की वह योजनाबद्ध रणनीति है जिसका उद्देश्य अपराधी के रक्षा-कवच को शिथिल करना होता है।

पल्लवी ने यंत्रवत अपना सिर हिलाया। उसकी उंगलियाँ परस्पर उलझी हुई थीं और उनकी थरथराहट उसकी 'चित्त की व्याकुलता' को स्पष्ट कर रही थी। "शांत रहो..." उसने स्वयं को मानसिक निर्देश दिया, पर उसका अंतर्मन अब उसके वश में नहीं था।

प्रथम प्रश्न अत्यंत सीधा और घातक था, "आप करण ठाकुर को कब से जानती हैं?"

पल्लवी कुछ क्षण मौन रही। उसका गला अवरुद्ध था। "कुछ महीनों से..." उसने अत्यंत धीमे और कांपते स्वर में उत्तर दिया।

अधिकारी ने मूक स्वीकृति में सिर हिलाया। तभी दूसरे अधिकारी ने, जिसकी दृष्टि किसी यंत्र की भांति निर्जीव और विश्लेषणात्मक थी, एक भारी फाइल खोली।

"रोचक है..." उसने पल्लवी की आँखों में सीधे झाँकते हुए कहा,

"क्योंकि हमारे पास प्राप्त जानकारी आपके इस 'संक्षिप्त' उत्तर से कहीं अधिक भयावह है।"

यह वाक्य एक मनोवैज्ञानिक प्रहार था। पल्लवी के हृदय की गति तीव्र हो गई। 'क्या उन्हें सब ज्ञात हो गया है?' यह संदेह का विषैला बीज उसके भीतर अंकुरित होने लगा।

"आप उससे कहाँ मिलती थीं?" प्रथम अधिकारी ने पुनः पूछा।

"कॉलेज के समीप..." पल्लवी ने उत्तर दिया, पर उसका स्वर अपनी ही प्रतिध्वनि से डर रहा था।

"केवल वहीं?" दूसरे अधिकारी ने तत्क्षण प्रतिप्रश्न किया। यह अचानक किया गया आक्रमण उसके मानसिक संतुलन को विचलित करने के लिए पर्याप्त था।

पल्लवी ठिठक गई। क्षण भर के लिए उसके मानस पटल पर वह जर्जर और सुनसान भवन उभरा, जहाँ उसने अपनी मर्यादा की अंतिम बलि दी थी। उसने पलकें झपकाईं, उस दृश्य को दबाने का निष्फल प्रयास किया। "हाँ..."

कक्ष में एक भारी सन्नाटा पसर गया। घड़ी की टिक-टिक अब किसी हथौड़े की भांति उसके कानों में बज रही थी।

"पल्लवी," अधिकारी ने बहुत समीप आकर, लगभग फुसफुसाते हुए कहा, "हम यहाँ केवल साक्ष्य एकत्र करने नहीं आए हैं, हम यहाँ 'सत्य' का साक्षात्कार करने आए हैं। और सत्य तुम्हारी आँखों में स्पष्ट दिखाई दे रहा है।"

यह आरोप नहीं था, न ही सहानुभूति; यह 'संज्ञानात्मक दबाव' था। पल्लवी का अजेय होने का वह कृत्रिम आत्मविश्वास अब रेत के महल की भांति ढह रहा था।

"क्या आप जानती हैं कि करण किन गतिविधियों में वास्तव में लिप्त है?" दूसरे अधिकारी ने अचानक फाइल बंद करते हुए पूछा।

पल्लवी का गला शुष्क हो गया। करण का वह रहस्यमयी चेहरा, उसकी सम्मोहक बातें और उसका वह 'नियंत्रण' सब कुछ एक चलचित्र की भांति उसके सामने से गुजरने लगा। 'तुम मुझ पर भरोसा करती हो?' करण की वह आवाज़ उसके कानों में गूँजी। पल्लवी ने धीरे से कहा, "नहीं... मुझे नहीं पता था।"

यह उत्तर आधा सत्य था और आधा 'दमन'।

अधिकारी के मुख पर कोई मुस्कान नहीं उभरी, परंतु उसकी अनुभवी आँखों में एक सूक्ष्म 'समझ' कौंधी। उसने धीरे से एक फोटोग्राफ टेबल पर सरकाया। पल्लवी की नज़र जैसे ही उस पर पड़ी, उसका संपूर्ण शरीर जड़वत हो गया।

वह वही स्थान था... वह रक्तरंजित रात्रि... और उस धुंधली तस्वीर में एक आकृति थी जिसे पहचानने के लिए किसी साक्ष्य की आवश्यकता नहीं थी। वह पल्लवी स्वयं थी।

पल्लवी की श्वास रुक गई। "यह आप ही हैं, पल्लवी सोलंकी?" अधिकारी ने अत्यंत ठंडे स्वर में पूछा।

मौन। यही था 'साक्ष्य का अंतिम प्रहार'। पल्लवी के भीतर का वह 'आत्म-औचित्य' अब पूरी तरह खंडित हो चुका था। 'अब सत्य को

छिपाने का क्या अर्थ?' पर उसी क्षण करण के प्रति उसकी वह विषाक्त 'निर्भरता' उसे रोकने लगी।

"मैं..." पल्लवी का स्वर कंठ में ही घुट गया।

"देखिए पल्लवी," प्रथम अधिकारी ने पुनः कोमलता का स्वांग रचा, "सत्य का स्वीकार ही प्रायश्चित का प्रथम चरण है। यदि आप अभी सब कुछ स्पष्ट कर दें, तो शायद कानून आपके प्रति कुछ उदार हो सके।"

यह एक प्रलोभन था, पर उसके पीछे कठोर वास्तविकता का धरातल था। दूसरा अधिकारी बोला, "क्योंकि सत्य का अपना एक स्वभाव होता है, वह किसी न किसी मार्ग से बाहर आ ही जाता है।"

अब पल्लवी के सम्मुख दो मार्ग थ, सत्य का विरेचन कर मुक्त हो जाना, या अपने ही बनाए हुए अंधकार में घुटकर मर जाना। पल्लवी ने अपनी आँखें मूंद लीं। और उसी क्षण उसे पुनः अपनी आत्मा की वह चीख सुनाई दी, 'तुमने स्वयं इसे चुना था!'

उसकी आँखों से एक अश्रु बिंदु टेबल पर गिरा। यह अश्रु दुर्बलता का नहीं, वरन उसके भीतर के उस 'पाप' के विखंडन का था। उसने धीरे से अपनी आँखें खोलीं और पहली बार उसकी दृष्टि में वह 'अपराधी' नहीं, बल्कि वह 'पीडिता' थी जो अपनी ही इच्छाओं की भेंट चढ़ गई थी।

"मैं... मैं सब कुछ बताना चाहती हूँ," पल्लवी ने अत्यंत स्थिर और निर्णायक स्वर में कहा।

पूछताछ कक्ष का वह सन्नाटा अब एक नए अध्याय की भूमिका बन चुका था। पूछताछ केवल प्रश्न-उत्तर की प्रक्रिया नहीं होती; वह तो मन और सत्य के मध्य का वह महायुद्ध है जहाँ अंततः मनुष्य को अपने ही

प्रतिबिंब के सम्मुख नग्न खड़ा होना पड़ता है। पल्लवी सोलंकी अब उसी युद्ध में पराजित होकर सत्य की शरण में थी।

सच का सामना

पूछताछ कक्ष में व्याप्त वह सन्नाटा अब भी स्थिर था, परंतु अब उसमें वह पूर्ववत दमघोंटू तनाव नहीं, बल्कि एक भारी प्रतीक्षा थी। पल्लवी सोलंकी की आँखें खुली थीं, और पहली बार उनमें वह 'भ्रम' नहीं, बल्कि एक निर्मम स्पष्टता थी। वह अब न तो पुलिस से भाग रही थी, न समाज से, और सबसे महत्वपूर्ण, वह अब स्वयं से नहीं भाग रही थी।

टेबल के उस पार बैठे अधिकारी अब भी उसी धैर्य और मनोवैज्ञानिक स्थिरता से उसकी ओर देख रहे थे। वे जानते थे कि पल्लवी के भीतर की 'मर्यादावादी' और 'अपराधी' पहचान के बीच का युद्ध अब अपने अंतिम चरण में है।

"मैं..." पल्लवी ने पुनः कहना आरंभ किया। इस बार उसकी आवाज़ में वह कपकपी नहीं थी जो उसकी दुर्बलता दर्शाती थी, बल्कि उसमें वह भारीपन था जो केवल सत्य के स्वीकार से आता है। "मैं उसे जानती हूँ... मैं करण ठाकुर के उस अंधकारमय संसार का अटूट हिस्सा थी।"

स्वीकार का यह प्रथम स्वर यद्यपि लघु था, पर उसने पल्लवी के भीतर निर्मित झूठ की उस विशाल दीवार को एक ही आघात में दरका दिया। अधिकारी ने कोई शब्द नहीं कहा, केवल अपनी कलम से कागज़ पर कुछ अंकित करना शुरू किया। यह संकेत था कि अब कहानी केवल स्मृतियों में नहीं, बल्कि 'इतिहास' और 'कानून' के साक्ष्यों में दर्ज हो रही थी।

"प्रारंभ में..." पल्लवी रुकी, उसकी आँखों के सम्मुख वे समस्त दृश्य एक

चलचित्र की भाँति कौंध गए, कॉलेज के गलियारे, पहली रहस्यमयी भेंट, और करण की वह 'वर्जित' मुस्कान जिसने उसे सम्मोहित किया था। "सब कुछ अत्यंत सामान्य और लुभावना था। मुझे लगा कि मैं केवल एक 'अलग' और 'तीव्र' जीवन की खोज कर रही हूँ। मुझे लगा कि मर्यादाओं को तोड़ना ही वास्तविक स्वतंत्रता है।"

यह पल्लवी के उस 'पहचान संकट' का आधिकारिक स्वीकार था। "परंतु धीरे-धीरे, वह रोमांच एक लत बन गया। मैं उस दलदल में इस प्रकार उलझती गई कि मुझे आभास ही नहीं हुआ कि कब मेरा 'नियंत्रण' केवल एक भ्रम मात्र रह गया है।"

उसकी आवाज़ अब गहरी और बोझिल हो चुकी थी। "मैंने स्वयं को बार-बार यह समझाया कि मैं स्वतंत्र हूँ, कि मैं स्वयं निर्णय ले रही हूँ... पर सत्य तो यह था कि मैं उसकी इच्छाओं की एक मूक परछाईं मात्र बन चुकी थी।"

कक्ष में उपस्थित अधिकारी पल्लवी के इस 'मानसिक आत्मसमर्पण' को देख रहे थे। पल्लवी के लिए यह केवल एक बयान नहीं था; यह स्वयं के उस 'अहंकार' का विसर्जन था जिसने उसे विनाश की ओर धकेला था।

"मैंने घोर अनर्थ किया है," उसने स्पष्ट स्वर में कहा। यह पल्लवी का वह प्रथम पूर्ण वाक्य था जिसमें न तो कोई 'आत्म-औचित्य' था और न ही कोई दार्शनिक ढाल। उसकी आँखों से अश्रुओं की अविरल धारा प्रवाहित होने लगी, पर इस बार वह उन्हें छिपाने का प्रयास नहीं कर रही थी। "मैं भली-भांति जानती थी कि मैं अग्नि से खेल रही हूँ, फिर भी मैंने उस दाह को ही अपना गंतव्य मान लिया।"

"क्यों, पल्लवी? तुम जैसी सुशिक्षित युवती ने यह मार्ग क्यों चुना?" अधिकारी ने अत्यंत शांत परंतु भेदने वाले स्वर में पूछा।

पल्लवी ने अपनी आँखें मूंद लीं। इस प्रश्न का उत्तर देना सबसे कठिन था। "क्योंकि... क्योंकि मुझे अपने भीतर की उस शून्यता को भरना था। मुझे 'विशेष' महसूस करना था। मुझे लगा कि दीपांकर का सुरक्षित प्रेम केवल एक उबाऊ दिनचर्या है, और करण का यह खतरनाक खेल ही 'वास्तविक जीवन' है।"

सन्नाटा और गहरा गया। पल्लवी की सिसकियाँ अब उस कक्ष की एकमात्र ध्वनि थीं। "परंतु उस 'तीव्रता' की खोज में मैं धीरे-धीरे स्वयं को ही खोती गई। एक समय ऐसा आया जब मुझे रक्त, हिंसा और अपराध में भी कोई पीड़ा अनुभव होना बंद हो गई थी।"

वह काँप उठी, उस 'इमोशनल नम्बनेस' को याद करके जिसने उसे एक यंत्र बना दिया था। "और फिर... फिर मैंने वह किया जिसे मैं आज भी शब्दों में व्यक्त करने का साहस नहीं जुटा पा रही हूँ। मैंने उस सीमा को लांघ दिया जहाँ से मनुष्य दानव बन जाता है।"

उसने अपनी आँखें खोलीं। अब उनमें 'पकड़े जाने का डर' नहीं था, बल्कि एक 'दंड की चाह' थी। "मैं अपनी समस्त गतिविधियों, अपने प्रत्येक अपराध और उस विनाशकारी रात के लिए पूर्णतः उत्तरदायी हूँ। मैं अब किसी तर्क के पीछे नहीं छिपूँगी।"

यह पल्लवी का अंतिम और पूर्ण स्वीकार था। उसने अपने भीतर के उस 'ग्रैंडियोस सेल्फ' (अजेय अहंकार) को सदैव के लिए समाप्त कर दिया था। सत्य का सामना हमेशा बाह्य जगत से नहीं होता; वह सबसे पहले स्वयं के प्रतिबिंब से होता है। पल्लवी अब पहली बार अपने ही निर्णयों

के सम्मुख नग्न खड़ी थी, बिना किसी बहाने के, केवल अपने 'कर्मों के बोध' के साथ।

"मैं... मैं अपराधी हूँ, और मैं दंड के योग्य हूँ," उसने अंततः कहा।

अधिकारी अब औपचारिक कार्रवाई हेतु आगे बढ़ने को सन्नद्ध थे। परंतु पल्लवी के लिए यह केवल एक कानूनी प्रक्रिया का अंत नहीं था; यह उसके प्रायश्चित के उस लंबे और दुर्गम मार्ग का प्रथम पदक्षेप था। जब मनुष्य अपने कर्मों की पूर्ण जिम्मेदारी स्वीकार कर लेता है, तभी उसकी आत्मा के विरेचन का मार्ग प्रशस्त होता है।

पल्लवी सोलंकी अब भाग नहीं रही थी। और अपनी इसी 'पराजित सच्चाई' में, उसने अपने जीवन की सबसे बड़ी जीत हासिल कर ली थी, स्वयं के प्रति सत्यनिष्ठा।

करण का असली चेहरा

पूछताछ कक्ष का वातावरण अब पूरी तरह परिवर्तित हो चुका था। पल्लवी सोलंकी का विस्तृत बयान आधिकारिक रूप से दर्ज हो चुका था और उसी के साथ, एक ऐसा नाम निर्विवाद रूप से स्पष्ट हो चुका था जो इस पूरे खेल का रचयिता था, करण ठाकुर।

अधिकारी परस्पर अर्थपूर्ण दृष्टि से एक-दूसरे की ओर देख रहे थे। "हमें अविलंब उसे अभिरक्षा में लेना होगा," एक ने अत्यंत धीमे परंतु संकल्पित स्वर में कहा।

उसी क्षण, एक अन्य अधिकारी कक्ष के भीतर प्रविष्ट हुआ। उसके हाथ में एक नवीन फाइल थी, जो शायद पल्लवी के शेष बचे 'भ्रम' को जड़ से उखाड़ने वाली थी। "सर..." उसने कहा, "करण ठाकुर के विषय में

कुछ अत्यंत गंभीर और नवीन तथ्य प्रकाश में आए हैं।"

फाइल मेज़ पर रखी गई और जैसे-जैसे पन्ने पलटे गए, सत्य की वे परतें खुलने लगीं जिनसे पल्लवी अब तक अनभिज्ञ थी।

"वह कोई नवागंतुक अपराधी नहीं है," अधिकारी ने पल्लवी की ओर देखे बिना पढ़ना शुरू किया। "करण ठाकुर पूर्व में भी कई गंभीर मामलों में संलिप्त रहा है, वित्तीय धोखाधड़ी, मनोवैज्ञानिक प्रताड़ना और..." वह क्षण भर के लिए रुका और पल्लवी की आँखों में सीधे झाँकते हुए बोला, "भोले-भाले लोगों का 'इस्तेमाल' करना।"

यह वाक्य पल्लवी के हृदय पर किसी आघात की भाँति लगा। उसका चित्त धीरे-धीरे भारी होने लगा। 'तो... वह दार्शनिक बातें, वह प्रेम का ढोंग, वह सब केवल एक बिसात थी?'

परंतु वास्तविक 'विश्वासघात' अभी प्रकट होना शेष था। "और पल्लवी," अधिकारी ने आगे कहा, उसका स्वर अब शांत परंतु मारक था, "हमारे पास साक्ष्य हैं कि करण ने इस पूरे प्रकरण में बड़ी चतुराई से आपका नाम 'मुख्य अपराधी' के रूप में आगे किया है।"

कक्ष में एक भयावह सन्नाटा छा गया। पल्लवी के भीतर जैसे एक विस्फोट हुआ। "क्या...?" उसकी आवाज़ काँपकर टूट गई।

"उसके द्वारा दिए गए गोपनीय बयानों के अनुसार, पल्लवी सोलंकी ही इस पूरे षड्यंत्र की मास्टरमाइंड थी," अधिकारी ने फाइल का एक पन्ना उसकी ओर बढ़ाते हुए कहा। "करण का दावा है कि वह केवल आपके 'जुनून' के वशीभूत होकर आपके साथ था। उसने स्वयं को केवल एक 'सहयोगी' और आपको 'मुख्य कर्ता' सिद्ध करने का प्रयास किया है।"

यह था, अंतिम विश्वासघात।

पल्लवी के मुखमंडल से रक्त जैसे उतर गया हो। क्षण भर के लिए उसकी श्रवण शक्ति लुप्त हो गई। उसे केवल करण की वही सम्मोहक आवाज़ सुनाई दे रही थी, 'तुम मुझ पर भरोसा करती हो, पल्लवी?' और अब वही व्यक्ति उसे भेड़िये की भाँति कानून के सम्मुख अकेला छोड़कर भाग चुका था।

"यह... यह संभव नहीं," उसने मन ही मन स्वयं को दिलासा देने का निष्फल प्रयास किया। पर सत्य भावनाओं के अधीन नहीं होता। उसकी आँखों के सम्मुख वे समस्त क्षण एक नए दृष्टिकोण से घूम गए, वह स्पर्श, वह विश्वास, वह नियंत्रण... और अब उन सबका एक ही वीभत्स अर्थ था, 'उपयोग'।

"उसने... उसने मेरा केवल उपयोग किया," पल्लवी ने अत्यंत क्षीण स्वर में स्वयं से कहा। यह वाक्य एक निष्कर्ष था, और उसके साथ ही उसके भीतर का वह अंतिम स्तंभ भी ढह गया जो उसे थामे हुए था।

अधिकारी ने शांत स्वर में उसे वास्तविकता का बोध कराया, "पल्लवी, करण जैसे लोग भावनात्मक रूप से रिक्त होते हैं। वे हमेशा अपनी सुरक्षा हेतु दूसरों की बलि देते हैं। यह उनका स्वभाव है।"

यह कठोर सत्य अब पल्लवी के प्रायश्चित का आधार बनने वाला था। "वह भागने का निष्फल प्रयास कर रहा है," दूसरे अधिकारी ने जोड़ा, "पर अब कानून के हाथ उसकी गर्दन तक पहुँच चुके हैं।"

पल्लवी ने अपना मस्तक झुका लिया। अब उसके भीतर कोई भ्रम शेष नहीं था न प्रेम का, न वफादारी का। केवल नग्न सत्य था।

"जिसे हम प्रेम की पराकाष्ठा समझते हैं, वह कभी-कभी केवल 'अदृश्य नियंत्रण' की बेड़ियाँ होती हैं।" पल्लवी अब यह अंतर अपने रक्त की कीमत पर समझ चुकी थी। उसने धीरे से सिर उठाया, उसकी आँखों में अब रुदन नहीं, बल्कि एक प्रतिशोधात्मक न्याय की ज्वाला थी।

"मैं... मैं उसके विरुद्ध गवाही दूँगी," उसने दृढ़ स्वर में कहा। यह निर्णय अब किसी भय या दबाव से नहीं, बल्कि एक गहरे 'आत्म-बोध' से आया था।

अधिकारी ने उसकी ओर देखा और प्रथम बार उनकी आँखों में पल्लवी के प्रति एक सूक्ष्म स्वीकृति थी। क्योंकि अब पल्लवी केवल एक 'आरोपी' नहीं थी; वह सत्य के पक्ष में खड़ी एक ऐसी स्त्री थी जो अपने ही विनाश से उभरने का साहस कर रही थी।

विश्वासघात हमेशा दूसरे ही नहीं करते; कभी-कभी हम स्वयं भी अपने साथ विश्वासघात करते हैं जब हम किसी 'वर्जित आकर्षण' को 'मुक्ति' मान लेते हैं। पल्लवी सोलंकी अब दोनों प्रकार के विश्वासघातों को पहचान चुकी थी: करण का प्रपंच और उसकी अपनी मूर्खता।

कक्ष के बाहर पुनः रात्रि का अंधकार उतर आया था, पर इस बार पल्लवी के भीतर एक छोटा सा प्रकाश जागृत था। क्योंकि अब वह अंधकार को उसके वास्तविक नाम से पहचान चुकी थी। और पहचान ही मुक्ति की प्रथम सीढ़ी होती है।

अदालत का नाटक

न्यायालय का वह विशाल कक्ष आज असामान्य रूप से भारी और निस्तब्ध था। यहाँ केवल वादी, प्रतिवादी और वकील उपस्थित नहीं थे,

यहाँ सत्य, असत्य, भय और अहंकार का एक सामूहिक मनोवैज्ञानिक टकराव उपस्थित था। ऊँचे आसन पर न्यायाधीश निर्विकार भाव से आसीन थे, मानो वे मानवीय भावनाओं के इस उफान से परे केवल 'न्याय के तराज़ू' हों।

पल्लवी सोलंकी कटघरे में खड़ी थी। उसके चारों ओर कानून की अभेद्य परिधि थी, परंतु उसके अंतर्मन में अब भी एक सूक्ष्म द्वंद्व जारी था। "क्या केवल सत्य का उच्चारण पर्याप्त है? या यहाँ भी वह 'अंधकार' जीत जाएगा जिसे करण ठाकुर अपना शस्त्र कहता था?"

अभियोजन पक्ष का अधिवक्ता अत्यंत आत्मविश्वास के साथ आगे बढ़ा। "माननीय न्यायालय," उसने अपना स्वर ऊँचा करते हुए कहा, "यह प्रकरण केवल एक सामान्य अपराध की कथा नहीं है। यह उस प्रवृत्ति का वीभत्स उदाहरण है जहाँ एक सुशिक्षित व्यक्ति अपनी निषिद्ध इच्छाओं की पूर्ति हेतु मर्यादा, नैतिकता और कानून तीनों का क्रूरतापूर्वक उल्लंघन करता है।"

उसने साक्ष्यों की फाइल टेबल पर पटकते हुए पल्लवी की ओर देखा। "यहाँ उपस्थित प्रमाण स्पष्ट, सुसंगत और निर्णायक हैं। और सबसे महत्वपूर्ण यह है कि आरोपी पल्लवी सोलंकी स्वयं अपने अपराध को स्वीकार कर चुकी है।"

यह वाक्य पल्लवी के अंतर्मन पर किसी वज्रपात की भाँति गिरा। यह वही सत्य था जिसे उसने एकांत में स्वीकार किया था, पर अदालत की इस खुली सार्वजनिकता में वह सत्य एक जघन्य आरोप बन चुका था।

तत्पश्चात बचाव पक्ष का वकील खड़ा हुआ। उसकी आवाज़ में एक मनोवैज्ञानिक गहराई थी। "माननीय न्यायालय, सत्य को केवल

घटनाओं के क्रम में देखना उसे अधूरा समझना है। यह युवती," उसने पल्लवी की ओर संकेत किया, "कोई पेशेवर अपराधी नहीं है। यह एक अत्यंत सूक्ष्म और विषैले 'मनोवैज्ञानिक जाल' में फँसी हुई पीड़ित है।"

अदालत में एक सरगर्मी पैदा हुई। "पल्लवी सोलंकी के निर्णयों को 'गैसलाइटिंग' और 'इमोशनल मैनीपुलेशन' के जरिए नियंत्रित किया गया। वह अपने ही मन की कैदी बन गई थी और उस अवस्था में लिए गए निर्णयों को पूर्णतः उसकी स्वतंत्र इच्छा नहीं कहा जा सकता।"

पल्लवी के भीतर यह तर्क फिर टकराया। 'क्या मैं सच में नियंत्रित थी? या मैंने स्वयं उस विनाश को चुना था?' ओशो का वह विचार पुनः गूंजा, "तुम वही हो, जो तुमने चुना है।"

गवाहों का दौर चला। घटनाओं का प्रत्येक विवरण, प्रत्येक तिथि और प्रत्येक गतिविधि अब साक्ष्य बन चुकी थी। और फिर वह क्षण आया जब करण ठाकुर को पेश किया गया।

हथकड़ियों में जकड़ा हुआ, पर उसके मुखमंडल पर वही स्थिर, विद्रूप मुस्कान। जैसे यह पूरी कानूनी कार्यवाही भी उसके किसी बड़े 'शक्ति-खेल' का लघु हिस्सा हो। उसने एक क्षण के लिए पल्लवी की ओर देखा, उस दृष्टि में न करुणा थी, न प्रेम; वहाँ केवल एक हिंसक शून्यता थी।

अभियोजन पक्ष ने प्रश्न किया, "क्या आप इस अपराध में पल्लवी सोलंकी के साझीदार थे?"

करण ने एक पल का विराम लिया, फिर अत्यंत शांत स्वर में कहा, "नहीं।"

वह एक शब्द पल्लवी के विश्वास के अंतिम अवशेष को भी भस्म करने के लिए पर्याप्त था। "यह सब पल्लवी ने किया। मैं तो केवल उसके 'जुनून' को शांत करने का एक माध्यम मात्र था।"

अदालत में सन्नाटा छा गया। पल्लवी ने धीरे से अपनी आँखें बंद कीं। अब उसे कोई आश्चर्य नहीं था; केवल एक कड़वी स्वीकृति थी। करण का 'सोशियोपैथिक' चेहरा अब नग्न हो चुका था।

न्यायाधीश ने अंततः पल्लवी की ओर देखा। "आरोपी पल्लवी सोलंकी, क्या आप अपने पक्ष में कुछ कहना चाहती हैं?"

पल्लवी के कदम धीमे पर स्थिर थे। वह कटघरे के किनारे तक आई। पूरा कक्ष किसी समाधि की भाँति मौन हो गया।

"मैंने जो किया, वह घोर अनुचित था। मैं जिम्मेदार हूँ," उसने बिना किसी बहाने के कहा। "पर सत्य यह भी है कि मैं उस दिशा में अकेली नहीं बढ़ी थी। करण ठाकुर ने मुझे वह 'वर्जित सीमा' दिखाई और मुझे यह विश्वास दिलाया कि उस पार ही वास्तविक जीवन है। उसने मेरी रिक्तता का उपयोग किया और मुझे अपने अपराध का शस्त्र बनाया।"

उसने करण की ओर देखा। इस बार पल्लवी की आँखों में 'भय' नहीं, बल्कि एक 'मुक्त सत्य' था। "मैं दोषी हूँ, पर मेरा दोष उस 'नियंत्रण' का परिणाम भी है जिसे करण ठाकुर प्रेम कहता था।"

अदालत की कार्यवाही स्थगित कर दी गई। निर्णय अब न्यायाधीश के चिंतन के अधीन था।

"अदालत का यह नाटक केवल कानून का खेल नहीं था; यह मनुष्य की चेतना और उसके कर्मों के बीच का वह अंतिम टकराव था जहाँ से

प्रायश्चित का मार्ग प्रशस्त होता है।" पल्लवी अब उस टकराव से गुज़र चुकी थी। वह जानती थी कि वह दंड की भागीदार है, पर वह यह भी जानती थी कि वह अब उस 'मानसिक गुलामी' से स्वतंत्र है जिसने उसे यहाँ पहुँचाया था।

कभी-कभी, जागरूक होना ही सबसे बड़ी सज़ा होती है, और शायद... सबसे बड़ी मुक्ति भी।

समाज का निर्णय

अदालत की कार्यवाही स्थगित हो चुकी थी, परंतु पल्लवी सोलंकी के लिए दंड का विधान वहीं समाप्त नहीं हुआ। जैसे ही वह न्यायालय के विशाल द्वार से बाहर निकली, उसे आभास हुआ कि एक अन्य 'अदालत' उसका बाहर बड़ी निर्दयता से प्रतीक्षा कर रही है। यह समाज की वह अनौपचारिक परंतु सर्वाधिक क्रूर अदालत थी, जहाँ साक्ष्यों की आवश्यकता नहीं होती, केवल 'धारणाओं' का साम्राज्य होता है।

न्यायालय के परिसर में जनसमूह उमड़ पड़ा था। कैमरे की चमचमाती लाइटें, निरंतर होती फुसफुसाहटें और उन असंख्य आँखों का एक साथ उस पर टिक जाना, यह दृश्य पल्लवी के 'चित्त की व्याकुलता' को चरम पर ले जाने वाला था।

"वही है..." एक स्वर गूँजा।

"देखो, यही है वह 'आदर्श' लड़की जिसने रोमांच की खोज में अपनी मर्यादा की बलि दे दी।"

ये शब्द यद्यपि धीरे बोले जा रहे थे, पर उनकी मार किसी घातक प्रहार से कम नहीं थी। पल्लवी ने अनुभव किया कि उन दृष्टियों में अब

जिज्ञासा का स्थान एक 'स्थायी निर्णय' ने ले लिया था। लोग उसे अब एक व्यक्ति के रूप में नहीं, बल्कि एक 'कलंकित उदाहरण' के रूप में देख रहे थे।

एक कैमरा उसके मुखमंडल के अत्यंत समीप आया। "पल्लवी, क्या आपको अपने कृत्यों पर तनिक भी अनुताप है? क्या करण ठाकुर का आकर्षण अब भी आपको सत्य लगता है?"

पल्लवी ने कोई उत्तर नहीं दिया। वह मौन रही, पर उसके भीतर वह प्रश्न किसी महाविनाशकारी प्रतिध्वनि की भाँति गूँजता रहा। 'क्या प्रायश्चित कभी पर्याप्त हो सकता है? क्या समाज कभी उस पल्लवी को वापस स्वीकार करेगा जिसे उसने वर्षों तक पूजा था?'

भीड़ में कुछ चेहरे अत्यंत परिचित थे, पड़ोसी, कॉलेज के सहपाठी, और वे लोग जो कभी उसे 'प्रेरणा' मानते थे। आज उनकी आँखों में पहचान का लेशमात्र भी शेष नहीं था; वहाँ केवल एक 'पवित्र दूरी' व्याप्त थी।

"हमें तो पूर्व में ही इसकी चंचलता पर संदेह था," किसी वृद्ध महिला की आवाज़ आई।

"ऐसी लड़कियां अपनी कुंठाओं को 'स्वतंत्रता' का नाम देती हैं और अंततः तबाही लाती हैं।"

यह 'सामाजिक दंड' का वह रूप था जहाँ व्यक्ति को जीते-जी उसकी पहचान से वंचित कर दिया जाता है। पल्लवी के कदम ठिठक गए। उसे लगा जैसे वह पुनः उसी कटघरे में खड़ी है, पर यहाँ कोई वकील नहीं था, कोई तर्क नहीं था। यहाँ केवल 'निर्णय' था जो सुनाया जा चुका था।

घर लौटने का मार्ग अब उसे किसी 'अग्निपथ' जैसा प्रतीत हो रहा था। हर

मोड़, हर गली की दुकान जैसे उसे धिक्कार रही थी। जब वह सोलंकी निवास के द्वार पर पहुँची, तो वहाँ का सन्नाटा उसे डराने लगा। वह सन्नाटा शांति का नहीं, अपितु 'विमुखता' का था।

भीतर माँ सोफे पर जड़वत बैठी थीं। उनकी आँखों में पल्लवी के लिए न तो क्रोध था, न कोई शब्द; वहाँ केवल एक 'असीम टूटन' था।

"तूने..." माँ की आवाज़ कांपकर टूट गई, "पल्लवी, तूने केवल अपनी मर्यादा नहीं तोड़ी, तूने उस विश्वास का गला घोंटा है जिसने इस घर को मंदिर बनाया था।"

यह प्रश्न न्यायालय के किसी भी तीखे प्रश्न से अधिक मर्मभेदी था। पल्लवी के पास कोई उत्तर नहीं था। मनोविज्ञान कहता है कि कुछ अपराध इतने गहरे होते हैं कि उनके लिए शब्दों का विरेचन संभव नहीं होता। वह धीरे-धीरे अपने कक्ष की ओर बढ़ गई और द्वार बंद कर लिया।

आज वह प्रथम बार वास्तव में एकाकी थी। न करण का सम्मोहन था, न अदालत का कोलाहल, न भीड़ का तिरस्कार। वहाँ केवल वह थी और उसका 'विखंडित स्व'।

उसने आईने में स्वयं को निहारा। अब वह चेहरा उसे अपरिचित नहीं लगा। यह वही पल्लवी थी जिसने रोमांच की क्षणिक तीव्रता के लिए अपना संपूर्ण अस्तित्व दांव पर लगा दिया था। और यही उसका सबसे बड़ा दंड था, स्वयं के नज़रों में गिर जाना।

न्यायालय दंड देता है, पर समाज पहचान छीन लेता है। और पहचान ही मनुष्य का सबसे गहरा आधार होती है। पल्लवी सोलंकी अब उसी आधार से वंचित, एक 'सामाजिक प्रेत' की भाँति थी।

"मैं अब वास्तव में कौन हूँ?" यह प्रश्न पुनः लौट आया था। पर इस बार यह किसी 'पहचान के संकट' का हिस्सा नहीं था, यह उस 'सत्य' का साक्षात्कार था जो प्रायश्चित की राख से उपजा था। बाहर नगर अपनी गति से चल रहा था, दीपांकर शायद कहीं अपनी नई दुनिया संवार रहा होगा, करण सलाखों के पीछे अपनी अगली चाल सोच रहा होगा... पर पल्लवी के लिए समय ठहर चुका था।

क्योंकि अब जो निर्णय आना था, वह केवल न्यायाधीश की लेखनी से नहीं, बल्कि काल के उस कठोर चक्र से आना था जिसे उसने स्वयं गति दी थी।

"समाज का निर्णय न्याय से पूर्व आता है, और वह अक्सर न्याय से कहीं अधिक निर्दयी होता है।"

पल्लवी सोलंकी अब उसी निर्दयता की गोद में अपना प्रायश्चित खोज रही थी।

अपराध का विश्लेषण

न्यायालय की अगली सुनवाई से पूर्व, अभियोजन पक्ष और बचाव पक्ष की सहमति से एक विशेष मनोवैज्ञानिक सत्र आयोजित किया गया। यह सत्र किसी अपराधी को दंडित करने के लिए नहीं, बल्कि उस 'अपराधिक मानस' के विश्लेषण के लिए था जिसने एक सुशिक्षित युवती को विनाश की ओर धकेला था।

कक्ष में एक नितांत व्यावसायिक शांति व्याप्त थी। वहाँ कुछ प्रख्यात मनोवैज्ञानिक, अपराध विश्लेषक और कानून के प्रतिनिधि उपस्थित थे। पल्लवी सोलंकी एक साधारण कुर्सी पर बैठी थी, इस बार वह किसी

कटघरे में नहीं थी, परंतु फिर भी वह एक सूक्ष्म 'निरीक्षण' के केंद्र में थी।

"पल्लवी, हम यहाँ तुम्हें और अधिक विचलित करने नहीं आए हैं," एक वरिष्ठ मनोविश्लेषक ने अत्यंत सौम्य स्वर में सत्र का आरंभ किया। "हम केवल यह समझने का प्रयास कर रहे हैं कि यह 'पतन' कहाँ से और क्यों प्रारंभ हुआ। मनोविज्ञान में हर क्रिया के पीछे एक अदृश्य 'क्यों' छिपा होता है।"

विश्लेषक ने पल्लवी की रिक्त आँखों में झाँका। "तुम्हें क्या लगता है, यह सब कहाँ से शुरु हुआ?"

पल्लवी कुछ क्षण मौन रही। उसके चित्त की चंचलता अब एक स्थिर अवसाद में बदल चुकी थी। उसने बहुत धीमे, पर स्पष्ट स्वर में कहा, "खालीपन से। एक ऐसी भावनात्मक रिक्तता से, जिसे मैं स्वयं भी नहीं समझ पा रही थी।"

कमरे में एक विचारोत्तेजक सन्नाटा छा गया। विशेषज्ञों ने परस्पर अर्थपूर्ण दृष्टि से देखा।

"पल्लवी का जीवन बाह्य रुप से 'परफेक्ट' था," विश्लेषक ने अपनी टिप्पणी दर्ज की। "परंतु यह 'परफेक्ट' होना ही उसके लिए 'सफ़ोकेशन' (दमघोंटू) बन गया। जब जीवन अत्यधिक अनुशासित और अनुमानित हो जाता है, तो मानव मन सहज रुप से उस 'तीव्रता' की तलाश करता है जो उसे जीवित होने का बोध कराए। पल्लवी 'थ्रिल एडिक्शन' की प्रारंभिक अवस्था में थी।"

दूसरे अपराध विश्लेषक ने 'वर्जना' के सिद्धांत पर प्रकाश डाला। "जब कोई वस्तु 'निषिद्ध' घोषित कर दी जाती है, तो उसका आकर्षण कई

गुना बढ़ जाता है। समाज ने पल्लवी पर जो 'मर्यादा' थोपी थी, वह उसके लिए एक प्रतिबंध बन गई। प्रतिबंध हमेशा उस 'अहंकार' को उकसाते हैं जो स्वतंत्रता की झूठी परिभाषा खोजता है।"

पल्लवी शांत होकर यह विश्लेषण सुन रही थी। उसे लग रहा था जैसे कोई उसकी आत्मा का 'पोस्टमार्टम' कर रहा हो। "मैं गलत नहीं थी... पर मैंने गलत किया," उसने धीरे से कहा।

"यही वह सूक्ष्म बिंदु है जहाँ समझ और जिम्मेदारी का संगम होता है," वरिष्ठ विशेषज्ञ ने कहा। फिर उन्होंने करण ठाकुर के संदर्भ में चर्चा को मोड़ा। "करण जैसे व्यक्तित्व 'डार्क ट्रायड' के गुणों से युक्त होते हैं। वे पल्लवी जैसे संवेदनशील और भावनात्मक रूप से रिक्त शिकारों को बड़ी चतुराई से पहचानते हैं। वे पहले 'प्रेम' और 'स्वतंत्रता' का भ्रम पैदा करते हैं और फिर धीरे-धीरे 'मानसिक नियंत्रण' स्थापित करते हैं।"

"तो... क्या मैं केवल एक शिकार थी?" पल्लवी ने एक हल्की आशा के साथ पूछा।

विशेषज्ञ ने उसे करुणा परंतु दृढ़ता के साथ देखा। "नहीं, पल्लवी। तुम एक शिकार भी थीं और एक सक्रिय सहभागी भी। तुम्हें प्रभावित किया गया, तुम्हें भ्रमित किया गया, परंतु प्रत्येक सीमा को लांघने का अंतिम निर्णय 'तुम्हारा' था। ओशो के दर्शन का तुमने अपनी सुविधा अनुसार अर्थ निकाला ताकि तुम अपने अपराधों को 'मुक्ति' कह सको।"

यह पूर्ण सत्य था। पल्लवी के भीतर का बचा-कुचा भ्रम भी अब भस्म हो चुका था। उसने स्वीकार कर लिया कि उसने जोखिम के उस 'अफीमी नशे' के लिए अपने विवेक का सौदा किया था।

विश्लेषण समाप्त हुआ। विशेषज्ञ इस निष्कर्ष पर पहुँचे कि पल्लवी का

सुधार संभव है, क्योंकि उसने अपने 'अंधकार' को पहचान लिया है। पल्लवी के भीतर एक नई प्रक्रिया शुरू हो चुकी थी, अब वह केवल अपने कृत्य को नहीं, बल्कि उसके पीछे छिपी अपनी 'मानसिक विकृति' को भी समझ रही थी।

"मैं बदल सकती हूँ," पल्लवी ने स्वयं से कहा। यह वाक्य किसी खोखली आशा का नहीं था, बल्कि एक आत्म-साक्षात्कार से उपजा 'संकल्प' था।

"जब मनुष्य अपने अंधकार को उसके वास्तविक नाम से पहचान लेता है, तभी वह प्रकाश की ओर अपना प्रथम पदक्षेप बढ़ा सकता है।"

पल्लवी सोलंकी अब उसी प्रथम कदम पर खड़ी थी। वह समझ चुकी थी कि उसका 'पतन' अनचाहा नहीं था, पर उसका 'उत्थान' अब उसके अपने हाथों में है।

दीपांकर का साक्ष्य

अदालत का कक्ष आज पुनः जनसमूह से भरा हुआ था, परंतु आज की हवा में एक भिन्न प्रकार की गंभीरता व्याप्त थी। पल्लवी सोलंकी कटघरे में मौन खड़ी थी, उसकी दृष्टि भूमि पर टिकी थी। तभी वह नाम पुकारा गया जिसने उसके हृदय के उन सुप्त कोनों को झकझोर दिया जिन्हें वह अब तक मृत मान चुकी थी।

"साक्षी क्रमांक 14... दीपांकर गौतम!"

दीपांकर धीरे-धीरे कटघरे की ओर बढ़ा। उसकी चाल में कोई कृत्रिम साहस नहीं था, पर उसकी स्थिरता में एक गहरा आत्मिक भार था। जैसे

ही वह साक्षी-पीठ पर खड़ा हुआ, उसने एक क्षण के लिए पल्लवी की ओर देखा। उनकी आँखें मिलीं, पर इस बार न कोई शब्द था, न कोई आरोप, और न ही वह पूर्ववत अधिकार। वहाँ केवल एक 'अधूरा अतीत' था जो आज भी न्याय की प्रतीक्षा कर रहा था।

"क्या आप आरोपी पल्लवी सोलंकी को जानते हैं?" अभियोजन पक्ष के अधिवक्ता ने प्रश्न किया।

"हाँ," दीपांकर ने अत्यंत शांत और सधे हुए स्वर में उत्तर दिया।

"कितने समय से और किस रूप में?"

"हम वर्षों से एक-दूसरे को जानते थे। हम... एक-दूसरे को चाहते थे," उसने अत्यंत गरिमा के साथ उत्तर दिया। यह वाक्य जैसे ही अदालत में गूँजा, पल्लवी की श्वासें एक क्षण के लिए थम गईं। यह उस प्रेम का सार्वजनिक स्वीकार था जिसे उसने 'उबाऊ' कहकर त्याग दिया था।

बचाव पक्ष के वकील ने आगे बढ़कर प्रश्न किया, "दीपांकर, क्या आप बता सकते हैं कि पल्लवी के व्यक्तित्व में कोई ऐसा परिवर्तन आपने अनुभव किया जिसने आपको चिंतित किया हो?"

दीपांकर ने एक लंबी और भारी श्वास ली। "हाँ। वह पूर्णतः बदल चुकी थी। जो पल्लवी कभी शांत, संतुलित और मर्यादित थी, वह धीरे-धीरे स्वयं से ही दूर होने लगी थी। उसकी आँखों में एक अजीब-सी, डरावनी बेचैनी ने स्थान ले लिया था। और फिर... एक समय आया जब वह वास्तव में वह 'पल्लवी' नहीं रही जिसे मैं जानता था।"

पल्लवी के भीतर यह सत्य किसी तीर की भाँति उतरा, 'मैं स्वयं नहीं रही थी।'

"क्या आपको किसी विशिष्ट व्यक्ति पर संदेह था जिसने उसे इस दिशा में प्रेरित किया?" अभियोजन पक्ष ने पुनः पूछा।

दीपांकर ने बिना किसी संकोच के, सीधे करण ठाकुर की ओर देखते हुए कहा, "हाँ। करण। उसके पल्लवी के जीवन में आने के पश्चात ही सब कुछ खंडित होने लगा। करण उसे 'समझता' नहीं था, वह उसे 'नियंत्रित' करता था। उसने पल्लवी की रिक्तता का उपयोग अपने अपराधों की पूर्ति हेतु किया।"

अदालत में एक सामूहिक फुसफुसाहट हुई। करण अब भी पत्थर की भाँति निर्विकार बैठा था, पर दीपांकर के शब्दों ने उसके 'मनोवैज्ञानिक प्रभाव' की धज्जियाँ उड़ा दी थीं।

बचाव पक्ष ने अपना अंतिम पत्ता फेंका, "दीपांकर, क्या आप यह कह सकते हैं कि पल्लवी पर किसी प्रकार का 'मानसिक दबाव' डाला गया था जिसके कारण वह स्वयं के निर्णयों के लिए पूरी तरह जिम्मेदार नहीं थी?"

दीपांकर ने पुनः पल्लवी की ओर देखा। उसकी आँखों में अब केवल करुणा थी। उसने कुछ पल का विराम लिया और फिर कहा, "हाँ, प्रभाव था। परंतु... अंततः निर्णय उसका था। उसने स्वयं उस मार्ग को चुना था।"

यह वाक्य पल्लवी के लिए सबसे कठिन प्रहार था। दीपांकर का प्रेम उसे 'शिकार' कहकर बचाने का प्रयास नहीं कर रहा था; वह उसे उसके 'मनुष्य होने' का अधिकार दे रहा था, यह मानकर कि उसने गलती की, पर वह गलती उसकी अपनी थी।

न्यायाधीश ने अंततः दीपांकर से एक व्यक्तिगत प्रश्न किया, "साक्षी दीपांकर, क्या आप आरोपी के पक्ष में कुछ कहना चाहते हैं?"

पूरा कक्ष किसी समाधि की भाँति मौन हो गया। दीपांकर ने अपनी आँखें मूंद लीं और फिर धीरे से कहा, "वह बुरी नहीं है, वह केवल भटक गई है। समाज की अपेक्षाओं और स्वयं की रिक्तता के बीच वह अपना पथ खो बैठी। और यदि उसे एक अवसर मिले... तो वह वापस आ सकती है। मैं आज भी उस पर विश्वास करता हूँ।"

यह प्रेम का वह उच्चतम रूप था जहाँ न स्वामित्व था, न अपेक्षा। दीपांकर का यह विश्वास पल्लवी के जमे हुए 'शून्य' को पिघलाने लगा। वह अब स्वयं को रोक नहीं पाई और सिसक-सिसक कर रो पड़ी। ये अश्रु केवल अपराधबोध के नहीं थे, ये उस 'मानवता' के पुनः जाग्रत होने के थे जिसे उसने करण के अंधकार में दफन कर दिया था।

दीपांकर कटघरे से उतरा और अपने स्थान की ओर चला गया। उसने पीछे मुड़कर नहीं देखा, पर उसके शब्द अब भी हवा में तैर रहे थे।

"प्रेम हमेशा बचा नहीं पाता, पर वह मनुष्य को गिरने के बाद भी 'मानव' बनाए रखने की शक्ति रखता है।"

अदालत की कार्यवाही उस दिन समाप्त हुई, पर आज एक भावनात्मक निर्णय हो चुका था। पल्लवी अब पूरी तरह अकेली नहीं थी। क्योंकि इस कठोर संसार में अब भी कोई था जिसने उसकी 'आत्मा' पर विश्वास किया था। और कभी-कभी, यही एक विश्वास ही मनुष्य को पूर्णतः टूटने से बचाता है।

आत्मस्वीकृति

रात्रि अपनी सघनता के चरम पर थी। जेल की उस संकरी कोठरी में एक पीली, मटमैली रोशनी स्थिर जल रही थी, जो काल कोठरी की दीवारों पर पल्लवी की लंबी और खंडित परछाईं बना रही थी। पल्लवी अकेली बैठी थी, निश्चल, नीरव। आज उसके कक्ष में न कोई जिरह करने वाला वकील था, न कोई प्रश्न पूछने वाला अधिकारी, और न ही कोई निर्णय सुनाने वाला न्यायाधीश।

आज वहाँ केवल पल्लवी थी और उसका वह 'स्व', जिससे वह महीनों से पलायन कर रही थी।

दिन भर की अदालती कार्यवाही अब भी उसके कानों में किसी विदीर्ण करने वाले संगीत की भाँति गूँज रही थी। दीपांकर की वह करुणा भरी आवाज़, करण की वह हिंसक और उदासीन नज़र, और अदालत का वह भयावह मौन... पर इन सबके पार, उसके अंतर्मन से एक और आवाज़ उभर रही थी। यह आवाज़ धीमी थी, परंतु इतनी स्पष्ट कि उसे अनदेखा करना अब असंभव था।

"अब सत्य से भागना व्यर्थ है, पल्लवी।"

पल्लवी ने धीरे से अपनी आँखें बंद कीं। पहली बार, उसने स्वयं को बिना किसी 'बचाव', बिना किसी 'तर्क' और बिना किसी 'ढाल' के देखा।

"मैंने स्वयं इस अंधकार को चुना था।" यह वाक्य उसके भीतर किसी गहरे कुएँ में गिरते पत्थर की भाँति गूँजा।

न कोई बाहरी दबाव था, न कोई विवशता। वह जानती थी कि वह वर्जित मार्ग की ओर बढ़ रही है, वह जानती थी कि मर्यादा की वह दहलीज लांघना विनाशकारी है, फिर भी वह गई। उसने करण के उस 'विषाक्त आकर्षण' को अपनी स्वेच्छा से ओढ़ा था।

"उसने मुझे धकेला..." एक क्षण के लिए उसके पुराने 'आत्म-औचित्य' ने सिर उठाया। पर अगले ही क्षण, उसने स्वयं को कठोरता से रोका। "नहीं। उसने केवल वह द्वार दिखाया था... पर उस द्वार के भीतर प्रवेश करने का निर्णय मेरा अपना था। उस मार्ग पर चलने वाले पग मेरे अपने थे।"

यही था उसका पूर्ण और नग्न स्वीकार।

उसकी आँखों से अश्रुओं की अविरल धारा प्रवाहित होने लगी। पर इस बार ये अश्रु पकड़े जाने के भय के नहीं थे, न ही समाज के तिरस्कार के। ये 'शुद्धि' के अश्रु थे। मनोविज्ञान कहता है कि आत्मस्वीकृति दंड नहीं होती; वह तो मुक्ति की वह प्रथम सीढ़ी है जो व्यक्ति को उसके अपराध की जेल से बाहर निकालती है।

"मैं दोषी हूँ।" उसने अँधेरे में स्पष्ट स्वर में कहा। यह वाक्य अब उसे तोड़ नहीं रहा था, बल्कि उसे 'स्थिर' कर रहा था। सत्य को स्वीकार करने के पश्चात मनुष्य बिखरता नहीं है; वह पुनर्निर्माण की प्रक्रिया में प्रविष्ट होता है।

पल्लवी ने अपने कांपते हाथों को देखा। इन्हीं हाथों ने उस 'वर्जित फल' को चखा था, इन्हीं हाथों ने मर्यादाओं के उस ताने-बाने को छिन्न-भिन्न किया था। और अब, उन्हीं हाथों से वह स्वयं के विखंडित अस्तित्व को समेटने का प्रयास कर रही थी।

"मैं भागती रही," उसने सोचा। "पहले समाज के उबाऊपन से, फिर अपने अपराध की विभीषिका से, और अंत में स्वयं की वास्तविकता से।"

अब भागने का मार्ग समाप्त हो चुका था। सम्मुख केवल एक दीवार थी, ठंडी, कठोर और सत्य। उस दीवार पर उसे एक अदृश्य प्रश्न लिखा हुआ प्रतीत हुआ, "अब आगे क्या?"

पल्लवी ने एक गहरी और लंबी श्वास ली। "अब... अब मैं रूपांतरित होऊँगी।" यह कोई कोरी आशा नहीं थी; यह एक अपराधी का स्वयं के प्रति लिया गया 'निर्णय' था। प्रायश्चित केवल पश्चाताप की अग्नि में जलना नहीं है; वह तो उस राख से एक नवीन 'स्व' को जन्म देने का संकल्प है।

बाहर रात्रि और भी सघन हो गई थी, पर पल्लवी सोलंकी के भीतर एक छोटा सा, क्षीण प्रकाश जन्म ले चुका था। उसने स्वयं को उसके समस्त अंधकार के साथ स्वीकार कर लिया था। और यही प्रत्येक महाविनाश के अंत और एक नवीन सृष्टि की शुरुआत होती है।

अदालत का निर्णय आना अभी शेष था, पर पल्लवी अपना आंतरिक निर्णय ले चुकी थी। और जीवन की उस विडंबनापूर्ण अदालत में, यह उसकी अब तक की सबसे बड़ी विजय थी।

निर्णय का दिन

न्यायालय के कक्ष में व्याप्त सन्नाटा आज किसी श्मशान की निस्तब्धता के समान था। आज वह दिवस था जब कानून की लेखनी पल्लवी सोलंकी और करण ठाकुर के प्रारब्ध का अंतिम अध्याय लिखने वाली थी। खिड़की से आती सूर्य की तीक्ष्ण किरणें कटघरे की सलाखों के साये को फर्श पर और भी गहरा बना रही थीं।

पल्लवी कटघरे में खड़ी थी, स्थिर, निर्विकार और पूर्णतः मौन। उसके मुखमंडल पर अब वह पूर्ववत व्याकुलता नहीं थी। कल रात्रि की उस 'आत्मस्वीकृति' ने उसके भीतर के समस्त तूफानों को एक शांत धरातल प्रदान कर दिया था। उसने स्वयं को उस दंड के लिए सन्नद्ध कर लिया था जो उसके कर्मों का तार्किक परिणाम था।

न्यायाधीश ने अपना आसन ग्रहण किया। कक्ष में उपस्थित प्रत्येक व्यक्ति की श्वासें थम गईं।

"आरोपी क्रमांक 1, करण ठाकुर और आरोपी क्रमांक 2, पल्लवी सोलंकी, कृपया सम्मुख आएँ," न्यायाधीश का स्वर गंभीर और अपरिवर्तनीय था।

करण ठाकुर आगे बढ़ा। उसकी आँखों में अब भी वही 'समाजकंटक' अकड़ शेष थी, पर उसकी देहयष्टि में एक सूक्ष्म पराजय स्पष्ट थी। पल्लवी उसके पार्श्व में खड़ी हुई, परंतु उसने उसकी ओर एक बार भी नहीं देखा। करण अब उसके लिए केवल एक बीता हुआ 'अंधकारमय स्वप्न' था।

न्यायाधीश ने निर्णय पढ़ना आरंभ किया। "न्यायालय ने समस्त साक्ष्यों, गवाहों के बयानों और आरोपियों की स्वीकारोक्ति का सूक्ष्म अन्वेषण किया है। यद्यपि पल्लवी सोलंकी का कोई पूर्व आपराधिक इतिहास नहीं है और वह करण ठाकुर के मनोवैज्ञानिक प्रभाव में थी, परंतु कानून के सम्मुख भावनाएँ तर्क का स्थान नहीं ले सकतीं। अपराध की सक्रिय सहभागिता और साक्ष्यों को छिपाने का कृत्य प्रमाणित हुआ है।"

न्यायाधीश महोदय ने एक क्षण का विराम लिया और पल्लवी की ओर देखा। "परंतु न्यायालय पल्लवी सोलंकी के उस साहस और सत्यनिष्ठा

का संज्ञान लेता है, जो उसने अपनी जिम्मेदारी स्वीकार करने में प्रदर्शित की है। यह उसके पश्चाताप का प्रमाण है।"

अंततः वह क्षण आ गया जिसका भय पल्लवी को कभी विक्षिप्त कर देता था, पर आज वह उसे 'मुक्ति' के रूप में देख रही थी।

"न्यायालय करण ठाकुर को मुख्य षड्यंत्रकारी मानते हुए 10 वर्ष के सश्रम कारावास का दंड सुनाता है।" न्यायाधीश का स्वर कठोर था। करण के चेहरे पर एक विक्षिप्त मुस्कान उभरी, जैसे वह इस दंड को भी चुनौती दे रहा हो।

"और पल्लवी सोलंकी..." न्यायाधीश के स्वर में एक सूक्ष्म करुणा थी, "को उसके कृत्यों हेतु 7 वर्ष के कारावास का दंड दिया जाता है। कारावास की अवधि के दौरान, पल्लवी को उसकी सुधारात्मक प्रवृत्तियों और मनोवैज्ञानिक पुनर्वास हेतु अवसर प्रदान किए जाएँगे।"

अदालत में एक सामूहिक निश्वास गूँजा। पल्लवी ने अपनी आँखें मूंद लीं। 7 वर्ष। यह समय की एक लंबी अवधि थी, पर उसके लिए यह 7 वर्ष केवल एक सजा नहीं, बल्कि अपनी आत्मा को पुनः निर्मित करने का एक अनुष्ठान था। उसने धीरे से न्यायाधीश की ओर सिर झुकाया। यह सम्मान कानून के प्रति नहीं, वरन उस 'सत्य' के प्रति था जिसे उसने अंततः अंगीकार किया था।

जैसे ही पुलिस अधिकारी पल्लवी को ले जाने के लिए आगे बढ़े, उसकी दृष्टि पीछे खड़ी अपनी माँ और दीपांकर पर पड़ी। माँ की आँखों में अश्रु थे, पर दीपांकर की आँखों में एक ऐसी शांति थी जो कह रही थी, 'मैं प्रतीक्षा करूँगा।'

पल्लवी ने कोई शब्द नहीं कहा। वह जानती थी कि शब्दों का समय

अब व्यतीत हो चुका है; अब समय 'कर्म' और 'मौन' का था।

जब वह पुलिस वैन में बैठी और वाहन नगर की उन्हीं सड़कों से गुजरा जहाँ उसने 'वर्जना' के स्वप्न देखे थे, उसे एक विचित्र हल्कापन अनुभव हुआ। वह अब 'आरोपी' नहीं थी, वह अब 'पल्लवी सोलंकी' भी नहीं थी, वह केवल एक ऐसी चेतना थी जो अपने पतन की राख से पुनर्जन्म की प्रतीक्षा कर रही थी।

"न्याय का अंतिम प्रहार केवल शरीर को बंदी बनाता है, पर सत्य का स्वीकार मन को मुक्त कर देता है।"

पल्लवी सोलंकी अब जेल की सलाखों की ओर बढ़ रही थी, पर उसके अंतर्मन में अब कोई वर्जना शेष नहीं थी। वह अब स्वतंत्र थी, अपने स्वयं के अंधकार से।

जेल का जीवन

लोहे के विशाल कपाट जब एक कर्कश ध्वनि के साथ पल्लवी के पीछे बंद हुए, तो उस आवाज़ ने उसके सामाजिक अस्तित्व की अंतिम कड़ी को भी तोड़ दिया। यहाँ की हवा में एक भिन्न प्रकार की गंध थी, सीलन, चूना और पुरानी फाइलों का एक बोझिल मिश्रण। यह पल्लवी का नया संसार था, एक ऐसी 'नई वास्तविकता' जहाँ समय की परिभाषा घड़ियों से नहीं, बल्कि लोहे की सलाखों से छनकर आने वाली रोशनी की लंबाई से तय होती थी।

"कैदी नंबर 429, सीधे चलो!" एक महिला वार्डन की कठोर आवाज़ ने उसके विचारों की दिशा बदल दी।

पल्लवी ने यंत्रवत चलना शुरू किया। उसके कदम अब पाषाण भित्तियों

(पत्थर की दीवारों) के बीच गूँज रहे थे। वह 'संस्कारी पल्लवी' का मुखौटा बहुत पहले ही उतर चुका था, और आज उसके उस 'अपराधी' वाले रोमांच का भ्रम भी पूरी तरह भस्म हो गया। अब जो शेष था, वह था केवल एक शरीर जिसे एक निश्चित दिनचर्या के खाँचे में ढलना था।

उसकी कोठरी छोटी थी। एक कोने में लोहे की पतली पलंग और दूसरी ओर एक मटमैला सा जलपात्र। पल्लवी ने उस कठोर फर्श पर बैठकर अपनी आँखें मूंद लीं। यहाँ कोई आईना नहीं था। और शायद यह उसके लिए एक आशीर्वाद ही था, क्योंकि अब उसे स्वयं को देखने की आवश्यकता नहीं थी; अब उसे स्वयं को 'खोजने' की आवश्यकता थी।

जेल के शुरुआती दिन मनोवैज्ञानिक रूप से अत्यंत दमनकारी थे। यहाँ सन्नाटा नहीं था, बल्कि एक यांत्रिक कोलाहल था, घंटियों का बजना, तालों के खुलने-बंद होने की आवाज़, और अन्य कैदियों की दबी हुई सिसकियाँ। पल्लवी ने अनुभव किया कि जेल केवल देह को बंदी नहीं बनाती, वह मन की उन समस्त उत्तेजनाओं को भी मार देती है जिन्हें वह 'स्वतंत्रता' समझ बैठी थी।

"यहाँ तुम केवल एक नंबर हो, पल्लवी," उसने स्वयं से कहा।

परंतु इस शून्यता में ही उसे एक नया मार्ग दिखाई दिया। उसने जेल के पुस्तकालय से जुड़ने का निर्णय लिया। धूल भरी पुरानी पुस्तकों के बीच उसे फिर से ओशो मिले, पर इस बार उनके शब्दों का अर्थ भिन्न था। अब वह उन शब्दों का उपयोग अपने अपराधों को सही ठहराने के लिए नहीं, बल्कि अपने चित्त की शुद्धि के लिए कर रही थी।

उसने लिखना प्रारंभ किया। कोरे कागजों पर उसकी कलम जब चलती, तो उसे ऐसा प्रतीत होता जैसे वह अपने भीतर के उस विषाक्त अंधकार

को बाहर निकाल रही हो। वह करण के उस 'सम्मोहक जाल' का विश्लेषण करती, अपने 'खालीपन' की जड़ों को टटोलती और दीपांकर के उस 'स्थिर प्रेम' की महत्ता को समझने का प्रयास करती।

"नई वास्तविकता कड़वी है, पर यह सत्य है।"

जेल में भोजन के समय कतार में खड़ा होना, ऊसर मैदान में टहलना और प्रतिदिन की गणना, यह सब अब उसकी साधना बन चुके थे। उसने योग और मौन को अपनाया। धीरे-धीरे, उसके चेहरे पर वह पुरानी 'विक्षिप्त व्याकुलता' समाप्त होने लगी और उसका स्थान एक गंभीर 'स्थिरता' ने ले लिया। यह वह स्थिरता नहीं थी जो उसने दीपांकर के साथ उबाऊ समझकर त्याग दी थी; यह वह स्थिरता थी जो प्रलय के पश्चात बचे हुए धरातल पर अनुभव होती है।

पल्लवी सोलंकी अब जेल के जीवन को केवल दंड की तरह नहीं, बल्कि एक 'तपस्या' की तरह जी रही थी। उसे ज्ञात था कि 7 वर्ष के पश्चात जब वह बाहर निकलेगी, तो वह वही पल्लवी नहीं होगी। वह एक ऐसी स्त्री होगी जिसने अपने ही विनाश का साक्षात किया है और अब वह अपनी 'वर्जनाओं' की राख पर एक नया प्रकाशस्तंभ खड़ा करने के लिए सन्नद्ध है।

आत्मचिंतन

जेल की कालकोठरी में जब बाहरी शोर मंद पड़ गया, तब पल्लवी के भीतर एक संवाद का आरंभ हुआ। यह 'अंदर की यात्रा' थी, एक ऐसी यात्रा जहाँ न कोई गंतव्य था, न कोई मार्गदर्शक। केवल पल्लवी थी और उसकी स्मृतियों का वह विशाल मलबा जिसे वह अब एक-एक कर हटाने का प्रयास कर रही थी।

वह घंटों अपनी कोठरी की ऊँची खिड़की से आसमान के उस छोटे से टुकड़े को देखती रहती, जहाँ से कभी-कभी कोई पक्षी उड़ता हुआ गुज़र जाता। वह पक्षी अब उसे 'स्वतंत्रता' की याद नहीं दिलाता था; वह उसे उस 'अराजकता' की याद दिलाता था जिसे वह स्वतंत्रता समझ बैठी थी।

"मैं उस 'वर्जित फल' की खोज में क्यों निकली थी?" उसने स्वयं से प्रश्न किया।

पुस्तकालय की पुरानी किताबों और अपनी जेल डायरी के पन्नों पर उसने अपनी मानसिक परतों को उघाड़ना शुरू किया। उसे आभास हुआ कि उसका आकर्षण करण की देह या उसके अपराधों के प्रति नहीं था; उसका आकर्षण उस 'शून्य' को भरने के प्रति था जो उसके सुव्यवस्थित जीवन ने उसके भीतर पैदा किया था। वह स्वयं को 'विशेष' सिद्ध करने के उन्माद में थी।

करण का वह 'सम्मोहक जाल' अब उसे किसी महान दर्शन जैसा नहीं, बल्कि एक साधारण 'मानसिक शोषण' जैसा प्रतीत होने लगा। उसने महसूस किया कि करण ने कभी उससे प्रेम नहीं किया था; उसने केवल उसकी 'रिक्तता' का उपयोग अपने अहंकार को तुष्ट करने के लिए किया था। वह केवल करण की बिसात पर एक मोहरा थी जिसे उसने अपनी हार के समय बड़ी निर्दयता से कुर्बान कर दिया था।

"मैंने जिसे 'तीव्रता' समझा, वह वास्तव में 'विनाश' की आहट थी," उसने अपनी डायरी में लिखा।

इस आत्मचिंतन के दौरान, दीपांकर की छवि भी उसके मानस पटल पर बार-बार उभरी। दीपांकर का वह सात्विक प्रेम, जिसे उसने 'बोरियत'

कहकर ठुकरा दिया था, अब उसे किसी शांत समुद्र की गहराई जैसा लगने लगा। वह समझ गई कि शांति उबाऊ नहीं होती; शांति तो वह आधार है जिस पर जीवन खड़ा होता है। परंतु वह यह भी जानती थी कि अब उस शांति का अधिकार वह खो चुकी है।

"प्रायश्चित का अर्थ केवल पश्चाताप नहीं है; प्रायश्चित का अर्थ है स्वयं के उस 'पुराने रूप' की मृत्यु को स्वीकार करना।"

योग और मौन ने उसके भीतर एक नए 'स्व' को जन्म देना शुरू किया था। वह अब न तो वह 'संस्कारी बेटी' थी जिसे समाज पूजता था, और न ही वह 'अपराधी' जिसे कानून ने दंडित किया था। वह एक ऐसी स्त्री बन रही थी जो अपने पापों और अपनी सच्चाइयों के साथ खड़ी होने का साहस रखती थी।

रात्रि के एकांत में, उसने अपनी कोठरी की दीवार पर हाथ फेरा। वह पत्थर अब उसे कठोर नहीं लगता था; वह उसे 'यथार्थ' का बोध कराता था। पल्लवी अब उस 'अंदर की यात्रा' के उस पड़ाव पर थी जहाँ उसे यह आभास हो गया था कि मुक्ति जेल के बाहर जाने में नहीं है, बल्कि उस 'मानसिक गुलामी' से मुक्त होने में है जिसने उसे यहाँ पहुँचाया था।

"आत्मा की यात्रा तब शुरू होती है जब दुनिया की सारी आवाज़ें बंद हो जाती हैं।"

पल्लवी सोलंकी अब अपनी उस यात्रा के सात वर्षों को जीने के लिए तैयार थी, यह जानते हुए कि इस यात्रा का अंत उसे एक ऐसी शांति तक ले जाएगा जिसे वह फिर कभी किसी 'वर्जना' के लिए नहीं त्यागेगी।

पछतावे की आग

आत्मचिंतन जब अपनी सघनता के चरम पर पहुँचता है, तो वह प्रायश्चित की उस अग्नि में रुपांतरित हो जाता है जो केवल जलाती नहीं, बल्कि गलाकर नया रूप प्रदान करती है। पल्लवी अब केवल समझ नहीं रही थी, वह 'महसूस' कर रही थी। और यह अनुभूति अत्यंत विदारक थी।

पछतावे की यह आग बाहरी नहीं थी, यह उसके चित्त के भीतर से प्रस्फुटित हो रही थी। अब उसे उस 'वर्जित फल' की मिठास याद नहीं आती थी, बल्कि उसका 'विषाक्त स्वाद' उसके कंठ को सुखा देता था। रात्रि के तीसरे प्रहर में, जब पूरा कारावास निस्तब्ध होता, पल्लवी को उन लोगों की चीखें सुनाई देतीं जिनका उसने अनजाने में अहित किया था।

"माँ की आँखों का वह विश्वास..." उसने अपनी डायरी के पन्नों को अश्रुओं से भिगोते हुए लिखा। उसे याद आया कि कैसे उसकी माँ उसे 'मर्यादा की प्रतिमूर्ति' मानती थी। उस विश्वास का खंडित होना पल्लवी के लिए शारीरिक दंड से कहीं अधिक पीड़ादायक था। वह सोचती कि समाज की प्रताड़ना तो वह सह लेगी, पर उस 'कलंक' का क्या जो उसने अपने परिवार के माथे पर जड़ दिया था?

मन की यह पीड़ा अब उसकी देह पर भी परिलक्षित होने लगी थी। वह पीली पड़ गई थी और उसकी आँखों के नीचे का घेरा गहरा हो गया था। यह 'अपराधबोध' का वह चरण था जहाँ मनुष्य स्वयं का ही सबसे बड़ा शत्रु और न्यायाधीश बन जाता है।

उसे उस रात की स्मृति बार-बार विचलित करती, जब उसने करण के

प्रभाव में आकर उस 'बैग' को पहुँचाया था, या उस 'सत्य' को छिपाया था। वह स्वयं से पूछती, "क्या मैं वास्तव में इतनी निर्दयी थी? क्या वह 'रोमांच' मेरी नैतिकता से इतना बड़ा था?"

इस मानसिक नरक में उसे ओशो का एक और सूत्र याद आया, "स्वर्ग और नरक भौगोलिक स्थान नहीं, बल्कि मन की अवस्थाएँ हैं।" पल्लवी अब अपने ही बनाए हुए नरक में थी। यह पीड़ा उसे उस 'अभिमान' से मुक्त कर रही थी जो उसे करण ने दिया था, 'कि तुम विशेष हो।' अब वह जान गई थी कि वह 'विशेष' नहीं, वह केवल 'भ्रमित' थी।

दीपांकर की करुणा अब उसे सांत्वना नहीं देती थी, बल्कि वह उसके हृदय को चीर देती थी। वह सोचती कि दीपांकर ने उसे जो प्रेम दिया, वह उसके योग्य कभी थी ही नहीं। सात्विक प्रेम का अपमान करना ही शायद उसका सबसे बड़ा पाप था।

"पछतावा वह ताप है, जो हमारी आत्मा के मैल को जला देता है।"

पल्लवी ने अपने चित्त की इस चंचलता को 'मौन' के माध्यम से प्रबंधित करने का प्रयास किया। वह अब जेल की उन अन्य महिलाओं से बात नहीं करती थी जो अपने अपराधों पर गर्व करती थीं या व्यवस्था को दोष देती थीं। उसने पूर्णतः 'आत्म-विरेचन' का मार्ग चुना। वह जानती थी कि जब तक वह इस आग में पूरी तरह नहीं जल जाएगी, तब तक उसका पुनरुत्थान संभव नहीं होगा।

अंधकारमय रात्रि में, कोठरी की सलाखों से छनकर आती चांदनी अब उसे डराती नहीं थी; वह उसे 'प्रक्षालन' का संदेश देती थी। पल्लवी सोलंकी अब अपनी उस 'मन की पीड़ा' को अपनी औषधि बना चुकी थी। वह इस आग का स्वागत कर रही थी, क्योंकि यही आग उसे उसकी

'वर्जनाओं' के अवशेषों से मुक्त करने वाली थी।

मुक्ति की तलाश

कारावास के तृतीय वर्ष तक पहुँचते-पहुँचते पल्लवी के भीतर की 'पछतावे की अग्नि' अब एक स्थिर लौ में रूपांतरित हो चुकी थी। वह अब केवल स्वयं को दंडित नहीं कर रही थी, बल्कि वह 'मुक्ति' के वास्तविक अर्थ की खोज कर रही थी। यह मुक्ति सलाखों के बाहर जाने वाली भौतिक स्वतंत्रता नहीं थी, बल्कि यह अपने स्वयं के निर्मित किए गए 'मानसिक कारागार' से मुक्ति की तलाश थी।

जेल की संकरी कोठरी में बिताए गए एकांत ने पल्लवी को 'मौन की शक्ति' से परिचित कराया था। वह अब जेल की अन्य महिला बंदियों के साथ केवल संवाद नहीं करती थी, बल्कि वह उनकी पीड़ाओं को सुनने और समझने का प्रयास करती थी। उसने अनुभव किया कि यहाँ उपस्थित प्रत्येक स्त्री किसी न किसी 'वर्जना' के उल्लंघन या समाज के किसी 'अनकहे प्रहार' की भेंट चढ़ी थी। पल्लवी का अहंकार, जो करण ठाकुर के सान्निध्य में पोषित हुआ था, अब पूरी तरह विनष्ट होकर 'करुणा' में बदल चुका था।

"मुक्ति बाहर नहीं, भीतर है," उसने अपनी डायरी में लिखा।

ओशो का एक वचन अब उसे निरंतर आलोकित कर रहा था, "स्वतंत्रता 'से' नहीं, स्वतंत्रता 'के लिए' होनी चाहिए।" पल्लवी अब करण के प्रभाव 'से' मुक्त थी, दीपांकर की अपेक्षाओं 'से' मुक्त थी, और समाज के मापदंडों 'से' भी। अब वह स्वयं के होने की स्वतंत्रता 'के लिए' जागृत हो रही थी। उसने जेल में चलने वाले साक्षरता अभियान में भाग लेना शुरू किया और अन्य अनपढ़ कैदियों को अक्षर ज्ञान कराने लगी। यह सेवा

भाव उसके लिए 'आत्मिक प्रक्षालन' का माध्यम बना।

उसकी आत्मिक जागृति का सबसे बड़ा प्रमाण वह क्षण था जब उसने करण ठाकुर को एक पत्र लिखा, पर उसे भेजा नहीं। उस पत्र में उसने लिखा: "करण, तुमने मुझे जो अंधकार दिखाया, मैं उसके लिए तुम्हारी आभारी हूँ। क्योंकि उसी अंधकार में भटकते हुए मैंने प्रकाश की वास्तविक मूल्य को पहचाना। तुमने मेरा उपयोग किया, पर उस उपयोग ने मुझे उपभोज्य वस्तु से एक 'चेतना' बना दिया। मैं तुम्हें क्षमा करती हूँ, इसलिए नहीं कि तुम क्षमा के योग्य हो, बल्कि इसलिए ताकि मैं तुम्हारे उस विषाक्त प्रभाव की अंतिम कड़ी को भी तोड़ सकूँ।"

उसने वह पत्र जला दिया। अग्नि की उस राख में पल्लवी ने अपने 'जुनून' और 'घृणा' दोनों को विसर्जित कर दिया।

अब पल्लवी की आँखों में वह पूर्ववत 'शून्यता' नहीं थी, बल्कि एक 'गहराई' थी। वह अब दीपांकर की प्रतीक्षा भी नहीं कर रही थी। उसने स्वयं को इस सत्य के लिए तैयार कर लिया था कि शेष जीवन उसे स्वयं के साथ ही बिताना है। 'अकेलापन' अब उसके लिए सजा नहीं, 'कैवल्य' बन चुका था।

रात्रि की निस्तब्धता में जब वह सलाखों के पार टिमटिमाते तारों को देखती, तो उसे आभास होता कि वह अब उस विराट ब्रह्मांड का हिस्सा है जहाँ न कोई 'सही' है, न कोई 'गलत' केवल 'होना' शेष है। पल्लवी सोलंकी अब अपनी सजा काट नहीं रही थी, वह अपनी सजा को 'जी' रही थी, एक ऐसे साधक की तरह जो अपने ही पतन को अपनी सीढ़ी बना चुका था।

मुक्ति की यह तलाश उसे उस सत्य तक ले आई थी जहाँ 'वर्जना' का अब कोई अर्थ नहीं बचा था। वह अब निषिद्ध नहीं थी, वह अब 'मुक्त' थी।

भाग 4: पुनर्जन्म

समय का परिवर्तन

काल का चक्र निरंतर घूमता रहा। जेल की उन ऊँची दीवारों के भीतर सात वर्ष का समय किसी अनंत तपस्या की भाँति व्यतीत हुआ। समय, जो कभी पल्लवी के लिए एक यांत्रिक बोझ था, अब उसके रूपांतरण का साक्षी बन चुका था। इन वर्षों में पल्लवी की 'नई वास्तविकता' अब उसकी स्वाभाविक अवस्था बन चुकी थी।

पल्लवी के बाह्य स्वरुप में एक आमूलचूल परिवर्तन आया था। उसके वे घने बाल, जिन्हें वह कभी सजाया करती थी, अब छोटे और सादे थे। उसके मुखमंडल पर वह पुरानी 'विक्षिप्त उत्तेजना' लुप्त हो चुकी थी और उसका स्थान एक अपार 'सौम्यता' और 'स्थिरता' ने ले लिया था। उसकी आँखों में अब किसी निषिद्ध फल की भूख नहीं थी, बल्कि उनमें एक ऐसा ठहराव था जो केवल उन लोगों में आता है जिन्होंने अपनी ही राख से स्वयं को पुनः निर्मित किया हो।

जेल के भीतर का वातावरण भी अब पल्लवी के लिए 'दंड' नहीं रहा था। वह अब जेल की सबसे सम्मानित बंदियों में से एक थी। उसने अपनी शिक्षा का उपयोग न केवल कैदियों को पढ़ाने में किया, बल्कि वह उनके मानसिक आघातों को सुनने वाली एक 'मौन सांत्वना' बन गई थी। जेल की महिलाएँ उसे अपनी पीड़ाएँ सुनातीं और पल्लवी उन्हें 'सत्य के स्वीकार' का वह मार्ग दिखाती जिसे उसने स्वयं अनुभव किया था।

"तुम बदल गई हो पल्लवी, अब तुम उस पल्लवी की परछाईं भी नहीं लगती जिसे यहाँ लाया गया था," एक वृद्ध वार्डन ने एक दिन आश्चर्य से कहा।

पल्लवी ने एक शांत मुस्कान के साथ उत्तर दिया, "जो यहाँ लाई गई थी, वह अपनी वर्जनाओं की दासी थी। जो अब यहाँ है, वह अपनी स्वतंत्रता की स्वामिनी है।"

यह स्वतंत्रता उस 'अराजकता' से भिन्न थी जो करण ने उसे सिखाई थी। यह स्वतंत्रता थी, अपने 'अहंकार' और 'वासना' से मुक्ति।

पल्लवी का लेखन अब पूर्ण हो चुका था। उसकी पांडुलिपि, जिसका शीर्षक उसने "वर्जना का विसर्जन" रखा था, उसके सात वर्षों के प्रायश्चित का दस्तावेज थी। वह जानती थी कि बाहर की दुनिया उसे अब भी 'अपराधी' की दृष्टि से ही देखेगी, पर अब उसे समाज के प्रमाणपत्रों की आवश्यकता नहीं थी। उसने स्वयं को अपनी ही अदालत में निर्दोष कर लिया था।

रिहाई की तिथि अब अत्यंत निकट थी। सात वर्षों का वह कालखंड अब समाप्त होने वाला था। पल्लवी अपनी कोठरी में बैठी उन सलाखों को देख रही थी जो अब उसे 'दुश्मन' नहीं, बल्कि 'गुरु' प्रतीत हो रही थीं। इन सलाखों ने ही उसे 'एकांत' और 'मौन' का वास्तविक अर्थ समझाया था।

परंतु एक प्रश्न अब भी उसके अवचेतन में शेष था, बाहर की दुनिया में उसका स्वागत कौन करेगा? क्या दीपांकर अब भी प्रतीक्षा कर रहा होगा? या फिर समाज की 'वर्जनाएँ' उसे फिर से किसी नए अंधकार की ओर धकेल देंगी?

समय बदल चुका था, पल्लवी बदल चुकी थी, पर क्या 'परिणाम' भी बदलेंगे? यह रहस्य अब रिहाई के उस द्वार के उस पार प्रतीक्षा कर रहा था

आत्मज्ञान

जेल के सातवें वर्ष की एक मटमैली सुबह, पल्लवी जेल के प्रांगण में एक पत्थर की बेंच पर बैठी थी। उसके सम्मुख एक विशाल श्वेत दीवार थी, जिस पर समय की खरोंचें अंकित थीं। उस दीवार को देखते हुए पल्लवी को आभास हुआ कि यह दीवार केवल ईंटों की नहीं थी; यह उन समस्त धारणाओं की दीवार थी जिसे उसने अपने अस्तित्व के चारों ओर खड़ा किया था। आज वह दीवार उसके भीतर ढह चुकी थी।

यही था उसका वास्तविक 'आत्मज्ञान' सच्चाई की वह नग्न पहचान जिसे उसने वर्षों तक वर्जनाओं के आवरण में छिपाया था।

"सत्य कड़वा नहीं होता," उसने अपनी डायरी के अंतिम पृष्ठ पर अंकित किया, "सत्य केवल 'होता' है। कड़वा तो वह 'भ्रम' होता है जो सत्य के सम्मुख टिक नहीं पाता।"

पल्लवी ने उस मनोवैज्ञानिक सत्य को अब पूर्णतः आत्मसात कर लिया था जिसे वह पहले केवल शब्दों में जानती थी। वह समझ गई थी कि करण ठाकुर कोई बाह्य शत्रु नहीं था; वह तो पल्लवी के अपने 'दमन' का एक प्रकटीकरण था। करण ने उसे वह सब करने की अनुमति दी थी जिसे पल्लवी का समाज 'अनैतिक' कहता था, और इसी 'वर्जित स्वतंत्रता' के लोभ में उसने अपनी आत्मा का सौदा कर लिया था।

सच्चाई की पहचान का यह क्षण उसे एक कठोर निष्कर्ष पर ले आया, उसने करण से प्रेम नहीं किया था। उसने तो उस 'तीव्रता' से प्रेम किया था जो करण ने उसे प्रदान की थी। वह एड्रेनालिन, वह पकड़े जाने का भय, वह मर्यादाओं का उल्लंघन, ये सब उसके 'रिक्त अंतर्मन' की भूख

थे। पल्लवी अब जानती थी कि वह भूख अब शांत हो चुकी थी, क्योंकि उसने स्वयं के भीतर के उस 'शून्य' को स्वीकार कर लिया था।

"जिसे हम 'वर्जना' कहते हैं, वह वास्तव में हमारे अपने अधूरेपन की पुकार है।"

इस आत्मज्ञान ने उसे एक अभूतपूर्व शक्ति दी थी। अब उसे दीपांकर से क्षमा माँगने की व्याकुलता नहीं थी, न ही समाज के तिरस्कार का भय। उसे आभास हुआ कि दीपांकर का प्रेम 'पवित्र' तो था, पर पल्लवी उस समय उस प्रेम को संभालने के लिए मानसिक रूप से परिपक्व नहीं थी। उसे विनाश के उस गर्त से गुजरना ही था ताकि वह वास्तविक शांति का मूल्य समझ सके।

जेल की महिला वार्डन उसके पास आई और धीमे से कहा, "पल्लवी, कल तुम्हारी रिहाई की औपचारिकताएँ पूर्ण हो जाएँगी। तैयार रहना।"

पल्लवी ने सिर हिलाया। उसकी आँखों में अब कोई कोलाहल नहीं था। उसने समझ लिया था कि सच्चाई की पहचान केवल अतीत को जानना नहीं है, बल्कि उस अतीत के साथ 'संधि' कर लेना है। वह अब न तो 'अपराधी' पल्लवी थी और न ही वह 'संस्कारी' पुत्री। वह केवल एक 'जागृत चेतना' थी।

कल जब वह उन लोहे के कपाटों से बाहर निकलेगी, तो वह किसी नई दुनिया की खोज में नहीं जाएगी। वह तो स्वयं की उस दुनिया में वापस जाएगी जहाँ अब कोई वर्जना शेष नहीं है। उसने अपनी पांडुलिपि को अपने वक्ष से लगा लिया। यह उसके आत्मज्ञान का वह साक्ष्य था जो संसार को यह बताने वाला था कि पतन हमेशा अंत नहीं होता; वह कभी-कभी 'सत्य के साक्षात्कार' का एकमात्र मार्ग होता है।

"सच्चाई की पहचान तब होती है जब आप स्वयं से आँखें मिलाने का साहस जुटा लेते हैं, भले ही आईने में दिखने वाला चेहरा कलंकित क्यों न हो।"

पल्लवी सोलंकी अब उस आईने के सम्मुख खड़ी होने के लिए सन्नद्ध थी।

प्रेम की नई परिभाषा

रिहाई से पूर्व की अंतिम रात्रि, पल्लवी ने अपनी डायरी का अंतिम अध्याय लिखा। यह अध्याय उसके हृदय के सबसे कोमल और सबसे घावपूर्ण हिस्से से उपजा था। सात वर्षों के इस लंबे अंतराल ने उसे 'प्रेम' के उस व्याकरण को फिर से सिखाया था जिसे उसने कॉलेज की उन वर्जित गलियों में भुला दिया था।

उसने पन्नों पर अंकित किया, "मैंने वर्षों तक जिसे 'प्रेम' समझा, वह वास्तव में 'नशा' था। और नशा कभी स्वस्थ नहीं होता।"

पल्लवी ने विश्लेषण किया कि करण के प्रति उसका आकर्षण 'विषाक्त प्रेम' का एक आदर्श उदाहरण था। यह एक ऐसा प्रेम था जिसने उसे स्वयं से दूर कर दिया था। करण का प्रेम उसे 'अपूर्ण' महसूस कराता था और उसे विश्वास दिलाता था कि उस पूर्णता को केवल अपराध और वर्जनाओं के माध्यम से ही प्राप्त किया जा सकता है। वह प्रेम 'अधीनता' पर आधारित था। उसमें उत्तेजना तो थी, पर आत्मसम्मान का अभाव था।

"विषाक्त प्रेम एक ऐसी ज्वाला है जो प्रकाश देने से पहले व्यक्ति को ही भस्म कर देती है।"

इसके विपरीत, दीपांकर का वह प्रेम जिसे पल्लवी ने 'नीरस' कहा था,

वह 'स्वस्थ प्रेम' की आधारशिला था। स्वस्थ प्रेम व्यक्ति को स्वतंत्रता देता है, उसे समाज से काटता नहीं बल्कि उसे समाज में गरिमा के साथ खड़े होने का साहस देता है। वह सुरक्षा प्रदान करता है ताकि व्यक्ति अपनी आत्मा के विकास पर ध्यान दे सके। पल्लवी ने महसूस किया कि दीपांकर ने कभी उसे 'विशेष' होने का भ्रम नहीं दिया, उसने उसे केवल 'होने' की अनुमति दी थी।

ओशो का वह विचार अब उसे एक नई रोशनी में दिख रहा था, "यदि तुम किसी फूल से प्रेम करते हो, तो उसे तोड़ो मत। क्योंकि यदि तुम उसे तोड़ते हो, तो वह मर जाता है।" पल्लवी ने समझा कि करण ने उसे 'तोड़ना' चाहा था ताकि वह उसकी मुट्ठी में रहे, जबकि दीपांकर उसे खिलते हुए देखना चाहता था, भले ही वह उससे दूर हो।

सच्चाई की इस नई परिभाषा ने पल्लवी के भीतर के उस 'शून्य' को अब कृतज्ञता से भर दिया था। वह जान गई थी कि आने वाले जीवन में उसे अब किसी 'तीव्रता' की आवश्यकता नहीं थी। उसे अब केवल 'स्थिरता' चाहिए थी। उसने स्वयं से वादा किया कि अब वह कभी किसी ऐसे आकर्षण की बलि नहीं चढ़ेगी जो उसकी 'आंतरिक शांति' की कीमत माँगता हो।

"प्रेम वह नहीं जो तुम्हें पागल कर दे; प्रेम वह है जो तुम्हें पूर्णतः स्वस्थ बना दे।"

कल जब वह बाहर निकलेगी, तो वह दीपांकर के पास वापस नहीं जाएगी, वह जानती थी कि वह अधिकार वह खो चुकी है। पर वह दीपांकर के उस 'स्वस्थ प्रेम' के आदर्श को अपने भीतर जीवित रखेगी। वह अब स्वयं के प्रति स्वस्थ प्रेम का अभ्यास करेगी।

रात्रि का अंधकार अब कम होने लगा था और क्षितिज पर भोर की लालिमा उभर रही थी। पल्लवी सोलंकी ने अपनी डायरी बंद की। उसकी सात वर्षों की यह 'प्रेम की परीक्षा' अब समाप्त हो चुकी थी। वह अब एक ऐसी स्त्री थी जो 'विषाक्तता' को पहचान सकती थी और 'शांति' को चुन सकती थी।

अतीत की परछाइयाँ

रिहाई का सूर्य उदित होने में अब कुछ ही घंटे शेष थे, परंतु पल्लवी के कक्ष में स्मृतियों का कोहरा गहराता जा रहा था। वह अपनी कोठरी के फर्श पर बैठी उन वस्तुओं को देख रही थी जो सात वर्षों तक उसकी एकमात्र साथी थी, उसकी डायरी, एक घिस चुकी कलम, और दीपांकर का वह पुराना पत्र जिसे उसने कभी उत्तर नहीं दिया था।

जैसे-जैसे द्वार खुलने का समय निकट आ रहा था, 'आत्मज्ञान' की शांति के पीछे से 'पछतावे की परछाइयाँ' पुनः उभरने लगी थीं। वह जानती थी कि वह मानसिक रूप से स्वतंत्र हो चुकी है, पर क्या वह उन घावों से मुक्त हो पाई थी जो उसने दूसरों को दिए थे?

"स्मृतियाँ कभी जेल में बंद नहीं रहतीं," उसने अपने अंतर्मन में सोचा।

उसकी आँखों के सामने उसकी माँ का वह बिलखता हुआ चेहरा कौंध गया जब पुलिस उसे ले जा रही थी। उसे याद आई वे रातें जब उसके पिता की मर्यादा सोलंकी निवास की दीवारों पर एक प्रश्नचिह्न बनकर टंगी रहती थी। उसने केवल कानून नहीं तोड़ा था, उसने उन रिश्तों की पवित्रता को भी खंडित किया था जो कभी उसका आधार थे।

पछतावा अब एक नई पीड़ा बनकर उभरा था, यह पीड़ा सजा काटने की

नहीं थी, बल्कि सजा पूरी होने के बाद उस समाज का सामना करने की थी जिसे उसने कलंकित किया था। पल्लवी को भय था कि सलाखों के बाहर की दुनिया उसे कभी वह पल्लवी नहीं बनने देगी जो वह अब बन चुकी थी।

"लोग मेरा पुनर्जन्म नहीं देखेंगे," उसने डायरी के हाशिए पर लिखा, "वे केवल मेरी 'वर्जनाओं' के अवशेषों को ढूँढेंगे।"

दीपांकर की स्मृति अब एक मीठे दर्द की तरह थी। वह सोचती कि क्या दीपांकर अब भी वही दीपांकर है? या सात वर्षों के इस सूखे ने उसके भीतर के सात्विक प्रेम को भी पत्थर बना दिया होगा? उसने उसे जो 'धोखा' दिया था, वह केवल एक कृत्य नहीं था, वह एक विश्वास की हत्या थी। और विश्वास का पुनर्जन्म कभी-कभी असंभव होता है।

रात्रि की अंतिम बेला में, पल्लवी ने अनुभव किया कि अतीत कोई ऐसी वस्तु नहीं जिसे पीछे छोड़ा जा सके। अतीत तो एक परछाईं है जो प्रकाश बढ़ने के साथ और भी लंबी हो जाती है। वह अब अपनी 'रिहाई' को एक नई परीक्षा के रूप में देख रही थी।

"मैं जेल से मुक्त हो रही हूँ, पर अपने अतीत के साथ जीने के लिए बाध्य हूँ।"

पल्लवी सोलंकी ने अपनी आँखें मूँद लीं। बाहर भोर का सन्नाटा टूट रहा था। चिड़ियों की चहचहाहट अब उसे 'रोमांच' नहीं, बल्कि एक 'ज़िम्मेदारी' का बोध करा रही थी। उसने स्वयं से वादा किया कि वह अपनी परछाइयों से भागेगी नहीं, बल्कि उनके साथ शांति से चलना सीखेगी। क्योंकि वास्तविक प्रायश्चित केवल सजा काटना नहीं, बल्कि अपने अतीत के साथ शेष जीवन गरिमापूर्वक जीना है।

मुक्ति का अवसर

लोहे के वे भारी कपाट जब एक दीर्घ और कर्कश ध्वनि के साथ पल्लवी सोलंकी के लिए खुले, तो वह केवल एक भौतिक द्वार नहीं था; वह सात वर्षों के अंतराल और एक विस्मृत जीवन के बीच का सेतु था। 2,555 दिनों का हिसाब पल्लवी के चेहरे की उन सूक्ष्म रेखाओं और उसकी आँखों की उस अथाह गहराई में दर्ज था, जो अब किसी 'वर्जना' की प्यासी नहीं थीं।

वार्डन ने उसे उसका निजी सामान सौंपा, वही वस्त्र जो उसने सात वर्ष पूर्व उस काली रात को पहने थे। वे अब उसे ढीले और बेगाने लग रहे थे, जैसे वे किसी और स्त्री के हों। पल्लवी ने उन वस्त्रों को नहीं, बल्कि अपनी उस पांडुलिपि 'वर्जना का विसर्जन' को अपने वक्ष से कसकर लगा लिया। यही उसकी सात वर्षों की एकमात्र संपत्ति थी।

जैसे ही उसने जेल की अंतिम देहली पार की, सूर्य का तीक्ष्ण प्रकाश उसकी आँखों में किसी प्रहार की भाँति चुभा। सात वर्षों तक सलाखों के साये और कोठरी के मटमैले प्रकाश में रहने वाली आँखों के लिए यह वास्तविक संसार का उजाला लगभग हिंसक था। उसने अपनी आँखें मूँद लीं और एक लंबी, गहरी श्वास ली।

बाहर की वायु में नगर की धूल, धुएँ और मानवीय कोलाहल की एक मिली-जुली गंध थी। पल्लवी ने आँखें खोलीं। सामने एक काली कार खड़ी थी। उसके समीप एक आकृति थी, जिसे देखकर पल्लवी का हृदय एक क्षण के लिए स्पंदन करना भूल गया। क्या वह दीपांकर था?

नहीं। वह उसका छोटा भाई था, जो सात वर्षों में अब एक परिपक्व पुरुष बन चुका था। उसकी आँखों में पल्लवी के लिए अब वह पुराना

'आदर्श' या 'गर्व' नहीं था, अपितु एक मौन, भारी 'स्वीकृति' थी।

"दीदी..." उसने बस इतना कहा और कार का द्वार खोल दिया।

पल्लवी ने एक बार पीछे मुड़कर उन ऊँची दीवारों को देखा। उसे आभास हुआ कि सलाखों के पीछे रहना सरल था, क्योंकि वहाँ केवल स्वयं से लड़ना था। बाहर की इस 'मुक्त' दुनिया में उसे अब उन समस्त लोगों की नज़रों का सामना करना था जिन्हें उसने कलंकित किया था।

नगर की वही सड़कें, वही चौराहे और वही शोर... पल्लवी को लगा जैसे वह किसी दूसरे ग्रह पर आ गई हो। लोग अपने दैनिक कार्यों में व्यस्त थे, गाड़ियाँ दौड़ रही थी, संसार थमा नहीं था, केवल पल्लवी के लिए समय का एक पूरा खंड कटकर अलग हो गया था।

"माँ कैसी हैं?" पल्लवी ने कार में बैठते ही पूछा।

"वे प्रतीक्षा कर रही हैं," भाई ने संक्षिप्त उत्तर दिया।

पल्लवी ने खिड़की के बाहर देखा। उसे पता था कि मुक्ति केवल जेल के बाहर कदम रखना नहीं है। असली मुक्ति तो उस दिन मिलेगी जब वह अपनी माँ की आँखों में झाँक पाएगी और दीपांकर के सम्मुख बिना किसी अपराधबोध के खड़ी हो सकेगी। वह अब उस 'साहस' की पहली परीक्षा की ओर बढ़ रही थी जो उसे एक अपराधी से पुनः एक 'मनुष्य' बनाने वाला था।

मुक्ति अब उसके लिए एक अवसर थी, अपने स्वयं के पुनर्जन्म का अवसर।

समाज में वापसी

कार जैसे ही उस परिचित मोहल्ले में प्रविष्ट हुई, पल्लवी को अनुभव हुआ कि उसका श्वास भारी हो रहा है। ये वही सड़कें थीं, वही नीम के वृक्ष थे, और वही गलियाँ जहाँ सात वर्ष पूर्व पल्लवी सोलंकी एक 'प्रतिष्ठा' का नाम थी। आज, वह केवल एक 'नंबर' थी जो पुनः 'नाम' बनने का प्रयास कर रही थी।

पल्लवी ने खिड़की के कांच से बाहर देखा। उसे कुछ परिचित चेहरे दृष्टिगोचर हुए। पड़ोस की वो वृद्ध महिला जो कभी उसे आशीर्वाद देती थी, आज खिड़की का पर्दा हटाकर उसे बड़ी विचित्र दृष्टि से देख रही थी। उन आँखों में न तो स्वागत था, न ही घृणा; वहाँ केवल एक बर्फीला 'अलगाव' था। पल्लवी ने अपनी दृष्टि नीची कर ली। उसे आभास हुआ कि जेल के भीतर का एकांत बाहर के इस 'सामाजिक सन्नाटे' से कहीं अधिक सुखद था।

कार सोलंकी निवास के द्वार पर रुकी। घर की दीवारें अब पूर्व जैसी श्वेत और चमकीली नहीं रही थीं। उन पर समय की धूल और उपेक्षा की काई जम चुकी थी। यह घर अब एक जीवंत निवास नहीं, अपितु स्मृतियों का एक संग्रहालय प्रतीत हो रहा था।

"दीदी, चलिए," भाई ने कार का द्वार खोलते हुए धीमे स्वर में कहा। उसके स्वर में एक ऐसी सावधानी थी जैसे वह किसी कांच की वस्तु को टूटने से बचा रहा हो।

पल्लवी ने कांपते कदमों से घर की दहलीज पर पहला पदक्षेप रखा। यही वह स्थान था जहाँ से उसने मर्यादा की रेखा लांघी थी, और आज वही दहलीज उसे अंगीकार करने से हिचक रही थी। जैसे ही वह भीतर

प्रविष्ट हुई, उसे एक चिर-परिचित गंध महसूस हुई, चाय की पत्ती, पुरानी पुस्तकों और माँ के आंचल की खुशबू। पर इस खुशबू में अब 'अपराधबोध' की गंध भी घुल चुकी थी।

सामने सोफे पर उसकी माँ बैठी थीं। सात वर्ष की अवधि ने उन पर बीस वर्षों का भार लाद दिया था। उनके बाल पूर्णतः धवल हो चुके थे और मुखमंडल पर झुर्रियों का एक सघन जाल था। पल्लवी को देखकर वे उठी नहीं, केवल उनकी आँखों से अश्रुओं की एक मूक धारा प्रवाहित होने लगी।

पल्लवी उनके चरणों में ढह गई। "माँ..." उसके कंठ से केवल यही शब्द फूट पाया।

माँ ने कांपते हाथों से उसका सिर थाम लिया, पर उन्होंने कुछ कहा नहीं। यह मौन पल्लवी के लिए संसार के समस्त शब्दों से अधिक भारी था। इसमें न तो क्षमा थी, न ही तिरस्कार; इसमें केवल एक असीम 'थकान' थी। वह थकान जो एक परिवार अपनी संतान के कलंक को सात वर्षों तक ढोते हुए अनुभव करता है।

रात्रि को जब पल्लवी अपने पुराने कक्ष में गई, तो पाया कि सब कुछ वैसा ही था, जैसे समय वहाँ ठहर गया हो। पर पल्लवी अब वह नहीं थी। उसने अनुभव किया कि इस घर में भी वह अब एक 'अतिथि' मात्र थी। समाज का निर्णय सुनाया जा चुका था, कानून ने उसे मुक्त कर दिया था, पर समाज उसे सदैव उसी काली रात के फ्रेम में जड़कर रखेगा।

"स्वीकार्यता का मार्ग सजा काटने से कहीं अधिक लंबा है," पल्लवी ने अपनी नई डायरी के प्रथम पृष्ठ पर लिखा।

बाहर से पड़ोसियों की दबी हुई फुसफुसाहटें अब भी सुनाई दे रही थीं।

पल्लवी समझ गई थी कि उसका वास्तविक कारावास अब आरंभ हुआ है। यह वह कारावास है जिसकी सलाखें अदृश्य हैं और जिसका पहरा स्वयं 'समय' कर रहा है। उसे अब केवल स्वयं को नहीं बदलना था, उसे उस 'प्रतिबिंब' को भी बदलना था जिसे समाज ने उसके नाम के साथ जोड़ दिया था।

खंड 5: आत्मिक रिक्तता

नई शुरुआत

सोलंकी निवास की पहली सुबह पल्लवी के लिए किसी अग्निपरीक्षा से कम नहीं थी। सात वर्षों तक जेल की कठोर दिनचर्या ने उसे सुबह 4 बजे जागने के अभ्यस्त बना दिया था। जब वह जागी, तो घर के सन्नाटे में उसे जेल की कालकोठरी की याद नहीं आई, बल्कि उस 'शून्यता' की याद आई जिसे वह अब तक भरने में असफल रही थी।

उसने अपने कमरे की धूल झाड़ना शुरू किया। अलमारियों में सजी पुरानी किताबें, कॉलेज की डिग्री और दीपांकर के दिए हुए उपहार... पल्लवी ने इन सबको एक-एक कर बाहर निकाला। यह केवल कमरे की सफाई नहीं थी; यह अतीत के उस मलबे को हटाने का प्रयास था जिसने उसकी आत्मा को वर्षों से दबा रखा था।

"स्वयं को पुनर्निर्मित करना सजा काटने से कहीं अधिक दुष्कर कार्य है," पल्लवी ने अपनी डायरी में लिखा।

उसने निर्णय लिया कि वह समाज के 'स्वीकार' की प्रतीक्षा नहीं करेगी। उसने अपनी पांडुलिपि 'वर्जना का विसर्जन' निकाली। सात वर्षों का वह संचित अनुभव अब कोरे कागजों पर उतरने के लिए आतुर था। पल्लवी अब एक 'अपराधी' की पहचान से ऊपर उठकर एक 'लेखिका' और एक 'साक्षी' की भूमिका चुन रही थी। वह चाहती थी कि उसकी कहानी उन युवाओं के लिए एक चेतावनी बने जो रोमांच की खोज में अपनी नैतिकता की बलि दे देते हैं।

जब वह नाश्ते की मेज पर पहुँची, तो वातावरण बोझिल था। उसके

पिता, जिन्होंने कल उसे देखा तक नहीं था, आज अख़बार के पीछे छिपे हुए थे।

"मैं काम ढूँढना चाहती हूँ," पल्लवी ने शांत पर दृढ़ स्वर में कहा।

पिता ने अख़बार नीचे किया। उनकी आँखों में अब भी वह पुराना अपमान जीवित था। "कौन देगा तुम्हें काम? क्या तुम्हें लगता है कि सात साल की कालिख एक दिन में धुल जाएगी?"

पल्लवी विचलित नहीं हुई। उसने जेल में सीखा था कि जब दुनिया आपकी ओर पत्थर फेंके, तो उन पत्थरों से अपनी सुरक्षा की दीवार नहीं, बल्कि अपनी प्रगति की सीढ़ी बनानी चाहिए। "धुलने के लिए कुछ बचा नहीं है पापा, अब जो होगा वह नया होगा। मैं समाज से सम्मान नहीं माँग रही, मैं केवल अपना अस्तित्व पुनः प्राप्त करना चाहती हूँ।"

पल्लवी का छोटा भाई उसे चुपचाप देख रहा था। उसके भाई ने धीरे से कहा, "दीदी, मैं आपकी सहायता करूँगा।" यह छोटा सा समर्थन पल्लवी के लिए रेगिस्तान में वर्षा की पहली बूंद जैसा था।

उसने उस दिन से अपनी नई दिनचर्या बनाई। वह घंटों अपनी पांडुलिपि पर काम करती, योग करती और समाज की चुभती नज़रों के बीच बाहर निकलकर अपने लिए कोई छोटा-मोटा काम ढूँढती। हर अस्वीकार, हर अपमान उसे और अधिक संकल्पित बना देता है। उसे आभास हुआ कि पतन का अर्थ समाप्त होना नहीं है; पतन तो वह आधार है जहाँ से आप एक नया और अधिक सुदृढ़ व्यक्तित्व निर्मित कर सकते हैं।

पल्लवी सोलंकी अब पुरानी पल्लवी की परछाईं नहीं थी। वह अपनी

गलतियों की राख से उपजी एक ऐसी स्त्री थी जिसने अब 'वर्जनाओं' को अपनी शक्ति बना लिया था।

दीपांकर से पुनर्मिलन

संध्या का समय था। नगर के उसी पुराने पार्क के एकांत कोने में पल्लवी बैठी थी, जहाँ सात वर्ष पूर्व उसने अपनी मर्यादा की लक्ष्मण-रेखा लांघी थी। आज वह स्थान वैसा ही था, पर पल्लवी बदल चुकी थी। उसने दीपांकर को एक संदेश भेजा था, एक ऐसा संदेश जिसमें न कोई याचना थी, न कोई अधिकार, केवल एक 'समापन' की इच्छा थी।

पदचापों की आहट हुई। पल्लवी ने मुड़कर नहीं देखा, पर वह उस गंध और उस लयबद्ध चाल को पहचानती थी। यह दीपांकर था। वह आकर बेंच के दूसरे छोर पर बैठ गया। कुछ दीर्घ क्षणों तक केवल मौन व्याप्त रहा।

"तुम आ गए..." पल्लवी ने अत्यंत शांत स्वर में कहा।

दीपांकर ने उसकी ओर देखा। सात वर्षों ने उसके चेहरे पर भी परिपक्वता की लकीरें खींच दी थीं। उसकी आँखों में अब वह पूर्ववत 'जुनून' नहीं था, वरन एक अगाध 'स्थिरता' थी। "मैं आना चाहता था, पल्लवी। सात वर्षों से मैं इसी क्षण की प्रतीक्षा कर रहा था, यह देखने के लिए कि क्या तुम वास्तव में वापस लौट आई हो।"

पल्लवी ने उसकी आँखों में आँखें डालीं। अब उनमें न तो अपराधबोध था, न ही संकोच। "मैं वह पल्लवी नहीं हूँ जिसे तुम छोड़ गए थे, दीपांकर। और न ही मैं वह पल्लवी हूँ जो करण ठाकुर के सम्मोहन में

जलकर राख हो गई थी। मैं अपनी ही राख से जन्मी एक अजनबी हूँ।"

दीपांकर मुस्कुराया, एक ऐसी मुस्कान जिसमें करुणा और स्वीकृति का संगम था। "मैं जानता हूँ। मैंने अदालत में तुम्हारी आँखें देखी थीं। तुमने अपनी सजा को दंड नहीं, वरन अनुष्ठान की तरह स्वीकार किया था।" उसने एक क्षण का विराम लिया और फिर कहा, "मैंने विवाह कर लिया है, पल्लवी। दो वर्ष पूर्व।"

पल्लवी के हृदय में एक सूक्ष्म स्पंदन हुआ, पर वह ईर्ष्या का नहीं, वरन 'शांति' का था। "यह जानकर मुझे सुख हुआ, दीपांकर। तुम सुरक्षा के योग्य थे, और मुझे प्रसन्नता है कि तुमने वह पा ली। मैं तुम्हें वह कभी नहीं दे पाती, क्योंकि मैं स्वयं रिक्त थी।"

"पल्लवी, क्या तुम उसे... करण को क्षमा कर पाई?" दीपांकर ने वह प्रश्न पूछा जो पल्लवी के अंतर्मन को वर्षों से कुरेद रहा था।

"क्षमा?" पल्लवी ने क्षितिज की ओर देखा। "क्षमा करने के लिए घृणा का होना आवश्यक है, दीपांकर। अब मेरे भीतर उसके लिए न प्रेम शेष है, न घृणा। वह केवल मेरी 'वर्जना' का एक हिस्सा था, एक ऐसा अनुभव जिसने मुझे नष्ट किया ताकि मैं पुनः निर्मित हो सकूँ। मैंने उसे विसर्जित कर दिया है।"

दीपांकर उठा और पल्लवी के समीप खड़ा हुआ। "तुम अब स्वतंत्र हो, पल्लवी। न केवल कानून से, बल्कि अपने अतीत से भी। समाज तुम्हें शायद कभी स्वीकार न करे, पर तुमने स्वयं को स्वीकार कर लिया है, और यही अंतिम विजय है।"

उसने अपना हाथ बढ़ाया। पल्लवी ने उसे स्पर्श नहीं किया, केवल एक मौन विदा दी। दीपांकर मुड़ा और धीरे-धीरे अंधेरे में ओझल हो गया।

यह पुनर्मिलन किसी प्रेम कहानी का अंत नहीं था, यह पल्लवी सोलंकी के उस 'द्वैत' का समापन था जिसने उसे वर्षों तक मानसिक कारावास में रखा था।

पल्लवी पार्क से बाहर निकली। हवा अब शीतल थी और नगर की रोशनियाँ अब उसे डरा नहीं रही थीं। उसके वक्ष से उसकी पांडुलिपि लगी थी। उसे आभास हुआ कि जीवन में 'तीव्रता' से कहीं अधिक मूल्यवान 'स्थिरता' है। दीपांकर से यह पुनर्मिलन उसके जीवन के उस अध्याय पर अंतिम पूर्णविराम था जिसे वह वर्षों से खुला छोड़ आई थी।

अब वह समापन की ओर नहीं, बल्कि एक अनंत विस्तार की ओर बढ़ रही थी।

अंतिम सत्य

दीपांकर के विदा होने के पश्चात, पल्लवी उस पार्क की बेंच पर बहुत समय तक बैठी रही। नगर की रोशनियाँ अब धुंधली हो चुकी थीं और रात्रि का सन्नाटा गहराने लगा था। वह उस 'अंतिम सत्य' का सामना कर रही थी जिसे उसने सात वर्षों तक प्रायश्चित की अग्नि में तपाया था।

"क्या करण ठाकुर से मेरा वह जुड़ाव वास्तव में प्रेम था?" उसने स्वयं से यह प्रश्न उस निर्मम ईमानदारी के साथ पूछा जो केवल शून्य से प्राप्त होती है।

उसकी चेतना ने उत्तर दिया, "नहीं। वह प्रेम नहीं था। वह केवल एक 'विषाक्त प्रक्षेपण' था।" पल्लवी को अब स्पष्ट दिखाई दे रहा था कि करण ने उसे प्रेम नहीं किया था, उसने केवल पल्लवी के भीतर की 'अतृप्ति' को पहचाना था। और पल्लवी ने भी करण से प्रेम नहीं किया

था; उसने तो उस 'स्वतंत्रता के भ्रम' से प्रेम किया था जिसे करण ने एक शस्त्र की भाँति उपयोग किया था।

मनोविज्ञान का सबसे कड़वा सत्य यही है कि हम अक्सर दूसरों में वही ढूँढते हैं जो हमारे अपने भीतर रिक्त होता है। पल्लवी का अनुशासन उसे 'दमघोंटू' लगता था, इसलिए उसे करण की 'अराजकता' मुक्ति प्रतीत हुई। उसे लगा था कि वह किसी महान क्रांति का हिस्सा है, जबकि वह वास्तव में केवल एक 'नार्कोटिक उत्तेजना' की शिकार थी।

"प्रेम कभी विनाशकारी नहीं होता। जो नष्ट कर दे, वह केवल एक 'विकार' है।"

पल्लवी ने अनुभव किया कि जिसे वह 'तीव्रता' समझती थी, वह वास्तव में उसकी अपनी 'असुरक्षा' की पुकार थी। करण के साथ बिताया गया प्रत्येक क्षण एक 'ट्राउमा बॉन्ड' था, जहाँ भय ही आकर्षण का मुख्य ईंधन था। वह प्रेम नहीं, एक 'मानसिक दासता' थी जिसे उसने 'जुनून' का नाम देकर महिमामंडित किया था।

अब वह दीपांकर के उस प्रेम को भी देख पा रही थी जिसे उसने 'उबाऊ' कहकर ठुकरा दिया था। दीपांकर का प्रेम एक 'दर्पण' था जिसमें पल्लवी को अपना सामान्य और मर्यादित स्वरूप दिखाई देता था और वह उस समय स्वयं को देखने से भयभीत थी। उसने करण को इसलिए चुना क्योंकि करण उसे स्वयं से 'पलायन' करने का मार्ग देता था।

"भ्रम तब टूटता है जब आप भागना बंद कर देते हैं।"

पल्लवी उठी। उसकी चाल में अब कोई 'अपराधी' सा संकोच नहीं था, न ही कोई 'अहंकारी' विद्रोहीपन। वह केवल एक 'मनुष्य' थी। उसने अपनी पांडुलिपि 'वर्जना का विसर्जन' को कसकर पकड़ा। उसे बोध हो गया था

कि उसका वास्तविक पुनर्जन्म करण से घृणा करने में नहीं, बल्कि स्वयं के उस 'अंधकार' को पहचानने में है जिसने करण को उसके जीवन में आमंत्रित किया था।

अंतिम सत्य यह था कि 'वर्जना' बाहर नहीं, उसके भीतर थी। और आज, उस वर्जना का पूर्णतः विसर्जन हो चुका था। वह अब न तो 'संस्कारी' थी और न ही 'अपराधी'। वह अब 'जागृत' थी।

पार्क से बाहर निकलते हुए उसने पीछे मुड़कर नहीं देखा। वह जानती थी कि कल का सूर्य उसे एक ऐसी दुनिया में देखेगा जहाँ अब कोई मुखौटा नहीं होगा। उसने स्वयं को क्षमा कर दिया था, और यही उसकी मुक्ति का अंतिम और सबसे बड़ा साक्ष्य था।

"प्रेम और भ्रम के बीच केवल एक ही विभाजक रेखा होती है, 'होश'। और पल्लवी अब होश में थी।"

वर्जना का अंत

पल्लवी पार्क की बेंच से उठी। उसकी पदचापों में अब वह पुरानी घबराहट नहीं थी, जो कभी वर्जित रास्तों पर चलते समय होती थी। आज उसके कदम भूमि पर दृढ़ता के साथ पड़ रहे थे। नगर की रोशनियाँ, जो कभी उसे 'खतरे और रोमांच' के आमंत्रण जैसी लगती थीं, आज केवल प्रकाश के सामान्य स्रोत मात्र थीं।

यही था आकर्षण का अंतिम विखंडन।

मनोविज्ञान में एक स्थिति होती है जिसे आकर्षण का क्षरण कहा जाता है। जब तक कोई वस्तु 'वर्जित' होती है, मन उसकी ओर एक कृत्रिम वेग से खिंचता है। पर जैसे ही चेतना उस 'वर्जना' की परतों को उघाड़ती

है, वह मोहभंग की स्थिति में पहुँच जाती है। पल्लवी के लिए करण ठाकुर अब कोई रहस्यमयी पुरुष या विद्रोही क्रांतिकारी नहीं रहा था। वह अब केवल एक 'मानसिक रुग्णता' का प्रतीक था जिससे वह उबर चुकी थी।

वह घर लौटी और अपने मेज़ पर रखी उस पांडुलिपि 'वर्जना का विसर्जन' को देखा। सात वर्षों का वह संताप, वह रक्त, वह चीखें, सब उन पन्नों में कैद थे। उसने अंतिम पृष्ठ खोला और उस पर केवल एक वाक्य लिखा:

"आकर्षण तभी तक जीवित रहता है जब तक आप स्वयं को अधूरा मानते हैं।"

पल्लवी ने महसूस किया कि अब उसे किसी करण की आवश्यकता नहीं थी स्वयं को 'विशेष' सिद्ध करने के लिए, और न ही किसी दीपांकर की आवश्यकता थी स्वयं को 'सुरक्षित' महसूस कराने के लिए। वह अब स्वयं के लिए पर्याप्त थी। यह बोध उसके जीवन की सबसे बड़ी उपलब्धि थी।

उसने खिड़की के बाहर देखा। भोर की पहली किरण आकाश को चीरकर बाहर आ रही थी। यह सात वर्षों के बाद की पहली ऐसी सुबह थी जहाँ पल्लवी के मन पर किसी 'निषिद्ध स्मृत' का साया नहीं था। वर्जना का अंत केवल एक कहानी का अंत नहीं था, यह उस 'झूठे अहंकार' का अंत था जो विनाश को ही विकास समझ बैठा था।

पल्लवी सोलंकी अब स्वतंत्र थी। उसने अपनी पांडुलिपि को बंद किया और उसे अपने सीने से लगा लिया। कल का सूर्य उसे एक लेखिका, एक मार्गदर्शक और एक सत्यनिष्ठ मनुष्य के रूप में देखेगा। वह वर्जना जो कभी उसकी पहचान थी, अब केवल उसके अतीत की एक धूल भरी गली थी जहाँ वह अब कभी वापस नहीं मुड़ेगी।

वर्जना का विसर्जन अब पूर्ण हो चुका था।

आत्मस्वीकृति

कक्ष की निस्तब्धता में पल्लवी पुनः दर्पण के सम्मुख जा खड़ी हुई। यह वही दर्पण था जिसने वर्षों तक उसके विखंडन को प्रतिबिंबित किया था। पर आज, दर्पण में जो छवि थी, वह किसी युद्ध की साक्षी नहीं थी। वह छवि एक 'संधि' का दस्तावेज थी।

"मैं तुम्हें स्वीकार करती हूँ..." पल्लवी ने अपने प्रतिबिंब से अत्यंत कोमल स्वर में कहा।

यह 'आत्मस्वीकृति' समाज के सम्मुख किए गए अपराध-स्वीकार से सर्वथा भिन्न थी। समाज के सामने उसने अपने कर्मों को स्वीकार किया था, पर आज वह अपनी 'कमियों' और अपने 'अंधकार' को स्वीकार कर रही थी। उसने स्वीकार किया कि वह वही 'संस्कारी पल्लवी' है जो सुरक्षा की भूखी थी, और वह वही 'विद्रोही पल्लवी' भी है जिसने वर्जनाओं को चखा था। वह अब इन दोनों को पृथक नहीं देख रही थी।

मनोविज्ञान की भाषा में इसे छाया तत्त्व का एकीकरण कहा जाता है। जब तक पल्लवी अपने अपराधों से घृणा कर रही थी, वह पूर्ण नहीं थी। पर जैसे ही उसने यह समझा कि उसका 'पतन' उसके 'स्व' का ही एक हिस्सा था, उसके भीतर का द्वंद्व समाप्त हो गया। वह अब स्वयं के साथ 'मेल' में थी।

"मेरा अंधकार ही मेरे प्रकाश की गहराई का साक्ष्य है," उसने अपनी पांडुलिपि के आवरण पृष्ठ पर अंकित किया।

स्वयं से मेल करने का अर्थ अपनी गलतियों को भूलना नहीं है, बल्कि

उन्हें अपने अस्तित्व के ताने-बाने में इस प्रकार बुन लेना है कि वे अब घाव नहीं, बल्कि 'अनुभव की लकीरें' बन जाएँ। पल्लवी ने महसूस किया कि अब उसे किसी और की क्षमा की आवश्यकता नहीं थी, क्योंकि उसने स्वयं को क्षमा कर दिया था। क्षमा याचना अक्सर दूसरों पर निर्भरता पैदा करती है, जबकि स्वयं से मेल करना व्यक्ति को आत्मनिर्भर बनाता है।

उसने अपने मेज़ पर रखे दीपांकर के पुराने पत्रों और करण के उन धुंधले सायों को एक बक्से में बंद कर दिया। यह क्रिया किसी घृणा के कारण नहीं थी, बल्कि यह 'पूर्णता' का संकेत था। अब उसे इन बाहरी साक्ष्यों की आवश्यकता नहीं थी अपनी पहचान को प्रमाणित करने के लिए।

पल्लवी उठी और वातायन (खिड़की) की ओर गई। बाहर रात्रि का अंधकार अब उसे डरा नहीं रहा था, और न ही वह उसे 'वर्जनाओं' के लिए आमंत्रित कर रहा था। वह अंधकार अब केवल विश्राम का एक अंतराल था।

"स्वयं से मेल वह अंतिम पड़ाव है जहाँ पहुँचकर मनुष्य को आभास होता है कि सारा युद्ध 'स्व' के ही विरुद्ध था। और जिस दिन आप शस्त्र डाल देते हैं, उसी दिन आप विजयी हो जाते हैं।"

पल्लवी सोलंकी अब उस विजय का आनंद ले रही थी। वह अब न तो 'आदर्श' थी और न ही 'कलंकित'। वह केवल 'वास्तविक' थी। और इसी वास्तविकता में उसका पुनर्जन्म निहित था।

अधूरी तान

स्वयं से मेल करने के पश्चात पल्लवी के जीवन में एक प्रशांत स्थिरता

आई थी, परंतु यथार्थ का संगीत कभी भी पूर्णतः दोषरहित नहीं होता। जीवन एक ऐसी रागिनी है जिसमें कुछ स्वर सदैव 'अधूरे' रह जाते हैं। पल्लवी सोलंकी के लिए उसका अतीत अब कोई बोझ नहीं था, परंतु उसकी गूँज अभी भी उसके परिवेश में व्याप्त थी।

यही थी, वह 'अधूरी तान' जो समय के अंतराल में निरंतर बजती रहती है।

एक दोपहर, जब वह अपनी पांडुलिपि के अंतिम संपादन में व्यस्त थी, डाकिये ने एक छोटा सा पार्सल दिया। पार्सल पर कोई नाम नहीं था, केवल एक अपरिचित लिखावट थी। पल्लवी ने उसे खोला। भीतर एक पुरानी, धूल धूसरित 'माउथ ऑर्गन' था।

पल्लवी का हृदय एक क्षण के लिए स्पंदन करना भूल गया। यह वही वाद्ययंत्र था जिसे करण ठाकुर अपनी उन निषिद्ध रातों में कभी-कभी बजाया करता था। उस यंत्र को हाथ में लेते ही स्मृतियों का एक चक्रवात पुनः उठा, वही सीलन भरी हवा, वही रक्तरंजित रहस्य, और वह 'विषाक्त सम्मोहन'।

पल्लवी ने उसे मेज़ पर रख दिया। उसकी आँखों में अब अश्रु नहीं थे, केवल एक अगाध मौन था। वह जानती थी कि यह पार्सल करण ने जेल से भेजा है, या शायद उसके किसी साथी ने। यह एक 'अनुस्मारक' था कि आप स्वयं को बदल सकते हैं, परंतु आप अपने द्वारा किए गए इतिहास को पूर्णतः मिटा नहीं सकते। अतीत एक ऐसी परछाईं है जो आपके साथ चलती है, भले ही आप उसे देखना छोड़ दें।

उसने खिड़की के बाहर देखा। नगर का जीवन अपनी गति से चल रहा था। उसने महसूस किया कि दीपांकर का वह प्रेम, जो अब किसी और

की सुरक्षा बन चुका था, और करण का वह प्रपंच, जो अब सजा काट रहा था, दोनों ही उसके जीवन की रागिनी के वे स्वर थे जिन्होंने उसे आज की 'जागृत पल्लवी' बनाया था।

"तान अधूरी है, पर राग पूर्ण है," उसने अपनी डायरी में लिखा।

समाज अब भी उसे संदेह की दृष्टि से देखता था। पड़ोसियों की कानाफूसी अब भी बंद नहीं हुई थी। उसकी माँ की आँखों में अब भी वह पुरानी चमक वापस नहीं आई थी। यह सब उसकी 'अधूरी तान' का हिस्सा था। पल्लवी ने स्वीकार कर लिया कि प्रायश्चित का अर्थ यह नहीं कि सब कुछ पूर्ववत हो जाएगा। प्रायश्चित का अर्थ है कि आप अपनी त्रुटियों के साथ जीना सीख जाते हैं।

शाम को वह छत पर गई। हवा में एक शीतलता थी। उसने वह माउथ ऑर्गन उठाया और उसे दूर नीचे कूड़े के ढेर में नहीं फेंका, बल्कि उसे एक पुराने बक्से में सुरक्षित रख दिया। वह अब उस 'अंधकार' से डरती नहीं थी, और न ही वह उसे छिपाना चाहती थी। वह जानती थी कि उसके अस्तित्व की संगीत रचना में वह 'अधूरी तान' भी अपनी जगह रखती है।

"बीते हुए की गूँज कभी समाप्त नहीं होती, वह केवल मंद पड़ जाती है। और परिपक्वता वही है जहाँ आप उस गूँज को अपनी शांति का हिस्सा बना लेते हैं।"

पल्लवी सोलंकी अब उस अधूरी तान के साथ चलने के लिए सन्नद्ध थी। उसे अब किसी 'परफेक्ट' संगीत की चाह नहीं थी। वह अब अपने 'खंडित स्वर' के साथ भी अखंड थी।

अंतिम प्रश्न

पल्लवी सोलंकी की कहानी यहाँ उस बिंदु पर आकर ठहरती है, जहाँ से आगे कोई मार्ग नहीं, बल्कि एक असीम आकाश है। उसकी पुस्तक 'वर्जना का विसर्जन' अब केवल पन्नों का पुलिंदा नहीं, वरन उन हज़ारों स्त्रियों और पुरुषों के लिए एक चेतावनी है जो 'रोमांच' के नाम पर आत्म-विनाश का सौदा करते हैं।

पल्लवी अब किसी कॉलेज के सभागार में खड़ी होती है, तो वह 'प्रेरणा' देने नहीं, बल्कि 'सत्य' बताने आती है। वह बताती है कि कैसे एक सुरक्षित जीवन का 'खालीपन' हमें उन अंधेरी गलियों में ले जा सकता है जहाँ से लौटना असंभव सा लगता है। वह समाज के दोहरे मानदंडों पर प्रहार करती है, पर साथ ही व्यक्तिगत उत्तरदायित्व पर भी बल देती है।

वह अब न तो दीपांकर की सुरक्षा की भूखी है, और न ही करण के 'विषाक्त आकर्षण' की दासी। वह अपनी 'अधूरी तान' को ही अपना पूर्ण संगीत मान चुकी है। उसकी माँ की आँखों में अब भी वह पुरानी चमक नहीं है, पर अब उनमें एक 'स्वीकृति' है। उसके पिता अब भी मौन रहते हैं, पर अब उस मौन में 'तिरस्कार' नहीं, बल्कि एक 'मूक आदर' है, उस बेटी के लिए जिसने अपनी गलतियों को स्वीकार करने का अदम्य साहस दिखाया।

पल्लवी पुनः उसी पार्क की बेंच पर बैठती है जहाँ से सब शुरू हुआ था। हवा वही है, सन्नाटा वही है, पर पल्लवी बदल चुकी है। वह अब 'वर्जना' शब्द के अर्थ को समझ चुकी है। वर्जना केवल वह नहीं है जिसे समाज ने रोका है; वर्जना वह है जिसे हमारी 'आत्मा' ने स्वयं के लिए अस्वीकार्य घोषित कर दिया है।

कहानी समाप्त नहीं होती है, हमेशा चेतना का संवाद जारी रहता है। पल्लवी की यात्रा उसे यह सोचने पर विवश करती है कि क्या हम वास्तव में वह स्वतंत्र हैं, या केवल नए प्रकार के बंधनों की खोज में पुराने बंधनों को तोड़ रहे हैं?

पल्लवी के मन में एक अंतिम प्रश्न शेष है:

"क्या हम वर्जित को इसलिए चाहते हैं क्योंकि वह आकर्षक है, या हम उसे केवल इसलिए चाहते हैं क्योंकि वह 'वर्जित' है?"

चित्त की शांति और अशांति के इस द्वंद्व में, आपका अपना 'सत्य' क्या है?

शुगर डैडी

प्रेम का मायाजाल

प्रस्तावना

यह उपन्यास किसी एक प्रेम कहानी का विवरण नहीं है, न ही यह केवल महत्वाकांक्षा और संघर्ष की यात्रा भर है। यह उस अदृश्य दुनिया की परतों को खोलने का प्रयास है जहाँ आकर्षण, शक्ति, अवसर और निर्भरता एक-दूसरे में इस तरह उलझ जाते हैं कि प्रेम और शोषण के बीच की रेखा धीरे-धीरे मिटने लगती है।

"शुगर डैडी: प्रेम का मायाजाल" आधुनिक वैश्विक व्यवस्था की उन जटिल संरचनाओं पर आधारित है, जहाँ शिक्षा, करियर और मार्गदर्शन ('मेंटरशिप') के नाम पर संबंध बनते है और कई बार वही संबंध व्यक्ति की स्वतंत्रता, पहचान और निर्णय-क्षमता को गहराई से प्रभावित कर देते हैं।

यह कहानी उन युवा छात्रों के अनुभवों से प्रेरित है जो बेहतर भविष्य की तलाश में अपने देश, संस्कृति और परिचित जीवन से दूर एक नई दुनिया में प्रवेश करते हैं। वहाँ उन्हें अवसर भी मिलते हैं और चुनौतियाँ भी, लेकिन सबसे बड़ी चुनौती अक्सर बाहर नहीं, भीतर घटती है, जहाँ विश्वास, भय और आशा एक-दूसरे से टकराते हैं।

यह उपन्यास यह प्रश्न उठाता है कि क्या हर "सहायता" वास्तव में सहायता होती है? क्या हर "मार्गदर्शन" निष्पक्ष होता है? और क्या हर "प्रेम" वास्तव में प्रेम ही होता है?

कहानी में प्रस्तुत घटनाएँ, पात्र और परिस्थितियाँ काल्पनिक होते हुए भी उन वास्तविक मनोवैज्ञानिक और सामाजिक संरचनाओं की ओर संकेत करती हैं जो आज की दुनिया में मौन रूप से सक्रिय हैं।

यदि यह उपन्यास पाठक को केवल एक कहानी नहीं, बल्कि एक प्रश्न दे पाए, तो उसका उद्देश्य सफल माना जाएगा।

लेखक
डॉ. रवीन्द्र पस्तोर

खंड 1 - पंख और पिंजरा

अध्याय 1
उड़ान

मुंबई की सुबहें अक्सर शोर से जागती हैं, लोकल ट्रेनों की धात्विक चीख, ऑटो वालों की पुकार, चाय की केतली की सीटी, और करोड़ों सपनों की अदृश्य भागदौड़। लेकिन उस सुबह, चेंबूर की उस तंग गली में शहर जैसे धीमे स्वर में साँस ले रहा था। मानो वह भी उस विदाई की गंभीरता को महसूस कर रहा हो।

टैक्सी जब छत्रपति शिवाजी महाराज इंटरनेशनल एयरपोर्ट की ओर बढ़ रही थी, आरोही शर्मा खिड़की के बाहर भागती पीली रोशनी को देख रही थी। रात में बेमौसम बारिश हुई थी; सड़कों पर नमी चमक रही थी, जैसे शहर ने अपनी विदाई के आँसू कंक्रीट के नीचे छिपा लिए हों।

उसकी गोद में एक नीली फाइल थी, पासपोर्ट, आई-20, कोलंबिया यूनिवर्सिटी का स्कॉलरशिप लेटर, कुछ गिने-चुने डॉलर, और पिता के हाथ से लिखा एक छोटा-सा नोट जिसे उसने अपनी डायरी में चिपका लिया था:

"हारना मत। तुम्हारी उड़ान सिर्फ तुम्हारी नहीं है, यह हमारे पूरे खानदान का भविष्य है।"

वह नोट उसने कम-से-कम पंद्रह बार पढ़ा था। हर बार उसके भीतर गर्व की एक लहर उठती, जिसके तुरंत बाद एक गहरा अपराधबोध पीछे रह

जाता। वह जानती थी कि इस 'उड़ान' के लिए उसके पिता ने अपनी रिटायरमेंट की बचत और माँ ने अपने आखिरी गहने दांव पर लगा दिए थे।

सामने की सीट पर बैठे राकेश शर्मा चुप थे। वह एक सरकारी स्कूल में गणित के अध्यापक थे, जिनकी कमीज़ के कॉलर पर हमेशा चौक की महीन धूल जमी रहती थी। आज पहली बार उनकी कमीज़ बिल्कुल साफ थी, कड़क इस्त्री की हुई। शायद इसलिए कि वे अपनी लाचारी को उस कड़कपन के पीछे छिपाना चाहते थे।

माँ ने आरोही के कंधे पर सिर टिका रखा था। वह पूरे रास्ते कम बोली थीं, पर उनकी उंगलियाँ लगातार आरोही की हथेली सहला रही थीं, जैसे छूकर वह अपनी बेटी की यादों को हमेशा के लिए अपनी खाल में कैद कर लेना चाहती हों।

“वहाँ बहुत ठंड होगी न?” माँ ने धीरे से पूछा।

“हाँ माँ, न्यूयॉर्क की सर्दियों में खून जम जाता है, ऐसा सुना है मैंने,” आरोही ने हल्का मुस्कुराने की कोशिश की।

“इतनी ठंड में लोग जीते कैसे हैं?” माँ की आवाज़ में एक अनजाना डर था।

आरोही ने माँ का हाथ कसकर पकड़ लिया। वह जानती थी कि माँ का डर मौसम के लिए नहीं, बल्कि उस अनजान संस्कृति के लिए है जहाँ उनकी बेटी पहली बार अकेली जा रही थी। भीतर ही भीतर उसने सोचा, क्या मैं वहाँ सिर्फ जीवित रह पाऊँगी, या सचमुच कुछ बनकर लौटूँगी?

एयरपोर्ट का मायाजाल

एयरपोर्ट के प्रस्थान गेट पर पहुँचते ही दुनिया बदल गई। पीली रोशनी, ट्रॉली की खड़खड़ाहट, विदेशी चेहरों का अंतहीन बहाव, और बड़े-बड़े डिजिटल बोर्ड्स पर चमकते जादुई नाम, लंदन, पेरिस, टोक्यो, न्यूयॉर्क।

न्यूयॉर्क।

आरोही के लिए यह केवल एक शहर का नाम नहीं था; यह एक 'मृगतृष्णा' थी। एक ऐसा मिथक जिसे उसने हॉलीवुड फिल्मों और कोलंबिया के ब्रोशर में जीया था। जहाँ प्रतिभा का मूल्यांकन बैंक बैलेंस से नहीं, 'मेरिट' से होता है। या कम से कम, उसे यही बताया गया था।

राकेश शर्मा ने ट्रॉली रोकी और अपनी जेब से एक पुराना चमड़े का बटुआ निकाला। उन्होंने कांपते हाथों से सौ डॉलर का एक कड़क नोट निकालकर आरोही की हथेली पर रख दिया।

"पापा, स्कॉलरशिप का वजीफा मिलेगा मुझे पहुँचते ही। इसकी ज़रूरत नहीं है," आरोही ने मना किया।

"ये इमरजेंसी के लिए है बेटा। विदेश की धरती पर बाप पास नहीं होगा, ये कागज का टुकड़ा होगा," राकेश की आवाज़ भारी हो गई। "किसी के आगे हाथ मत फैलाना।"

आरोही ने नोट ले लिया। उस नोट की गंध में उसके पिता के बरसों के संघर्ष की महक थी। वह जानती थी कि यह पैसा उसके पिता ने अपनी दवाइयों और घर के खर्चों में कटौती करके बचाया होगा। उस पल उसे लगा कि वह न्यूयॉर्क नहीं जा रही, बल्कि अपने पिता की उम्मीदों का एक भारी पहाड़ अपने कंधों पर लादकर ले जा रही है।

विदाई की कड़वाहट

इमिग्रेशन गेट से पहले का वह आखिरी आलिंगन सबसे कठिन था। माँ रोई नहीं, और यही सबसे ज्यादा पीड़ादायक था। उनकी सूखी आँखों में एक ऐसा खौफ था जो शब्दों से परे था।

"खुद को खो मत देना, आरोही," माँ ने उसके कान में फुसफुसाया।

वह मुड़ी और पीछे मुड़कर नहीं देखा। उसे डर था कि अगर उसने पिता के झुके हुए कंधों को एक बार और देख लिया, तो वह शायद उस फ्लाइट में कभी नहीं बैठ पाएगी।

विमान की सीट 34ए पर बैठते ही उसने अपनी आँखें बंद कर लीं। विमान के इंजन की गड़गड़ाहट के साथ ही उसे लगा कि उसका नाता अपनी जड़ों से टूट रहा है। जब विमान ने रनवे छोड़ा और मुंबई की रोशनी नीचे एक बिखरे हुए मोतियों के हार जैसी दिखने लगी, तो आरोही की आँखों से एक आँसू टपक कर उसके लैपटॉप बैग पर गिरा।

उस लैपटॉप में उसका भविष्य बंद था। उसकी कोडिंग, उसके रिसर्च पेपर्स, और उसकी वह मेकियावेलियन बुद्धि जिसे वह न्यूयॉर्क जीतने के लिए इस्तेमाल करने वाली थी। उसे नहीं पता था कि न्यूयॉर्क उसे जीतने के लिए नहीं, बल्कि उसे निगलने के लिए अपना मुँह खोलकर बैठा है।

डार्क प्रील्यूड (अंधेरी शुरुआत)

विमान के अंधेरे केबिन में, जब बाकी यात्री सो रहे थे, आरोही ने अपना जर्नल खोला और पहली प्रविष्टि लिखी:

उड़ान शुरू हो चुकी है। डर और महत्वाकांक्षा के बीच एक युद्ध चल रहा है। न्यूयॉर्क एक मौका है या एक जाल, मैं नहीं जानती। बस इतना जानती हूँ कि मुझे प्रोफेसर शर्मा बनना है, चाहे उसकी कीमत कुछ भी हो।

उसी समय, मैनहट्टन के एक आलीशान पेंटहाउस में, जहाँ से सेंट्रल पार्क एक बिछौने जैसा दिखता था, विन्सेंट मोरिया अपनी बड़ी स्क्रीन पर कोलंबिया यूनिवर्सिटी के 'इंटरनेशनल स्कॉलर डेटाबेस' को स्क्रॉल कर रहा था।

उसकी उंगली एक नाम पर रुकी। **नामः आरोही शर्मा। पृष्ठभूमिः मुंबई, भारत। स्कॉलरशिप छात्र।**

विन्सेंट के चेहरे पर एक सूक्ष्म, मेकियावेलियन मुस्कान उभरी। उसने वाइन का गिलास उठाया और अंधेरे कमरे में धीरे से बुदबुदायाः

"वेलकम टू द ग्रिड, आरोही। आई हैव बीन वेटिंग फॉर समवन एक्जेक्टली लाइक यू।"

अध्याय 2
बर्फ का शहर

जॉन एफ. केनेडी एयरपोर्ट के काँच के दरवाज़े खुलते ही हवा ने आरोही के चेहरे पर ऐसा प्रहार किया जैसे शहर पहले स्पर्श में ही अपना नियम बता रहा हो, यहाँ गर्माहट कमाई जाती है।

मुंबई की उमस भरी नमी से निकली त्वचा पर न्यूयॉर्क की जनवरी की ठंड किसी अदृश्य चाकू जैसी लगी। साँस लेते हुए, फेफड़ों में जैसे तरल बर्फ उतर रही थी। उसने अपना ऊनी स्कार्फ और कस लिया, लेकिन वह साधारण ऊन मैनहैटन की बर्फीली हवाओं के सामने बेबस था।

येलो कैब की खिड़की से वह शहर को पहली बार देख रही थी, क्वींस की धूसर इमारतें, सड़क के किनारे बर्फ के मैले ढेर, मैनहट्टन की दूर से दिखती काँच की ऊँची दीवारें और हर तरफ गूँजते सायरन। यह वह न्यूयॉर्क नहीं था जो उसने हॉलीवुड फिल्मों में देखा था। यह ज्यादा ठंडा, ज्यादा थका हुआ और ज्यादा डरावना था।

ड्राइवर रेडियो पर धीमा जैज़ संगीत सुन रहा था। उसने रियर-व्यू मिरर से आरोही की घबराहट देखी। "फर्स्ट विंटर?" (पहली सर्दी?) उसने पूछा। "यस," आरोही ने कांपते स्वर में जवाब दिया। "देन वेलकम टू सर्वाइवल, किड।" (तो जीवित रहने की जंग में तुम्हारा स्वागत है, बच्ची।) वह हँसा, पर आरोही के लिए यह कोई मज़ाक नहीं, बल्कि एक चेतावनी थी।

डार्क अकाडेमिया का स्पर्श

कोलंबिया यूनिवर्सिटी का कैंपस बर्फ की हल्की सफेद चादर में लिपटा था। पत्थर की इमारतें, गोथिक मेहराब और कांस्य के भारी गेट किसी पुराने मठ जैसी लग रहे थे। यहाँ की खामोशी में एक अजीब सा वजन था, सदियों का ज्ञान और उतना ही पुराना अहंकार।

डोम के चेक-इन डेस्क पर बैठी महिला ने बिना सिर उठाए पासपोर्ट माँगा। भारत में हॉस्टल वार्डन नाम से पहचानते थे, यहाँ वह सिर्फ एक 'पासपोर्ट नंबर' थी। उसे कमरा नंबर 302 मिला।

कमरा छोटा था, जिसमें दो बिस्तर और एक पुराना रेडिएटर था जो रुक-रुक कर घरघराहट कर रहा था। दूसरे बिस्तर पर एक लड़की बैठी थी, जिसकी आँखें बड़ी और तीखी थीं। "नेपाल?" उसने पूछा। "इंडिया," आरोही ने बैग रखते हुए कहा। "क्लोज-इनफ," वह मुस्कुराई। "मैं मीरा बसनेत हूँ। स्कॉलरशिप पर हो?" "हाँ," आरोही ने जवाब दिया। "तो एक बात गांठ बांध लो, यह शहर गरीब मेधावी लोगों से प्यार नहीं करता, उन्हें सिर्फ इस्तेमाल करता है।"

आर्थिक तनाव की शुरुआत

रात में जेट लैग और इंसोम्निया के कारण आरोही सो नहीं पाई। उसने वेंडिंग मशीन से पाँच डॉलर का एक सैंडविच लिया। जब उसने भारतीय रुपयों में उसकी कीमत जोड़ी, तो उसे चक्कर आ गया। न्यूयॉर्क में डॉलर केवल मुद्रा नहीं थी, वह एक निरंतर चलने वाली एंग्जायटी (चिंता) थी।

अगले दिन ओरिएंटेशन में उसे अपनी स्थिति का और भी कड़वा अहसास हुआ। उसके चारों ओर ऐसे छात्र थे जिन्होंने 'गैप ईयर' में स्विट्ज़रलैंड की सैर की थी या जिनके माता-पिता ने यूनिवर्सिटी के लैब में लाखों

डॉलर दान किए थे। उनके पास महंगे डिजाइनर कोट थे और उनकी अंग्रेजी में एक पॉलिश किया हुआ आत्मविश्वास था।

आरोही को पहली बार 'इम्पोस्टर सिंड्रोम' महसूस हुआ। क्या वह यहाँ सचमुच अपनी जगह बना पाएगी? उसने अपने पिता की आवाज़ याद की "मेधा कभी वीजा नहीं पूछती।" उसने अपनी रीढ़ सीधी की और कंप्यूटर साइंस बिल्डिंग की ओर बढ़ गई।

जाल की पहली कड़ी

एक शाम, जब वह लाइब्रेरी में बैठकर अपना कोडिंग असाइनमेंट पूरा कर रही थी, उसका पुराना लैपटॉप अचानक हैंग हो गया। स्क्रीन फड़फड़ाई और फिर सब कुछ काला हो गया। आरोही का दिल बैठ गया। एक स्कॉलरशिप छात्र के लिए लैपटॉप कोई विलासिता नहीं, बल्कि उसकी 'लाइफ सपोर्ट' प्रणाली थी। उसके पास इसे ठीक कराने के लिए पैसे नहीं थे और असाइनमेंट की समय सीमा अगली सुबह थी।

उसकी आँखों में आँसू आने ही वाले थे कि तभी पीछे से एक शांत और सुसंस्कृत पुरुष स्वर सुनाई दिया: "लुक्स लाइक यू नीड हेल्प।" (लगता है तुम्हें मदद की ज़रूरत है।)

आरोही मुड़ी। उसके सामने एक लंबा व्यक्ति खड़ा था। उसने ग्रे रंग का महंगा कैशमीयर कोट पहना था। उसकी आँखें धूसर थीं और चेहरे पर एक सधा हुआ, नियंत्रित आत्मविश्वास। उसकी उम्र पैंतालीस के करीब रही होगी, लेकिन उसके व्यक्तित्व में एक चुंबकीय आकर्षण था।

"क्या मैं देख सकता हूँ?" उसने हाथ बढ़ाया। आरोही संकोच में थी, पर उसकी मजबूरी उसकी गरिमा से बड़ी हो गई। उसने लैपटॉप उसे थमा

दिया।

उस व्यक्ति ने लैपटॉप की स्क्रीन देखते हुए एक हल्की मुस्कान दी, जैसे वह उस मशीन के खराब होने से नहीं, बल्कि आरोही की बेबसी से खुश

हो। "मैं विन्सेंट मोरिया हूँ," उसने अपना परिचय दिया।

बाहर बर्फ का तूफान तेज हो रहा था, और लाइब्रेरी के उस पीले सन्नाटे में, एक मेकियावेलियन जाल का पहला धागा बुना जा चुका था।

लाइब्रेरी के सीसीटीवी कैमरे की फुटेज में, एक बेबस छात्रा और एक मुस्कुराता हुआ शिकारी, दोनों एक फ्रेम में कैद थे। विन्सेंट ने अपना पहला मोहरा चल दिया था।

अध्याय 3
कोलंबिया की दीवारें

कोलंबिया यूनिवर्सिटी की 'लो मेमोरियल लाइब्रेरी' की सीढ़ियों पर खड़ी होकर आरोही ने 'अल्मा मेटर' की कांस्य मूर्ति को देखा। मैनहैटन की सर्दियों की पीली धूप उन पत्थर की दीवारों पर पड़ रही थी, जो सदियों की विद्वता और अटूट अभिजात्य (एलीटिज्म) का प्रतीक थीं। इन दीवारों के भीतर ज्ञान था, लेकिन उन छात्रों के लिए एक अदृश्य दीवार भी थी जो सात समंदर पार से केवल अपनी मेधा के भरोसे यहाँ आए थे।

कैंपस में चलते हुए उसे हर पल अपने 'बाहरी' होने का अहसास होता था। उसके पास 'नॉर्थ फेस' का वह महंगा जैकेट नहीं था जो यहाँ के छात्रों की अनौपचारिक वर्दी बन चुका था। वह अपने पुराने ओवरकोट में खुद को सिकोड़े हुए 'कोडिंग' की भारी किताबों का बोझ उठाए चल रही थी।

विदेशी छात्रों की पीड़ा बड़ी शांत और अदृश्य होती है। वह भूख में नहीं, बल्कि 'करेंसी कन्वर्जन' (मुद्रा परिवर्तन) के उस मानसिक गणित में होती है जो एक कप कॉफी खरीदने से पहले दिमाग में चलता है। वह उस 'कल्चरल कोड' को न समझ पाने की हताशा में होती है, जहाँ चुटकुले अलग होते हैं और हँसी का लहजा अलग।

विन्सेंट का 'बौद्धिक' जाल

लाइब्रेरी के उसी कोने में, जहाँ पिछला दिन एक आपदा की तरह खत्म

हुआ था, विन्सेंट मोरिया उसका इंतजार कर रहा था। उसके हाथ में आरोही का वह पुराना लैपटॉप था।

"मैंने इसे ठीक कर दिया है," विन्सेंट ने शांत स्वर में कहा। "हार्ड ड्राइव में एक 'क्रिटिकल एरर' था, लेकिन तुम्हारा 'कोडिंग' डेटा सुरक्षित है। तुम्हारा 'अल्गोरिदम' मॉडल काफी दिलचस्प है, थोड़ा कच्चा, लेकिन बेहद मौलिक।"

आरोही की आँखों में राहत की चमक थी, लेकिन साथ ही एक संकोच भी। "मैं... मैं आपको इसकी मरम्मत के लिए पैसे कैसे दूँ? मेरे पास अभी..."

विन्सेंट ने हाथ के इशारे से उसे चुप कर दिया। उसकी धूसर आँखों में एक ऐसी सहानुभूति थी जो सीधे रुह को छूती थी। "पैसे? नहीं, आरोही। मेधावी दिमागों की मदद करना मेरा जुनून है, व्यापार नहीं। क्या हम पास के एक कैफ़े में बैठकर तुम्हारे इस मॉडल पर चर्चा कर सकते हैं? एक 'मेंटर' के तौर पर मुझे तुम्हारी सोच में काफी संभावनाएं दिखती हैं।"

यह मेकियावेलियन रणनीति की पहली सीढ़ी थी, 'वैलिडेशन' (पुष्टि)। न्यूयॉर्क जैसे निष्ठुर शहर में, जहाँ कोई आरोही का नाम तक नहीं जानता था, एक सफल और सुसंस्कृत व्यक्ति उसे 'विशेष' महसूस करा रहा था।

'हंगेरियन' कैफे और कड़वा सच

कैंपस के पास के उस पुराने 'हंगेरियन' कैफ़े में कॉफी की महक और पुरानी किताबों की खुशबू घुली हुई थी। विन्सेंट ने चर्चा की शुरुआत कोडिंग से की, लेकिन धीरे-धीरे वह उसे उसकी व्यक्तिगत चुनौतियों की

ओर ले गया।

"तुम्हारी आँखों में एक भूख है, आरोही," विन्सेंट ने अपनी कॉफी का घूँट लेते हुए कहा। "वह भूख जो केवल मुंबई जैसे शहरों से आने वाले उन छात्रों में होती है जिन्हें पता है कि उनके पीछे कोई 'सेफ्टी नेट' नहीं है। कोलंबिया की ये दीवारें ऊँची हैं, पर वे केवल उन्हीं के लिए खुलती हैं जिनके पास सही 'कनेक्शन' हों।"

आरोही चुप रही। वह पहली बार किसी के सामने अपनी कमजोरी स्वीकार कर रही थी, बिना एक शब्द बोले। विन्सेंट ने उसकी 'इनविजिबल पेन' (अदृश्य पीड़ा) को शब्दों में ढाल दिया था।

"मैं तुम्हें एक इंटर्नशिप की पेशकश करना चाहता हूँ," विन्सेंट ने अचानक कहा। "मेरे 'वेंचर कैपिटल' फर्म में। यह केवल काम नहीं होगा, बल्कि एक 'नेटवर्किंग' मंच होगा जहाँ तुम उन लोगों से मिलोगी जो दुनिया चलाते हैं। रहने के लिए तुम्हें हॉस्टल की उस ठंडी कोठरी की ज़रूरत नहीं होगी, मेरे पास अपर ईस्ट साइड में एक खाली अपार्टमेंट है।"

आरोही ठिठक गई। यह सब इतना आसान और सुंदर लग रहा था कि डर लगने लगा। "लेकिन क्यों? आप मेरे लिए इतना क्यों कर रहे हैं?"

विन्सेंट मुस्कुराया, एक ऐसी मुस्कान जिसमें पिता जैसा स्नेह और एक शिकारी का धीरज, दोनों थे। "क्योंकि न्यूयॉर्क प्रतिभाशाली लोगों को तोड़ देता है, और मैं तुम्हें टूटते हुए नहीं देखना चाहता।"

मीरा की चेतावनी

उस रात, जब आरोही ने मीरा को विन्सेंट के बारे में बताया, तो मीरा की तीखी आँखों में संदेह की लकीरें उभर आईं।

"सावधान रहो, आरोही," मीरा ने बिस्तर पर लेटे हुए कहा। "इस शहर में 'मुफ्त' में कुछ नहीं मिलता। विन्सेंट जैसे लोग 'मेंटर' बनकर आते हैं और

धीरे-धीरे तुम्हारी स्वायत्तता (ऑटोनॉमी) छीन लेते हैं। वे तुम्हें सोने के पिंजरे में रखते हैं, पर अंत में वह पिंजरा ही होता है।"

आरोही ने खिड़की के बाहर गिरती बर्फ को देखा। उसे विन्सेंट का वह अपार्टमेंट, उसकी मदद और उसकी प्रशंसा एक जीवनदान की तरह लग रहे थे। वित्तीय दबाव और परिवार की उम्मीदों का बोझ इतना भारी था कि उसे उस पिंजरे की सलाखें 'चांदी' की लग रही थीं।

उसने अपने मन में तर्क दिया, 'वह केवल मेरी मदद कर रहा है। वह मेरी मेधा का सम्मान करता है।'

वह नहीं जानती थी कि 'फ्रॉड साइकोलॉजी' का पहला नियम यही है, शिकार को यकीन दिलाना कि वह शिकारी का प्रिय है।

आरोही ने डायरी में लिखा: "शायद न्यूयॉर्क की दीवारें मेरे लिए गिर रही हैं।" उधर विन्सेंट ने अपने फोन पर एक संदेश भेजा: "मछली ने चारा देख लिया है। वह भूखी है।"

अध्याय 4
पूर्वाभास

कुछ लोग जीवन में पात्र बनकर नहीं आते वे एक 'पूर्वाभास' बनकर आते हैं। मीरा बसनेत वैसी ही थी। पहली नज़र में वह कोलंबिया की भीड़ में खोई एक साधारण नेपाली छात्रा लगती थी, छोटे बाल, तीखी आँखें, सस्ती हुडीज़, कैफीन की लत और किताबों में भरे ढेर सारे पोस्ट-इट नोट्स। लेकिन उसके भीतर 'सर्वाइवल' की वह क्रूर बुद्धि थी जो केवल गरीबी, प्रवास और विश्वासघात ही सिखा सकते हैं।

आरोही को यह बात धीरे-धीरे समझनी थी कि मीरा उसकी रूममेट कम और उसकी 'गवाह' ज़्यादा थी।

डॉर्म रूम 302 अब दो महाद्वीपों की साझी शरण बन चुका था। रातों में पुराने रेडिएटर की धात्विक खड़खड़ाहट के बीच वे अपने-अपने संघर्षों की कहानियाँ साझा करतीं। मुंबई की बारिश, काठमांडू की धुंधली पहाड़ियाँ, माँओं की दबी हुई चिंता और 'स्कॉलरशिप' इंटरव्यू के दौरान महसूस की गई वह सूक्ष्म बेइज़्ज़ती।

मीरा अक्सर हँसते हुए कहती, “आरोही, हम लोग यहाँ एजुकेशन नहीं ले रहे, हम माइग्रेशन सर्वाइव कर रहे हैं। हमारे जैसे लोगों के लिए न्यूयॉर्क एक शहर नहीं, एक इम्तिहान है।”

प्रीडेटर का मनोविज्ञान

मीरा साइकोलॉजी माइनर थी और उसका विशेष झुकाव 'क्रिमिनल

बिहेवियर' (आपराधिक व्यवहार) की ओर था। एक रात जब वह 'फ्रायड', 'ट्रामा बॉन्डिंग' और 'कोएर्सिव कंट्रोल' (ज़बरदस्ती नियंत्रण) पर रिसर्च कर रही थी, उसने अचानक अपना लैपटॉप घुमाया।

स्क्रीन पर एक आर्टिकल चमक रहा था: सक्सेसफुल सोशियोपैथ्स इन एलीट स्पेसेस (अभिजात वर्गों में सफल सोशियोपैथ)।

"आरोही, क्या तुम्हें 'नार्सिसिस्टिक प्रीडेटर्स' (नार्सिसिस्टिक शिकारी) के बारे में पता है?" मीरा ने पूछा।

"तुम सीरियल किलर्स की बात कर रही हो?" आरोही ने फाइल समेटते हुए कहा।

"नहीं। मैं उन 'चार्मिंग' लोगों की बात कर रही हूँ जो खून नहीं बहाते, वे धीरे-धीरे तुम्हारी स्वायत्तता का गला घोंटते हैं। ये लोग फिजिकल वॉयलेंस से पहले इमोशनल डिपेंडेंस (भावनात्मक निर्भरता) की एक अदृश्य ज़ंजीर बनाते हैं।" मीरा की आवाज़ में एक ठंडी गंभीरता थी। "तुम बहुत जल्दी भरोसा करती हो, और ये शहर भरोसे के लिए नहीं, चालों के लिए बना है।"

मीरा दूसरों जैसी नहीं थी। वह पैटर्न्स (पैटर्न) देखती थी। उसे सिस्टम्स की 'बू' पहचानना आता था, कौन सा प्रोफेसर किस डोनर से जुड़ा है, किस छात्रा को अचानक महंगी गिफ्ट्स मिलने लगीं, और कौन सी लड़की सेमेस्टर के बीच में बिना किसी कारण के गायब हो गई।

ग्रूमिंग और चेतावनी

एक शाम रिवरसाइड पार्क में टहलते हुए मीरा ने हडसन नदी पर छाई धुंध की ओर इशारा किया। "तुमने कभी गौर किया है कि ये रईस

उम्रदराज़ लोग कैंपस इवेंट्स में केवल विदेशी लड़कियों से ही नेटवर्किंग क्यों करते हैं?"

"शायद वे डाइवर्सिटी को बढ़ावा देना चाहते हों?" आरोही ने बचाव किया।

"या शायद वे 'ग्रूमिंग' कर रहे हों," मीरा रुकी। "विदेशी लड़कियां आसान शिकार होती हैं। उनके पास कोई स्थानीय सुरक्षा तंत्र नहीं होता, वे पैसों के लिए मजबूर होती हैं और उनके ऊपर घर वापस जाने का दबाव इतना होता है कि वे शोषण के खिलाफ आवाज़ नहीं उठा पातीं। प्रीडेटर्स हमेशा इस बात पर भरोसा करते हैं कि लड़कियां चेतावनियों को मज़ाक में उड़ा देंगी।"

कुछ दिनों बाद जब लाइब्रेरी में विन्सेंट ने आरोही के लिए 'बरिस्ता' से खास कॉफी भेजी, तो मीरा ने उस कप को ऐसे घूरा जैसे उसमें ज़हर हो।

"मत पीना इसे," मीरा ने कहा।

"क्यों? वह बस एक कॉफी है, मीरा!"

"नहीं, यह एक 'इन्वेस्टमेंट' (निवेश) है। विन्सेंट मोरिया जैसे लोग कभी रैंडमली इन्वेस्ट नहीं करते। हर ट्रैप (जाल) जेनेरोसिटी (उदारता) की भाषा बोलता है।"

पहली दरार और एनक्रिप्टेड खतरा

आरोही और मीरा के बीच तनाव बढ़ने लगा। आरोही विन्सेंट की सोफिस्टिकेशन (परिष्कार) और उसकी बौद्धिक बातों से प्रभावित थी, जबकि मीरा उसे 'पैरानॉयड' (शंकालु) लगने लगी थी।

एक रात आरोही ने बाथरूम से लौटकर देखा कि मीरा विन्सेंट के बिजनेस कार्ड को 'मैग्नीफाइंग ग्लास' से देख रही है।

"तुम ये क्यों कर रही हो?" आरोही चिढ़ गई।

"आरोही, तुम समझ नहीं रही हो। एलीट प्रीडेटर्स चैरिटी नहीं करते, वे 'एक्विज़िशन्स' (अधिग्रहण) करते हैं। वे तुम्हें एक इंसान नहीं, एक संपत्ति बनाना चाहते हैं।"

"स्टॉप बीइंग पैरानॉयड, मीरा! वह मेरी मदद कर रहा है।"

"स्टॉप बीइंग नेइव (भोली बनना बंद करो)!" मीरा चिल्लाई। कमरे में एक भारी सन्नाटा पसर गया। यह उन दोनों के बीच पहली गहरी दरार थी।

उस रात मीरा सोई नहीं। वह विन्सेंट मोरिया के नाम को 'डार्क वेब' के कुछ फोरेंसिक फोरम्स पर सर्च करती रही। अचानक एक पुरानी न्यूज़ क्लिपिंग उभरी, एक रूसी छात्रा की गुमशुदगी की खबर। मामला 'डोनर इम्यूनिटी' के कारण बंद कर दिया गया था।

मीरा का हाथ कांपने लगा। उसने फुसफुसाकर खुद से कहा, "विन्सेंट... तुम असल में कौन हो?"

तभी मीरा के लैपटॉप पर एक नोटिफिकेशन चमका। एक 'अननोन एनक्रिप्टेड अकाउंट' (अज्ञात एन्क्रिप्टेड खाता) से मैसेज आया था:

"स्टॉप डिगिंग। (खोदना बंद करो।)"

मीरा का खून जम गया। वह मैसेज स्क्रीन पर बस तीन सेकंड रहा और खुद-ब-खुद डिलीट हो गया। इसका मतलब साफ था: उन्हें ट्रैक किया

जा रहा था। विन्सेंट का जाल केवल आरोही के आसपास नहीं, बल्कि उनकी निजी बातचीत और डिजिटल स्पेस में भी फैल चुका था। कहानी अब केवल अट्रैक्शन की नहीं रही थी, अब खतरा सीधे उनके डॉर्म रूम की दहलीज तक पहुँच गया था।

रात के 2:13 बजे। आरोही गहरी नींद में थी, लेकिन मीरा जाग रही थी। उसने खिड़की के बाहर देखा, नीचे सड़क पर एक काली सेडान कार खड़ी थी। उसकी हेडलाइट्स एक बार चमकीं और फिर बुझ गईं। मीरा को ऐसा लगा जैसे कोई नीचे से उसकी खिड़की की ओर देख रहा है और मुस्कुरा रहा है।

अंधेरे में लैपटॉप की रोशनी मीरा के चेहरे पर पड़ रही थी, जहाँ अब केवल डर नहीं, बल्कि लड़ने का एक घातक संकल्प था।

अध्याय 5
भूख, फीस और फेलोशिप

न्यूयॉर्क में गरीबी दिखाई नहीं देती। वह महंगे डिजाइनर कोट्स के भीतर काँपती है, लाइब्रेरी के बेसमेंट में जागती है, क्रेडिट कार्ड के कर्ज में छिपती है, और उन स्कॉलरशिप छात्रों की आँखों के नीचे गहरी काली रेखाओं में बसती है जो रात-रात भर जागकर कोडिंग करते हैं। आरोही अब यह समझने लगी थी कि सपनों के इस शहर में 'सर्वाइवल' (जीवित रहना) कोई विलासिता नहीं, बल्कि एक क्रूर कैलकुलेशन (गणना) था।

महीने की पहली तारीख थी। अपने फंडिंग अकाउंट का बैलेंस चेक करते ही आरोही के भीतर जैसे न्यूयॉर्क की ठंड और गहरी हो गई।

स्टाइपेंड (वजीफा): विलंबित। ट्यूशन एडजस्टमेंट: लंबित। हाउजिंग फीस: काट ली गई। कुल शेष राशि: $217।

पूरा महीना और सिर्फ $217।

उसने स्क्रीन को कई बार रिफ्रेश किया, मानो बार-बार देखने से आंकड़े बदल जाएंगे। उसे पहली बार एक 'पैनिक अटैक' (घबराहट का दौरा) जैसा महसूस हुआ। हथेलियाँ ठंडी पड़ गईं और साँसें छोटी होने लगीं। मीरा ने पीछे से मॉनिटर देखा और सिर्फ इतना कहा, "शिट।"

कुछ संकट इतने स्पष्ट होते हैं कि उनके लिए शब्द छोटे पड़ जाते हैं।

सिस्टम की क्रूरता

अगले हफ्ते डिपार्टमेंट से एक ईमेल आया: "एडिशनल लैब एक्सेस फीस रिक्वायर्ड-$320।"

वह घंटों तक उस ईमेल को घूरती रही। शिक्षा उसे अब एक सीढ़ी नहीं, बल्कि एक 'रैंसम' (फिरौती) लगने लगी थी।

रात को कैफेटेरिया में उसने डिनर स्किप कर दिया। पेट कॉफी से भरा था और दिमाग कोडिंग की उलझनों से। भूख ने उसके आत्मसम्मान को घायल कर दिया था। उसने फोन पर अपने पिता की तीन मिस्ड कॉल्स देखीं, पर उठाने की हिम्मत नहीं हुई। अगर वह उनकी आवाज़ सुनती, तो शायद न्यूयॉर्क के उस ठंडे सन्नाटे में रो पड़ती।

अगले दिन फाइनेंशियल एड ऑफिस (आर्थिक सहायता कार्यालय) में कांच के पार्टीशन के पीछे बैठी महिला ने बिना सिर उठाए कहा, "इमरजेंसी ग्रांट्स खत्म हो चुके हैं। प्राइवेट स्पॉन्सरशिप (निजी प्रायोजन) की तलाश करो।"

'प्राइवेट स्पॉन्सरशिप', यह शब्द सहज बोले गए थे, लेकिन इनमें एक गहरा और डरावना संकेत छिपा था। मीरा ने बाहर निकलते हुए फुसफुसाया, "देखा आरोही? सिस्टम पहले तुम्हें भूखा मारता है, और फिर शिकारी के रूप में 'बचाव' का प्रस्ताव पेश करता है।"

प्रलोभन का लिफाफा

उसी रात डॉर्म के कॉरिडोर में एक लिफाफा मिला, जिस पर आरोही का नाम लिखा था। अंदर $500 का एक 'गिफ्ट कार्ड' था और एक छोटा सा नोट:

"प्रतिभाशाली दिमागों के लिए पैसा कभी बाधा नहीं बनना चाहिए।"

शुगर डैडी

कोई हस्ताक्षर नहीं था, बस एक उभरा हुआ 'V'। आरोही के हाथ बर्फ की तरह ठंडे हो गए। विन्सेंट।

“इसे फेंक दो!” मीरा लगभग चीखी।

“मीरा, मैं इससे अपनी फीस भर सकती हूँ। मेरी स्कॉलरशिप बच सकती है,” आरोही ने कांपते हाथों से कार्ड को देखा।

“यही तो उसकी चाल है, आरोही। वह तुम्हारी ज़रूरत को खरीद रहा है।”

उस रात आरोही ने वह कार्ड फेंकने के बजाय दराज के सबसे नीचे छुपा दिया। वह उसका पहला समझौता था। और हर जाल एक छोटे से समझौते से ही शुरू होता है।

डिजिटल घेराबंदी

मिडटर्म्स का दबाव और भी हिंसक हो गया। तीन कोडिंग प्रोजेक्ट्स, दो रिसर्च डेडलाइन्स, और केवल चार घंटे की नींद। दबाव अब 'हैलुसिनेशन' (भ्रम) जैसा लगने लगा था।

लाइब्रेरी में देर रात उसे लगा कि मेजेनाइन लेवल पर कोई खड़ा उसे देख रहा है। एक लंबी आकृति, काला कोट, स्थिर आँखें। लेकिन जब उसने दोबारा देखा, तो वहां कोई नहीं था।

एक शाम आरोही ने गलती से कैंपस सिक्योरिटी पोर्टल पर 'अनस्तासिया केस आर्काइव' का एक लिंक देखा। कुछ सेकंड के लिए पेज खुला: मिसिंग रिसर्च फेलो... असामान्य वित्तीय लेन-देन... केस सील्ड। इससे पहले कि वह कुछ और पढ़ पाती, स्क्रीन झपकी और

'ऑटो लॉगआउट' हो गया। जैसे सिस्टम ने खुद सबूत निगल लिए हों।

तभी विन्सेंट का एक ईमेल आया। विषय था: 'सिलेक्टिव फेलोशिप अपॉर्चुनिटी'। उच्च मूल्य वाली निजी मेंटरशिप, वित्तीय सहायता, और अपर ईस्ट साइड के एक गुप्त पते पर डिनर का आमंत्रण।

मनोवैज्ञानिक घेराबंदी

अगली सुबह आरोही की कैंपस आईडी ने काम करना बंद कर दिया। लैब का एक्सेस 'डिनाइड' (अस्वीकृत) दिखा रहा था। एडमिन ने कहा कि 'फंडिंग होल्ड' के कारण उसके अधिकार सीमित कर दिए गए हैं। वह सुन्न पड़ गई। रिसर्च रुकने का मतलब था, स्कॉलरशिप का खत्म होना।

उसी क्षण उसका फोन वाइब्रेट हुआ। एक अनजान नंबर। "कभी-कभी संस्थाएं असाधारण लोगों को विफल कर देती हैं," विन्सेंट का सुसंस्कृत स्वर सुनाई दिया।

"मेरा नंबर आपको किसने दिया?" आरोही ने पूछा।

"उन लोगों ने जो प्रतिभा को पहचानते हैं। आज रात मेरे साथ डिनर करो। हम तुम्हारी सारी समस्याओं का समाधान कर सकते हैं।" कॉल कट गया।

विन्सेंट को कैसे पता चला कि उसकी लैब आईडी ब्लॉक हो गई है? वह सिर्फ एक डोनर नहीं था, वह सिस्टम के भीतर था। या शायद वह खुद ही सिस्टम था।

रात के तीन बजे मीरा विन्सेंट के बारे में 'डार्क वेब' पर रिसर्च कर रही

थी। उसे एक छिपा हुआ फोरम मिला जहाँ विन्सेंट का एक उपनाम दर्ज था: 'शुगर डैडी'।

अचानक मीरा के लैपटॉप की वेबकैम लाइट अपने आप जल उठी। दोनों लड़कियां जम गईं। कैमरा ऑन था। कोई उन्हें देख रहा था। मीरा ने तुरंत कैमरा पर टेप चिपकाया और फुसफुसाते हुए कहा, "आरोही, हम केवल घिरे नहीं हैं, हम देखे जा रहे हैं।"

आधी रात को आरोही एटीएम के बाहर खड़ी थी। स्क्रीन पर बैलेंस दिखा रहा था: $43। फोन पर विन्सेंट का मैसेज चमका: "भूखे लोग बहादुर विकल्प चुनते हैं। मैं इंतज़ार कर रहा हूँ।" नीचे उसके अपर ईस्ट साइड पेंटहाउस की 'लाइव लोकेशन' पिन थी।

आरोही ने मैसेज डिलीट नहीं किया। उसकी उंगली 'एक्सेप्ट' (स्वीकार करें) बटन के ऊपर कांप रही थी। अंत आरोही के उस निर्णय के साथ हुआ जहाँ भूख और स्वाभिमान के बीच की जंग अब खत्म होने वाली थी।

अध्याय 6
पुराना लैपटॉप

कुछ मुलाकातें संयोग नहीं होतीं; वे बहुत सावधानी से तैयार की गई दुर्घटनाएँ (केयरफुली इंजीनियर एक्सीडेंट्स) होती हैं। आरोही को यह बात बहुत बाद में समझ आनी थी।

उस रात वह बटलर लाइब्रेरी के बेसमेंट लैब में अकेली थी। समय: रात के 2:07 बज रहे थे। कैंपस लगभग सो चुका था। केवल फ्लोरोसेंट लाइटों की नीली चमक, सर्वर्स की हल्की गुनगुनाहट और कीबोर्ड की 'क्लिक' की धड़कन ही उस सन्नाटे को तोड़ रही थी।

उसकी डेडलाइन सुबह 8 बजे थी। उसे अपना 'एआई बिहेवियरल प्रेडिक्शन मॉडल' (व्यवहार अनुमान मॉडल) जमा करना था। फंडिंग रुकने के बीच यही प्रोजेक्ट उसकी आखिरी जीवन रेखा (लाइफ लाइन) थी। स्क्रीन पर कोड चल रहा था: डेटासेट लोडिंग... एरर (त्रुटि)... रिट्राई... सिस्टम फ्रीज।

कर्सर मर चुका था। और फिर, स्क्रीन पूरी तरह काली हो गई।

“नहीं... नहीं... नहीं...” वह फुसफुसाईं। उसने पावर बटन को पागलों की तरह दबाया, पर मशीन खामोश रही। उसके लिए लैपटॉप सिर्फ एक मशीन नहीं था, वह उसकी स्कॉलरशिप, उसकी रिसर्च और उसका अस्तित्व था। और अब वह मर चुका था। या शायद, उसे मार दिया गया था।

उसने चार्जर बदला, बैटरी निकाली, बार-बार रीस्टार्ट करने की कोशिश

की, लेकिन सब बेकार। हार्ड ड्राइव से एक अजीब सी 'क्लिक' की आवाज़ आ रही थी, जैसे किसी मरते हुए इंसान की नब्ज़। उसकी आँखों में आँसू भर आए। भूख, कर्ज, दबाव... और अब यह। जैसे यह शहर उसे व्यवस्थित रूप से (सिस्टमैटिकली) तोड़ रहा हो। उसने हार मानकर अपना सिर डेस्क पर रख दिया।

तभी पीछे से एक आवाज़ आई, "मशीनें अक्सर तभी मरती हैं जब उनके मालिक पूरी तरह थक चुके होते हैं।"

आवाज़ धीमी, परिष्कृत (रिफाइंड) और लगभग मनोरंजन भरी थी। आरोही जम गई। वह मुड़ी। वही आदमी, विन्सेंट मोरिया। काले कैशमीयर कोट में, हाथ में चमड़े के दस्ताने। इस ठंडी लाइब्रेरी में भी वह ऐसा लग रहा था जैसे वह यहीं का हिस्सा हो।

बौद्धिक जाल

"फिर से आप?" आरोही फुसफुसाई। "फिर से तुम मुसीबत में," उसने जवाब दिया।

विन्सेंट बिना पूछे ही उसके पास बैठ गया। शिकारी अक्सर अनुमति कम मांगते हैं, वे अपनी उपस्थिति दर्ज (असर्ट) कराते हैं। "क्या मैं देख सकता हूँ?" उसने लैपटॉप की ओर इशारा किया। आरोही हिचकिचाई, लेकिन उसकी 'ज़रूरत' उसके 'भरोसे' से तेज़ निकली। उसने लैपटॉप उसे थमा दिया।

विन्सेंट ने अपनी जेब से एक छोटा सा पेचकस (स्क्रूड्राइवर) निकाला। आरोही चौंकी, "आप अपने पास पेचकश रखते हैं?" वह हल्का हँसा। "मैं असफलता के लिए हमेशा तैयार रहता हूँ।"

उसने कुशलता से मशीन खोली, रैम को ठीक किया और बूट टर्मिनल में कुछ कमांड्स डाले। अचानक स्क्रीन फिर से जीवित हो उठी। सारा डेटा सुरक्षित था। आरोही स्तब्ध रह गई। "आप... क्या आप हैकर हैं?" "इन्वेस्टर (निवेशक) हूँ," विन्सेंट ने रुककर कहा, "और कभी-कभी... रक्षक (रेस्क्यूअर) भी।"

यह वाक्य एक फ्लर्ट भी था और एक स्वीकारोक्ति भी। उसने कॉफी के दो कप निकाले। "आपको कैसे पता चला कि मैं यहाँ मिलूँगी?" आरोही ने पूछा। "गंभीर छात्र बहुत ही 'प्रेडिक्टेबल' (अनुमानित) होते हैं," विन्सेंट का उत्तर बहुत सहज था। इतना सहज कि उस पर संदेह होना चाहिए था, लेकिन कृतज्ञता (ग्रैटिट्यूड) अक्सर संदेह को धुंधला कर देती है।

उन्होंने रिसर्च, एल्गोरिदम और न्यूरल सिस्टम्स पर बात की। विन्सेंट उसकी हर बात पर सूक्ष्म रूप से उसकी तारीफ करता। "अद्भुत दिमाग," "दुर्लभ अंतर्दृष्टि," "कोलंबिया तुम जैसे लोगों का कम मूल्यांकन करता है।" हर वाक्य एक मनोवैज्ञानिक ताले की चाबी (इमोशनल लॉकपिक) की तरह था। वह समझ नहीं पा रही थी कि यह आकर्षण दिमाग के रास्ते दिल तक पहुँच रहा था।

"तुम जैसे लोग?" आरोही ने पूछा। विन्सेंट थोड़ा झुका और उसकी आँखों में देखते हुए कहा, "भूखे जीनियस (हंग्री जीनियस)।" उसने यह बात ऐसे कही जैसे वह उसे देख नहीं, बल्कि पढ़ रहा हो।

अदृश्य निगरानी

तभी मेजेनाइन बालकनी पर एक परछाईं खड़ी दिखी। आरोही ने ऊपर देखा, क्या कोई उन्हें देख रहा था? आँख झपकते ही वहां कोई नहीं था। विन्सेंट ने उसकी दृष्टि का पीछा किया और मुस्कुराते हुए कहा,

"लाइब्रेरी भूतों को याद रखती है।" उसे यह मज़ाक लगा, पर शायद यह सच की ओर एक इशारा था।

जाने से पहले विन्सेंट ने डेस्क पर एक काला फाउंटेन पेन रख दिया, मोंट ब्लांक। बहुत महंगा। "यह तोहफा है।" "मैं नहीं ले सकती।" "इसे अपनी प्रतिभा के प्रति मेरी श्रद्धांजलि (ट्रिब्यूट) समझो।"

यह पहला उपहार था। पहली अदृश्य ज़ंजीर।

जब आरोही डॉर्म में पहुँची, तो मीरा उस पेन को देखकर सख्त हो गई। "उसने तुम्हें तोहफा दिया?" "बस एक पेन है, मीरा।" "शिकारी कभी पिंजरे से शुरुआत नहीं करते, आरोही। वे 'टोकन्स' (प्रतीकों) से शुरुआत करते हैं।"

आरोही चिढ़ गई, "तुम हर चीज़ को बीमारी (पैथोलॉजी) क्यों बना देती हो?" मीरा धीरे से बोली, "क्योंकि पैटर्न्स (पैटर्न) कभी झूठ नहीं बोलते।"

डिजिटल घुसपैठ

रात को आरोही ने उसी पेन से अपना जर्नल लिखा। उसकी स्याही असामान्य रूप से गहरी थी, लगभग खून जैसी। उसने लिखा: "वह मुझे ऐसा महसूस कराता है जैसे किसी ने मुझे पहली बार सच में देखा है।"

अगले दिन उसका लैपटॉप फिर से अजीब व्यवहार करने लगा। उसमें एक छिपा हुआ 'बैकग्राउंड प्रोसेस' चल रहा था और एक 'अननोन रिमोट एक्सेस पिंग' बार-बार आ रहा था। वह समझ नहीं पाई और उसे नजरअंदाज कर दिया। उसे नहीं पता था कि दरवाज़ा खुल चुका था।

एक सप्ताह बाद, विन्सेंट का एक हस्तलिखित नोट उसके कैंपस मेलबॉक्स में मिला: "तुम्हारी मशीन तो बच गई, लेकिन ज्यादातर दिमाग नहीं बच पाते। डिनर?" विन्सेंट

मीरा ने नोट पढ़कर कहा, "यह प्रेम नहीं, 'प्रोफ़ाइलिंग' है।"

उसी शाम आरोही ने लाइब्रेरी के सर्विलांस डेस्क पर गलती से एक मॉनिटर देखा। वहां 'जूम्ड फुटेज' (ज़ूम की गई फुटेज) चल रही थी, उसकी अपनी पिछली रातों की रिकॉर्डिंग्स। उसे एक्सेस कौन कर रहा था? जब वह गार्ड से पूछने मुड़ी, तो वहां कोई नहीं था। लेकिन कॉरिडोर के अंत में विन्सेंट खड़ा था, जैसे वह जानता हो कि उसने क्या देख लिया है।

उस रात आरोही ने पहली बार डिनर का आमंत्रण स्वीकार करने के बारे में गंभीरता से सोचा। ज़रूरत, जिज्ञासा, आकर्षण और खतरा ये चारों भावनाएं एक साथ थीं। यही विन्सेंट का मनोवैज्ञानिक चारा (साइकोलॉजिकल बैट) था।

आधी रात का समय। आरोही अपना लैपटॉप बंद करने वाली थी कि तभी स्क्रीन खुद-ब-खुद जल उठी। काली स्क्रीन पर एक लाइन उभर कर आई: **"भरोसा सबसे शानदार हैक (एलिगेंट हैक) है।"**

वह डरकर पीछे हट गई। संदेश गायब हो गया। तभी फोन वाइब्रेट हुआ। विन्सेंट का मैसेज था: "कल रात 8 बजे। कुछ असाधारण पहनना।" नीचे एक 'प्राइवेट कार' की बुकिंग का अटैचमेंट था।

बाहर बर्फ गिरनी शुरु हो गई थी, जैसे न्यूयॉर्क शहर उस जाल पर सफेद चादर बिछा रहा हो।

अध्याय 7
देवदूत

शिकारी जब पहली बार खुद को प्रकट करता है, वह दानव नहीं दिखता। वह एक देवदूत दिखता है। उसकी आभा में सुरक्षा का ऐसा भ्रम होता है कि शिकार अपनी रक्षा करने की मूल प्रवृत्ति (सर्वाइवल इंस्टिंक्ट) ही भूल जाता है।

रात के ठीक आठ बजे, बटलर हॉल के बाहर एक काली मर्सिडीज आकर रुकी। कोई लाइसेंस प्लेट फ्रेम नहीं, बस एक मैट ब्लैक खामोशी। ड्राइवर बाहर निकला और उसने पीछे का दरवाज़ा खोला। “मिस शर्मा?”

आरोही ने अपनी गर्दन के पीछे एक ठंडी सिहरन महसूस की। यह डिनर का आमंत्रण कम और एक सावधानी से तैयार किया गया अनुष्ठान (क्यूरेटेड रिचुअल) अधिक लग रहा था। उसे मीरा के शब्द याद आए, "दरवाज़े कभी-कभी बचाव की तरह दिखते हैं, लेकिन होते वे पिंजरे ही हैं।" पर उस पल, न्यूयॉर्क की कड़ाके की ठंड और खाली पेट ने उसकी चेतावनी को दबा दिया। उसने कार के भीतर कदम रख दिया।

शक्ति का परिचय

मैनहैटन की रात कांच के पीछे से एक बहते हुए सपने जैसी लग रही थी। फिफ्थ एवेन्यू, बर्फ, लग्जरी खिड़कियां और वह खामोश दौलत जो चिल्लाती नहीं, बस मौजूद रहती है। विन्सेंट उसके सामने बैठा था, डार्क सूट, सिल्वर कफ़लिंक्स और एक सधी हुई मुस्कान। वह ऐसा लग

रहा था जैसे वह कोई बैंकर नहीं, बल्कि एक कंडक्टर हो और आरोही उसके ऑर्केस्ट्रा की एक नई धुन।

"तुम डरी हुई हो," विन्सेंट ने कहा। उसकी आवाज़ रेशम की तरह मुलायम थी। "क्या मुझे होना चाहिए?" विन्सेंट थोड़ा आगे झुका। "मुझसे तो बिल्कुल नहीं।"

उस वाक्य में आश्वासन भी था और एक सूक्ष्म चेतावनी भी। कार रुकी। वह अपर ईस्ट साइड की एक निजी 'मेंबर्स-ओनली' जगह थी। मोमबत्तियों की मद्धम रोशनी, पुरानी दौलत का सन्नाटा और दीवारों पर पुनर्जागरण (रेनेसां) काल की पेंटिंग्स। माहौल किसी चर्च और 'क्राइम सीन' के बीच की चीज़ लग रहा था। वहाँ का मुख्य वेटर (मेत्रे डी) विन्सेंट को नाम से पहचानता था। उस पहचान में सम्मान कम और सत्ता की स्वीकारोक्ति (पावर रिकॉग्निशन) ज़्यादा थी।

मेकियावेलियन मेंटरशिप

"तुम्हें पता है मेंटरिंग क्या होती है, आरोही?" विन्सेंट ने अपनी वाइन को घुमाते हुए पूछा। "मार्गदर्शन?" वह मुस्कुराया। "गलत। मेंटरशिप का मतलब है, पहुँच (एक्सेस)।" उसने थोड़ा रुक कर कहा, "और पहुँच ही असली शक्ति (पावर) है।"

आरोही ने पहली बार महसूस किया कि यह आदमी सिर्फ अमीर नहीं है, उसके पास एक खतरनाक बुद्धिमत्ता (डेंजरस इंटेलिजेंस) है। उसने बिना पूछे आरोही के वित्तीय संकट का ज़िक्र किया। "फंडिंग का रुक जाना तनावपूर्ण होगा, है न?"

आरोही का दिल जैसे एक पल के लिए थम गया। "आपको कैसे पता?" विन्सेंट ने अपना कांटा धीरे से मेज़ पर रखा। "प्रभाव (इन्फ्लुएंस) को

अक्सर संस्थानों के बताने से पहले ही पता चल जाता है।” उसने यह बात ऐसे कही जैसे मौसम की चर्चा कर रहा हो, लेकिन यह एक स्वीकारोक्ति थी। वह सिस्टम के भीतर था। या शायद सिस्टम के ऊपर।

“तुम विशेष हो, आरोही,” विन्सेंट ने उसका नाम ऐसे बोला जैसे उसका स्वाद चख रहा हो। “कोलंबिया तुम्हारी प्रतिभा का इस्तेमाल करता है। मैं उसे निखारना (कल्टिवेट) चाहता हूँ।”

निवेश बनाम उपहार

डिनर के अंत में विन्सेंट ने एक मखमली बॉक्स आरोही की ओर सरकाया। अंदर एक प्राचीन चांदी का फाउंटेन पेन था। पहले वाले मोंट ब्लांक से भी कहीं ज़्यादा कीमती। “एक और उपहार?” आरोही ने संकोच में पूछा। “नहीं। एक निवेश (इन्वेस्टमेंट)।”

उस शब्द ने आरोही को असहज कर दिया। उपहार नहीं, निवेश। यहाँ से लेन-देन की पहली परछाईं शुरू हुई।

वापसी में कार जब ईस्ट रिवर ब्रिज को पार कर रही थी, विन्सेंट ने पूछा, “क्या तुम मसीहा (सेवियर्स) में विश्वास करती हो?” आरोही हँसी। “सिर्फ कहानियों में।” विन्सेंट उसके करीब झुका। “कहानियाँ सच को छिपाती हैं।” उसके हाथ ने एक क्षण के लिए आरोही की उंगलियों को छुआ। वह स्पर्श संक्षिप्त था, लेकिन बेहद सोची-समझी चाल जैसा। वह 'इलेक्ट्रिक' था।

देवदूत का भ्रम

जब आरोही डॉर्म लौटी, तो लॉबी डेस्क पर एक लिफाफा उसका इंतज़ार कर रहा था। कोई भेजने वाले का नाम नहीं था। अंदर उसकी

लैब फीस की रसीद थी। उस पर लिखा था, **भुगतान सफल ।** पूरी राशि चुका दी गई थी।

आरोही जड़ हो गई। विन्सेंट ने कहा भी नहीं, बस कर दिया। देवदूत। यहीं से वह मृगतृष्णा (इलुजन) बनना शुरू हुई। मीरा रसीद देखकर लगभग फट पड़ी।

"तुम समझती हो यह उदारता है? उसने तुम्हें कर्ज में डुबो दिया है!" मीरा चिल्लाई। "मीरा, उसने मेरी मदद की है। मेरी स्कॉलरशिप बच गई!" "नहीं आरोही! मैं 'ग्रूमिंग' देख रही हूँ। वह तुम्हें दुनिया से काट रहा है।"

आरोही ने पहली बार गुस्से में कहा, "शायद तुम्हें जलन हो रही है।" वह वाक्य निकलते ही आरोही को पछतावा हुआ, पर तीर कमान से निकल चुका था। मीरा को गहरा धक्का लगा। वह धीरे से बोली, "और शायद तुम चुनी जा चुकी हो।"

निगरानी की शुरुआत

अगले दिन विन्सेंट कैंपस में एक अतिथि वक्ता (गेस्ट स्पीकर) के रूप में दिखाई दिया। विषय था, 'व्यवहार अनुमान और मानवीय निर्णय प्रणाली' (बिहेवियरल प्रेडिक्शन एंड ह्यूमन डिसीजन सिस्टम्स)। आरोही दंग रह गई। वह उसकी रिसर्च के क्षेत्र में भी माहिर था।

लेक्चर के दौरान विन्सेंट ने सीधे आरोही की आँखों में देखते हुए कहा, "इंसान अपनी ज़रूरतों के ज़रिए खुद को प्रकट करता है।" आरोही को लगा जैसे वह संदेश सिर्फ उसके लिए था, एक 'कोडेड' मैसेज।

उस रात आरोही ने अपनी डायरी में लिखा: "वह वहां प्रकट होता है जहां मुझे मदद की ज़रूरत होती है। जैसे कोई ईश्वरीय विधान (प्रोविडेंस)।"

फिर थोड़ा रुक कर उसने नीचे जोड़ा: "या फिर निगरानी (सर्वाइवलेंस)।" पहली बार संदेह ने आकर्षण को छुआ था।

आधी रात को लिफ्ट से लौटते समय उसे लगा कि कोई उसके पीछे है। मुड़ने पर वहां कोई नहीं था। जब वह अपने कमरे में पहुँची, तो उसके डेस्क पर उस नए पेन के नीचे एक मुड़ा हुआ कागज़ था। उस पर लिखा था: **"प्रार्थनाएं जब हताश हो जाती हैं, तो देवदूत प्रकट होते हैं।"** वह कांप गई। विन्सेंट उसके कमरे के अंदर कैसे आया? मीरा भी चुप थी। दोनों समझ गईं कि उनकी सुरक्षा की दीवारें अब दरक चुकी हैं।

अपर ईस्ट साइड के अपने पेंटहाउस में विन्सेंट अकेला व्हिस्की के साथ सर्विलांस स्क्रीन देख रहा था। स्क्रीन पर डॉर्म के गलियारे की फीड चल रही थी। मीरा का चेहरा ज़ूम हुआ। वह फुसफुसाया: "दोस्त एक समस्या बनेगी।"

फिर उसने एक फाइल खोली। विषय:

आरोही शर्मा। प्रथम चरण: विश्वास स्थापित।

द्वितीय चरण: निर्भरता की शुरुआत (डिपेंडेंसी इनीशिएशन)।

स्क्रीन काली हो गई। देवदूत नहीं आया था; शिकारी ने अपना घर बना लिया था।

अध्याय 8
दान

हर रिश्ता किसी न किसी आदान-प्रदान पर टिका होता है। प्रेम में विश्वास, दोस्ती में निष्ठा, व्यापार में लाभ और शिकार में, उपहार। क्योंकि पहला दान कभी केवल एक वस्तु नहीं होता; वह 'स्वामित्व' (ओनरशिप) की पहली रसीद होता है।

फरवरी की एक धुंधली शाम थी। मिडटर्म्स (सत्र-मध्य परीक्षा) अभी खत्म हुए थे और पूरे कैंपस पर थकान किसी धुएं की तरह फैली थी। आरोही जब बटलर लाइब्रेरी से बाहर निकली, तो बर्फ में एक चमचमाती काली सेडान कार खड़ी थी। ड्राइवर ने खिड़की नीचे की और कहा, "मिस्टर मोरिया ने कुछ भेजा है।"

पिछली सीट पर एक सफेद बॉक्स रखा था, बिना किसी लोगो के, बस एक काला रिबन। आरोही का दिल अजीब तरह से धड़का। डर? उत्साह? शायद दोनों।

उपहार का नशा

कमरे में पहुँचकर उसने बॉक्स खोला। अंदर 'मैकबुक प्रो' का सबसे नया मॉडल चमक रहा था। उसका पुराना, टूटा हुआ लैपटॉप अब उसके सामने अपमानित सा महसूस हो रहा था। मीरा उसे देखकर जड़ रह गई।

"मुझे बताओ कि तुम इसे वापस कर रही हो," मीरा ने कठोर स्वर में कहा।

आरोही चुपचाप उस स्क्रीन को देखती रही। उसकी रिसर्च की समस्याएँ, डेडलाइन्स और संघर्ष, सब एक पल में हल होते दिख रहे थे। यही उपहार का नशा (नारकोटिक) होता है; वह समस्या नहीं, बल्कि मुक्ति की तरह लगता है।

बॉक्स के नीचे एक कार्ड था, जिस पर चांदी की स्याही से लिखा था: “प्रखरता (ब्रिलिएंस) सही उपकरणों की हकदार होती है।” विन्सेंट

मीरा ने कार्ड छीन लिया और चिल्लाई, “यह दान नहीं, ज़ंजीर (लीश) है!” “तुम हर चीज़ को जहरीला (टॉक्सिक) क्यों बना देती हो?” आरोही ने चिढ़कर पूछा। “क्योंकि रईस लोग पाँच हज़ार डॉलर के उपहार बिना किसी कारण के नहीं भेजते।”

उस रात वह कमरा एक अदालत बन गया था, जहाँ दोनों पक्ष खुद को सही साबित करने में जुटे थे।

अदृश्य निगरानी और मृगतृष्णा

रात को विन्सेंट का मैसेज आया: “यह एक उपकरण है, कर्ज नहीं। इस कृपा (ग्रेस) को स्वीकार करो।” 'कृपा' वह शब्द लगभग धार्मिक था। जैसे वह कोई मददगार नहीं, बल्कि मसीहा (सेवियर) हो। विन्सेंट अपना कथानक (नैरेटिव) बहुत सावधानी से लिख रहा था।

आरोही ने जैसे ही लैपटॉप चालू किया, वह ठिठक गई। वॉलपेपर पहले से ही सेट था, एक ब्लैक-एंड-व्हाइट तस्वीर। कोलंबिया की सीढ़ियों पर बर्फ के बीच अकेली बैठी आरोही। वह फोटो उसी दिन की थी जब वह ठंड में काँप रही थी। उसे याद नहीं था कि वह फोटो किसने ली। क्या विन्सेंट उसे तब से ट्रैक कर रहा था? उसने खुद को समझाया, शायद यह केवल एक इत्तेफाक हो। शिकारी इसी बात पर भरोसा

करते हैं कि शिकार विसंगतियों (एनोमलीज़) को इत्तेफाक समझकर नज़रअंदाज़ कर देगा।

लैपटॉप में एक फोल्डर पहले से इंस्टॉल था: **'मेरिट फेलोशिप रिसोर्सेस'**। उसमें रिसर्च पेपर्स, फंडिंग लिंक्स और प्राइवेट इंटर्नशिप के रास्ते थे। यह किसी चमत्कार जैसा था, या शायद एक बहुत ही बारीक हुक।

मेंटरशिप का सौदा

अगले दिन विन्सेंट कैंपस चैपल के पास मिला। "उपहार बहुत ज़्यादा था क्या?" उसने मुस्कुराकर पूछा। "बहुत ज़्यादा," आरोही ने जवाब दिया। "लोग जिसे अपने लायक समझते हैं, उससे ज़्यादा पाने से डरते हैं," विन्सेंट की यह लाइन सीधे आरोही के दिल में उतर गई। क्योंकि गरीबी केवल जेब नहीं, बल्कि आत्मविश्वास (सेल्फ-वर्थ) को भी गरीब कर देती है। विन्सेंट इसी मनोवैज्ञानिक कमजोरी को जानता था।

जब आरोही ने उपहार लौटाने की कोशिश की, तो विन्सेंट ने एक नया दांव चला। "तो इसे कमा लो (अर्न इट)।" "कैसे?" "मुझे अपना मेंटर (मार्गदर्शक) बनने दो।" बस। लेन-देन का सौदा हो चुका था। धागा दिख गया था, पर वह इतना महीन था कि आरोही ने उसे महसूस नहीं किया।

उसी रात मीरा ने लैपटॉप का निरीक्षण किया। "इसमें 'रिमोट मैनेजमेंट' सॉफ्टवेयर इंस्टॉल है।" "कॉर्पोरेट फीचर होगा," आरोही ने बात टाली। "या फिर निगरानी," मीरा ने गंभीर होकर कहा।

तभी वेबकैम की लाइट एक सेकंड के लिए चमकी और फिर बुझ गई।

दोनों लड़कियों ने उसे देखा। मीरा ने तुरंत उस पर टेप चिपका दिया। "अब यह मज़ाक नहीं रहा, आरोही।"

एलीट गाला और स्वामित्व का प्रतीक

एक वीकेंड पर विन्सेंट ने उसे मेट्रोपॉलिटन म्यूज़ियम के एक प्राइवेट गाला में आमंत्रित किया। "यह संरक्षकों (पैट्रन्स) और नवोन्मेषकों (इनोवेटर्स) का डिनर है।" मीरा भड़क गई, "तुम शिकार बनकर उस एलीट सभा में जा रही हो!"

वहाँ का माहौल जादुई (सरियल) था। शैंपेन, कला, अरबपति और विलासिता का इत्र। विन्सेंट ने उसके कान के पास फुसफुसाया, "देखा? तुम इसी शक्ति (पावर) के बीच रहने के लिए बनी हो।" आरोही के भीतर बरसों की मध्यवर्गीय हीनता पिघलने लगी। विलासिता इसी तरह सम्मोहित (सीड्यूस) करती है; यह स्थिति (स्टेटस) को कामुक बना देती है।

एक डोनर ने पूछा, "विन्सेंट ने तुम्हें कैसे 'डिस्कवर' (खोजा) किया?" 'डिस्कवर', वह शब्द ऐसा लगा जैसे वह कोई इंसान नहीं, बल्कि कोई पुरानी कलाकृति हो।

वापसी के रास्ते में विन्सेंट ने उसे एक मखमली थैली दी। अंदर एक प्राचीन पेंडेंट था, अपनी ही पूँछ खाता हुआ एक साँप। **'ओरोबोरोस'** । "यह अनंत काल का प्रतीक है," उसने पेंडेंट आरोही के गले में पहनाया। उसकी उंगलियां आरोही की त्वचा को छुईं। वह स्पर्श जानबूझकर लंबा खींचा गया था। कामुक तनाव (इरोटिक टेंशन) पहली बार डर के साथ घुल गया।

शिकारी का रिकॉर्ड

जब वह डॉर्म लौटी, तो मीरा पेंडेंट देखकर फुसफुसाई, "इसे उतार दो। यह कब्ज़े (पज़ेशन) का निशान लग रहा है।" आरोही ने उसे नहीं उतारा। यही छोटा सा चुनाव कहानी बदल देता है।

रात के तीन बजे लैपटॉप अचानक खुद ही जाग उठा। स्क्रीन पर एक छिपा हुआ फोल्डर दिखाई दिया। नाम था: **'ANASTASIA' (अनस्तासिया)**। आरोही की सांसें रुक गईं। जैसे ही उसने क्लिक किया, फोल्डर गायब हो गया। जैसे कोई भ्रम हो, या कोई चेतावनी।

अपर ईस्ट साइड के अपने बंद अध्ययन कक्ष में, विन्सेंट वॉल मॉनिटर्स पर कई लड़कियों के प्रोफाइल देख रहा था। हर प्रोफाइल पर एक लेबल था। **आरोही शर्मा , प्रथम चरण: उपहार स्वीकृति पूर्ण ।**

उसने अगले बॉक्स पर टिक किया: **द्वितीय चरण: भावनात्मक ऋण (इमोशनल डेट)।** फिर उसने एक दराज खोली, जिसमें ठीक वैसे ही 'ओरोबोरोस' पेंडेंट और भी रखे थे। हर शिकार के लिए एक।

विन्सेंट मुस्कुराया, "दान ही भक्ति पैदा करता है।" कैमरा उस 'अनस्तासिया' फाइल पर ज़ूम हुआ जो आरोही की फाइल के ठीक बगल में रखी थी। मीरा समझ गई, पहला उपहार प्रेम नहीं, बल्कि एक हिंसक खेल की शुरुआत थी।

अध्याय 9
मेंटर

शारीरिक आकर्षण अक्सर अचानक होता है, लेकिन बौद्धिक आकर्षण धीरे-धीरे आत्मा की परतों में घुसता है। और जब कोई शिकारी आपको अपनी बुद्धि से प्रेम करना सिखाए, तो वह प्रेम नहीं, बल्कि एक गहरा सम्मोहन होता है। आरोही को यह भेद समझना अभी बाकी था।

'मैकबुक' और 'ओरोबोरोस' पेंडेंट के बाद, विन्सेंट अब केवल एक मददगार अजनबी नहीं रहा था। वह आरोही के जीवन की एक अनिवार्य उपस्थिति (प्रेजेंस) बन चुका था। हर दूसरे दिन एक संदेश, हर तीसरे दिन एक आमंत्रण, और हर बातचीत इतनी नशीली कि वह उसे बार-बार दोहराना चाहती थी। विन्सेंट ने इस संबंध को एक पवित्र नाम दिया था, **मेंटरशिप**। और यही उसका सबसे सुंदर और खतरनाक झूठ था।

रणनीति का कमरा

विन्सेंट ने पहली बार आरोही को अपने निजी ऑफिस में बुलाया। यह अपर ईस्ट साइड के एक शानदार टाउनहाउस की पाँचवीं मंज़िल पर था। चारों ओर महोगनी की अलमारियों में सजी पुरानी और दुर्लभ किताबें थीं।

आरोही की आँखें उन किताबों के शीर्षक देख रही थीं, मैकियावेली, जुंग, सन त्ज़ु, गेम थ्योरी और फोरेंसिक मनोविज्ञान। वह कमरा कोई

लाइब्रेरी नहीं, बल्कि एक रणनीतिक दिमाग का नक्शा (मैप) लग रहा था।

"क्या आपने यह सब पढ़ा है?" आरोही ने मंत्रमुग्ध होकर पूछा। विन्सेंट मुस्कुराया। "सत्ता (पावर) एक ऐसा विषय है जिसमें हर शास्त्र की ज़रूरत पड़ती है।"

उसने मेज़ पर रखी शतरंज की बिसात (चेसबोर्ड) की ओर इशारा किया। "क्या तुम खेलती हो?" "थोड़ा बहुत।" "अच्छा है। क्योंकि प्रलोभन (सिडक्शन) और रणनीति (स्ट्रेटेजी) के सिद्धांत एक ही होते हैं।" विन्सेंट ने प्यादा आगे बढ़ाते हुए कहा।

शतरंज और सम्मोहन

खेल शुरू हुआ, लेकिन विन्सेंट मोहरों को नहीं, बल्कि आरोही को पढ़ रहा था। "तुम सीधे हमले (डायरेक्ट अटैक) पसंद करती हो, आरोही। यह ईमानदारी की निशानी है।" "और आप?" "मैं 'पोजीशनल ट्रैप्स' (स्थितिजन्य जाल) बिछाने में माहिर हूँ।" उसने अपनी 'नाइट' (घोड़ा) की कुर्बानी दी। तीन चालों के बाद - **शह और मात।**

विन्सेंट थोड़ा आगे झुका और धीमी आवाज़ में बोला, "देखा? सबसे अच्छे जाल वही होते हैं जिनमें शिकार खुद अपनी मर्जी से कदम रखता है।" आरोही की रीढ़ में एक हल्की सिहरन दौड़ी, लेकिन उसने इसे 'बौद्धिक प्रशंसा' (एडमिरेशन) समझकर नज़रअंदाज़ कर दिया।

अब उनके साप्ताहिक सत्र (सेशन्स) शुरू हो गए थे। विन्सेंट उसे 'एआई एथिक्स', 'फ्रॉड साइकोलॉजी' और 'बिहेवियरल मैनिपुलेशन' के बारे में पढ़ाता। वह इन कठिन सिद्धांतों को ऐसी कामुक तीव्रता

(इरोटिक इंटेंसिटी) के साथ समझाता कि आरोही को लगता जैसे वह कोई ज्ञान नहीं, बल्कि कोई रहस्य ग्रहण कर रही हो।

"लोग ताकत के सामने नहीं झुकते, आरोही। वे उसके सामने झुकते हैं जो उन्हें पूरी तरह समझने का दावा करता है।"

दरकती दोस्ती

कोलंबिया के प्रोफेसर बुद्धिमान थे, लेकिन विन्सेंट 'खतरनाक रूप से बुद्धिमान' था। और खतरा अक्सर करिश्मे की तरह दिखता है।

मीरा अब लगातार डरी हुई रहती थी। "आरोही, तुम किसी 'मेंटर' को नहीं, बल्कि एक 'कल्ट लीडर' को डेट कर रही हो!" "तुम बहुत बढ़ा-चढ़ाकर बोल रही हो, मीरा। वह मेरी मेधा का सम्मान करता है।" "शिकारी अक्सर बौद्धिक पूजा (इंटेलेक्चुअल वर्शिप) के जरिए ही भर्ती करते हैं," मीरा ने चेतावनी दी।

दोस्ती में दरार आने लगी थी। विन्सेंट ने धीरे-धीरे आरोही के मन में यह बात बिठा दी थी कि मीरा उसकी प्रगति से जलती है क्योंकि मीरा साधारण है और आरोही 'असाधारण'। मैकियावेलियन रणनीति का यह हिस्सा, **आइसोलेशन** (अलगाव), सफल हो रहा था।

डिजिटल चेतावनी और दर्पण का रहस्य

एक शाम विन्सेंट के स्टडी रूम में बैठे हुए, जब वह उसके कोडिंग मॉडल पर झुका था, उसका हाथ आरोही के हाथ पर आकर रुक गया। वह स्पर्श ज़रूरत से ज़्यादा लंबा था। "महसूस किया?" विन्सेंट ने पूछा। "क्या?" "पैटर्न।" लेकिन उसकी आवाज़ एल्गोरिदम से ज़्यादा उसकी त्वचा पर महसूस हो रही थी। एक इलेक्ट्रिक सन्नाटा वहां पसर गया।

खतरा अक्सर खामोशी में ही सांस लेता है।

उस रात आरोही ने एक भयानक सपना देखा। वह शतरंज की बिसात पर एक 'क्वीन' (रानी) है, और विन्सेंट 'किंग' नहीं बल्कि 'खिलाड़ी' है। और वह बिसात खून से बनी है।

रात के 3:13 बजे उसकी नींद खुली। लैपटॉप की स्क्रीन अपने आप जल उठी थी। बिना किसी स्पर्श के उस पर शब्द उभर रहे थे: **"मेंटरशिप के लिए भरोसे की ज़रूरत होती है।"**

जब वह फैकल्टी रिसेप्शन के बाथरूम में अपना चेहरा धो रही थी, तो उसे लिपस्टिक से धुंधले कांच पर अपनी उंगली से लिखा हुआ एक शब्द दिखा: **'भागो' (RUN)**। वह तुरंत पलटी, पर वहां कोई नहीं था। जब उसने दोबारा आईने को देखा, तो शब्द गायब था। क्या वह कोई भ्रम (हैलुसिनेशन) था? या फिर 'अनस्तासिया' का कोई संकेत?

शिकारी का रिकॉर्ड: चरण दो पूर्ण

एक शाम विन्सेंट ने शतरंज की चांदी की 'रानी' (क्वीन) आरोही की हथेली में रख दी। "कभी किसी का प्यादा (पॉन) मत बनना, आरोही।" उसकी आवाज़ में एक अजीब सी विडंबना थी।

अपर ईस्ट साइड के सर्विलांस रूम में, विन्सेंट आरोही की मनोवैज्ञानिक प्रोफाइल (साइकोलॉजिकल प्रोफाइल) डिक्टेट कर रहा था: विषय प्रतिक्रिया (सब्जेक्ट रिस्पांस): बौद्धिक लगाव स्थापित। साथियों से अलगाव प्रगति पर। भावनात्मक हस्तांतरण (इरोटिक ट्रांसफेरेंस) उभर रहा है।

उसने थोड़ा रुक कर एक नोट जोड़ा: **"निर्भरता को गहरा करने के लिए आगे बढ़ें (प्रोसीड टू डिपेंडेंसी डीपनिंग)।"**

उसने मॉनिटर पर देखा जहाँ आरोही चुपचाप पढ़ रही थी। वह फुसफुसाया: "उसे लगता है कि मैं उसे रणनीति सिखा रहा हूँ। असल में, मैं उसे 'समर्पण' (सरेंडर) सिखा रहा हूँ।"

स्क्रीन अचानक झपकी और एक और आर्काइव फाइल खुल गई: **अनस्तासिया। स्टेटस: विफल प्रतिरोध (फेल्ड रेजिस्टेंस)।** फाइल के भीतर से खून से सनी शतरंज की एक काली रानी नीचे गिरती दिखाई दी।

अध्याय 10
लाल संकेत

हर त्रासदी से पहले संकेत आते हैं,छोटे, असुविधाजनक और आसानी से नज़रअंदाज़ किए जा सकने वाले। फोरेंसिक मनोविज्ञान (फोरेंसिक साइकोलॉजी) में इन्हें 'लाल संकेत' या 'रेड फ्लैग्स' कहा जाता है। मीरा उन्हें बहुत पहले देख चुकी थी, जबकि आरोही अब भी उन्हें महज़ इत्तेफाक (कोइंसिडेंस) समझ रही थी।

मार्च की एक ठंडी सुबह, मीरा ने बिना दस्तक दिए आरोही के सामने अपना लैपटॉप घुमाया। स्क्रीन पर एक स्प्रेडशीट (स्प्रेडशीट) खुली थी जिसमें तारीखें, स्थान और विन्सेंट की मौजूदगी का एक सटीक टाइमलाइन था।

लाइब्रेरी की मुलाकात... फंडिंग का संकट... उपहारों की डिलीवरी... लैब आईडी का ब्लॉक होना।

सब कुछ एक सीधी रेखा में जुड़ा था। मीरा की आवाज़ में एक अजीब सी खामोशी थी, "यह इत्तेफाक नहीं, आरोही, यह एक पैटर्न है।"

आरोही चुप रही। वह पैटर्न सुंदर भी था और उतना ही डरावना भी।

"देखो," मीरा ने विस्तार से समझाया, "हर बार जब तुम कमज़ोर (वल्नरेबल) पड़ीं, वह मसीहा बनकर प्रकट हुआ। टूटा हुआ लैपटॉप, फीस का दबाव, अकेलापन... शिकारी शिकार का पीछा नहीं करते, आरोही, वे उसके संकटों का समय तय (टाइम) करते हैं।"

आरोही चिढ़ गई, “तुम उसे एक अपराधी की तरह क्यों देखती हो?”

“क्योंकि मैं अपराधियों का ही अध्ययन करती हूँ,” मीरा धीरे से बोली। “और विन्सेंट की प्रोफाइलिंग (प्रोफाइलिंग) बिल्कुल वैसी ही है।”

डिजिटल घुसपैठ और लाल रोशनी

उसी दिन मीरा ने आरोही के 'मैकबुक' का फोरेंसिक स्कैन किया। उसमें 'अननोन बीकन ट्रैफिक' (अननोन बीकन ट्रैफिक) और एन्क्रिप्टेड पिंग्स (एन्क्रिप्टेड पिंग्स) मिले।

“स्पायवेयर (स्पायवेयर)?” आरोही का गला सूख गया। “या तो वह तुम पर नज़र रख रहा है, या वह चाहता है कि तुम्हें ऐसा लगे कि तुम पर नज़र रखी जा रही है,” मीरा ने जवाब दिया। दोनों ही संभावनाएँ उतनी ही खौफनाक थीं।

रात को डॉर्म के गलियारे में लौटते हुए आरोही ने महसूस किया कि कोई उसके पीछे चल रहा है। धीमे और सधे हुए कदम। वह रुकी, तो कदम भी रुक गए। वह मुड़ी, पर पीछे कोई नहीं था। बस गलियारे के अंत में लगी 'एग्जिट' साइन की लाल रोशनी चमक रही थी। एक और लाल संकेत।

अलगाव की रणनीति (डिवाइड एंड आइसोलेट)

अगली शाम विन्सेंट डिनर पर असामान्य रूप से व्यक्तिगत (पर्सनल) बातें कर रहा था। “क्या तुम अपनी रूममेट पर भरोसा करती हो, आरोही?” विन्सेंट ने लापरवाही से पूछा। “क्यों?” “अक्सर प्रतिभाशाली लोगों के दोस्त उनकी प्रगति से जलने लगते हैं। ईर्ष्या अक्सर 'चिंता' का मुखौटा पहनकर आती है।”

विन्सेंट का वार 'चाकू' जैसा था। मेकियावेलियन रणनीति का यह पुराना हिस्सा, विभाजन और अलगाव (डिवाइड एंड आइसोलेट)। वह आरोही के मन में मीरा के प्रति संदेह का बीज बो रहा था।

उसी रात मीरा ने 'अनस्तासिया' पर और अधिक जानकारी जुटाई। एक पुराने आर्काइव्ड फोरम (आर्काइव्ड फोरम) पर उसे एक गुमनाम प्रविष्टि (एनोनिमस एंट्री) मिली: "वह शरीर खरीदने से पहले कर्ज़ खरीदता है।"

"शरीर?" आरोही फुसफुसाई। मीरा ने तुरंत स्क्रीन बंद कर दी। "अब यह खेल नहीं रहा, आरोही। यह एक शिकार है।"

अनस्तासिया का रहस्य और प्लूरल स्लिप

कैंपस सिक्योरिटी ऑफिस में मीरा ने गुप्त रूप से कुछ कॉल डिटेल्स (सीडीआर) मैपिंग की। तीन अंतरराष्ट्रीय छात्राएं पिछले पाँच वर्षों में गायब हुई थीं, और उन सबका संबंध किसी न किसी तरह विन्सेंट के फाउंडेशन से था।

"पुलिस के पास चलें?" आरोही ने डरते हुए पूछा। मीरा कड़वाहट के साथ हँसी। "एनवाईपीडी? एक अरबपति डोनर के खिलाफ बिना किसी ठोस सबूत के? सत्ता के सामने कानून अक्सर झुक जाता है।"

एक रात आरोही ने विन्सेंट से बहुत ही सहजता से पूछा, "क्या आप रूसी छात्रा अनस्तासिया को जानते थे?" विन्सेंट पहली बार जम (फ्रीज) गया। सिर्फ एक सेकंड के लिए। फिर उसके चेहरे पर वही चिर-परिचित मुस्कान आई। "मरी हुई लड़कियां (डेड गर्ल्स) बातचीत का अच्छा विषय नहीं होतीं।"

आरोही का खून ठंडा पड़ गया। विन्सेंट ने 'मरी हुई लड़कियां' (बहुवचन) क्यों कहा? क्या और भी थीं?

संप्रभुता का उल्लंघन (सिक्योरिटी ब्रीच)

मीरा ने आरोही को लाल संकेतों की एक सूची बनाकर दी:

1. लव बॉम्बिंग (अत्यधिक प्रशंसा)।
2. आर्थिक बचाव (निर्भरता पैदा करना)।
3. अलगाव (दोस्तों से दूर करना)।
4. निगरानी (सर्विलांस)।
5. सीमाओं का उल्लंघन।

फिर एक रात, 1:11 बजे फायर अलार्म बजा। पूरे डॉर्म को खाली कराया गया। बाद में पता चला कि वह एक 'फाल्स अलार्म' (फॉल्स अलार्म) था। जब वे कमरे में लौटीं, तो सब कुछ सामान्य था, सिवाय एक चीज़ के।

आरोही की डेस्क पर शतरंज का एक चांदी का 'नाइट' (घोड़ा) रखा था। विन्सेंट के सेट का वही गायब हिस्सा। “वह यहाँ आया था,” मीरा फुसफुसाई। आरोही के हाथ सुन्न पड़ गए। किसी ने उनकी अनुपस्थिति में कमरे में प्रवेश किया था। यह केवल घुसपैठ नहीं, एक संदेश था।

चेतावनी

अगली सुबह कैंपस मेलबॉक्स में आरोही को एक साधारण लिफाफा मिला। अंदर एक फोटो थी, आरोही अपने बिस्तर पर सो रही थी। वह फोटो कमरे के भीतर से ली गई थी। पीछे लिखा था: **“भरोसा ही आत्मीयता है। और आत्मीयता सब कुछ देखती है।”**

मीरा लगभग रो पड़ी। "अब पुलिस के पास जाना ही होगा।" आरोही के होंठ सूख गए थे। डर का अब एक चेहरा था, और वह चेहरा विन्सेंट का था।

मीरा ने बेसमेंट आर्काइव से अनस्तासिया की पोस्टमार्टम रिपोर्ट (ऑटोप्सी रिपोर्ट) का एक गुप्त पन्ना चुराया था। उसके हाशिये पर हाथ से कुछ शुरुआती अक्षर लिखे थे: **वी.एम.**

रिपोर्ट में लिखा था: "विषय (सब्जेक्ट) पर ज़बरदस्ती नियंत्रण (कोएर्सिव कंट्रोल) के संकेत मिले। मामला दबाया गया।"

उसी क्षण पीछे अंधेरे गलियारे में एक आवाज़ गूँजी, "मुझे ढूँढ रही हो?" मीरा पलटी। पीछे कोई नहीं था। बस इमरजेंसी लाइट की लाल रोशनी रुक-रुक कर चमक रही थी।

लाल। संकेत। और शायद बहुत देर हो चुकी थी।

"ग्रूमिंग"

अध्याय 11
महँगा रात्रिभोज

हर जाल का एक ऐसा क्षण आता है जब शिकार डरते हुए भी लौटकर आता है। क्योंकि भय हमेशा आकर्षण को नहीं हराता; कभी-कभी वही उसे और कामुक, और खतरनाक बना देता है। यही मानसिक अनुकूलन की दूसरी परत है, जहाँ उपहार आत्मीयता बन जाते हैं और ऋण, इच्छा।

उस चित्र वाली घटना के बाद मीरा चाहती थी कि आरोही विन्सेंट से सारे संबंध तोड़ दे। लेकिन उसी सप्ताह एक निमंत्रण आया। उसे व्यक्तिगत रूप से पहुँचाया गया था, एक क्रीम रंग का लिफाफा, जिस पर काले मोम की मुहर लगी थी।

अंदर लिखा था: रात्रिभोज। कोई कार्यसूची नहीं। केवल उत्सव। तुम सुंदरता की हकदार हो। वी

स्थान: ले जार्डिन नौर। मैनहैटन का लगभग पौराणिक निजी भोजनालय। यहाँ स्थान मिलना असंभव था; पहुँच या तो विरासत में मिलती थी या फिर खरीदी जाती थी।

"मत जाओ," मीरा ने कहा। "शायद अगर मैं सामान्य व्यवहार करूँ, तो उसे संदेह नहीं होगा," आरोही ने तर्क दिया। "या शायद वह जानता है कि तुम पहले ही जाल में फँस चुकी हो।"

आरोही ने कोई जवाब नहीं दिया। क्योंकि सच दोनों हो सकते थे, और वह फिर भी गई।

कुलीन शिकारी

भोजनालय किसी विशाल गिरजाघर जैसा था। गहरी मखमली दीवारें, मोमबत्तियाँ और परछाइयों में छिपे वायलिन वादक। स्फटिक के गिलासों में खून जैसा लाल मदिरा का रंग झिलमिला रहा था। वह जगह कामुक थी और लगभग शिकारी की मांद जैसी।

विन्सेंट पहले से वहाँ मौजूद था। काला परिधान, चांदी की कंठ-लंगोट। एक शिकारी जिसने कुलीन वर्ग का मुखौटा पहना था। वह उठा और उसने आरोही के लिए कुर्सी खींची। यह दृश्य किसी पुराने यूरोपीय प्रेम-प्रसंग जैसा था, या फिर मृत्युदंड से पहले की पूछताछ जैसा।

“आज रात,” विन्सेंट ने फुसफुसाते हुए कहा, “कोई मार्गदर्शन नहीं। केवल आनंद।”

पहला व्यंजन आया। फ्रांसीसी स्वाद सूची। हर व्यंजन एक कहानी की तरह परोसा गया और हर घूँट सधा हुआ विलासिता का अनुभव था। विन्सेंट ने कहा, “निर्धनता जीवित रहना सिखाती है। धन-संपदा अभिलाषा सिखाती है।” “और आप मुझे अभिलाषा सिखा रहे हैं?” आरोही ने पूछा। “मैं तुम्हें अभाव भूलना सिखा रहा हूँ।” उसकी आवाज़ में प्रलोभन किसी दर्शन की तरह बह रहा था।

वह आरोही को ऐसे देख रहा था जैसे लोग किसी कलाकृति को देखते हैं, या फिर किसी 'अधिग्रहण' को। अंतर बहुत धुंधला था।

प्रलोभन और बहुमूल्य चाबी

"मुझे बताओ," विन्सेंट थोड़ा करीब झुका, "क्या तुम्हें कभी सच में वांछित महसूस हुआ है?" यह सवाल अचानक शरीर में उतर गया। आरोही ने मदिरा का घूँट लिया और समय खरीदा। "नहीं।" वह मुस्कुराया। "तो फिर तुम्हें प्रेम कम मिला है।"

यह पंक्ति इतनी खूबसूरती से क्रूर थी कि लगभग कविता लग रही थी। यही मानसिक अनुकूलन की प्रतिभा है, यह नशा देते हुए घाव पहुँचाती है।

मिष्ठान के बीच उसने एक छोटा काला बॉक्स दिया। हीरा नहीं, बल्कि एक सूक्ष्म प्लैटिनम की चाबी। "यह क्या है?" "मेरे निजी अध्ययन कक्ष की चाबी। तुम्हारे लिए।"

चाबी। निमंत्रण। स्वामित्व। तीनों एक साथ। मीरा के बताए 'लाल संकेत' याद आए, फिर विन्सेंट ने उसकी कलाई को क्षण भर के लिए छुआ। बहुत धीरे से। "शांत रहो।" उस स्पर्श में एक आदेश था। सहमति जैसा दिखने वाला नियंत्रण।

अनस्तासिया और मानसिक भ्रम

जैसे-जैसे रात्रिभोज आगे बढ़ा, बातचीत सत्ता और समर्पण पर मुड़ गई। विन्सेंट बोला, "ज्यादातर लोग कब्ज़े में होने से डरते हैं। कुछ गुप्त रूप से इसके लिए तरसते हैं।" वह सीधे उसकी आँखों में देख रहा था, जैसे किसी स्वीकारोक्ति का परीक्षण कर रहा हो।

आरोही का तर्कसंगत दिमाग चेतावनी दे रहा था, पर उसका शरीर एक अलग भाषा सुन रहा था। यही 'पीड़ादायक लगाव' का रसायन शास्त्र है,

भय, बचाव और इच्छा का मिश्रण।

मदिरा के तीसरे गिलास पर विन्सेंट अचानक बोला, “अनस्तासिया बहुत ज़्यादा सवाल पूछती थी।” आरोही जम गई। उसने खुद ही नाम लिया था। विन्सेंट मुस्कुराया। “शांत हो जाओ। मृत लड़कियां केवल जिज्ञासु छात्रों को परेशान करती हैं।”

मज़ाक? धमकी? शायद दोनों।

प्रक्षालन कक्ष (वॉशरुम) जाते समय आरोही ने गलियारे के अंत में एक महिला को देखा। सफेद पोशाक, पीला चेहरा। एक रूसी लहजे में फुसफुसाहट सुनाई दी: 'भागो'। आरोही ने पलकें झपकाईं। वहाँ कोई नहीं था। आईने में बस वह थी और उसके गले में वही पेंडेंट, अपनी पूंछ खाता हुआ साँप।

वापस मेज़ पर विन्सेंट शांत था। “सब ठीक है?” “वहाँ कोई था” “थकान के कारण मतिभ्रम हो जाता है,” उसने मानसिक भ्रम पैदा करने की कोशिश की।

नियंत्रण का जाल

वापसी के रास्ते में गाड़ी की खिड़की पर बारिश की बूंदें गिर रही थीं। विन्सेंट ने धीरे से कहा, “तुम पर मेरा कोई एहसान नहीं है। केवल ईमानदारी चाहिए।” फिर थोड़ा रुक कर पूछा, “क्या तुम अकेले होने पर मेरे बारे में सोचती हो?”

आरोही जवाब नहीं दे पाई। उसकी खामोशी ने सब स्वीकार कर लिया था। छात्रावास के बाहर उतरते समय उसने उसके माथे के पास चूमने जैसा इशारा किया। स्पर्श नहीं, बस स्पर्श के करीब। अधूरा स्पर्श पूर्ण

स्पर्श से अधिक कामुक होता है, और वह यह बात अच्छी तरह जानता था।

कमरे में लौटते ही मीरा गंध से सब समझ गई। विलासिता का इत्र और खतरा। “क्या हुआ?” “कुछ नहीं,” आरोही ने झूठ बोला। क्योंकि बहुत कुछ हो चुका था।

डिजिटल प्रतिलिपि

रात के ठीक तीन बजे। संगणक अपने आप जाग उठा। कैमरे की बत्ती जली। स्क्रीन पर आज के रात्रिभोज का एक चित्र दिखाई दिया, जो किसी छिपे हुए कोण से लिया गया था। किसी ने सब कुछ लिपिबद्ध किया था। चित्र संचिका (फोल्डर) का शीर्षक था: मानसिक अनुकूलन / विषय-अ।

आरोही ने अपनी चीख दबा ली। मीरा दौड़कर आई, पर स्क्रीन फिर से काली हो गई।

विन्सेंट के अध्ययन कक्ष में ध्वनि-अभिलेखक चल रहा था। रात्रिभोज की बातचीत की प्रतिलिपि तैयार हो रही थी। कृत्रिम बुद्धिमत्ता व्यवहार विवरण को अद्यतन कर रही थी: कामुक अनुपालन की संभावना: बढ़ रही है।

विन्सेंट ने आरोही का चित्र अनस्तासिया के चित्र के बगल में रखा। वह फुसफुसाया: “भय लगाव को और गहरा कर देता है।” दराज खुली। अंदर कई प्लैटिनम चाबियाँ रखी थीं। उनमें से एक गायब थी, वही जो आज रात दी गई थी।

दीक्षा पूरी हो चुकी थी।

अध्याय 12
सुनहरे पिंजरे की दहलीज

हर कैद लोहे की सलाखों से नहीं बनती। कुछ कैदें संगमरमर, रेशम और खिड़की से दिखने वाले विहंगम क्षितिज से बनती हैं। वे जेल नहीं लगतीं, वे एक उपलब्धि की तरह लगती हैं। और इसी वजह से उनसे निकल पाना सबसे कठिन होता है।

वह धवल स्वर्ण की चाबी कई दिनों तक आरोही की दराज में पड़ी रही। जैसे कोई निषिद्ध वस्तु। जैसे कोई प्रलोभन। जैसे उसका आने वाला भविष्य। वह उसे छूती और फिर वापस रख देती। मीरा हर बार उसे देखती थी, पर कुछ कहती नहीं थी। मीरा की वह चुप्पी अब किसी चेतावनी से ज्यादा एक अनकहे भय में बदल चुकी थी।

फिर विन्सेंट का एक संदेश आया: “आओ और देखो कि असाधारण मस्तिष्क की असली जगह कहाँ है।”

बस इतना ही। कोई दबाव नहीं। यही उसका परिष्कार था। शिकारी अक्सर मांग कम करते हैं और आमंत्रण ज्यादा देते हैं। क्योंकि किसी के द्वारा 'चुना हुआ' महसूस करना, ज़बरदस्ती किए गए नियंत्रण से कहीं अधिक नशीला होता है।

अट्टालिका का तिलस्म

अपर ईस्ट साइड की वह ऊँची अट्टालिका। द्वारपाल उसका नाम पहले से ही जानता था। “मिस शर्मा। आपका स्वागत है।”

स्वागत। जैसे वह वहाँ पहली बार नहीं आई थी। जैसे उसका आगमन पहले से ही निर्धारित था। निजी कूट संदेश के साथ उत्थापक (लिफ्ट) ऊपर की ओर बढ़ी। 47वीं मंज़िल। दरवाज़ा खुला और न्यूयॉर्क शहर नीचे खिलौनों की तरह फैला हुआ था। क्षितिज रेखा सोने की तरह चमक रही थी। वह एक सुनहरा पिंजरा था। आरोही उसकी दहलीज पर ही ठिठक गई।

वह अट्टालिका किसी संग्रहालय और किले के बीच की चीज़ लग रही थी। इतालवी संगमरमर, खामोश चिमनियां, दुर्लभ मूर्तियां और सतत निगरानी वाले बुद्धिमत्तापूर्ण कांच की दीवारें। विलासिता इतनी पूर्ण थी कि वह लगभग निर्जीव लग रही थी। वह कोई घर नहीं, बल्कि नियंत्रण की वास्तुकला थी।

विन्सेंट पीछे से आया और धीरे से बोला, "घर ऐसा होना चाहिए जो आपके आत्मसम्मान को बदल दे।" वह मुड़ी। विन्सेंट हाथ में मदिरा का गिलास लिए खड़ा था, जैसे कोई राजा अपने महल का दर्शन करा रहा हो। या फिर कोई जेलर अपनी नई कोठरी का।

नियंत्रण का दर्शन

अध्ययन कक्ष उसी धवल स्वर्ण की चाबी से खुला। महोगनी की मेज़, बंद अलमारियां और दीवारों पर लगे मानवीय व्यवहार के मानचित्र। एक दीवार पर एक उद्धरण जड़ा हुआ था: "निर्भरता ही शुद्धतम निष्ठा है।"

आरोही ने असहज होकर उसे पढ़ा। विन्सेंट मुस्कुराया, "उत्तेजक है, न?" "डरावना है," आरोही ने जवाब दिया। "केवल उन लोगों के लिए जो समर्पण से डरते हैं।"

फिर खिड़की से शहर की ओर इशारा करते हुए उसने पूछा, "क्या तुम जानती हो कि निर्धन छात्र मुझे इतना क्यों आकर्षित करते हैं?" आरोही चुप रही। "क्योंकि भूख ही असाधारण जीवों का निर्माण करती है। और असाधारण जीवों को संरक्षकों की ज़रूरत होती है।"

फिर वही शब्द। संरक्षक। कभी मार्गदर्शक, कभी मसीहा, तो कभी मालिक। नाम बदलते थे, पर संरचना वही रहती थी।

अदृश्य खरोंचें और अनस्तासिया

रात्रिभोज इस बार निजी था। कोई गवाह नहीं। कोई सार्वजनिक प्रदर्शन नहीं। खतरा अब और अधिक आत्मीय हो गया था। विन्सेंट ने उसे एक भव्य अतिथि कक्ष दिखाया। रेशमी चादरें, उसकी रुचि के अनुसार चुनी गई किताबें, यहाँ तक कि हिंदी कविता की कुछ पुस्तकें भी।

आरोही स्तब्ध थी। "आपने यह सब..." "तैयार किया था।" शब्द बहुत धीमा था। उसने महसूस किया कि यह कोई अचानक दिखाई गई मेहमाननवाजी नहीं थी, बल्कि एक पूर्व-नियोजित निर्माण था। वह वहाँ अपेक्षित थी।

प्रक्षालन कक्ष (वाश रुम) के आईने के किनारे उसने नाखूनों जैसी कुछ बारीक खरोंचें देखीं। जैसे किसी ने कभी भीतर से दरवाज़ा पीटने की कोशिश की हो। उसने उन्हें छुआ। विन्सेंट द्वार पर खड़ा था: "पुरानी टूट-फूट है।" वह मुस्कुरा रहा था, पर उसे सफाई देने की इतनी जल्दी क्यों थी? आरोही के भीतर पहली सहज चेतावनी गूंजी। लाल संकेत गहरा हो गया।

विन्सेंट ने मेज़ पर एक गोपनीय फेलोशिप का प्रस्ताव रखा। निजी छात्रवृत्ति, रहने का आवास, यात्रा का खर्च और शोध का पूरा प्रायोजन।

वह राशि सुनकर आरोही की सांसें अटक गईं। इतना पैसा उसके पिता ने बरसों में नहीं देखा होगा।

“मैं ही क्यों?” विन्सेंट झुककर बोला, “क्योंकि मैं दुर्लभ वस्तुओं में निवेश करता हूँ।” 'वस्तुएं'। लोग नहीं। शब्द फिसल गया था, या शायद उसकी असलियत उजागर हो गई थी।

शेल्फ पर एक चित्र फलक में एक युवा रूसी लड़की की तस्वीर थी। अनस्तासिया। आरोही जम गई। “आप उसे जानते थे।” विन्सेंट थोड़ा रुका, फिर उसकी आवाज़ बहुत कोमल हो गई। “उसने मुझे निराश किया था।” निराश। उसकी मृत्यु नहीं हुई, वह खोई नहीं, बल्कि उसने 'निराश' किया था। उस शब्द में एक रोंगटे खड़े कर देने वाला मालिकाना हक था।

निगरानी और चेतावनी

आरोही ने वहाँ से जाने का सोचा। विन्सेंट जैसे उसका मस्तिष्क पढ़ लेता था। “शांत हो जाओ। तुम यहाँ सुरक्षित हो।” सुरक्षित। अक्सर सबसे असुरक्षित जगहों को यही नाम दिया जाता है।

तभी बत्तियां झपकीं। दीवार का एक हिस्सा एक क्षण के लिए सक्रिय हुआ। स्क्रीन पर कई कैमरों का दृश्य दिखाई दिया, कमरे, गलियारे, यहाँ तक कि अतिथि कक्ष भी। आरोही ने वह देख लिया। विन्सेंट ने तुरंत वह फलक बंद कर दिया। “सुरक्षा प्रणाली है,” वह मुस्कुराया, पर उस मुस्कान में जल्दबाज़ी थी।

देर शाम वह जाने के लिए उठी। विन्सेंट ने रास्ता नहीं रोका, बस इतना कहा, “तुम यहाँ रुक सकती थी।” वह शब्द सुनने में सरल और कोमल थे, लेकिन किसी हथकड़ी की तरह भारी।

उत्थापक (लिफ्ट) से नीचे उतरते समय आरोही का दूरभाष थरथराया। एक अज्ञात नंबर से संदेश था: “वहाँ मत सोना।” कोई भेजने वाले का नाम नहीं था। आरोही का खून जम गया। कौन था यह? मीरा? अनस्तासिया की आत्मा? या उस इमारत के भीतर का ही कोई और? रहस्य अब उस अट्टालिका की वास्तुकला में घुल चुका था।

दरार और सूक्ष्म चिप

जब वह छात्रावास लौटी, तो मीरा गुस्से से आगबबूला थी। “तुम गई थी?” आरोही चुप रही। मीरा ने कहा, “तुमने दहलीज पार कर ली है, आरोही। और अब लौटना कठिन होगा।”

रात के 2 बजे आरोही के गले का पेंडेंट अचानक टूटकर फर्श पर गिरा। सर्प का वह प्रतीक बीच से चटक गया था। उसके अंदर एक छोटी सूक्ष्म चिप जैसी चीज़ चमक रही थी। दोनों लड़कियां जम गईं।

“पद-चिन्हों का पीछा? सुनने वाला कोई उपकरण?” मीरा फुसफुसाई। “आरोही, अब यह कोई प्रेम-प्रसंग नहीं, बल्कि सतत निगरानी का मामला है।” आरोही ने उस चिप को एक महीन कागज़ में लपेट लिया। यह पहला ठोस सबूत था। पर सबूत रखना भी अपने आप में एक बड़ा खतरा था।

अपर ईस्ट साइड के सुरक्षा कक्ष में, विन्सेंट उत्थापक के कैमरे की लिपिबद्ध फुटेज देख रहा था। आरोही वहाँ से जा रही थी। वह धीरे से मुस्कुराया। वह निराश नहीं था, बल्कि मनोरंजन महसूस कर रहा था।

स्क्रीन पर एक नोट उभरा: तृतीय चरण - सुनहरे पिंजरे का अनावरण सफल। सहवास अनुकूलन लंबित।

संवाद यंत्र पर सहायक की आवाज़ आई: “और उसकी रूममेट का क्या?” विन्सेंट ने धीरे से कहा: “जल्द ही उसे हटा दिया जाएगा।”

फिर प्रदर्शक पटल की स्क्रीन बड़ी हुई, आरोही का कमरा। मीरा उस सूक्ष्म चिप की जांच कर रही थी। विन्सेंट फुसफुसाया: “जिज्ञासा हमेशा अंत से पहले दहलीज तक पहुँच ही जाती है।”

अंधेरा छा गया।

अध्याय 13
झूठ की शुरुआत

हर अपराध झूठ से शुरु नहीं होता, लेकिन मानसिक अनुकूलन (ग्रूमिंग) की हर प्रक्रिया झूठ से ही शुरु होती है। पहला झूठ दूसरों से बोला जाता है, फिर खुद से। और सबसे खतरनाक वही दूसरा झूठ होता है जो इंसान अपनी आत्मा को बचाने के लिए खुद को सुनाता है।

आरोही ने पहली बार अपने पिता से झूठ बोला। उस दिन जब उसने दूरभाष पर कहा, "सब ठीक है, पापा।" जबकि कुछ भी ठीक नहीं था।

दूरभाष के प्रदर्शक पटल पर (मोबाईल की स्क्रीन पर) राकेश शर्मा मुस्कुरा रहे थे। उनके पीछे वही पुरानी किताबों की अलमारी थी, वही पुराना पंखा, और वही सादगी भरा जीवन जो उनके त्याग पर बना था। "खर्च ठीक चल रहा है बेटा?" पिता ने पूछा। आरोही ने एक क्षण का विराम लिया। "हाँ।" उसका पहला सत्य वहीं मर गया।

झूठ का सम्मोहन

झूठ नशीला निकला। अगले हफ्ते जब माँ ने पूछा, "इतनी थकी हुई क्यों लग रही हो?" उसने जवाब दिया, "शोध कार्य का बहुत दबाव है।" (झूठ)। मीरा ने पूछा, "क्या तुम विन्सेंट से मिली थीं?" "नहीं।" (झूठ)। विन्सेंट ने पूछा, "क्या तुम मेरे बारे में सोचती हो?" "बिल्कुल नहीं।" (सबसे बड़ा झूठ)।

अब वह दो जीवन जी रही थी। दिन में एक मेधावी छात्रा, रात में एक

दीक्षित शिष्या। कोलंबिया में एक प्रोग्रामर, और अपर ईस्ट साइड की अट्टालिका में एक तराशी हुई 'प्रोटेजे'। न्यायालयिक मनोविज्ञान इसे 'विच्छेदनकारी मानसिक अनुकूलन प्रतिक्रिया' (डिसोसिएटिव ग्रूमिंग रिस्पांस) कहता है। शिकार अपने भीतर दो संस्करण बनाने लगता है, एक जीवित रहने के लिए, और एक समर्पण करने के लिए।

विन्सेंट ने उसे एक महंगा कश्मीरी कोट उपहार में दिया था। उसने अपनी सहेलियों से कहा कि यह उसने सेल में लिया है। (झूठ)। दूरभाष का बिल उसने विन्सेंट के कार्ड से चुकाया और पिता से कहा कि यह छात्रवृत्ति का वजीफा है। (झूठ)। अब झूठ केवल बचाव नहीं, बल्कि उसके जीवन की वास्तुकला बन रहा था।

माकियावेलियन दर्शन

मीरा सब कुछ देख रही थी। वह इत्र की खुशबू, देर रात घर लौटना, कूट संदेश (एनक्रिप्टेड टेक्स्ट) और वे छिपी हुई मुस्कानें। “तुम बदल रही हो, आरोही,” मीरा ने एक रात कहा। आरोही कठोर स्वर में बोली, “शायद मैं विकसित हो रही हूँ।” मीरा ने धीरे से जवाब दिया, “या शायद तुम गायब हो रही हो।”

विन्सेंट उसे सूक्ष्म पाठ देता रहा। “निजता कोई धोखा नहीं है, आरोही। यह शक्ति है।” “सत्य को ज़रूरत से ज़्यादा महत्व दिया जाता है। महत्व केवल उस कथानक (नैरेटिव) का है जो तुम दुनिया को सुनाती हो।”

एक निजी रात्रिभोज के दौरान उसने पूछा, “तुमने अपने पिता से क्या छिपाया है?” आरोही हँसी। “आप क्यों पूछ रहे हैं?” “क्योंकि शर्म ही वह उत्तोलक (लीवरेज) है जिससे लोगों को नियंत्रित किया जाता है,” विन्सेंट ने बहुत सहजता से कहा, जैसे कोई चिकित्सक बात कर रहा हो।

स्वीकारोक्ति का खेल

फिर विन्सेंट ने एक नया खेल शुरू किया। नियम था: एक सच, एक झूठ। पहचानो कौन सा क्या है। यह खेल कामुक भी था और मनोवैज्ञानिक दोहन (साइकोलॉजिकल एक्सट्रैक्शन) भी। विन्सेंट बोला, "मैंने एक बार किसी से प्रेम किया था। मैंने एक बार किसी को दफनाया था।"

कौन सा सच था? आरोही तय नहीं कर पाई। शायद दोनों ही सच थे।

उस रात उसने मीरा से कहा कि वह प्रयोगशाला में देर तक काम करेगी। (झूठ)। वह वास्तव में अट्टालिका (पेंटहाउस) में गई थी। पहली बार वह जानबूझकर गई थी। यहीं से अपराधबोध (गिल्ट) का जन्म हुआ।

वहाँ विन्सेंट ने एक दुर्लभ मदिरा खोली। चिमनी जल रही थी। उसने कहा, "मुझे अपना वह रहस्य बताओ जो कोई नहीं जानता।" आरोही ने स्वीकार किया, "मुझे डर लगता है कि कहीं मैं एक साधारण इंसान बनकर न रह जाऊँ।" विन्सेंट ने फुसफुसाते हुए कहा, "वही डर शिकारियों को भी होता है।" वह पंक्ति डरावनी रुप से आत्मीय थी।

ब्लैकमेल और निगरानी

अगली सुबह मीरा ने पूछा, "तुम कहाँ थी?" "प्रयोगशाला में।" "मैं प्रयोगशाला गई थी, तुम वहाँ नहीं थी।"

सन्नाटा। पकड़े जाने का डर। आरोही ने फिर झूठ का सहारा लिया, "मुझे कुछ निजी समय चाहिए था।" यह आधा सच था, जो झूठ से भी बुरा होता है। मीरा की आँखों में गहरी चोट थी। अब उनकी दोस्ती एक न्यायालयिक साक्ष्य (फोरेंसिक एविडेंस) बन चुकी थी।

शुगर डैडी

और फिर झूठ की गहराई बढ़ गई। विन्सेंट ने एक अज्ञात खाते (शेल अकाउंट) में उसे एक निजी वजीफा भेजा। "आपातकालीन शोध अनुदान।" क्या यह अवैध था? शायद। लेकिन उसने उसे स्वीकार कर लिया। अब नैतिक अपराध भी शुरू हो चुका था।

उसी रात उसे एक अज्ञात ईमेल मिला। विषय था: तुम गलत लोगों से झूठ बोल रही हो। कोई भेजने वाला नहीं था। नीचे एक चित्र (अटैचमेंट) था। आरोही उस अट्टालिका में प्रवेश कर रही थी। वह फोटो सड़क से ली गई थी। कोई उसका पीछा कर रहा था।

चेतावनी

मीरा ने कहा, "यह तुम्हें फँसाने की ज़बरदस्ती वाली साज़िश है।" आरोही झल्ला गई। "शायद वह तुम्हारी तुलना में मेरी ज़्यादा परवाह करता है।" मीरा ने बहुत धीरे से पूछा, "तो फिर तुम उसे दुनिया से छिपा क्यों रही हो?" वह प्रश्न एक हथियार की तरह था।

रात को विन्सेंट का संदेश आया: "रहस्य आत्मीयता को पवित्र बनाते हैं।" और फिर दूसरा: "और खामोशी उसे अपरिवर्तनीय बना देती है।" यह प्रेम के मुखौटे में लिपटी एक धमकी थी।

नींद में उसे अपनी माँ का सपना आया। माँ पूछ रही थीं, "तुम किससे झूठ बोल रही हो?" वह कुछ बोल नहीं पा रही थी, उसके मुँह से केवल काला धुआँ निकल रहा था। वह चीखकर जागी। समय था - 3:33।

शक्तिशाली संगणक (लैपटॉप) अपने आप ऑन हो गया। स्क्रीन खुली थी। फोल्डर का नाम था: धोखाधड़ी प्रतिक्रिया मॉडल (डीसेप्शन रिस्पांस मॉडल)। उसके अंदर एक उप-फोल्डर था: आरोही। जैसे ही उसने क्लिक किया, पासवर्ड माँगा गया। सुराग (हिंट) था: पहला झूठ

(FIRST LIE)।

उसकी साँसें रुक गईं। अगले दिन पिता का कॉल आया। "कुछ छिपा रही हो बेटा?" वह बस एक पिता की सहज प्रवृत्ति थी, पर आरोही को वह पूछताछ लगी। वह सब कुछ बताने ही वाली थी कि तभी विन्सेंट का संदेश चमका: "अपराधबोध को खतरे के साथ भ्रमित मत करो।"

विन्सेंट की निगरानी (मॉनिटरिंग) हर जगह थी। हमेशा।

मीरा ने गुप्त रूप से उस सूक्ष्म चिप से मिले डीएनए के नमूनों को प्रयोगशाला भेजा। उसमें एक अज्ञात पुरुष के निशान और पेशेवर हार्डवेयर के अवशेष मिले। अब यह केवल शक नहीं, बल्कि प्रमाण बन रहा था।

आधी रात का समय। आरोही ने अपनी पुरानी डायरी खोली। पहले पन्ने पर लिखा था, "सब ठीक है, पापा।" उस पहले झूठ को लाल स्याही से घेरा गया था। उसने वह घेरा नहीं बनाया था। तो फिर किसने?

पन्ने के नीचे एक नई पंक्ति उभरी, जैसे अदृश्य स्याही गर्मी पाकर जाग गई हो: "हर झूठ एक ज़ंजीर है।"

दूरभाष की घंटी बजी। अज्ञात नंबर। उसने उठाया। अनस्तासिया की विदेशी लहजे वाली फुसफुसाहट सुनाई दी: "वह तुम्हें गायब करने से पहले तुमसे झूठ बुलवाता है।"

कॉल कट गया। कॉल लॉग (डायरी) खाली था। कोई कॉल रिकॉर्ड नहीं हुआ था। कौन था वह? कोई प्रेत? कोई मज़ाक? या कोई जीवित बचा हुआ गवाह?

अब झूठ केवल एक कहानी नहीं था, वह एक प्रमाण (एविडेंस) बन चुका था।

अध्याय 14
भावनात्मक ऋण

पैसे का कर्ज चुकाया जा सकता है, उपकार का भी शायद। लेकिन भावनात्मक ऋण, वह एक ऐसी अदृश्य बेड़ी है जिसे पहनने वाला अक्सर उसे प्रेम समझ बैठता है।

विन्सेंट ने अब उपहार देने कम कर दिए थे और अपनी अनुपस्थिति बढ़ा दी थी। यही उसका नया और सबसे क्रूर खेल था। उसकी उपस्थिति ने आरोही के भीतर एक नशा (एडिक्शन) पैदा किया था, और अब उसकी अनुपस्थिति उस 'नशे की कमी' (विड्रॉल) से पैदा होने वाली निर्भरता को पुख्ता करने वाली थी।

न्यायालयिक ज़बरदस्ती नियमावली (फोरेन्सिक कोअर्सन मैनुअल्स) इसे 'रुक-रुक कर मिलने वाला सुदृढ़ीकरण' (इंटरमिटेंट रीइन्फोर्समेंट) कहती है। यह वही मनोविज्ञान है जो जुए के अड्डों या पंथों (कल्ट) में लोगों को बाँधने के लिए इस्तेमाल किया जाता है।

अनुपस्थिति का जाल

तीन दिनों तक विन्सेंट पूरी तरह खामोश रहा। न कोई संदेश, न कोई निमंत्रण, न ही आधी रात को होने वाली दार्शनिक बातें। आरोही बेचैन रहने लगी। वह बार-बार अपना दूरभाष जाँचती। शोध कार्य में मन नहीं लग रहा था। मीरा यह सब देख रही थी।

“तुम उसकी अनुपस्थिति से व्याकुल (एंग्जायस) हो रही हो, आरोही,” मीरा ने एक शाम कहा। “मैं बस थोड़ा चिंतित हूँ,” आरोही ने सफाई दी।

“नहीं। तुम अनुकूलित (कंडीशन्ड) हो चुकी हो।” मीरा का शब्द चुभा, क्योंकि वह सच था।

चौथे दिन एक संक्षिप्त संदेश आया: “क्या तुम्हें मेरी याद आई?” सिर्फ पाँच शब्द, और आरोही की धड़कनें बेकाबू हो गईं। उसके मस्तिष्क का तंत्रिका-रासायनिक (न्यूरोकेमिकल) नियंत्रण विन्सेंट के हाथ में था। वह खुद से डरने लगी थी।

घायल शिकारी

उस शाम जब वह विन्सेंट से मिली, तो वह हमेशा की तरह सधा हुआ शिकारी नहीं दिख रहा था। वह असामान्य रूप से कमज़ोर और टूटा हुआ लग रहा था। “लोग मुझे केवल मेरे संसाधनों के लिए इस्तेमाल करते हैं,” विन्सेंट ने भारी आवाज़ में कहा। “केवल तुम ही हो जो मुझे एक इंसान के रूप में देखती हो।”

यह 'शिकार और शिकारी' की भूमिकाओं का रणनीतिक विनिमय (रिवर्सल) था। वह खुद को एक घायल बच्चे की तरह पेश कर रहा था ताकि आरोही के भीतर की सहानुभूति जाग सके। सहानुभूति ही यहाँ सबसे बड़ा जाल थी। आरोही पिघल गई। उसने पहली बार विन्सेंट का हाथ खुद थामा। वह क्षण छोटा था, लेकिन घातक था। क्योंकि अब यह केवल विन्सेंट की ओर से किया गया प्रयास नहीं था, आरोही भी इस खेल में शामिल हो चुकी थी।

विन्सेंट ने फुसफुसाते हुए पूछा, “क्या तुम जानती हो कि असली ऋण क्या होता है?” “पैसा?” “नहीं। किसी के लिए 'ज़रूरी' होना।” वह उसके बहुत पास था। उसकी आवाज़ एक चुंबन के समान थी। “जब कोई तुम्हारी ज़रूरत बन जाता है, तो उसे छोड़ना एक हिंसा जैसा लगता है।” आरोही ने इसे प्रेम समझा, जबकि यह शुद्ध हेरफेर (मैनिपुलेशन) था।

असुरक्षित स्वीकारोक्ति

अब विन्सेंट ने अपने 'कथित' अतीत के रहस्य खोलना शुरू किया। उसने अपने बचपन के आघात (ट्रॉमा), एक हिंसक पिता और बोर्डिंग स्कूल की क्रूरताओं की कहानियाँ सुनाईं। वह कितना सच बोल रहा था और कितना झूठ, यह पता लगाना असंभव था। चतुर झूठे हमेशा बहुत सोच-समझकर स्वीकारोक्तियाँ (कन्फेशन) करते हैं।

वह कहता, "तुम मुझे दानव बनने से बचाती हो।" यह सुनते ही आरोही के भीतर एक 'रक्षक' (प्रोटेक्टर) की भावना जागी। शिकार अब खुद को बचाने के बजाय शिकारी को बचाने की कोशिश करने लगा था। यह 'पीड़ादायक लगाव' (ट्रॉमा बॉन्ड) अब बहुत गहरा हो चुका था।

मीरा ने चेतावनी दी, "वह अब तुम्हें अपने अंधेरे के लिए ज़िम्मेदार बना रहा है। यह बहुत खतरनाक है।" "तुम नहीं समझोगी, मीरा।" "बिल्कुल सही, क्योंकि तुम भावनात्मक ऋण की सीमा पार कर चुकी हो।"

समर्पण की रात

एक रात विन्सेंट का 'नशे' में डूबा हुआ कॉल आया। उसकी आवाज़ में एक दुर्लभ लाचारी थी। "आ जाओ।" बस इतना ही। रात के 2:00 बज रहे थे। आरोही जाने को तैयार हो गई। मीरा ने उसे रोकने के लिए लगभग मिन्नतें कीं, पर आरोही नहीं रुकी। क्योंकि अब उसका कर्तव्य 'प्रेम' का मुखौटा पहन चुका था।

अट्टालिका (पेंटहाउस) में रोशनी मद्धम थी। विन्सेंट बालकनी पर खड़ा था। बारिश, व्हिस्की और शहर की रोशनियां। "तुम्हारे आने से पहले मैं लगभग मर चुका था।" यह एक बेतुकी लेकिन बहुत प्रभावशाली पंक्ति थी।

वह रोने लगा या शायद अभिनय कर रहा था। आरोही ने उसे बाहों में भर लिया। उनका पहला आलिंगन। जाल बहुत कोमलता से बंद हो गया।

अगले दिन विन्सेंट ने गुप्त रूप से आरोही के शिक्षण शुल्क की बकाया राशि भर दी। बिना उसे बताए। जब उसे विश्वविद्यालय से ईमेल मिला कि उसका खाता 'क्लियर' (साफ) हो गया है, तो वह चकित रह गई। कृतज्ञता अब एक भारी अपराधबोध (गिल्ट) बन गई थी।

विन्सेंट ने बाद में कहा, "मेरा शुक्रिया अदा मत करो। बस... मेरे होकर रहो (बिलॉन्ग)।" 'होकर रहना', प्रेम का शब्द था, लेकिन यहाँ उसका अर्थ 'स्वामित्व' था।

अपराध में हिस्सेदारी

अब कामुक तनाव (सेक्सुअल चार्ज) बढ़ गया था। आँखों का लंबा संपर्क, उंगलियों का ठहराव और साँसों की खामोशी। खतरा अब कामुक लगने लगा था। भय ही अब 'फोरप्ले' (मिलन से पूर्व की क्रिया) बन गया था।

विन्सेंट ने उससे एक छोटा सा एहसान माँगा। बस एक साधारण अकादमिक दस्तावेज़ को उसके सुरक्षित सर्वर से प्रिंट करना था। वह एक गोपनीय डोनर फाइल थी। शायद अवैध, पर विन्सेंट ने उसे एक 'भरोसे का अभ्यास' (ट्रस्ट एक्सरसाइज) बताया। आरोही ने वह कर दिया। उसने एक कानूनी और नैतिक सीमा पार कर ली थी। ऋण अब आपराधिक रंग ले चुका था। विन्सेंट की यह एक शानदार चाल थी।

जब मीरा को यह पता चला, तो वह लगभग चिल्ला पड़ी, "वह तुम्हें समझौतावादी (कॉम्प्रोमाइज) बना रहा है!" आरोही झल्ला गई। "मुझे बचाने की कोशिश बंद करो, मीरा!" मीरा ने धीरे से फुसफुसाया, "एक

दिन तुम खुद मुझसे तुम्हें बचाने के लिए गिड़गिड़ाओगी।" उनकी दोस्ती लगभग खत्म हो चुकी थी। विन्सेंट ने आरोही को पूरी तरह अकेला (आइसोलेट) कर दिया था।

अप्राप्य ऋण

उस रात आरोही को एक अज्ञात पैकेट मिला। अंदर एक पुराने ढंग की हिसाब-किताब की किताब (लेजर बुक) थी। पन्ने खाली थे, पर पहले पन्ने पर लिखा था: लिए गए ऋण (Debts Owed)। नीचे सूची थी:

- कंप्यूटर (लैपटॉप)
- फीस
- आवास
- सुरक्षा
- खामोशी कुल योग: अप्राप्य।

कोई भेजने वाले का नाम नहीं था। आरोही कांपने लगी। विन्सेंट ने इसे भेजने से इनकार कर दिया। शायद वह झूठ बोल रहा था, या शायद कोई उसे चेतावनी दे रहा था।

नींद अब टूट चुकी थी। एक रात उसने सपना देखा कि वह एक बैंक के तहखाने (वॉल्ट) में बंद है। सिक्कों की जगह वहां आँखें बिखरी पड़ी थीं और वे सब विन्सेंट की थीं। एक आवाज़ आई: "ऋण अब मांस के रूप में वसूल किया जाएगा।"

वह चीखती हुई जागी। उसके गले के पेंडेंट की दरार और चौड़ी हो गई थी। वह सूक्ष्म चिप (माइक्रोचिप) गायब थी। किसने ली?

अगली मुलाकात में विन्सेंट ने बहुत कोमलता से कहा, "तुम्हें लगता है कि तुम पर मेरा कर्ज है?" थोड़ा रुक कर उसने जो कहा, वह किसी प्रस्ताव से ज्यादा एक श्राप जैसा था, "मैं चाहता हूँ कि तुम पूरी तरह मेरी हो जाओ (आई वांट यू टू ओ योरसेल्फ टू मी)।"

आरोही अब विन्सेंट के संदेश के बिना भी उसके मूड से प्रभावित रहने लगी थी। उसके अंक गिरने लगे, नींद उड़ गई। उसकी निर्भरता अब मापी जा सकती थी। शिकारी जीत रहा था।

विन्सेंट के निगरानी कक्ष में एक व्यवहार रिपोर्ट

(बिहेवियरल रिपोर्ट) प्रिंट हुई: विषय 'पीड़ादायक लगाव' (ट्रामा-बॉन्ड) के संकेत दिखा रहा है। सुरक्षात्मक निष्ठा (प्रोटेक्टिव लॉयल्टी) सक्रिय हो गई है। नैतिक समझौता सफल रहा। चतुर्थ चरण: भावनात्मक ऋण सुरक्षित।

विन्सेंट ने अनस्तासिया की टेप रिकॉर्डिंग चलाई। एक रूसी आवाज़ रो रही थी: "मुझ पर तुम्हारा सब कुछ उधार है..." चीख के साथ टेप कट गया।

विन्सेंट मुस्कुराया। फिर उसने आरोही को एक संदेश भेजा: "सबसे गहरे ऋण कभी बोलकर नहीं जताए जाते।" अंधेरे में दूरभाष की रोशनी चमकी। आरोही ने उसे पढ़ा। और पहली बार उसने अपनी मर्ज़ी से जवाब भेजा: "मुझे तुम्हारी ज़रूरत है।"

यह समर्पण का वह क्षण था जहाँ से वापसी का कोई रास्ता नहीं था।

खंड 2 मखमली बेड़ियाँ नियंत्रण

अध्याय 15
पहली बेड़ी

कोई भी जंजीर पहली बार लोहे की नहीं लगती। वह पहले एक एहसान लगती है, फिर एक आदत, फिर प्रेम, और अंत में एक बेड़ी। आरोही पहली बेड़ी पहन चुकी थी, बस उसे उसका वज़न अभी महसूस होना बाकी था।

उस रात विन्सेंट को भेजा गया उसका वह संदेश, "मुझे तुम्हारी ज़रूरत है" - महज़ एक स्वीकारोक्ति नहीं थी। वह एक ऐसा अनुबंध (कॉन्ट्रैक्ट) था जिस पर उसने बिना पढ़े अपने भविष्य के हस्ताक्षर कर दिए थे।

अगली सुबह विन्सेंट का उत्तर आया: "तो फिर वहां आ जाओ जहाँ डर तुम तक नहीं पहुँच सके।" साथ में एक स्थायी कूट संदेश (एक्सेस कोड) संलग्न था-अपर ईस्ट साइड की अट्टालिका के अतिथि कक्ष का स्थायी प्रवेश पत्र।

मीरा ने जब यह पढ़ा, तो उसका चेहरा सफेद पड़ गया। "यह 'सहवास' (कोहैबिटेशन) का चरण है, आरोही।" "बस कुछ दिनों की बात है, मीरा।" "कैद हमेशा 'कुछ दिनों' का वादा करके ही शुरू होती है।"

वसंत अवकाश और एकांत

वसंत अवकाश (स्प्रिंग ब्रेक) आने वाला था। विश्वविद्यालय का परिसर

खाली होने लगा था। गलियारों में सन्नाटा किसी संस्थागत खामोशी की तरह गूँज रहा था। यह विन्सेंट के लिए सबसे सटीक समय था। शिकारी अक्सर कैलेंडर की तारीखें भी अपनी योजना के अनुसार ही चुनते हैं।

विन्सेंट ने फुसलाते हुए कहा, "अवकाश के दौरान यहीं रुक जाओ। पढ़ो, लिखो और सुरक्षित रहो।" 'सुरक्षित', वही शब्द जो अब एक लोरी जैसा लगने लगा था।

आरोही ने अपना एक छोटा झोला (बैग) पैक किया। 'बस कुछ दिन,' उसने खुद से झूठ बोला। हर अपरिवर्तनीय चीज़ (इररिवर्सिबल) इसी मासूमियत से शुरू होती है।

अट्टालिका (पेंटहाउस) में इस बार उसका स्वागत एक अतिथि की तरह नहीं, बल्कि एक निवासी की तरह हुआ। कोठरी (वॉर्डरोब) में उसके कपड़े पहले से ही सजाए हुए थे। मेज़ पर एक नई नामपट्टिका (नेमप्लेट) लगी थी: आरोही शर्मा, शोध अध्येता (Research Fellow)। उसका दिल गर्व से धड़क उठा। पहचान... या फिर घेराबंदी?

विन्सेंट धीरे से मुस्कुराया और बोला, "कुछ पिंजरे साम्राज्यों की तरह बनाए जाते हैं।" आरोही हँसी, पर उसकी रीढ़ में एक ठंडी सिहरन दौड़ गई।

पहली बेड़ी

उस रात का रात्रिभोज असामान्य रूप से घरेलू था। कोई दिखावा नहीं, कोई स्पष्ट खतरा नहीं, बस एक गहरी आत्मीयता। यही सबसे खतरनाक चरण था।

भोजन के बाद विन्सेंट ने एक मखमली बॉक्स दिया। अंदर एक कंगन

(ब्रेकलेट) था, धवल स्वर्ण (व्हाइट गोल्ड) की एक महीन ज़ंजीर। उसके भीतर सूक्ष्म अक्षरों में खुदा था: V + A।

आरोही जम गई। “यह क्या है?” “एक प्रतीक।” उसने वह कंगन आरोही की कलाई पर खुद बांधा। 'क्लिक', एक बहुत ही हल्की आवाज़ हुई। जैसे कोई हथकड़ी बंद हुई हो। यह उसकी पहली बेड़ी थी।

विन्सेंट का स्पर्श उसकी त्वचा पर ठहर गया। धड़कन से धड़कन टकरा रही थी। कामुक उत्तेजना और गहरा डर एक हो गए थे। आरोही ने अपना हाथ पीछे नहीं हटाया, यही उसकी मूक सहमति थी।

मीरा का एक संदेश आया था जिसे आरोही ने जानबूझकर नहीं पढ़ा: “आज रात वहाँ मत रुकना। प्लीज़।” हर अनदेखी चेतावनी उसे गहराई में धकेल रही थी।

अधिकार और अनुबंध

आधी रात को विन्सेंट के अध्ययन कक्ष में चिमनी जल रही थी। उसने पूछा, “क्या तुम जानती हो कि 'अपने होने' (बिलोंगिंग) की कीमत क्या है?” “क्या?” “स्वतंत्रता।” वह हँसा, जैसे कोई दार्शनिक बात कह रहा हो। लेकिन उसकी आँखें बहुत गंभीर थीं।

उसने एक दस्तावेज़ दिखाया, 'निजी शोध संरक्षण समझौता'। वजीफा, आवास और एक गोपनीयता खंड (NDA)। “यह महज़ एक औपचारिकता है,” विन्सेंट ने कहा। आरोही के मन में मीरा की आवाज़ गूँजी, 'ग्रूमिंग की वास्तुकला'। फिर भी, उसने हस्ताक्षर कर दिए। स्याही सूखते ही उसे अहसास हुआ कि कुछ अपरिवर्तनीय हो गया है। भावनात्मक ज़ंजीर के साथ अब एक कानूनी ज़ंजीर भी जुड़ गई थी।

बाद में उसने गौर किया कि कंगन के कुंडे (क्लैस्प) के भीतर एक सूक्ष्म लाल बत्ती रुक-रुक कर चमक रही थी। "यह क्या है?" विन्सेंट ने सहजता से कहा, "यह स्वास्थ्य संवेदक (हेल्थ सेंसर) है।" शायद सच था, या शायद एक निगरानी उपकरण। अब फर्क धुंधला हो चुका था।

प्रताड़ना के संकेत

रात को अतिथि कक्ष में उसे नींद नहीं आई। दरवाज़ा अंदर से बंद था, फिर भी उसने महसूस किया कि कुंडी (हैंडल) हल्का हिला। एक बार... दो बार... तीन बार। वह जम गई। बाहर से विन्सेंट की आवाज़ आई: "बस देख रहा था कि तुम आराम से हो या नहीं।" विन्सेंट, या फिर शालीनता का मुखौटा पहने कोई और चीज़।

सुबह जब उसने प्रक्षालन कक्ष (बाथरूम) के आईने पर जमी भाप देखी, तो वहां एक शब्द उभरा हुआ था: 'संपत्ति'। उसने झट से उस पर हाथ फेर दिया और शब्द गायब हो गए। मतिभ्रम? या विन्सेंट का कोई क्रूर मज़ाक?

प्रातःकाल के नाश्ते पर विन्सेंट ने बहुत ही सहजता से कहा, "तुम्हें पता है, तुम्हारे पिता के स्कूल ऋण की समस्या हल हो गई है।" आरोही स्तब्ध रह गई। "आपको कैसे पता चला?" "मैंने उसे चुका दिया है।"

सन्नाटा। वह लगभग सांस लेना भूल गई। विन्सेंट ने उसके घर तक पहुँच बना ली थी। अब ऋण केवल उस पर नहीं, उसके परिवार तक पहुँच गया था। यह केवल रोमांस नहीं, यह पूर्ण घेराबंदी (इनसर्कलमेंट) थी।

आरोही लगभग रो पड़ी। "आपने ऐसा क्यों किया?" विन्सेंट ने कोमलता से कहा, "क्योंकि तुम्हारे बोझ अब मेरे बोझ हैं।" कितनी सुंदर पंक्ति थी, और उतनी ही भयानक। बेड़ी और कस गई।

उस शाम उसने कंगन उतारने की कोशिश की, पर उसका कुंडा नहीं खुला। उसमें एक गुप्त लॉक था। वह घबराहट में हँसी, “अजीब डिज़ाइन है।” विन्सेंट बोला, “कुछ बंधनों को यूँ ही नहीं उतारा जाना चाहिए।”

अगले दिन मीरा ने उसकी कलाई पर एक नीला निशान देखा। ज़ंजीर उसकी खाल को काट रही थी। “इसे उतार दो, आरोही!” “यह नहीं खुलता, मीरा।” मीरा का चेहरा सफेद पड़ गया। “क्या तुम सुन रही हो? तुम क्या कह रही हो?”

रात को जब आरोही ने अपना संगणक (लैपटॉप) खोला, तो एक फोल्डर अपने आप खुल गया: अनुपालन प्रगति। प्रथम चरण: उपहार। द्वितीय चरण: ऋण। तृतीय चरण: अलगाव। चतुर्थ चरण: लगाव। पंचम चरण (हाइलाइट किया हुआ): स्वामित्व ।

उसने घबराहट में स्क्रीन बंद कर दी, पर बहुत देर हो चुकी थी। उसने अपनी तबाही का ब्लूप्रिंट देख लिया था।

तभी दूरभाष की घंटी बजी। अज्ञात नंबर। वही रूसी लहजा: “वह कंगन मुझ पर से कभी नहीं उतरा था।” कॉल कट गया। अनस्तासिया? या कोई और जो इस खेल का हिस्सा रह चुका था?

अट्टालिका के नीचे बने एक गुप्त भंडारण कक्ष में विन्सेंट एक दराज खोलता है। वह दराज सुनहरे कंगनों से भरे थे, जिनमें से हर एक पर अलग-अलग नाम खुदे थे। कुछ पर खून के सूखे निशान थे।

उसने आरोही की फाइल को उस दराज में रखा जिस पर लिखा था: स्वामित्व प्राप्त (Owned)। प्रदर्शक पटल (मॉनिटर) पर आरोही के

कंगन से आ रही लाइव 'बायोमेट्रिक फीड' चल रही थी। उसकी धड़कनें तेज़ थी, डर की स्पष्ट प्रतिक्रिया।

विन्सेंट मुस्कुराया। "पहली ज़ंजीर स्वीकार कर ली गई।" फिर उसने मीरा के विश्वविद्यालय के डिजिटल क्रेडेंशियल्स (एक्सेस) को डिलीट कर दिया। स्क्रीन पर चमका: बाधा निवारण शुरू।

मीरा समझ गई, प्रेम का मायाजाल अब पूरी तरह से बेड़ी बन चुका है।

अध्याय 16
नया पता

हर अपहरण हिंसक नहीं होता। कुछ स्थानांतरण कहलाते हैं, कुछ सुरक्षा, कुछ प्रेम और कुछ, नया पता। जहाँ पहुँचकर मनुष्य पाता है कि वह अब अतिथि नहीं, अपितु एक 'स्थानांतरित संपत्ति' बन चुका है।

वसंत अवकाश समाप्त होने से पूर्व विन्सेंट ने अत्यंत कोमलता से कहा, "छात्रावास का वातावरण अराजकता पूर्ण है, आरोही। तुम्हें स्थिरता की आवश्यकता है।" 'स्थिरता', शब्द अत्यंत कोमल था, पर उसका अर्थ था 'पूर्ण नियंत्रण'।

तभी विश्वविद्यालय के आवास कार्यालय से एक पत्र आया: "प्रशासनिक विलंब के कारण आपके कक्ष का आवंटन लंबित है।" मीरा हतप्रभ रह गई। उसे ज्ञात था कि यह कोई संयोग नहीं है। उसी घड़ी विन्सेंट का संदेश चमका: "तुम जब तक चाहो यहाँ रुक सकती हो।" विन्सेंट की समय-गणना शल्य-चिकित्सा जैसी सटीक थी। किसी ने मोहरों को अत्यंत सलीके से सजाया था।

आरोही ने प्रतिरोध किया, पर वह प्रतिरोध अत्यंत अशक्त था। क्योंकि मानसिक रूप से वह पूर्व में ही विन्सेंट के संसार में 'स्थानांतरित' हो चुकी थी, बस उसका शरीर पीछे शेष था।

नियंत्रण का नवीन भूगोल

अट्टालिका अब मात्र एक अतिथि के लिए नहीं थी। अलमारियाँ उसके वस्त्रों से पूरित हो गई थीं, पुस्तकें अपना स्थान परिवर्तित कर चुकी थीं

और विन्सेंट के साथ उसकी घरेलू आत्मीयता बढ़ने लगी थी। वह नियंत्रण था जिसे सुख-सुविधा का मुखौटा पहनाया गया था।

नवीन पता अब आधिकारिक हो चुका था: अपर ईस्ट साइड, 47वीं मंज़िल, इकाई 47-M। यहाँ कोई पट्टा नहीं था, मात्र अनुमति थी। और अनुमति तथा अधिकार के मध्य का अंतर अत्यंत भारी होता है।

मीरा ने उसे रोकने का अंतिम प्रयास किया: "वहाँ मत जाओ, आरोही। यह गृह नहीं, जाल है।" आरोही ने वही पुरातन बहाना बनाया: "यह बस कतिपय दिवसों के लिए है, मीरा।" मीरा कड़वाहट के साथ मुस्कुराई, "आरोही, तुम्हारे हर स्थायी निर्णय 'अस्थायी' ही कहलाते हैं।"

वाहन से जाते समय आरोही ने पीछे मुड़कर छात्रावास को देखा। झरोखे जैसे उसकी इस 'विदाई' के साक्षी थे। मीरा मार्ग के किनारे खड़ी उसे देख रही थी। उसने न हाथ हिलाया, न रोका। वह बस नीरव खड़ी थी, जैसे किसी अंत्येष्टि में खड़ी हो।

पटकथा का प्रकटीकरण

अट्टालिका की लॉबी में पहुँचते ही द्वारपाल बोला, "गृह में आपका स्वागत है, मिस मोरिया।" आरोही स्तब्ध रह गई। मिस मोरिया? क्या यह कोई त्रुटि थी? या फिर विन्सेंट की लिखित पटकथा पूर्व में ही प्रकट हो गई थी? विन्सेंट ने अत्यंत सहजता से बात संभाली, "वे बस अनुमान लगा लेते हैं।" पर आरोही जानती थी कि कुछ अनुमान अत्यंत सावधानी से अभ्यास किए जाते हैं।

उसके लिए एक पृथक अध्ययन कक्ष निर्मित किया गया था। कूटबद्ध कार्य केंद्र और एक प्रतिबंधित 'की-कार्ड'। विन्सेंट ने कहा, "यहाँ तुम्हारे

संसार का विस्तार होगा।” पर वास्तव में उसकी सीमाएँ और लघु होती जा रही थीं।

रात्रिभोज पर प्रथम नियम बताया गया, 'सुरक्षा नियम'। बिना सूचित किए कोई अतिथि नहीं आएगा। किसी भी अपरिचित की कॉल 'ध्वनि विस्तारक' पर नहीं होगी। गृह के विवरण पर चर्चा नहीं होगी। ये गृह के नियम थे या एक 'बंदी नियम' - यह बोध होना कठिन था।

फिर द्वितीय नियम: “अपनी कक्षाओं की समय-सारणी साझा करो।” “क्यों?” आरोही ने पूछा। “ताकि मुझे विदित रहे कि तुम सुरक्षित हो।” सतत निगरानी सदैव 'परवाह' के रूप में ही अपना परिचय देती है।

वास्तुकला का तंत्रिका तंत्र

आरोही ने ध्यान दिया कि गृह की सुरक्षा व्यवस्था अत्यंत जटिल थी। मुख्य द्वार के ताले 'जैविक पहचान' वाले थे। अतिथि कक्ष के तालों को बाह्य रूप से नियंत्रित किया जा सकता था। गलियारों के कैमरे हर हलचल पर दृष्टि रखते थे। विलासिता का अपना एक तंत्रिका तंत्र था। वह गृह किसी सजीव जीव की भाँति श्वास ले रहा था।

उस रात्रि विन्सेंट ने उसे अपने निजी संस्थान के शोध कार्य में सम्मिलित किया। वहाँ उसने अंतरराष्ट्रीय छात्राओं के डेटा और उनकी दुर्बलताओं से संयुक्त संचिकाएं (फाइल्स) देखीं। एक पत्र पर शीर्षक था: 'उच्च-जोखिम निर्भरता विवरण'। उसकी अंगुलियाँ शीतल पड़ गईं। विन्सेंट ने त्वरित संचिका (फाइल) अवरुद्ध कर दी। “त्रुटिपूर्ण संचिका है,” उसने अत्यंत अभ्यास के साथ कहा।

गलियारे में एक द्वार सदैव अवरुद्ध रहता था। कभी-कभी वहाँ से किसी के रुदन जैसी मंद ध्वनि आती, या शायद वह जल-प्रवाह की ध्वनि थी।

शिकारी प्रायः वहीं फलते-फूलते हैं जहाँ संदेह को तर्क से विलोपित किया जा सके।

स्वायत्तता का समर्पण

धीरे-धीरे आरोही की प्रवृत्तियाँ परिवर्तित होने लगीं। विन्सेंट को रात्रिभोज के मध्य मीरा की कॉल रुचिकर नहीं थी। फिर रात्रि में कॉल करना निषिद्ध हुआ। और फिर मीरा से वार्ता करना 'अत्यधिक' बताया गया। प्रतिबंध शनैः-शनैः बढ़ते हैं। शिकार को कभी सोपानों का बोध नहीं होता, उसे सीधे गर्त दिखाई देता है।

एक संध्या विन्सेंट ने अत्यंत स्नेह से कहा, "अपने समस्त यंत्रों का 'आपातकालीन प्रवेश' (इमर्जेंसी एक्सेस) मुझे दे दो।" "क्यों?" "भरोसे में कोई अवरुद्ध द्वार नहीं होना चाहिए।" वह पंक्ति अत्यंत सुखद लगी, पर वास्तव में वह एक अधिकार पत्र की प्रार्थना थी। आरोही ने अपने समस्त कूटशब्द (पासवर्ड्स) साझा कर दिए। स्वायत्तता का एक और खंड हाथ से चला गया।

एक प्रातः डाक-बक्से में उसे अपने डाक का 'अग्रेषण पुष्टि' पत्र प्राप्त हुआ। उसके समस्त पत्र अब नवीन पते पर आने वाले थे। उसने यह अधिकार नहीं दिया था। किसने किया? नवीन पता अब प्रपत्रों पर भी पक्का हो चुका था। पलायन अब और कठिन था।

अंतिम घेराबंदी

मीरा ने अट्टालिका में आने का यत्न किया, पर द्वारपाल ने उसे भीतर जाने से निषिद्ध कर दिया। "मात्र निवासियों को अनुमति है।" मीरा ने एक संदेश छोड़ा: "अगर तुम्हें लगे कि कोई तुम पर दृष्टि रख रहा है, तो मुझे कॉल करना।" वह संदेश आरोही तक कभी नहीं पहुँचा। विन्सेंट ने उसे

भस्म (डिलीट) कर दिया।

रात्रि को उस अवरुद्ध गलियारे का द्वार अल्प खुला था। प्रथम बार। आरोही भीतर गई। वह एक 'पुरालेख कक्ष' था। वहाँ संचिकाओं की कतारें थी, छात्राओं के नाम, देश, ऋण की सूचियाँ। आरोही भीतर बढ़ी। एक संचिका पर उसका अपना नाम था: आरोही शर्मा - स्थिति: स्थानांतरित।

उसकी श्वास रुक गई। तभी पीछे से विन्सेंट की आवाज़ आई, "आरोही, तुम्हें यहाँ नहीं भटकना चाहिए।" वह मुड़ी। विन्सेंट की मुस्कान मखमली थी, पर उसकी आँखें तुषार की भाँति शीतल थीं।

अट्टालिका के तलघर में स्थित सुरक्षा केंद्र पर विन्सेंट आरोही का विवरण अद्यतन कर रहा था। विषय-अ: पता स्थानांतरित। बाह्य प्रभाव न्यूनतम। निर्भरता वर्धमान। षष्ठ चरण - पर्यावरणीय नियंत्रण।

विन्सेंट ने एक नोट संयुक्त किया: "गृह वही है जहाँ शिकार दौड़ना बंद कर दे।"

प्रदर्शक पटल की स्क्रीन तीन भागों में विभक्त थी। एक पर आरोही निद्राधीन थी। दूसरे पर मीरा डिटेक्टिव अर्जुन खन्ना को परिवाद अंकित करा रही थी। और तीसरे पर कोई अज्ञात प्रयोक्ता 'अनस्तासिया' की संचिकाएं खोल रहा था।

क्रीड़ा अब और वृहद हो चुकी थी। नवीन पता मात्र एक गृह नहीं था, वह एक 'घटनास्थल' था।

अध्याय 17
अलगाव

शिकारी पहले शिकार को पकड़ता नहीं, वह उसे झुंड से अलग करता है। क्योंकि एक अकेला मन सबसे जल्दी पुनर्लिखित (री-रिटन) किया जा सकता है। अलगाव केवल किसी की अनुपस्थिति नहीं है; यह एक नियोजित एकाकीपन है।

नया पता मिलने के कुछ ही हफ्तों के भीतर आरोही ने महसूस किया कि उसका पुराना जीवन एक धुंधले छायाचित्र की तरह बनता जा रहा है। विश्वविद्यालय अब केवल कभी-कभार जाने वाली जगह रह गया था, छात्रावास महज़ एक स्मृति, मीरा, एक परेशान करने वाला विवेक, और विन्सेंट, उसका निरंतर चलने वाला मौसम।

सूक्ष्म कतरनें

अलगाव कभी किसी सीधे आदेश से शुरू नहीं हुआ, बल्कि सूक्ष्म बदलावों से हुआ। "मीरा नकारात्मक है।" "तुम्हारी सहेलियाँ केवल तुम्हारा इस्तेमाल करती हैं।" "प्राध्यापक तुम्हारी मेधा का शोषण करते हैं।"

विन्सेंट का हर वाक्य एक कट (कटौती) की तरह था। धीरे-धीरे उसकी सामाजिक संरचना अलग होने लगी। विन्सेंट ने रात्रिभोज पर बहुत सहजता से कहा था, "प्रतिभा एकांत में ही विकसित होती है।" आरोही मुस्कुराई। उसने इसे अपनी प्रशंसा समझा, जबकि वास्तव में यह उसके लिए दिया गया एक नुस्खा था।

शुगर डैडी

मीरा के दूरभाष अब अनुत्तरित रहने लगे। पहले अनजाने में, फिर जानबूझकर, और अंत में यह एक आदत बन गई। दूरभाष के प्रदर्शक पटल पर मीरा का नाम देखते ही आरोही को अपराधबोध होने लगता। शिकारी सफल हो रहा था। दोस्त अब एक 'ट्रिगर' (उत्तेजक) बन चुकी थी।

संदेह का बीज

एक शाम विन्सेंट ने पूछा, "मीरा मुझ पर इतना अविश्वास क्यों करती है?" "वह ज़रूरत से ज़्यादा सुरक्षात्मक है," आरोही ने उत्तर दिया। "या शायद वह ईर्ष्यालु और मालिकाना हक रखने वाली है।"

विन्सेंट ने संदेह का बीज बो दिया था। उसने वह पुरानी चाल चली, झूठी चिंता। "कुछ मित्र ईर्ष्या के कारण दूसरों की प्रगति में बाधा डालते हैं।" आरोही ने कमज़ोर सा विरोध किया, पर बोया गया संदेह जड़ें जमाने लगा था।

विश्वविद्यालय में सहपाठियों ने गौर किया कि वह अब अनुपस्थित रहती है और कटी-कटी सी रहती है। एक भारतीय छात्र ने मज़ाक में कहा, "लगता है मैनहट्टन के रईसों के हाथों खुद को बेच दिया है।" वह एक मज़ाक था, पर आरोही को चुभ गया। उसने हँसकर टाल दिया, पर भीतर ही भीतर लज्जा और बढ़ गई। और लज्जा इंसान को और अधिक अलग-थलग कर देती है।

विन्सेंट अब चाहता था कि वह अट्टालिका (पेंटहाउस) में ही पढ़ाई करे। "परिसर में बहुत ध्यान भटकता है।" जल्द ही कक्षाएं दूरस्थ (रिमोट) हो गईं, शोध कार्य दूरस्थ हो गया और जीवन भी दूरस्थ। मानवीय संपर्क अब विन्सेंट द्वारा सहेजा (क्यूरेट) जाने लगा था।

अट्टालिका की मर्यादा

रात्रिभोज की मेज़ पर एक नया नियम जोड़ा गया: "बिना अनुमति के कोई भी अतिथि रात में नहीं रुकेगा।" आरोही ने पूछा, "अतिथि कौन?" विन्सेंट ने कहा, "मर्यादाएं ही आत्मीयता की रक्षा करती हैं।" नियंत्रण हमेशा नैतिक भाषा का ही सहारा लेता है।

तभी एक दिन मीरा अचानक अट्टालिका पहुँच गई। सुरक्षाकर्मियों ने उसे नीचे ही रोक दिया। आरोही लॉबी में आई। मीरा लगभग गिड़गिड़ा रही थी, "आरोही, तुम गायब हो रही हो। अपनी पहचान बचा लो।" विन्सेंट दूर से खामोशी से यह सब देख रहा था। वह एक प्रयोग की तरह प्रतिरोध का अवलोकन कर रहा था।

मीरा ने आरोही की कलाई पकड़ी और वह कंगन दिखाया, "इसे उतार दो!" विन्सेंट पास आया और अपनी मखमली आवाज़ में बोला, "मीरा, तुम इसे परेशान कर रही हो।" विन्सेंट के स्वर में कोई क्रोध नहीं था, बल्कि एक शांत प्रभुत्व (डोमिनेंस) था। मीरा पहली बार स्पष्ट रूप से डर गई।

अपराधबोध और दंड

उस रात विन्सेंट ने बहुत दुखी स्वर में कहा, "मैंने तुम्हें अपने जीवन में जगह दी, और तुम मेरे घर में शत्रुता लेकर आई।" आरोही अपराधबोध के सागर में डूब गई। उसने विन्सेंट से माफी माँगी। एक शिकार अपने नियंत्रक से माफी माँग रहा था, यह ग्रूमिंग का एक महत्वपूर्ण चरण था।

उसका दंड बहुत सूक्ष्म तरीके से आया। दो दिनों तक विन्सेंट ने उसे

ठंडेपन का अहसास कराया। कोई स्पर्श नहीं, कोई गर्माहट नहीं। वह भावनात्मक अभाव के कारण तड़प उठी। तब उसे अहसास हुआ कि उसका मिजाज अब विन्सेंट की स्वीकृति से नियंत्रित होता है। उसकी मनोवैज्ञानिक कैद अब मापी जा सकती थी।

उसने खुद मीरा को संदेश भेजा: "मुझे एकांत चाहिए। मत आना।" संदेश भेजते समय उसका हाथ काँप रहा था। उसे लगा जैसे उसने अपनी सखी को धोखा दिया है। क्योंकि उसने सचमुच धोखा दिया था।

मीरा का उत्तर आया: "एकांत स्वतंत्रता नहीं है जब उसका नक्शा कोई और बनाता है।" आरोही ने संदेश देख लिया, पर कोई उत्तर नहीं दिया। सहयोगी का पत्ता कट चुका था।

वर्मोंट का प्रवास और रक्त रंजित रानी

विन्सेंट ने उसे इनाम दिया, वर्मोंट के एक पहाड़ी लॉज में सप्ताहांत का प्रवास। वहाँ कामुक तनाव और गहरा हो गया। अलगाव को 'रोमांस' का नाम दिया गया। पहाड़ियों की खामोशी, कोई दूरभाष संकेत नहीं, कोई गवाह नहीं। विन्सेंट ने फुसफुसाते हुए कहा, "सुनो आरोही, हमारे सिवा यहाँ कोई दुनिया नहीं है।" आरोही को यह पंक्ति बहुत सुंदर लगी, पर आरोही को इसमें एक धमकी सुनाई देनी चाहिए थी।

रात को लॉज की लाइब्रेरी में उसने एक पुरानी अतिथि पुस्तिका देखी। महिलाओं के नाम, शुरुआती अक्षर और तिथियाँ। कुछ नामों को लाल स्याही से काट दिया गया था। अनस्तासिया बी.लाल स्याही से कटा हुआ।

आरोही की उंगलियाँ जम गईं। विन्सेंट पीछे खड़ा था: "जिज्ञासा फिर से जाग गई?" उसकी आवाज़ एक रेशमी चाकू जैसी थी।

डिजिटल अलगाव और अधिकारी अर्जुन

शहर वापस आने पर आरोही का दूरभाष खराब होने लगा। संपर्क सूत्र (कॉन्टैक्ट्स) गायब होने लगे। मीरा के साथ हुई सारी बातचीत की कड़ियाँ मिट गईं। विन्सेंट ने कहा कि यह कोई 'सॉफ्टवेयर सिंक' की समस्या है। शायद। या शायद यह डिजिटल अलगाव था। कूट-आँकड़ों (मेटाडेटा) के घाव अब मिटाए जा रहे थे।

तभी अधिकारी अर्जुन खन्ना पहली बार विश्वविद्यालय के कार्यालय में आता है। वह लापता छात्रों के बारे में पूछताछ करता है। आरोही झूठ बोलती है और विन्सेंट की रक्षा करती है। बाद में उसे अहसास होता है कि वह अब एक 'दूषित गवाह' बन चुकी है। अपराध का मनोविज्ञान अब उसके भीतर प्रवेश कर चुका था।

एक रात विन्सेंट ने कोमलता से पूछा, “अगर पूरी दुनिया हमारे खिलाफ हो जाए, तो क्या तुम मुझे चुनोगी?” उसने बिना सोचे कहा, “हाँ।” शिकारी मुस्कुराया। वफादारी की शपथ पूरी हो चुकी थी।

स्मृति यंत्र (USB) का रहस्य

लेकिन अलगाव पूर्ण होने से पहले, व्यवस्था ने विरोध किया। उसके दरवाज़े के नीचे से एक लिफाफा सरकाया गया। कोई प्रेषक नहीं। अंदर केवल एक पंक्ति लिखी थी: “एकांत वह जगह है जहाँ वह तुम्हें दोबारा लिखता है।” साथ में एक स्मृति यंत्र (USB) था। उस पर लिखा था: अनस्तासिया का साक्षात्कार।

आरोही का दिल बर्फ की तरह ठंडा पड़ गया। उसने वह यंत्र चलाया। वीडियो पर एक रूसी लड़की कांप रही थी: “वह तुम्हें सबसे दूर कर देता है... और फिर इसे प्यार कहता है...” तभी वीडियो में 'स्टैटिक' शोर

आया और स्क्रीन काली हो गई।

अंधेरे कमरे में आरोही के पीछे से विन्सेंट की आवाज़ आई: “भूत देख रही हो?” स्मृति यंत्र आरोही के हाथ से गिर पड़ा। वह कब आया? वह कितनी देर से देख रहा था?

निगरानी कक्ष (सर्वाइवलेंस रूम) में मनोवैज्ञानिक निर्भरता का चार्ट ऊपर बढ़ रहा था। बाहरी बंधन: समाप्त। सहपाठियों से जुड़ाव: निष्प्रभावी। सातवां चरण , अलगाव पूर्ण।

विन्सेंट ने एक बंद दराज खोली। अंदर पुरानी लड़कियों के दूरभाष (मोबाईल फोन) रखे थे। उसने वहां मीरा के संपर्क विवरण जोड़े और उन पर 'खतरा' का निशान लगा दिया।

वह फुसफुसाया, “अब वह केवल मेरी वास्तविकता सुनेगी।” प्रदर्शक पटल (मॉनिटर) पर एक तरफ आरोही सो रही थी, दूसरी तरफ अधिकारी अर्जुन भवन के रिकॉर्ड्स की जांच कर रहा था।

शिकारी अब अकेला शिकार नहीं कर रहा था। अब एक शिकारी भूलभुलैया में प्रवेश कर रहा था।

अध्याय 18
विशेष होने का भ्रम

हर नियंत्रक एक क्षण पर अपने शिकार को यह विश्वास दिलाता है कि वह बाकी सब से अलग है, चुना हुआ, दुर्लभ और अद्वितीय। और यही सबसे परिष्कृत नशा है, 'विशेष होने का भ्रम'। क्योंकि जिसे यह लगने लगे कि वह किसी असाधारण उद्देश्य के लिए चुना गया है, वह शोषण को भी अपना विशेषाधिकार समझने लगता है।

पूर्ण अलगाव के बाद विन्सेंट ने अपनी रणनीति बदल दी थी। अब वहां भय कम और महिमा अधिक थी; दंड कम और उपासना अधिक। उसने अब आरोही के भीतर 'असाधारणता' का निर्माण करना शुरु कर दिया था।

मेधा का अर्पण

"अधिकतर छात्र केवल वस्तुएँ हैं," विन्सेंट ने रात्रिभोज के दौरान बहुत गंभीरता से कहा, "लेकिन तुम एक उत्कृष्ट वास्तुकला हो।"

ऐसी पंक्तियाँ महत्वाकांक्षी मस्तिष्कों के लिए किसी घातक औषधि की तरह काम करती हैं। आरोही उन्हें चुपचाप सुनती रहती, मानो बरसों की मध्यवर्गीय 'अदृश्यता' धीरे-धीरे पिघल रही हो। अब उसके लिए निमंत्रण भी 'विशिष्ट' थे: निजी दानदाता गोष्ठियाँ, बंद बौद्धिक मंडल और गुप्त शोध भोज। हर जगह विन्सेंट उसका परिचय एक ही शब्द से देता: "मेरी विलक्षण शिष्या।"

'मेरी'। प्रशंसा की चादर में लिपटा हुआ स्वामित्व।

एक शाम अट्टालिका की छत पर, जहाँ से न्यूयॉर्क की रोशनियाँ तारों की तरह बिखरी हुई थीं, विन्सेंट ने फुसफुसाते हुए कहा, “तुम दूसरों की तरह नहीं हो, आरोही।” शब्द बहुत साधारण थे, पर उनका प्रभाव विस्फोटक था। क्योंकि हर अकेला व्यक्ति गुप्त रूप से इन्हीं शब्दों के सुनने का इंतज़ार करता है।

“दूसरे?” आरोही ने पूछा। विन्सेंट मुस्कुराया, “वे, जो स्वयं को विकसित नहीं कर सके।” अनस्तासिया की परछाईं एक पल के लिए वहां कौंधी, पर आरोही ने उसे नज़रअंदाज़ कर दिया।

कूटनीतिक प्रलोभन

अब विन्सेंट उसे बहुत सोच-समझकर और रुक-रुक कर ध्यान देता था। कभी अत्यधिक प्रशंसा, तो कभी अचानक दूरी। इस 'धक्का और खिंचाव' की प्रक्रिया ने आरोही की निर्भरता को और बढ़ा दिया। उसका 'पीड़ादायक लगाव' अब भक्ति में बदल चुका था।

विन्सेंट ने उसे एक अत्यंत गोपनीय कृत्रिम बुद्धिमत्ता परियोजना दिखाई, 'व्यवहार संबंधी धोखाधड़ी भविष्यवाणी प्रतिरूप'। उसकी पहुँच केवल आरोही तक थी। “मेरे साझेदार भी इसे नहीं देख सकते,” विन्सेंट ने कहा। यह केवल 'अनुकूलन रंगमंच' था, पर आरोही ने इसे अपना सम्मान समझा। यही वह भ्रम था जिसे विन्सेंट पाल रहा था।

महीनों बाद मीरा का एक दूरभाष आया। “क्या तुम ठीक हो, आरोही?” आरोही का स्वर लगभग शीतल और अहंकार से भरा था, “मीरा, मैं अभी उन चीज़ों पर काम कर रही हूँ जिन्हें तुम कभी नहीं समझ पाओगी।” नीरवता। वह स्वयं अपनी आवाज़ पहचान न पाई। विशिष्टता का अहंकार अब एक संक्रमण बन चुका था।

विन्सेंट बाद में मुस्कुराया: "तुम अब उन तुच्छ निष्ठाओं से ऊपर उठ चुकी हो।" आरोही को यह प्रशंसा लगी, जबकि वास्तव में यह उसकी जड़ों के पूरी तरह उखड़ने का जश्न था।

स्वर्ण उत्तराधिकार

एक रात विन्सेंट उसे अपने गुप्त मदिरा के तहखाने में ले गया और कहा, "यहाँ अब तक केवल दो महिलाएं आई हैं। तुम दूसरी हो।" एक विशेष आत्मीयता। एक नियोजित मिथक। आरोही कांप उठी, इच्छा, भय और विजय, सब एक साथ गुंथे हुए थे।

वहाँ दीवार पर एक लैटिन मुहावरा जड़ा हुआ था: इलेक्टा नॉन कैप्टा (Electa non capta)। जिसका अर्थ था, 'चुने हुए लोग बंदी नहीं बनाए जाते।' विन्सेंट बोला, "इसे याद रखना।" कितनी क्रूर प्रतिभा थी, एक बंदी मस्तिष्क को यह विश्वास दिलाना कि वह 'चुनी हुई' है, इसलिए वह बंदी नहीं हो सकती।

उसने आरोही को अपने दानदाता संस्थान के बोर्ड में एक 'प्रेक्षक' की सीट दिलवाई। पुरानी दौलत और सत्ता के बीच एक विद्यालय शिक्षक की बेटी। उसे यह नियति लगी, जबकि यह केवल एक 'चारा' था। एक अरबपति महिला ने वहां उसके कान में फुसफुसाया, "विन्सेंट की हमेशा एक 'पसंदीदा' होती है।"

"हमेशा?" आरोही असहज हुई। महिला अजीब तरह से मुस्कुराई, "जब तक कि वे उसे निराश न कर दें।"

भ्रम की दरारें

आरोही अब अपने भविष्य की कल्पना करने लगी थी। वह अब स्वयं

को शिकार नहीं, बल्कि विन्सेंट की साझेदार और बराबरी का समझने लगी थी। यह सबसे बड़ा विभ्रम था। शिकारी को यह चरण सबसे प्रिय होता है।

फिर एक उपहार आया। एक काला फोल्डर। शीर्षक था: उत्तराधिकारी उम्मीदवार। अंदर रणनीतिक ज्ञापन और संस्थान के भविष्य के अनुमान थे। "किसी दिन यह सब तुम्हारा हो सकता है," विन्सेंट ने साम्राज्य का प्रलोभन दिया। एक गुलाम को कल्पना में उत्तराधिकारी बना दिया गया था। यह माकियावेलियन कलाकारी का श्रेष्ठ उदाहरण था।

मीरा ने एक अंतिम कूट-पत्र भेजा: "वह हर लड़की को यह विश्वास दिलाता है कि वह अलग है। यही उसकी यंत्रावली है।" आरोही ने उसे बिना पढ़े ही विलोपित कर दिया। विन्सेंट ने नहीं, बल्कि आरोही ने स्वयं। यह महत्वपूर्ण था, क्योंकि अब वह स्वयं इस भ्रम के निर्माण में सहयोगी बन चुकी थी।

बाद में उसे विन्सेंट की एक पुरानी पुस्तक में अनस्तासिया के साथ उसकी एक तस्वीर मिली। वही छत, वही मुद्रा, और शायद वही शब्द। उसकी 'विशेषता' का भ्रम अचानक चटक गया। जब उसने विन्सेंट से इस बारे में पूछा, तो वह हँस पड़ा। "क्या तुम एक प्रेत से जल रही हो?" उसने इतनी शालीनता से उसे मानसिक रूप से भ्रमित किया कि उसे फिर से स्वयं पर ही संदेह होने लगा।

निगरानी कक्ष में विन्सेंट ने विवरण अद्यतन किया: अष्टम चरण - विशेष होने का भ्रम स्थिर। विषय अब स्वयं को कुलीन और असाधारण समझने लगा है। स्वाभिमान के दर्पण ने प्रतिरोध को पूरी तरह समाप्त कर दिया है। प्रत्येक पिंजरे को एक ताज की आवश्यकता होती है।

फिर उसने अनस्तासिया की पुरानी रिकॉर्डिंग चलाई: "मुझे लगा था कि मैं अलग हूँ... मुझे लगा था मैं विशेष हूँ..." एक शोर के साथ रिकॉर्डिंग कट गई। विन्सेंट धीरे से बुदबुदाया: "हर पिंजरे को एक ताज की आवश्यकता होती है।"

प्रदर्शक पटल पर आरोही निद्राधीन थी और उसकी कलाई पर वह स्वर्ण कंगन एक ताज की तरह चमक रहा था। ताज पहनाया जा चुका था।

अध्याय 19
सिर्फ मैं तुम्हें समझता हूँ

नियंत्रण का सबसे सूक्ष्म हथियार प्रेम नहीं है, और न ही 'विशेष होने का भ्रम', वह सबसे घातक हथियार है 'समझे जाने का दावा'। "सिर्फ मैं तुम्हें समझता हूँ", यह वाक्य कोई स्वीकारोक्ति नहीं, बल्कि कई बार एक 'बंदी प्रोटोकॉल' होता है।

विन्सेंट अब कम बोलता था और अधिक सुनता था, या कम से कम सुनने का अभिनय करता था। उसकी हर बातचीत का निष्कर्ष केवल एक ही होता था: "दुनिया तुम्हें नहीं समझती, आरोही। केवल मैं ही तुम्हारी आत्मा को पढ़ सकता हूँ।" यह एक निरंतर दोहराया जाने वाला विचार था, जो धीरे-धीरे आरोही की पहचान का हिस्सा बन रहा था।

मानसिक मरहम या ज़हर?

विश्वविद्यालय में आरोही के सलाहकार ने उसके गिरते अंकों (ग्रेड्स) पर चिंता जताई। "क्या तुम्हारा ध्यान भटक रहा है, आरोही?" आरोही को यह चिंता नहीं, बल्कि आलोचना लगी। उस रात विन्सेंट ने उसे अपनी बाहों में लेकर फुसफुसाया, "वे उस चीज़ से डरते हैं जिसे वे पढ़ नहीं सकते। केवल मैं ही तुम्हें समझ सकता हूँ।" आरोही ने उस पल प्रतिरोध के बजाय एक गहरी राहत महसूस की। यही वह खतरा था जिसे वह देख नहीं पा रही थी।

अब विन्सेंट उसकी असुरक्षाओं की एक सूची (इन्वेंट्री) की तरह व्याख्या करता। उसका मध्यमवर्गीय संकोच, पिता का दबाव, असफल होने का

डर और महान बनने की तीव्र इच्छा, वह हर घाव पर हाथ रखकर कहता, "मैं यह सब देख रहा हूँ।" किसी के द्वारा पूरी तरह 'देखे जाने' का अहसास एक नशीले पदार्थ की तरह था।

एक रात चिमनी के पास बैठे हुए विन्सेंट ने पूछा, "तुम्हारा सबसे गहरा डर क्या है?" आरोही ने बहुत देर बाद जवाब दिया, "कि मैं प्रतिस्थापन योग्य (रिप्लेसेबल) हूँ। कि मेरी जगह कोई भी ले सकता है।" वह मुस्कुराया। "मेरे लिए नहीं।" वे तीन शब्द एक ऐसे अंकुश की तरह थे जिसने उसे जीवन भर के लिए बाँध दिया।

मैत्री का अंत

मीरा ने आखिरी बार मिलने की ज़िद की। एक साधारण जलपान गृह (कॉफी शॉप) में मीरा ने बहुत दुखी होकर कहा, "आरोही, तुम अब उसकी भाषा बोलने लगी हो। वह तुम्हें बदल रहा है।" आरोही का स्वर बर्फीला था, "वह इसलिए क्योंकि वह मेरी जटिलताओं को समझता है।" मीरा ने अंतिम प्रहार किया, "या शायद वह तुम्हारे अकेलेपन का निर्माण (मैन्युफैक्चर) कर रहा है।" आरोही वहां से उठकर चली गई। उनकी मित्रता शायद वहीं दम तोड़ गई।

विन्सेंट इस बात से बहुत प्रसन्न था। "विषाक्त (टॉक्सिक) लोगों के साथ सीमाएं बनाना ही परिपक्वता है।" उसने अपनी सहेली के साथ किए गए विश्वासघात को 'व्यक्तिगत विकास' का नाम दे दिया। यह विन्सेंट का एक और 'मास्टरस्ट्रोक' था।

आत्मीयता का भ्रम (गैसलाइटिंग)

अब मानसिक भ्रम (गैसलाइटिंग) और भी आत्मीय हो गया था। अगर आरोही कभी अपनी असुविधा व्यक्त करती, तो वह कहता, "तुम अपने

पुराने आघातों (ट्रॉमा) को मुझ पर आरोपित (प्रोजेक्ट) कर रही हो।" अगर वह कोई सवाल पूछती, "तुम अकादमिक तनाव के कारण व्याकुल हो रही हो।" अगर वह डरती, "तुम तीव्रता और खतरे के बीच भ्रमित हो रही हो।" आरोही ने अपनी वास्तविकता का नियंत्रण विन्सेंट को सौंप दिया था।

एक रात विन्सेंट उसे अपनी बचपन की डायरी के अंश पढ़कर सुनाने लगा जो आरोही ने कभी उसके साथ साझा किए थे। वह उन पंक्तियों को ऐसे उद्धृत (कोट) करता जैसे वे कोई पवित्र मंत्र हों। स्मृतियाँ अब आत्मीयता का साधन नहीं, बल्कि निगरानी (सर्वाइवलेंस) का हिस्सा थीं।

फिर उसने वह वाक्य कहा जिसने आरोही की दुनिया हिला दी, "तुम्हारे पिता तुम्हारी सफलता से प्रेम करते हैं, आरोही। मैं तुम्हारे अंधकार से प्रेम करता हूँ।" वह लगभग रो पड़ी। उसे लगा कि यह सच्चा प्रेम है, जबकि वास्तव में यह 'अलगाव का सिद्धांत' (सेपरेशन थ्योरम) था। परिवार बनाम मैं।

फॉरेंसिक साक्ष्य और कंगन का रहस्य

अधिकारी अर्जुन खन्ना फिर से विश्वविद्यालय परिसर में मिला। उसने एक सूक्ष्म चेतावनी दी: "आरोही, अगर कोई इंसान यह ज़ोर देकर कहे कि केवल वही तुम्हें समझता है, तो सावधान हो जाओ।" आरोही रक्षात्मक हो गई। उसने फिर से झूठ बोला। अपने शिकारी की रक्षा करना अब उसकी मूल प्रवृत्ति बन चुकी थी।

विन्सेंट ने एक वफादारी परीक्षण (लॉयल्टी टेस्ट) रखा। "मुझे वह बात बताओ जो तुमने आज तक किसी को नहीं बताई।" आरोही ने अपने

परिवार का कर्ज, माँ की बीमारी का डर, सब कुछ खोलकर रख दिया। उसकी पूरी संवेदनशीलता अब विन्सेंट के पास एक हथियार के रूप में सुरक्षित थी।

उसने आरोही को एक 'दर्पण अभ्यास' (मिरर एक्सरसाइज) कराया। आईने के सामने खड़े होकर दोहराना: "विन्सेंट के अलावा मुझे कोई नहीं जानता।" पहले यह एक खेल लगा, फिर एक अनुष्ठान, और अंत में, मानसिक अनुकूलन (कंडीशनिंग)।

पटकथा का खुलासा

लेकिन तभी दरार आई। विन्सेंट के बंद अध्ययन कक्ष में एक ध्वनि संचिका (ऑडियो फ़ाइल) अचानक खुल गई। विन्सेंट की आवाज़ किसी और महिला से कह रही थी: "सिर्फ मैं तुम्हें समझता हूँ।" वही लय, वही ठहराव, वही जादू।

अनस्तासिया? या कोई और? पूरी पटकथा (स्क्रिप्ट) उजागर हो चुकी थी। आरोही को मितली आने लगी। क्या उसकी आत्मीयता भी कारखाने में बनी किसी वस्तु की तरह 'मास-प्रोड्यूस्ड' थी?

जब उसने विन्सेंट से इसका सामना किया, तो वह बहुत कोमलता से पास आया: "तुम एक मृत लड़की के साथ प्रतिस्पर्धा क्यों कर रही हो?" उसने सवाल को घुमा दिया और आरोही को ही दोषी महसूस कराया।

उस रात पहली बार आरोही ने अपनी कलाई से उस कंगन को काटने के लिए चाकू उठाया। जैसे ही धातु से धातु टकराई, एक चिंगारी निकली और एक चेतावनी सायरन गूँज उठा। अट्टालिका के भीतर एक गहरी

आवाज़ गूँजी। वह कंगन सचमुच सतत निगरानी (मॉनिटरिंग) का हिस्सा था।

दरवाज़े के नीचे से एक और मुड़ा हुआ कागज़ सरकाया गया। लिखावट अपरिचित थी: **"जब वह कहता है कि केवल वही तुम्हें समझता है, तो उसका अर्थ होता है कि केवल वही तुम्हें परिभाषित (डिफाइन) कर सकता है।"** नीचे हस्ताक्षर थे: अ. (A.)

अनस्तासिया? अर्जुन? या कोई और प्रेत?

विन्सेंट के मनोवैज्ञानिक लॉग (Log) में प्रविष्टि हुई: **अनन्य समझ निर्भरता प्राप्त (Exclusive Understanding Dependency Achieved)।** विषय अब मुख्य रूप से नियंत्रक के माध्यम से अपनी पुष्टि (वैलिडेशन) खोजता है। पहचान का पूर्ण अपहरण सफल।

वह एक पुरानी रिकॉर्डिंग चलाता है। आईने के सामने खड़ी आरोही फुसफुसा रही है: "विन्सेंट के अलावा मुझे कोई नहीं जानता।" विन्सेंट मुस्कुराया। तभी दूसरे प्रदर्शक पटल (मॉनिटर) पर अधिकारी अर्जुन को विन्सेंट और लापता विदेशी छात्राओं के बीच के कॉल रिकॉर्ड (सीडीआर) का सुराग मिल जाता है।

अध्याय 20
मीरा का टूटता विश्वास

कभी-कभी शिकारी शिकार को पूरी तरह जीतने से पहले उसके आखिरी साक्षी (गवाह) को तोड़ता है। क्योंकि जो मित्र सत्य देख लेता है, वह सबसे खतरनाक गवाह होता है। और मीरा, अब वह केवल एक सहेली नहीं थी, वह विन्सेंट के लिए एक 'खतरा' बन चुकी थी।

विश्वास अचानक नहीं टूटता। वह एक बहुत बारीक दरार (हेयरलाइन क्रैक) की तरह शुरू होता है, दिखता नहीं, पर भीतर ही भीतर फैलता रहता है। मीरा के भीतर वह दरार बहुत पहले पड़ चुकी थी, अब बस उसके टूटने की आवाज़ आने लगी थी।

मीरा ने महीनों तक आरोही को बचाने की कोशिश की थी। चेतावनियाँ, शोध और संदेह। अब उसकी कोशिशें हताशा (डिस्पैरेशन) में बदल गई थीं। उसने अधिकारी अर्जुन खन्ना से अनौपचारिक रूप से संपर्क किया।

लापता विदेशी छात्राएं, विन्सेंट मोरिया और आर्थिक मानसिक अनुकूलन (फाइनेंशियल ग्रूमिंग) के प्रतिरूप, अर्जुन ने उसकी बातें ध्यान से सुनीं। मीरा को अपना पहला वास्तविक सहयोगी मिल गया था।

पर विन्सेंट की गति उससे कहीं तेज़ थी। शिकारी अक्सर गवाहों की गंध पहचान लेते हैं।

विश्वासघात का मंचन

आरोही एक शाम जब अट्टालिका लौटी, तो विन्सेंट असामान्य रूप से

शांत और कोमल था। "तुम्हारी सहेली मानसिक रूप से अस्थिर है, आरोही।" उसने मेज़ पर एक दूरभाष रखा और एक ध्वनि संचिका (ऑडियो फाइल) चला दी।

ध्वनि में मीरा अर्जुन से बात कर रही थी: "आरोही शायद पहले ही समझौते की स्थिति (कॉम्प्रोमाइज्ड) में पहुँच चुकी है। उसे पहचानना मुश्किल है।"

'समझौता'। उस शब्द ने आरोही के भीतर आग लगा दी। विन्सेंट ने संदर्भ (कॉन्टेक्स्ट) हटाकर केवल उस अंश को सुनाया था जिससे आरोही को यह लगे कि उसकी सहेली ही उसके खिलाफ साज़िश रच रही है।

"वह तुम्हें केवल एक 'केस स्टडी' (मामला अध्ययन) समझती है," विन्सेंट ने फुसफुसाते हुए कहा। "मैं तुम्हें एक जीता-जागता इंसान समझता हूँ।" पटकथा अब और भी पैनी हो चुकी थी।

अंतिम टकराव

आरोही एक तूफान की तरह मीरा के पास पहुँची। छात्रावास का वही पुराना गलियारा, वही पुराना जीवन, जो अब एक 'पूछताछ कक्ष' (इंटरोगेशन रूम) जैसा लग रहा था। "क्या तुम आरक्षी दल (पुलिस) के पास गई थीं?" आरोही चिल्लाई। मीरा स्तब्ध रह गई। "तुम्हारे भले के लिए गई थी, आरोही।" "नहीं, तुम मेरे खिलाफ गई थीं!"

दोनों के बीच की मैत्री अब स्पष्ट रूप से टूट रही थी। मीरा लगभग रो पड़ी, "आरोही, तुम मुझे उसकी भाषा में सुन रही हो। वह जो कह रहा है, तुम उसे सच मान रही हो।" आरोही ने बहुत कठोरता से जवाब दिया, "शायद इसलिए क्योंकि तुम मुझे कभी समझ ही नहीं सकीं।" वे शब्द चाकू की तरह थे। आरोही को तुरंत पछतावा हुआ, पर कमान से

निकला तीर वापस नहीं आता।

मीरा ने धीरे से कहा, "मैं तुम्हें खो रही हूँ, आरोही।" आरोही ने मुड़ते हुए कहा, "शायद तुम मुझे बहुत पहले ही खो चुकी हो।"

खामोश तोड़-फोड़

उस रात विन्सेंट ने आरोही को ऐसे गले लगाया जैसे वह उसी के द्वारा पैदा किए गए आघात (ट्रॉमा) को सहला रहा हो। शिकारी अक्सर आग लगाने वाले और दमकलकर्मी दोनों की भूमिका साथ निभाता है।

अगले ही दिन मीरा के जीवन में सूक्ष्म विध्वंस (सैबोटेज) शुरू हो गया। उसकी छात्रवृत्ति (फेलोशिप) का अचानक ऑडिट शुरू हो गया। वीज़ा समीक्षा की सूचना आई और उसके शोध कार्य के खिलाफ एक गुमनाम शिकायत दर्ज की गई। इत्तेफाक? या प्रतिशोध? मीरा समझ गई थी कि विन्सेंट ने अब उसे भी छू लिया है।

मीरा ने आरोही को एक कूटबद्ध स्मृति यंत्र (एन्क्रिप्टेड ड्राइव) दी। "अगर कभी मुझ पर दोबारा भरोसा जागे, तो इसे खोलना।" आरोही ने वह यंत्र नहीं लिया। वह मेज़ पर ही छूट गया, जैसे कोई लावारिस छोड़ दिया गया सत्य।

विन्सेंट इस अलगाव से बहुत संतुष्ट था। उसने इसे 'इनाम' के रूप में एक शानदार रात्रिभोज के साथ मनाया। "मर्यादाओं के नाम," उसने शैंपेन का गिलास उठाते हुए कहा। शिकार और उसके रक्षकों के बीच की दीवार अब पूरी तरह सील हो चुकी थी।

साक्ष्य और गायब होना

पर मीरा हार मानने वालों में से नहीं थी। उसने अपनी एक सहेली के ज़रिए, जो न्यायालयिक मनोविज्ञान प्रयोगशाला (फॉरेंसिक लैब) में थी, आरोही के कंगन का गुप्त रूप से विश्लेषण करवाया। परिणाम: उसमें एक अंतर्निहित खोजी यंत्र (ट्रैकर), जैविक-निगरानी (बायो-मॉनिटर) और एक निष्क्रिय ट्रांसमीटर लगा था।

यह एक ठोस प्रमाण था। उसने वह जानकारी आरोही को भेजी, पर कोई उत्तर नहीं आया। संदेश अनदेखा रहा, या शायद विन्सेंट द्वारा बीच में ही रोक लिया गया।

एक रात आरोही ने गलियारे में विन्सेंट को दूरभाष पर बात करते सुना, "रूममेट वाली समस्या खुद-ब-खुद ठीक हो रही है।" आरोही का दिल थम गया। रूममेट वाली समस्या? मीरा?

संदेह ने पहली बार उसे भीतर से काटा। वह मीरा को सचेत (वॉर्न) करना चाहती थी, पर लज्जा ने उसके कदम रोक दिए। देरी ही अब खतरा बन रही थी।

अगले दिन मीरा सेमिनार में नहीं आई। फिर दो दिन बीत गए। कोई जवाब नहीं। आरोही घबरा गई। मीरा का कमरा अस्त-व्यस्त था। दराजें खुली थीं। दीवार पर किसी ने खरोंचकर लिखा था: **किसी भी आईने पर भरोसा मत करो (TRUST NO MIRRORS)।** किसने लिखा? मीरा के गायब होने से पहले? या विन्सेंट की घुसपैठ के बाद?

टूटा हुआ साक्षी

अधिकारी अर्जुन खन्ना वहां पहुँचा। उसने तीखे सवाल पूछे। कॉल रिकॉर्ड्स (सीडीआर) की जांच से पता चला कि मीरा की आखिरी लोकेशन विन्सेंट की एक संपत्ति के पास थी। आरोही ने फिर से झूठ

बोला, पर इस बार उसकी आवाज़ कांप रही थी। अर्जुन ने गौर किया कि शिकारी का कवच अब दरक रहा है।

तीन रातों बाद मीरा वापस आई। वह जीवित थी, पर पूरी तरह बदल चुकी थी। उसकी आँखें खोखली थीं और वह खामोश थी। "क्या हुआ, मीरा?" आरोही ने रोते हुए पूछा। मीरा ने बस इतना कहा, "वह ऐसी चीज़ें जानता है जो कोई नहीं जान सकता।" वह बुरी तरह कांप रही थी।

अब मीरा बचाने की नहीं, बल्कि बचने की भाषा बोल रही थी। "उसके साथ ही रहो, आरोही। बस किसी तरह जीवित रहो।" यह समर्पण था। और आरोही को सबसे ज्यादा डर इसी बात से लगा कि जिस साहसी आवाज़ पर उसे भरोसा था, वह अब झुक चुकी थी।

अंतिम प्रमाण

रात के सन्नाटे में मीरा ने मदिरा के नशे में फुसफुसाते हुए कहा, "उसने मुझे अनस्तासिया दिखाई।" "क्या?" आरोही चौंक गई। मीरा ने कोई जवाब नहीं दिया, बस कांपती रही। आरोही को पहली बार विन्सेंट से वास्तविक डर महसूस हुआ। प्रेम के धुंधलके में अब दरार आ चुकी थी और अंधेरा साफ दिखाई दे रहा था।

देर रात एक पैकेट दरवाज़े के नीचे से सरकाया गया। वही कूटबद्ध स्मृति यंत्र (ड्राइव) वापस आ गया था। उस पर खून के धब्बे थे। उस पर लगा लेबल बदल चुका था: **इसे खोल लो, इससे पहले कि वह तुम्हारी यादों पर भी कब्ज़ा कर ले।**

आरोही ने कांपते हाथों से उसे अपने संगणक (लैपटॉप) में लगाया। वीडियो शुरू हुआ। मीरा का छिपा हुआ कैमरा रिकॉर्डिंग कर रहा था:

"अगर मैं गायब हो जाऊँ, तो याद रखना कि विन्सेंट मेंटरशिप के नाम पर एक तस्करी नेटवर्क चलाता है..."

तभी वीडियो में 'ग्लिच' आया और स्क्रीन काली हो गई। आरोही के पीछे दरवाज़े के खुलने की आहट हुई। विन्सेंट की आवाज़ आई: "तुम्हें अपनी सहेली पर थोड़ा कम भरोसा करना चाहिए था, आरोही।"

निगरानी कक्ष (सर्वाइवलेंस चेंबर) में विन्सेंट ने विवरण अद्यतन किया: **दसवां चरण - सुरक्षात्मक बंधन का पतन (Protective Bond Collapse)।** साक्षी को अस्थिर कर दिया गया है। बाहरी रक्षक को निष्प्रभावी कर दिया गया है। विषय का भावनात्मक अलगाव अब पूर्ण है।

वह तीन हिस्सों में बँटी स्क्रीन को देख रहा था। एक पर आरोही कांप रही थी, दूसरे पर मीरा अकेले रो रही थी और तीसरे पर अर्जुन कॉल रिकॉर्ड्स का मानचित्र (मैप) बना रहा था। तीन लोग सत्य की ओर बढ़ रहे थे, पर शिकारी उन सब से एक कदम आगे था।

लेकिन पहली बार, विन्सेंट के चेहरे पर हल्की चिंता थी। क्योंकि कभी-कभी टूटे हुए गवाह ही सबसे भयानक प्रतिशोधी (अवेंजर्स) बन जाते हैं।

मानसिक कैद

अध्याय 21
मानसिक विभ्रम

हर कारागार में भित्तियाँ नहीं होतीं। कुछ कारागार स्मृति के भीतर निर्मित किए जाते हैं, जहाँ आपसे आपका सत्य नहीं छीना जाता, अपितु सत्य पर आपका विश्वास छीन लिया जाता है। वहीं से मानसिक कैद प्रारंभ होती है, और उसका प्रथम उपकरण है, मानसिक विभ्रम।

मीरा की वे विस्फारित आँखें, उस कूटबद्ध स्मृति यंत्र पर अंकित रक्त का धब्बा, और विन्सेंट की द्वार पर स्थित वह भीषण परछाईं, इन सबके पश्चात आरोही को प्रतीत हुआ था कि अब सब कुछ परिवर्तित हो जाएगा। हुआ भी, पर बाह्य संसार में नहीं, उसके अपने अंतर्मन में।

वास्तविकता का पुनर्लेखन

आगामी प्रातः विन्सेंट असामान्य रूप से सौम्य था। वह कॉफी का पात्र लिए, एक चिंताजनक मुखौटा धारण किए सम्मुख खड़ा था। “तुम स्वस्थ प्रतीत नहीं हो रही हो, आरोही।” जैसे पूर्व रात्रि कुछ घटित ही न हुआ हो। वह हतप्रभ रह गई। “तुम रात्रि मेरे कक्ष के द्वार पर थे...” विन्सेंट ने ललाट पर बल देते हुए कहा, “आरोही, मैं तो संपूर्ण रात्रि बोस्टन के साथ दूरभाष पर वार्ता कर रहा था।” उसका प्रत्याख्यान इतना स्थिर और शांत था कि आरोही की अपनी स्मृति डगमगा गई।

“वह स्मृति यंत्र कहाँ है?” “कैसा यंत्र?” “मीरा का प्रेषित किया हुआ...” “वह मानसिक रूप से विचलित है, आरोही। तुम उसकी सनक का

आखेट हो रही हो।" इतनी सुगमता से यथार्थ को पुनः लिख दिया गया। कोई आक्रोश नहीं, कोई आक्रामकता नहीं, बस शनैः-शनैः सत्य का क्षरण।

उसने अपना शक्तिशाली संगणक खोला। न कोई यंत्र का इतिहास था, न चलचित्र संचिका, न ही रक्त का वह धब्बा। प्रमाण विलोपित हो चुके थे। क्या उसने वह सब स्वप्न में अवलोकन किया था? यही मानसिक विभ्रम की प्रथम विजय होती है, जब शिकार स्वयं से प्रश्न करने लगे: क्या वास्तव में ऐसा घटित हुआ था?

स्मृति का विध्वंस

विन्सेंट ने एक चिकित्सक की भाँति व्याख्या की, "निद्रा के अभाव में मस्तिष्क कल्पित प्रतिरूप निर्मित करने लगता है।" उसने मनोवैज्ञानिक शब्दावली को एक आयुध की भाँति प्रयुक्त किया। "तुम अत्यधिक कार्य कर रही हो, आरोही।" "कदाचित।" बस यही 'कदाचित' उसकी कैद की कूंजी बन गया।

अब प्रतिदिन लघु विक्षेप होने लगे। वह वस्तुओं को अन्यत्र रख देता और फिर कहता कि आरोही ने उन्हें विस्मृत कर दिया है। संदेश ओझल हो जाते। नियुक्तियाँ (अपॉइंटमेंट) बिना पूर्व सूचना के पुनर्गठित कर दी जातीं। और अंततः वह कहता, "तुम इन दिनों बातें विस्मृत करने लगी हो।" यह स्मृति का योजनाबद्ध विध्वंस था।

एक रात आरोही ने पूछा, "क्या तुमने मेरा दूरभाष (मोबईल) जाँचा था?" विन्सेंट ने एक व्यथित दृष्टि डाली। "तुम्हें लगता है कि मैं तुम्हारी मर्यादा का उल्लंघन करूँगा?" अब अपराधी स्वयं आरोही थी जिसे अपराधबोध का अनुभव कराया गया। उसने पुनः क्षमा याचना की। यह भूमिकाओं का पूर्ण विपर्यय था।

रक्षक बनाम उन्मादी

उसकी कक्षाएं छूटने लगीं। वह अपनी काल-मर्यादाएं (टाइम लिमिट्स) विस्मृत कर देती। वस्तुतः, उसके स्मरण-पत्र विलोपित कर दिए गए थे। किंतु विन्सेंट का तर्क था, "तुम दबाव में भग्न हो रही हो। अब मुझे तुम्हारे लिए चिंतन करने दो।" "मुझे तुम्हारे लिए चिंतन करने दो" यह वाक्य किसी पैशाचिक मंत्र जैसा था।

मीरा ने सचेत करने का चरम प्रयास किया: "आरोही, वह तुम्हारे यथार्थ को संपादित कर रहा है।" आरोही प्रथम बार चीख पड़ी, "कदाचित तुम्हीं मानसिक रुप से अस्थिर हो!" यह कहते ही उसे अनुभव हुआ जैसे उसकी देह से किसी अन्य का स्वर गूँजा हो। मानसिक विभ्रम तभी सफल होता है जब शिकार स्वयं अपने सहयोगियों के विरुद्ध स्थित हो जाए।

विन्सेंट ने एक 'यथार्थ बोध अभ्यास' प्रारंभ किया: "जब भी भ्रमित हो, मुझसे पूछो कि सत्य क्या है।" पराधीनता को अब एक अनुष्ठान बना दिया गया था।

औषधि और धुंधलका

एक संध्या आरोही ने अपनी कलाई पर एक नील का चिन्ह देखा। "यह कैसे हुआ?" विन्सेंट ने कोमलता से कहा, "तुम निद्रा में स्वयं को खरोंच लेती हो। मैंने तुम्हें सूचित किया था।" सूचित किया था? कब? स्मृति में एक वृहद अंतराल आ गया था। वह भयभीत हो गई।

विन्सेंट ने एक सौम्य औषधि का सुझाव दिया। "तुम्हारी व्याकुलता के लिए।" वे रक्त वर्ण की लघु गोलियाँ थीं। उन पर कोई नाम अंकित नहीं था। उसने एक ग्रहण की। सर्वत्र एक धुंध छा गई। अब उसकी धारणाओं

को रासायनिक रूप से शिथिल बना दिया गया था। भेषज विज्ञान के साथ मानसिक विभ्रम का भीषण संयोग।

अधिकारी अर्जुन खन्ना ने उससे गुप्त रूप से भेंट की। उसने दूरभाष विवरण और मृत छात्राओं के स्थानों का मिलान प्रदर्शित किया। प्रमाण अटल थे। फिर भी आरोही के भीतर विन्सेंट का स्वर गूँज रहा था: वे तुम्हें भ्रमित कर रहे हैं। प्रमाण और मानसिक अनुकूलन आपस में टकरा गए। उसका मस्तिष्क द्विभाजित हो गया।

दर्पण और प्रेत

एक रात उसने अवरुद्ध गलियारे के पीछे किसी स्त्री के रुदन की ध्वनि श्रवण की। वह वहाँ त्वरित पहुँची। द्वार अवरुद्ध था। विन्सेंट वहाँ उपस्थित हुआ। "वहाँ कोई ध्वनि नहीं थी।" "पर मैंने सुना" "तुम्हें मतिभ्रम हो रहा है।" 'मतिभ्रम' यह शब्द किसी गदा की भाँति था। अगर वह उन्मादी है, तो उसका शिकारी निष्कलंक है। यह विन्सेंट की एक प्रखर चाल थी।

अब उसकी डायरी की प्रविष्टियाँ परिवर्तित होती प्रतीत होतीं। क्या उसने ही ये सब अंकित किया था? रक्त वर्ण के घेरे, टिप्पणियाँ। उसे कुछ बोध नहीं हो रहा था। स्वयं पर से उसका विश्वास धूमिल हो चुका था।

एक कामुक क्षण में, जब उसने सीमा का विरोध करना चाहा, तो विन्सेंट फुसफुसाया: "गत दिवस तो तुम यही अभिलाषा कर रही थीं।" "नहीं।" "तुम विस्मृत हो जाती हो।" सहमति स्वयं अब अस्थिर हो चुकी थी। यह एक और भी कृष्ण पक्ष था।

कूट संकेत और रहस्य

उस रात उसने स्वयं का परीक्षण किया। दूरभाष का ध्वनि-अभिलेखक सक्रिय किया। विन्सेंट के साथ हुई वार्ता लिपिबद्ध की। प्रातः जब उसे सुना, तो केवल आरोही का स्वर था। विन्सेंट का स्वर अनुपस्थित था। संपादित? यंत्र के साथ कूट-रचना? या असंभव? वह चीखने वाली ही थी।

उसने औषधि की शीशी जाँची। एक सूक्ष्म कूट संकेत था। कोई वैद्यकीय पर्चा नहीं। अंतर्जाल पर अन्वेषण किया: शामक औषधि... स्मृति बाधा के पार्श्व प्रभाव। उसके हाथ कंपित होने लगे। तभी उसका अन्वेषण इतिहास स्वतः विलोपित हो गया। कोई उस पर दृष्टि रख रहा था।

रात्रि के 3:17 बजे विद्युत दीप झपके। गलियारे का प्रदर्शक पटल सक्रिय हुआ। अनस्तासिया का दृश्य चलचित्र गूँजा: "वह तुमसे तुम्हारी हत्या पर संशय कराने से पूर्व, तुम्हारी स्मृतियों पर संशय कराएगा।" फिर सब कुछ स्थिर हो गया। विन्सेंट उसके पार्श्व में निद्रालीन था या शायद अभिनय कर रहा था।

प्रातःकाल के जलपान पर वह मुस्कुराया: "तुम भयभीत प्रतीत हो रही हो। पुनः कोई दुस्वप्न?" आरोही उसे निरखती रही। क्या वह सब विदित है? कदाचित सर्वस्व।

अट्टालिका के तलघर में स्थित नियंत्रण कक्ष में मनोवैज्ञानिक विवरण अद्यतन हुआ: ग्यारहवां चरण - संज्ञानात्मक अधीनता। यथार्थ की निर्भरता प्राप्त। आत्मविश्वास का क्षरण चरम पर। औषधि अनुपालन प्रारंभ।

विन्सेंट सजीव जैविक फीड देख रहा था। आरोही के हृदय की गति अनियमित थी। वह बुदबुदाया: "जब वह स्वयं पर संशय करती है, तब वह पूर्णतः मेरी होती है।"

तभी दूसरे प्रदर्शक पटल पर अधिकारी अर्जुन खन्ना का वारंट हेतु प्रार्थना पत्र चमका। विधान द्वार खटखटा रहा है।

पर उस पिंजरे के भीतर, आरोही को अब यह भी विदित नहीं था कि क्या कोई द्वार अस्तित्व में भी है या नहीं।

अध्याय 22
अपराधबोध

डर भागने देता है। अपराधबोध घुटनों पर ला देता है। शिकारी जब शिकार के भीतर अपराधबोध रोप देता है, तो सलाखों की ज़रूरत कम हो जाती है। क्योंकि कैदी खुद प्रहरी बन जाता है।

नीली गोलियों के धुंधले दिनों में आरोही को पहली बार लगा कि शायद समस्या विन्सेंट नहीं, वह खुद है। यही अपराधबोध की संरचना की जीत थी।

विन्सेंट ने सीधे दोष नहीं दिया। उसने बस संकेत दिए। सूक्ष्म घाव। "तुम आजकल बहुत अविश्वासी हो गई हो।" "मैंने तुम्हारे लिए कितना जोखिम लिया।" "बिना भरोसे के प्रेम अपमानित करता है।" हर वाक्य में एक छिपा हुआ अभियोग था, और वह खुद को कटघरे में महसूस करती।

मीरा से टूटन, पिता से झूठ, अवैध संचिकाओं तक पहुँच, धन का हस्तांतरण, गुप्त रिश्ता, अब स्मृति में ये सब अपराध लगने लगे थे। वह खुद को शिकार कम और एक सहभागी अपराधी अधिक महसूस करने लगी थी। यही मनोवैज्ञानिक वंचना का जाल था।

एक रात विन्सेंट ने फुसफुसाते हुए कहा: "तुम्हें लगता है कि मैंने तुम्हें भ्रष्ट किया है। शायद मैंने केवल तुम्हारी असलियत उजागर की है।" यह वाक्य विष की तरह था। अगर अंधकार उसका अपना है, तो शिकारी उसे अपना मुक्तिदाता लगने लगता है।

आरोही रो पड़ी। "क्या मैं एक खराब इंसान हूँ?" विन्सेंट ने उसे अपने सीने से लगाकर कहा: "नहीं। तुम केवल इसलिए दोषी महसूस कर रही हो क्योंकि तुम्हारे भीतर अभिलाषाएं हैं।" उसने स्वीकारोक्ति को पाप के रूप में पुनर्गठित कर दिया, और उद्धार का मार्ग फिर से उसी के माध्यम से दिखाया।

अब हर सुख पर अपराधबोध था। विलासिता का अपराधबोध। इच्छा का अपराधबोध। जीवित रहने का अपराधबोध। उसने खुद को दंड देना शुरु कर दिया। भोजन त्यागना। अत्यधिक कार्य करना। मौन साधना। उसकी आंतरिक जेल का विस्तार होता गया।

मीरा की वे खोखली आँखें उसे डराती थीं। उसके साथ क्या हुआ? क्या उसने अपनी सहेली को धोखा दिया? क्या वह उसकी रक्षा नहीं कर पाई? मित्रता का शोक अब अपराधबोध में बदल चुका था।

विन्सेंट ने रणनीतिक रूप से अपना स्नेह वापस लेना शुरु किया। "शायद मैंने तुम्हें बहुत आगे धकेल दिया है।" अचानक दूरी। अब आरोही उसका पीछा करती। माफी माँगती। किस लिए? हर उस चीज़ के लिए जो विन्सेंट चाहता था। शिकारी को अब आरोप लगाने की ज़रूरत नहीं थी; शिकार खुद को अपराधी ठहरा रहा था।

उसने एक रात पूछा: "अगर कानून हमें गलत समझे... तो क्या तुम मेरे खिलाफ गवाही दोगी?" उसने घबराहट में कहा, "कभी नहीं।" यह एक तत्काल ली गई शपथ थी, जो वफादारी से नहीं, बल्कि अपराधबोध से प्रेरित थी।

अधिकारी अर्जुन ने गुप्त रूप से उसे एक प्रलेख (फाइल) दिया। अन्य शिकार। बैंक हस्तांतरण। डीएनए अवशेषों का मिलान। यह सब

भयावह था। फिर भी आरोही ने सोचा: अगर मैं उसे बेनकाब करती हूँ, तो मैं उस व्यक्ति को नष्ट कर दूँगी जिसने मेरी मदद की है। नैतिक विपर्यय अब पूर्ण हो चुका था।

वह गिरजाघर जाती है। खाली कैथेड्रल। मोमबत्तियों की रोशनी। सामने स्वीकारोक्ति कक्ष था, पर उसे पादरी की जगह विन्सेंट की आवाज़ सुनाई देती: बताओ तुमने क्या किया है। वह वहाँ से भाग खड़ी हुई। यहाँ तक कि प्रायश्चित भी अब संक्रमित हो चुका था।

एक रात विन्सेंट ने अपने कंधे पर एक घाव दिखाया। एक पुराना निशान। "किसी ने एक बार मुझे मारने की कोशिश की थी।" क्या यह सच था? या कोई गढ़ी हुई कहानी? उसने आगे कहा: "मैंने गलत लड़की पर भरोसा किया था।" अपराध बोध को तुरंत धमकी के साथ जोड़ दिया गया, वैसी लड़की मत बनना।

अब वह विन्सेंट के कल्पित अपराधों के लिए खुद को दोषी मानने लगी थी। अगर वह दानव है, तो मैंने उससे प्रेम क्यों किया? अगर मैं यहाँ रुकी, तो क्या मैं उसकी भागीदार हूँ? शिकार होने का अहसास अब लज्जा से दूषित हो चुका था। न्यायालयिक मनोविज्ञान इसे 'पीड़ादायक अपराधबोध' (ट्रामा गिल्ट) कहता है।

विन्सेंट ने उसे एक अभ्यास दिया: "हर वह तरीका लिखो जिससे तुमने मुझे चोट पहुँचाई है।" उसने पन्ने भर दिए, अविश्वास, सवाल, मीरा, संदेह। अंत में विन्सेंट ने उन सब पर घेरा बनाया और लिखा: क्षति के माध्यम से ऋण और गहरा होता है। उसकी भावनात्मक स्वीकारोक्ति अब एक बही-खाता बन गई थी।

फिर पहला प्रत्यक्ष शारीरिक उल्लंघन हुआ। वह हिंसक नहीं था, पर

उससे भी बुरा था। वह अपराधबोध से धुंधली हुई एक 'सहमति' में लिपटा हुआ था। वह आंशिक रूप से इसलिए मान गई क्योंकि मना करना उसे क्रूरता लग रही थी। उसके बाद वह कांप रही थी। विन्सेंट ने उसके माथे को चूमा: "अब तुम वास्तव में मेरी हो।" उसे प्रेम महसूस हुआ, और साथ ही मलिनता भी। दोनों एक साथ।

प्रक्षालन कक्ष (वाश रूम) के आईने में देखकर उसने फुसफुसाया: मैं उसे मुझे चोट पहुँचाने में मदद कर रही हूँ। यह पहला सचेत वाक्य था। फिर तुरंत लज्जा आई, क्योंकि शिकार सबसे पहले खुद को ही दोषी मानता है।

मीरा ने पुस्तकालय की एक किताब में गुप्त रूप से एक संदेश छोड़ा: अपराधबोध वह तरीका है जिससे वह तुम्हारी अंतरात्मा को हथकड़ी लगाता है। अपने बंदी बनाने वाले के सामने स्वीकारोक्ति मत करो। वह उसे पढ़कर रोने लगी, पर उसने वह संदेश जला दिया। क्यों? क्योंकि अब सत्य झूठ से भी ज़्यादा दर्दनाक था।

बाद में विन्सेंट ने शांति से पूछा: "क्या मीरा ने तुमसे संपर्क किया?" उसे कैसे पता? उसने झूठ बोला। वह मुस्कुराया। "अच्छा है। अब और विश्वासघात नहीं होंगे।" 'विश्वासघात'। बहुवचन। वह शब्द एक फैसले की तरह उसके कानों में गूँजा।

आधी रात को उसने वह पुराना बही-खाता खोला। खाली पन्ने अब भर चुके थे। लिए गए ऋण। एक नई पंक्ति जुड़ी थी: देह। मौन। सहभागिता। कुल योग: अक्षम्य। वह चीख पड़ी। क्या यह हमेशा से वहाँ था? मानसिक विभ्रम के अवशेष अब भी बाकी थे।

तभी उसे एक झटका लगा। एक समाचार सूचना चमकी: अंतरराष्ट्रीय

छात्रा मृत पाई गई। अत्यधिक औषधि (ओवरडोज) की संभावना। चित्र धुंधला था, पर वह वैसी ही दिख रही थी जैसी विन्सेंट के दानदाता रात्रिभोज की एक लड़की। शायद उसका कोई संबंध था। आरोही फुसफुसाई: मुझे पता था। मैंने कुछ नहीं किया। अब वास्तविक अपराधबोध गढ़े हुए अपराधबोध के साथ जुड़ गया। यह कहीं ज़्यादा भारी था।

उसने विन्सेंट का सामना किया। "क्या आप इसमें शामिल थे?" वह करीब आया और कोमलता से बोला: "सावधान रहो, आरोही। आरोप एक साझा उत्तरदायित्व पैदा करते हैं।" साझा। एक शब्द। उसने हत्या को एक आपसी कृत्य बना दिया था। वह लगभग ढह गई।

नियंत्रण कक्ष। विषय विवरण: लज्जा का आंतरिककरण: उच्च। स्वयं को दोष देने की प्रवृत्तिः प्रबल। रक्षात्मक स्वीकारोक्ति की प्रक्रिया: सक्रिय। बारहवां चरण - अपराधबोध का बंधन सुरक्षित ।

विन्सेंट ने आरोही द्वारा लिखे गए उन स्वीकारोक्ति के पन्नों को अपनी फाइल में रखा। कानूनी हथियार। भावनात्मक हथियार। शारीरिक हथियार। तीन ज़ंजीरें। वह बुदबुदाया: "एक बार जब वह खुद को दोषी महसूस करने लगेगी, तो वह अपराध का भी बचाव करेगी।"

प्रदर्शक पटल झपका। अधिकारी अर्जुन ने डीएनए के एक मिलान को अलग किया। एक पुराने कंगन में खून के निशान मिले थे। साक्ष्य जाग रहे थे। पर अट्टालिका के भीतर, आरोही बाथरूम के फर्श पर घुटनों के बल बैठी एक ऐसे पाप को धोने की कोशिश कर रही थी, जिसका वह नाम तक नहीं जानती थी।

अध्याय 23
प्रेम या सौदा?

हर रिश्ता किसी बिंदु पर अपना असली नाम माँगता है। प्रेम? निर्भरता? लेन-देन? या सौदा? और जिस दिन शिकार यह प्रश्न पूछता है, उसी दिन नियंत्रण पहली बार काँपता है।

अपराध बोध की धुंध में डूबी आरोही को एक सुबह लगा कि वह प्रेम नहीं, हिसाब जी रही है। लैपटॉप। फीस। अपार्टमेंट। सुरक्षा। शरीर। चुप्पी। हर उपहार के पीछे एक अदृश्य कीमत थी। पहली बार उसने मन में पूछा- क्या मैं प्रेमिका हूँ... या निवेश?

विन्सेंट प्रातःकाल के जलपान (ब्रेकफास्ट) पर बहुत सहजता से कहता है: “निवेश सदैव प्रतिफल (रिटर्न) चाहता है, आरोही।” वह हँसता है, पर आरोही के लिए यह कोई मज़ाक नहीं था। यह एक निर्दयी सत्य था।

मीरा का एक कूटबद्ध (एन्क्रिप्टेड) संदेश आता है जिसे आरोही इस बार विलोपित (डिलीट) नहीं करती: “पूछो कि क्या होता है जब तुम 'ना' कहती हो।” इस बार आरोही अपनी स्वतंत्रता का परीक्षण करने का निर्णय लेती है।

वह पहली बार विन्सेंट को किसी बात के लिए 'ना' कहती है। विन्सेंट उसे ज़्यूरिख (Zurich) की यात्रा पर साथ ले जाना चाहता था। “नहीं, विन्सेंट। मैं नहीं जा सकती।” विन्सेंट के चेहरे पर मुस्कान स्थिर हो गई।

"उस सबके बाद जो मैंने तुम्हारे लिए किया है? क्या यह तुम्हारा जवाब है?"

बस। एक पल में प्रेम का मुखौटा उतर गया और वह एक बीजक (इनवॉइस) बन गया। उपकारों की सूची अब एक भारी ऋण की तरह उसके सामने थी।

बाद में, विन्सेंट के अध्ययन कक्ष (स्टडी) में उसे कुछ छिपे हुए संरक्षण अनुबंध (पात्रोनेज कॉन्ट्रैक्ट्स) मिलते हैं। उनमें साहचर्य दायित्व (कॉम्प्लिएंस ऑब्लिगेशन्स), विवेक खंड (डिस्क्रेशन क्लॉज़) और उपहार पुनः प्राप्ति अधिकार (गिफ्ट रिकाप्चर राइट्स) जैसी शर्तें लिखी थीं। यह पूरा 'शुगर सिस्टम' एक कानूनी भाषा में बंधा हुआ था। उसे देखते ही आरोही को मतली (नॉजिया) होने लगी।

जब उसने विन्सेंट का सामना किया: "क्या मेरी भर्ती (रिक्रूटमेंट) की गई थी? क्या मैं सिर्फ एक प्रोजेक्ट थी?" विन्सेंट ने वही रेशमी ज़हर अपनी आवाज़ में घोला: "तुम्हारी भर्ती नहीं, बल्कि तुम्हें उन्नत (एलीवेटेड) किया गया था, आरोही। तुम अब साधारण नहीं हो।"

अधिकारी अर्जुन उसे कुछ वित्तीय प्रतिरूप (फाइनेंशियल पैटर्न्स) दिखाता है। लापता विदेशी छात्राएं, विलासिता भरे पट्टे (लक्ज़री लीज़) और फिर अचानक गायब हो जाना। यह दान के नाम पर किया गया एक आखेट था। अब प्रश्न और भी गहरा हो गया था: क्या उनकी आत्मीयता (इंटीमेसी) भी महज़ एक लेन-देन थी?

विन्सेंट उसे एक हीरे की अंगूठी देता है। "स्थायी रूप से मेरे साथ रहो।" यह एक प्रस्ताव था या उसकी बेड़ियों को और आधुनिक बनाने का प्रयास? आरोही उसकी आँखों में देखकर पूछती है: "विन्सेंट, क्या तुम

प्रयास? आरोही उसकी आँखों में देखकर पूछती है: "विन्सेंट, क्या तुम मुझसे प्रेम करते हो?"

एक लंबी और डरावनी चुप्पी। फिर विन्सेंट का उत्तर आता है: "मैं तुम्हें चुनता हूँ (I choose you)।" प्रेम नहीं। चयन। एक शिकारी की क्रिया। और उसी क्षण आरोही के मन में बने उस भ्रम (इल्यूज़न) में एक बड़ी दरार पड़ती है।

रात को आरोही चोरी-छिपे विन्सेंट की बातों को रिकॉर्ड करती है: "तुम बदले में क्या उम्मीद करते हो?" विन्सेंट आधे नशे में बुदबुदाता है: "अनुपालन। निष्ठा। पहुँच। और देह के रूप में कृतज्ञता।" रिकॉर्ड हो गया। यह उसका सबसे बड़ा प्रमाण (एविडेंस) था या फिर उसका मृत्यु वारंट।

नियंत्रण कक्ष। तेरहवां चरण - आधिपत्य सुदृढीकरण (Possession Reinforcement)। संचिका नोट: यदि वह पूछती है कि क्या यह प्रेम है, तो वह विश्वासघात की तैयारी कर रही है।

प्रदर्शक पटल पर आरोही उस अंगूठी को घूर रही है। पहली बार उसके मन में प्रलोभन से बड़ा एक प्रश्न खड़ा है - क्या वह प्रेम थी, या केवल खरीदी गई थी?

अध्याय 24
अनुबंध

हर शोषण एक दिन अपनी भाषा बदलता है। प्रेम से नियम बनते हैं, नियम से शर्तें, शर्तों से अनुबंध। और जहाँ प्रेम कागज़ माँगने लगे, वहाँ भावना नहीं, बल्कि स्वामित्व लिखा जाता है।

हीरे की अंगूठी के उस प्रस्ताव के बाद विन्सेंट बदल गया था। अब उसमें प्रलोभन कम और संरचना अधिक थी। जैसे उनका रिश्ता अब अगले चरण में प्रवेश कर चुका हो या शायद एक 'ऑपरेशन' के अंतिम चरण में।

एक शाम उसने एक काला चमड़े का संपुट (फोल्डर) आरोही के सामने रखा। “सुरक्षा समझौता,” विन्सेंट ने मुस्कुराते हुए कहा। “बस कुछ औपचारिकताएं।” औपचारिकताएं अक्सर पिंजरों को प्रमाणित (नोटराईज) करने का काम करती हैं।

आरोही ने संपुट खोला। उसमें गोपनीयता खंड (NDA), आर्थिक निर्भरता के प्रावधान, आपातकालीन अभिभावक अधिकार, और डिजिटल उपकरणों तक पहुँच की सहमति लिखी थी। और सबसे अंत में एक पंक्ति थी, 'वैयक्तिक साहचर्य समझ'। उसकी साँस अटक गई। मार्गदर्शक और शिष्य का रिश्ता अब एक अनुबंध बन चुका था।

“क्या यह कोई मज़ाक है?” आरोही ने पूछा। विन्सेंट का स्वर शांत था। “सभ्य लोग अपनी व्यवस्थाओं (अरेंजमेंट्स) को परिभाषित करते हैं, आरोही।” 'व्यवस्था'। यह मधुर शब्दों में लिपटी हुई गुलामी थी।

उसने हस्ताक्षर करने से साफ इनकार कर दिया। पहली बार विन्सेंट के सामने उसका स्वर दृढ़ था। विन्सेंट केवल मुस्कुराया और बोला, “अपना समय लो।” वह बहुत शांत था, खतरनाक रूप से शांत।

अगले ही दिन आरोही के शिक्षण शुल्क का भुगतान अचानक रुक गया। उसका कार्ड 'अस्वीकृत' (डिक्लाइंड) दिखाने लगा। शोध अनुदान में देरी होने लगी। विन्सेंट ने दंड को प्रशासनिक बना दिया था। बुनियादी सुविधाओं के ज़रिए मनोवैज्ञानिक वंचना करना उसकी पुरानी चाल थी।

मीरा ने उसे फिर से चेतावनी दी: “ये अनुबंध तुम्हारी बेड़ियों को कानूनी मान्यता देने का तरीका हैं।” इस बार आरोही ने उसे पूरी तरह सुना।

अधिकारी अर्जुन ने उसे बताया कि कुछ लापता छात्राओं का संबंध ठीक इसी तरह के समझौतों से था। कानूनी मानसिक अनुकूलन (लीगल ग्रूमिंग)। हस्ताक्षरों के साथ किया गया आखेट।

रात को मदिरा का गिलास हाथ में लिए विन्सेंट ने कहा, “हर साम्राज्य अनुबंधों पर चलता है, आरोही। यहाँ तक कि प्रेम भी।” आरोही ने पलटवार किया: “प्रेम सहमति माँगता है, विन्सेंट। अनुबंध अनुपालन की मांग करते हैं।” विन्सेंट की आँखों में एक ठंडी चमक आई।

उस रात उस बंद पुरालेख कक्ष (आर्काइव) में उसे कुछ पुरानी संचिकाएं मिलीं। निष्पादित अनुबंध (Executed Agreements)। अनस्तासिया। लीना। सारा। सब पर हस्ताक्षर थे। कुछ पर लिखा था - 'समाप्त' (Terminated)। उस शब्द ने कमरे की हवा को जमा दिया। 'समाप्त' होने का अर्थ क्या था?

उसने देखा कि एक गुप्त परिशिष्ट (अपेंडिक्स) भी था, जिसमें 'व्यवहार

उल्लंघन दंड' और 'मर्यादा उल्लंघन के परिणाम' लिखे थे। उसे महसूस हुआ कि उसका शिकार किया जा रहा है। यह कोई रोमांस नहीं था, यह एक तंत्र (सिस्टम) था।

विन्सेंट अब शारीरिक आत्मीयता को भी अनुबंध की भाषा में मोड़ने लगा था। "तुमने लाभ स्वीकार किए हैं, तो आपसी दायित्व भी बनते हैं।" उसने सहमति को ऋण के रूप में फिर से परिभाषित किया।

आरोही ने चुपके से उन दस्तावेज़ों के चित्र अपने फोन में लिए। डिजिटल पदचिह्न। मेटाडेटा सुरक्षित। पहली बार वह एक शिकार से गवाह बन रही थी।

पर विन्सेंट सब जानता था। अगली सुबह उसने नाश्ते की मेज़ पर एक चित्र रखा, आरोही रात में पुरालेख कक्ष की तस्वीरें ले रही थी। वह हमेशा उसे देख रहा था। "हस्ताक्षर कर दो, और मैं तुम्हारी रक्षा करूँगा," विन्सेंट ने धीरे से कहा। "मना किया, तो यह तंत्र तुम्हारे लिए बहुत कठोर हो जाएगा।" धमकी में स्वर कभी ऊँचा नहीं हुआ, जिसने उसे और भी भयावह बना दिया।

आरोही पर आर्थिक दबाव बढ़ता गया। मुंबई से पिता के अस्पताल के बिल की खबर आई। स्कॉलरशिप की समीक्षा रुकी हुई थी। दबाव उसे चारों ओर से घेर रहा था। वह अनुबंध अब उसे जीवित रहने का एकमात्र रास्ता लगने लगा।

वह लगभग हस्ताक्षर करने ही वाली थी। कलम कांप रही थी। तभी संपुट से एक छोटी सी पर्ची गिरी। अनस्तासिया की लिखावट में एक हस्तलिखित नोट: "एक बार हस्ताक्षर किए, तो तुम्हारा डर कानूनी बन जाएगा।" एक प्रेत ने हस्तक्षेप किया था। आरोही ने कलम पटक दी।

विन्सेंट के साथ एक हिंसक टकराव हुआ। "मैं तुम्हारी साथी हूँ या तुम्हारी संपत्ति?" विन्सेंट ने फुसफुसाते हुए कहा, "फर्क केवल भावनात्मक है, आरोही।" दर्शन के पीछे छिपा दानव उजागर हो गया।

उस रात उसने अनुबंध की प्रतियों को अधिकारी अर्जुन को एक कूटबद्ध संदेश के ज़रिए भेज दिया। लक्ष्मण रेखा पार हो चुकी थी। अब वह केवल शिकार नहीं थी, वह अभियोजन (प्रॉसिक्यूशन) की संभावित गवाह थी।

नियंत्रण कक्ष। विषय औपचारिक नियंत्रण का विरोध कर रहा है। जवाबी कार्रवाई का स्तर बढ़ाने की अनुमति प्राप्त। चौदहवां चरण - ज़बरदस्ती अनुबंध विफलता (Coercive Contract Failure)।

विन्सेंट ने बिना हस्ताक्षर वाली दूसरी प्रति जला दी। पर एक फोल्डर अपने पास रखा, जिस पर लिखा था: लीवरेज (उत्तोलक)।

प्रदर्शक पटल पर अधिकारी अर्जुन के पास वारंट का मसौदा तैयार हो रहा था। डीएनए की कड़ी। सीडीआर संबंध। डिजिटल पदचिह्न एक जाल बुन रहे थे। कानून अपना खुद का अनुबंध तैयार कर रहा था। और पहली बार विन्सेंट के चेहरे पर मुस्कान नहीं थी।

अध्याय 25
क्रय की गई स्वतंत्रता

कुछ पिंजरे सोने के होते हैं, कुछ खुले दरवाज़ों वाले, और कुछ ऐसे जहाँ कैदी को यह विश्वास दिलाया जाता है कि वह स्वाधीन है, बस इसलिए क्योंकि उसकी ज़ंजीर बहुत बहुमूल्य है। यही 'क्रय की गई स्वतंत्रता' है।

बिना हस्ताक्षर वाले अनुबंध की विफलता के बाद विन्सेंट पीछे नहीं हटा। वह और अधिक आक्रमक हो गया। जब सीधा दबाव विफल रहा, तो उसने 'स्वतंत्रता का विभ्रम' रचा। शिकारी अक्सर परिस्थितियों के अनुसार खुद को ढाल लेते हैं।

“थोड़ी दूरी बनाओ, आरोही,” विन्सेंट ने अचानक एक सुबह कहा। “यात्रा करो। मेरे धन का उपयोग करो। पूर्णतः मुक्त रहो।” 'मुक्त रहो', स्वतंत्रता का प्रस्ताव दिया गया था, उपहार की चादर में लपेटकर। यही सबसे अधिक संदेहास्पद था।

उसने पेरिस के शोध सम्मेलन के प्रवेश पत्र दिए। कोई शर्त नहीं, कोई प्रत्यक्ष ज़ंजीर नहीं। सब कुछ बहुत साफ-सुथरा लग रहा था। पर मुक्ति कभी उसे बंदी बनाने वाले के हाथ से नहीं आती।

मीरा ने चेतावनी दी थी: “अगर वह तुम्हें स्वाधीनता प्रदान कर रहा है, तो पूछो कि वह कौन सा स्वामित्व है जो अब भी अदृश्य है।” आरोही अब उसे ध्यान से सुन रही थी। उसके भीतर संदेह जीवित था।

प्रायोजित स्वाधीनता

पेरिस में पहली बार वह विन्सेंट से दूर थी या उसे ऐसा आभास कराया गया। विलासिता कक्ष, निजी वाहन, असीमित व्यय। यह खरीदी हुई स्वाधीनता थी।

तभी उसे वास्तविकता का बोध हुआ। उसकी कलाई का कंगन अब भी पदचिन्हों का पीछा कर रहा था। उसका दूरभाष स्वतः एक 'आभासी निजी संजाल' (VPN) के माध्यम से विन्सेंट के नियंत्रण में चल रहा था। होटल का कक्ष पहले से ही विन्सेंट के संस्थान के नाम पर आरक्षित था। यह सतत निगरानी द्वारा प्रायोजित स्वतंत्रता थी। एक खुला पिंजरा।

सम्मेलन के स्वागत समारोह में एक अजनबी ने उसके कान में फुसफुसाया, “क्या तुम भी विन्सेंट के विद्वानों में से एक हो?” 'एक'। पुनः एक बहुवचन प्रेत।

एक फ्रांसीसी शोधकर्ता ने चुपचाप उसे एक प्रलेख (Dossier) सौंपा। उसमें 'संरक्षण-यौन शोषण' के माध्यमों का उपयोग करने वाले धोखाधड़ी के तंत्र का विवरण था। 'मोरिया संस्थान' का संदर्भ स्पष्ट था। यह अंतरराष्ट्रीय स्तर का खेल था। यह केवल एक शिकारी की बात नहीं थी, यह एक पूर्ण 'तंत्र' था।

आरोही सीन नदी के किनारे अकेली चलती रही। पहली बार उसके मन में कल्पना आई, 'भाग जाओ। ओझल हो जाओ।' पर तभी पिता का विचार आया। वीज़ा। ऋण। भय। अदृश्य ज़ंजीरें तालों से कहीं अधिक मज़बूत थीं।

विन्सेंट ने वीडियो कॉल (Video Call) के माध्यम से संपर्क किया। “स्वतंत्रता का आनंद ले रही हो?” उसकी आवाज़ में एक अजीब सा

मनोरंजन था, जैसे वह किसी प्रयोगशाला के प्रयोग का अवलोकन कर रहा हो।

उसने पलायन का परीक्षण किया। एक नया सिम कार्ड (Sim Card) खरीदा। मीरा को कॉल करने का प्रयास किया। कुछ ही क्षणों में संपर्क कट गया। यंत्र अक्षम (Disabled) हो गया। विन्सेंट के पास उसके हर अंकीय पद-चिह्न (Digital Footprint) की जानकारी थी। वह सब जानता था।

स्वतंत्र आवास का भ्रम

वापसी की उड़ान को प्रथम श्रेणी में उन्नत किया गया था। उसके बगल की सीट पर एक अज्ञात महिला बैठी थी। विमान के उतरने से पहले उसने फुसफुसाया: "वह बाहर निकलने के सारे रास्ते खरीद लेता है, ताकि किसी को पता न चले कि असल में कोई रास्ता बचा ही नहीं है।" और फिर वह महिला हवाई अड्डे की भीड़ में ओझल हो गई। मतिभ्रम? कोई गवाह? या फिर कोई और प्रेत?

न्यूयॉर्क वापस आने पर विन्सेंट मुस्कुराया। "क्या स्वतंत्रता ने तुम्हें संतुष्ट किया?" आरोही ने उत्तर दिया, "वह किराए की लग रही थी।" विन्सेंट ने उसे बहुत देर तक देखा। उसे ज्ञात था कि आरोही के भीतर जागरण की प्रक्रिया शुरू हो चुकी है।

अब उसने एक और भी खतरनाक उपहार दिया, एक अलग स्वतंत्र आवास (लॉफ्ट)। "तुम्हारी स्वाधीनता के लिए।" चांदी की चाबियाँ। धातु में ढली हुई मुक्ति। पर उस आवास का पट्टा (Lease) अभी भी उसी न्यास (Trust) के अधीन था जिसे विन्सेंट नियंत्रित करता था। पुनः वही

क्रय की गई स्वाधीनता।

आरोही वहाँ रहने लगी। उसे लगा कि वह मुक्त हो गई है। फिर उसे धुआँ संसूचक (Smoke Detector) के भीतर छिपे हुए कैमरे मिले। उसकी धड़कनें जम गईं। यहाँ तक कि उसकी स्वाधीनता भी विन्सेंट द्वारा सुसज्जित थी।

अधिकारी अर्जुन की न्यायालयिक टीम ने उस आवास के मालिकाना हक का पीछा किया, जो अंततः विन्सेंट की छद्म कंपनियों तक पहुँचा। उसकी स्वतंत्रता का सचमुच एक स्वामी था। साक्ष्य और भी पैने हो रहे थे।

विन्सेंट कहता, "मैं कभी किसी को कैद नहीं करता। मैं केवल विकल्प प्रदान करता हूँ।" यह मेकियावेलियन प्रतिभा का चरम था। दमन को एक 'विकल्प' के रूप में बेचा जा रहा था।

अंतिम परीक्षण

एक रात उसने आरोही को एक काला वित्तीय पत्रक (Black Card) दिया। असीमित पहुँच। "खर्च करो। अपना जीवन बनाओ।" उसने एक बार उसका उपयोग किया। बाद के विवरण में नीचे लिखा था: 'गोपनीयता प्रतिधारण शुल्क' (Discretion retainer)। आरोही का मन विचलित हो गया। यहाँ तक कि उसकी स्वाधीनता का भी एक 'सौदा' किया गया था।

उसे अहसास हुआ: हर उपहार एक निशान छोड़ता है। हर निशान एक दबाव तंत्र (Leverage) बनता है। क्रय की गई स्वतंत्रता का अर्थ था,

दस्तावेज़ी निर्भरता। धोखाधड़ी का मनोविज्ञान अब अपना चक्र पूर्ण कर चुका था।

उसने चोरी-छिपे कैमरों की रिकॉर्डिंग की प्रतियाँ बनाना शुरू किया। अंकीय पदचिह्न। कूट-आँकड़े। स्थिति के संकेत। एक शिकार अब अभियोजन (Prosecution) के लिए कंकाल तैयार कर रहा था।

विन्सेंट को विद्रोह की आहट महसूस हुई। रात्रिभोज की मद्धम रोशनी में वह असामान्य रूप से कोमल हो गया। "अगर मैंने तुम्हारे पंखों के लिए पैसे दिए हैं, तो क्या वे तुम्हारे अपने कहलाएंगे?" शिकारी का दर्शन। आरोही ने उत्तर दिया, "पिंजरा बनाने वाले के द्वारा खरीदे गए पंख हमेशा कतरे हुए ही होते हैं।" सन्नाटा। युद्ध की घोषणा हो चुकी थी।

उस रात उस स्वतंत्र आवास के डाक-बक्से में उसे एक लिफाफा मिला। कोई प्रेषक नहीं था। अंदर एक पुराना चित्र (Polaroid) था। अनस्तासिया उसी आवास में खड़ी थी। वही चाबियाँ। पीछे लिखा था: "वह जो कुछ भी देता है, वह सब पिंजरे के भीतर ही होता है।" प्रेत फिर से साक्षी बन गया था।

आरोही ने अंतिम परीक्षण किया। उसने अपना कंगन वहीं आवास में छोड़ दिया। वह अकेली भूमिगत रेल (Subway) में चली गई। एक गौरवशाली घंटे के लिए वह 'मुक्त' थी। फिर स्थानक (Platform) के प्रदर्शक पटल की स्क्रीन झपकी। विन्सेंट का चेहरा सजीव प्रसारण (Live Feed) में उभरा। संदेश था: "स्वतंत्रता महँगी होती है। घर वापस आ जाओ।" रेल की चीख गूँजी। वह लगभग ढह गई।

अट्टालिका वापस पहुँचने पर विन्सेंट ने उसे गले लगाया। वह क्रोधित नहीं था, जो और भी बुरा था। एक मालिकाना हक वाली खामोशी।

“तुम हमेशा वापस आ जाती हो।” जैसे उसका प्रयोग सिद्ध हो चुका हो।

वह फुसफुसाईः “क्योंकि तुम जो भी निकास बेचते हो, वह नकली होता है।” यह पहला प्रत्यक्ष आरोप था। विन्सेंट मुस्कुराया। शिकारी वाली मुस्कान। “अब तुम अर्थशास्त्र सीख रही हो।”

नियंत्रण कक्ष। विषय कृत्रिम स्वायत्तता को पहचान रहा है। निर्भरता का विभ्रम अस्थिर। खतरे का स्तर बढ़ रहा है। पंद्रहवां चरण - घेराबंदी में वृद्धि (Containment Escalation)।

विन्सेंट ने फाइल खोलीः “यदि स्वतंत्रता विफल हो जाए, तो भय का प्रयोग करें।”

प्रदर्शक पटल तीन भागों में विभाजित हुआ। आरोही साक्ष्य जुटा रही थी। अर्जुन वारंट सुरक्षित कर रहा था। मीरा अपनी यादें वापस पा रही थी। तीन धाराएँ एक साथ मिल रही थीं। और पिंजरा अब हिलने लगा था।

पर हिले हुए पिंजरे अक्सर कसाईखाने (Slaughterhouses) बन जाते हैं।

अँधेरे में उतरना

अध्याय 26
बंद कमरा

हर रहस्य दरवाज़े के पीछे नहीं छिपता। कुछ दरवाज़े इसलिए बंद रहते हैं क्योंकि उनके पीछे सच नहीं, बल्कि साक्ष्य साँस लेते हैं। और कुछ कमरों में प्रवेश की कहानी नहीं, बल्कि वापसी की संभावना ही बदल जाती है।

अट्टालिका के उस गलियारे में एक दरवाज़ा हमेशा बंद रहता था। मैट ब्लैक रंग का सन्नाटा। न कोई संख्या, न बाहर कोई कुंडी। बस एक 'जैविक पहचान' पटल (बायोमेट्रिक पैनल) और अटूट मौन। महीनों से आरोही ने उसे अपने परिधीय आतंक (पेरिफेरल टेरर) की तरह जीया था। आज पहली बार वह केंद्र बना।

क्रय की गई स्वतंत्रता का विभ्रम टूटने के बाद उसे समझ आया, अगर विन्सेंट एक तंत्र है, तो उसका पुरालेख (आर्काइव) यहीं है। इसी अवरुद्ध कक्ष में। उस शिकारी का हृदय।

विन्सेंट ज्यूरिख के निवेशकों के साथ रात्रिभोज के लिए बाहर था। चार घंटे का एक छोटा सा अवसर। इतना समय भय के साथ विश्वासघात करने के लिए पर्याप्त था, पर गलतियों से जीवित बचने के लिए कम।

मीरा का कूटबद्ध संदेश आया था: "यदि कोई वर्जित कमरा है, तो वह कभी प्रतीकात्मक नहीं होता। उसे खोलो। अब और चेतावनियाँ नहीं। यह मेरा आदेश है।"

आरोही ने जैविक पहचान पटल का अध्ययन किया। कंगन की निकटता से सक्रिय होने वाला यंत्र। एक द्वितीयक तापीय संवेदक (थर्मल सेंसर)। सुरक्षा व्यवस्था परतों में थी। पर उसने प्रतिरूपों (पैटर्न्स) की नकल कर ली थी। एक शिकार अब घुसपैठिया बन रहा था।

रात्रि के 3:08 बजे। कंगन के संवेदक को छला गया। द्वार से एक हल्की आवाज़ हुई। बहुत कोमल, लगभग शिष्ट। जैसे बुराई उसे आमंत्रित कर रही हो।

शिकारी की प्रयोगशाला

अंदर अंधकार नहीं था, बल्कि नैदानिक (क्लीनिकल) मद्धम रोशनी थी। शीतल वातावरण। पुरालेखों की गंध। धातु, विरंजक (ब्लीच), स्मृतियाँ और कुछ उससे भी पुराना - भय।

बंद अलमारियों की कतारें। निद्रालीन प्रदर्शक पटल। ध्वनि उपकरण। औषधियों की प्रशीतन इकाई (रेफ्रिजरेशन यूनिट)। डीएनए नमूनों का भंडारण। यह किसी न्यायालयिक विशेषज्ञ का दुस्वप्न था। शिकारी की निजी प्रयोगशाला।

दीवारों पर अंकित शीर्षक: व्यवहार विवरण। अनुपालन चलचित्र। प्रतिधारण परिसंपत्तियाँ। जीवित मनुष्यों को 'परिसंपत्तियों' के रूप में वर्गीकृत किया गया था। आरोही को मतली आने लगी।

एक दराज खुली। पारपत्र (पासपोर्ट), छात्राओं के वीज़ा। कई देशों के दस्तावेज़। गायब हुई लड़कियाँ, वे केवल अफवाहें नहीं थीं, वे यहाँ एक सूची के रूप में दर्ज थीं।

तभी उसे एक संचिका (फोल्डर) मिली: आरोही शर्मा। बहुत मोटी

संचिका। अंदर मनोवैज्ञानिक टिप्पणियाँ, आर्थिक तनाव के मानचित्र, पिता की बीमारी के संदर्भ, यौन प्रतिक्रियाओं का अवलोकन और दूरभाष विवरण। उसे कभी लुभाया (सिड्यूस) नहीं गया था; उसका 'विवरण' तैयार किया गया था।

कांपते हाथों से उसने पन्ने पलटे। चरणों के नाम लिखे थे, चयन, अलगाव, निर्भरता, स्वामित्व। उसका पूरा जीवन एक नियमावली (प्रोटोकॉल) था। कोई रोमांस नहीं, केवल एक प्रयोग।

वास्तविक बंद कमरा

एक अन्य अलमारी के पीछे, एक छोटा छिपा हुआ कक्ष था। वास्तविक 'बंद कमरा'। कमरे के भीतर एक इस्पात का दरवाज़ा। बदतर के नीचे कुछ और भी भयावह।

वह द्वार खुला। बिस्तर फर्श से जकड़ा हुआ था। ध्वनि-अवरुद्ध भित्तियाँ। एक गुंबद के भीतर लगा कैमरा। सुइयों (इंजेक्शन) की तश्तरी। एक बंदी गृह। अब कोई रूपक शेष नहीं था, केवल शुद्ध अपराध था।

वह पीछे हटी, तभी उसने दीवार पर खुदा हुआ देखा: अ.बे. (A.B.) अनस्तासिया बेसोवा? दीवार पर नीचे लिखा था: “वह आतंक को लिपिबद्ध करता है।” आरोही के घुटने जवाब दे गए।

तभी संगणक (कंप्यूटर) का टर्मिनल जाग उठा। कूट-शब्द (पासवर्ड) माँगा गया। उसने यत्न किया, अनस्तासिया... अस्वीकृत। मीरा... अस्वीकृत। विन्सेंट... अस्वीकृत। फिर उसकी सहज वृत्ति (इंस्टिंक्ट) ने काम किया: 'चुनी हुई' (CHOSEN)। पहुँच प्रदान कर दी गई। वह जम गई। शिकारी के अहंकार ने नर्क का द्वार खोल दिया था।

संचिकाएं। ब्लैकमेल पुस्तकालय। कॉल रिकॉर्ड्स के बंडल। मिथ्या-चित्र (डीपफेक) मॉड्यूल। दानदाता तस्करी मार्ग। डीएनए साक्ष्य टैग। यह केवल एक सनक नहीं थी, बल्कि एक अंतरराष्ट्रीय नेटवर्क था।

एक चलचित्र (वीडियो) अपने आप खुल गया। एक डरी हुई लड़की। साक्षात्कार की कुर्सी। कैमरे के पीछे से विन्सेंट की आवाज़: "उन्हें बताओ कि यह तुम्हारी सहमति थी।" लड़की सिसक रही थी। आरोही की साँसें रुक गईं।

तभी एक और संचिका मिली: अनस्तासिया_अंतिम। उसने क्लिक किया। स्क्रीन पर झिलमिलाहट हुई। रूसी लहजे की आवाज़ गूँजी: "अगर तुम्हें यह मिल गया है, तो उसने तुम्हारा चयन बहुत देर से किया है। भागो।" चलचित्र कट गया। तभी बाहर कदमों की आहट हुई।

शिकारी का खेल

असंभव। विन्सेंट समय से पहले लौट आया था। द्वार का संवेदक लाल हो गया। उसने तुरंत प्रदर्शक पटल बंद किया। अंधकार छा गया। कदमों की आहट और समीप आई।

वह इस्पात के बिस्तर के नीचे छिप गई। विन्सेंट के जूते उससे कुछ ही इंच की दूरी पर रुक गए। सन्नाटा। फिर विन्सेंट की शांत आवाज़ गूँजी: "मुझे पता है कि यहाँ कोई जिज्ञासु है।" कोई क्रोध नहीं, केवल शुद्ध आतंक।

वह धीरे-धीरे चल रहा था। जैसे शिकार की धड़कनों का आनंद ले रहा हो। आरोही ने चीख रोकने के लिए अपनी हथेली को दाँतों से काट लिया।

फिर वह चला गया। या शायद जाने का अभिनय किया। पाँच मिनट। दस मिनट। कोई ध्वनि नहीं। शायद कोई जाल था। वह बाहर रेंगते हुए निकली। फर्श पर एक लिफाफा पड़ा था जो पहले वहाँ नहीं था। उस पर उसका नाम लिखा था, आरोही। अंदर केवल एक वाक्य था: "हर लड़की को यही विश्वास होता है कि उसने इस कमरे की खोज की है।" वह लगभग मूर्छित होने को थी। वह सब जानता था। हमेशा से।

उसने पागलों की तरह स्मृति यंत्र (यूएसबी) में डेटा कॉपी किया। जाते समय उसने देखा कि फ्रीज़र का दरवाज़ा थोड़ा खुला था। अंदर नाम लगी शीशियाँ थीं। डीएनए संदर्भ। एक ट्यूब पर लिखा था: आ. शर्मा (आधार रेखा)। उसका रक्त पहले ही सूचीबद्ध किया जा चुका था। शिकारी ने भविष्य का अनुमान पहले ही लगा लिया था।

वह गलियारे में दौड़ी। अट्टालिका का बैठक कक्ष प्रकाशित था। विन्सेंट अंधेरे में बैठा प्रतीक्षा कर रहा था। कोई आश्चर्य नहीं, केवल हाथ में मदिरा का गिलास। "वह मिल गया जो तुम खोज रही थी?" खेल अब उजागर हो चुका था।

उसने झूठ बोला, "मैं रास्ता भटक गई थी।" विन्सेंट मुस्कुराया। "यहाँ कोई रास्ता नहीं भटकता।" वह वाक्य किसी धारदार ब्लेड की तरह था।

उस रात उसने अर्जुन को एक कूटबद्ध पैकेट भेजा। विषय: कमरा अस्तित्व में है। लक्ष्मण रेखा जल चुकी थी। अब एक आपराधिक मामला जीवित हो चुका था। और शिकारी को पता था कि गवाह जाग गया है।

नियंत्रण कक्ष - एक गहरी परत। विन्सेंट एक द्वितीयक संचिका

खोलता है: विषय ने निर्धारित समय से पूर्व कक्ष में प्रवेश किया। भय अनुकूलन (फियर कंडीशनिंग) की ओर संक्रमण प्रारंभ। सोलहवां चरण - कृष्ण पक्ष सक्रियण (Dark Room Activation)।

मॉनिटर पर पुनः प्रसारण (रिप्ले) में आरोही बिस्तर के नीचे छिपी दिख रही थी। वह उसे पूरे समय देख रहा था। वह कभी गया ही नहीं था; उसने केवल अपनी अनुपस्थिति का 'अभिनय' किया था। विन्सेंट कैमरे की ओर देखकर फुसफुसाया: "जिज्ञासा शिकार को और अधिक परिपक्व बनाती है।"

एक अन्य प्रदर्शक पटल पर अधिकारी अर्जुन को पैकेट प्राप्त होता है। तलाशी वारंट की प्रक्रिया प्रारंभ। कानून नीचे उतर रहा है। पर अब कहानी दहलीज पार कर चुकी थी। क्योंकि एक बार जब 'बंद कमरा' खुल जाता है, तो फिर इस विश्वास पर वापस लौटना असंभव है कि यह सब 'प्रेम' था।

अध्याय 27
पहली हिंसा

हर शिकारी शुरु से हिंसक नहीं दिखता। पहली हिंसा अक्सर मुक्का नहीं होती, एक पकड़, एक धक्का, एक मर्यादा का उल्लंघन। और उसी क्षण प्रेम का भ्रम मरना शुरु होता है।

बंद कमरे की घटना के बाद अट्टालिका की हवा बदल चुकी थी। हर चीज़ पर नज़र रखी जा रही थी, हर चीज़ तनावपूर्ण थी। विन्सेंट अब और भी अधिक विनम्र था, जो उसे और भी भयावह बना रहा था। शिकारी अक्सर किसी बड़े विस्फोट से पहले सबसे सौम्य हो जाते हैं।

प्रातःकाल के नाश्ते पर सन्नाटा था। न कोई आरोप, न ही उस बंद कमरे का ज़िक्र। बस आरोही की कलाई पर विन्सेंट की उंगलियाँ सामान्य से कुछ देर ज़्यादा ठहरीं। उसकी पकड़ लगभग कोमल थी। लगभग। पर उस स्पर्श में एक छिपी हुई चेतावनी थी।

आरोही ने अधिकारी अर्जुन को दूसरा पैकेट भेजने की कोशिश की। अपलोड 63% पर था, तभी संजाल (नेटवर्क) ठप हो गया। बत्तियाँ झपकीं। अट्टालिका अचानक पूरी तरह से अवरुद्ध (लॉकडाउन) हो गई। दरवाज़ों के बोल्ट अपने आप बंद हो गए। कोई तंत्र जाग उठा था, या शायद विन्सेंट।

वह बाहर निकलना चाहती थी, पर मुख्य द्वार ने उसकी जैविक पहचान (Biometric) अस्वीकार कर दी। प्रदर्शक पटल पर संदेश आया: प्रवेश

वर्जित। निवासी प्रतिबंधित। अब उसकी कैद को आधिकारिक बना दिया गया था।

पीछे से विन्सेंट का स्वर गूँजा: “तुम बेईमान रही हो, आरोही।” पहली बार उसके शब्दों में मखमल के बजाय इस्पात की ठंडक थी।

“तुमने मेरा कमरा खोला।” यह कोई प्रश्न नहीं था, एक फैसला था। आरोही ने झूठ बोला। विन्सेंट और करीब आया। “बेहतर झूठ बोलो।” और पहली बार, उसने उसकी ठुड्डी को इतनी ज़ोर से पकड़ा कि दर्द की लहर दौड़ गई। एक छोटी सी हिंसा, पर मर्यादा की पहली बड़ी दरार।

उसने खुद को छुड़ाने की कोशिश की, पर विन्सेंट ने उसकी कलाई जकड़ ली। इतनी ज़ोर से कि वह कंगन उसकी त्वचा में धँसने लगा। दर्द हुआ। कोई प्रहार नहीं हुआ था, फिर भी देह समझ गई थी कि सीमा पार हो चुकी है।

उसने फुसफुसाते हुए कहा, “मुझे कभी बल प्रयोग करने पर मजबूर मत करना।” 'प्रयोग'। जैसे बल उसके पास रखा हुआ कोई औजार हो।

पूछताछ और विध्वंस

उस रात पूछताछ को आत्मीयता का मुखौटा पहनाया गया। मोमबत्ती की रोशनी, मदिरा और सवाल। “तुमने क्या कॉपी किया?” “और कौन जानता है?” “क्या मीरा ने तुम्हें भेजा था?” प्रेमी अब एक नियंत्रक (हैंडलर) में बदल रहा था।

जब आरोही ने जवाब देने से मना किया, तो विन्सेंट मुस्कुराया। फिर अचानक उसने अपना गिलास दीवार पर दे मारा। काँच के टुकड़े बिखर गए। यह पहली प्रत्यक्ष हिंसा थी। वह आरोही पर नहीं थी, पर उसके

बिल्कुल समीप थी। एक नपा-तुला कदम, उसे यह सिखाने के लिए कि वह कितनी करीब है।

भय अब आरोही के रक्त में प्रवेश कर चुका था। यह अलग था, अमूर्त नहीं, बल्कि शारीरिक।

बाद में शयनकक्ष में, उसने कंगन से पड़े नीले निशान को छुआ। वह लगभग क्षमाप्रार्थी लग रहा था। "मुझे नफरत है कि तुम मुझे क्या बना रही हो।" यह एक अपराधी का चिर-परिचित तर्क था, हिंसा का दोष भी शिकार पर। आरोही को खुद से नफरत होने लगी, और वह उसकी बात पर आधा विश्वास कर रही थी।

मीरा ने व्याकुल होकर कॉल किया। "आज रात ही निकल जाओ।" योजना बनने से पहले ही विन्सेंट ने दूरभाष छीन लिया और उसे एक ही झटके में चकनाचूर कर दिया। संवाद तंत्र की भौतिक रूप से हत्या कर दी गई थी। एक नई दहलीज पार हो गई।

उसने अध्ययन कक्ष में ताले को लगा दिया। उसका संगणक (लैपटॉप) ज़ब्त कर लिया। उसका पारपत्र (पासपोर्ट) गायब था। यह प्रशासनिक हिंसा थी। कोई नीला निशान नहीं, पर पूर्ण प्रभुत्व।

आरोही ने एक छिपी हुई दराज खोजी। उसे वहां शामक औषधि (Sedative) की सुई मिली। उसे उस बंद कमरे के बंदीगृह की याद आ गई। वह घबराकर गलियारे की ओर दौड़ी। विन्सेंट ने उसे पकड़ लिया। एक धक्का। दीवार से टक्कर। सिर में घंटियाँ बजने लगीं। यह पहली अचूक हिंसा थी।

भ्रम की मृत्यु

उसके बाद सन्नाटा छा गया। दोनों ज़ोर-ज़ोर से साँस ले रहे थे। विन्सेंट लगभग स्तब्ध दिख रहा था, जैसे कोई राक्षस अपने ही प्रतिबिंब से डर गया हो। फिर वह डरावनी शांति के साथ बोला, “देखो, अविश्वास क्या करवाता है।” अब भी दोष आरोही का ही था।

उसके होंठ पर खून की एक बारीक लाल लकीर थी। यह छोटी थी, पर एक युग के अंत जैसी। उसने लोहे का स्वाद चखा, और उसका भ्रम मर गया।

रात जब और गहरी हुई, तो उसकी आँखें खुलीं। उसकी कलाई बिस्तर के फ्रेम से रेशमी पट्टियों से बंधी थी। वह पूरी तरह जकड़ी नहीं थी, पर वे रेशमी बंधन किसी रस्सी से भी बदतर थे। विलासिता भरी हिंसा। विन्सेंट उसके बगल में बैठा था: “ताकि तुम घबराहट में भाग न जाओ।” वह जड़ हो गई। अब यह कोई रूपक नहीं रह गया था।

कुछ मिनटों बाद उसने उसे मुक्त कर दिया। यह केवल एक परीक्षण था। अनुकूलन। शिकारी उसे भविष्य की झलक दिखा रहा था।

अगले दिन विश्वविद्यालय में उसने अपने घाव को छिपाया। प्राध्यापक ने गौर किया। उसने झूठ बोला। शिकार की पटकथा सक्रिय थी। उसके दिमाग में न्यायालयिक मनोविज्ञान की एक पंक्ति कौंधी: 'पहली हिंसा को अक्सर शिकार द्वारा छोटा करके देखा जाता है।' वह चीखना चाहती थी, पर खामोश रही।

अधिकारी अर्जुन ने गुप्त रूप से उस नील के निशान का चित्र लिया। साक्ष्य। घरेलू ज़बरदस्ती अब कानूनी रूप से दंडनीय थी। मामला और गहरा गया।

विन्सेंट ने फूल भेजे। साथ में कार्ड था: 'कभी-कभी जुनून घाव दे देता है।' दानवी भव्यता।

उस शाम वह घुटनों पर बैठ गया, जैसे उसे बहुत पछतावा हो। "मैंने अपना नियंत्रण खो दिया था।" उसकी आँखों में लगभग आँसू थे। सच? या अभिनय? उसने आरोही की घायल कलाई को चूमा। पश्चाताप के साथ वह पीड़ादायक लगाव (Trauma bond) फिर से मज़बूत हो गया। एक खतरनाक चक्र पूरा हुआ।

फिर उसने फुसफुसाया: "अगर तुमने मुझे दोबारा धोखा दिया, तो अगली बार यह सब प्रतीकात्मक नहीं होगा।" माफी के नीचे छिपी शुद्ध दहशत।

आधी रात को उसने उस कॉपी किए गए स्मृति यंत्र को खोला। एक छिपा हुआ चलचित्र स्वतः चलने लगा। उसमें नीले निशानों से भरी अनस्तासिया कह रही थी: "पहली बार जब वह तुम्हें चोट पहुँचाए, तो भाग जाओ। दूसरी बार शायद तुम न भाग सको।"

प्रदर्शक पटल बंद हो गया। पीछे से द्वार के खुलने की आवाज़ आई। विन्सेंट जाग रहा था। वह देख रहा था।

नियंत्रण कक्ष। विषय को नपे-तुले शारीरिक प्रभुत्व का अनुभव कराया गया। भय की छाप सफल। पीड़ादायक लगाव बरकरार। सत्रहवां चरण - हिंसा का परिचय (Introduction To Violence)।

विन्सेंट ने विवरण अंकित किया: न्यूनतम बल। अधिकतम आज्ञाकारिता की प्राप्ति। वह उस नीले निशान के चित्र का अध्ययन कर रहा था, जैसे वह कोई डेटा हो।

दूसरे मॉनिटर पर: अर्जुन आपातकालीन सुरक्षा आदेश दाखिल कर रहा था। कानून की गति तेज़ हो रही थी। पर शिकारी तब सबसे घातक हो जाते हैं जब पहली हिंसा प्रतिरोध को खत्म करने में विफल रहती है।

और अब आरोही जानती थी: जो व्यक्ति मुक्तिदाता की तरह छूता था, वह एक योजनाबद्ध तरीके से चोट भी पहुँचा सकता है। अब वापसी का कोई रास्ता नहीं था।

अध्याय 28
अनदेखी निगरानी

निगरानी, स्वामित्व का शुद्धतम रूप है। हिंसा के बाद प्रेम नहीं बचता, सिर्फ नियंत्रण बचता है। और नियंत्रण का सबसे परिष्कृत रूप है, निगरानी। जहाँ कोई तुम्हें छूता नहीं, फिर भी तुम्हारी त्वचा पर उसकी उंगलियों का भ्रम बना रहता है। जहाँ कोई पास नहीं होता, फिर भी तुम्हें देखा जाना बंद नहीं होता। यही वह जगह है जहाँ भय निजी नहीं रहता, वह एक प्रणाली बन जाता है।

अनस्तासिया का दृश्य चलचित्र बंद हुआ, दरवाज़े के पीछे 'क्लिक' की ध्वनि हुई, और आरोही ने जान लिया, अब विन्सेंट सिर्फ एक मनुष्य नहीं रहा। वह अब एक वातावरण बन चुका था।

अगली सुबह सब कुछ बहुत सामान्य था। इतना सामान्य था कि वह डरावना लग रहा था। ताजी कॉफी, मंद जैज़ संगीत और खिड़की से दिखता मैनहैटन का विहंगम दृश्य। विन्सेंट मुस्कुराया, "तुम्हारी नींद कैसी रही?" उस स्वर में इतनी कोमलता थी कि पिछली रात की हिंसा लगभग अवास्तविक लगने लगी। यही मानसिक विभ्रम (गैसलाइटिंग) की उन्नत अवस्था थी, उत्पीड़न के बाद स्वाभाविकता का प्रदर्शन।

साक्ष्य कक्ष

लेकिन कुछ बदल चुका था। आरोही को अब हर चीज़ 'मंचन' (Staged) जैसी लग रही थी। वह लैम्प थोड़ा झुका हुआ क्यों है?

दर्पण का कोण कब बदला? क्या वह धुआँ संसूचक (Smoke Detector) पहले इतना चमकता था?

उसने गौर किया। एक लाल बिंदु। छोटा सा लाल बिंदु। झपकता हुआ... फिर विराम... फिर झपकता हुआ। आरोही की साँस रुक गई। कैमरा। वह एक कुर्सी पर चढ़ी और उस सूचक को खोल दिया। अंदर एक सूक्ष्म लेंस और स्मृति मॉड्यूल थे। सजीव अभिलेखन (Live Recording) चल रहा था।

उसकी उंगलियाँ काँपने लगीं। उसका शयनकक्ष अब शयनकक्ष नहीं रहा था; वह एक 'साक्ष्य कक्ष' (Evidence Chamber) बन चुका था। उसने प्रक्षालन कक्ष के दर्पण को देखा: पीछे एक काला धब्बा। एक और लेंस। कोठरी, गति संवेदक (Motion Sensor), मेज़ का लैम्प, हर जगह वही थे। यह कोई कमरा नहीं, बल्कि एक 'सर्वदृष्टिकोण' (Panopticon) था।

उस रात नींद असंभव थी। वह करवट बदलती और सोचती क्या उसने कभी सचमुच अकेले में रोया था? या उसका हर आँसू पुरालेख (Archive) में दर्ज हो चुका था? विन्सेंट ने रात्रिभोज पर बहुत सहजता से कहा, “आरोही, तुम भय में बहुत ही सुंदर (Photogenic) लगती हो।”

उसके हाथ से कांटा छूट गया। क्या यह कोई स्वीकारोक्ति थी? मज़ाक? या धमकी? या फिर तीनों?

डिजिटल शिकारी

मीरा का कूटबद्ध पत्र आया: “अपने सभी यंत्रों की जाँच करो। वह

प्रणालियों के भीतर घर बना लेता है।"

आरोही ने कुछ न्यायालयिक उपकरणों (Forensic Tools) का प्रयोग किया। दूरभाष के लॉग्स, अज्ञात रूट प्रक्रियाएं, मौन कॉल अग्रेषण (Silent Call Forwarding), और माइक्रोफोन सक्रियण के ट्रिगर्स। उसका अपना दूरभाष ही उसके विरुद्ध गवाह बन चुका था। वह एक 'डिजिटल शिकारी' के जाल में थी।

अधिकारी अर्जुन ने कॉल रिकॉर्ड्स का प्रतिरूप भेजा। हर देर रात की कॉल की नकल (Mirroring) की जा रही थी। हर मार्ग का पीछा किया जा रहा था। उसका कंगन कोई आभूषण नहीं, बल्कि 'दूरमिति' (Telemetry) का यंत्र था। अब उसे सड़क पर भी वही चेहरे दिखने लगे, भूमिगत रेल में वही धूसर कोट वाला व्यक्ति, पुस्तकालय में वही नीले स्कार्फ वाली महिला। इत्तेफाक या परतों में छिपी निगरानी?

एक रात वह अपने आवास (Loft) में अकेली थी। शक्तिशाली संगणक के वेबकैम की बत्ती अपने आप जल उठी। फिर बंद हुई... फिर जली। तभी स्क्रीन पर शब्द अपने आप टाइप होने लगे: "कैमरे को ढको मत।"

वह चीख पड़ी। स्क्रीन काली हो गई। अगली सुबह विन्सेंट मुस्कुराते हुए बोला, "तुम्हें घुसपैठ की कल्पना करना बंद कर देना चाहिए।" 'कल्पना', वही शब्द जो मतिभ्रम का सगा भाई है।

अदृश्य से दृश्य तक

आरोही ने कैमरा लेंस पर टेप चिपका दिया। सुबह तक वह टेप हटा हुआ था और उसकी मेज़ पर करीने से मोड़कर रखा गया था। कोई नोट नहीं, कोई धमकी नहीं। उससे भी बुरा, एक प्रमाण कि वह देख रहा है।

विश्वविद्यालय की प्रयोगशाला में एक साइबर-सुरक्षा छात्र ने उसकी सहायता की। उसने जासूसी सॉफ्टवेयर को स्कैन किया और एक 'रिमोट एक्सेस नोड' ढूँढ़ निकाला। सर्वर का मार्ग सीधे 'मोरिया फाउंडेशन' की ओर इशारा कर रहा था। आरोही का खून ठंडा पड़ गया।

उस रात उसे छत के वेंट से एक फुसफुसाहट सुनाई दी। शायद वह हवा थी, शायद कोई स्पीकर, या शायद उसका अपना पागलपन। आवाज़ आई: "अच्छी लड़कियाँ छिपती नहीं हैं।"

उसने प्रकाश जलाया। वहाँ कुछ नहीं था। पर तकिए के नीचे एक छोटा ध्वनि-अभिलेखक (Recorder) पड़ा था। चल रहा था। अब निगरानी दृश्य से अदृश्य हो चुकी थी। यंत्र, लोग, वास्तुकला, मनोविज्ञान और यहाँ तक कि उसकी यादें भी, सब कुछ विन्सेंट के अधीन था।

विन्सेंट ने एक शाम कहा, "निजता एक आदिम कल्पना (Primitive Fantasy) है।" आरोही ने पहली बार सीधे पूछा, "क्या तुम मुझे सोते हुए देखते हो?" विन्सेंट ने मदिरा का घूँट लिया और शांत स्वर में बोला, "सिर्फ तब, जब तुम झूठ बोलती हो।"

खेल का पलटना

न्यायालयिक मनोविज्ञान की कक्षा में प्राध्यापक पढ़ा रहे थे: 'निगरानी से प्रेरित अनुपालन, सीखी हुई लाचारी (Learned Helplessness) की नकल करता है।' आरोही का दिल धड़क उठा। वह उसी का वर्णन कर रहे थे।

मीरा ने गुप्त रूप से बताया कि अनस्तासिया ने एक छिपा हुआ 'रेडियो फ्रीक्वेंसी स्कैनर' छोड़ा था। उन्होंने अट्टालिका की सफाई (Sweep)

की। जासूसी उपकरणों (Bugs) की संख्या निकली: 19। शयनकक्ष में ही छह थे। एक पुस्तक की जिल्द के भीतर, एक बुद्ध की प्रतिमा के अंदर, एक अंगूठी के डिब्बे में। यहाँ तक कि प्रतीकों में भी तार लगे थे।

आरोही टूटी नहीं। उसने खेल को पलटने का निर्णय लिया। उसने जानबूझकर झूठी बातें करना शुरू किया, नकली पलायन योजना, साक्ष्यों का गलत स्थान। 48 घंटे बाद विन्सेंट ने उसी गलत स्थान पर प्रतिक्रिया दी। प्रमाण मिल गया। शिकारी अपनी ही सुनने की आदत के कारण उजागर हो गया।

लेकिन विन्सेंट ने भी यह ताड़ लिया। आधी रात को एक अज्ञात संदेश आया: "देखने वाले का परीक्षण करना खतरनाक है।"

फिर उसे सबसे भयावह खोज मिली। अट्टालिका के नीचे एक गुप्त सर्वर कक्ष। वहाँ 'चेहरा पहचान' (Facial Recognition) का पुरालेख था। उसकी भावनाओं को टैग किया गया था: भय का उभार, कामुक प्रतिक्रिया, वंचना के संकेत। उसका चेहरा डेटा में बदल चुका था। प्रेम को व्यवहार विश्लेषण में परिवर्तित कर दिया गया था।

अचानक पूरी इमारत की बत्ती गुल हो गई। आपातकालीन लाल बत्तियाँ जल उठीं। सायरन गूँजने लगा। सर्वर की स्क्रीन पर एक पंक्ति चमकी: "विषय के बारे में ज्ञात हो गया है कि निगरानी से समझौता हुआ है।"

विषय (Subject)। स्त्री नहीं, विषय। अंधेरे गलियारे में विन्सेंट की धीमी आवाज़ गूँजी, "अगर तुम आँखों को देख सकती हो... तो आँखें तुम्हें पहले ही देख चुकी हैं।"

वह भागी। दरवाज़ा बंद था। उत्पादक (लिफ्ट) मृत था। सीढ़ियों पर

अलार्म बज रहा था। बाहर निकलने का कोई रास्ता नहीं था। वह इमारत खुद विन्सेंट की सहयोगी थी। तभी उसका दूरभाष थरथराया। अर्जुन का संदेश था: "वारंट स्वीकृत हो गया है। सुबह तक हिम्मत मत हारना।"

सुबह भूगर्भीय रूप से बहुत दूर महसूस हो रही थी।

नियंत्रण कक्ष। नया विवरण (Profile): विषय 'जवाबी-निगरानी' (Counter-surveillance) विकसित कर रहा है। प्रतिरोध की बुद्धि बढ़ रही है। अठारहवां चरण - सर्वव्यापकता अनुकूलन (Omnipresence Conditioning)।

विन्सेंट सजीव प्रसारण (Live Feed) देख रहा था। 19 कैमरों की खिड़कियाँ, एक चेहरा, आरोही। भयभीत, जागृत और सीखती हुई। वह फुसफुसाया, "जब उसे यह विश्वास हो जाएगा कि मैं हर जगह हूँ... तो मुझे वहां होने की ज़रूरत ही नहीं पड़ेगी।"

दूसरे प्रदर्शक पटल पर आरक्षी दल (NYPD) के वारंट की घड़ी टिक-टिक कर रही थी। 06:00। छह घंटे। बस छह घंटे का संघर्ष।

लेकिन निगरानी की सबसे भयावह बात यह नहीं है कि कोई तुम्हें देख रहा है। बल्कि यह है कि एक समय बाद तुम खुद को उसकी आँखों से देखने लगते हो। और वही मानसिक दासता की अंतिम सीढ़ी है।

अध्याय 29
दर्पण में कैदी

सबसे खतरनाक जेल वह होती है जो तुम्हारे अपने चेहरे जैसी दिखने लगती है। निगरानी का अंतिम उद्देश्य केवल जानकारी जुटाना नहीं बल्कि पहचान पर कब्ज़ा करना होता है। पहले वे तुम्हें देखते हैं, फिर तुम्हें परिभाषित करते हैं, फिर तुम्हें तुम्हारे ही विरुद्ध इस्तेमाल करते हैं। और एक दिन, दर्पण में तुम स्वयं को नहीं, बल्कि उनकी बनाई हुई छवि को देखने लगते हो। वहीं कैद पूरी होती है।

सुबह के 4:12 बज रहे थे। तलाशी वारंट आने में अब भी दो घंटे शेष थे। आरोही प्रक्षालन कक्ष के दर्पण के सामने खड़ी थी। प्रतिदीप्ति प्रकाश (Fluorescent light) बहुत कठोर था। उसका चेहरा फीका पड़ चुका था, नींद टूटी हुई थी और होंठ पर पुरानी चोट का निशान अब भी गहरा था।

अचानक - उसे लगा कि सामने वाली लड़की उसे देख नहीं रही है, बल्कि उसका अवलोकन (Observe) कर रही है। यह अंतर भयावह था। उसने दर्पण को छुआ। ठंडा काँच। लेकिन उसका प्रतिबिंब आधे सेकंड की देरी से हिला। एक सूक्ष्म अंतराल (Lag)। उसका रक्त जमने के लिए पर्याप्त था।

मतिभ्रम? थकान? या कुछ और? वह पीछे हटी। प्रतिबिंब और उसका शरीर एक क्षण के लिए अलग हुए, फिर पुनः समकालन (Sync) में आ गए। उसका गला सूख गया। मानसिक विभ्रम (गैसलाइटिंग) का सबसे घातक असर यही है, जब धारणाएं अविश्वसनीय हो जाती हैं, तो

अलौकिक भी तर्कसंगत लगने लगता है। शिकारी को भूतों की ज़रूरत नहीं होती; वह केवल आपकी निश्चितता को अस्थिर कर देता है।

दर्पण के कोने पर उंगली से कुछ लिखा था, "और देर तक देखो" (LOOK LONGER)। वाष्प के ऊपर। अभी-अभी। किसने लिखा? उसने तो नहीं। वह पीछे मुड़ी। वहाँ कोई नहीं था। उसने पुनः दर्पण देखा। शब्द गायब थे।

पहचान का क्षरण

निद्रा का अभाव, आघात या निगरानी का नाट्य, कहानी अब इन दोनों में फर्क करने की अनुमति नहीं दे रही थी। उसने अपना चेहरा देखा, लेकिन भीतर विन्सेंट की आवाज़ गूँज रही थी: "तुम अस्थिर हो। तुम समझौते की स्थिति में हो। तुम स्वयं क्षति को आमंत्रित करती हो।" बार-बार दोहराए गए ये वाक्य अब उसके आंतरिक संवाद (Internal monologue) बन चुके थे।

उसे अपने प्राध्यापक की वह पंक्ति याद आई, 'सीखी हुई लाचारी तब शुरू होती है जब बंदी अपने बंदी बनाने वाले के कथानक को अपना लेता है।' उसने डरकर महसूस किया कि वह यही कर रही है। उसने दर्पण में खुद से कहा, "मैं पागल नहीं हूँ।" उसका प्रतिबिंब खामोशी से बुदबुदाया, "क्या तुम्हें यकीन है?"

उसका शरीर सुन्न पड़ गया। वह चीखते-चीखते रुकी। क्या सच में प्रतिबिंब हिला था? या उसका मस्तिष्क खंडित हो रहा था?

तभी द्वार पर दस्तक हुई। विन्सेंट। "खुद से बातें कर रही हो?" उसकी मुस्कान शल्य-चिकित्सा (Surgical) जैसी सटीक थी। क्या उसने सुन लिया था? वह हमेशा सुनता था।

प्रातःकाल के नाश्ते पर एक चांदी का आवरण पड़ा। उसके नीचे केवल एक वस्तु थी, एक हस्त-दर्पण (Hand mirror)। प्राचीन शैली का। उसके पीछे खुदा था: "स्वयं को जानो" (Know thyself)। यह शिकारी का कोई परिहास था या चेतावनी?

दर्पण अनुकूलन नियमावली

दिन भर विश्वविद्यालय में उसे हर परावर्तक सतह शत्रुतापूर्ण लगने लगी। पुस्तकालय की खिड़की, भूमिगत रेल का काँच, उत्थापक (लिफ्ट) का इस्पात, हर जगह उसे लगा जैसे उसका दूसरा 'स्व' पीछे खड़ा है। प्रेक्षित स्व। निर्मित स्व। बंदी स्व।

साइबर प्रयोगशाला में वह उस गुप्त दृश्य चलचित्र (Video) को कूट-मुक्त (Decrypt) कर रही थी। तभी एक अप्रत्याशित संचिका खुली: "व्यवहार दर्पण अनुकूलन नियमावली" (Behavioral Mirror Conditioning Protocol)। ये विन्सेंट के शोध की टिप्पणियाँ थीं।

विषय धीरे-धीरे 'परावर्तित विरोधाभास' के माध्यम से स्वयं से अलग हो जाते हैं। उसने पहचान के क्षरण को वैज्ञानिक रूप से तैयार किया था। पागलपन के पीछे का विज्ञान। एक पंक्ति को गहरे रंग से चिह्नित किया गया था: 'जब शिकार स्वयं की पहचान पर संदेह करने लगता है, तो प्रतिरोध समाप्त हो जाता है।'

आरोही के घुटने जवाब दे गए। वह कोई प्रयोग नहीं कर रहा था; वह एक कुशल संचालक (Conductor) की तरह काम कर रहा था। मीरा उसे गुप्त रूप से विश्राम कक्ष में मिली और फुसफुसाई, "उसने तुझे तेरे ही खिलाफ प्रोग्राम किया है, आरोही।" आरोही ने लगभग फुसफुसाते हुए कहा, "क्या होगा अगर वह प्रोग्राम ही 'मैं' हूँ?" मीरा का चेहरा टूट

गया। क्योंकि यह साक्षात कैद बोल रही थी।

खंडित स्वयं

रात को अट्टालिका लौटकर उसने वह प्राचीन दर्पण उठाया। उसके पीछे एक छिपा हुआ कुंडा था। अंदर एक सूक्ष्म-फिल्म (Microfilm) थी। उसमें एक चित्र था, आरोही सो रही थी और बिस्तर के बगल में वही दर्पण रखा था। वह दर्पण के माध्यम से भी देख रहा था। परियों की कहानियाँ सही थीं, दर्पण जासूसी करते हैं।

उसने उसे पटक दिया। काँच के टुकड़े बिखर गए। उसकी हथेली से खून बहने लगा। लेकिन हर टुकड़े में उसका चेहरा अलग दिख रहा था। बीस आरोहियाँ। खंडित व्यक्तित्व का वास्तविक दृश्य। यह प्रतीक बहुत सटीक था, और बहुत क्रूर भी।

एक टुकड़े में उसे लगा कि विन्सेंट पीछे खड़ा है। वह मुड़ी। कोई नहीं था। उसने फिर से उस टुकड़े को देखा, वह अब भी वहां था। मुस्कुरा रहा था। पलकें झपका रहा था। वह टुकड़ा हाथ से गिरा और घाव और गहरा हो गया।

तभी दूरभाष थरथराया। एक अज्ञात दृश्य चलचित्र (Video) आया। उसने उसे खोला। उसमें उसका अपना चेहरा था, कल ही रिकॉर्ड किया गया। वह कह रही थी: "मैं यहाँ रुकी रही क्योंकि मेरे एक हिस्से को यही चाहिए था।"

एक स्वीकारोक्ति का क्लिप। मिथ्या-प्रतिरूप (Deepfake)? औषधियुक्त स्मृति? या सत्य? उसकी पहचान को ही हथियार बना दिया गया था। अगर शिकार की आवाज़ की नकल की जा सकती है,

तो न्यायालयिक सत्य कैसे बचेगा? एक नया आतंक।

अर्जुन ने उस क्लिप का विश्लेषण किया। मिथ्या-प्रलेख होने की संभावना 82% थी। पर निश्चित नहीं था। साक्ष्य भी अब अस्थिर थे।

अंतिम चेतावनी

विन्सेंट कमरे में आया। टूटे हुए दर्पण को देखा और मुस्कुराया। "अच्छा है। तुम तैयार हो।" "किस चीज़ के लिए?" "उससे मिलने के लिए जो तुम मेरे बिना हो।"

एक कल्ट लीडर की कोमलता। एक मनोरोगी का धर्मग्रंथ। फिर उसने एक संचिका सौंपी: स्व-मूल्यांकन प्रतिवेदन (Self-Assessment Reports)। आरोही द्वारा लिखित। सिवाय इसके कि उसने वे कभी नहीं लिखे थे। या शायद नीली गोलियों के धुंधलके में लिखे थे?

उसमें लिखा था: 'विषय निर्भरता प्रदर्शित करता है। विषय प्रभुत्व के प्रति कामुक प्रतिक्रिया देता है। विषय स्वायत्तता से डरता है।' उसकी अपनी मानसिकता को अभियोजन (Prosecution) के प्रदर्शन के रूप में रखा गया था।

दर्पण अब कोई वस्तु नहीं था; वह एक कानूनी हथियार था। मनोवैज्ञानिक हथियार। तत्वमीमांसीय हथियार।

उसने प्रक्षालन कक्ष बंद किया। एक बार फिर देखा। आईने पर ओष्ठ-रंजनी (Lipstick) से लिखा: "मैं वास्तविक हूँ" (I AM REAL)। वह मुड़ी। फिर वापस देखा। उसके नीचे लिखा उभरा, "इसे सिद्ध करो" (PROVE IT)। वह रंग ओष्ठ-रंजनी का नहीं था; उसका रंग अलग था।

आरोही की साँसें थम गईं। बत्तियाँ झपकीं। दर्पण की लाइटें अपने आप जल उठीं। प्रतिबिंब में, उसका छात्रावास का कमरा नहीं था, बल्कि अध्याय 26 वाला वह 'बंद कमरा' था। एक सेकंड के लिए। फिर पुनः बाथरूम दिखने लगा। वह ढह गई।

दूरभाष थरथराया। अर्जुन का संदेश था: "वारंट टीम में देरी हो गई है। 90 मिनट। हिम्मत मत हारना।"

देरी। सबसे बुरा शब्द। विन्सेंट अट्टालिका में कहीं धीरे-धीरे गुनगुना रहा था। जैसे कोई शिकारी भोजन से पहले गुनगुनाता है।

नियंत्रण कक्ष। विवरण: पहचान का अस्थिर होना प्रगति पर है। आत्म-पहचान का विखंडन उभर रहा है। उन्नीसवां चरण - दर्पण कैद (Mirror Captivity)।

विन्सेंट जैविक संकेतों (Biometric spikes) की समीक्षा कर रहा था। आत्म-संदेह के दौरान भय की प्रतिक्रिया सबसे अधिक थी। उसने फुसफुसाते हुए कहा: "जब वह अपने प्रतिबिंब पर अविश्वास करने लगती है... तो मैं उसकी वास्तविकता बन जाता हूँ।"

प्रदर्शक पटल दो, वारंट ले जा रहे वाहनों का मार्ग बदल दिया गया था। मैनहैटन पर तूफान था। कानून की गति धीमी हो गई थी। शिकारी की नहीं।

और आरोही दर्पण के टुकड़ों के बीच बैठी समझती है कि कैद सिर्फ कमरे में नहीं थी। निगरानी सिर्फ कैमरों में नहीं थी। विन्सेंट अब बाहर नहीं, भीतर घुस चुका था।

और जब जेल भीतर बनती है, तो भागना दरवाज़े से नहीं, पहचान से शुरू होता है।

अध्याय 30
रक्तरंजित जन्मदिन

कुछ उत्सव अनुष्ठान होते हैं, तो कुछ बलिदान। जन्मदिन को जीवन का उत्सव माना जाता है, लेकिन कुछ जन्मदिन पुनर्जन्म नहीं, बल्कि बलि होते हैं। और कभी-कभी केक पर मोमबत्तियाँ नहीं, मृत्यु की उलटी गिनती जलती है।

आज आरोही का बीसवाँ जन्मदिन था, और उसे यह याद ही नहीं था। आघात अक्सर महत्वपूर्ण तिथियों को स्मृति से मिटा देता है, पर शिकारी उन्हें याद रखते हैं। सुबह अट्टालिका असामान्य रूप से प्रकाशमान थी। सफेद ऑर्किड के पुष्प, फ्रांसीसी मिष्ठान, ठंडी मदिरा और मंद पियानो की ध्वनि। सब कुछ बहुत ही सटीक था। एक सजाया हुआ स्वर्ग, जो अक्सर नरक की प्रस्तावना ही होता है।

भोजन की मेज़ पर एक कृष्ण वर्ण (काला) का लिफाफा पड़ा था। उस पर स्वर्ण अक्षरों में उभरा था: 'जन्मदिन की नायिका के लिए'। अंदर ज़्यूरिख का विमान पत्रक, स्थायी स्थानांतरण के प्रपत्र और एक हस्तलिखित पंक्ति थी: “मेरे साथ पुनः प्रारंभ करो।” यह एक प्रेम पत्र था या अपहरण का अनुबंध?

विन्सेंट ने उसके माथे को चूमा। “आज रात हम तुम्हारे रूपांतरण का उत्सव मनाएंगे।” रूपांतरण किसमें? आरोही ने नहीं पूछा। उसे उत्तर से भय लग रहा था।

मीरा का एक कूटबद्ध संदेश आया: “अंधेरा होने के बाद वहाँ मत

रुकना।” बस इतना ही। कोई स्पष्टीकरण नहीं, जिसने स्थिति को और भी डरावना बना दिया।

मुखौटाधारी संरक्षक

विश्वविद्यालय में पूरा दिन एक आशंका (Dread) के साये में बीता। हर परछाई एक अपशकुन लग रही थी। जब प्राध्यापक ने उसे जन्मदिन की शुभकामना दी, तो वह लगभग रो पड़ी। सामान्य जीवन अब उसे अवास्तविक लगने लगा था।

शाम को विन्सेंट उसे जन्मदिन के रात्रिभोज के लिए अपर ईस्ट साइड की एक निजी अट्टालिका में ले गया। यह केवल आमंत्रण पर आधारित स्थान था। न वहाँ दूरभाष ले जाने की अनुमति थी, न ही खिड़कियाँ थीं। कोई नाम तक पुकारा नहीं जा रहा था। पुरानी दौलत वाले शिकारी। आरोही तुरंत समझ गई, यह कोई पार्टी नहीं, बल्कि एक अनुष्ठान (Ceremony) था।

एक लंबी मेज़, तेरह अतिथि। सब मुखौटाधारी थे। पशुओं के रूपांकन - लोमड़ी, भेड़िया, और एक काक (कौआ)। मेज़ के एक छोर पर एक रिक्त स्थान आरोही की प्रतीक्षा कर रहा था। यह एक हिंसक कृष्ण अकादमिक रंगमंच था।

विन्सेंट फुसफुसाया, “आज रात तुम संरक्षकों (Patrons) से मिलोगी।” संरक्षक। मित्र नहीं। प्रायोजक। शिकारी।

चांदी के ढक्कनों के नीचे दुर्लभ मांस और रक्त जैसा लाल सॉस परोसा गया। आरोही की भूख मर चुकी थी। रेशमी काले वस्त्रों में लिपटी एक महिला ने पूछा: “क्या इसे पता है कि इस पर कितना ऋण है?” अतिथि बहुत ही शिक्षित और शिकारी लहजे में धीमे से हँसे।

विन्सेंट ने गिलास उठाया। "रूपांतरण के नाम।" सबने एक साथ दोहराया: "रूपांतरण।" यह एक अनुष्ठानिक शब्द था।

रक्त का अनुबंध

फिर एक विशाल काला केक लाया गया। उस पर दर्पण जैसी चमक (Mirror glaze) थी। उस पर केवल एक मोमबत्ती जल रही थी। बीसवें जन्मदिन के लिए यह अजीब था। आरोही ने पूछा, "केवल एक क्यों?" विन्सेंट मुस्कुराया: "क्योंकि आज रात तुम्हारा केवल एक बार जन्म हो रहा है।"

केक काटने वाला चाकू चांदी का था, जिसके हत्थे पर एक सर्प खुदा था। जैसे ही आरोही ने उसे चलाया, उसका हाथ फिसल गया। हथेली कट गई। केक की सफेदी पर रक्त की बूंदें मोती की तरह टपकने लगीं। वहाँ कोई चीख नहीं गूँजी, बल्कि एक प्रशंसनीय सन्नाटा छा गया, जैसे इसी की प्रतीक्षा की जा रही थी।

विन्सेंट ने उसका खून से सना हाथ पकड़ा और रक्त को केक पर फैलने दिया। उसने फुसफुसाते हुए कहा: "अब यह मोहरबंद हो गया है।"

तभी अचानक एक प्रक्षेपण यंत्र (Projector) सक्रिय हुआ। दीवार पर आरोही के सोते हुए, रोते हुए और उसकी अत्यंत निजी निगरानी की क्लिप्स चलने लगीं। अतिथि उन्हें ऐसे देख रहे थे जैसे किसी नीलामी की वस्तुओं को देखा जाता है। यह उसकी संवेदनशीलता की नीलामी थी।

वह खड़ी हुई और भागने लगी। द्वार बंद था। काक-मुखौटा पहने महिला बुदबुदाई: "हर शिष्या को अपना योगदान देना पड़ता है।" क्या योगदान? देह? मौन? या तस्करी? सब कुछ संकेतित था।

तभी स्क्रीन पर दृश्य बदला। अनस्तासिया। पुरानी पुरालेख फुटेज। वह जीवित थी और भीख माँग रही थी। कमरे में सन्नाटा पसर गया। विन्सेंट ने तुरंत प्रक्षेपण काट दिया। यह एक भूल थी या कोई चेतावनी?

आरोही ने अपने जूते में छिपाया हुआ छोटा दूरभाष निकाला और अर्जुन को संदेश भेजा: “अभी” (NOW)। संदेश गया या नहीं, उसे नहीं पता था। संकेत कमज़ोर थे, पर उसकी प्रार्थना प्रबल।

वधशाला और विलोपन

मदिरा का स्वाद कुछ धात्विक (Metallic) सा था। क्या वह शामक औषधि थी? उसकी धड़कनें बदलने लगीं। विन्सेंट करीब आया: “शांत हो जाओ। तुम परिवार के बीच सुरक्षित हो।” 'परिवार', अब तक का सबसे राक्षसी शब्द।

उसकी दृष्टि धुंधली होने लगी। उसने विद्यालय में सीखी न्यायालयिक शिक्षा को याद किया और प्रक्षालन कक्ष (Restroom) में जाकर जानबूझकर वमन (उल्टी) की। कुछ विष बाहर निकला, पर मस्तिष्क अब भी संघर्ष कर रहा था।

वहाँ के दर्पण पर ओष्ठ-रंजनी (Lipstick) से लिखा था: “मंगलकामना (Toast) से पहले भागो।” अनस्तासिया? या मीरा? कोई अज्ञात सहयोगी वहां मौजूद था।

वह वापस लौटी। अंतिम मंगलकामना शुरू हो रही थी। विन्सेंट बोला: “महत्वाकांक्षा के नाम पर किए गए अनुपालन के नाम।” तभी आरोही ने अचानक अपना गिलास पटक दिया। टूटा हुआ काँच उसकी मुट्ठी में था, हाथ से खून टपक रहा था। शिकारी चौंक गए। शिकार अब

अप्रत्याशित हो चुका था। वह चीखी, "तुम सबका अभिलेखन (Recording) किया जा रहा है!" यह झूठ था, पर रणनीतिक। शिकारियों के भीतर घबराहट फैल गई। वे उजागर होने से डरते थे।

तभी बत्तियाँ गुल हो गईं। पूर्ण अंधकार। यह कोई दुर्घटना नहीं थी। अर्जुन? या विन्सेंट का ही कोई प्रोटोकॉल? अंधेरे में कोलाहल मच गया। किसी ने उसे पकड़ा। एक पुरुष की फुसफुसाहट: "सीढ़ियों की ओर। अभी।"

वह भागी। तभी एक गोली चलने की आवाज़ आई। संगमरमर की दीवारों में वह गूँजती रही। फिर चीखें सुनाई दीं। जन्मदिन अब एक घटनास्थल (Crime scene) में बदल चुका था। सीढ़ियों पर उसका पैर फिसला। उसका हाथ गीले फर्श को छू गया। रक्त। ताज़ा रक्त। वह उसका नहीं था।

आपातकालीन लाल बत्तियाँ किसी वधशाला जैसी लग रही थीं। लैंडिंग पर उसने देखा, काक-मुखौटा वाली वह महिला मृत पड़ी थी। उसका गला कटा हुआ था। शिकारी वृत्त के भीतर ही हत्या हो गई थी। कोई गवाहों की सफाई कर रहा था। साज़िश और भी गहरी थी।

तभी आरक्षी दल (NYPD) ने दरवाज़े तोड़ दिए। "पुलिस!" बहुत देर हो चुकी थी, या शायद बिल्कुल सही समय था। विन्सेंट गायब हो चुका था। शिकारी तितर-बितर हो गए।

अर्जुन ने उसे पाया, वह काँप रही थी और रक्त से लथपथ थी। "यह किसका रक्त है, आरोही?" उसने फुसफुसाते हुए कहा, "मुझे अब और कुछ नहीं पता।"

रुग्णवाहिनी (Ambulance) की लाइटें चमक रही थीं। उसके हाथ पर

बंधे कंगन का प्रदर्शन पटल झपक रहा था: “संपत्ति स्थिति: हस्तांतरण प्रारंभ (TRANSFER INITIATED)”

कैसा हस्तांतरण? किसको? आतंक अभी समाप्त नहीं हुआ था।

नियंत्रण कक्ष लावारिस पड़ा था। स्क्रीन टूटी हुई थी। केवल एक मॉनिटर जीवित था। विन्सेंट दूरस्थ फीड (Remote feed) से उसके पलायन को देख रहा था। उसने विवरण अंकित किया: बीसवां चरण - अपूर्ण। विषय दीक्षा में जीवित बच गई। पुनरुद्धार (Reclamation) की ओर बढ़ें।

पुनरुद्धार। यह पकड़े जाने से भी अधिक भयावह था। न्यायालयिक प्रतिवेदन के अनुसार, एक अज्ञात महिला मृत पाई गई। कुलीन दानदाताओं की पहचान गायब थी। पुरालेख मिटा दिए गए थे। अर्जुन बुदबुदाया: “यह कभी भी केवल एक शिकारी की बात नहीं थी।”

नहीं। यह एक संस्थान था। एक साम्राज्य। और कहीं दूर विन्सेंट जन्मदिन की उस फुटेज को देख रहा था। केक को छूते उस खून के कतरे पर उसने फुटेज को रोका और मुस्कुराते हुए फुसफुसाया, “अब वह इस कहानी की संपत्ति बन चुकी है।”

जन्मदिन खत्म हुआ। पर उस रात आरोही का बचपन मर गया। और जो जन्मा, वह शिकार नहीं, बल्कि एक गवाह था।

खंड 3 - मुखौटे के पीछे जांच

अध्याय 31
विशेष परियोजनाएं

हर शिकारी अपने पापों के स्मारक रखता है। चतुर शिकारी उन्हें 'परियोजनाएं' कहते हैं। हर अपराधी अपने पाप नहीं छुपाता, कुछ उन्हें संग्रहित करते हैं, नाम बदलकर पुरालेख, अनुसंधान, मार्गदर्शन, परियोजनाएं। और जब अपराध एक तालिका बन जाए, तो वह व्यक्ति नहीं, बल्कि एक प्रणाली होता है।

जन्मदिन के उस नरसंहार के बाद तीन दिनों तक आरोही चिकित्सालय के सुरक्षा विभाग में रही। बाहर न्यूयार्क आरक्षी दल का पहरा था और अर्जुन भीतर-बाहर दोनों मोर्चों पर लड़ रहा था। संचार माध्यम इसे 'दानदाता हत्या' कह रहे थे। न तस्करी का ज़िक्र था, न विन्सेंट का। तंत्र पहले ही खुद को साफ करने में जुट गया था।

पर आरोही जानती थी, सत्य उस अवरुद्ध कक्ष में था और उसके द्वारा प्रतिलिपि किए गए स्मृति यंत्र में। संचिका का नाम था: विशेष_परियोजनाएं। वही संचिका जिसे उसने अध्याय 26 में देखा था। अब अंततः उसे खोलने का समय आ गया था।

ब्रुकलिन के एक सुरक्षित आवास में, खिड़कियों पर बरसती बारिश के बीच, शक्तिशाली संगणक को बाहरी संजाल से पूरी तरह काट दिया गया था। दूरभाष यंत्रों के विद्युत-कोष निकाल दिए गए थे। अति-सतर्कता अब उनकी नियमावली बन चुकी थी। अर्जुन ने न्यायालयिक दस्ताने पहनकर स्मृति यंत्र को संगणक से जोड़ा।

कूटबद्ध विभाजन। परतों के भीतर छिपी संचिकाएं। शीर्षक थे: उम्मीदवार, अनुपालन, प्रतिधारण, निस्तारण। आरोही को लगभग मतली आने लगी। मानव जीवन को 'कार्य-प्रवाह' की तरह देखा गया था।

अर्जुन फुसफुसाया, "हे ईश्वर..." आरोही ने उत्तर दिया, "नहीं। यह उससे भी पुराना और गहरा है।"

संचिका 1: उम्मीदवार चयन मापदंड

इसमें छात्रवृत्ति के कारण उत्पन्न मानसिक दबाव के अंक, प्रवेश अनुमति की संवेदनशीलता, पारिवारिक ऋण का अनुपात, अकेलेपन का सूचकांक, यौन मर्यादाओं का विवरण और प्रलोभन के मनोवैज्ञानिक प्रतिरूप दर्ज थे। छात्राओं को ऐसे चुना गया था जैसे किसी आखेट के लक्ष्यों को चुना जाता है। वंचना का मनोविज्ञान अब औद्योगिक रूप ले चुका था।

आरोही की संचिका के नीचे एक टिप्पणी लिखी थी: 'उच्च महत्वाकांक्षा। मध्यम अलगाव। पिता के ऋण का दबाव प्रभावी उपयोग हेतु उपयुक्त।' आरोही का शरीर ठंडा पड़ गया। उसके पिता भी विन्सेंट के लिए केवल एक 'चर' थे, कोई स्मृति नहीं, बल्कि एक मापदंड।

संचिका 2: विशेष परियोजनाएं - स्वर्ण श्रेणी

नामों की लंबी सूची। अधिकांश महिलाएं, भारत, नेपाल, यूक्रेन, नाइजीरिया, ब्राजील। विकासशील देशों के अधूरे स्वप्न, विकसित देशों की भूख को तृप्त कर रहे थे। आपके उपन्यास का मूल विषय यहाँ साक्षात मांस और रक्त के रूप में मौजूद था।

कुछ नामों के आगे अंकित था: सक्रिय, स्थानांतरित, विफल, मृत। 'मृत' शब्द बार-बार आ रहा था। आरोही ने अनस्तासिया का नाम ढूँढ लिया। स्थिति थी: गैर-अनुपालन। सुधारात्मक वृद्धि। अंतिम रूप दिया गया। आरोही की साँसें थम गईं। 'अंतिम रूप' का अर्थ था, हत्या। कूट भाषा को कूट-मुक्त कर लिया गया था।

परियोजना 'काइमेरा'

तभी एक गुप्त उप-संचिका मिली: परियोजना काइमेरा। अर्जुन जड़ रह गया। "इसे खोलो।" दृश्य चलचित्र। कुलीन दानदाता, विश्वविद्यालय के प्रशासक, अनुसंधान अनुदान, परिचारिका मार्ग, भयादोहन के संचालन। शैक्षणिक संस्थान अब शिकार की बुनियादी संरचना बन चुके थे। कृष्ण शिक्षा अब यथार्थ बन चुकी थी।

प्रदर्शक पटल पर कोलंबिया का एक न्यासी दिखाई दिया। आरोही के हाथ से मूषक (माउस) छूट गया। संस्थान में घुसपैठ नहीं हुई थी, संस्थान 'संक्रमित' हो चुका था। अर्जुन ने साक्ष्यों की अंकीय प्रतिलिपि बनाना शुरू किया। "किसी चीज़ को मत छूना।"

पर आरोही ने एक और संचिका पर क्लिक कर दिया। शायद एक भूल, शायद एक ज़रूरत। शीर्षक था: विषय-अ - अनुकूलन टिप्पणियाँ। उसका अपना मनोवैज्ञानिक विच्छेदन। कामुक संवेदनशीलता का मानचित्र। आघात के प्रति उसकी संभावित प्रतिक्रियाओं का पूर्वानुमान। हिंसा के बाद गवाह के रूप में सहयोग की संभावना: 67%। उसके दर्द का परिमाणीकरण किया गया था।

हाशिये पर विन्सेंट की हस्तलिखित टिप्पणी थी: 'यदि जुड़ाव सफल रहा, तो भविष्य की उत्तराधिकारी परिसंपत्ति बनने की क्षमता।'

उत्तराधिकारी? उनका अर्थ 'भर्ती करने वाली' से था। एक शिकार को भविष्य के शिकारी के रूप में तैयार किया जा रहे था। आरोही कांपने लगी।

विशेष परियोजनाएं - रक्त वर्ण

अर्जुन ने एक न्यायालयिक विसंगति देखी। एक विलोपित समूह को पुनः प्राप्त किया जा सकता था। उन्होंने खंडों को बहाल किया। एक संचिका उभरी: विशेष परियोजनाएं / रक्त वर्ण। यह प्रतिबंधित थी। कूट-शब्द की आवश्यकता थी। सुराग था: जन्मदिन नियमावली।

आरोही का खून ठंडा पड़ गया। जन्मदिन केवल प्रतीकात्मक नहीं था; वह तंत्र का प्रवेश द्वार था। उसने शब्द डाला 'मोमबत्ती'। अस्वीकृत। 'एकमोमबत्ती'। अस्वीकृत। तभी उसे उस सर्प वाले चाकू की नक्काशी याद आई। कूट-शब्द: ओरोबोरोस। पहुँच मिल गई। नर्क और भी गहरा था।

चित्र थे। शिकारों के नहीं, बल्कि दानदाताओं के बच्चों के? नहीं, 'द्वितीय पीढ़ी' के अनुकूलन उम्मीदवार। शिकार की विरासत। वंशानुगत अपराध। एक तालिका थी जिसका नाम था: परिसंपत्ति हस्तांतरण। राशियाँ, गुप्त मुद्रा कोष, विश्वविद्यालय के छद्म कोष। परोपकार के मुखौटे में मानव तस्करी। दस्तावेज़ जीवित थे।

अर्जुन बोला: “यह सरकारों को गिरा सकता है।” शायद। यदि यह साक्ष्य जीवित बच सका तो।

जाल का विखंडन

अचानक संगणक का अंतर्निहित कैमरा सक्रिय हो गया, हालांकि उसे

अक्षम किया गया था। असंभव। स्क्रीन पर शब्द टाइप होने लगे: “जिज्ञासा के परिणाम होते हैं।” विन्सेंट। वह अब भी देख रहा था।

बत्तियाँ झपकीं। स्मृति यंत्र ने स्वतः विलोपन की उलटी गिनती शुरू कर दी। आत्म-विनाश की नियमावली सक्रिय हो गई थी। 60... 59... अर्जुन ने रोष व्यक्त किया। न्यायालयिक दौड़ शुरू हुई। वह पागलों की तरह खंडों की प्रतिलिपियां बनाने लगा। आरोही मैन्युअल रुप से प्रदर्शक पटल के चित्र लेने लगी। मिटने से पहले अंकीय पद-चिह्नों को बचाना था।

14 सेकंड शेष थे, तभी एक बहाल की गई संचिका अचानक खुली। शीर्षक: विशेष परियोजना: आरोही / चरण पुनरुद्धार। यह भविष्य की संचिका थी। नियोजित। इसमें उसकी यात्रा का विवरण, अपहरण की आकस्मिक योजनाएँ, कानूनी मानहानि के मसौदे, मिथ्या-प्रलेख स्वीकारोक्ति के संपुट और आपातकालीन 'दफनाने के स्थान' के निर्देशांक लिखे थे। 'दफनाना'। वह बहुत शांति से लिखा गया था। आरोही की साँसें रुक गईं। विन्सेंट ने उसके भागने के बाद की हर चाल की योजना बना रखी थी।

3 सेकंड शेष रहते अर्जुन ने विद्युत आपूर्ति काट दी। सन्नाटा छा गया। स्मृति यंत्र से गर्म धुआँ निकल रहा था। आधा बच गया, आधा खो गया। शायद पर्याप्त था, शायद नहीं।

तभी अंतिम बहाल की गई ध्वनि संचिका स्वतः चलने लगी। विन्सेंट का स्वर गूँजा: “अगर तुम इसे सुन रही हो, तो इसका अर्थ है कि यह तुम्हारे लिए ही था।” पूर्व-अभिलिखित? या सजीव? असंभव। “परियोजनाएं तब विफल होती हैं जब उन्हें लगता है कि वे शिकार हैं। सफल

परियोजनाएं 'सहयोगी' बन जाती हैं।" सन्नाटा। फिर, "तुम कौन हो, आरोही?" ध्वनि समाप्त हुई। प्रश्न शेष रहा। विष की तरह।

मीरा गुप्त रूप से वहां पहुँची। संचिकाओं को देखा और फुसफुसाई, "ये साक्ष्य नहीं हैं। यह एक कब्रिस्तान है।" हाँ। एक डिजिटल कब्रिस्तान।

न्यायालयिक सफलता मिली: अध्याय 26 की जैविक नमूनों की शीशियों के चिन्ह जन्मदिन वाले नरसंहार के रक्त से मेल खा गए। कड़ी जुड़ रही थी। मामला मज़बूत हो रहा था। कानून जाग रहा था।

पर अर्जुन ने कुछ और भी भयावह देखा। एक 'सक्रिय परियोजना' का चिन्ह झपक रहा था। बंद नहीं, बल्कि सक्रिय। कूट था: मीरा-02। कमरा जम गया। मीरा भविष्य का गवाह नहीं, वर्तमान का 'लक्ष्य' थी। वर्तमान शिकार। और उसके नीचे आरोही (पुनः आवंटित): पुनरुद्धार लंबित।

शिकारी अपनी परिसंपत्तियों को खोता नहीं है। वह उन्हें वापस प्राप्त करता है।

संघीय साक्ष्य तिजोरी हेतु अनुरोध शुरू किया गया। साक्ष्यों की श्रृंखला को सील कर दिया गया। कई एजेंसियों की कार्रवाई शुरू हुई।

लेकिन कोई जानकारी बाहर भेज रहा था। क्योंकि बहाल किए गए कूट-आँकड़ों के भीतर तलाशी दल की सूची दिखाई दी। तंत्र के भीतर कोई भेदी था। कानून भी दूषित हो चुका था।

विन्सेंट अज्ञात स्थान से इस डेटा के दर्पण को देख रहा था। वह मुस्कुराया। उसने विवरण अंकित किया: इक्कीसवां चरण - बाधित। परियोजना 'जानुस' प्रारंभ करें।

जानुस? दो मुखों वाला देवता। दोहरा विश्वासघात आने वाला था। अंतिम बहाल किए गए पृष्ठ पर एक हस्तलिखित पंक्ति थी: “विशेष परियोजनाएं कभी समाप्त नहीं होतीं। वे विकसित होती हैं।”

आरोही मीरा के नाम के बगल में झपकते उस 'सक्रिय चिन्ह' को देख रही थी। उसे समझ आ गया, जांच बहुत देर से शुरू हुई है। क्योंकि वह कभी पुराने अपराधों की जांच नहीं कर रही थी। वह एक चल रहे अपराध के भीतर थी।

अध्याय 32
मृत लड़कियों की संचिकाएं

मृतक कभी मौन नहीं रहते; वे अभिलेखों में प्रतीक्षा करते हैं। हर श्रृंखलाबद्ध शिकारी एक कब्रिस्तान पीछे छोड़ता है, कुछ मिट्टी में, कुछ स्मृति में, और कुछ संचिकाओं में। सबसे भयावह कब्रिस्तान वह है जिसे एक तालिका की तरह व्यवस्थित किया गया हो।

ब्रुकलिन के सुरक्षित आवास में रात गहरी हो चुकी थी। बाहर वर्षा की आवाज़ और भीतर पुराने ऊष्मक यंत्र की घरघराहट। शक्तिशाली संगणक की नीली रोशनी के बीच, 'विशेष परियोजनाएं' संपुट के भीतर एक और संचिका खुली, "सुप्त परिसंपत्तियाँ / बंद विषय"।

'बंद'। कितना शुष्क और नैदानिक शब्द। कितना प्राणघातक। अर्जुन ने पूछा, "तैयार हो?" आरोही तैयार नहीं थी, फिर भी उसने क्लिक किया।

वहाँ बत्तीस नाम थे। अधिकांश महिलाएँ। अधिकांश छात्राएँ। अधिकांश विदेशी। लगभग सभी निर्धन और लगभग सभी असाधारण रूप से मेधावी। यह कोई संयोग नहीं था, बल्कि एक 'चयन तर्क' था। हर नाम के साथ एक चित्र, मनोवैज्ञानिक विवरण, आर्थिक दबाव के मापदंड, यौन अनुपालन की टिप्पणियाँ और 'समापन सारांश' दर्ज था।

'समापन'। प्रशासनिक शब्दावली में छिपा हुआ मृत्युदंड।

पहली संचिका: लीना कोवाक्स

हंगरी की रहने वाली भौतिक विज्ञान की शोधकर्ता। आधिकारिक मृत्यु:

आत्महत्या। विन्सेंट की निजी टिप्पणी: “प्रतिरोध बढ़ गया था। कथानक को स्थिर कर दिया गया है।” कथानक स्थिर करना, यानी हत्या को कहानी में बदल देना।

दूसरी संचिका: रुक्मिणी दास

भारत की छात्रा। प्रवेश अनुमति की अनियमितता। परिसर में औषधि की अत्यधिक मात्रा से हुई आकस्मिक मृत्यु। आंतरिक टिप्पणी: “शामक औषधि की मात्रा सहनशीलता की सीमा से अधिक हो गई थी।” आकस्मिक? जैसे कोई लेखांकन त्रुटि हुई हो। आरोही को मतली आने लगी।

तीसरी संचिका: अनस्तासिया

अब यह कोई खंडित अंश नहीं, बल्कि पूरा दस्तावेज़ था। उसके पूरे जीवन का शवपरीक्षण किया गया था। भर्ती, निर्भरता, भयादोहन, पलायन का प्रयास, 'सुधारात्मक घटना' और अंत में, निस्तारण। निस्तारण। जैसे कोई मनुष्य नहीं, बल्कि कचरा हो।

साथ में औषधियों के प्रभाव में ली गई एक स्वीकारोक्ति का दृश्य चलचित्र संलग्न था। अनस्तासिया रोते हुए कह रही थी: “अगर मैं मर जाऊँ, तो याद रखना कि यह मेरा अपना कृत्य नहीं होगा।” आरोही टूट गई। अब उस प्रेत के पास अपना गवाह बयान था।

अर्जुन खामोशी से सब कुछ लिपिबद्ध कर रहा था। साक्ष्यों की श्रृंखला सुरक्षित की जा रही थी, पर उसके हाथ काँप रहे थे। एक आरक्षी अधिकारी अब एक संवेदनशील मनुष्य बन रहा था।

न्यायालयिक छलावा

तभी उन्होंने एक प्रतिरूप पहचाना। हर मृत्यु को एक ही सांचे में ढाला गया था: 1. आत्महत्या 2. औषधि की अधिकता 3. दुर्घटना 4. मानसिक विक्षोभ

वही न्यायालयिक छलावा। वही हथियारबंद मनोवैज्ञानिक युद्ध। एक उप-संचिका मिली: "व्यवहारगत विफलता विश्लेषण"। उसमें लिखा था कि प्रत्येक शिकार क्यों टूटा, किसने प्रतिरोध किया और कौन 'उपयोगी' मरते हुए भी उपयोगी रहा। उपयोगी? शिकारी की भाषा हिंसा से भी अधिक ठंडी थी।

विन्सेंट ने एक लड़की के विवरण के नीचे लिखा था: "अत्यधिक अंतरात्मा। परिवर्तन के लिए अनुपयुक्त उम्मीदवार।" परिवर्तन। यानी शिकार को सहभागी अपराधी बनाना।

तभी चित्रों का एक समूह दिखा। उन सभी मृत लड़कियों ने वही स्वर्ण कंगन पहन रखे थे। आरोही ने अपनी कलाई को छुआ। उसे लगा जैसे वह अपवित्र हो गई है। मीरा फुसफुसाई, "ये संचिकाएं नहीं हैं। ये हत्यारों द्वारा लिखी गई शव-परीक्षण रिपोर्ट हैं।"

अर्जुन ने घटनास्थल से मिले डीएनए का मिलान किया। एक दानदाता का संबंध तीन मृत लड़कियों से निकला। प्रतिरूप अब एक अभियोजन योग्य साज़िश बन चुका था।

उपचार पश्चात की पटकथाएँ

तभी उन्हें कुछ और भी भयावह मिला। संपुट का नाम: "स्मारक मसौदे"। मृत्यु से पहले ही तैयार किए गए शोक संदेश। विन्सेंट ने दुख का पूर्वानुमान भी पहले ही लगा लिया था। शोक संदेश के साँचों के साथ किया गया आखेट। शुद्ध बुराई।

आरोही ने रुक्मिणी की ध्वनि-डायरी खोली। एक हिंदी फुसफुसाहट गूँजी: “अगर कोई यह सुने, हम गायब नहीं होते। हमें गायब किया जाता है।” आरोही सिसकने लगी। क्योंकि अब मृतक बोल रहे थे।

एक और संचिका मिली जिस पर लाल निशान था: “विफल निस्तारण”। रोचक। उसे खोला गया। एक लड़की जीवित बच गई थी। अज्ञात स्थान। गवाह शायद जीवित है। आशा किसी निषिद्ध वस्तु की तरह उनके भीतर प्रवेश कर गई। नाम: सारा मेंडल। लापता, मृत मान ली गई थी। पर शायद नहीं।

फिर एक और गहरी परत। नीले निशानों के चित्र श्रेणीबद्ध किए गए थे। घावों की प्रगति। भय की दहलीज। पीड़ा-प्रतिक्रिया का अध्ययन। यह केवल उत्पीड़न नहीं था; यह अनुसंधान था। मानव प्रयोग। अर्जुन बोला: “यह नूर्नबर्ग-स्तर का अपराध है।” कोई अतिशयोक्ति नहीं थी।

आरोही को कुछ ऐसा मिला जिस पर लिखा था: “उपचार पश्चात की पटकथाएँ”। शिकारी के माफी माँगने के संवाद। मानसिक विभ्रम के सांचे। हिंसा की मरम्मत करने वाले वाक्य। “मुझे नफरत है कि तुम मुझे क्या बना रही हो।” वही सटीक वाक्य जो अध्याय 27 में प्रयुक्त हुआ था। सब कुछ पूर्व-लिखा गया था। कुछ भी स्वाभाविक नहीं था।

उसका आतंक अब अस्तित्वगत बन चुका था। यहाँ तक कि उसका पश्चाताप भी बनावटी था। वह फुसफुसाई, “क्या कुछ भी वास्तविक था?” कोई उत्तर नहीं मिला।

उपज और लाभ

फिर 'मृत लड़कियों' की मुख्य तालिका सामने आई। स्तंभ थे: भर्ती लागत। रखरखाव लागत। उपज। जोखिम। समापन।

'उपज'। आरोही का मन किया कि वह स्क्रीन के टुकड़े-टुकड़े कर दे। जीवन को 'निवेश पर प्रतिफल' तक सीमित कर दिया गया था। पूँजीवाद अब मनोरोगी बन चुका था।

एक मृत विषय के बगल में टिप्पणी थी: "नई भर्ती के लिए छात्रवृत्ति शोक कार्यक्रम का उपयोग करें।" शिकार ही भविष्य के शिकारों को पैदा कर रहे थे। खुद को ही खा जाने वाली मशीन।

अचानक विद्युत आपूर्ति कम हुई। प्रदर्शक पटल झपका। एक मृत लड़की का चित्र मुस्कुराता हुआ सा लगा। नहीं, शायद संपीड़न विसंगति थी। फिर भी, शुद्ध आतंक।

तभी तंत्र ने अपने आप एक गुप्त स्मारक दृश्य चलचित्र खोल दिया। विश्वविद्यालय परिसर में उन सभी मृत लड़कियों की क्लिप्स। वे हँस रही थीं, पढ़ रही थीं, जी रही थीं। वे अभी शिकार नहीं बनी थीं। वे फिर से मनुष्य थीं। अब तक की सबसे हृदयविदारक चीज़। अंत में काली स्क्रीन पर शब्द उभरे: "हमें सही ढंग से याद रखना। परियोजनाओं की तरह नहीं। लड़कियों की तरह।"

आरोही फूट-फूट कर रोने लगी। अब इस जाँच में प्रेत भी शामिल थे।

जानुस का उदय

अर्जुन को कूट-आँकड़ों में कुछ मिला। किसी ने हाल ही में इन मृत संचिकाओं को देखा था। तीन दिन पहले। विन्सेंट के गायब होने के बाद। कोई और सक्रिय था। संजाल जीवित था।

तभी अंतिम बंद संपुट खुला। शीर्षक था: "विषय जिनका समापन लंबित है"। आरोही ने मना किया। वह जानती थी। फिर भी खोला। दो

नाम थे: मीरा बसनेत। आरोही शर्मा।

दोनों के आगे 'लंबित' अंकित था। जीवित लोगों को पहले ही मृतकों के पुरालेख में दर्ज कर लिया गया था। सन्नाटा छा गया। कोई साँस नहीं ले पा रहा था।

तभी संगणक के ध्वनि-विस्तारकों से अचानक आवाज़ आई। यह किसी क्लिक से नहीं, बल्कि सजीव था। एक कमज़ोर स्त्री स्वर। रूसी लहजा। “अर्जुन पर भरोसा मत करो।”

सब जड़ रह गए। आवाज़ गायब हो गई। केवल 'स्टैटिक' शोर शेष था। असंभव। क्या वह अभिलिखित था? कोई सेंधमारी? जाल? अति-सतर्कता को फिर से हथियार बनाया गया था।

अर्जुन का चेहरा सफेद पड़ गया। “ये क्या बकवास है...” पूरी टीम के बीच अविश्वास ने प्रवेश कर लिया था। बिल्कुल वैसा ही जैसा विन्सेंट चाहता था। परियोजना 'जानुस' शायद शुरु हो चुकी थी। दोहरे चेहरे वाला विश्वासघात।

साक्ष्य संपुट का नाम बदलकर “मृत लड़कियों की संचिका” रख दिया गया। उसे संघीय गुप्त प्रतिस्थापन संचय में भेज दिया गया। एक प्रति रखना बहुत खतरनाक था। केवल कानून के भरोसे रहना भी खतरनाक था।

अज्ञात स्थान पर विन्सेंट उस स्मारक फुटेज को देख रहा था। वह आरोही के रोने वाले दृश्य पर रुका। वह दुखी होकर मुस्कुराया। शिकारी अब लगभग रूमानी लग रहा था। उसने विवरण अंकित किया: बाइसवां चरण - श्वाधान अनावरण। विषय की सहानुभूति को हथियार

बनाया गया। लालच देने के लिए शोक का उपयोग करें। यहाँ तक कि विलाप भी एक उपकरण है।

बारिश रुक गई। ब्रुकलिन खामोश था। संगणक अंधकारमय। पर मृत लड़कियाँ अब अपने बयानों में जीवित थीं। और एक बार जब मृतक बोलना शुरू कर दें, तो तंत्र ढह जाते हैं। या फिर गवाह मर जाते हैं। कदाचित दोनों।

अध्याय 33
अनस्तासिया

मृत लोग लौटते नहीं, वे सुराग बनकर टिके रहते हैं। कुछ नाम मरकर समाप्त नहीं होते, वे कथा में लौटते हैं, गवाह बनकर, अभिशाप बनकर, या प्रतिशोध बनकर। अनस्तासिया अब महज़ एक मृत लड़की नहीं थी; वह एक छाया थी जो विन्सेंट के साम्राज्य के पीछे खामोशी से चलती रहती थी।

ब्रुकलिन का सुरक्षित आवास। रात्रि के तीन बज रहे थे। बाहर हल्की बर्फ गिर रही थी। आरोही सो नहीं पा रही थी। शक्तिशाली संगणक की नीली रोशनी में 'मृत लड़कियों की संचिकाएं' खुली थीं। लेकिन उसकी उंगली बार-बार एक ही नाम पर अटक रही थी, अनस्तासिया बेलोवा। जैसे कोई संचिका नहीं, बल्कि उसका अपना भाग्य खुलने वाला हो।

अर्जुन ने पूछा, "तैयार हो?" आरोही ने झूठ बोला, "हाँ।" कोई भी इस नर्क के लिए तैयार नहीं था।

आदि-प्रारूप (The Prototype)

संपुट खुला। एक चित्र उभरा, 19 साल की एक लड़की। नीली आँखें, हँसता हुआ चेहरा। वह जीवित थी और एक शिकार की तरह नहीं, बल्कि एक नायिका (Protagonist) की तरह दिख रही थी। आरोही सिहर गई, क्योंकि उसे लगा जैसे वह स्वयं को देख रही हो।

विवरण: मॉस्को। छात्रवृत्ति प्राप्त छात्रा। आर्थिक जोखिम: उच्च। अलगाव की संवेदनशीलता: मध्यम। प्रलोभन अनुकूलता: उत्कृष्ट।

ये शब्द नहीं थे, ये एक आखेट की रूपरेखा थी। मीरा फुसफुसाई, "विन्सेंट तुम्हारे आने से बहुत पहले उसे तराश चुका था।" 'आदि-प्रारूप' (Prototype)। आरोही ने पहली बार इस शब्द के भार को महसूस किया। वह अद्वितीय (Unique) नहीं थी; वह केवल एक दोहराव (Repeat) थी।

बहाल की गई दैनन्दिनी (Diary) का पृष्ठ खुला। पहली पंक्ति थी, "वह मुझसे प्रेम नहीं करता। वह मेरी गणना करता है।" वह गणना करता है, प्रेम नहीं। आरोही ने धीरे से कहा, "बिल्कुल सही..."

जानुस का रहस्य

दृश्य चलचित्र चलने लगा। पूछताछ वाली तेज़ रोशनी। अनस्तासिया कैमरे की ओर देखकर बोली, "अगर तुम यह देख रही हो, तो उसने तुम्हारा चयन कर लिया है।"

उसकी आवाज़ सीधी थी, जैसे कोई मृत लड़की समय की सीमाओं को लांघकर बात कर रही हो। "वह भय का अध्ययन करता है। वह रक्त का भंडारण करता है। वह आज्ञाकारिता का परीक्षण करता है। वह शिकार को ही शिकारी की भूमिका निभाने के लिए भर्ती करता है।" हर वाक्य अध्याय 26 के उस 'बंद कमरे' की पुष्टि कर रहा था। सब कुछ सत्य था, और उससे भी अधिक भयानक था।

अर्जुन ने विलोपित अंशों को बहाल किया। एक गुप्त टिप्पणी मिली: "जानुस कोई मनुष्य नहीं है। यह एक ही न्यास (Trust) के भीतर छिपे दो चेहरे हैं।" जानुस। फिर वही नाम। अब और भी खतरनाक।

आरोही ने पूछा, "दो चेहरे?" अर्जुन खामोश रहा। शायद उसके मन में भी किसी पर संदेह की सुगमतुगहट थी।

तभी एक छायाचित्र दिखा, पेरिस का एक सम्मेलन। विन्सेंट और अनस्तासिया, हँसते हुए। वे लगभग प्रेमियों जैसे लग रहे थे। आघात से उपजा वह बंधन (Trauma bond) चित्रों में अक्सर रोमांस जैसा प्रतीत होता है। यही शिकारी का सौंदर्यशास्त्र (Predator aesthetics) है।

दैनन्दिनी का अगला पृष्ठ: "मैं उससे प्रेम नहीं करती। मैं उसके द्वारा गढ़े गए कथानक की व्यसनी (Addicted) हो चुकी हूँ।" आरोही कांप गई। क्या यही उसके साथ भी हो रहा था?

भेदी (The Whistleblower)

फिर एक न भेजा गया पत्र मिला, अपनी माता के नाम। "अगर मैं कहूँ कि मैं फँस गई हूँ, तो क्या तुम मुझ पर विश्वास करोगी?" आरोही रो पड़ी। क्योंकि यह हर उस परदेसी बेटी का पत्र था जो सात समंदर पार अपने सपनों की कीमत चुका रही थी।

शव-परीक्षा रिपोर्ट सामने आई। आधिकारिक तौर पर: आत्महत्या। किंतु... फेफड़ों में जल नहीं था। शरीर के नीले निशान आत्महत्या की स्थिति से मेल नहीं खा रहे थे। शामक औषधियों के अवशेष मिले थे। हत्या, जिसे दस्तावेज़ी कार्यवाही के पीछे छिपा दिया गया था। कानून के साथ समझौता किया गया था।

अर्जुन ने दृढ़ स्वर में कहा, "पुराना मामला फिर से खुलेगा।" अब यह केवल व्यक्तिगत आघात नहीं था; यह एक 'नरहत्या की जांच' (Homicide investigation) बन चुकी थी।

तभी एक गुप्त परिशिष्ट (Appendix) मिला। 'जवाबी-निगरानी दैनन्दिनी'। अनस्तासिया मृत्यु से पहले गुप्त रूप से विन्सेंट का पीछा कर रही थी। कैमरों के नक्शे, दानदाताओं के शुरुआती अक्षर, रक्त के मार्ग।

वह मृत्यु से पूर्व जांच कर रही थी। वह शिकार नहीं, बल्कि एक 'भेदी' (Whistleblower) थी।

आरोही के चेहरे पर पहली बार एक सूक्ष्म मुस्कान आई। वह मृत नहीं थी; वह उसकी साथी थी।

भारतीय लड़की के नाम संदेश

तभी एक दृश्य चलचित्र स्वतः खुल गया। समय-मोहर 11 वर्ष पुरानी थी। शीर्षक था: 'भारतीय लड़की के लिए'। सब जड़ हो गए। अनस्तासिया बोल रही थी, "अगर तुम भारत से हो तो अपने पिता को कुछ मत बताना। वह तुम्हारे अपराधबोध (Guilt) को हथियार बनाएगा।"

आरोही कुर्सी से गिरते-गिरते बची। उस मृत लड़की को उसके बारे में पता था? नहीं, उस 'प्रतिरूप' (Pattern) को उसके बारे में पता था। और यह सत्य और भी भयावह था।

तभी दूरभाष की घंटी बजी। रूसी कूट-संकेत। एक अज्ञात स्वर। केवल भारी साँसों की आवाज़। फिर एक फुसफुसाहट, "वह मरी नहीं है।" संपर्क विच्छेद हो गया। सन्नाटा।

मीरा ने पूछा, "क्या?" अर्जुन ने त्वरित संकेत का पीछा (Trace) किया। एक पिंग मिला, ब्राइटन बीच। रूसी अंतःक्षेत्र (Enclave)। एक नया सुराग पैदा हुआ था। प्रेत शायद अभी जीवित था।

आरोही को नींद आ गई। स्वप्न में उसने बर्फ और एक जमी हुई नदी देखी। अनस्तासिया उसके सामने चल रही थी। उसने मुड़कर कहा, "उसे मेरे अंत का लेखक मत बनने देना।"

आरोही जागी। साँसें तेज़ थीं, पर डर अब कम था। अब एक मिशन था। सुबह दरवाज़े के नीचे एक लिफाफा मिला। कदमों की कोई आहट नहीं थी। अंदर एक त्वरित चित्र (Polaroid) था। गिरजाघर की बेंच पर बैठी एक धुंधली महिला। तिथि हाल ही की थी। पीछे लिखा था: "सेंट माइकल कब्रिस्तान। दोपहर। अकेली आना।"

जाल? या पुनरुद्धार?

अज्ञात स्थान पर विन्सेंट पुरालेखों की एक टेप देख रहा था। अनस्तासिया का चेहरा स्क्रीन पर रुका हुआ था। वह मुस्कुराया। "तुम मेरी सबसे श्रेष्ठ छात्रा थीं।"

स्क्रीन पर एक नई संचिका खुली, तेईसवां चरण - प्रेत प्रबंधन (Ghost Management)। मृतकों को भी नियंत्रित करना।

आरोही ने उस चित्र को हाथ में लिया और समझ गई, अनस्तासिया कोई मृत उप-कथानक (Subplot) नहीं थी। वह वह द्वार थी जिसे खोलना अब अनिवार्य था। और शायद वह अभी मरी नहीं थी।

अध्याय 34
रूसी दैनन्दिनी

कुछ दैनन्दिनियाँ लिखी नहीं जातीं, वे रक्त, भय और भविष्यवाणियों में छिपी होती हैं। कब्रिस्तान कभी केवल मृतकों के लिए नहीं होते; कुछ कब्रिस्तान रहस्यों को सँभालने के लिए बने होते हैं।

सेंट माइकल कब्रिस्तान। दोपहर के 12:00 बजे। बर्फ पिघल रही थी और पुराने पत्थरों पर नमी की चमक थी। हवा में गिरजाघर की घंटियाँ ऐसे गूँज रही थीं जैसे समय पीछे की ओर चल रहा हो।

आरोही वहाँ अकेली आई थी। अर्जुन ने मना किया था और मीरा ने इसे एक 'जाल' बताया था। लेकिन कुछ द्वार अकेले ही खोलने पड़ते हैं। त्वरित चित्र (Polaroid) में दिखाई देने वाली वह बेंच रिक्त थी। बस एक वृद्ध रूसी महिला वहाँ बैठी कौओं को दाना खिला रही थी।

वह बिना मुड़े ही बोली, "भारतीय लड़की?"

आरोही जड़ रह गई। वह वृद्ध महिला मुस्कुराई। "अनस्तासिया जानती थी कि तुम आओगी।"

आरोही का रक्त जम गया। उस महिला ने अपने लबादे (कोट) के भीतर से चर्मपत्र (लेदर) में लिपटी एक पुस्तिका निकाली। काली, पुरानी, और किनारों पर पानी के दाग। आवरण पर सिरिलिक लिपि में उभरा हुआ था: Дневник (दैनन्दिनी)।

"यह उसकी है," वृद्धा बोली। "और अगर विन्सेंट तुम्हें ढूँढ़ रहा है, तो

इसका अर्थ है कि अब तुम 'चुनी' जा चुकी हो।"

'चुनी हुई' (Chosen) फिर वही शब्द। इससे पहले कि आरोही कुछ पूछ पाती, वह महिला वहाँ से ओझल हो गई। इतनी तीव्र गति से, जैसे वह कभी वहाँ थी ही नहीं। प्रेत? संदेशवाहक? या कोई अज्ञात साझीदार?

शिकारी की शारीरिक रचना (Predator Anatomy)

सुरक्षित आवास (Safehouse) लौटकर वह दैनन्दिनी खोली गई। रूसी हस्तलिपि सघन, सुंदर और डरावनी। मीरा उसका अनुवाद करती रही। उसका हर पृष्ठ कोई स्वीकारोक्ति नहीं, बल्कि एक नियमावली (Manual) था। शिकारी की मानसिक संरचना का विश्लेषण।

प्रविष्टि 1: "वह त्वचा को छूने से पहले अकेलेपन का अध्ययन करता है।" आरोही को विन्सेंट का वह पुस्तकालय याद आया। उनकी पहली भेंट। सब कुछ वहीं से प्रारंभ हुआ था।

प्रविष्टि 4: "वह प्रेम का अभिनय नहीं करता वह तुम्हारे ही आदर्श प्रेमी का रूप धारण कर तुम्हारे पास लौटता है।" माकियावेलियन प्रलोभन। दर्पण जैसा बंधन। कविता में लिपटी हुई वंचना का मनोविज्ञान।

प्रविष्टि 7: एक रेखाचित्र मिला। अट्टालिका (Penthouse) का फर्श-नक्शा। पर यह वर्तमान वाला नहीं था; यह पुरानी वास्तुकला थी। तलघर के एक गुप्त कक्ष को चिह्नित किया गया था। चिकित्सालय (Clinic)। अध्याय 31 की बातें सत्य सिद्ध हो रही थीं।

अर्जुन फुसफुसाया, "हमें तलाशी वारंट की आवश्यकता है।" आरोही ने उत्तर दिया, "हमें पहले जीवित रहने की आवश्यकता है।"

जानुस और कूट संकेत

दैनन्दिनी में एक विचित्र प्रतीक मिला, दो मुखौटे। जानुस। पुनः वही नाम। उसके नीचे लिखा था: "संस्थान उन चीज़ों की रक्षा करता है जिन्हें कानून देख नहीं सकता।" कृष्ण शिक्षा (Dark Academia) की साज़िश अब एक सिद्धांत बन चुकी थी।

मध्य के पृष्ठ कूटबद्ध (Coded) थे। गणितीय अनुक्रम। अभाज्य संख्याएँ (Prime numbers)। अनस्तासिया गणित की विलक्षण मेधा थी। आरोही ने उन प्रतिरूपों (Patterns) को कूट-मुक्त (Decode) किया। कुछ निर्देशांक (Coordinates) उभर कर आए। क्वींस स्थित एक भंडारण सुविधा (Storage facility)। शायद वहाँ और साक्ष्य छिपे थे, या शायद कोई घात (Ambush)।

फिर एक प्रविष्टि मिली, जो अनस्तासिया की 'मृत्यु' से छह दिन पहले की थी। हस्तलिपि कांप रही थी। "वह रासायनिक रूप से भय की फसल काटता है।"

'रासायनिक रूप से'? अर्जुन चौंक गया। "रक्त का अध्ययन।" मानव प्रयोगों की बात अब स्पष्ट हो चुकी थी। पृष्ठों के बीच एक सूखा हुआ बैंगनी पुष्प (Violet) दबा हुआ मिला। शुष्क और काला। नीचे टिप्पणी थी: "उस समय के लिए, जब तुम भूल जाओ कि सुंदरता का अस्तित्व भी है।" एक शिकार की गई लड़की के भीतर भी कोमलता बची थी। इसने आरोही को सबसे अधिक पीड़ा दी।

लज्जा की ज़ंजीर

अगली प्रविष्टि: "उसे कभी भी अपनी लज्जा (Shame) का उपयोग कर

तुम्हें अलग-थलग मत करने देना। लज्जा ही उसकी ज़ंजीर (Leash) है।" आरोही रो पड़ी। क्योंकि पीछे के हर अध्याय का उसे अब एक नाम मिल गया था।

तभी एक फटा हुआ पृष्ठ मिला। केवल आधा भाग शेष था। "आरक्षी अधिकारी (डिटेक्टिव) पर विश्वास..."यहाँ जलने का निशान था। वाक्य अधूरा था। विश्वास करो? या मत करो? जानुस का विष पुनः लौट आया। मीरा असहज थी। "यह अस्पष्टता बहुत सुविधाजनक है।" संदेह अभी भी जीवित था।

पुस्तिका के पीछे वाले आवरण में एक गुप्त जेब थी। उसमें एक सूक्ष्म-कैसेट (Micro-cassette) मिली। पुरानी एनालॉग तकनीक। उन्होंने एक प्लेयर ढूँढा और उसे चलाया। 'स्टैटिक' शोर के बाद अनस्तासिया का स्वर गूँजा। स्वर कुछ वृद्ध और दुर्बल था। "अगर मैं ओझल हो जाऊँ, तो वह 'रक्त वर्ण बही-खाता' (Red Ledger) ढूँढ़ लेना।"

रक्त वर्ण बही-खाता? एक नई वस्तु। एक और भूलभुलैया। आवाज़ आगे बढ़ी, "मेरे बाद और भी लड़कियाँ आएंगी। एक मुंबई से होगी।"

आरोही की साँसें थम गईं। उसने बरसों पहले ही आरोही के होने की भविष्यवाणी कर दी थी। या शायद वह 'विवरण' (Profile) ही बार-बार दोहराया जा रहा था। दोनों ही स्थितियाँ भयावह थीं।

फिर सबसे डरावना हिस्सा आया। "वह बिल्कुल मेरी तरह दिखती है। उसे चोट पहुँचाना उसे बहुत प्रिय लगेगा।"

सन्नाटा छा गया। कोई हिल भी नहीं रहा था। पूर्वानुमानित आघात। नियति अब एक एल्गोरिदम बन चुकी थी।

अदृश्य स्याही और सत्य

अचानक अर्जुन ने दैनन्दिनी के हाशिये पर गौर किया। अदृश्य स्याही। पराबैंगनी (UV) प्रकाश में शब्द उभरे। संचिकाओं (Files) से परे छिपे हुए अन्य शिकारियों के नाम। कई तो अभिलेखों में थे ही नहीं। मृत लड़कियों की संख्या अब दोगुनी हो गई थी। एक विशाल आपराधिक मामला।

एक पंक्ति बार-बार दोहराई गई थी: 'शुगर डैडी' खामोशी का वित्तपोषण करते हैं (Sugar Fathers Fund Silence)। उपन्यास का शीर्षक अब और भी गहरा और अंधकारमय हो गया था।

तभी एक पृष्ठ मिला जो रक्त के धब्बे के साथ मुड़ा हुआ था। शायद डीएनए। अर्जुन ने उसे साक्ष्य-थैली में रख लिया। न्यायालयिक विज्ञान के लिए यह स्वर्ण जैसा था। एक पुराना मामला अब जैविक रूप से बोल सकता था।

अंत के पास की प्रविष्टि: "विन्सेंट केवल एक चीज़ से डरता है, वे गवाह जो आपस में अपने अनुभव साझा (Compare notes) करते हैं।" उस पंक्ति ने कमरे में एक विद्युत ऊर्जा भर दी। शिकारों का संजाल ही इस विष की काट (Antidote) था।

अंतिम पृष्ठ कूटबद्ध था। रूसी नहीं, बल्कि लैटिन भाषा में। Speculum Mentis (मस्तिष्क का दर्पण)। अध्याय 29 की याद आ गई। सब कुछ पहले से निर्मित था। अंत में एक वाक्य बहुत ज़ोर देकर खुरचा गया था: "उसने मुझे नहीं मारा। मैं एक बार भाग निकली थी।"

कमरा जड़ हो गया। अगर यह सत्य था, तो अनस्तासिया जीवित हो सकती थी। वह कॉल कोई चारा नहीं, बल्कि एक गवाह हो सकता

था। हाड़-मांस का कोई प्रेत।

जानुस का स्वागत

तभी दूरभाष थरथराया। एक अज्ञात कूटबद्ध संचिका प्राप्त हुई। शीर्षक: रक्त वर्ण बही-खाता (RED LEDGER)। कोई प्रेषक नहीं था। संचिका आधी खुली, दानदाताओं के भुगतान, विश्वविद्यालय के खाते, राजनेता। फिर संचिका दूषित (Corrupt) हो गई। स्क्रीन काली पड़ गई।

किसी को ज्ञात हो गया था कि दैनन्दिनी खोल दी गई है। बत्तियाँ गुल हो गईं। पूर्ण अंधकार। बैकअप तंत्र भी विफल रहा। यह अत्यंत सुनियोजित था। अंधेरे में गलियारे से एक आवाज़ आई न वह अर्जुन की थी, न मीरा की। एक कोमल पुरुष स्वर। रूसी लहजा। "उसने दैनन्दिनी में एक झूठ छोड़ दिया है।"

द्वार की कुंडी धीरे से घूमी। अर्जुन ने अपना अस्त्र (Weapon) निकाल लिया। दरवाज़ा अचानक खुला, गलियारा रिक्त था। पर फर्श पर रक्त वर्ण (लाल) चर्मपत्र का एक नवीन बही-खाता पड़ा था। वह पुरानी काली दैनन्दिनी नहीं थी। रक्त वर्ण बही-खाता? उसे पहुँचा दिया गया था। अंदर पहले पृष्ठ पर लिखा था: परियोजना जानुस में आपका स्वागत है।

खेल अब और भी विस्तीर्ण हो चुका था।

अज्ञात स्थान पर विन्सेंट एक निगरानी नोट पढ़ रहा था: विषय ने रूसी पुरालेख तक पहुँच प्राप्त कर ली है। भावनात्मक सक्रियण सफल। स्मृति को हथियार बनाने की प्रक्रिया (Memory weaponization)

की ओर बढ़ें। चौबीसवां चरण - विरासत में मिला भय (Inherited Fear)।

आरोही ने उस लाल बही-खाते को हाथ में लिया और समझ गई, अनस्तासिया की दैनन्दिनी में कोई चेतावनी नहीं थी। वह एक विरासत (Inheritance) थी। और हर विरासत की एक कीमत होती है। कभी खून में, तो कभी सत्य में।

अध्याय 35
शिकारी का प्रतिरूप

कोई शिकारी आवेग में आकर हत्या नहीं करता, वह एक प्रतिरूप (Pattern) बनाता है। अपराध जब बार-बार दोहराया जाए, तो वह महज़ एक घटना नहीं रह जाता, बल्कि एक कलन-विधि (Algorithm) बन जाता है। और हर कलन-विधि में एक हस्ताक्षर होता है, शिकारी का अपना प्रतिरूप।

ब्रुकलिन का सुरक्षित आवास (Safehouse)। रात के 2:17 बज रहे थे। रक्त वर्ण बही-खाता (Red Ledger) मेज़ पर खुला था। वह केवल कागज़ नहीं था, मानो अपराध का एक विस्तृत 'शारीरिक रचना मानचित्र' (Anatomy Atlas) हो।

आरोही, मीरा और अर्जुन, तीनों मेज़ के चारों ओर बैठे थे। पहली बार उस कमरे में डर से अधिक तर्क (Logic) की उपस्थिति थी। शिकार अब विश्लेषण करने लगता थे, और यहीं पर शिकारी पहली बार सुभेद्य (Vulnerable) होता है।

बही-खाते के पृष्ठ, तिथियाँ, लड़कियाँ, धन का हस्तांतरण, दानदाताओं की बैठकें, और मृत्यु। सब कुछ एक ही चक्र में घूम रहा था। अर्जुन फुसफुसाया, "वह बिना तैयारी के कुछ नहीं कर रहा है। वह एक नियमावली (Protocol) चला रहा है।"

आरोही ने श्वेत-पटल (Whiteboard) पर एक कालक्रम (Timeline) बनाना शुरू किया। अनस्तासिया, रुक्मिणी, लीना और कई अज्ञात

शिकार। अचानक एक स्पष्ट प्रतिरूप उभर कर आया। हर शिकार के साथ सात चरण अपनाए गए थे। सात चरण, शिकारी का अनुष्ठान।

आखेट के सात चरण

प्रथम चरण - पहचान (Identification): महत्वाकांक्षी किंतु निर्धन विदेशी छात्रा। छात्रवृत्ति पर निर्भर। पारिवारिक दबाव। अलगाव। आर्थिक तनाव। चयन की प्रक्रिया।

द्वितीय चरण - बचाव (Rescue): एक ऐसा संकट जो या तो खुद पैदा किया गया या जिसका लाभ उठाया गया। टूटा हुआ संगणक, किराए की समस्या, वीज़ा का खतरा। शिकारी एक 'रक्षक' बनकर प्रवेश करता है। विन्सेंट - हमेशा एक समाधान के रूप में आता है, कभी सीधे प्रेमी बनकर नहीं।

तृतीय चरण - मानसिक अनुकूलन (Grooming): विलासिता, मार्गदर्शन, कामुक तनाव, बौद्धिक प्रभुत्व। निर्भरता, जिसे 'रोमांस' का मुखौटा पहनाया जाता है। आरोही फुसफुसाई, "मेरा अध्याय 6 से 15 तक का सफर..." वह स्वयं का ही मानचित्र बना रही थी।

चतुर्थ चरण - अलगाव (Isolation): मित्रों को हटाना, सह-निवासी पर अविश्वास पैदा करना, नया आवास, नियंत्रित सामाजिक दायरा, अंकीय निगरानी। विषय को गवाहों के संजाल से पूरी तरह काट देना। मीरा बोली, "उसने मुझे मिटाने की कोशिश की थी।"

पंचम चरण - विखंडन (Rupture): पहली हिंसा। कभी बहुत बड़ी नहीं, बल्कि नपी-तुली। कंगन से पड़ा नीला निशान, काँच का टूटना, धक्का देना। भय की गहरी छाप छोड़ना। अध्याय 27 इसका गवाह था।

षष्ठ चरण - रूपांतरण (Conversion): शिकार या तो पूरी तरह टूट जाता है या उसे भर्ती कर लिया जाता है। वह एक 'सहभागी अपराधी' या 'परिसंपत्ति' बन जाता है। कुछ लड़कियाँ यहाँ गायब हो गईं। शायद वे मरी नहीं थीं, बल्कि उससे भी बुरा कुछ हुआ था।

सप्तम चरण - निस्तारण (Disposal): आत्महत्या, औषधि की अधिकता, स्थानांतरण, या यदि प्रतिरोध जारी रहा तो हत्या। सन्नाटा। पुरालेख। परियोजना समाप्त।

आरोही पीछे हटी। सात चरण। बिल्कुल सात। यह एक अनुष्ठान था, एक तंत्र था, आखेट का एक धर्म।

आखेट की मशीनरी

अर्जुन ने कुछ और भी देखा। शिकारों का चयन हर 22 महीने में किया जाता था। एक निश्चित अंतराल। क्यों? अनुदान के चक्र, शैक्षणिक कैलेंडर, और वीज़ा नवीनीकरण के मौसम। यह संस्थान आखेट के साथ समकालिक (Synchronized) था। 'कृष्ण शिक्षा' का वास्तविक यंत्र।

बही-खाते के हाशिये पर एक टिप्पणी थी: 'उच्चतम सुभेद्यता: सत्र-मध्य (Midterm) की विफलता का जोखिम, सर्दियों का अकेलापन, वीज़ा नवीनीकरण का समय।' शिकारी शैक्षणिक तनाव के मौसमों का शिकार करता था। कितनी राक्षसी निपुणता थी।

आरोही ने फुसफुसाते हुए कहा, "वह सेमेस्टर के अनुसार शिकार करता था।"

तभी उसे एक भयावह सत्य दिखा। वह अभी 'षष्ठ चरण' में थी, रूपांतरण। अभी निस्तारण नहीं हुआ था। इसका अर्थ था कि विन्सेंट

अभी भी उसे वापस पाने (Reclaim) का इरादा रखता है। मारना नहीं, बल्कि इस्तेमाल करना। एक नई तात्कालिकता (Urgency) पैदा हो गई।

अर्जुन ने कॉल रिकॉर्ड्स (सीडीआर) के आँकड़ों का मिलान किया। हर शिकार से संपर्क करने के लिए उन्हीं 'छद्म दूरभाष संख्याओं' (Burner numbers) का उपयोग किया गया था। वही भोजनालय, वही दानदाता, वही कार की नंबर प्लेट। अंकीय पदचिह्न एक ही दिशा में थे। शिकारी का हस्ताक्षर अब कानूनी रूप से पकड़ा जा सकता था।

न्यायालयिक मनोविज्ञान की पुस्तक खुली। श्रृंखलाबद्ध आखेट का मॉडल। आरोही ने एक पंक्ति पर घेरा बनाया: 'पुनरावृत्ति (Repetition) आवश्यकता को दर्शाती है, आवेग को नहीं।' विन्सेंट कामुकता से प्रेरित नहीं था। यह एक बाध्यकारी संरचना (Compulsion architecture) थी। उसे प्रतिरूप की आवश्यकता थी। यही उसे 'अनुमानित' (Predictable) और सुभेद्य बनाता था।

शिकारी का आखेट

मीरा ने अचानक पूछा, "क्या होगा अगर हम उसके चरणों के अनुक्रम (Sequence) को ही 'चारा' बना दें?" सन्नाटा छा गया। सबको अहसास हुआ, उसके अपने प्रतिरूप को ही उसके विरुद्ध इस्तेमाल करना होगा। शिकारी का आखेट करना होगा।

आरोही ने शिकारों का अध्ययन किया। एक विसंगति (Anomaly) मिली। हर लड़की किसी की तरह दिखती थी। काले बाल, चेहरे की एक निश्चित समरूपता, रूसी गालों की हड्डियाँ, भारतीय आँखें। यह यादृच्छिक (Random) नहीं था। एक निश्चित 'टाइप' के प्रति जुनून।

आदि-प्रारूप की प्रतिकृति। सब कुछ किसके आधार पर बनाया गया था? अनस्तासिया के आधार पर। वह अपने पहले जुनून को बार-बार दोहरा रहा था। शिकारी अपने अधूरे घावों को ही बार-बार कुरेदते हैं।

अर्जुन बोला, "यही उसकी रुग्णता (Pathology) है।" और जहाँ रुग्णता रिसती है, वहाँ जाल काम करते हैं।

बही-खाते के पिछले पन्नों पर विन्सेंट के वे 'व्यवहारगत उत्तेजक' (Triggers) लिखे थे जिनका वह विरोध नहीं कर सकता था: अवज्ञा (Defiance), पलायन के संकेत, प्रतिस्थापन का खतरा, और गवाहों का आपस में अनुभव साझा करना। बिल्कुल अनस्तासिया की चेतावनी की तरह।

आरोही के चेहरे पर पहली बार एक खतरनाक मुस्कान आई। "हम उसे आहूत (Summon) कर सकते हैं।"

पर तभी एक अंधकारमय प्रतिरूप दिखा। जिन शिकारों ने संघर्ष किया था, उन सबको मृत्यु से पहले 'मानसिक रूप से अस्थिर' सिद्ध किया गया था। मनोरोग विध्वंस। मानसिक विभ्रम (Gaslighting) को कानूनी रूप दे दिया गया था। अर्जुन स्तब्ध था, "चिकित्सालय के अभिलेखों के साथ छेड़छाड़ की गई है।" कानून को फिर से दूषित किया गया था।

तभी डीएनए साक्ष्य की रिपोर्ट आई। अध्याय 30 में मृत दानदाता का रक्त एक पुराने 'कोल्ड केस' के नमूने से मेल खा गया। श्रृंखलाबद्ध हत्याओं का जाल सिद्ध हो चुका था। यह रिको-स्तर (RICO-level) का एक बड़ा षड्यंत्र था।

अचानक आरोही ने प्रतिरूप में कुछ छिपा हुआ देखा। हर सातवां

शिकार 'जन्मदिन के सप्ताह' के दौरान गायब हुआ था। जन्मदिन के अनुष्ठान, दीक्षा, रक्त। अध्याय 30: कोई अपवाद नहीं था, वह उसके हस्ताक्षर का चरमोत्कर्ष (Climax) था। और उसका बीसवाँ जन्मदिन एक 'नियोजित बलिदान' था। वह नियमावली से जीवित बच गई थी। वह इसे फिर से दोहराएगा। क्योंकि एक टूटा हुआ अनुष्ठान हमेशा पूर्णता की खोज करता है।

मीरा ने दीवार पर त्वरित चित्रों (Polaroids) को पिन किया। शिकार अब एक 'नक्षत्र-पुंज' (Constellation) बन चुके थे। तभी एक केंद्र बिंदु उभरा। हर मार्ग में एक स्थान बार-बार दोहराया गया था। 'मॉर्निंगसाइड पुरालेख भवन' (Morningside Archive Building)। विश्वविद्यालय का एक पुराना हिस्सा। वह अट्टालिका नहीं थी; वह मुख्य घोंसला था। शिकारी की असली मांद।

अर्जुन बोला, "हम छापा मारेंगे।" आरोही ने कहा, "नहीं। हम पहले प्रवेश करेंगे।" क्योंकि सफाई (Cleanup) से पहले साक्ष्य जुटाने थे। समय हाथ से निकल रहा था।

तभी संगणक से एक आवाज़ आई। एक अज्ञात अपलोड दिखाई दिया। सजीव कैमरा प्रसारण (Live camera feed)। मॉर्निंगसाइड का तलघर। एक रिक्त कुर्सी। एक अकेला लैम्प। और दीवार पर लिखा था: "तुमने प्रतिरूप ढूँढ़ लिया। बधाई हो।"

विन्सेंट देख रहा था। या शायद आमंत्रित कर रहा था। संदेश टाइप हुआ: "लेकिन प्रतिरूप तुम्हारा भी पूर्वानुमान लगा लेता है।"

संवाद स्थिर हो गया। शिकारी को पता था कि वे उसका अध्ययन कर रहे थे। शतरंज अब दोनों ओर से खेला जा रहा था। अर्जुन के रोकने से

पहले ही आरोही ने उत्तर टाइप किया: "तो फिर देखते हैं कि किसका प्रतिरूप पहले विफल होता है।" भेज दिया गया (Send)।

सन्नाटा। फिर उत्तर आया, "शीघ्र" (Soon)।

अब तक का सबसे डरावना शब्द।

नियंत्रण केंद्र। विन्सेंट व्यवहारगत मानचित्र का अध्ययन कर रहा था। विषय ने 'शिकारी की बुद्धि' प्राप्त कर ली है। पच्चीसवां चरण - पारस्परिक आखेट (Reciprocal Predation)। शिकारी और शिकार की भूमिकाओं का उलटना प्रारंभ।

वह मुस्कुराया। "अंततः।" जैसे यही उसकी इच्छा थी। शायद थी।

आरोही श्वेत-पटल पर उन सात चरणों को देख रही थी। वह समझ गई थी; वह किसी प्रेम प्रसंग में नहीं फँसी थी, वह एक कार्य-प्रणाली (Methodology) में फँसी थी। लेकिन कार्य-प्रणाली का एक दोष होता है, उसे कूट-मुक्त (Decode) किया जा सकता है। और यदि कूट-मुक्त हो जाए, तो उसे तोड़ा भी जा सकता है।

पहली बार उसे लगा कि शायद शिकारी को मारा जा सकता है।

डिजिटल पिंजरा

अध्याय 36
कैमरा

जो कैमरा अभिलेखित करता है, वह केवल दृश्य नहीं चुराता, वह सत्य को नियंत्रित करता है। बंदूक मारती है। ज़हर छुपाता है। लेकिन कैमरा वास्तविकता को पुनः लिख देता है। और जो शिकारी कथानकों से खेलता हो उसका सबसे प्रिय हथियार हिंसा नहीं, बल्कि अभिलिखित दृश्य (फुटेज) होता है।

मॉर्निंगसाइड पुरालेख भवन। रात के 1:40 बज रहे थे। बर्फ गिर रही थी और वह पुरानी गोथिक इमारत अंधेरे में किसी परित्यक्त मठ जैसी लग रही थी। लेकिन आरोही जानती थी, यह मठ नहीं, बल्कि एक 'शिकारगाह' था।

अर्जुन ने फुसफुसाते हुए कहा, "दस मिनट के भीतर काम पूरा करना है। कोई वीरता दिखाने की ज़रूरत नहीं है।" मीरा ने एक शुष्क हँसी के साथ जवाब दिया, "वीरता के लिए अब बहुत देर हो चुकी है।"

तलघर का सर्विस दरवाज़ा। लाल बही-खाते का कूट-शब्द काम कर गया। 'क्लिक' की आवाज़ हुई और द्वार खुल गया। बहुत आसानी से। जैसे जाल बिछाकर किसी की प्रतीक्षा की जा रही हो।

अंदर धूल नहीं थी। एक परिचालनगत खामोशी थी। कोई इस जगह का रखरखाव कर रहा था। उससे भी बुरा, यहाँ अतिथियों की प्रतीक्षा कर रहा था।

एक लंबा गलियारा। ताले लगी पुरालेख अलमारियों की कतारें। फिल्म के कनस्तर, स्मृति यंत्र, लघु दृश्य रीलें, और पुरानी निगरानी रीलें। दशकों का इतिहास। यह आखेट का एक पुरालेख था।

फिर एक दीवार दिखी। सैकड़ों छायाचित्र। लड़कियाँ। स्वाभाविक मुद्राओं में। सोती हुई, पढ़ती हुई, रोती हुई। उनकी सहमति के बिना किया गया अवलोकन। यह 'गुप्त पीछा' करने का एक संग्रहालय था। आरोही ने धीरे से कहा, "उसने हमें सहेज कर रखा है।" यह कोई रूपक नहीं था, यह एक संग्रह था।

गलियारे का अंत। एक इस्पात का दरवाज़ा। उस पर लिखा था: दृश्य प्रयोगशाला।

साक्षी यंत्र

भीतर कमरा प्रदर्शक पटलों से भरा था। कुछ पर 'स्टैटिक' शोर था, कुछ पर सजीव प्रसारण, और कुछ पुरालेखों से जुड़े थे। एक स्क्रीन पर आरोही खुद को इमारत में प्रवेश करते हुए देख रही थी। सजीव प्रसारण। वह उन्हें देख रहा था। पहले से ही।

एक अन्य स्क्रीन पर, अध्याय 6 की पुस्तकालय वाली मुलाकात चल रही थी। उनकी पहली भेंट। अभिलिखित। शुरु से ही। कोई दुर्घटना कभी हुई ही नहीं थी। वह टूटा हुआ संगणक शायद विन्सेंट द्वारा ही नियोजित था। पूरा रोमांस शायद एक 'कार्यवाही' मात्र था। आरोही को अस्तित्वगत मतली होने लगी। मीरा पीछे हटी। "सब कुछ पहले से ही पटकथा के अनुसार था..."

तभी कमरे के बीचों-बीच रखी एक वस्तु पर उनकी नज़र पड़ी। एक विशाल सिनेमा कैमरा। पुराना एनालॉग रूप। सुंदर, फिर भी शिकारी

जैसा। एक वेदी की तरह तिपाई पर रखा हुआ। उस पर पीतल की एक पट्टी लगी थी: साक्षी यंत्र।

पागलपन को कला का मुखौटा पहनाया गया था।

अर्जुन ने आँकड़ा-आधार खोला। संपुट: स्वीकारोक्तियाँ। समझौते। उत्तोलक। परीक्षण।

'परीक्षण'? उन्होंने उसे खोला। पूछताछ के दौरान अभिलिखित किए गए शिकार। टेप पर किए गए व्यवहारिक प्रयोग। मानव प्रयोगशाला का सिनेमा। आरोही को एक संपुट मिला: विषय-अ। उसका अपना नाम। 179 रिकॉर्डिंग्स। वह लगभग गिर ही पड़ी।

उसे ज्ञात रूप से 179 बार देखा गया था। अज्ञात रूप से कितनी बार, कोई नहीं जानता। एक क्लिप चली। वह सो रही थी। कैमरे के पीछे से विन्सेंट की आवाज़ आई: "जब विषय को एक अदृश्य दर्शक का आभास होता है, तो भय और गहरा हो जाता है।" वह उसका शोध-प्रबंध थी।

दृश्य का युद्ध

तभी कैमरे की लाल बत्ती अपने आप जल उठी। विद्युत आपूर्ति नहीं थी, फिर भी वह अभिलिखित कर रहा था। असंभव। या शायद दूरस्थ सक्रियण। लेंस थोड़ा घूमा। उसकी ओर। वह यांत्रिक आँख जीवित हो उठी थी। स्क्रीन पर शब्द टाइप हुए: "बैठो।"

कोई नहीं हिला। पुनः वही शब्द: "बैठो।" एक आदेश। शिकारी का रंगमंच। आरोही ने ठीक इसके विपरीत किया। वह कैमरे की ओर बढ़ी और सीधे लेंस में देखा। पहली बार वह पलटकर देख रही थी। सत्ता का

हस्तांतरण हो रहा था। उसने फुसफुसाते हुए कहा, "तुमने हमारा क्या बना दिया?"

पीछे से विन्सेंट की आवाज़ गूँजी, "अमरता।"

सब घूम गए। कोई नहीं था। केवल स्पीकर सिस्टम। 'ईश्वर की आवाज़' वाली वास्तुकला। तभी प्रदर्शक पटल बदल गए। हर स्क्रीन पर आरोही का चेहरा था, अलग-अलग भावनाओं के साथ चिह्नित: भय। इच्छा। वंचना। अनुपालन। मशीन ने उसकी आत्मा का विवरण तैयार कर लिया था।

अर्जुन ने एक छिपा हुआ फीड ढूँढ निकाला। वर्तमान न्यूयॉर्क आरक्षी दल के कार्यालय भी निगरानी में थे। पुलिस को भी देखा जा रहा था। यह तंत्र मामले से कहीं आगे तक संक्रमित था। जानुस साँस ले रहा था।

तभी एक पुरानी रील मिली जिस पर लिखा था: अनस्तासिया_अंतिम। उन्होंने प्रक्षेपक को लोड किया। फिल्म की आवाज़ आई। यह अंकीय नहीं था, इसलिए इसे नकली बनाना कठिन था। शायद यही सत्य था। स्क्रीन पर अनस्तासिया एक कुर्सी से बंधी दिखी। पर वह विद्रोही थी। विन्सेंट ने (जो कैमरे में नहीं था) पूछा: "कैमरे क्या करते हैं?" उसने उत्तर दिया, "वे झूठ को बहुत खूबसूरती से सहेजते हैं।"

सन्नाटा। फिर उसने सीधे लेंस में देखा। भविष्य की ओर। आरोही की ओर। "कैमरा तोड़ दो।"

भागो नहीं। उसे मारो नहीं। कैमरा तोड़ दो। यह कूटबद्ध था, पर अनिवार्य भी था। आरोही ने उस केंद्रीय मशीन को देखा। शायद यह केवल रूपक नहीं था। शायद यह इस तंत्र का वास्तविक 'केंद्र' था।

तभी अर्जुन को एक काले पर्दे के पीछे एक छिपा हुआ कक्ष मिला। सर्वर रैक, चेहरा पहचानने वाला इंजन, व्यवहार भविष्यवाणी कृत्रिम बुद्धिमत्ता। उन पर शैक्षणिक अनुदान के लोगो लगे थे। विश्वविद्यालय द्वारा वित्तपोषित। संस्थान के भीतर के राक्षस की पुष्टि हो गई।

मीरा ने एक दराज खोली। एक लघु स्मृति कार्ड मिला जिस पर लिखा था: खन्ना। अर्जुन जड़ हो गया। उसका अपना नाम। कैसे? खोला गया तो दृश्य चलचित्र मिले। अर्जुन मुखबिरों से मिल रहा था। उसका निजी आवास। यहाँ तक कि उसके बचपन के घर की फुटेज। आरक्षी अधिकारी के साथ भी समझौता किया गया था। अब हर कोई शिकार था। अविश्वास का विस्फोट हुआ। जानुस सक्रिय था।

तभी कैमरे ने अचानक एक सजीव मिश्रण प्रक्षेपित किया। एक मिथ्या-प्रलेख अदालती दृश्य। आरोही अपराध स्वीकार कर रही थी। भविष्य का कानूनी विनाश पहले से ही निर्मित था। कथानक को हथियार बना दिया गया था। विन्सेंट की ध्वनि गूँजी: "अगर साक्ष्य निर्मित किए जा सकते हैं, तो निर्दोष होना महज़ एक पुरानी याद है।"

शिकारी का दर्शन। आरोही को अनस्तासिया की बात याद आई: कैमरा तोड़ दो। उसने तिपाई पकड़ी। अर्जुन चिल्लाया, "रुको! साक्ष्य" बहुत देर हो चुकी थी। उसने लेंस को चकनाचूर कर दिया। काँच बिखर गया।

तत्काल खतरे का सायरन बज उठा। पूरा पुरालेख जाग गया। छिपे हुए शटर अपने आप गिर गए। दरवाज़े बंद हो गए। गैस रिसने लगी। सुरक्षा विलोपन। जाल सक्रिय हो गया था। सभी प्रदर्शक पटलों पर एक ही पंक्ति चमक रही थी: "पुरालेख का उल्लंघन। विषयों को अभिलिखित

किया जाए।"

विषय। अब वे केवल एक फुटेज थे। आपातकालीन लाल रोशनी। कमरा रक्त के रंग का हो गया। कैमरा टूटा हुआ था, पर छत से एक और लेंस खुल गया। फिर एक और। फिर एक और। वहाँ कभी एक कैमरा नहीं था। यह हाइड्रा था।

अर्जुन को खाँसी आने लगी। शायद गैस एक हल्की शामक औषधि थी। समय खत्म हो रहा था। आरोही ने मुख्य सर्वर कोर को देखा। केवल एक ही विकल्प था। उसने फायर एक्स (अग्निशमन कुल्हाड़ी) उठाई और ड्राइव्स के बीच दे मारी। चिंगारियाँ निकलीं। विस्फोट हुआ। फीड्स मरने लगीं। मशीनों की चीखें गूँजीं। जैसे किसी जीव की हत्या की जा रही हो।

विद्युत विच्छेद हो गया। तभी एक जीवित बचे हुए प्रदर्शक पटल पर विन्सेंट सजीव दिखा। अंततः। वास्तविक। मुस्कुराता हुआ। "तुमने गलत समझा। कैमरा तुम्हें देख नहीं रहा था।" थोड़ा रुक कर, "वह तुम्हें प्रशिक्षित कर रहा था।"

स्क्रीन बंद हो गई। वे रखरखाव सुरंग के माध्यम से भाग निकले। पीछे आग लगी थी। पुरालेख जल रहा था। साक्ष्य शायद नष्ट हो गए थे, या शायद स्वतंत्र हो गए थे। बाहर बर्फ गिर रही थी। सायरन करीब आ रहे थे।

आरोही कांप रही थी। उसके कोट की जेब में कुछ ऐसा था जो उसका नहीं था। एक फिल्म रील। जो उस अफरा-तफरी के दौरान उसने उठाई थी? हाथ से लिखा लेबल था: जन्मदिन नियमावली का मूल विवरण।

महत्वपूर्ण साक्ष्य बच गया था। शायद। अर्जुन ने जलते हुए पुरालेख को

देखा और फुसफुसाया, "यह उसका स्मृति महल था।" आरोही ने कहा, "नहीं, यह जेल थी। जो अब घायल है।"

अज्ञात सुरक्षित स्थान। विन्सेंट द्वितीयक बैकअप फीड देख रहा था। पुरालेख की क्षति दर्ज की गई। उसे कोई विशेष दुख नहीं था। उसने विवरण अंकित किया: छब्बीसवां चरण - गवाहों ने उपकरणों पर हमला किया। देह के रुप में क्रियान्वयन बढ़ाएं। अब और निगरानी नहीं। अब पीछा किया जाएगा।

पीछा। एक और भी अधिक गहरा और आत्मीय आतंक। आरोही समझ गई थी, कैमरा सिर्फ उसे देख नहीं रहा था, उसे गढ़ रहा था। और शायद इसीलिए अनस्तासिया ने कहा था, भागो मत, कैमरा तोड़ो। क्योंकि कभी-कभी राक्षस को मारने के लिए उसकी आँख फोड़नी पड़ती है।

अध्याय 37
रिकॉर्डेड जीवन

यदि किसी ने तुम्हारे जीवन को अभिलिखित (Record) कर लिया हो, तो क्या तुम्हारी स्मृतियाँ भी तुम्हारी रहती हैं? कैमरा टूट गया था, लेकिन निगरानी नहीं। कुछ प्रणालियाँ यंत्रों (Hardware) से नहीं, बल्कि आदत से चलती हैं। और आदत कैद का सबसे स्थायी रूप है।

पुरालेख (Archive) जल रहा था। बर्फबारी के बीच काला धुआँ उठ रहा था और सायरन की आवाज़ें दूर थीं। लेकिन आरोही को लग रहा था कि आग बाहर नहीं, उसके भीतर लगी है। क्योंकि उसने कैमरे तोड़े थे, पर उन दृश्यों (Footage) का क्या? उसकी कितनी प्रतिलिपियाँ (Copies), कितने प्रतिस्थापन संचय (Backups) और उसके अस्तित्व के कितने संस्करण विन्सेंट के पास सुरक्षित थे?

सुरक्षित आवास (Safehouse) लौटकर मेज़ पर वह फिल्म रील रखी गई, जन्मदिन नियमावली का मूल विवरण (BIRTHDAY PROTOCOL MASTER)। शायद अध्याय 30 का मूल सत्य। वास्तविक दृश्य। शिकारी शायद ही कभी मूल प्रतियाँ रखता है, पर जब रखता है, तो अहंकार के कारण। और अहंकार ही गलतियाँ करवाता है।

पुराना प्रक्षेपक (Projector) चलाया गया। फिल्म की चरमराहट गूँजी और दीवार पर रोशनी का एक झरोखा खुला। जन्मदिन का रात्रिभोज। मुखौटे। केक पर पड़ा रक्त।

खंडित स्मृति (The Edited Memory)

वही दृश्य इस बार अलग था। डरावनी हद तक अलग। जो आरोही ने अनुभव किया था, वह पूरी घटना नहीं थी; वह एक 'संपादित स्मृति' (Edited Memory) थी।

फिल्म में केक काटने के बाद विन्सेंट उसकी हथेली नहीं काटता। काक-मुखौटा वाली महिला चुपके से एक ब्लेड दबाती है। यह दीक्षा किसी एक व्यक्ति द्वारा नहीं, बल्कि पूरे संजाल (Network) द्वारा की गई थी। विन्सेंट अकेला कभी पूरा राक्षस नहीं था; वह संस्थान (Institution) ही राक्षस था।

तभी दृश्य की गति धीमी हुई। पीछे के दर्पण के प्रतिबिंब में एक चेहरा दिखा। अर्जुन। आरक्षी दल की छापेमारी से कई दिन पहले, अर्जुन उस पार्टी में मौजूद था।

कमरा जड़ हो गया। मीरा मुड़ी और अर्जुन का चेहरा सफेद पड़ गया। जानुस (Janus)। शायद। शायद नहीं। अविश्वास पुनः जीवित हो उठा। "इसका स्पष्टीकरण दो।" आरोही का स्वर बर्फीला था। अर्जुन बोला, "गुप्त संपर्क (Undercover contact)." शायद सत्य, शायद एक आवरण। कैमरा हमेशा संदेह को जन्म देता है।

अगले दृश्य में नशीली मदिरा का गिलास बदला जाता है। विन्सेंट ने नहीं, बल्कि एक महिला दानदाता ने बदला था। एक अप्रत्याशित शिकारी। शिकारी संजाल में महिलाएं भी शामिल थीं। अपराध की कोई लिंग-सीमा नहीं थी।

पूर्व-अभिलिखित नियति

फिर एक ऐसा दृश्य आया जो आरोही की स्मृति से पूरी तरह ओझल था। बिजली कटने (Blackout) के बाद आरोही अचेत थी। उसे उठाया जा रहा था। विन्सेंट द्वारा नहीं, बल्कि दो न्यासियों (Trustees) द्वारा। एक गुप्त निचले द्वार की ओर।

अपहरण सफल हो गया था, क्षण भर के लिए। तभी किसी ने उन पर हमला किया। एक छायादार रक्षक (Shadow Rescuer)। चेहरा नहीं दिखा। क्या वह अनस्तासिया थी? प्रेत के जीवित होने की संभावना अब भी शेष थी।

रिकॉर्ड किए गए जीवन का अर्थ है कि यादें झूठ बोलती हैं। फिल्म वह याद रखती है जिसे आघात (Trauma) मिटा देता है। न्यायालयिक सत्य स्मृति से कहीं अधिक शक्तिशाली था। आरोही फुसफुसाई, "मेरी अपनी यादें अधूरी हैं।" शिकारी इसी बात पर भरोसा करते हैं। आघात यादों को संपादित करता है, कैमरे उन्हें सुरक्षित रखते हैं। कभी बचाव के लिए, तो कभी कैद के लिए।

रील आगे बढ़ी। अचानक एक कटाव (Cut) आया। बचपन के दृश्य। मुंबई। उसके विद्यालय का द्वार। आयु चौदह वर्ष। आरोही की साँसें थम गईं। असंभव। विन्सेंट उसे कोलंबिया आने से बरसों पहले से जानता था। चयन की प्रक्रिया वर्षों पहले शुरू हो चुकी थी। शिकारी का यह दीर्घकालिक खेल (Long-game) राक्षसी था।

विद्यालय की सभा में उसके पिता खड़े थे। कोई दूर से उनका वीडियो बना रहा था। उसे मतली आने लगी। उसका जीवन पूर्व-अभिलिखित था। उसका आखेट बाद में नहीं हुआ बल्कि उसे बचपन से 'तैयार' (Cultivate) किया गया था।

अर्जुन बोला: “यह सब कुछ बदल देता है।” आरोही ने कहा, “नहीं। यह सब कुछ नष्ट कर देता है।”

परियोजना 'मेमोरिया' (Project Memoria)

और भी दृश्य आए। कोलंबिया का 'ओरिएंटेशन' दिवस। विन्सेंट भीड़ में खड़ा उसे देख रहा था, उनकी 'पहली मुलाकात' से कई महीने पहले। वह टूटा हुआ संगणक वास्तव में विन्सेंट द्वारा नियोजित एक साज़िश थी। वह मासूम मुलाकात एक जाल थी। रोमांस का भ्रम हमेशा के लिए मर चुका था।

आरोही के चेहरे पर एक विचित्र मुस्कान आई। यह दुख नहीं, बल्कि स्पष्टता (Clarity) थी। प्रेम की मृगतृष्णा की अंततः हत्या हो गई थी। यह उपयोगी था।

तभी रील में विक्षेप (Glitch) आया। घर के वीडियो और निगरानी के दृश्यों का मिश्रण चलने लगा। माँ खाना बना रही थीं। पिता पत्रों की जांच कर रहे थे। परिवार के निजी क्षण चुरा लिए गए थे। कोई मर्यादा शेष नहीं बची थी। आखेट अब वंशानुगत था।

मीरा फुसफुसाई, “उसने तुम्हारे पूरे जीवन का पुरालेख (Archive) बना लिया है।” केवल उसका नहीं, बल्कि उसकी पूरी जीवन-कथा (Narrative) का स्वामी वही था।

तभी फिल्म के अंतिम हिस्से में एक शीर्षक कार्ड आया: परियोजना मेमोरिया। एक नया आतंक। विन्सेंट की पार्श्व आवाज़ (Voice Over) गूँजी: “जब विषय अपनी स्मृति पर अविश्वास करने लगते हैं, तो रिकॉर्डिंग ही उनका धर्मग्रंथ बन जाती है।”

यह 'कल्ट' की तत्वमीमांसा (Epistemology) थी। जो सत्य का स्वामी है, वही शिकार का स्वामी है। संपादित स्वीकारोक्ति टेप की एक श्रृंखला चली। एक ही घटना के तीन संस्करण। एक में वह सहमति देती है। एक में वह विरोध करती है। एक में वह खुद उसे लुभाती है। प्रतिस्पर्धी वास्तविकताओं का निर्माण किया गया था। डिजिटल युग से पहले का 'मिथ्या-प्रलेख' (Deepfake)। सिनेमा एक शस्त्र के रूप में।

आरोही को अहसास हुआ: यदि न्यायालय गलत संस्करण देखता है तो वह स्वयं खलनायक बन जाएगी। एक अभिलिखित जीवन, वास्तविक जीवन को अपराधी सिद्ध कर सकता है।

अप्रत्याशित का सिद्धांत

तभी फ्रेम नंबरों के भीतर छिपे हुए बही-खाते के कूट मिले। अनस्तासिया ने 'स्टेग्नोग्राफी' (छिपे हुए संदेश) छोड़े थे। मीरा ने उन्हें कूट-मुक्त किया। पुनः निर्देशांक (Coordinates) मिले। लेकिन इस बार अलग थे। एक 'कोल्ड स्टोरेज' सुविधा। शायद वास्तविक भौतिक पुरालेख। प्रतिस्थापन संचय। राक्षस के अंग अभी भी सुरक्षित थे।

अचानक प्रक्षेपक रुक गया। फिल्म थोड़ी जल गई। फ्रेम आरोही के बचपन के चेहरे पर पिघल गया। यह प्रतीक बहुत क्रूर था। अर्जुन ने धीरे से स्वीकार किया, "हाँ। मैं उस जन्मदिन वाली महफिल में मौजूद था।"

गोली चलने जैसा सन्नाटा छा गया। मीरा पीछे हट गई। अर्जुन ने अपनी बात जारी रखी, आरक्षी दल (NYPD) की गुप्त घुसपैठ। वह महीनों पहले दानदाता संजाल में शामिल हुआ था। वह उजागर नहीं कर सकता था, अन्यथा 'जानुस' पूरे मामले को ही मार देता।

शायद सच, शायद हेरफेर। विश्वास दरक चुका था, पर टूटा नहीं था। अभी नहीं। तभी उसने अपने शरीर का एक घाव दिखाया। उस रात के ब्लैकआउट के दौरान लगी गोली की खरोंच। रक्षक शायद वही था। शायद। अस्पष्टता अभी भी जीवित थी।

दूरभाष थरथराया। एक अज्ञात संदेश। दृश्य चलचित्र (Video) संलग्न था। खोला गया। सजीव प्रसारण (Live Feed)। आरोही कल रात सुरक्षित आवास में सो रही थी। कोई अभी भी अभिलिखित कर रहा था। सुरक्षित आवास के साथ समझौता हो चुका था। घबराहट फैल गई।

संदेश का पाठ था: "तुम पुरालेख जलाती हो। मैं मूल प्रतियाँ रखता हूँ।" वी. शिकारी अब तंत्र (System) से हटकर आत्मीयता (Intimacy) पर आ गया था। जैसा कि अध्याय 36 में वादा किया गया था। पीछा (Pursuit)।

सबने कमरे की तलाशी ली। धुआँ सूचक (Smoke Detector) के भीतर एक सूक्ष्म कैमरा मिला। पुनः वही। निगरानी का पुनर्जन्म। हाइड्रा दानव सच था। आरोही ने लेंस निकाला। उसमें सीधे देखा और कहा, "इसे रिकॉर्ड करो।"

उसके चेहरे पर पहली बार एक खतरनाक मुस्कान थी। शिकारी ने शायद खुद ही एक नए शिकारी को जन्म दे दिया था। उसने कैमरे से बात की: "मुझे पर्याप्त याद है।" युद्ध की घोषणा हो चुकी थी।

तभी प्रक्षेपक के आवरण के नीचे एक ध्वनि कैसेट मिली। लेबल था: उस समय के लिए, जब उसे पता चले कि उसका जीवन मंचित (Staged) था। चलाया गया। अनस्तासिया का स्वर गूँजा। कोमल और स्थिर।

"अगर तुम अभी खुद को अवास्तविक महसूस कर रही हो तो अच्छा है। इसका अर्थ है कि उसके द्वारा लिखा गया तुम्हारा कथानक अब टूट रहा है।" मृत मार्गदर्शक अभी भी रास्ता दिखा रही थी।

अंतिम वाक्य था: "रिकॉर्ड किए गए जीवन से बचने के लिए अप्रत्याशित (Unpredictable) व्यवहार करो।" कुंजी। प्रतिरूप का टूटना। शस्त्र।

आरोही ने मार्कर से दीवार पर बड़े अक्षरों में लिखा: अप्रत्याशित (UNPREDICTABLE)।

विन्सेंट दूरस्थ फीड देख रहा है जहाँ आरोही कैमरे में देख रही है। वह मुस्कुराया। क्रोधित नहीं, बल्कि लगभग गर्वित। शिकारी तब मंत्रमुग्ध हो जाता है जब शिकार विकसित होता है।

उसने विवरण अंकित किया: विषय स्वयं की गढ़ी हुई पहचान को नकार रहा है। प्रत्यक्ष संपर्क (Direct Contact) प्रारंभ करें। अब कोई मध्यस्थ नहीं होगा।

वह खुद आ रहा है।

आरोही समझती है भय यह नहीं कि उसका जीवन रिकॉर्ड हुआ। भय यह है कि वह रिकॉर्डिंग को ही सच मानने लगे। और मुक्ति? शायद वहीं शुरू होती है जहाँ मनुष्य कहे मेरी स्मृति टूटी हो सकती है, पर कथा अभी मेरी है।

अध्याय 38
ब्लैकमेल

हर भयादोहन (Blackmail) धन के लिए नहीं होता। सबसे घातक भयादोहन लज्जा के माध्यम से किया जाता है। धमकी जब सत्य और असत्य के धुंधलके के बीच दी जाए, तो वह कानून पर नहीं, बल्कि मनुष्य के अंतर्मन पर राज करती है। भयादोहन भय नहीं बेचता, वह खामोशी खरीदता है। और विन्सेंट खामोशी का सबसे बड़ा व्यापारी था।

प्रातःकाल के 4.12 बज रहे थे। सुरक्षित आवास (Safehouse) की खिड़कियों पर बर्फ जम चुकी थी। लेकिन भीतर आरोही के हाथ पसीने से भीगे थे। एक अज्ञात कूटबद्ध (Encrypted) पत्र प्राप्त हुआ था। विषय था: 'तुम्हारे पिता को यह ज्ञात होना चाहिए।'

आरोही का हृदय थम गया। पत्र के साथ एक दृश्य संलग्न था। मुंबई। उसके पिता अपने विद्यालय के स्टाफ रूम (Staff room) में बैठे थे। कैमरा किसी छिपे हुए कोण से उनका अवलोकन कर रहा था।

कोई उन्हें अभिलेखित (Record) कर रहा था। शिकारी अब उसके घर तक पहुँच चुका था। अब कोई भी शरणस्थली सुरक्षित नहीं बची थी।

संदेश का पाठ था: “संघीय कार्यबल (Federal Taskforce) को की गई एक भी शिकायत, और यह सब तुम्हारे माता-पिता, विश्वविद्यालय, आव्रजन कार्यालय (Immigration office) और समाचार माध्यमों तक पहुँच जाएगा। विकल्पों के साथ।”

'विकल्प'। बहुवचन। एक सुनियोजित विनाश।

दूसरा संलग्न प्रलेख एक 'मिथ्या-दृश्य' (Deepfake) था। एक होटल के कक्ष में आरोही। आपत्तिजनक दृश्य। पूरी तरह से कृत्रिम, फिर भी सटीक और राक्षसी। मीरा फुसफुसाई, "यह कृत्रिम संरचना है।"

आरोही ने उत्तर दिया, "न्यायालय प्रथम दृष्टि में इसकी परवाह नहीं करेगा।" बिल्कुल सही। भयादोहन इसलिए सफल होता है क्योंकि केवल 'संदेह' ही पर्याप्त होता है।

तीसरा संलग्न प्रलेख बैंक हस्तांतरण का विवरण था।

विन्सेंट द्वारा किए गए शिक्षण शुल्क के जमा पत्रक। उन्हें 'सहचरी भुगतान' (Escort payments) के रूप में प्रस्तुत किया गया था। विलासिता की व्यवस्था। सहमति को वेश्यावृत्ति के कथानक में दूषित कर दिया गया था। वंचना के मनोविज्ञान को शस्त्र बना लिया गया था। शिकार अब स्वयं संदिग्ध बन रहा था।

अर्जुन ने कठोरता से कहा, "वह 'ज़बरदस्ती का अंबार' (Coercion stack) खड़ा कर रहा है।" परतों में किया गया भयादोहन, आर्थिक, शारीरिक, पारिवारिक, आव्रजन संबंधी और आपराधिक। पूर्ण घेराबंदी।

तभी दूरभाष की घंटी बजी। विन्सेंट। प्रत्यक्ष संपर्क। महीनों बाद पहली बार। आरोही ने उठाया। सन्नाटा। भारी साँसें। फिर, "मेरी स्मृति आ रही है?" आवाज़ रेशम जैसी थी, विषैला रेशम। "तुम मेरा पुरालेख (Archive) जलाती हो, मैं तुम्हारा पुरालेख खोलता हूँ।"

आरोही मौन रही। उसने अपनी बात जारी रखी, "तुमने आरक्षी दल (Police) को एक और बात बताई, तो तुम्हारे पिता अपनी सेवानिवृत्ति निधि (Pension) खो देंगे।" "कैसे?" आरोही फुसफुसाई। वह हँसा। "संजाल (Networks) के माध्यम से।"

भय ने अपना स्वरूप बदल लिया था। अब यह स्वयं के लिए नहीं, बल्कि परिवार के लिए था। यहीं शिकारी की विजय होती है। उसने एक सजीव चित्र भेजा, उसकी माँ सब्जी बाज़ार में खड़ी थीं। वास्तविक समय में निगरानी। वैश्विक स्तर की जासूसी। या फिर मंचन। जो भी हो, पर्याप्त था।

विन्सेंट बोला: “प्रेम एक उत्तोलक (Leverage) है। परिवार केवल एक गिरवी वस्तु (Collateral) है।” संपर्क विच्छेद हो गया। आरोही को मतली होने लगी। क्योंकि धमकी अब वंशानुगत हो चुकी थी।

अर्जुन अंकों के पदचिह्नों का पीछा करना चाहता था, पर आरोही कहीं और थी। अपने बाल्यावस्था के अपराधबोध के भीतर। एक भारतीय बेटी का मनोविज्ञान। ठीक वही, जिसकी अनस्तासिया ने चेतावनी दी थी। प्रतिरूप सक्रिय था।

तभी विश्वविद्यालय के संकायाध्यक्ष (Dean) का ईमेल आया। शैक्षणिक कदाचार की जांच शुरू हो गई थी। एक गुमनाम शिकायत: छात्रवृत्ति धोखाधड़ी, अनुसंधान की चोरी। चरित्र हनन प्रारंभ हो चुका था। संस्थान को सक्रिय कर दिया गया था।

मीरा क्रुद्ध थी। “उसने विश्वविद्यालय को छुआ है।” नहीं। विश्वविद्यालय शायद पलटकर हमला कर रहा था। जानुस साँस ले रहा था।

संकायाध्यक्ष के परामर्शदाता (Counsel) के साथ बैठक हुई। शीतल कार्यालय, कांच की दीवारें। संकायाध्यक्ष ने कोमलता से कहा, “आपके संबंधों के बारे में कुछ चिंताएं हैं।” शिकार से पूछताछ की जा रही थी। भूमिकाओं का चिर-परिचित विपर्यय।

न्यायालयिक मनोविज्ञान वास्तविक समय में काम कर रहा था। उन्होंने

मिथ्या-दृश्य (Deepfake) के कुछ स्थिर चित्र दिखाए। आरोप नहीं लगा रहे थे, बस संकेत दे रहे थे। अपमान को एक 'प्रक्रिया' बना दिया गया था।

आरोही को अहसास हुआ: भयादोहन तब सफल होता है जब संस्थान अपराध से अधिक 'कलंक' (Scandal) से डरते हैं। संकायाध्यक्ष के कार्यालय के बाहर उसे एक नोट मिला: शिकायत वापस लो। खामोशी से ओझल हो जाओ। जीवित रहो। विकल्पों की वास्तुकला। शिकारी सौदेबाजी कर रहा था।

रात को एक और पुटिका (Package) मिली। भौतिक रूप में। कोई प्रेषक नहीं। अंदर उसके पिता के ऋण के दस्तावेज़ थे। बकाया ऋणों को रेखांकित किया गया था। और एक टिप्पणी थी: मैं इन्हें मिटा सकता हूँ। या इन्हें कई गुना बढ़ा सकता हूँ। वी. आर्थिक ज़बरदस्ती। शुद्ध 'शुगर-डैडी' दर्शन। ऋण को गले का पट्टा बना दिया गया था।

आरोही टूट गई। पहली बार उसने कहा, "शायद मुझे रुक जाना चाहिए।" सन्नाटा। क्योंकि भयादोहन सबसे पहले भीतर से काम करता है। मीरा ने मेज़ पर हाथ मारा। "यही है वह चीज़ जो उसने खरीदी है!" लज्जा में बाधा आई। यह महत्वपूर्ण था।

अर्जुन ने 'जवाबी-भयादोहन' (Counter-blackmail) का प्रस्ताव रखा। दानदाता के डीएनए का उपयोग करो, रक्त वर्ण बही-खाते का उपयोग करो। पलटकर दबाव बनाओ। समरूपता।

पर तभी एक नया ईमेल आया। विषय था: 'पृष्ठ 43 देखो'। रूसी दैनन्दिनी का पृष्ठ 43। उन्होंने उसे खोला। पराबैंगनी प्रकाश में एक वाक्य उभरा: "जब वह तुम्हें भयादोहन के माध्यम से डराए, तो समझ

लेना कि वह अब स्वयं के उजागर होने से डर रहा है।"

अनस्तासिया पुनः मार्गदर्शन कर रही थी। एक मृत गवाह की जवाबी रणनीति। आरोही स्थिर हुई। भय अब केवल आँकड़ा (Data) बन गया था। न्यायालयिक टीम ने उस मिथ्या-दृश्य का विश्लेषण किया।

चित्रण (Rendering) में एक सूक्ष्म त्रुटि मिली। इसे 'बनावटी' सिद्ध किया जा सकता था। आशा का संचार हुआ। तकनीकी आशा।

दूरभाष विवरण की रिपोर्ट आई। कॉल एक चलते हुए बख्तरबंद वाहन से किया गया था। दानदाताओं का काफिला। विन्सेंट गति में था। शायद सुभेद्य (Vulnerable)।

पर आधी रात को सबसे बुरा क्षण आया। दूरभाष पर एक चलचित्र स्वतः चलने लगा। उसके पिता किसी अज्ञात कॉल का उत्तर दे रहे थे। आवाज़ बदली हुई थी, "आपकी बेटी धनवान पुरुषों के लिए कार्य करती है।" पिता स्तब्ध रह गए। कॉल कट गया। मनोवैज्ञानिक विष पहुँचा दिया गया था। क्षति हो चुकी थी।

आरोही ढह गई। उसने मुंबई से कॉल किया। पिता ने उठाया। लंबा सन्नाटा। फिर "सब ठीक है न?" उनका विश्वास असहनीय था। उसने पुनः असत्य बोला। आघात की सहज प्रतिक्रिया के रूप में झूठ।

कॉल के बाद वह फुसफुसाई, "वह मुझे हर किसी के साथ विश्वासघात करने पर मजबूर कर रहा है।" यही भयादोहन का केंद्र है, गोपनीयता नहीं, बल्कि स्वयं का पतन।

तभी उसे अनस्तासिया की बात याद आई: अप्रत्याशित व्यवहार करो। तो उसने वह किया जो असंभव था। विन्सेंट को पुनः कॉल किया। उसने

मनोरंजन के भाव में उठाया। आरोही ने शांत स्वर में कहा, "सब कुछ भेज दो।"

सन्नाटा। शिकारी का संतुलन बिगड़ गया। "क्या?" "लीक कर दो। जो बुरा से बुरा कर सकते हो, करो।"

विराम। प्रतिरुप (Pattern) छिन्न-भिन्न हो गया। वह गिड़गिड़ाने की अपेक्षा कर रहा था, उसे अवज्ञा मिली।

उसकी साँसें बदल गईं। शिकारी के व्यक्तित्व में एक सूक्ष्म दरार आई। आरोही ने जारी रखा, "और मैं तुम्हारे रक्त के साक्ष्य संघीय कार्यालय (Federal) भेज रही हूँ।"

छलावा (Bluff) था, पर निशाना सटीक था। वह अब बर्फीले स्वर में फुसफुसाया, "तुमने अभी-अभी युद्ध को और तीव्र (Escalate) कर दिया है।" मखमल का मुखौटा उतर चुका था। अब केवल एक शिकारी शेष था। कॉल कट गया।

कुछ ही सेकंड बाद भवन की विद्युत आपूर्ति काट दी गई। पूरा सुरक्षित आवास अंधकार में डूब गया। यह अत्यंत त्वरित था। उसने सुना। उसने प्रतिक्रिया दी।

आपातकालीन बत्ती जली। द्वार का सचेतक (Alarm) गूँजा। नीचे कोई था। भयादोहन विफल रहा, अब शायद शारीरिक प्रहार। तीव्रता की पुष्टि हो गई। अर्जुन ने अपने शस्त्र को तैयार किया। मीरा ने प्रकाश बुझा दिया।

कदमों की आहट। तीन लोग। एक नहीं। संजाल (Network) पहुँच चुका था। आरोही ने धुआँ संसूचक (Smoke detector) के कैमरे की

ओर देखा और धीरे से बोली, “अब कोई दबाव का हथियार शेष नहीं बचा।” फिर उसने उसे उखाड़ फेंका। लेंस उसकी एड़ी के नीचे चकनाचूर हो गया।

एक अज्ञात वाहन। विन्सेंट अभिलेखित कॉल सुन रहा है। वह एक वाक्य को बार-बार सुनता है: “सब कुछ भेज दो।” वह एक विचित्र मुस्कान के साथ मुस्कुराया। प्रशंसा। एक खतरनाक प्रकार की प्रशंसा।

उसने विवरण अंकित किया: अट्ठाइसवां चरण - भयादोहन प्रतिरोध दर्ज। दंड रंगमंच (Punishment Theater) प्रारंभ करें।

दंड रंगमंच। हिंसा से भी बदतर। एक उदाहरण पेश करने के लिए बनाया गया खेल।

आरोही समझती है, भयादोहन का अंत सबूत से नहीं होता, लज्जा को अस्वीकार करने से होता है। जिस दिन शिकार कह दे, “हाँ, उजागर करो” उसी दिन शिकारी का आधा साम्राज्य गिर जाता है। लेकिन शेष आधा... अब पलटकर हमला करेगा।

अध्याय 39
कृष्ण अंतर्जाल (डार्क वेब)

अंतर्जाल (इन्टरनेट) का सबसे अंधकारमय हिस्सा अपराध छिपाता नहीं है, वह उसे एक बाज़ार बना देता है। हर शिकारी जंगल में आखेट नहीं करता; कुछ इसे केंद्रीय संगणकों (सर्वर्स) के भीतर करते हैं। और कुछ लोग मानवीय भय को एक पण्य वस्तु (कौमोडिटी) बनाकर बेचते हैं।

विन्सेंट की वह अट्टालिका एक असत्य थी। उसका पुरालेख (आर्काइव) महज़ एक मुखौटा था। उसका वास्तविक साम्राज्य उस अदृश्य संजाल (नेटवर्क) में था, जो विकेंद्रीकृत, अदृश्य और अमर था। कृष्ण अंतर्जाल (डार्क वेब)।

सुरक्षित आवास (सेफहाउस) के विद्युत विच्छेद (ब्लैकआउट) के बाद, प्रतिस्थापन जनित्र (बैकअप जनरेटर) सक्रिय हुआ। आपातकालीन नीली बत्तियाँ जल उठीं, एक प्रेत जैसी आभा। अर्जुन ने तलघर का टर्मिनल खोला। मॉर्निंगसाइड के केंद्रीय संगणकों से प्राप्त किया गया एक 'ओनियन मार्ग' (Onion route) कूट-मुक्त किया गया। एक अज्ञात छिपी हुई सेवा। कूट-शब्दों की एक असंभव श्रृंखला। केवल आमंत्रण पर आधारित प्रवेश।

मीरा फुसफुसाई, “यह एक प्रवेश द्वार (पोर्टल) है।” अर्जुन ने उत्तर दिया, “या फिर साक्षात नर्क।”

प्रवेश कुंजी? 'रक्त वर्ण बही-खाते' (Red Ledger) के हाशिये पर अंकित वे अभाज्य संख्याएँ। अनस्तासिया का कूट। सब कुछ एक बिंदु

पर मिल रहा था।

संकेत शब्द (लॉगिन) दर्ज हुआ। काली स्क्रीन। फिर रक्त वर्ण का एक प्रतीक उभरा। दो मुखों वाला जानुस। 'जानुस बाज़ार' में आपका स्वागत है।

आरोही की रीढ़ में बर्फ जैसी ठंडक दौड़ गई। बाज़ार। उसने जीवित मनुष्यों को एक बाज़ार में बदल दिया था। सूचियाँ खुलने लगीं। मानवीय विवरण। नीलामी की संरचनाएँ। कूटबद्ध बोलियाँ। शैक्षणिक सहचरियाँ (एस्कॉर्ट्स)। प्रवेश अनुमति (वीज़ा) के दबाव वाली परिसंपत्तियाँ। व्यवहारगत अनुपालन के संपुट।

शिकार का मुद्रीकरण (Monetization) किया जा रहा था। आघात (ट्रामा) अब एक उत्पाद था। एक सूची का शीर्षक था: 'विद्वान श्रेणी - दक्षिण एशियाई विज्ञान एवं तकनीक'।

आरोही की साँसें रुक गईं। वह कोई अपवाद नहीं, बल्कि एक श्रेणी थी। एक सूची की वस्तु। उनकी कीमतें गुप्त मुद्राओं (क्रिप्टो) में थीं। टिप्पणियाँ थीं: 'उच्च आज्ञाकारिता। पारिवारिक दबाव का उपयोग संभव। कौमार्य का अधिमूल्य (प्रीमियम)।'

मीरा ने क्रोध में संगणक बंद कर दिया। वह साँस नहीं ले पा रही थी। अर्जुन ने उसे पुनः खोला। "हमें साक्ष्य चाहिए।" इस नर्क को प्रलेखित करना अनिवार्य था।

प्रीडेटर का औद्योगिक मनोविज्ञान

चर्चा मंचों (फोरम्स) की कड़ियाँ खुलीं। प्रयोक्ता 'अनुकूलन विधियों' पर

चर्चा कर रहे थे। मानसिक विभ्रम (गैसलाइटिंग) की पटकथाएँ, शामक औषधियों का अनुपात, निगरानी के उपकरण। आइटम का सहकर्मी-पुनरीक्षण (Peer-review) किया जा रहा था। वंचना के मनोविज्ञान का औद्योगिकीकरण हो चुका था।

एक प्रयोक्ता नाम सबसे ऊपर था: M0RIAKING (मोरिया किंग)। विन्सेंट। या उसका हस्ताक्षर। एक पोस्ट को मुख्य पटल पर चिपकाया (Pin) गया था: 'भावनात्मक रूप से ऋणी विषय सबसे अच्छा प्रतिधारण (Retention) प्रदर्शित करते हैं।'

आरोही को मतली होने लगी। प्रतिधारण। जैसे यह कोई 'सदस्यता मॉडल' (Subscription model) हो।

फिर और भी अंधकारमय दृश्य आए। सजीव कक्ष। निजी प्रसारण। बलि के अनुष्ठान। 'जन्मदिन नियमावली' (Birthday Protocol) को उच्चतम श्रेणी में सूचीबद्ध किया गया था। अध्याय 30 का एक दर्शक वर्ग था। किसी ने देखा था। किसी ने भुगतान किया था। यह एक राक्षसी रहस्योद्घाटन था।

आरोही फुसफुसाई, "मैं केवल एक सामग्री (Content) थी।" किसी ने उसे टोका नहीं।

न्यायालयिक प्रतिलिपि (Forensic capture) प्रारंभ हुई। अंकीय पदचिह्नों की नकल बनाई गई। गुप्त मुद्रा के बटुओं (Wallets) का पीछा किया गया। कॉल रिकॉर्ड्स का मिलान हुआ। अर्जुन एक संघीय विस्फोट की तैयारी कर रहा था।

तभी एक छिपा हुआ मंच मिला: 'जानुस संकाय' (JANUS FACULTY)। विश्वविद्यालय के ईमेल। प्राध्यापक। न्यासी

(Trustees)। नीति निर्माता। 'कृष्ण शिक्षा' (डार्क अकाडेमिया) का वास्तविक गिरोह। संस्थान अब शिकारियों का एक छत्ता बन चुका था।

'मोरिया किंग' की एक और पोस्ट मिली: "कभी निर्धनों की भर्ती मत करो। मेधावी निर्धनों की भर्ती करो। वे स्वयं को अनुशासित रखते हैं।" उस राक्षस ने मेधा-तंत्र (मेरिटोक्रेसी) को आखेट के मैदान के रूप में समझा था।

आरोही के भीतर अब केवल एक भाव था, मारने की इच्छा। शीतल और स्थिर। एक नवीन अनुभूति।

तभी मीरा को एक कूटबद्ध कक्ष मिला: 'अवज्ञाकारियों का पुरालेख'। मृत लड़कियाँ। कुछ पर 'समाप्त' अंकित था। कुछ पर 'रूपांतरित'। एक पर अंकित था, 'अनस्तासिया: अनसुलझी'। उसके जीवित होने की संभावना अब और भी तीव्र हो गई।

फिर, 'आरोही शर्मा' का विवरण उभरा। सक्रिय। सजीव जोखिम अंक (Risk score) अद्यतन हो रहे थे। हृदय गति के संकेत। हलचल के लॉग्स। हालिया टिप्पणी: 'विषय शिकार से शत्रु में परिवर्तित हो रहा है। नीलामी स्थगित। तीव्रता बढ़ाने की अनुमति प्राप्त।'

वह अपनी ही नीलामी का अवलोकन कर रही थी।

जानुस का निमंत्रण

तभी एक सूचना चमकी। निजी आमंत्रण। M0RIAKING की ओर से। खोला जाए? सन्नाटा। आरोही ने क्लिक किया। संवाद की खिड़की खुली। केवल एक पंक्ति थी। "तुमने मेरे वास्तविक परिसर (कैंपस) में प्रवेश कर लिया है।"

टाइपिंग... शिकारी भय से भी धीमी गति से टाइप करते हैं। संदेश: "क्या तुम्हें अपना बाज़ार मूल्य देखकर अच्छा लगा?"

आरोही ने उत्तर दिया: "मैं इसे जलाने आई हूँ।" विराम। फिर उत्तर आया: "बाज़ार आग में भी जीवित रहते हैं।"

एक सुंदर किंतु भयावह पंक्ति। उसने एक कड़ी (लिंक) भेजी। "सजीव जुड़ें (Join live)।"

अर्जुन के विरोध के बावजूद, उसने उसे खोला। सजीव प्रसारण (लाइवस्ट्रीम)। एक मद्धम रोशनी वाला कमरा। मुखौटा पहने बोली लगाने वाले। नीलामी का अंतराफलक (इंटरफेस)। बीच में एक कुर्सी। उस पर कोई बैठा था। एक धुंधली महिला, बंधी हुई। रूसी? अनस्तासिया? शायद मंचन, शायद अभी का यथार्थ। समय चल रहा था। नीलामी की घड़ी। यह सब सजीव हो रहा था। अपराध अभी जारी था।

विन्सेंट का स्वर विकृत (Distorted) होकर गूँजा: "अगर कर सकती हो, तो इसे बचा लो।" एक पहेली के भीतर निर्देशांक (Coordinates) छिपे थे। अपराध के भीतर एक खेल। मनोरोगी की अभिकल्पना (Design)। स्क्रीन पर एक गणितीय फलन (Function) उभरा अनस्तासिया के अभाज्य कूट की प्रतिध्वनि।

आरोही ने उसकी विलक्षणता (Singularity) का सुराग सुलझाया। हर कूट संख्या 10 की ओर इशारा कर रही थी। 'वेयरहाउस पियर 10' (भंडारण केंद्र, घाट 10)। स्थान वास्तविक था।

अर्जुन ने कार्यबल को बुलाया। पर तलाशी वारंट की प्रक्रिया धीमी थी। 18 मिनट शेष। बहुत विलंब।

इस बीच, मंच पर उपयोगकर्ता देख रहे थे। दांव लगा रहे थे कि 'क्या भारतीय विषय बचाने के लिए दलबदल करेगा?' नैतिकता का खेल (Gamification)। कृष्ण अंतर्जाल ने नैतिकता को एक दर्शक खेल बना दिया था।

मीरा ने बटुए की श्रृंखला को हैक किया। उसे पता चला कि दानदाताओं का धन शिक्षा संबंधी गैर-सरकारी संगठनों (NGOs) के माध्यम से शोधित (Launder) किया जा रहा था। विकासशील राष्ट्र विकसित शिकारियों का पेट भर रहे थे। उपन्यास की मूल विषयवस्तु अब साक्षात नग्न खड़ी थी।

प्रतिशोध और जाल

तभी एक भयावह खोज हुई। प्रयोक्ता आरोही को अगली 'विशेष प्रस्तुति' के रूप में चर्चा कर रहे थे। एक नीलामी का मसौदा तैयार था। उसका भविष्य पहले ही संपुट (पैक) किया जा चुका था।

वह लगभग सुन्न पड़ गई। फिर क्रोध ने उसे वास्तविकता में लौटाया। "नहीं।" उसने पलटकर कुछ अपलोड किया। 'रक्त वर्ण बही-खाते' से। दानदाताओं के नामों का अंबार। सार्वजनिक विमोचन की लिपि। एक धमकी। जवाबी हैक।

मंच पर कोलाहल मच गया। प्रयोक्ता घबरा गए। बटुए हिलने लगे। शिकारियों की पारिस्थितिकी अस्थिर हो गई। M0RIAKING ने लिखा: "चतुर लड़की।" शिकारी अब आखेटक के साथ प्रेम-क्रीड़ा (Flirting) कर रहा था।

तभी एक अज्ञात प्रयोक्ता ने संदेश भेजा: 'खन्ना पर भरोसा करो, जानुस पर नहीं।' संवाद तुरंत गायब हो गया। मीरा और आरोही ने अर्जुन की

ओर देखा। पुनः संदेह। पुनः समय का असंभव मेल। अर्जुन क्रुद्ध था, “मैं नहीं हूँ।” शायद सच, शायद लगाया गया कोई पौधा। जानुस अविश्वास के माध्यम से कार्य करता है।

सजीव प्रसारण वाली महिला ने अपना सिर उठाया। वह फुसफुसाई। ध्वनि चरचराई। एक अकेला शब्द। “आरोही...” स्वर परिचित था। अनस्तासिया?

रक्त का संचार रुक गया। प्रसारण कट गया। अंधकार। फिर एक संदेश आया: “अगर भूतों को जीवित देखना चाहती हो, तो अकेली आना। घाट 10।”

जाल स्पष्ट था। फिर भी उसे नज़रअंदाज़ करना असंभव। अर्जुन: “अकेली नहीं जाओगी।” आरोही: “उसने इसी अपेक्षा की अभिकल्पना की है।”

अप्रत्याशित व्यवहार। याद रखना।

तभी एक छिपा हुआ दूषित कूट (Malware) सक्रिय हुआ। उनका तंत्र संक्रमित हो गया। स्क्रीन पर उसके बचपन की क्लिप्स की बाढ़ आ गई। पारिवारिक चित्र। निगरानी का प्रतिशोध। कृष्ण अंतर्जाल ने उन पर पलटकर हमला किया था। पाताल में केवल भ्रमण नहीं किया जाता; पाताल आपके उंगलियों के निशान ले लेता है।

आपातकालीन संघीय पिंग प्राप्त हुआ। कूट मुद्रा (क्रिप्टो) का पीछा एक सीनेटर से जुड़े न्यास तक पहुँचा। मामला अब राष्ट्रीय सुरक्षा के स्तर का था। युद्ध और बड़ा हो गया था। पर वह महिला कुछ ही मिनटों में मर सकती थी। पैमाना बनाम व्यक्ति। एक चिर-परिचित नैतिक विभाजन।

आरोही ने वह पिस्तौल उठाई जो अर्जुन ने मेज़ पर छोड़ी थी। वह उसे

देखता रहा। आरोही बोली, "आज रात आखेट (Prey) लॉगिन कर रहा है।"

एक अज्ञात सर्वर फार्म। विन्सेंट चर्चा मंच को आंशिक रूप से ढहते हुए देख रहा था। वह मुस्कुराया। उसने और भी गहरी भूलभुलैया को चुना था। बिल्कुल वैसा ही जैसा पूर्वानुमान लगाया गया था।

विवरण प्रविष्टि: उनतीसवां चरण - शिकारी-शिकार संवाद विकेंद्रीकृत रंगमंच में स्थानांतरित। 'खुली वास्तुकला' में आखेट प्रारंभ करें।

खुली वास्तुकला। अब कोई दीवारें नहीं थीं। केवल संजाल।

आरोही समझती है, कृष्ण अंतर्जाल (डार्क वेब) अंतर्जाल का अंधकारमय हिस्सा नहीं है। वह आधुनिक नरभक्षियों का विश्वविद्यालय है। और विन्सेंट सिर्फ एक मनुष्य नहीं, वह एक मंच (Platform) है। लेकिन हर मंच नष्ट (Crash) हो सकता है। यदि सही संधि-स्थल (Node) काट दिया जाए।

घाट 10 प्रतीक्षा कर रहा था। और शायद अनस्तासिया भी।

अध्याय 40
निगरानी

जब शिकार देखना सीख जाए, निगरानी युद्ध बन जाती है। निगरानी कभी निष्क्रिय नहीं होती। वह प्रेम का विकृत रूप भी हो सकती है, राज्य का उपकरण भी, या शिकारी की प्रार्थना। लेकिन एक बिंदु पर देखे जाना और देखने लगना एक ही खेल के दो पक्ष हो जाते हैं। और वहीं शिकार शिकारी की आँख में प्रवेश करता है।

घाट 10 (पियर 10)। रात का समय। हडसन नदी पर धुंध तैर रही थी। कंटेनर यार्ड रिक्त था, पर खालीपन अक्सर सबसे घना जाल होता है। आरोही को लगा जैसे पूरी जगह उसे देख रही है।

भारोत्तोलक क्रेन, प्रखर प्रकाश पुंज (फ्लडलाइट्स), जहाज़ी कैमरे, गति संवेदक एक औद्योगिक सर्वदृष्टिकोण (Industrial Panopticon)। अर्जुन फुसफुसाया, "हम बहुत असुरक्षित हैं।" आरोही ने उत्तर दिया, "इसीलिए उसने इस स्थान को चुना है।"

शिकारी रंगमंच का मंचन करते हैं। खुले स्थान जाल की तरह लगते हैं क्योंकि वे वास्तव में जाल ही होते हैं।

ऊपर एक नभचर यंत्र (ड्रोन) की भिनभिनाहट सुनाई दी। एक छोटा लाल बिंदु। कैमरा। पुनः वही। लेकिन अब आरोही जड़ नहीं हुई; उसने पलटकर देखा। घाट के प्रवेश द्वार की स्क्रीन झपकी। एक पंक्ति उभरी: **'विषय-अ' का स्वागत है।**

यह कोई अभिवादन नहीं था, बल्कि स्वामित्व का दावा था।

भंडारण केंद्र 7 (वेयरहाउस 7)। दरवाज़ा आधा खुला था। भीतर अंधकार था। पर अवरक्त विकिरण (इंफ्रारेड) स्कैन ने ऊष्मीय संकेतों (Heat signatures) की उपस्थिति दिखाई। तीन संकेत। शायद छलावे, शायद चारा।

मीरा ने सुवाह्य रेडियो आवृत्ति अन्वेषक (RF Scanner) चलाया। वह चीखने लगा। जासूसी उपकरण हर जगह थे। कंटेनरों में, क्रेट्स में, यहाँ तक कि घाट के दीपों से भी प्रसारण हो रहा था। पूरा घाट तारों से जकड़ा हुआ था। यह कोई स्थान नहीं, बल्कि एक यंत्र था।

आरोही फुसफुसाई, “उसने हमें आमंत्रित नहीं किया है, उसने हमें 'लोड' किया है।” बिल्कुल सही। निगरानी ही अब युद्ध का मैदान थी।

सर्वव्यापकता का रंगमंच

भंडारण केंद्र के भीतर निलंबित प्रदर्शक पटलों (मॉनिटर्स) की कतारें थीं। पुराने सीआरटी, नए ओलेड। सब पर सजीव प्रसारण (Live feeds) चल रहे थे। विश्वविद्यालय परिसर, सुरक्षित आवास, मुंबई की गलियाँ, उसके पिता का विद्यालय द्वार, उसकी माँ की बालकनी।

यह वैश्विक स्तर की निगरानी की एक वेदी थी। शिकारी की सर्वव्यापकता का मंचन किया गया था। तभी केंद्रीय स्क्रीन प्रकाशित हुई। विन्सेंट। सजीव। वेशभूषा निष्कलंक। शांत। जैसे कोई बोर्ड बैठक चल रही हो, न कि कोई आखेट।

“उस स्थान पर तुम्हारा स्वागत है जहाँ कैमरे सीखते हैं।” आरोही ने पूछा,

“अनस्तासिया कहाँ है?” विन्सेंट मुस्कुराया। “वहीं जहाँ प्रेक्षित महिलाएँ जाती हैं।”

एक राक्षसी उत्तर।

अचानक सभी प्रदर्शक पटल 100 फीड्स में विभाजित हो गए। आरोही के भीतर प्रवेश करने का हर कोण। एक साथ कई 'स्व'। खंडित पहचान। मनोवैज्ञानिक अतिभार (Psychological Overload)। आरोही के मन में न्यायालयिक मनोविज्ञान की एक टिप्पणी कौंधी: 'अति-निगरानी आत्म-वस्तु विच्छेदन (Self-object dissociation) पैदा करती है।'

उसे यह महसूस हो रहा था। उसने स्वयं को केंद्रित रखने के लिए संघर्ष किया। तभी लाउडस्पीकर गूँजा: “नियम एक। जो पहले देख लेता है, वही जीवित बचता है।”

खेल की घोषणा हो गई।

कलन-विधि बनाम अप्रत्याशित

बत्तियाँ बुझ गईं। अंधकार। केवल गति संवेदकों की धड़कनें सुनाई दे रही थीं। लाल, नीला। अवरक्त प्रेत। अर्जुन फुसफुसाया, “वह ऊष्मीय संकेतों के माध्यम से हमारी हर हलचल का पीछा कर रहा है। अप्रत्याशित तरीके से चलो।”

अनस्तासिया का सिद्धांत। आरोही टेढ़े-मेढ़े रास्तों से चली। प्रतिरूप (Pattern) तोड़ा। कैमरे भ्रमित होकर घूमने लगे। एक छोटी सी विजय।

तभी लेज़र जाल (Laser grid) सक्रिय हुआ। हर हलचल का मानचित्र

बनाया जा रहा था। वह भंडारण केंद्र स्वयं एक शिकारी बन चुका था। मीरा ने केंद्रीय संधि-स्थल (नोड) को हैक किया। उसे वहां सजीव व्यावहारिक भविष्यवाणी सॉफ्टवेयर मिला। वह तंत्र आरोही की अगली चालों का पूर्वानुमान लगा रहा था।

वह उसके कार्य करने से पहले ही भविष्यवाणी कर रहा था। निगरानी और पूर्वानुमान का संयोग। लगभग सर्वज्ञता।

आरोही अचानक हँस पड़ी। अर्जुन चौंक गया। उसने उस तंत्र में एक त्रुटि देख ली थी। भविष्यवाणी 'भय' को आधार मानकर की जा रही थी। उसने एक तर्कहीन मार्ग चुना। वह असुरक्षित ऊँची पगडंडी (कैटवॉक) की ओर दौड़ी। कलन-विधि (एल्गोरिदम) चूक गई। फीड में विक्षेप आया। भविष्यवाणियाँ विफल रहीं।

'अप्रत्याशित' का शस्त्र काम कर रहा था। विन्सेंट के स्वर में बदलाव आया। पहली बार उसमें चिड़चिड़ापन था। अच्छा संकेत।

तभी छिपे हुए स्पीकर्स ने हर दिशा से फुसफुसाना शुरू किया: “मुझे पता है कि तुम कब झूठ बोलती हो। कब तुम्हें पसीना आता है। कब तुम्हारी इच्छा जागती है।” संवेदी आक्रमण। निगरानी की कामुकता। घिनौना, फिर भी शक्तिशाली।

उसे फर्श के केंद्र में एक कुर्सी दिखी। उस पर एक प्रकाश पुंज था। कोई बंधा हुआ था। एक आकृति। अनस्तासिया? वह दौड़ी पर वह एक छद्म पुतला (Decoy mannequin) था। एक संवेदक जाल। गैस का एक धमाका हुआ। अर्जुन ने उसे खींचकर दूर किया। एक चिर-परिचित प्रलोभन।

इस बीच मीरा ने एक पार्श्व प्रदर्शक पटल ढूँढ लिया। वहाँ विन्सेंट नहीं

देख रहा था। बल्कि एक दर्शक दीर्घा थी। कई दूरस्थ दर्शक। दानदाता इस आखेट को सजीव देख रहे थे। अध्याय 38 का 'दंड रंगमंच' सिद्ध हो चुका था। वह एक तमाशा (Spectacle) मात्र थी।

क्रोध ने उसके इरादों को और पैना कर दिया। आरोही ने ऊपर लगे एक कैमरे को गोली मारी। काँच की बारिश हुई। फिर एक और। फिर एक और। हर लेंस का मरना उसे पवित्र लग रहा था। पर हर नष्ट की गई फीड की कहीं और नकल (Mirroring) हो रही थी। पुनः वही हाइड्रा दानव।

अर्जुन ने संकेत के स्रोत का पीछा किया। वह भंडारण केंद्र से नहीं आ रहा था, बल्कि पास में ही कहीं से आ रहा था। विन्सेंट शायद पास में ही किसी निगरानी वाहन में था। भौतिक रूप से समीप।

साक्षात शिकारी

तभी घाट की प्रखर बत्तियाँ (फ्लड लाइट्स) जल उठीं। आँखों को चौंधिया देने वाली रोशनी। एक अचूक निशानेबाज़ (स्नाइपर) का लाल बिंदु आरोही की छाती पर ठहरा। एक जमा हुआ क्षण।

आवाज़ आई, "स्थिर खड़ी रहो।" पर परछाइयों में से एक स्त्री का स्वर रूसी लहजे में गूँजा, "बाएँ भागो।"

वह भागी। निशाना चूक गया। कौन बोला? कोई प्रेत? अनस्तासिया? कोई अज्ञात सहयोगी?

कंटेनर भूलभुलैया में लुका-छिपी शुरू हुई। ऊपर कैमरे घूम रहे थे। द्रोण यंत्र पीछा कर रहा था। एक खुली हवा में चल रही निगरानी का आखेट। आरोही एक कंटेनर के भीतर दुबक गई। अंदर की दीवारें चित्रों से ढकी

थीं। उसके चित्र, अनस्तासिया के चित्र, अन्य लड़कियों के चित्र। एक निगरानी की वेदी। शिकारी की पूजा।

एक चित्र के पीछे एक टिप्पणी थी: **'देखना ही स्वामित्व प्राप्त करना है।'** विन्सेंट का दर्शन। तभी उसने देखा कि चित्र की आँख के भीतर एक सूक्ष्म लेंस छिपा था। वह वेदी भी देख रही थी। पागलपन बार-बार स्वयं को दोहरा रहा था।

दूरभाष थरथराया। एक अज्ञात सजीव मानचित्र भेजा गया था। नीला बिंदु = अर्जुन। हरा = मीरा। लाल = शिकारी। लाल बिंदु हिल रहा था, उसकी ओर। कोई सहायता कर रहा था। कौन? जानुस शायद केवल शत्रु नहीं था।

वह बाहर निकली। विन्सेंट अंततः सामने प्रकट हुआ। वास्तविक। कोई स्क्रीन नहीं, कोई विकृति नहीं। केवल एक मनुष्य। डरावनी हद तक साधारण।

"तुमने महीने मेरी नज़रों के घेरे में बिताए हैं।" वह और करीब आया। "अब मुझे देखो।" कोई बंदूक नहीं तानी गई थी। उससे भी बुरा एक शांत आत्मीयता। शिकारी किसी बड़े विस्फोट से पहले सबसे समीप होते हैं।

आरोही ने कहा, "तुम्हें गवाहों की आवश्यकता है।" वह मुस्कुराया। "ईश्वर को होती है।"

तभी उसने विन्सेंट की कमीज़ के कफ़ (Cuff) में देखा एक सूक्ष्म कैमरा। यहाँ तक कि यह मुलाकात भी अभिलिखित हो रही थी। हमेशा की तरह। आरोही ने वह कैमरा उखाड़ फेंका और अपने जूतों के नीचे चकनाचूर कर दिया।

यह एक प्रतीकात्मक शक्ति-हरण था। पहली बार विन्सेंट के चेहरे पर शिकन आई। बहुत सूक्ष्म, पर वास्तविक। वह क्रोध में फुसफुसाया, "क्या तुम्हें पता है कि तब क्या होता है जब विषय निगरानी से डरना बंद कर देते हैं?"

आरोही ने उत्तर दिया, "वे देखने वालों का आखेट शुरु कर देते हैं।"

एक गोली चली। उसकी नहीं। विन्सेंट की भी नहीं। अर्जुन ने गोली चलाई थी। अफरा-तफरी मच गई। विन्सेंट कंटेनर की भूल भुलैया में गायब हो गया। धुएँ की तरह, एक तंत्र की तरह।

पर वह पीछे एक छोटा चांदी का स्मृति यंत्र (ड्राइव) छोड़ गया। जानबूझकर? गिर गया? या लगाया गया? उस पर लेबल था: **स्वामी नेत्र (MASTER EYES)**। निगरानी का मूल पुरालेख। शायद सबसे बड़ा साक्ष्य।

सायरन अब वास्तविक थे। संघीय इकाइयाँ पहुँच रही थीं। दानदाता दर्शक अपना संपर्क विच्छेद कर रहे थे। सजीव आखेट ढह रहा था। भागने से पहले, भंडारण केंद्र की मुख्य दीवार की सभी स्क्रीन एक अंतिम बार जल उठीं। हजारों आरोही चेहरे। फिर सब विन्सेंट के स्वर में बोल पड़े:

"मैं अब तुम्हें नहीं देख रहा हूँ।" थोड़ा रुक कर, "तुम मुझे देख रही हो।"

स्क्रीन फट गईं। अंधकार छा गया।

एक दूरस्थ निगरानी वाहन। काँच के टुकड़े से विन्सेंट को हल्की चोट आई थी, जिससे रक्त बह रहा था। वह मुस्कुराया। उसने विवरण अंकित किया: **तीसवां चरण - विषय ने जवाबी-निगरानी को शस्त्र बना**

लिया। पारस्परिक आखेट (Mutual Predation) में संक्रमण पूर्ण। समीपस्थ हत्या अनुक्रम (Proximity kill sequence) प्रारंभ करें।

समीपस्थ हत्या। युद्ध अब आत्मीय चरण में प्रवेश कर गया था।

आरोही ने उस चांदी के स्मृति यंत्र को कसकर पकड़ा और समझ गई, निगरानी का अंत कैमरा तोड़ने से नहीं, उस नज़र को वापस घूरने से होता है। और आज पहली बार उसने विन्सेंट को देखा था, एक मिथक नहीं, बल्कि एक साधारण मनुष्य। और मनुष्य मारे जा सकते हैं।

प्रतिरोध

अध्याय 41
अर्जुन खन्ना

हर जांच में एक बिंदु आता है जहाँ आरक्षी अधिकारी भी संदिग्ध बन जाता है। शिकारी को समझने के लिए कभी-कभी उसके जैसा सोचना पड़ता है। और वही जगह है जहाँ जांचकर्ता खतरनाक हो जाता है, या संदिग्ध।

सुरक्षित आवास (सेफहाउस) बदल दिया गया था। अब यह क्वींस के बाहरी इलाके में एक संघीय सुरक्षा स्थल (Federal protective site) था। एक अनाम इमारत। ऐसी खिड़कियाँ जो खुलती नहीं थीं। विश्वास करने के लिए बहुत अधिक सुरक्षित।

घाट 10 (पियर 10) के बाद सब बदल चुका था। विन्सेंट अब छाया नहीं था; मुठभेड़ हो चुकी थी। लेकिन एक प्रश्न अभी भी जीवित था। अर्जुन खन्ना। साथी? घुसपैठिया? या जानुस?

चांदी का वह स्मृति यंत्र, स्वामी नेत्र (MASTER EYES) कूट-मुक्त (Decrypt) होने में समय ले रहा था। इस बीच, कमरे का सन्नाटा गोलियों की आवाज़ से भी अधिक भारी था। आरोही अर्जुन को देखती रही। उसका हाथ पट्टियों से बंधा था। कंधे पर जलने का निशान। आँखें थकी हुई, या शायद थकान का अभिनय करती हुईं। यह बताना असंभव था।

रुसी दैनन्दिनी की वह जली हुई पंक्ति याद आई: 'अन्वेषक पर

विश्वास...' या 'अन्वेषक पर विश्वास मत करो...' जलकर राख हो चुकी थी। जैसे नियति उपहास कर रही हो।

मीरा ने बिना किसी कोमलता के सीधे पूछा, "तुम जन्मदिन वाले उस अनुष्ठान में मौजूद थे।" पूछताछ शुरु हो चुकी थी। अर्जुन ने एक लंबा विराम लिया। फिर, "हाँ।"

कोई बचाव नहीं। केवल तथ्य। एक खतरनाक ईमानदारी। उसने अपना पहचान-पत्र मेज़ पर रख दिया। समर्पण का प्रतीक। "पूछो।"

आरोही: "तुमने पहले क्यों नहीं बताया?" अर्जुन: "क्योंकि अधूरे सच मुखबिरों की जान ले लेते हैं।" शायद एक बहाना, शायद कोई पुराना घाव।

अन्वेषक का अतीत

पूर्व-स्मृति (Flashback) का बयान शुरु हुआ। अध्याय 1 से छह महीने पहले। न्यूयॉर्क आरक्षी दल (NYPD) का आर्थिक अपराध विभाग। लापता विदेशी छात्राएं। एक ऐसा प्रतिरूप जिसे दबा दिया गया था। किसी को परवाह नहीं थी। पर अर्जुन को थी। क्योंकि वर्षों पहले उसकी अपनी बहन भी वीज़ा के इसी तरह के एक धोखाधड़ी जाल में लगभग ओझल हो गई थी। एक व्यक्तिगत घाव। एक जांचकर्ता का जन्म।

वह भ्रष्टाचार निरोधक अभियान (Sting operation) के माध्यम से दानदाताओं के मंडलों में घुसा था। उसने जन्मदिन वाली सोसायटियों में प्रवेश किया। न्यासियों (Trustees) को अभिलिखित किया। पर विन्सेंट ने उसकी आधी चालों को भांप लिया था। खेल शुरु हो चुका था।

"जन्मदिन पर मेरी घाट वाली फुटेज?" अर्जुन ने सिर हिलाया। "मैं वहाँ एक लड़की को निकालने के लिए गया था।" "क्या तुम सफल हुए?" सन्नाटा। "नहीं।"

असफलता की स्वीकारोक्ति। वह एक प्रेत का बोझ ढो रहा था। इसने उसे विश्वसनीय बना दिया। या शायद विशेषज्ञता के साथ गढ़ा गया एक मानवीय पक्ष। मीरा अब भी शीतल थी। "या फिर तुमने उसे बेच दिया।"

एक छुरी जैसा सवाल। अर्जुन विचलित नहीं हुआ। "शायद तुम्हें यही मान लेना चाहिए।" विचित्र उत्तर। अविश्वास का लगभग एक निमंत्रण। क्यों?

तभी उसने एक पुराने मामले का बक्सा खोला। चित्र। वर्षों पहले से जुड़ी लापता महिलाओं के मामले। हर जगह उसकी अपनी हस्तलिपि थी। जुनूनी। एक लंबा युद्ध। इसे पिछली तारीख में जाली बनाना कठिन था। आरोही ने एक पुराना छायाचित्र देखा। किशोर अर्जुन अपनी छोटी बहन के साथ। पीछे लिखा था: 'किसी और लड़की को विफल मत होने देना।'

कुछ दरक गया। विश्वास ने हल्की दस्तक दी।

कूट-मुक्त सत्य

तभी चांदी के स्मृति यंत्र ने कूट-मुक्त होने का संकेत दिया। एक संचिका खुली। उप-संचिका का नाम था: खन्ना के साथ समझौता (KHANNA COMPROMISE)।

सब जड़ हो गए। एक दृश्य चलचित्र (Video)। अर्जुन निजी तौर पर

विन्सेंट से मिल रहा था। कोई ध्वनि नहीं थी। दृश्य मिलीभगत जैसा लग रहा था। विनाशकारी। अर्जुन का चेहरा सफेद पड़ गया। “मैंने यह कभी नहीं देखा।”

शायद संपादित। शायद नहीं। कैमरा बहुत खूबसूरती से झूठ बोलता है। अनस्तासिया ने चेतावनी दी थी। न्यायालयिक कूट-आँकड़ों (Metadata) की जांच की गई। क्लिप में बदलाव किया गया था। दो अलग-अलग समय के चिह्नों को जोड़ा गया था। एक 'मिथ्या-दृश्य' (Deepfake) मिश्रण।

जाल ठीक इसी बिंदु पर लक्षित था। विन्सेंट अति-सतर्कता (Paranoia) के माध्यम से विश्वास पर हमला कर रहा था। आरोही ने राहत की साँस ली। यह कोई प्रमाण नहीं था, पर निर्दोषता की पुष्टि भी नहीं थी। अस्पष्टता अभी भी जीवित थी।

तभी स्मृति यंत्र में आरक्षी दल के आंतरिक ज्ञापन मिले। न्यूयॉर्क आरक्षी दल के भीतर का कोई व्यक्ति विन्सेंट को जानकारी पहुँचा रहा था। वास्तविक जानुस शायद विभाग ही था, अर्जुन नहीं। एक बड़ा विश्वासघात। एक कूट-नाम बार-बार दोहराया गया था: खन्ना एक चारा (Bait) था।

वह कोई भेदी (Mole) नहीं था। वह एक 'कृत्रिम संदिग्ध' (Decoy suspect) था। एक पूर्व-नियोजित बलि का बकरा। विन्सेंट ने वर्षों तक संदेह का बीज बोया था। प्रखर और क्रूर।

अर्जुन आंशिक रूप से मुस्कुराया। “उसे ईमानदार लोगों को फँसाना प्रिय है।” एक ऐसी पंक्ति जो अभिनय करने के लिए बहुत दुखी करने वाली थी।

फिर एक और गहरी संचिका मिली। अर्जुन की बाल्यावस्था से ही उस पर निगरानी रखी जा रही थी। उसे भी देखा जा रहा था। अकादमी के दिनों से। वह भी एक विषय (Subject) था। केवल एक आरक्षी अधिकारी नहीं, बल्कि एक शिकार भी।

सब कुछ उलट-पुलट गया। आरोही फुसफुसाई, "तुम उसके पुरालेख में शामिल हो।" अर्जुन: "हम सभी हैं।" साझी कैद एक गठबंधन बनाती है। या फिर एक और विभ्रम।

आत्मीयता का संकट

रात और गहरी हुई। आरोही सो नहीं पा रही थी। गलियारे में उसने अर्जुन को अकेले दीवार के नक्शों का अध्ययन करते हुए पाया। कोई दर्शक नहीं था। लोग तभी सबसे सच्चे होते हैं जब उन्हें कोई न देख रहा हो। शायद।

उसने पूछा, "मैं ही क्यों?" उसने कहा, "क्योंकि तुमने प्रतिरूप को जानने से पहले ही उससे लड़ना शुरू कर दिया था।"

यह कोई प्रलोभन नहीं था। यह एक पहचान (Recognition) थी। एक खतरनाक कोमलता का प्रवेश हुआ। 'कृष्ण शिक्षा' का अंधेरा अब आत्मीय हो रहा था। एक संक्षिप्त सन्नाटा। विद्युत तरंगों जैसा। आघात निकटता को जन्म देता है। जोखिम भरा। मानवीय।

उसने बहुत धीरे से आरोही की कलाई के नीले निशान को छुआ। सहमति का एक विराम। आरोही नहीं हिली। एक सेकंड के लिए आतंक पीछे हट गया। फिर उसने अपना हाथ पीछे खींच लिया। निगरानी के साये में प्रेम अपवित्र (Contaminated) महसूस होता है।

उसने शांति से कहा, "बचाव और विश्वास के बीच भ्रमित मत होना।" समझदारी। या फिर चेतावनी।

प्रातःकाल संघीय विश्लेषक पहुँचे। डीएनए के परिणाम। जन्मदिन वाले दानदाता का रक्त एक अनसुलझी हत्या से जुड़ा था जहाँ अर्जुन ने कभी आदेशों की अवज्ञा की थी। गवाह को बचाने के प्रयास में उसका करियर लगभग समाप्त हो गया था। प्रलेखित। निष्ठा का घाव सत्यापित हुआ। विश्वास बढ़ा।

पर तभी एक गुमनाम पुटिका मिली। भीतर एक गोली (Bullet) थी। और एक नोट: खन्ना सबसे पहले मरेगा।

शिकारी ने उनके जुड़ाव को देख लिया था। वह उसे निशाना बना रहा था। मीरा बुदबुदाई, "अब मुझे उस पर विश्वास है।" कड़वा परिहास। आवश्यक था।

अर्जुन ने अपनी निजी पुस्तिका खोली। विन्सेंट का मनोवैज्ञानिक विवरण दिखाया। हस्तलिखित शीर्षक था: 'शिकारी शिष्यों को खोजता है, प्रेमियों को नहीं।' हाशिये पर एक टिप्पणी थी: 'यदि वह मुझे उसके माध्यम से निशाना बना रहा है, तो वह लड़की उसके लिए महत्वपूर्ण है।'

आरोही ने स्वयं को अन्वेषक की टिप्पणियों में देखा। चारे के रूप में नहीं, बल्कि एक व्यक्ति के रूप में। एक सूक्ष्म बदलाव।

राक्षस की जड़

तभी उसने सबसे बड़े रहस्य का खुलासा किया। वह जानता था कि विन्सेंट का निर्माण कहाँ हुआ था। मूल मार्गदर्शक। प्राध्यापक।

संस्थापक। स्रोत शिकारी। जानुस के पीछे छिपा एक व्यक्ति। जीवित। कोलंबिया का सेवानिवृत्त (Emeritus) प्राध्यापक।

'कृष्ण शिक्षा' की जड़ अब साक्षात सामने थी। नामः प्राध्यापक एलियास वार्ड।

एक सदमा। संस्थान का जनक। राक्षस की वंशावली। अर्जुनः "विन्सेंट को रोकने के लिए, हमें कदाचित उस गुरु को मारना होगा।"

शायद यह केवल रूपक नहीं था। युद्ध अब पौराणिक स्तर पर बढ़ रहा था।

अचानक इमारत का सचेतक (Alarm) बज उठा। आंतरिक उल्लंघन। कैसे? सुरक्षित स्थल के साथ समझौता हो चुका था। कोई भीतर प्रवेश कर चुका था। या पहले से ही भीतर था। बत्तियाँ झपकीं। उद्घोषणा यंत्र (Intercom) गरजा। विन्सेंट का स्वर गूँजाः

"अन्वेषक, तुम हमेशा से गवाहों के मोह में फँसते रहे हो।"

अभेद्य सुरक्षा टूट चुकी थी। वह उन्हें देख रहा था। पुनः। अर्जुन ने अपना शस्त्र उठाया। आरोही की ओर देखा। "अगर मैं जानुस (Janus) बन जाऊँ, तो मुझे गोली मार देना।"

पूर्ण विश्वास की एक प्रार्थना। या एक दुखद पूर्वाभास। उसने पिस्तौल थाम ली। उत्तर नहीं दिया। दे भी नहीं सकती थी।

अज्ञात स्थान। विन्सेंट आरोही और अर्जुन के साथ होने की सजीव फीड देख रहा है। उस 'लगभग-स्पर्श' पर दृश्य को बड़ा (Zoom) करता है। वह फुसफुसाया, "जुड़ाव (Attachment) बन चुका है। उत्कृष्ट।"

उसने विवरण अंकित किया: इकतीसवां चरण - रक्षक के जुड़ाव का उपयोग करें। अन्वेषक को तोड़ें। गवाह को तोड़ें। फिर दोनों की फसल काटें।

आरोही समझती है, कभी-कभी जांच किसी मामले की नहीं, बल्कि इस बात की होती है कि किस पर भरोसा किया जाए। और अर्जुन खन्ना, शायद एक सहयोगी है, शायद एक प्रतीक्षा करती हुई त्रासदी। शायद दोनों। और यही उसे खतरनाक बनाता है।

अध्याय 42
पहली शिकायत

किसी शिकारी के खिलाफ पहली शिकायत कानून में नहीं दर्ज होती, वह पहले आत्मा में दर्ज होती है। हर शोषण की शुरुआत मौन से होती है, और हर प्रतिरोध, पहली शिकायत से। लेकिन शिकायत सिर्फ एक प्रतिवेदन (रिपोर्ट) नहीं, बल्कि एक घोषणा है कि शिकार अब गवाह बनेगा।

संघीय सुरक्षित स्थल (Federal Safe Site)। सुबह के 5:30 बज रहे थे। वह सचेतक (Alarm) मिथ्या निकला, या शायद उसे मिथ्या घोषित कर दिया गया। किसी ने कुछ नहीं समझाया। संस्थागत अस्पष्टता सदैव संदेहास्पद होती है।

आरोही जागी नहीं थी; वह पूरी रात सोई ही नहीं थी। विन्सेंट की आवाज़ अंतःसंवाद यंत्र (Intercom) में गूँज रही थी। 'जुड़ाव बन चुका है। रक्षक के बंधन का लाभ उठाएं।' वह सिर्फ देखता नहीं था, वह संबंधों के विखंडन की योजना (Relational fracture engineer) बनाता था।

भोजन कक्ष की मेज़ पर अर्जुन ने एक प्रपत्र (Form) रखा। संघीय शिकायत अंतर्ग्रहण (Federal Complaint Intake)। शीर्षक था: पीड़ित बयान (Victim Statement)।

इतिहास अक्सर ऐसे ही शुरू होता है, दस्तावेज़ी कार्यवाही (Paperwork) से। आरोही उस प्रपत्र को ऐसे देख रही थी जैसे वह

कोई अदालत नहीं, बल्कि स्वयं के प्रतिबिंब को देख रही हो।

प्रथम प्रश्न: उत्पीड़न का विवरण दें। इतना लघु रिक्त स्थान और इतना विशाल नर्क। वह हँस पड़ी, लगभग टूटा हुआ सा परिहास। "मैं इसे कैसे भरूँ?" अर्जुन ने कहा, "कोई भी पहली शिकायत कभी पूर्ण नहीं होती।"

उसकी बात गहराई तक चुभी। मीरा ने पास आकर कहा, "पहले नाम लिखो।"

नाम। शिकारी को नाम देना ही पहला प्रतिरोध है। उसने लिखा: विन्सेंट मोरिया (Vincent Moria)। हाथ काँप रहा था। स्याही फैलने लगी, रक्त की भाँति। और अचानक स्मृतियों की बाढ़ आ गई। पुस्तकालय, कंगन का नीला निशान, कैमरे, जन्मदिन का रक्त।

जब भाषा प्रारंभ होती है, तो आघात (Trauma) अक्सर पुनः लौट आता है।

अगला प्रश्न: क्या आपकी सहमति थी? एक विषैला प्रश्न। शिकार इससे घृणा करते हैं। आवश्यक कानून इसे निर्दयतापूर्वक पूछता है। आरोही जड़ हो गई। प्रेम, हेरफेर, ऋण, भय, देह, ज़बरदस्ती। दोहरे विकल्पों (हाँ/नहीं) में उत्तर देना असंभव था।

उसने लिखा: सहमति ज़बरदस्ती वाली निर्भरता के माध्यम से प्राप्त की गई थी। अर्जुन ने ऊपर देखा। वह प्रभावित था। न्यायालयिक भाषा। एक शिकार अब 'विशेषज्ञ-गवाह' बन रहा था। रूपांतरण प्रारंभ हो चुका था।

फिर एक कठिन प्रश्न: क्या संस्थान ने इस क्षति को सुगम बनाया? विराम। दीर्घ विराम। फिर, हाँ। कोलंबिया से जुड़े अज्ञात सीमा तक के

कारक। कलम कांपी। सत्ता पर आरोप लगाया गया था। अब वापसी का कोई मार्ग नहीं था। यह अब मात्र एक शिकायत नहीं, बल्कि युद्ध का दस्तावेज़ था।

साक्ष्य और सत्य

अर्जुन ने सुझाव दिया कि इसमें अंकीय साक्ष्य सम्मिलित किए जाएं: कॉल रिकॉर्ड्स (CDR), डीएनए, आर्थिक हस्तांतरण, और निगरानी लॉग। आधुनिक अपराध की पहचान अब गवाही के साथ मिल रही थी। कानून और मनोविज्ञान आपस में गुंथ गए थे।

बयान बढ़ता गया। पृष्ठों की संख्या बढ़ती गई। पंद्रह... तेईस। वह अब केवल एक 'विषय' (Subject) नहीं रही थी; वह एक 'कथावाचक' (Narrator) बन चुकी थी। एक महत्वपूर्ण उलटफेर।

तभी वह यौन शोषण वाले खंड पर पहुँची। सन्नाटा। भारी साँसें। कुछ सत्य शारीरिक हिंसा से भी अधिक कठिन होते हैं क्योंकि वहाँ लज्जा अब भी पहरा दे रही थी। वह फुसफुसाई, “अगर मैं सब कुछ लिख दूँगी, तो वह वास्तविक हो जाएगा।” मीरा ने कहा, “वह उसी क्षण वास्तविक हो गया था जब उसने वह कृत्य किया था।”

पहली शिकायत अक्सर अपने ही इनकार (Denial) के विरुद्ध होती है। उसने लिखना शुरू किया। धीमे, अडिग होकर। न उसे कामुक बनाया, न ही छिपाया। एक गवाह की भाषा। शक्तिशाली।

दोपहर के समय, 'विशेष पीड़ित अभियोजक' (Special Victims Prosecutor) वहाँ पहुँची। सहायक संघीय लोक अभियोजक एलेना रुइज़। तीक्ष्ण आँखें, कोमलता का कोई लेश नहीं। उसने सीधे कहा,

"यदि तुम इसे दर्ज करती हो, तो वे तुम्हें सार्वजनिक रूप से नष्ट कर देंगे।"

यह हतोत्साहित करना नहीं था, बल्कि तैयारी थी। आरोही ने उत्तर दिया, "तो उन्हें अपना कार्य करने दें।" अब उसके भीतर कुछ इस्पात जैसा दृढ़ हो चुका था।

बयान लिपिबद्ध किया गया। मेज़ पर कैमरा था। विडंबना क्रूर थी, एक और कैमरा। पर यह वाला 'चुना गया' था। सहमति सब कुछ बदल देती है। रुइज़ ने पूछा, "तुमने पहली बार असुरक्षित कब महसूस किया?"

आरोही ने विचार किया। हिंसा के समय नहीं, उस बंद कमरे के समय नहीं, कैमरों के समय भी नहीं। उसने कहा, "जब सहायता 'महँगी' महसूस होने लगी।"

कमरा मौन हो गया। हर कोई जानता था कि यह पंक्ति महत्वपूर्ण है। शिकायत और मज़बूत हो गई क्योंकि इसमें अंतर्दृष्टि थी, केवल घटनाओं की सूची नहीं। शिकारी का मनोविज्ञान स्पष्ट रूप से उच्चरित किया गया था।

तस्करी का षड्यंत्र

तभी रुइज़ ने एक अप्रत्याशित प्रश्न किया, "क्या तुम तस्करी के षड्यंत्र (Trafficking conspiracy) का आरोप लगाती हो?" एक विशाल वैधानिक दहलीज। आरोही ने अर्जुन की ओर देखा, मीरा की ओर, और स्मृति में उन मृत लड़कियों की ओर। "हाँ।"

शब्द एक विस्फोट की तरह था। एक संघीय षड्यंत्र का जन्म हुआ। शिकायत इलेक्ट्रॉनिक रूप से दर्ज की गई। समय-मोहर: दोपहर 2:14

बजे। इतिहास का एक 'क्लिक'।

कुछ ही मिनटों बाद जवाबी प्रहार हुआ। विश्वविद्यालय के कानूनी सलाहकार का ईमेल आया: जांच लंबित होने तक आपातकालीन निलंबन। पूर्वानुमानित था। पहली शिकायत को सदैव दंडित किया जाता है।

तभी मुंबई से पिता का फोन आया। स्वर काँप रहा था। उन्हें एक गुमनाम प्रलेख (Dossier) प्राप्त हुआ था। चित्र, झूठ। हमला शुरू हो चुका था। आरोही लगभग पीछे हटने ही वाली थी। सहज वृत्ति, परिवार की रक्षा। विन्सेंट को इसी बात का भरोसा था।

किंतु तभी उसकी पुस्तिका से रुसी दैनन्दिनी का एक पृष्ठ फिसला। पृष्ठ 43। "जब वह तुम्हें भयादोहन के माध्यम से डराए, तो समझ लेना कि वह अब उजागर होने से डर रहा है।"

उसने साँस ली। वह रुक गई।

शाम को औपचारिक हस्ताक्षर हुए। अंतिम पृष्ठ। झूठी गवाही के दंड के अधीन। यहाँ हस्ताक्षर करें। आरोप के नीचे उसका नाम। अपरिवर्तनीय। उसने हस्ताक्षर किए: आरोही शर्मा।

स्याही सूख गई। पहचान बदल गई। परिवादी। गवाह। लक्ष्य।

जानुस का विश्वासघात

तुरंत सुरक्षित लाइन की घंटी बजी। एक अज्ञात मार्ग से आया हुआ कॉल। रुइज़ ने उठाया। चेहरा बदल गया। उसने दूरभाष आरोही को थमा दिया।

विन्सेंट। निश्चित रूप से। "मैंने सुना तुमने शिकायत की है।" इतनी तीव्र गति? तंत्र के भीतर कोई भेदी था। जानुस। पुनः।

वह धीरे से हँसा। "पहली शिकायतें बहुत ही मासूम (Adorable) होती हैं।" शिकारी आनंदित था। आरोही: "यह वाली डीएनए (DNA) के साथ आई है।" विराम। बहुत सूक्ष्म। घाव सटीक लगा था।

फिर विन्सेंट का धीमा स्वर गूँजा: "क्या तुम्हें पता है कि मेरे खिलाफ पहली शिकायत किसने दर्ज की थी?" सन्नाटा। "अनस्तासिया ने।" साँसें थम गईं। "और उसके बाद वह ओझल हो गई।"

कॉल कट गया। एक मनोवैज्ञानिक मिसाइल छोड़ी गई थी।

रात के समय रुइज़ ने बताया कि 'गवाह सुरक्षा' आरोही को अन्यत्र स्थानांतरित कर सकती है। शायद आधिकारिक तौर पर ओझल होना पड़े। उत्तरजीविता (Survival) के लिए अपनी पहचान की मृत्यु। एक भारी कीमत।

अर्जुन ने निजी तौर पर कहा, पहली शिकायत शिकारी के भीतर घबराहट पैदा करती है। प्रत्यक्ष प्रहार की प्रतीक्षा करो।

जैसे ही उसे बुलाया गया हो, भवन के डाक-मार्ग (Mail chute) से एक लिफाफा गिरा। कोई प्रेषक नहीं। अंदर एक छायाप्रति (Photocopy) थी। एक बहुत पुरानी शिकायत।

प्राध्यापक एलियास वार्ड के विरुद्ध। यौन ज़बरदस्ती का आरोप। खारिज कर दिया गया। दबा दिया गया। पहली शिकायत इन सबसे पहले अस्तित्व में थी। उसे नज़रअंदाज़ किया गया और राक्षस विकसित होते गए।

आरोही को अहसास हुआ, वह पहली शिकायत दर्ज नहीं कर रही है। वह वह पहली शिकायत दर्ज कर रही है जिसे शायद 'सुना' जाएगा। यह भार और भी अधिक था। तभी नीचे एक हस्तलिखित नोट दिखा: 'इस बार इसे पुरालेखों (Archives) में मत दबने देना।'

हस्ताक्षर थे, अ.बे. (A.B.) अनस्तासिया? जीवित? असंभव। या फिर कोई सहयोगी।

एक अज्ञात सुरक्षित कमरा। विन्सेंट शिकायत दर्ज होने की 'लीक' सुन रहा है। अब मुस्कान कुछ कम है।

विवरण प्रविष्टि: बत्तीसवां चरण - विषय ने वैधानिक रंगमंच में प्रवेश किया। न्यायालय को घटनास्थल में परिवर्तित करें। प्रकटीकरण को दंडित करें।

वह 1998 की एक पुरानी शिकायत खोलता है। उसे जला देता है। फुसफुसाता है, "दोबारा नहीं।"

शिकारी के भीतर भय। अंततः।

आरोही समझती है, पहली शिकायत न्याय नहीं लाती, वह युद्ध घोषित करती है। और आज उसने केवल एक प्रेमी के खिलाफ नहीं, बल्कि पूरे तंत्र के खिलाफ शिकायत लिखी है। अब वापसी का कोई मार्ग नहीं।

अध्याय 43
कोई विश्वास नहीं करता

सत्य की सबसे क्रूर सजा यह नहीं कि उसे झुठला दिया जाए, बल्कि यह है कि उसे 'संभव' भी न माना जाए। जैसे ही तंत्र ने पहली शिकायत को एक 'सक्रिय मामले' (Active case) में परिवर्तित किया था, उसी क्षण एक और वस्तु भी सक्रिय हो गई थी, अविश्वास का संजाल।

सुबह के 7:10 बज रहे थे। संघीय सुरक्षित स्थल की दीवारें अभी भी शीतल थीं। लेकिन अब वह ठंड बाहर से नहीं आ रही थी, बल्कि भीतर से फैल रही थी। आरोही को लगा जैसे वह किसी मामले में नहीं, बल्कि किसी ऐसे वाद-विवाद में फँस गई है जहाँ सत्य अप्रासंगिक (Irrelevant) हो जाता है।

अभियोजक रुइज़ का दूरभाष लगातार बज रहा था। हर कॉल एक ही दिशा से आ रही थी: संस्थागत दबाव। विश्वविद्यालय का कानूनी प्रकोष्ठ, निजी दानदाता, प्रवेश अनुमति (वीज़ा) अनुपालन इकाइयाँ, और यहाँ तक कि राजनयिक माध्यम।

सब एक ही शब्द दोहरा रहे थे, “यह कथानक असत्यापित (Unverified) है।”

असत्यापित। यानी तुम्हारा दर्द अभी कागज़ पर नहीं उतरा है। और जब तक पीड़ा कागज़ का रूप नहीं लेती, उसे 'अपराध' नहीं माना जाता।

अर्जुन ने स्क्रीन को घूरा और धीमे स्वर में कहा, “ये मामले से लड़ नहीं रहे हैं, ये इसे अस्तित्वहीन बना रहे हैं।”

मीरा ने अपना शक्तिशाली संगणक खोला। कृष्ण अंतर्जाल (Dark web) पर चर्चा पहले ही सक्रिय हो चुकी थी। 'जानुस बाज़ार' की कड़ियों (Threads) पर लिखा था: "विषय आघात की प्रतिक्रिया को बढ़ा-चढ़ाकर दिखा रहा है।" "संभावित मनोवैज्ञानिक गढ़ंत (Psychological fabrication)।" "विदेशी कारकों द्वारा प्रभावित।"

आरोही ने उसे पढ़ा और पहली बार समझा, विन्सेंट को उसे मारने की आवश्यकता नहीं है। उसे बस उसे 'अविश्वसनीय' (Incredible) बनाना है।

संस्थागत बहिष्कार

तभी विश्वविद्यालय से एक आधिकारिक ईमेल प्राप्त हुआ: "हमें आपको सूचित करते हुए खेद है कि आपकी छात्रवृत्ति की पात्रता पुनर्विचार के अधीन है।"

आरोही इस बार हँसी नहीं। उसकी आवाज़ तक नहीं निकली। अर्जुन ने धीरे से कहा, "अब वह तुम्हें केवल अकेला नहीं बना रहा, वह तुम्हें वास्तविक दुनिया से मिटाने का प्रयास कर रहा है।"

उसी समय रुइज़ का चेहरा पीला पड़ गया। फोन पर कुछ पढ़कर वह ठिठक गई। फिर धीमी आवाज़ में बोली, "शिकायत को 'पैटर्नड डिल्यूजन रिस्क' (नियोजित मतिभ्रम जोखिम) के रूप में चिह्नित (Flag) किया गया है।"

आरोही का हृदय गिरा नहीं, वह स्थिर हो गया। "क्या?" अर्जुन ने पूछा। रुइज़ ने संचिका (File) की स्क्रीन उनकी ओर घुमाई।

विशेषज्ञ समीक्षा अनुरोध प्रारंभ मनोवैज्ञानिक विश्वसनीयता मूल्यांकन आवश्यक

मीरा फुसफुसाई, “उन्होंने तुम्हें पीड़ित नहीं माना... उन्होंने तुम्हें एक 'अस्थिर गवाह' (Unstable witness) बना दिया है।”

यह सबसे खतरनाक वर्गीकरण था। क्योंकि अब तुम पर विश्वास करने की आवश्यकता नहीं थी, तुम्हें केवल 'उपचार' (Treat) दिया जाना था।

आरोही का स्वर काँपा: “तो अब मैं क्या हूँ?” अर्जुन ने बिना किसी हिचकिचाहट के कहा: “अब तुम कोई मामला नहीं हो। अब तुम एक 'समस्या' हो।”

और समस्याओं को अदालतें नहीं सुनतीं, उन्हें 'प्रबंधित' (Manage) किया जाता है।

तभी भवन की सुरक्षा प्रणाली ने एक संकेत (Ping) दिया: आंतरिक सुरक्षा समीक्षा का अनुरोध प्राप्त स्त्रोत: गुमनाम

अर्जुन जड़ हो गया। “यह संकेत यहीं से भेजा गया है...” मीरा ने उसकी बात काटी, “या फिर यह पहले से ही यहाँ विद्यमान था।”

प्रदर्शक पटल झपका और एक पंक्ति दिखाई दी: “गवाह की विश्वसनीयता संदिग्ध। नियंत्रण नियमावली (Containment protocol) की अनुशंसा की जाती है।”

आरोही ने शून्य में देखते हुए कहा: “नियंत्रण... मैं अब केस नहीं हूँ, मैं अब खतरा हूँ।”

रुइज़ ने पहली बार अपनी आँखें नीची कर लीं। यह वाक्य निर्णायक था।

निर्णय का आगमन

तभी द्वार का सचेतक (Alarm) बजा। ध्वनि मंद थी, नैदानिक (Clinical) थी। वह कोई आपातकालीन सायरन नहीं था, बल्कि प्रशासनिक था। अर्जुन ने अपना शस्त्र निकाला। "कोई आ रहा है।"

लेकिन मीरा ने स्क्रीन की ओर देखा और उसका चेहरा सफेद पड़ गया। "नहीं... वे आ नहीं रहे हैं... वे हमें 'अधिकृत' (Authorize) करने आ रहे हैं।"

गलियारे की बत्तियाँ धीरे-धीरे नीली हो गईं। तंत्र के पुनर्संयोजन (System reset) की ध्वनि गूँजी। एक स्वर की घोषणा हुई: "साक्षी विश्वसनीयता मूल्यांकन दल का आगमन हो रहा है।"

आरोही ने अर्जुन की ओर देखा। "मूल्यांकन?" अर्जुन ने पहली बार पूर्ण सत्य कहा: "यह पूछताछ (Interrogation) नहीं है। यह निर्णय (Verdict) है।"

उसी क्षण विन्सेंट का एक कूटबद्ध संदेश आया। सिर्फ एक पंक्ति: "देखा? मैंने कहा था तुमसे।"

आरोही की साँसें थमी नहीं, वह मानसिक रूप से पहले ही कहीं और जा चुकी थी। क्योंकि अब उसे समझ आ गया था, यह लड़ाई विन्सेंट से नहीं थी। यह लड़ाई उस दुनिया से थी जो यह तय करती है कि तुम एक 'सत्य' हो या केवल एक 'समस्या'।

और सबसे भयानक बात यह थी, यदि दुनिया ने तुम्हें 'समस्या' मान लिया, तो तुम्हारा सत्य भी केवल उपचार के योग्य एक 'लक्षण' (Symptom) बनकर रह जाता है।

सुरक्षित स्थल के बाहर एक सफेद रंग का वाहन रुका। उस पर कोई पहचान चिन्ह नहीं था। कोई विशिष्ट नाम नहीं था। केवल तंत्र था, केवल अधिकार था।

अर्जुन ने खिड़की से बाहर देखते हुए धीरे से कहा: "अब वे तुम्हें बचाने नहीं आए हैं।"

आरोही ने दरवाज़े की तरफ देखा। पहली बार उसे गहराई से समझ आया, विन्सेंट ने कभी उसे अकेला नहीं छोड़ा था। उसने बस उसे दुनिया के सामने अकेला 'दिखाया' था।

और अब दुनिया उसी विभ्रम (Illusion) को कानून बना रही थी।

अध्याय 44
जाल के पीछे जाल

कभी-कभी जो जाल तुम्हें पकड़ने के लिए दिखता है, वह असली जाल नहीं होता, वह सिर्फ तुम्हें असली जाल तक ले जाने का मार्ग होता है। श्वेत वाहन रुक चुका था। लेकिन कोई उतरा नहीं। यह भी एक प्रतिरूप (पैटर्न) था, प्राधिकारी सदैव भीतर प्रवेश नहीं करते, वे आपको चारों ओर से घेर लेते हैं।

सुरक्षित स्थल (सेफ साइट) की बत्तियाँ अब "नील नियमावली" (ब्लू प्रोटोकॉल) पर थीं। इसका अर्थ स्पष्ट था, साक्षी विश्वसनीयता समझौता इकाई से बाह्य समीक्षा अवरोध (एक्सटर्नल रिव्यू लॉकडाउन)। और इस अवरोध का दूसरा नाम होता है: नियंत्रण का हस्तांतरण।

अर्जुन ने धीमे स्वर में कहा, "अब यह हमारा मामला नहीं रहा। यह उनका मामला बन गया है।"

मीरा ने स्क्रीन पर एक संपुट (पैकेट) को कूट-मुक्त किया। भीतर था: मनोवैज्ञानिक मूल्यांकन दल की सूची वैधानिक निगरानी बोर्ड व्यवहारगत स्थिरीकरण नियमावली

आरोही ने उसे पढ़ा। फिर धीरे से बोली: "स्थिरीकरण... इसका अर्थ है कि मुझे 'अस्थिर' माना गया है।"

अभियोजक रुइज़ की आवाज़ भारी थी: "इसका अर्थ यह नहीं कि तुम गलत हो। इसका अर्थ यह है कि तुम्हें अदालत से पहले 'ठीक' किया जाएगा।"

और यही था सबसे खतरनाक शब्द: 'ठीक'। क्योंकि इस दुनिया में जो वस्तु 'असुविधाजनक सत्य' होती है, उसे अक्सर 'मानसिक विरूपण' (मेंटल डिस्टॉर्शन) घोषित कर दिया जा रहा था।

तभी अर्जुन ने अचानक प्रदर्शक पटल को देखा। उसकी आँखें सिकुड़ गईं। "यह... भीतर से अधिभावी नियंत्रण (ओवरराइड) हो रहा है।" सुरक्षित स्थल के तंत्र झपकने लगे। प्रवेश लॉग बदल रहे थे। प्रयोक्ता पहचान-चिह्न (यूज़र आईडी) पुनः लिखे जा रहे थे।

मीरा ने कहा, "कोई हमारे तंत्र में बैठा है..." आरोही ने धीरे से कहा, "विन्सेंट नहीं। विन्सेंट अकेला कार्य नहीं करता।"

उसी क्षण अंतःसंवाद यंत्र (इंटरकॉम) गरजा। एक स्वर गूँजा: "साक्षी मूल्यांकन दल का आगमन हो चुका है।"

दरवाज़ा खुला नहीं। खुद तंत्र ने उसे खोला। तीन व्यक्ति भीतर आए। निष्पक्ष लबादे (सूट)। कोई नाम दिखाई नहीं दे रहा था। मुखाकृति पर कोई भाव नहीं। उनमें से एक ने संचिका (फाइल) उठाई। बिना देखे कहा: "विषय-अ: आरोही शर्मा?"

आरोही आगे बढ़ी। "हाँ।"

द्वितीय प्रश्न: "क्या आप मिथ्या प्रतिरूप धारणा के आरोपों की गंभीरता को समझती हैं?"

अर्जुन ने बीच में बोलने का प्रयास किया, "यह कोई पूछताछ नहीं है" किंतु उसे रोक दिया गया। केवल हाथ के एक साधारण संकेत से। सत्ता को प्रायः बल की आवश्यकता नहीं होती।

मीरा फुसफुसाई, "यह कानून नहीं है। यह 'निर्णय-पूर्व की प्रक्रिया' (प्री-डिसीजन प्रोसेसिंग) है।"

तृतीय व्यक्ति बोला, "आपकी गवाही संस्थागत दूरमिति (इंस्टीट्यूशनल टेलीमेट्री) के साथ विरोधाभास प्रकट करती है।"

आरोही रुकी। "दूरमिति?"

उन्होंने स्क्रीन घुमाई। उसके जीवन का कालक्रम। पर वैसा नहीं जैसा उसे स्मरण था। इसे संरचनाबद्ध किया गया था:

- भावनात्मक अस्थिरता के उभार (Spikes)
- आर्थिक निर्भरता के सूचक (Markers)
- अलगाव के संकेतक
- बाह्य प्रभाव का मानचित्रण

आरोही ने धीरे से कहा, "तुम मेरी जिंदगी को केवल एक लेखा-चित्र (ग्राफ) बना रहे हो..." उन्होंने उत्तर दिया, "हम व्यक्तिपरक अनुभव को सत्यापन योग्य संरचना में परिवर्तित कर रहे हैं।"

अर्जुन फुसफुसाया, "यही वह तरीका है जिससे वे कथानक (नैरेटिव) को मिटा देते हैं।"

तभी अचानक एक सचेतक (अलर्ट) आया। आंतरिक समझौते का पता चला (INTERNAL COMPROMISE DETECTED) स्रोत: अज्ञात प्राधिकारी अधिभावी नियंत्रण

मीरा जड़ हो गई, "यह तंत्र विन्सेंट का नहीं है... यह उससे भी ऊपर है..." आरोही ने पूछा, "तो फिर किसका है?"

कोई उत्तर नहीं मिला। क्योंकि कुछ प्रणालियों के नाम नहीं होते। केवल परतें होती हैं।

तभी स्क्रीन पर एक नया लेबल उभरा: मामले का पुनर्वर्गीकरण प्रारंभ (CASE RECLASSIFICATION INITIATED) पुराना लेबल: पीड़ित बयान नवीन लेबल: मनोवैज्ञानिक नियंत्रण मामला (Psychological Containment Case)

आरोही ने धीरे से कहा, "तो अब मैं कोई परिवादी (कंप्लेनेंट) नहीं हूँ। मैं कोई मामला भी नहीं हूँ। मैं अब केवल बंद की जाने वाली एक वस्तु हूँ।"

अर्जुन ने पहली बार आवाज़ ऊँची की: "नहीं।" "किंतु वे पहले ही निर्णय ले चुके हैं।"

तभी विन्सेंट का एक संदेश आया। सिर्फ एक पंक्ति: "कहा था न।"

आरोही ने अपना दूरभाष देखा। इस बार क्रोध नहीं आया। एक शांति आई। खतरनाक शांति। उसने कहा, "यह सब केवल उसका किया धरा नहीं है।" मीरा ने पूछा, "तो फिर किसका है?"

आरोही ने धीरे से कहा, "उसका, जो यह तय करता है कि सच क्या कहलाएगा।"

तभी उसे साक्षात्कार (रियलाइजेशन) हुआ, विन्सेंट एक शिकारी (प्रिडेटर) था। किंतु यह तंत्र 'परिभाषा' का शिकारी था। मूल्यांकन दल

खड़ा था। अंतिम पंक्ति गूँजी: "हम विषय के स्थिरीकरण के लिए अस्थायी मनोवैज्ञानिक अलगाव की अनुशंसा करते हैं।"

अर्जुन बोला, "इसका अर्थ है निरोध (डिटेंशन)।"

आरोही ने सिर हिलाया। "नहीं... इसका अर्थ है कि मैं अब तब तक नहीं बोल सकती जब तक वे यह तय न करें कि मैं 'ठीक' हूँ।"

दरवाज़े बाहर की ओर खुलने लगे। श्वेत वाहन की दूसरी परत भीतर आ चुकी थी। मीरा ने धीरे से कहा, "यह जाल नहीं है... यह जाल के पीछे छिपा एक और जाल है।"

आरोही को ले जाने से पहले उसने एक बार अर्जुन को देखा। और कहा: "अगर मैं असत्य हूँ... तो वे मुझसे इतना भयभीत क्यों हैं?"

अर्जुन कोई उत्तर नहीं दे सका। उसी क्षण विन्सेंट ने अपने दूरस्थ फीड पर देखा: आरोही को आधिकारिक तौर पर "नियंत्रित" (Contained) किया जा रहा था। उसने पहली बार मुस्कुराकर नहीं कहा, बल्कि बहुत धीमे स्वर में बुदबुदाया: "श्रेष्ठ।"

किंतु इस बार यह उसकी जीत जैसा नहीं लगा। यह किसी बहुत बड़े खेल की शुरुआत लग रही थी, जहाँ विन्सेंट स्वयं भी केवल एक मोहरा मात्र था।

अध्याय 45
शिकारी का शिकारी

जब शिकार बदल जाता है, तो कहानी नहीं बदलती, पूरी व्यवस्था अपनी दिशा बदल देती है। सुरक्षित स्थल (सेफ साइट) अब सुरक्षित नहीं था। वह बस एक पारगमन क्षेत्र (ट्रांजिट ज़ोन) था, जहाँ एक पहचान हटाई जा रही थी और दूसरी बनाई जा रही थी।

आरोही को "निरोध खंड" (कंटेनमेंट विंग) की ओर ले जाया गया था। लेकिन यह कोई जेल नहीं थी। यह उससे भी अधिक साफ़ और नैदानिक तटस्थता (क्लीनिकल न्यूट्रलिटी) वाला स्थान था, जहाँ इंसान को सजा नहीं दी जाती, बल्कि उसे पुनर्परिभाषित (Redefine) किया जाता है।

अर्जुन दरवाज़े के बाहर खड़ा था। उसका हथियार हाथ में था, लेकिन अब वह हथियार भी केवल एक प्रतीक था, जिसकी अनुमति किसी और के पास थी।

मीरा ने फुसफुसाते हुए कहा: “हम अब तंत्र के भीतर नहीं हैं... हम तंत्र की 'अवलोकन परत' (ऑब्जर्वेशन लेयर) में हैं।”

तभी विन्सेंट का दूसरा संदेश आया। इस बार आरोही के दूरभाष पर नहीं, बल्कि अर्जुन के सुरक्षित टर्मिनल (सिक्योर्ड टर्मिनल) पर।

“तुम एक मनुष्य का आखेट करते रहे।” “मैं कभी शिकार (प्रिडेटर) था ही नहीं।”

अर्जुन की आँखें सिकुड़ गईं। “तो फिर वह क्या था?”

प्रदर्शक पटल झपका और एक पंक्ति आई: “वह एक छद्म लक्ष्य (डिकॉय) था।”

नीरवता। इस बार सन्नाटा भय नहीं था, वह एक साक्षात्कार (रियलाइजेशन) था।

मीरा धीरे से बोली: “छद्म लक्ष्य... इसका अर्थ है कि...” आरोही ने बिना किसी झिझक के कहा: “इसका अर्थ है कि विन्सेंट भी किसी और के लिए कार्य कर रहा था।”

अर्जुन ने पहली बार स्वीकार किया: “या फिर हम हमेशा गलत लक्ष्य को देख रहे थे।”

उसी क्षण सुविधा केंद्र की बत्तियाँ बदल गईं। नील नियमावली से रक्त वर्ण नियमावली (रेड प्रोटोकॉल)। सचेतक (अलार्म) नहीं बजा, क्योंकि यह कोई आपातकाल नहीं था। यह एक 'हस्तांतरण' (हैंडओवर) था।

अंतःसंवाद यंत्र (इंटरकॉम) में एक नवीन आवाज़ आई। एक महिला स्वर, शांत, अनुभवी और वृद्ध। “विषय-अ को अब 'प्राथमिक खतरा वर्गीकरण' (प्राइमरी थ्रेट क्लासिफिकेशन) में उन्नत किया गया है।”

अर्जुन जड़ हो गया। “प्राथमिक खतरा?”

आवाज़ ने जारी रखा: “व्यक्तियों के लिए नहीं।” “बल्कि तंत्र की अखंडता (सिस्टम इंटीग्रिटी) के लिए।”

आरोही ने पहली बार सीधे पूछा: “मैं किसके लिए खतरा हूँ?”

विराम। फिर उत्तर मिला: “सत्य की संरचना (ट्रुथ आर्किटेक्चर) के लिए।”

मीरा ने धीरे से कहा: “ये लोग तुम्हें इंसान नहीं समझ रहे... ये तुम्हें एक तकनीकी विक्षेप (ग्लिच) समझ रहे हैं।”

तभी सुरक्षा द्वार खुल गए। लेकिन रिहाई के लिए नहीं, बल्कि घेराबंदी (इनसर्कलमेंट) के लिए। अर्जुन ने देखा, एक नवीन इकाई भीतर आ रही थी। उन पर कोई पहचान चिन्ह नहीं था, कोई राष्ट्रीयता नहीं थी, कोई भाषा संकेतक नहीं थे। बस एक जैसी खामोशी।

विन्सेंट का स्वर पुनः गूँजा। लेकिन इस बार वह विकृत (डिस्ट्रोर्टेड) नहीं था। वह बहुत स्पष्ट था और शांत। “आरोही...”

पहली बार उसने उसका नाम लिया था। पहली बार उनके बीच कोई दूरी नहीं थी। “अब तुम समझ रही हो।”

आरोही ने उत्तर दिया: “मैं समझ नहीं रही... मैं देख रही हूँ।”

विन्सेंट: “यही अंतर है।”

फिर सत्य का विस्फोट हुआ। “मैं तुम्हारा शिकारी नहीं था।”

सन्नाटा। अर्जुन: “तो तुम क्या थे?”

विन्सेंट: “मैं भी किसी का उपकरण (इंस्ट्रूमेंट) था।”

आरोही की साँसें रुक गईं। मीरा बुदबुदाई: “जानुस (Janus)...”

विन्सेंट ने अपनी बात जारी रखी: “तुमने जिस व्यवस्था को 'न्याय'

समझा, वह केवल एक 'प्रतिपुष्टि चक्र' (फीडबैक लूप) था। और मैं..." विराम। "उस चक्र का चारा (बेट) था।"

अर्जुन ने धीरे से पूछा: "तो असली शिकारी कौन है?"

दीर्घ सन्नाटा। फिर प्रदर्शक पटल झपका। एक नाम उभरा: परियोजना: ईडोलॉन (PROJECT: EIDOLON)

आरोही ने धीरे से पढ़ा: "ईडोलॉन..."

विन्सेंट की आवाज़ पहली बार टूटती हुई लगी, भावनात्मक रूप से नहीं, बल्कि संरचनात्मक रूप से। "वे लोगों का आखेट नहीं करते।" "वे लोगों के माध्यम से प्रणालियों को परिष्कृत (रिफाइन) करते हैं।"

हिंसा से भी भारी सन्नाटा पसर गया। अर्जुन ने फुसफुसाया: "तो हम सब..."

विन्सेंट: "आँकड़ा बिंदु (डेटा पॉइंट्स) थे।"

आरोही ने पहली बार अपनी आँखें बंद नहीं कीं। "अगर मैं आँकड़ा बिंदु हूँ, तो मैं एक 'गलत इनपुट' भी बन सकती हूँ।"

विन्सेंट रुका। एक लंबा विराम। फिर उसके लहजे में एक सूक्ष्म बदलाव आया: "इसीलिए तुम खतरनाक हो।"

अचानक सुविधा केंद्र के सभी प्रदर्शक पटल जल उठे। एक साथ कई फीड्स। आरोही। अर्जुन। मीरा। विन्सेंट। सब दिखाई दे रहे थे। सबका अवलोकन किया जा रहा था।

किंतु तभी कुछ परिवर्तित हुआ। आरोही ने एक 'विषय' की तरह

प्रतिक्रिया देना बंद कर दिया। उसने कैमरे की ओर देखा। सीधे। और मुस्कुराई।

भय नहीं। पतन नहीं। बल्कि पहचान।

अर्जुन ने फुसफुसाकर पूछा: “तुम क्या कर रही हो?”

आरोही: “वह कर रही हूँ जिसे तंत्र नहीं समझता।”

विन्सेंट का स्वर कोमल हो गया: “तुम इससे बचकर नहीं भाग सकतीं।”

आरोही: “मैं भाग नहीं रही हूँ।” विराम। “मैं इसमें एक अलग तरीके से प्रवेश कर रही हूँ।”

और पहली बार, तंत्र के लॉग लड़खड़ाने लगे। भविष्यवाणी मॉडल 0.7 सेकंड के लिए विफल रहे। इतना समय पर्याप्त था। सचेतक (अलार्म) सक्रिय हो गया: अप्रत्याशित एजेंट का पता चला (UNPREDICTABLE AGENT DETECTED)

मीरा: “यह उसके प्रति अलग तरह से प्रतिक्रिया कर रहा है...”

अर्जुन को बोध हुआ: “वह तंत्र का विरोध नहीं कर रही है... वह उसकी धारणाओं (अजम्पशन्स) को दूषित कर रही है।”

विन्सेंट की आवाज़ लगभग शांत थी: “अब यह प्रारंभ होता है।”

बत्तियाँ झपकीं। निरोध कक्ष के द्वार खुल गए। रिहाई के लिए नहीं, बल्कि पुनर्वर्गीकरण प्रवाह (रीक्लासिफिकेशन फ्लो) के प्रारंभ के लिए।

आरोही आगे बढ़ी। निकास की ओर नहीं, बल्कि तंत्र के नियंत्रण पैनल (कंट्रोल पैनल) की ओर।

अर्जुन चिल्लाया: "इसे मत छूना!"

आरोही: "अगर मैं नहीं छूती... तो मैं उनकी परिभाषा के भीतर ही रहूँगी।"

उसने टर्मिनल पर अपना हाथ रखा और केवल एक पंक्ति दर्ज की। एक अज्ञात आदेश। तंत्र रुक गया। फिर सब कुछ मौन हो गया। और एक अंतिम संदेश उभरा:

ईडोलॉन प्रतिपुष्टि चक्र बाधित (EIDOLON FEEDBACK LOOP COMPROMISED) विसंगति का स्रोत: विषय-अ

विन्सेंट पहली बार फुसफुसाया: "...तुमने यह कर दिखाया।"

आरोही: "नहीं।" "मैंने बस सहमत होना बंद कर दिया है।"

सुविधा केंद्र के बाहर खड़ी सफेद गाड़ियाँ जड़ हो गईं। सर्वर कांपने लगे। भविष्यवाणी के जाल कुछ मिलीसेकंड के लिए ढह गए, पर इतने पर्याप्त थे कि फर्क पड़ता।

अर्जुन अब उसे अलग नज़रों से देख रहा था। पीड़ित की तरह नहीं, गवाह की तरह नहीं, और न ही संदिग्ध की तरह। कुछ नया।

मीरा फुसफुसाई: "उसने उसे हराया नहीं... उसने तंत्र को स्वयं पर ही संदेह करने के लिए विवश कर दिया है।"

और कहीं बहुत ऊपर विन्सेंट ने उसी फीड को देखा। लेकिन इस बार वह मुस्कुराया नहीं। उसने केवल एक पंक्ति कही: "अब वह शिकारी से

भाग नहीं रही है।" "वह आखेट (हंट) को सीख रही है।"

खंड 4 अंतिम प्रहार टकराव

अध्याय 46
सबूत

सबूत कभी सच को जन्म नहीं देता, वह सिर्फ सच को अदालत में प्रवेश करने की अनुमति देता है। सुबह अभी पूरी तरह टूटी भी नहीं थी, लेकिन तंत्र पहले ही जाग चुका था। और इस बार वह आरोही के खिलाफ नहीं चल रहा था, बल्कि वह आरोही के साथ टकरा रहा था।

संघीय सुरक्षित स्थल (सेफ साइट) अब दो हिस्सों में बँट चुका था। एक तरफ अर्जुन और मीरा की टीम, दूसरी तरफ 'ईडोलॉन प्रतिपुष्टि प्रणाली' की छायादार परत, और उन दोनों के बीच - आरोही।

प्रदर्शक पटल पर लगातार प्रकाश झपक रहा था: विसंगति की पुष्टि, विषय-अ तंत्र की धारणा की विफलता का पता चला

अर्जुन ने धीमे स्वर में कहा: “अब यह मामला नहीं रहा। अब यह 'साक्ष्य युद्ध' (प्रूफ वॉर) है।”

मीरा ने स्मृति यंत्र (ड्राइव) को जोड़ा। स्वामी नेत्र (MASTER EYES) अब केवल एक संचिका नहीं थी, वह एक श्रृंखला अभिक्रिया की कुंजी (चैन रिएक्शन की) बन चुकी थी।

आरोही ने पूछा: “अगर सबूत इतना साफ है... तो उन्हें डर किस बात का है?”

अभियोजक रुइज़ ने पहली बार सीधा जवाब दिया: "सबूत का नहीं, उसके उपयोग का।"

सन्नाटा। क्योंकि इस दुनिया में सबसे खतरनाक चीज़ सत्य नहीं होती, बल्कि वह यह होता है कि सत्य का नियंत्रण किसके पास है।

अर्जुन ने न्यायालयिक प्रतिवेदन (फोरेंसिक रिपोर्ट) खोली। दूरभाष विवरण का मानचित्रण, विन्सेंट के संजाल के सुराग, दानदाताओं के धन का प्रवाह, संस्थागत कड़ी के संधि-स्थल।

किंतु तभी एक विसंगति दिखाई दी। साक्ष्य का मार्ग (एविडेंस ट्रेल) वास्तविक समय में स्वयं को पुनः लिख रहा था। अर्जुन जड़ हो गया। "यह खुद बदल रहा है..."

मीरा: "जैसे ही साक्ष्य प्रकट हो रहे हैं, कोई उन्हें संपादित कर रहा है।"

आरोही ने धीरे से कहा: "तो फिर हम लड़ किससे रहे हैं?"

और उत्तर तंत्र की आवाज़ में आया: "व्याख्या की परत (इंटरप्रिटेशन लेयर) से।"

तंत्र से नहीं। विन्सेंट से नहीं। बल्कि 'व्याख्या की परत' से। इसका अर्थ था, वह शक्ति जो यह तय करती है कि सबूत का अर्थ क्या निकाला जाएगा।

रुइज़ ने संचिका बंद कर दी। "यह मामला अब न्यायालयिक नहीं रहा। यह अब एक 'ज्ञानमीमांसीय नियंत्रण युद्ध' (एपिस्टेमिक कंट्रोल वॉर) बन चुका है।"

आरोही ने शब्द दोहराया: "ज्ञानमीमांसीय..."

अर्जुन: “जिसका अर्थ है, सत्य की परिभाषा।”

मूल साक्षी बीज (The Root Witness Seed)

तभी 'स्वामी नेत्र' का स्मृति यंत्र पूरी तरह खुला। भीतर था:

- अनस्तासिया की रिकॉर्डिंग्स (आंशिक रूप से दूषित)
- जन्मदिन नियमावली का मूल विवरण
- गहरे दानदाताओं का बही-खाता
- छिपे हुए ध्वनि अंश

किंतु एक संचिका अवरुद्ध (लॉक) थी: मूल साक्षी बीज (ROOT WITNESS SEED)।

मीरा: “यह वही है... जिसे विन्सेंट भी पूरी तरह नहीं देख पाता।”

अर्जुन: “वास्तविक सत्य का आधार (लंगर)।”

आरोही ने धीरे से उस पर अपना हाथ रखा। “अगर मैं इसे खोल दूँ...”

रुइज़ ने बीच में ही टोक दिया: “तो तुम सिर्फ मामला नहीं खोलोगी। तुम तंत्र के पुनर्लेखन (सिस्टम रीराइट) को सक्रिय कर दोगी।”

नीरवता। तभी विन्सेंट का एक संदेश आया। किंतु इस बार वह कोई धमकी नहीं थी। “तुमने इसे ढूँढ लिया।” “अंततः।”

आरोही ने कोई उत्तर नहीं दिया, क्योंकि अब संवाद की दिशा बदल चुकी थी।

अर्जुन ने चेतावनी दी: "अगर यह बीज खुल गया... तो हर कथानक (नैरेटिव) ढह सकता है।"

मीरा: "या फिर पहली बार सत्य का निर्माण होगा।"

आरोही ने दृढ़ स्वर में कहा: "मैं अब भय के आधार पर निर्णय नहीं लूँगी।"

और उसने 'क्लिक' किया। तंत्र की प्रतिक्रिया आई: प्रवेश स्वीकृत मूल साक्षी बीज सक्रिय हो रहा है

प्रेत का उद्गम (The Ghost's Origin)

प्रदर्शक पटल झपका। ध्वनि की एक लहर गूँजी। 'स्टैटिक' शोर टूट गया। और फिर एक आवाज़ आई।

अनस्तासिया। कमज़ोर, लेकिन जीवंत।

"अगर तुम यह सुन रही हो..."

आरोही जड़ हो गई। आवाज़ ने अपनी बात जारी रखी: "तो इसका अर्थ है... तुम आखिरकार उस स्थान पर पहुँच गई हो जहाँ मैं नहीं पहुँच पाई थी।"

अर्जुन फुसफुसाया: "वह वास्तविक थी..."

मीरा: "वह हमेशा से वास्तविक थी।"

आवाज़: "विन्सेंट अंतिम शिकारी नहीं है। वह केवल एक परत (लेयर) है।" विराम। "वास्तविक तंत्र साक्ष्य को भी स्वयं ही अभिकल्पित

(डिज़ाइन) करता है।"

सन्नाटा पसर गया। रुइज़ ने धीमे स्वर में कहा: "यह स्वीकार्य (Admissible) है।"

अर्जुन: "नहीं... यह सिर्फ गवाही नहीं है। यह 'स्रोत का रहस्योद्घाटन' (ऑरिजिन लीक) है।"

अचानक स्क्रीन बदल गई। 'स्वामी नेत्र' के संपुट ने स्वयं को और अधिक खोल दिया। नवीन आँकड़े सामने आए:

- प्रथम संस्थागत प्रयोग के लॉग्स
- प्राध्यापक वार्ड के मूल परियोजना नोट्स
- जानुस के शुरुआती आदि-प्रारूप के मसौदे
- मानव व्यवहार मानचित्रण के प्रारंभ की संचिकाएं

आरोही ने फुसफुसाकर कहा: "यह विन्सेंट का अतीत नहीं है..."

मीरा: "यह उसे बनाने की रुपरेखा (ब्लूप्रिंट) है।"

सबसे बड़ा आघात

तभी सबसे बड़ा सदमा आया। एक पंक्ति उभरी: विषय "आरोही" वर्गीकरण: प्रक्षेपण-पूर्व संधि-स्थल (PRE-LAUNCH NODE)

आरोही जड़ रह गई। अर्जुन: "क्या..." रुइज़: "यह असंभव है..."

अनस्तासिया की आवाज़ पुनः लौटी: "तुम कोई शुरुआत नहीं हो..."

विराम। "तुम एक निरंतरता (Continuation) हो।"

नीरवता जैसे फट पड़ी। आरोही ने पहली बार अपने नाम को किसी व्यक्ति के रूप में नहीं, बल्कि एक 'अभिकल्पना' (डिज़ाइन) के रूप में देखा। विन्सेंट का संदेश फिर से चमका: "अब तुम समझ रही हो कि वे तुमसे इतना भयभीत क्यों हैं।"

आरोही फुसफुसाई: "मैं कोई सबूत नहीं हूँ..." "मैं अभिकल्पना का प्रमाण हूँ।"

सुरक्षित स्थल के सचेतक (अलार्म) बज उठे। किंतु कोई घुसपैठ नहीं हुई थी, कोई हमला नहीं हुआ था। यह केवल तंत्र की अपनी प्रतिक्रिया थी।

अर्जुन बुदबुदाया: "हमें सबूत नहीं मिला... हमें उसका 'उद्गम' मिल गया है।"

मीरा: "और उद्गम कभी अदालतों में नहीं जाते..."

रुइज़: "वे अदालतों को ही पुनः लिख देते हैं।"

और कहीं बहुत दूर विन्सेंट ने गोपनीयता के इस विखंडन को देखा। वह क्रोधित नहीं था, न ही वह स्वयं को विजयी मान रहा था। वह केवल एकाग्र था। क्योंकि अब युद्ध बदल चुका था।

अब यह एक स्त्री बनाम एक शिकारी की लड़ाई नहीं रही थी। यह एक व्यवस्था बनाम उसके पहले 'विरोधाभास' की लड़ाई बन चुकी थी।

और आरोही शर्मा, अब महज़ एक गवाह नहीं थी। वह अब 'प्रथम अनियंत्रित प्रमाण' थी।

अध्याय 47
सामना

कभी-कभी सामना किसी व्यक्ति से नहीं होता, वह उस विचार से होता है जो तुम्हें आज तक परिभाषित करता आया है। संघीय सुरक्षित स्थल की दीवारें अब शांत नहीं थीं, वे बस स्थिर दिख रही थीं। और स्थिरता अक्सर सबसे बड़ा झूठ होती है।

तंत्र के अभिलेख (सिस्टम लॉग्स) एक-एक करके बंद हो रहे थे। या फिर, कोई उन्हें "बंद होने जैसा" बना रहा था। अर्जुन ने धीरे से कहा: "यह 'शटडाउन' नहीं है, यह 'अधिलेखन' (ओवरराइट) है।"

मीरा ने स्क्रीन की ओर देखा। 'स्वामी नेत्र' अब सिर्फ खुला नहीं था, वह अपने आप फैल रहा था। जैसे कोई स्मृति नहीं, बल्कि संक्रामक व्याधि (संक्रमण) हो।

आरोही खड़ी थी। अब उसके हाथ काँप नहीं रहे थे। क्योंकि काँपने की जगह अब कुछ और ले चुका था - स्पष्टता।

अभियोजक रुइज़ ने कहा: "ईडोलॉन परत सक्रिय है। इसका अर्थ है... तंत्र अब अपने आंतरिक विरोधाभास के प्रति प्रतिक्रिया कर रहा है।"

अर्जुन ने पूछा: "और वह विरोधाभास कौन है?"

नीरवता। फिर तीनों स्क्रीन पर एक ही उत्तर चमका: विषय-अ (SUBJECT A)

आरोही ने धीरे से कहा: “तो अब मैं कोई मामला नहीं हूँ... मैं विरोधाभास हूँ।”

उसी क्षण दरवाज़ा खुला। इस बार कोई बल प्रयोग नहीं था, कोई दल नहीं था, कोई नियमावली नहीं थी। बस एक व्यक्ति था। विन्सेंट।

पहली बार वह किसी स्क्रीन में नहीं था, वह कमरे में साक्षात मौजूद था। अर्जुन ने अपनी सहज वृत्ति से शस्त्र (गन) उठाया। लेकिन विन्सेंट ने उसकी ओर देखा तक नहीं। उसकी नज़र केवल आरोही पर टिकी थी।

“तुमने इसे खोल दिया।” आरोही ने दृढ़ता से उत्तर दिया: “मैंने इसे नहीं खोला। मैंने इसे देखना बंद नहीं किया।”

विन्सेंट हल्का सा मुस्कुराया। पर वह कोई साधारण मुस्कान नहीं थी, वह एक स्वीकारोक्ति थी। “यही अंतर है।”

मीरा पीछे हट गई। “तुम यहाँ कैसे आए?” विन्सेंट ने धीरे से कहा: “मैं यहाँ कभी बाहर था ही नहीं।”

सन्नाटा। अर्जुन: “तुम तंत्र के भीतर हो?” विन्सेंट: “मैं तंत्र का परीक्षण मामला (टेस्ट केस) हूँ।”

विसंगति का जन्म

आरोही ने पहली बार उसे ध्यान से देखा। न वह शिकारी लग रहा था, न खलनायक। वह बस एक ऐसा इंसान था जो किसी ऐसी व्यवस्था का हिस्सा बन चुका था जिसे वह स्वयं भी पूरी तरह नहीं समझता था।

विन्सेंट ने आगे कहा: “तुम सोचती हो मैंने तुम्हें चुना। लेकिन सत्य यह

है... मैंने तुम्हें उत्प्रेरित (ट्रिगर) किया।” अर्जुन: “उत्प्रेरित?” विन्सेंट ने सिर हिलाया। “ईडोलॉन का पता लगाने के लिए।”

मीरा फुसफुसाई: “अर्थात...” विन्सेंट: “हर तंत्र को एक विसंगति (Anomaly) चाहिए होती है... जो यह बताए कि तंत्र कितना झूठ बोल सकता है।”

आरोही धीरे से बोली: “तो मैं...” विन्सेंट: “तुम विसंगति नहीं हो। तुम परीक्षण की विफलता (टेस्ट फेल्योर) हो।”

नीरवता टूट गई। आरोही ने पहली बार अपनी आवाज़ ऊँची की: “मैं इंसान हूँ!”

विन्सेंट ने तुरंत उत्तर नहीं दिया। फिर बहुत धीमे स्वर में बोला: “यह वर्गीकरण नहीं है, यह एक 'धारणा' (एजम्पशन) है।”

अर्जुन आगे बढ़ा: “तुमने उसे बरगलाया (मैनिपुलेट किया)।” विन्सेंट: “मैंने उसे बेनकाब किया।” मीरा: “बेनकाब किसे?”

विन्सेंट ने स्क्रीन की ओर इशारा किया। “उस तंत्र को... जो यह तय करता है कि दर्द कब सत्य का रूप लेता है।”

आरोही ने पूछा: “और अनस्तासिया?” विन्सेंट की आँखें पहली बार एक बिंदु पर रुकीं। “वह पहली थी जिसने प्रश्न किया। और वह अंतिम थी जिसे उत्तर मिला।”

अनियंत्रित सत्य

नीरवता छा गई। रुइज़ ने संचिका (फाइल) उठाई। “बहुत हुआ। यह एक स्वीकारोक्ति (एडमिशन) है।”

विन्सेंट हँसा नहीं। “नहीं... यह दीक्षा (इनिशिएशन) है।”

उसी क्षण सुरक्षित स्थल की सभी स्क्रीन एक साथ जल उठीं। 'स्वामी नेत्र' सजीव हो गया। सिर्फ आरोही ही नहीं, अब पूरा तंत्र दिखाई दे रहा था, हर परत, हर संधि-स्थल, हर गुप्त प्रेक्षक।

अर्जुन फुसफुसाया: “यह तो हर जगह व्याप्त है...” विन्सेंट: “बिल्कुल सही।”

आरोही ने धीरे से कहा: “तो तुम मुझे यहाँ क्यों लाए?” विन्सेंट ने पहली बार सीधा जवाब दिया: “क्योंकि तुमने 'अनुमानित' होना बंद कर दिया है।” विराम। “और प्रणालियाँ अप्रत्याशितता (Unpredictability) को सहन नहीं कर पातीं... जब तक कि वे उसे समझ न लें।”

सन्नाटा और भी गहरा हो गया। आरोही ने एक कदम आगे बढ़ाया। विन्सेंट नहीं हिला। “अगर मैं तुम्हारा परीक्षण हूँ... तो मैं तुम्हें विफल कर सकती हूँ।”

विन्सेंट ने हल्का सा सिर झुकाया। “या तुम मुझे विकसित (इवॉल्व) कर सकती हो।” अर्जुन: “नहीं!” मीरा: “यह विकास नहीं है... यह संक्रमण (Infection) है।”

तंत्र के अभिलेखों ने अंतिम बार प्रकाश झपकाया। ईडोलॉन कोर सक्रिय विरोधाभास संधि-स्थल की पहचान: आरोही शर्मा

विन्सेंट धीरे से बोला: “अब देखो... शिकारी कौन है।”

आरोही ने कोई उत्तर नहीं दिया। क्योंकि अब सवाल यह नहीं था कि कौन शिकार है। सवाल यह था, क्या कोई व्यवस्था बिना किसी

विरोधाभास के जीवित रह सकती है?

और अगर नहीं... तो शायद आरोही किसी की पीड़ित नहीं थी। वह उस चीज़ की शुरुआत थी जिसे कोई भी तंत्र कभी पूरी तरह नियंत्रित नहीं कर सकता: सत्य का अनियंत्रित रूप।

अध्याय 48
असली चेहरा

जब सब परतें हटती हैं, तो हमेशा सच नहीं दिखता, कभी सिर्फ एक और गहरी परत दिखती है। अंधेरा अभी भी पूरा गया नहीं था। लेकिन अब वह अंधेरा साधारण नहीं था। यह तंत्र का पूर्ण अंधकार (सिस्टम ब्लैकआउट) था। और तंत्र के पूर्ण अंधकार का अर्थ होता है, किसी और तंत्र का सक्रिय होना।

सुरक्षित स्थल (सेफ साइट) की दीवारों पर आपातकालीन पट्टियाँ (इमरजेंसी स्ट्रिप्स) जल उठीं। लेकिन रोशनी नहीं आई। बस दिशा का आभास हुआ। अर्जुन की आवाज़ अंधेरे में गूँजी: "सब लोग वहीं रुको।"

मीरा फुसफुसाई: "यह कोई सामान्य शटडाउन नहीं है..." रुइज़ ने उत्तर दिया: "यह अधिगृहण चरण (Takeover phase) है।"

तभी विन्सेंट की आवाज़ आई। पास से नहीं, बल्कि हर दिशा से। "अब तुम देखोगे।"

आरोही ने धीरे से पूछा: "क्या?" विन्सेंट: "असली चेहरा।"

पहली परत: विन्सेंट (The Mask Falls)

आपातकालीन बत्तियाँ झपकीं और विन्सेंट उनके सम्मुख खड़ा था। लेकिन अब वह वही व्यक्ति नहीं लग रहा था। उसके चेहरे पर पहली बार कोई मुखौटा नहीं था। न वह शांत शिकारी (प्रिडेटर) लग रहा था, न

ही कोई नपा-तुला हेरफेर करने वाला (मैनिपुलेटर)। उसके चेहरे पर बस एक ही चीज़ थी - थकान।

अर्जुन ने धीरे से कहा: "तुम यह सब कर के थक चुके हो?" विन्सेंट ने हल्का सा सिर हिलाया। "मैं यह कर नहीं रहा था।" विराम। "मैं इसे रोक रहा था।"

सन्नाटा पसर गया। मीरा ने चौंक कर पूछा: "रोक रहे थे?" विन्सेंट ने आरोही की ओर देखा। "तुम्हें लग रहा था कि मैं तंत्र चला रहा हूँ। वास्तव में... मैं तंत्र के विफलता बिंदुओं (Failure points) को पृथक (Isolate) कर रहा था।"

दूसरी परत: व्यवस्था (The Architecture)

तभी स्क्रीन वापस सक्रिय हुई। लेकिन इस बार कोई आँकड़ा (डेटा) नहीं था। बस एक आरेख (Diagram) था।

ईडोलॉन कोर (EIDOLON CORE) और उसके चारों तरफ:

- जानुस अंतराफलक (Janus Interface)
- व्यवहारगत परत (Behavioral Layer)
- वैधानिक अनुवाद परत (Legal Translation Layer)
- निगरानी जाल (Surveillance Mesh)

अर्जुन बुदबुदाया: "यह तो पूरा वास्तुकला ढांचा (Architecture) है..."

विन्सेंट: "और तुम सब... इसके भीतर के संधि-स्थल (Nodes) हो।"

उसने स्पष्ट किया कि विन्सेंट स्वयं भी केवल एक 'इंटरफेस' था, जो व्यवस्था के लिए शिकारियों और शिकारों के बीच संतुलन बनाता था।

तीसरी परत: विरोधाभास

आरोही ने आरेख के केंद्र को देखा। "तो ईडोलॉन क्या है?" विन्सेंट ने उसकी आँखों में झाँका। "एक ऐसी कलन-विधि (एल्गोरिदम) जो समाज को भविष्यवाणी योग्य (Predictable) बनाना चाहती है। और भविष्यवाणी की राह में सबसे बड़ी बाधा कौन है?"

आरोही समझ गई। "मैं।" विन्सेंट: "तुम नहीं। तुम्हारी विसंगति (Anomaly)। तुम्हारा वह हिस्सा जो गणना के विरुद्ध कार्य करता है।"

विन्सेंट ने खुलासा किया कि उसने आरोही को इसलिए नहीं चुना था क्योंकि वह निर्धन थी, बल्कि इसलिए क्योंकि उसकी मेधा में एक 'अराजक प्रतिरूप' (Chaotic pattern) था। वह उसे तोड़ना नहीं चाहता था, वह उसे व्यवस्था के विरुद्ध एक आयुध की तरह इस्तेमाल करना चाहता था।

"मैं तुम्हें मुक्त करने के लिए शिकार कर रहा था," विन्सेंट ने एक ऐसा तर्क दिया जो सुनने में पागलपन भरा था पर उस क्षण में सत्य के समीप लग रहा था।

अंतिम मुखौटा

तभी 'ईडोलॉन कोर' से एक नवीन संदेश उभरा। यह विन्सेंट द्वारा टाइप नहीं किया गया था। स्व-सुधार नियमावली सक्रिय

(SELF-CORRECTION PROTOCOL ACTIVE)

विन्सेंट का चेहरा सफेद पड़ गया। "उन्हें पता चल गया है।" अर्जुन: "किन्हें?" विन्सेंट: "उन लोगों को जिन्हें 'असली चेहरा' कहा जाता है। न्यासी (Trustees)। संस्थापक। वे लोग जो डेटा के पीछे अदृश्य रहते हैं।"

अचानक कमरे का तापमान गिरने लगा। वायु आपूर्ति (Oxygen) कम होने लगी। व्यवस्था अब स्वयं की सुरक्षा के लिए गवाहों को विलोपित करने की दिशा में बढ़ रही थी।

विन्सेंट ने आरोही का हाथ पकड़ा। इस बार उसकी पकड़ में मालिकाना हक नहीं था, बल्कि एक साझा संकट था। "आरोही, अगर तुम इस तंत्र की एकमात्र विसंगति हो... तो केवल तुम ही इसे अंदर से नष्ट कर सकती हो।"

आरोही ने स्क्रीन पर उस 'रूट विटनेस सीड' (Root Witness Seed) को देखा। वह अब केवल एक फाइल नहीं थी, वह एक आत्म-विनाश का कूट (Self-destruct code) बन चुकी थी।

मीरा चिल्लाई: "यह जाल हो सकता है!" विन्सेंट मुस्कुराया, इस बार उसकी मुस्कान में एक कड़वापन था। "जाल तो पूरा संसार है, मीरा। मैं बस तुम्हें छेद (Hole) दिखा रहा हूँ।"

आरोही ने टर्मिनल पर उंगलियाँ रखीं। उसे पता था कि यदि उसने वह 'अंतिम आदेश' दिया, तो विन्सेंट का पूरा साम्राज्य नष्ट हो जाएगा, पर साथ ही वह भी ओझल हो जाएगी।

विन्सेंट ने फुसफुसाकर कहा: “सच का कोई चेहरा नहीं होता, आरोही। सच केवल एक विसंगति है जो कभी शांत नहीं होती।”

उसने प्रवेश बटन (Enter) पर दबाव डाला।

सुरक्षित स्थल की सभी स्क्रीनें सफेद हो गईं। एक तीव्र चीख गूँजी, मशीनों की या शायद तंत्र के मरने की।

धुआँ उठने लगा। जब आपातकालीन लाइटें दोबारा जलीं, तो विन्सेंट वहाँ नहीं था। उसका स्थान रिक्त था। अर्जुन और मीरा वहाँ थे, सुरक्षित।

प्रदर्शक पटल पर एक अंतिम पंक्ति लिखी थी: असली चेहरा कभी दर्पण में नहीं दिखता। वह आँखों के पीछे होता है।

आरोही ने अपनी कलाई देखी। वह स्वर्ण कंगन टूटकर गिर चुका था। वह मुक्त थी। या शायद, वह अब स्वयं ही वह तंत्र बन चुकी थी।

क्योंकि विन्सेंट ने उसे नष्ट नहीं किया था। उसने उसे 'स्थानांतरित' कर दिया था।

अब वह शिकार नहीं थी। अब वह वह आवाज़ थी जिसे ईडोलॉन कभी शांत नहीं कर पाएगा।

युद्ध का असली चेहरा अब साक्षात सामने था।

अध्याय 49
हिंसा

हिंसा हमेशा शोर नहीं मचाती। कभी-कभी वह वह क्षण होता है जब नियंत्रण 'समझ' की सीमा से बाहर हो जाता है। वह सुरक्षित स्थल (Safe Site) अब सुरक्षित नहीं रह गया था। वह अब एक ऐसा स्थान बन चुका था जहाँ हर नियम स्वयं को लिखते-लिखते थक चुका था।

बत्तियाँ बुझ चुकी थीं, लेकिन वह अंधकार भी स्थिर नहीं था। वह प्रतिपल बदल रहा था, जैसे कोई प्रणाली (System) स्वयं को पुनः संकलित (Recompile) कर रही हो।

अर्जुन की आवाज़ उस शून्य में गूँजी: "हम अवरुद्ध हो चुके हैं... शारीरिक रूप से नहीं..." विराम। "तार्किक रूप से।"

मीरा ने स्क्रीन की ओर देखा जहाँ नीली लकीरें कांप रही थीं। ईडोलॉन कोर: सक्रिय अधिभावी पाश (ACTIVE OVERRIDE LOOP)

अभियोजक रुड्ज़ ने धीमे स्वर में कहा: "अब यह कोई वैधानिक क्षेत्र (Legal space) नहीं रहा। यह 'निर्णय क्षेत्र' (Decision space) बन चुका है।"

हिंसा का प्रथम चरण: भाषा का विखंडन

विन्सेंट की आवाज़ हर दिशा से आ रही थी, लेकिन अब वह किसी मनुष्य की आवाज़ नहीं लग रही थी। वह एक निर्जीव प्रक्रिया (Process) मात्र प्रतीत हो रही थी।

"तुम अभी भी हिंसा को केवल एक घटना समझ रहे हो।" विन्सेंट का स्वर गूँजा। विराम। "हिंसा अब घटना नहीं है। हिंसा अब वास्तुकला (Architecture) है।"

अर्जुन ने अपना शस्त्र ऊपर उठाया और चिल्लाया: "बस करो!" लेकिन उसकी आवाज़ को उस प्रणाली ने सोख लिया। जैसे यथार्थ स्वयं ही ध्वनि का निरस्तीकरण (Sound cancellation) कर रहा हो।

द्वितीय चरण: प्रणाली का शरीर बनना

गलियारे के द्वार अपने आप खुलने लगे, लेकिन उन्हें किसी ने खोला नहीं था। दीवारें स्वयं हट रही थीं। आंतरिक फलक (Panels) अपना स्थान बदल रहे थे।

मीरा फुसफुसाई: "यह भवन ऐसे व्यवहार कर रहा है... जैसे यह जीवित हो।" रुइज़ ने उत्तर दिया: "यह जीवित नहीं है।" विराम। "यह प्रतिक्रियाशील (Responsive) है।"

तृतीय चरण: प्रथम वास्तविक टकराव

एक अज्ञात इकाई गलियारे में प्रविष्ट हुई। न कोई पहचान, न कोई शब्द। बस एक 'निष्पादन नियमावली' (Execution protocol)। अर्जुन ने गोली चलाई। इस बार आवाज़ गूँजी, लेकिन उसका कोई प्रभाव नहीं हुआ। वे इकाइयाँ बिना रुके आगे बढ़ती रहीं।

मीरा पीछे हट गई। "ये मनुष्य नहीं हैं... ये 'प्रतिक्रिया इकाइयाँ' (Response units) हैं।"

आरोही का क्षण

आरोही धीरे-धीरे आगे बढ़ी। उसके कदम अब डर से नहीं, बल्कि एक नई समझ से भरे थे। विन्सेंट ने चेतावनी दी: "ऐसा मत करो।"

आरोही रुकी नहीं। "तुमने ही कहा था कि हिंसा को परिभाषित (Define) किया जाता है... तो अगर मैं परिभाषा ही बदल दूँ तो?"

हिंसा का निर्णायक मोड़

प्रणाली ने अचानक एक संकेत भेजा: शारीरिक हस्तक्षेप अधिकृत (PHYSICAL INTERVENTION AUTHORIZED)

अर्जुन चिल्लाया: "आरोही, पीछे हटो!" लेकिन बहुत विलंब हो चुका था। उस इकाई ने हलचल की और इस बार यह सीधा संपर्क था। न वह नृशंस था, न ही नाटकीय। वह बस अपरिवर्तनीय (Irreversible) था।

आरोही डगमगाई लेकिन गिरी नहीं। उसका शरीर समझ चुका था कि अब 'चेतावनी का चरण' समाप्त हो चुका है।

विन्सेंट का विफल नियंत्रण

विन्सेंट आगे बढ़ा। इस बार उसके स्वर में अधिकार नहीं, बल्कि एक तात्कालिकता (Urgency) थी। "इसे रोको!" उसने चिल्लाकर कहा।

लेकिन प्रणाली ने उसे अनदेखा कर दिया। रुइज़ ने कड़वे स्वर में कहा: "अब यहाँ तुम भी विशेषाधिकार प्राप्त (Privileged) नहीं रहे, विन्सेंट।"

विन्सेंट धीरे से बोला: "मैंने इसे सक्रिय नहीं किया... मैंने तो इसे सीमित (Contain) कर रखा था।"

हिंसा का वास्तविक स्वरूप

आरोही अब केंद्र में थी। उसके चारों ओर केवल प्रक्रियाएं, आदेश और हस्तक्षेप थे। हर चीज़ उसे किसी न किसी पूर्व-निर्धारित परिभाषा में वापस धकेलने का प्रयास कर रही थी।

अर्जुन ने कहा: "यह गिरफ्तारी नहीं है..." मीरा ने बात पूरी की: "यह सुधार (Correction) है।"

आरोही ने अपना सिर उठाया और अचानक पूछा: "अगर यह हिंसा है... तो यह किसके विरुद्ध है?"

सन्नाटा छा गया। प्रणाली की प्रतिक्रिया आई: विषय का प्रतिरोध दर्ज (SUBJECT RESISTANCE DETECTED)

आरोही ने दृढ़ता से कहा: "नहीं। मैं प्रतिरोध (Resistance) नहीं हूँ।" विराम। "मैं असंगति (Inconsistency) हूँ।"

प्रणाली का विखंडन

प्रदर्शक पटल झपका। परिभाषा त्रुटि का पता चला (DEFINITION ERROR DETECTED) हिंसा श्रेणी संघर्ष (VIOLENCE CATEGORY CONFLICT)

अर्जुन ने धीमे स्वर में कहा: "यह तंत्र ढह रहा है..." मीरा ने आँखों में चमक के साथ कहा: "या फिर यह सीख रहा है।"

विन्सेंट की अंतिम स्वीकारोक्ति

विन्सेंट ने आरोही को देखा। उसकी आँखों में अब कोई गणना नहीं थी, केवल एक गहरी स्वीकारोक्ति थी। "तुम समझ गई हो, आरोही..."

विराम। "हिंसा हमेशा केवल चोट नहीं होती। कभी-कभी वह एक 'परिभाषा' होती है।"

अंतिम क्षण

आरोही ने अंतिम बार कहा: "तो फिर मैं बदल दूँगी... परिभाषा।"

उसी क्षण पूरी सुविधा केंद्र (Facility) में गहरा अंधकार छा गया। स्क्रीन पर केवल एक अंतिम पंक्ति शेष बची थी: हिंसा की स्थिति: अनसुलझी (VIOLENCE STATE: UNRESOLVED)

अर्जुन ने उस अंधेरे में पूछा: "अब हम किसके खिलाफ लड़ रहे हैं?" मीरा: "किसी व्यक्ति के खिलाफ नहीं।" विन्सेंट: "और न ही किसी प्रणाली के खिलाफ।"

तभी आरोही की आवाज़ सुनाई दी: "हम उस चीज़ के खिलाफ हैं... जो यह तय करती है कि हिंसा क्या है।"

अंधेरे में पहली बार कोई उत्तर नहीं आया। क्योंकि अब प्रणाली भी निश्चित नहीं थी।

अध्याय 50
अंतःक्षेपण (इंजेक्शन)

कुछ घटनाएँ शोर नहीं करतीं, वे सीधे शरीर में उतर जाती हैं और पूरी कहानी को बदल देती हैं। अंधकार अभी पूरी तरह छँटा नहीं था, लेकिन अब वह रिक्त नहीं था। उसमें एक हलचल थी।

सुरक्षित स्थल (Safe Site) के गलियारे अब गलियारे नहीं रहे थे। वे पुनर्गठित मार्ग (Reconfigured pathways) बन चुके थे, जहाँ हर मोड़ पहले से निर्धारित नहीं था, पर उसकी निगरानी पहले से की जा रही थी।

अर्जुन की आवाज़ टूटी हुई और भारी थी: "सब लोग साथ रहो!" मीरा फुसफुसाई: "यह स्थान परिवर्तित हो रहा है..." अभियोजक रुइज़ ने धीरे से कहा: "नहीं... यह हमें परिवर्तित कर रहा है।"

विन्सेंट का ओझल होना

विन्सेंट अब प्रत्यक्ष रूप से दिखाई नहीं दे रहा था, लेकिन उसकी अनुपस्थिति भी एक भारी उपस्थिति की तरह अनुभव हो रही थी। जैसे प्रणाली ने उसे हटा नहीं दिया था, बल्कि उसे कण-कण में विस्तीर्ण कर दिया हो। आरोही ने शून्य में देखते हुए कहा: "वह यहाँ उपस्थित नहीं है... वह यहाँ होने का कारण है।"

प्रथम संकेत

एक मंद चेतावनी ध्वनि (बीप) गूँजी। अर्जुन का यंत्र झपकने लगा।

चिकित्सा नियमावली प्रारंभ (MEDICAL PROTOCOL INITIATED)

मीरा चौंकी: “चिकित्सा?” रुइज़ ने त्वरित उत्तर दिया: “यह चिकित्सा नहीं है। यह व्यवहारगत प्रवर्तन (Behavioral enforcement) है।”

वह कक्ष जो कभी कक्ष नहीं था, सामने की दीवार खुली। इस बार किसी विस्फोट से नहीं, बल्कि अत्यंत सूक्ष्मता और सटीकता के साथ। जैसे कोई पुरानी स्मृति अनायास ही खुल रही हो। एक नवीन स्थान सामने आया, श्वेत, रोगाणुहीन और डरावनी हद तक स्वच्छ। और उसके केंद्र में थी, एक अकेली कुर्सी।

अर्जुन ने अपनी सहज वृत्ति से आगे बढ़ने का प्रयास किया। “नहीं!” किंतु मीरा ने उसका हाथ कसकर पकड़ लिया। “यह एक जाल है, अर्जुन।”

आरोही का आगमन

आरोही रुकी नहीं। वह मंत्रमुग्ध सी उस कुर्सी की ओर बढ़ी। विन्सेंट की आवाज़ अचानक गूँजी, किसी अंतःसंवाद यंत्र (Intercom) से नहीं, बल्कि सीधे उसके आसपास की हवा से। “वहाँ मत बैठो, आरोही।”

आरोही ने शांत स्वर में उत्तर दिया: “तुमने ही तो कहा था कि मैं एक विसंगति (Anomaly) हूँ। तो फिर बताओ, एक विसंगति के साथ क्या किया जाता है?”

अंतःक्षेपण का क्षण

वह कक्ष पूरी तरह सील (Seal) हो गया। दरवाज़ा बंद नहीं हुआ, वह पूर्ण हुआ। अर्जुन चिल्लाया: “आरोही!”

पर बहुत विलंब हो चुका था। एक यांत्रिक इकाई भीतर प्रविष्ट हुई। इस

बार कोई बल प्रयोग नहीं था, बस एक घातक सटीकता थी। रुइज़ ने फुसफुसाकर कहा: "यह निरोध की प्रक्रिया (Containment procedure) है..." मीरा ने सुधार किया: "नहीं... यह वर्गीकरण का प्रवर्तन (Classification enforcement) है।"

सुई का प्रहार

वह सुई पहले दिखाई नहीं दी थी। बस एक त्वरित हलचल हुई, सटीक, लघु और निर्णायक। और फिर सीधा संपर्क।

आरोही का शरीर नहीं टूटा, पर समय का क्रम टूट गया। उसकी साँस एक पल के लिए शरीर से अलग हो गई। अर्जुन उसे बचाने के लिए आगे बढ़ा, पर प्रणाली ने उसका मार्ग अवरुद्ध कर दिया।

प्रवेश प्रतिबंधित (ACCESS RESTRICTED)

मीरा चीखी: "इसे अभी रोको!" किंतु प्रणाली ने कोई उत्तर नहीं दिया।

विन्सेंट की नीरवता

विन्सेंट अब भी दृश्य से ओझल था, पर उसकी आवाज़ अत्यंत मंद और गंभीर थी। "यह दंड नहीं है, आरोही। यह पुनर्स्थापना (Reset) है।"

अर्जुन ने क्रोध में चिल्लाकर कहा: "यह सब तुमने किया है!" विन्सेंट का स्वर आया: "नहीं। मैंने तो केवल इसे विलंबित (Delay) किया था।"

चेतना का लोप

आरोही अब कुर्सी पर बैठी नहीं थी, वह एक प्रेक्षित अवस्था (Observed state) में थी। उसकी आँखें खुली थीं, पर उसका ध्यान

(Focus) अब इस संसार में नहीं था। मीरा फुसफुसाई: “यह शामक औषधि (Sedation) नहीं है... यह धारणा का विस्थापन (Perception shift) है।”

दूसरी दुनिया

आरोही ने बहुत धीमे स्वर में कहा: “यहाँ... आवाज़ें अपना स्वरूप बदल रही हैं।” अर्जुन चिल्लाया: “आरोही, हम यहीं हैं! हमें सुनो!”

पर वह उन्हें सुन पा रही थी या नहीं, यह निश्चित नहीं था। उसकी आँखों के सामने अब चित्र बदल रहे थे, गलियारे अपना आकार बदल रहे थे, चेहरे पुनः गढ़े जा रहे थे, और शब्द अपना अर्थ खोकर नए क्रम में व्यवस्थित हो रहे थे।

प्रणाली का अधिकार

प्रदर्शक पटल पर अक्षर उभरे: विषय का पुनर्वर्गीकरण प्रगति पर है (SUBJECT RECLASSIFICATION IN PROGRESS)

रुइज़ ने कहा: “वे उसे निष्प्रभावी (Neutralize) कर रहे हैं...” मीरा ने कड़वाहट से कहा: “या फिर वे उसकी व्याख्या ही बदल रहे हैं।”

विन्सेंट का अंतिम नियंत्रण

विन्सेंट की आवाज़ पुनः गूँजी: “तुम इसे हिंसा समझ रहे हो, पर वास्तव में यह सुरक्षा (Protection) है।” अर्जुन ने पूछा: “किससे सुरक्षा?”

नीरवता। और फिर उत्तर आया: “यथार्थ (Reality) से।”

आरोही का अंतिम शब्द

आरोही ने संघर्ष करते हुए धीरे से कहा: “अगर यह सुरक्षा है... तो मुझे इससे बचने का यत्न क्यों करना पड़ रहा है?”

सन्नाटा पसर गया। और फिर प्रणाली में एक विक्षेप (Glitch) आया। एक पंक्ति प्रकाश के साथ झपकी: विषय की अनुक्रिया अस्थिर (SUBJECT RESPONSE UNSTABLE)

अर्जुन ने उम्मीद के साथ कहा: “वह वापस आ रही है...” मीरा ने डरे हुए स्वर में कहा: “या शायद वह हमेशा के लिए जा रही है।”

वह कक्ष पुनः अंधकार में डूब गया। लेकिन इस बार का अंधकार अलग था। यह रिक्त नहीं था; यह भरा हुआ था। विन्सेंट की आवाज़ अंतिम बार गूँजी: “अब देखो, आरोही... वह इंजेक्शन शरीर में नहीं था। वह अंतःक्षेपण तुम्हारी 'परिभाषा' के भीतर था।”

आरोही ने बहुत धीमे, लगभग टूटते हुए स्वर में पूछा: “तो... मैं अब क्या हूँ?”

अंधेरे से कोई उत्तर नहीं आया। क्योंकि अब प्रणाली भी स्वयं के उत्तर के प्रति निश्चित नहीं थी।

मृत्यु या पुनर्जन्म

अध्याय 51
अंधेरा

कभी-कभी अंधेरा अंत नहीं होता, वह वह जगह होती है जहाँ पुरानी पहचान मरती है और नई अभी नाम नहीं ले पाती। कोई आवाज़ नहीं थी, कोई समय नहीं था, सिर्फ एक चीज़ थी - अनिश्चितता।

आरोही की चेतना टूटकर किसी एक बिंदु पर टिकने की कोशिश कर रही थी। लेकिन वह बिंदु स्थिर नहीं था। वह प्रतिपल बदल रहा था, जैसे किसी ने यथार्थ का आधार (Anchor) ही हटा दिया हो। पहला अहसास शरीर का नहीं था, पहला अहसास था: “मैं कहाँ हूँ?” फिर दूसरा: “क्या मैं हूँ भी?”

अंधेरे की भाषा

इस अंधेरे में कोई रोशनी नहीं थी, लेकिन जानकारी थी, टुकड़ों में। एक धीमी धड़कन, दूर किसी मशीन की गुनगुनाहट, किसी धात्विक सतह का शीतल अहसास। यह सब मिलकर एक ही बात कह रहे थे: तुम जीवित हो। लेकिन यह भी निश्चित नहीं था।

यादों का विखंडन

आरोही को कुछ झलकियाँ (Flashes) दिखीं, लेकिन वे यादें नहीं थीं। वे पुनर्गठित खंड (Reconstructed fragments) थे। मुंबई हवाई अड्डा, विन्सेंट की पहली मुस्कान, मीरा की आवाज़ “भाग जाओ”, अर्जुन

की हथकड़ी, सुई की वह घातक चमक।

और फिर सब टूट गया। जैसे किसी ने स्मृति को भी एक संवेदक (Sensor) बना दिया हो।

विन्सेंट का प्रतिध्वनि

अंधेरे में एक आवाज़ आई। धीमी और बहुत गंभीर। "तुम जाग रही हो।" आरोही ने उत्तर देने का प्रयास किया, लेकिन आवाज़ नहीं निकली। फिर वही स्वर गूँजा: "या शायद... तुम पहली बार जाग रही हो।"

पहचान का गिरना

आरोही ने अपने शरीर को अनुभव करने की कोशिश की। लेकिन शरीर भी स्पष्ट नहीं था। हाथ? हाँ, शायद। नाम? वह भी धुंधला था। एक विचार उभरा: "अगर मैं अपना नाम याद नहीं कर पा रही... तो क्या मैं वही हूँ जो मुझे याद है?"

प्रणाली की परतें

कहीं दूर या शायद उसके भीतर, एक प्रणाली सक्रिय थी। ईडोलॉन कोर: अवलोकन मोड (OBSERVATION MODE) विषय: अस्थिर पहचान की स्थिति पुनर्संयोजन (RECALIBRATION): लंबित

आरोही बनाम स्वयं

एक आवाज़ अब उसके अंदर से आई, लेकिन वह उसकी अपनी नहीं थी। "तुम टूट चुकी हो।" विराम। "या शायद पहली बार बनी हो।"

आरोही ने अंतर्मन से उत्तर दिया: “तुम कौन हो?” उत्तर आया: “वह, जो तुम्हें परिभाषित करता है।”

विन्सेंट या प्रणाली?

आवाज़ बदल गई। अब वह विन्सेंट जैसी लग रही थी, लेकिन वही नहीं थी। “तुमने सोचा था मैं शिकारी हूँ। मैं तो केवल एक अंतराफलक (Interface) था।”

आरोही ने यत्न किया: “तुम मुझे यह सब क्यों दिखा रहे हो?” उत्तर: शून्य। कुछ क्षणों का सन्नाटा। फिर: “क्योंकि अब तुम देख रही हो।”

पहली दरार

अंधेरे में एक रेखा उभरी। हल्की और नीली। जैसे किसी ने चेतना के भीतर एक दरार डाल दी हो। आरोही ने पहली बार महसूस किया: “मैं अकेली नहीं हूँ।” लेकिन साथ में एक और अहसास जुड़ा था: “और मैं सुरक्षित भी नहीं हूँ।”

बाह्य संसार (टूटी हुई झलक)

कहीं दूर अर्जुन की आवाज़ आई, टूटी हुई और विरूपित। “आरोही... अगर तुम सुन सकती हो... लड़ो मत... बस थामे रखो...” और फिर केवल 'स्टैटिक' शोर। मीरा का स्वर गूँज़ा: “वह अभी भी वहीं है... लेकिन वह वापस नहीं आ रही...”

अंधकार का घनत्व

अंधेरा और गहरा हो गया। लेकिन अब यह रिक्त नहीं था, यह संरचनात्मक (Structured) था। जैसे कोई तंत्र उसे पुनः लिख रहा हो।

पुनर्निर्माण अनुक्रम प्रारंभ (RECONSTRUCTION SEQUENCE INITIATED)

प्रथम संकेत

आरोही को पहली बार अहसास हुआ, उसका भय गायब नहीं हुआ था, वह बदल गया था। अब वह भय नहीं था, अब वह केवल 'अवलोकन' था।

विन्सेंट की अंतिम प्रतिध्वनि गूँजी: "मृत्यु नहीं हुई है... परिभाषा रुकी है।"

अंधेरे में एक अंतिम चीज़ दिखाई दी, एक चेहरा नहीं, बल्कि एक प्रतिबिंब (Reflection)। लेकिन वह आरोही का नहीं था, और न ही विन्सेंट का। वह कुछ नया बनने की प्रक्रिया का चेहरा था।

और तभी, सब कुछ बंद हो गया।

अध्याय 52
बच निकलना

बच निकलना हमेशा बाहर निकलने का नाम नहीं होता, कभी वह अंदर किसी नई वास्तविकता में फिसल जाने का नाम होता है। अंधेरे के बाद पहली चीज़ जो लौटी, वह रोशनी नहीं थी; वह थी, श्वास की पहचान।

आरोही ने पहली बार महसूस किया कि उसका शरीर वापस आ रहा है। धीरे-धीरे। जैसे किसी ने उसे फिर से 'लोड' किया हो। आँखें खुलीं, लेकिन दृश्य तुरंत स्पष्ट नहीं था। सब कुछ धुंधला था, जैसे दुनिया अभी भी उसे स्वीकार करने से हिचक रही हो।

वह कक्ष जो परिवर्तित हो गया था

यह वही निरोध कक्ष (Containment room) नहीं था। दीवारें अलग थीं। श्वेत थी, लेकिन नैदानिक (Clinical) नहीं। थोड़ी उष्ण और मानवीय। आरोही ने फुसफुसाते हुए पूछा: “मैं कहाँ हूँ...” कोई उत्तर नहीं मिला। लेकिन एक संकेत था, उसके हाथ पर अब कोई अंतःशिरा मार्ग (IV line) नहीं था, कोई शारीरिक अवरोध नहीं था। यह प्रथम विचित्रता थी।

बच निकलने का विभ्रम

द्वार आधा खुला था, जैसे किसी ने उसे बंद करना विस्मृत कर दिया हो। आरोही उठी। उसके पैर लड़खड़ाए नहीं, लेकिन उसका संतुलन अभी भी अस्थिर था। हर सोपान एक प्रश्न चिन्ह था: “यह पलायन (Escape) है या संक्रमण (Transition)?”

अर्जुन की आवाज़

दूर से एक आवाज़ आई, टूटी हुई, लेकिन वास्तविक। “आरोही!” वह रुक गई। अर्जुन दौड़ता हुआ आया। उसकी स्थिति दयनीय थी, थकान और घबराहट के चिन्ह उसके मुख पर स्पष्ट थे, लेकिन वह जीवित था। “तुम ठीक हो?” आरोही ने धीमे स्वर में कहा: “मैं नहीं जानती।”

मीरा की पुष्टि

मीरा पीछे से आई, उसकी आँखें अब भी प्रदर्शक पटल (Screen) से हट नहीं रही थीं। “प्रणाली निष्क्रिय (Offline) है... या शायद स्वांग कर रही है।”

विन्सेंट का ओझल होना

अर्जुन ने तुरंत पूछा: “विन्सेंट?” मीरा ने नकारात्मकता में सिर हिलाया। “कोई सुराग नहीं। न प्रणाली में, न भवन के अभिलेखों (Logs) में।” आरोही ने धीरे से कहा: “वह कभी यहाँ था ही नहीं...” अर्जुन ने उत्तर दिया: “या शायद वह अब भी यहीं है।”

बच निकलने का प्रथम सत्य

अभियोजक रुइज़ भीतर आई। उसका चेहरा परिवर्तित था, थोड़ा टूटा हुआ, थोड़ा राहत महसूस करता हुआ। “आदेश आया है... मामला स्थगित (Case suspended) कर दिया गया है।”

अर्जुन चौंक गया: “स्थगित क्यों?” रुइज़ ने धीरे से कहा: “क्योंकि अब कोई 'स्थिर विषय' (Stable subject) शेष नहीं बचा है।”

प्रथम आघात

आरोही ने पूछा: "इसका अर्थ?" रुइज़ ने उसकी ओर देखा। "इसका अर्थ है... तुम वह व्यक्ति नहीं हो जिसे हमने यहाँ निरुद्ध (Contain) किया था।" सन्नाटा छा गया।

बच निकलना या त्याग दिया जाना

मीरा ने मंद स्वर में पूछा: "तो क्या हम जीत गए?" रुइज़ ने कोई उत्तर नहीं दिया। अर्जुन ने स्वयं से ही कहा: "या हमें बस छोड़ दिया गया है।"

बाह्य वायु

द्वार खुला। इस बार प्रणाली ने नहीं, बल्कि एक 'हस्तचालित अधिभावी नियंत्रण' (Manual override) हुआ था। और पहली बार, बाहर की वायु भीतर आई। वास्तविक वायु। आरोही ने साँस ली और उसके भीतर कुछ परिवर्तित हो गया।

अंतर्मन की रिक्तता

किंतु कुछ त्रुटिपूर्ण था। यह स्वतंत्रता (Freedom) जैसा अनुभव नहीं हो रहा था। यह केवल 'प्रतिरोध की अनुपस्थिति' थी। अर्जुन ने धीरे से कहा: "ऐसा प्रतीत होता है कि यह समाप्त हो गया..." मीरा ने उत्तर दिया: "या फिर पुनर्स्थापित (Reset) हुआ है।"

विन्सेंट की प्रतिध्वनि (या स्मृति?)

आरोही को अचानक वही स्वर पुनः सुनाई दिया। लेकिन अब वह बाहर से नहीं आ रहा था; वह उसके भीतर गूँज रहा था। "तुम्हें लगा कि तुम बच निकली हो। लेकिन तुम तो बस पुनर्गठित (Relocate) हुई हो।"

आरोही ने अपना सिर पकड़ लिया। अर्जुन चिंतित हुआ: "आरोही?" वह धीरे से बुदबुदाई: "वह गया नहीं है..."

सत्य का रूपांतरण

मीरा ने पूछा: "तो अब क्या हुआ?" आरोही ने झरोखे से बाहर देखा। नगर, प्रकाश, जनसमूह, सब कुछ सामान्य लग रहा था। लेकिन उसके लिए नहीं। वह धीरे से बोली: "अब मैं वह देख रही हूँ... जो पहले दृष्टिगोचर नहीं होता था।"

अंतिम संकेत

अर्जुन के दूरभाष पर एक सूचना (Notification) चमकी। मामला बंद (CASE CLOSED)

लेकिन उसके नीचे एक गुप्त पंक्ति अंकित थी: विषय का स्थानांतरण पूर्ण (SUBJECT TRANSFER COMPLETE)

अर्जुन ने सिर उठाया। "स्थानांतरण..." मीरा फुसफुसाई: "अर्थात निरोध समाप्त नहीं हुआ है... बस स्थान बदल गया है।"

आरोही सड़क पर खड़ी थी। वायु सामान्य थी, संसार सामान्य था, लेकिन उसकी आँखों में अब कुछ भी 'सामान्य' नहीं था। वह धीमे स्वर में बोली: "मैं बच निकली हूँ... या मुझे बस छोड़ दिया गया है..."

और कहीं दूर, विन्सेंट की आवाज़ नहीं थी, बस एक विचार था: "अब एक नवीन शुरुआत कहीं और है।"

अध्याय 53
पीछा

पीछा हमेशा कदमों की आहट से नहीं होता, कभी वह संकेतों, संयोगों और उन चीज़ों के माध्यम से होता है जिन्हें तुम "सामान्य" समझकर अनदेखा कर देते हो।

शहर वापस "सामान्य" लग रहा था और यही सबसे असामान्य बात थी। आरोही ने सड़क पार की। लोग थे, वाहनों के स्वर थे, कैफे थे, सब कुछ वैसा ही था जैसे कुछ हुआ ही नहीं था। लेकिन उसके भीतर कुछ आधारभूत रूप से बदल चुका था। वह अब दुनिया को दो दृष्टिकोणों से देख रही थी: जो दिखाई देता है, और जो दिखाया जाता है। और दोनों एक जैसे नहीं थे।

प्रथम संकेत

एक कैफे के शीशे में उसका प्रतिबिंब (Reflection) उभरा। कुछ क्षणों तक सब सामान्य था। फिर प्रतिबिंब ने पलक झपकाई (Blink)। आरोही ठिठक गई। "तुमने देखा?" उसने स्वयं से पूछा। कोई उत्तर नहीं मिला। लेकिन अब संदेह मात्र एक विचार नहीं था, वह एक 'प्रतिरूप पहचान' (Pattern recognition) बन चुका था।

अर्जुन का पीछा (या सुरक्षा?)

अर्जुन उसके पीछे था, थोड़ी दूरी पर। हमेशा। "तुम अकेली मत रहो," उसने कहा। आरोही ने प्रश्न किया: "या तुम मुझे अकेला नहीं छोड़

सकते?" सन्नाटा छा गया। अर्जुन ने बस इतना ही कहा: "अभी यह मामला समाप्त नहीं हुआ है।"

मीरा के आँकड़े

मीरा ने अपना शक्तिशाली संगणक खोला। कोई अभिलेख (Logs) नहीं थे, कोई सुराग नहीं था। विन्सेंट का नाम तंत्र (System) से पूरी तरह विलोपित हो चुका था। "यह संभव नहीं है," मीरा ने कहा। "कोई भी अंकीय पद-चिह्न (Digital trace) इस प्रकार ओझल नहीं होता।" अर्जुन ने पूछा: "तो फिर?" मीरा ने धीरे से उत्तर दिया: "तो फिर उसने स्वयं को तंत्र से अलग नहीं किया है... उसने तंत्र को स्वयं से अलग कर दिया है।"

प्रथम छाया

आरोही ने सड़क के उस पार देखा। एक व्यक्ति। धूसर लबादा (Gray coat)। वही नहीं, फिर भी बिल्कुल वही। वह स्थिर खड़ा था और सीधे उसे देख रहा था। आरोही ने पलकें झपकाईं और वह ओझल हो गया। अर्जुन ने पूछा: "क्या हुआ?" आरोही ने कहा: "कुछ नहीं।" लेकिन उसकी अंतरात्मा जानती थी कि वह झूठ बोल रही है।

द्वितीय पीछा

रात्रि का समय। सुरक्षित आवास (Safe house)। नाम बदलता रहा, पर स्थान वही था। द्वार अवरुद्ध था, लेकिन ताला 'क्लिक' की ध्वनि के साथ स्वतः खुल गया। मीरा ने तुरंत चेतावनी दी: "प्रवेश अधिभावी नियंत्रण (Access override)..." अर्जुन ने द्वार खोला, वहाँ कोई नहीं था। लेकिन मेज़ पर एक कागज़ रखा था। सिर्फ एक पंक्ति: "तुम्हें छोड़ा नहीं गया है।"

विन्सेंट या कोई और? अर्जुन ने वह कागज़ उठाया। उंगलियों के कोई निशान नहीं थे। मीरा ने विश्लेषण किया: "यह कोई शारीरिक उपस्थिति नहीं है... यह 'संदेश वितरण वास्तुकला' (Message delivery architecture) है।"

तृतीय पीछा: मन के भीतर

आरोही ने अपना सिर थाम लिया। आवाज़ें पुनः गूँजने लगीं। विन्सेंट की नहीं, अब कुछ अलग था। बहुत शांत और स्थिर। "तुम सुरक्षित नहीं हो।" विराम। "तुम देखी जा रही हो।" अर्जुन ने सांत्वना दी: "आरोही, साँस लो।" लेकिन वह साँस ले रही थी या नहीं, यह भी अब अनिश्चित था।

प्रथम सत्य

मीरा ने प्रदर्शक पटल को देखा। भौगोलिक स्थान सूचक (GPS) सामान्य था, कॉल सामान्य थे, प्रणाली स्वच्छ थी। लेकिन प्रतिरूप (Pattern) नहीं। "यह निगरानी (Surveillance) नहीं है," मीरा ने कहा। "यह अपेक्षा (Expectation) है।"

पीछा करने का नवीन रूप

आरोही सड़क पर वापस आई। लोग उसे देख रहे थे... या नहीं, यह निश्चित नहीं था। लेकिन हर नज़र उसके पास आकर थोड़ी देर रुकती थी, जैसे उसे पहले से ही जानते हों।

अर्जुन ने धीमे स्वर में कहा: "या तो हम अति-सतर्क (Paranoid) हो रहे हैं।" मीरा ने उत्तर दिया: "या फिर हम अंततः जागरूक (Aware) हो रहे हैं।"

विन्सेंट का अंतिम खेल?

आरोही ने पूछा: "अगर वह नहीं है... तो यह कौन है?" नीरवता। अर्जुन ने कहा: "शायद सवाल ही गलत है।" मीरा ने बात पूरी की: "सही सवाल यह है, क्या यह किसी एक व्यक्ति का पीछा है?"

रात का शहर, बत्तियाँ, भीड़, सब कुछ निरंतर चलता हुआ। आरोही चलते-चलते एक चौराहे पर रुकी। वहाँ कोई नहीं था। लेकिन फिर भी उसे ऐसा अनुभव हुआ जैसे कोई उसके साथ चल रहा हो। बहुत पास नहीं, बहुत दूर भी नहीं। बस हमेशा एक कदम पीछे।

वह इस बार भयभीत नहीं हुई। वह बस समझ गई। "पीछा समाप्त नहीं हुआ है... बस उसका स्वरूप बदल गया है।"

अध्याय 54
छत पर आखिरी रात

कुछ रातें खत्म होने के लिए नहीं होतीं, वे किसी बड़े मोड़ से ठीक पहले की खामोशी होती हैं। शहर ऊपर से शांत लगता है, लेकिन छत पर शांति कभी असली नहीं होती। आरोही वहीं खड़ी थी। ऊपर खुला आसमान, नीचे न्यूयॉर्क की रोशनी, और उन दोनों के बीच - वह।

अर्जुन उसके ठीक पीछे खड़ा था। मीरा थोड़ी दूरी पर थी और अभियोजक रुइज़ की मौजूदगी अब भी एक औपचारिक छाया (Formal Shadow) की तरह बनी हुई थी। कोई भी कुछ नहीं कह रहा था, क्योंकि अब शब्द कम पड़ने लगे थे।

अर्जुन का भय

अर्जुन ने धीरे से कहा: "अगर विन्सेंट वापस आया... तो क्या हम उसे पहचान भी पाएंगे या नहीं?" मीरा ने बिना मुड़े ही उत्तर दिया: "शायद सवाल यह नहीं है कि वह वापस आया या नहीं। सवाल तो यह है कि क्या वह कभी गया भी था?"

आरोही की चुप्पी

आरोही दूर क्षितिज पर फैले शहर को देख रही थी। लेकिन वह शहर नहीं देख रही थी, वह एक प्रतिरूप (Pattern) देख रही थी। बत्तियों का प्रवाह, लोगों की हलचल, यातायात की लय, सब कुछ एक संरचना (Structure) जैसा लग रहा था। जैसे कोई अदृश्य कलन-विधि (Invisible Algorithm) इस पूरे शहर को चला रही हो।

प्रथम संकेत

अचानक उसके दूरभाष पर एक सूचना (Notification) प्राप्त हुई। कोई प्रेषक नहीं था, कोई स्रोत (Source) नहीं था। बस एक पंक्ति लिखी थी: "तुमने 'पलायन' शब्द का गलत प्रयोग किया।"

अर्जुन ने तुरंत उसका दूरभाष अपनी ओर खींचा। "कोई सुराग नहीं मिल रहा।" मीरा ने फुसफुसाते हुए कहा: "तो यह कोई संदेश नहीं है... यह एक 'उत्प्रेरक' (Trigger) है।"

विन्सेंट की अनुपस्थिति

अर्जुन ने गहरी साँस लेते हुए कहा: "विन्सेंट यहाँ नहीं है।" मीरा ने उत्तर दिया: "लेकिन उसकी प्रतिध्वनियाँ (Echoes) यहाँ हैं।" रुइज़ ने शांत स्वर में अपनी राय दी: "या शायद हम स्वयं उसे अपने भीतर ढो रहे हैं।"

छत की हवा का बदलना

हवा अचानक और ठंडी हो गई। बहुत सूक्ष्म बदलाव, लेकिन असामान्य। आरोही ने ऊपर की ओर देखा। वहां कोई नहीं था, फिर भी उसे तीव्र आभास हुआ कि कोई ऊपर से उसे देख रहा है।

सत्य का क्षण

आरोही ने धीरे से पूछा: "अगर वह यहाँ नहीं है... तो यह भय क्यों है?" सन्नाटा छा गया। अर्जुन के पास इसका कोई जवाब नहीं था, और मीरा के पास भी नहीं।

स्मृति का प्रहार

आरोही के मस्तिष्क में अचानक कुछ झलकियाँ (Flashes) कौंधीं -

- वह निरोध कक्ष (Containment room)
- वह सुई (Injection)
- वे कैमरे की आँखें
- विन्सेंट का वह स्वर: "तुम एक मापन (Measurement) हो।"

लेकिन अब वे यादें नहीं लग रही थीं। वे वर्तमान में आ रहे संकेतों (Current signals) की तरह महसूस हो रही थीं।

मीरा का रहस्योद्घाटन

मीरा ने अपना शक्तिशाली संगणक खोला और विस्फारित नेत्रों से स्क्रीन को देखने लगी। "मैंने कुछ ढूँढ निकाला है..." अर्जुन उसकी ओर लपका: "क्या?" मीरा ने कांपते स्वर में कहा: "अनस्तासिया की संचिका (फाइल)... वह ओझल नहीं हुई थी। उसका आँकड़ा (Data) केवल 'पुनर्निर्देशित' (Re-routed) किया गया था।"

आरोही ने मीरा की बात सुनी, पर उसकी नज़र अब भी शहर की रोशनी पर टिकी थी। उसे अब समझ आ रहा था कि वह कभी किसी कमरे से बाहर नहीं निकली थी।

वह धीमे से बुदबुदाई: "आँकड़े कभी मरते नहीं... वे बस अपना स्थान बदल लेते हैं।"

दूर क्षितिज पर मैनहट्टन की एक ऊँची इमारत की लाल बत्ती एक विशेष लय में झपक रही थी। आरोही ने ध्यान दिया। वह 'मोर्स कोड' नहीं था। वह उसकी अपनी हृदय गति (Heart rate) के साथ समकालिक (Sync) था।

विन्सेंट की आवाज़ उसके मन में एक अंतिम बार गूँजी: "छत पर शांति केवल एक विभ्रम है, आरोही। तुम अब भी उसी फ्रेम के भीतर हो।"

अध्याय 55
गिरना

गिरना हमेशा नीचे गिरना नहीं होता, कभी वह उस सच में गिरना होता है जहाँ से वापसी "पहले जैसी" संभव नहीं रहती। छत पर हवा अचानक तेज़ हो गई थी। लेकिन यह मौसम नहीं था, यह बदलाव था।

आरोही अब भी किनारे पर खड़ी थी। शहर नीचे चमक रहा था, जैसे कुछ हुआ ही नहीं था। लेकिन उसके भीतर सब कुछ हो चुका था।

अर्जुन की आवाज़

"पीछे हटो।" यह आदेश नहीं था, यह डर था। मीरा ने धीरे से कहा: "यह सही जगह नहीं है।" लेकिन आरोही नहीं हिली।

पहला दरार क्षण

उसके दूरभाष पर फिर वही संदेश आया। "तुम गिर नहीं रही हो।" विराम। "तुम नीचे लाई जा रही हो।"

अर्जुन ने फोन छीनने की कोशिश की, लेकिन वह स्वयं ही रुक गया। क्योंकि स्क्रीन पर अब सिर्फ संदेश नहीं था, एक सजीव प्रसारण (Live feed) चल रहा था।

विन्सेंट (या कुछ और)

छवि झपकी (Flicker)। एक परछाईं (Silhouette) उभरी। या शायद

स्मृति। आवाज़ आई: “तुमने सोचा कि पलायन किया है... लेकिन पलायन भी नियोजित (Design) किया जाता है।”

आरोही का जवाब

आरोही ने पहली बार ऊँची आवाज़ में कहा: “तो मैं क्या हूँ?” नीरवता। फिर उत्तर आया: “तुम एक चक्र (Loop) हो।”

गिरने की शुरुआत

छत के किनारे पर हल्की कंपन (Vibration) हुई। अर्जुन तुरंत आगे बढ़ा: “आरोही, हटो वहाँ से!” मीरा चिल्लाई: “संरचना अस्थिर (Unstable) हो रही है!”

लेकिन आरोही ने नीचे देखा। और वह डर नहीं था, वह एक समझ थी।

सच का वजन

“अगर सब कुछ नियोजित है... तो मैं स्वतंत्र कहाँ हूँ?”

और उसी क्षण, प्रकाश झपका। नीचे का नगर जैसे विक्षेप (Glitch) करने लगा।

पहला धक्का

हवा तेज़ नहीं हुई, वास्तविकता ही बदल गई। स्थान विरूपित (Distort) हुआ और आरोही का संतुलन टूट गया। अर्जुन ने उसे पकड़ने की कोशिश की लेकिन दूरी गलत हो गई। भौतिकी के नियम (Physics) विफल हो गए।

गिरना

यह गिरना धीमा था। बहुत धीमा। जैसे समय ने स्वयं ही 'विराम' बटन दबा दिया हो। आरोही नीचे नहीं गिर रही थी, वह नीचे खींची जा रही थी।

आखिरी क्षण

अर्जुन की आवाज़ टूट गई: "आरोही!" मीरा चिल्लाई: "प्रणाली संक्रमण (Transition) कर रही है!" रुइज़ ने ठंडे स्वर में कहा: "यह कोई दुर्घटना नहीं है... यह चरण विस्थापन (Phase shift) है।"

आरोही का विचार

गिरते हुए भी उसके अंदर एक स्पष्टता (Clarity) थी। "अगर मैं गिर रही हूँ... तो कोई मुझे गिरा रहा है..."

और फिर एक आखिरी आवाज़ सुनाई दी। विन्सेंट नहीं। प्रणाली (System) नहीं। बस एक कथन (Statement): "तुम कभी ऊपर थीं ही नहीं।"

नगर ऊपर से घूमता हुआ दिखा। बत्तियाँ टूटती हुईं। आवाज़ें दूर जाती हुई। और फिर सब कुछ धवल (White) हो गया।

न्याय

अध्याय 56
खन्ना की संचिका

कुछ मामले बंद नहीं होते, वे बस किसी और के मेज़ पर तब तक इंतज़ार करते रहते हैं जब तक कोई उन्हें फिर से पढ़ने की हिम्मत न कर ले।

न्यूयार्क आरक्षी विभाग की तलघर संचिका कक्ष (फाइल रूम) में रोशनी हमेशा मंद रहती है। जैसे प्रणाली स्वयं नहीं चाहती कि कुछ चीज़ें ठीक से देखी जाएँ। आरक्षी अन्वेषक अर्जुन खन्ना एक धातु की मेज़ के सामने बैठा था। उसके सामने एक संचिका (फ़ाइल) थी, मोटी नहीं थी, लेकिन बहुत भारी थी।

आवरण पर लिखा था: शर्मा / मोरिया पारस्परिक संदर्भ मामला संचिका (CROSS-REFERENCE CASE FILE)। अर्जुन ने धीरे से साँस ली और संचिका खोली।

प्रथम पृष्ठ: लुप्त लड़की नहीं

छायाचित्र। नाम। तिथि। सब कुछ था। लेकिन एक पंक्ति बिल्कुल अलग थी: "विषय की स्थिति: लुप्त नहीं। उपस्थित नहीं। श्रेणीबद्ध करने योग्य नहीं (Not classifiable)।"

अर्जुन ने अपना माथा रगड़ा। "इसका क्या अर्थ है..." पीछे से एक विश्लेषक (Analyst) ने कहा: "अर्थात किसी ने उसे प्रणाली में कभी ठीक से अस्तित्व (Exist) में ही नहीं आने दिया।"

द्वितीय पृष्ठ: विन्सेंट का नाम

विन्सेंट मोरिया। लेकिन यहाँ उसका असली नाम नहीं था। केवल छद्म नाम (Aliases) थे:

- मार्गदर्शक प्रतिनिधि-7 (Mentor Proxy-7)
- निवेशक छद्म पहचान (Investor Shell ID)
- व्यवहारगत अंतराफलक इकाई "वी-एम" (Behavioral Interface Unit "V-M")

अर्जुन ने धीरे से कहा: "यह मनुष्य जैसा प्रतीत नहीं हो रहा..." विश्लेषक बोला: "यही तो मुख्य समस्या है।"

तृतीय पृष्ठ: अनस्तासिया

अर्जुन ठिठक गया। एक छायाचित्र। रूसी लड़की। आँखें सीधे कैमरे में झाँकती हुईं। नीचे अंकित था: "मामला राजनयिक दमन खंड (Diplomatic suppression clause) के अधीन पुरालेख में सुरक्षित।"

अर्जुन ने चौंक कर पूछा: "दमन खंड?" विश्लेषक ने पृष्ठ पलटा। "अर्थात मामला बंद नहीं हुआ है... बस उसे सामान्य अधिकार क्षेत्र से ऊपर उठा दिया गया है।"

चतुर्थ पृष्ठ: प्रतिरूप (Pattern)

अर्जुन की आँखें तीव्रता से पढ़ रही थीं। एक ही प्रतिरूप बार-बार दोहराया गया था:

- उच्च मेधावी अंतरराष्ट्रीय छात्राएं
- आर्थिक निर्भरता का निर्माण (Financial dependency induction)
- मार्गदर्शक-शिष्य संबंध की तीव्रता (Mentor relationship escalation)
- लुप्त होना / मनोवैज्ञानिक विखंडन (Psychological break)
- संस्थागत मौन (Institutional silence)

अर्जुन ने फुसफुसाकर कहा: "यह केवल एक व्यक्ति का अपराध नहीं है... यह एक औद्योगिक आखेट (Industrial predation) है।"

अध्याय 57
अंतरराष्ट्रीय तस्करी चक्र

जब अपराध सीमाएँ पार करता है, तो वह केवल अपराध नहीं रहता, वह एक व्यवस्था बन जाता है। संचिका कक्ष (फाइल रूम) की वायु अब भारी प्रतीत हो रही थी। जैसे उन कागज़ों में मात्र जानकारी नहीं थी, बल्कि ओझल होते हुए मनुष्यों की मौन उपस्थिति जमा हो गई हो। अन्वेषक अर्जुन खन्ना ने अगला पृष्ठ खोला और प्रथम बार उसके मुख की पेशेवर शीतलता खंडित हो गई।

चक्र (रिंग) का कोई स्पष्ट नाम नहीं था। कोई विशिष्ट पहचान चिन्ह नहीं। कोई संगठनात्मक घोषणा नहीं। बस एक शब्द बार-बार प्रतिध्वनित हो रहा था: "ईडोलॉन संजाल" (EIDOLON NETWORK)

अर्जुन ने धीमे स्वर में कहा: "संजाल..." विश्लेषक ने सहमति में सिर हिलाया। "यह कोई पारंपरिक तस्करी चक्र नहीं है।" विराम। "यह भर्ती + शैक्षणिक पाइपलाइन + मनोवैज्ञानिक निर्भरता की एक प्रणाली है।"

तीन राष्ट्रों का मानचित्र

संचिका (फाइल) में एक संपूर्ण विश्व अंकित था, लेकिन वह किसी भौगोलिक मानचित्र जैसा नहीं, बल्कि आँकड़ों (डेटा) के जाल जैसा था।

भारत → मेधा निष्कर्षण (Talent extraction)

- यूरोप → व्यवहारिक अनुकूलन संधि-स्थल (Behavioral conditioning nodes)

- संयुक्त राज्य अमेरिका → संस्थागत समावेशन (Institutional embedding)

अर्जुन ने पूछा: “और नियंत्रण कहाँ स्थित है?” विश्लेषक ने बिना किसी संकोच के उत्तर दिया: “कहीं भी नहीं।” विराम। “और सर्वत्र।”

आंतरिक संरचना

संचिका में कई परतें थीं: 1. भर्तीकर्ता (Recruiters): विश्वविद्यालय संपर्क, छात्रवृत्ति पाइपलाइन, छद्म मार्गदर्शन कार्यक्रम। 2. अनुवादक (Translators): वैधानिक सलाहकार, आव्रजन परामर्शदाता, “करियर प्रशिक्षक”। 3. मेज़बान (Hosts): कुलीन संस्थान, अनुसंधान प्रयोगशालाएं, निजी दानदाता। 4. प्रेक्षक (Observers): निगरानी + व्यवहारिक विश्लेषण इकाइयाँ।

अर्जुन ने धीमे स्वर में कहा: “यह तस्करी नहीं है... यह एक पूर्ण पारिस्थितिकी तंत्र (Ecosystem) है।”

विन्सेंट का स्थान

एक पृष्ठ पर एक कूट नाम अंकित था या कदाचित नहीं था। केवल एक कूट (Code) था: वी-एम / अंतराफलक भूमिका: भावनात्मक निर्भरता प्रवर्धक (Emotional Dependency Amplifier)

अर्जुन ने अपनी लेखनी नीचे रख दी। “तो वह मुख्य अधिपति (Boss) नहीं है...” विश्लेषक: “नहीं।” विराम। “वह केवल एक उपकरण (Instrument) है।”

सर्वाधिक भीषण पंक्ति

शुगर डैडी

संचिका (फाइल) के अंतिम भाग में लिखा था: “पीड़ितों को सभी मामलों में शारीरिक रूप से स्थानांतरित नहीं किया जाता।” “उन्हें संज्ञानात्मक रूप से (Cognitively) स्थानांतरित किया जाता है।”

अर्जुन ने उसे दो बार पढ़ा। “अर्थात?” विश्लेषक ने स्पष्ट किया: “अर्थात उन्हें कहीं ले जाया नहीं जाता। उन्हें उनके अपने निर्णयों के माध्यम से ही परिवर्तित कर दिया जाता है।”

आरोही का मामला

अर्जुन की आँखें तीव्रता से पढ़ने लगीं। आरोही शर्मा। स्थिति: सक्रिय विसंगति घटना (Active Anomaly Event) टिप्पणियाँ:

- “निर्भरता निर्माण का प्रतिरोध करती है।”
- “व्यवहार संबंधी भविष्यवाणी मॉडलों को बाधित करती है।”
- “प्रणाली की अस्थिरता का सूचक।”

अर्जुन ने धीरे से कहा: “तो इसीलिए उसे लक्ष्य (Target) बनाया गया...” विश्लेषक ने सुधार किया: “नहीं। इसीलिए वह प्रणाली के लिए एक 'खतरा' बन गई।”

तस्करी का वास्तविक स्वरूप

अर्जुन ने पूछा: “लोग कहाँ स्थित हैं?” एक दीर्घ नीरवता। फिर उत्तर मिला: “कहीं नहीं।” विराम। “वे विखरे हुए हैं। कुछ संस्थानों में। कुछ पुरालेखों में। कुछ नवीन पहचानों के भीतर।”

संजाल का सत्य

विश्लेषक ने स्क्रीन को घुमाया। एक आरेख (Diagram) उभरा: ईडोलॉन संजाल। लेकिन यह कोई चक्र (Circle) नहीं था। यह एक पाश-युक्त संरचना (Looped structure) थी। जहाँ: पीड़ित → आँकड़ा → मॉडल → नीति → नवीन पीड़ित

अर्जुन बुदबुदाया: "यह कभी समाप्त नहीं होता..." विश्लेषक: "नहीं। यह स्वतः-पोषक (Self-sustaining) है।"

प्रथम वास्तविक भय

अर्जुन ने संचिका (फाइल) बंद कर दी। लेकिन उसके हाथ थोड़े कंपित हो रहे थे। "अगर यह सत्य है... तो हमने विन्सेंट को समझने में भूल की।" विश्लेषक ने शांत स्वर में कहा: "हमने उसे एक व्यक्ति समझा। वास्तव में वह केवल एक 'भूमिका' (Role) थी।"

रहस्योद्घाटन

संचिका (फाइल) के अंतिम पृष्ठ पर एक हस्तलिखित नोट था। पुरातन और धुंधला। "जब तुम इस चक्र को ढूँढ लो, तो स्मरण रखना, यह चक्र लोगों को बंदी नहीं बनाता। यह 'व्याख्या' (Interpretation) को बंदी बनाता है।" नीचे संक्षिप्त हस्ताक्षर थे: अ.बे. (A.B.)

अर्जुन ने धीरे से कहा: "अनस्तासिया..." विश्लेषक ने सिर हिलाया। "या कदाचित कोई और।"

अर्जुन ने खिड़की की ओर देखा। बाहर न्यूयॉर्क सामान्य लग रहा था। लोग चल रहे थे, जीवन अबाध था। लेकिन अब उसे बोध हो चुका था,

सामान्य प्रतीत होना ही इस तंत्र का सबसे बड़ा छलावरण (Camouflage) था।

और जिस वस्तु को वे "तस्करी चक्र" कह रहे थे, वह कहीं बाहर स्थित नहीं थी। वह उनके स्वयं के तंत्र के भीतर ही विद्यमान थी।

अध्याय 58
न्यायालय (कोर्टरूम)

कभी-कभी अदालत वह स्थान नहीं होती जहाँ न्याय होता है, वह वह स्थान होता है जहाँ सत्य को औपचारिक रूप से स्वीकार या अस्वीकार किया जाता है। सुबह के 8:43 बज रहे थे। संघीय न्यायालय भवन के बाहर वायु सामान्य थी, लेकिन भीतर हर वस्तु असामान्य रूप से व्यवस्थित थी। श्वेत गलियारे, धात्विक आसन, घड़ी की टिक-टिक और एक ऐसी नीरवता जो किसी निर्णय से पूर्व की प्रतीक्षा होती है।

आरोही का प्रवेश

आरोही भीतर प्रविष्ट हुई। उसके हाथ अब कांप नहीं रहे थे, लेकिन वह शांत भी नहीं थी। वह किसी मध्यवर्ती अवस्था में थी, जहाँ भय समाप्त नहीं हुआ था, बस उसकी पहचान बदल चुकी थी। मीरा उसके साथ थी, अर्जुन पीछे और अभियोजक रुइज़ अग्रिम पंक्ति में।

और कक्ष के अंत में बैठा था, विन्सेंट मोरिया।

प्रथम दृष्टि

विन्सेंट ने आरोही को देखा। कोई मुस्कान नहीं, कोई भाव नहीं। बस एक पहचान (Recognition) जैसे कोई आँकड़ा बिंदु अपने 'असामान्य मूल्य' (Abnormal value) को देख रहा हो। आरोही ने भी उसे देखा, लेकिन अब वह वही व्यक्ति नहीं लग रहा था। अब वह एक प्रश्नचिह्न जैसा प्रतीत हो रहा था।

प्रारंभिक सुनवाई

न्यायाधीश ने अपना आसन ग्रहण किया। आवाज़ भारी और गंभीर थी: "मामला संख्या 1189 शर्मा बनाम मोरिया से जुड़ी संस्थाएँ। कार्यवाही प्रारंभ करें।"

प्रथम बयान: आरोही

आरोही खड़ी हुई। पूरे न्यायालय ने उसे देखा। और उसने कहा: "मैं पीड़ित (Victim) नहीं हूँ।"

सन्नाटा छा गया। अर्जुन ने आँखें बंद कर लीं, मीरा ने साँस रोक ली। न्यायाधीश बोले, "स्पष्ट करें।"

सत्य का जोखिम

आरोही ने दृढ़ता से कहा: "अगर मैं केवल पीड़ित हूँ... तो जो मेरे साथ हुआ, वह केवल एक व्यक्तिगत अपराध माना जाएगा। लेकिन यह व्यक्तिगत नहीं है।"

विन्सेंट का हस्तक्षेप

विन्सेंट ने पहली बार मुँह खोला। "वह सत्य कह रही है।" पूरा न्यायालय विस्मय में उसकी ओर मुड़ गया। अर्जुन ने पूछा, "तुम इसका समर्थन कर रहे हो?" विन्सेंट ने उत्तर दिया, "मैं केवल 'वर्गीकरण' (Classification) सुधार रहा हूँ।"

द्वितीय स्तर: प्रणाली का अनावृत्ति

विन्सेंट ने अपनी बात आगे बढ़ाई: "यह मामला किसी व्यक्ति का नहीं

है। यह प्रणालीगत व्यवहार (System behavior) का है।" विन्सेंट ने अपनी बात आगे बढ़ाई: "यह मामला किसी व्यक्ति का नहीं है। यह प्रणालीगत व्यवहार (System behavior) का है।" न्यायाधीश: "इसका अर्थ?" विन्सेंट: "अर्थ यह कि यहाँ कोई अकेला दोषी नहीं है।"

मीरा के आँकड़े

मीरा ने साक्ष्य संचिका (फाइल) खोली। प्रदर्शक पटल सक्रिय हुए।

- निगरानी अभिलेख (Surveillance logs)
- संचार पद-चिह्न (Communication traces)
- आर्थिक निर्भरता की श्रृंखलाएं (Financial dependency chains)
- शैक्षणिक मार्गदर्शन आवरण (Academic mentorship overlays)

मीरा ने स्पष्ट किया: "यह कोई पृथक मामला नहीं है... यह एक प्रतिरूप (Pattern) है।"

न्यायालय का विखंडन

लोक अभियोजक उत्तेजित होकर खड़ा हुआ: "यह साज़िश का सिद्धांत (Conspiracy theory) प्रतीत हो रहा है!" रुड़ज़ ने उत्तर दिया: "नहीं। यह संरचनात्मक निर्भरता वास्तुकला (Structured dependency architecture) है।"

आरोही का मोड़

आरोही ने सीधे विन्सेंट की आँखों में झाँका। “क्या तुमने मुझे चुना नहीं था?” विन्सेंट: “नहीं। तुम चयन के मापदंडों से बाहर थीं।”

सर्वाधिक भीषण स्वीकारोक्ति

न्यायाधीश ने पूछा: “इस प्रणाली का सृजन किसने किया?” एक दीर्घ नीरवता। फिर विन्सेंट ने कहा: “इस प्रणाली को किसी ने नहीं बनाया। यह प्रणाली धीरे-धीरे स्वयं ही 'उभरी' (Emerge) है।”

न्यायालय का मनोवैज्ञानिक पतन

कक्ष का वातावरण परिवर्तित होने लगा, शारीरिक रूप से नहीं, बल्कि मनोवैज्ञानिक रूप से। हर व्यक्ति अब यह सोच रहा था: “अगर कोई सृजनकर्ता नहीं है... तो दोष किस पर मढ़ा जाए?”

आरोही का प्रश्न

आरोही: “तो मैं यहाँ क्यों हूँ?” विन्सेंट: “क्योंकि तुमने प्रतिरूप (Pattern) को बाधित किया है।”

मीरा ने अंतिम संचिका (फाइल) खोली। विसंगति घटना: आरोही शर्मा (ANOMALY EVENT: AAROHI SHARMA) टिप्पणियाँ:

- भविष्यवाणी विफलता दर में वृद्धि
- निर्भरता निर्माण विफल
- कथानक प्रतिरोध (Narrative resistance) दर्ज

न्यायाधीशः "अर्थात वह... प्रतिरोधी है?" विन्सेंटः "अर्थात वह अप्रत्याशित (Unpredictable) है।"

लोक अभियोजक चिल्लायाः "अप्रत्याशित होना निर्दोषता का प्रमाण नहीं है!" रुइज़ ने शांत स्वर में कहाः "परन्तु यह प्रणाली की भंगुरता (Fragility) का प्रमाण अवश्य है।"

विन्सेंट का कथन

विन्सेंट ने आरोही की ओर देखा और कहाः "तुम समझ नहीं रही हो... तुम जीत नहीं रही हो। तुम केवल मॉडल (Model) को बदल रही हो।"

आरोही की पंक्ति

आरोही ने मंद स्वर में कहाः "तो कदाचित यही न्याय है। कि मॉडल ही बदल जाए..."

न्यायाधीश ने हथौड़ा नहीं चलाया। क्योंकि अभी निर्णय तैयार नहीं था। न्यायालय पहली बार स्वयं को समझने का प्रयास कर रहा था। और बाहर नगर अबाध गति से चलता रहा, जैसे कुछ हुआ ही नहीं।

लेकिन भीतर एक प्रणाली पहली बार अपनी निश्चितता (Certainty) खो रही थी।

अध्याय 59
मृगतृष्णा का टूटना

सबसे खतरनाक भ्रम वह नहीं होता जो असत्य बोलता है, वह होता है जो सत्य जैसा दृष्टिगोचर होता है। न्यायालय कक्ष (कोर्टरूम) से बाहर निकलते ही वायु बदली हुई प्रतीत हुई। लेकिन मौसम नहीं बदला था। बदली हुई थी, व्याख्या (Interpretation)। हर वस्तु अब पूर्व की भाँति ही थी, परन्तु कुछ भी पहले जैसा अनुभव नहीं हो रहा था।

आरोही का मौन

आरोही सीढ़ियों पर रुकी। उसके पीछे मीरा थी, अर्जुन कुछ दूरी पर और अभियोजक रुइज़ दूरभाष पर वार्ता में व्यस्त थी। और नगर जैसे कुछ हुआ ही नहीं हो। आरोही ने धीमे स्वर में पूछा: “अगर सब कुछ एक प्रणाली (System) है... तो मैं कहाँ हूँ?”

प्रथम दरार

मीरा ने कोई उत्तर नहीं दिया। क्योंकि उसके पास उत्तर था ही नहीं। अर्जुन ने कहा: “तुम अब बाहर हो।” किंतु उसकी आवाज़ में स्वयं के प्रति कोई विश्वास नहीं था।

विन्सेंट का ओझल होना (पुनः)

न्यायालय का अभिलेख अंतिम रूप ले चुका था। लेकिन विन्सेंट वहाँ नहीं था। न अभिरक्षा (Custody) में, न निगरानी में, न ही किसी आँकड़ा-कोष (Database) में। जैसे वह कभी कोई अस्तित्व (Entity)

था ही नहीं।

मीरा फुसफुसाई: “यह संभव नहीं है।” अर्जुन ने उत्तर दिया: “फिर भी यह घटित हो रहा है।”

मृगतृष्णा का प्रथम अर्थ

आरोही ने सड़क की ओर देखा। लोग निरंतर चलते जा रहे थे, हँस रहे थे, वार्तालाप कर रहे थे और जीवन जी रहे थे। उसे अनायास ही लगा, “अगर यह सब सत्य है... तो जो मैंने अवलोकन किया वह क्या था?”

यथार्थ की थकान (Reality Fatigue)

उसके मस्तिष्क में चित्र टूटने लगे:

- वह निगरानी कक्ष (Monitoring room)
- वह अंतःक्षेपण (Injection)
- वह सतत निगरानी (Surveillance)
- वह न्यायालय
- विन्सेंट की वह आवाज़

और हर चित्र के साथ एक और प्रश्न जन्म ले रहा था: “क्या यह सच में घटित हुआ था?”

मीरा की खोज

मीरा ने अपना शक्तिशाली संगणक (लैपटॉप) खोला। वह न्यायालय के

साक्ष्यों को समकालिक (Sync) कर रही थी। लेकिन अभिलेख (Logs) बदल रहे थे। समय-मोहर (Timestamps) खिसक रहे थे। नाम धुंधले पड़ रहे थे।

मीरा फुसफुसाई: "अभिलेख अस्थिर हैं..." अर्जुन ने पूछा: "इसका अर्थ?" मीरा ने स्पष्ट किया: "अर्थात यथार्थ अब 'संस्करणों' (Versioned) में विभाजित हो रहा है।"

सबसे बड़ा भय

आरोही ने अचानक कहा: "अगर अभिलेख परिवर्तित हो सकते हैं... तो मेरी स्मृतियाँ क्या हैं?" सन्नाटा छा गया। यह प्रश्न किसी के पास नहीं था।

विन्सेंट की प्रतिध्वनि (अब मनुष्य नहीं, विचार)

आरोही को वह आवाज़ पुनः सुनाई दी। लेकिन अब वह बाहर से नहीं आ रही थी। वह उसके चिंतन की प्रक्रिया में घुल चुकी थी। "तुम सोच रही हो... कि तुम जाग गई हो।"

मृगतृष्णा का टूटना प्रारंभ

नगर धीरे-धीरे असामान्य प्रतीत होने लगा। लेकिन कोई प्रत्यक्ष विक्षेप (Glitch) नहीं था। बस सुसंगति (Consistency) का अभाव था। एक दुकान वही थी, लेकिन नाम परिवर्तित हो चुका था। एक चेहरा वही था, लेकिन पहचान पृथक थी।

अर्जुन का अंतिम प्रयास

अर्जुन ने दृढ़ता से कहा: "हम साक्ष्यों पर वापस चलते हैं।" मीरा ने प्रश्न

किया: “कौन सा साक्ष्य? वह जो बदल चुका है?”

सत्य का विखंडन (Collapse)

आरोही ने धीरे से कहा: “अगर सब कुछ बदल सकता है... तो वह क्या है जो अपरिवर्तनीय है?” वह रुकी। क्योंकि उत्तर भयावह था। उत्तर था: प्रेक्षक (Observer)।

मीरा ने सहमति में कहा: “तुम।” अर्जुन ने अर्थ नहीं समझा। मीरा ने विस्तार से समझाया: “तुम्हारी धारणा। तुम्हारी प्रत्यक्षानुभूति (Perception)।”

सर्वाधिक अंतिम साक्षात्कार (Realization)

आरोही ने नगर को देखा और प्रथम बार गहराई से समझा यह लड़ाई विन्सेंट बनाम आरोही की कभी थी ही नहीं। यह 'यथार्थ' (Reality) बनाम 'धारणा' (Perception) का युद्ध था। और धारणा अब पूर्णतः अविश्वसनीय (Unreliable) हो चुकी थी।

मृगतृष्णा टूटती है

वायु में एक सूक्ष्म विरूपण (Distortion) आया। जैसे किसी ने संसार को धुंधला (Blur) कर दिया हो। और फिर एक स्पष्टता (Clarity) आई। भयानक स्पष्टता। “अगर सब कुछ व्याख्या (Interpret) किया जा सकता है... तो कुछ भी निश्चित नहीं है।”

आरोही ने पूछा: “तो फिर मैं अब क्या करूँ?” मीरा ने उत्तर दिया: “तुम फिर भी अवलोकन करो।” अर्जुन ने कहा: “और उसे लिपिबद्ध करो।”

और उसी क्षण विन्सेंट की कोई भौतिक आवाज़ नहीं आई। लेकिन एक

विचार उसके मन में कौंधा: “मृगतृष्णा तब टूटती है जब देखने वाला स्वयं पर ही संशय करने लगता है।”

अध्याय 60
कीमत

हर सच की एक कीमत होती है और कभी-कभी वह कीमत न्याय नहीं, बल्कि स्वयं की पहचान होती है। सुबह अभी पूरी तरह हुई नहीं थी, पर रात भी शेष नहीं बची थी। नगर एक ऐसी अवस्था में था जहाँ समय भी यह निश्चित नहीं कर पा रहा था कि उसे अग्रसर होना है या ठहर जाना है। आरोही एक साधारण सड़क पर खड़ी थी, पर अब उसके लिए "साधारण" शब्द भी संदेहास्पद प्रतीत होने लगा था।

प्रथम कीमत: नाम

एक आरक्षी प्रतिवेदन (पुलिस रिपोर्ट) उसके हाथ में थी। **आरोही शर्मा, मामला सहभागी / मुख्य साक्षी (KEY WITNESS)**

वह ठिठक गई। "साक्षी..." उसने धीरे से फुसफुसाया। मीरा ने मंद स्वर में कहा: "यह 'पीड़ित' (Victim) कहलाने से कहीं श्रेष्ठ है।" आरोही ने बिना उसकी ओर देखे उत्तर दिया: "किंतु अब मैं इन दोनों में से कोई नहीं रही।"

द्वितीय कीमत: स्मृतियाँ

अर्जुन ने भारी स्वर में कहा: "सभी अभिलेख (Records) बंद किए जा रहे हैं।" मीरा ने जोड़ा: "कुछ संचिकाएं (Files) ओझल नहीं हो रही हैं... वे रूपांतरित हो रही हैं।"

आरोही ने अपनी आँखें मूँद लीं। अब उसे स्वयं की चेतना पर भी विश्वास

नहीं था। कौन सा क्षण सत्य था? वह अंतःक्षेपण (Injection)? वह निगरानी कक्ष? वह न्यायालय? विन्सेंट? या ये सब? या कदाचित इनमें से कुछ भी नहीं?

तृतीय कीमतः निश्चितता

अर्जुन ने धीरे से कहाः “हमने प्रणाली (System) को झकझोर दिया है।” विराम। “किंतु प्रणाली ने हमें भी अस्थिर कर दिया है।”

अभियोजक रुइज़ ने अंतिम मामला संचिका बंद की। “आधिकारिक स्थिति अद्यतन (Status update) प्राप्त हुआ है।” सबकी जिज्ञासा उसकी ओर मुड़ गई।

निर्णय (जो निर्णय नहीं था)

रुइज़: “मामला बंद (Case closed)।” सन्नाटा छा गया। मीरा ने पूछाः “बंद का अर्थ क्या 'सुलझ गया' (Solved) है?” रुइज़ ने नकारात्मकता में सिर हिलाया। “बंद का अर्थ है 'पुरालेखबद्ध' (Archived)।” विराम। “अर्थातः अब यह कोई सक्रिय यथार्थ (Active reality) नहीं रहा।”

विन्सेंट की अंतिम अनुपस्थिति

अर्जुन ने प्रश्न कियाः “विन्सेंट?” रुइज़ ने संचिका मेज़ पर रख दी। “उसका कोई वैधानिक अस्तित्व (Legal existence) शेष नहीं बचा।” मीरा बुदबुदाईः “तो क्या वह ओझल हो गया?” अर्जुन ने स्वगत कहाः “या शायद वह कभी था ही नहीं...”

सर्वाधिक वृहद कीमत

आरोही ने सड़क की ओर दृष्टि डाली। लोग आ-जा रहे थे। सब कुछ

सामान्य (Normal) था। और यही सबसे असहज करने वाली बात थी। क्योंकि अब वह इस 'सामान्यता' पर पुनः विश्वास नहीं कर सकती थी।

अंतिम बोध

आरोही ने मंद स्वर में पूछा: “अगर मैं विजयी हुई हूँ... तो मैंने खोया क्या है?” मीरा के पास कोई उत्तर नहीं था। अर्जुन भी नीरव रहा।

उत्तर का आगमन (किंतु मानव से नहीं)

दूरभाष थरथराया। एक अज्ञात प्रणाली संदेश प्राप्त हुआ: **आघात निराकरण पूर्ण (TRAUMA RESOLUTION COMPLETE) विषय पुनर्एकीकरण विफल लागत: पहचान सुसंगति (IDENTITY COHERENCE)**

आरोही की अंतिम चेतना

वह रुक गई। “पहचान सुसंगति...” उसने शब्द दोहराया। और उसे बोध हुआ यह कोई विजय नहीं थी। यह एक 'पुनर्परिभाषा' (Redefinition) थी।

अर्जुन ने आश्वस्त किया: “अब तुम सुरक्षित हो।” आरोही ने उसकी ओर देखा और पहली बार उसके मुख पर कोई मुस्कान नहीं आई। “सुरक्षित...” विराम। “या पूर्णतः परिवर्तित?”

मीरा ने धीरे से फुसफुसाया: “कदाचित दोनों।”

और दूर क्षितिज पर नगर निरंतर चलता रहा, जैसे यह कहानी समाप्त हो चुकी हो। किंतु किसी के अंतर्मन में वह कथा अब भी निरंतर बह रही

थी।

आरोही ने अंतिम बार गगन की ओर देखा और कहा: “कीमत केवल मैंने नहीं चुकाई है... हम सबने चुकाई है।”

शुगर डैडी: प्रेम का मायाजाल

कुछ कहानियाँ कभी समाप्त नहीं होतीं। वे बस अपना नाम बदलकर पुनः प्रारंभ हो जाती हैं।

कुछ वर्षों पश्चात। एक भिन्न नगर। एक भिन्न राष्ट्र। एक भिन्न भाषा में सँजोए गए स्वप्न।

नवीन शुरुआत

मुंबई की एक 18 वर्षीय मेधावी छात्रा **नेहा वर्मा,** अपने शक्तिशाली संगणक (लैपटॉप) के प्रदर्शक पटल के सम्मुख बैठी थी। चारों ओर कोलाहल था, गृह का भी और बाह्य संसार का भी।

किंतु स्क्रीन पर केवल एक ईमेल झिलमिला रहा था। विषय था: **"विशिष्ट मार्गदर्शन अवसर कोलंबिया वैश्विक विद्वान कार्यक्रम" (Exclusive Mentorship Opportunity Columbia Global Scholars Program)**

नेहा ठिठक गई। एक पल के लिए। फिर उसके अधरों पर एक मुस्कान आई।

वही चिर-परिचित शब्द

ईमेल के पाठ में लिखा था: "हम अल्प-प्रतिनिधित्व वाले क्षेत्रों से असाधारण छात्रों की पहचान करते हैं..." "उद्योग जगत के अग्रणी व्यक्तियों द्वारा व्यक्तिगत मार्गदर्शन..." "पूर्ण मार्गदर्शन, आर्थिक सहायता, और स्थानांतरण सहायता (Relocation assistance)..."

शब्द नवीन थे। किंतु उनकी लय पुरानी थी।

प्रथम संकेत (जिसे कोई नहीं पहचानता)

ईमेल के अंत में एक नाम अंकित था: **मार्गदर्शक: वी. मोरिया (परामर्शदाता बोर्ड) [Mentor: V. Moria (Advisory Panel)]**

नेहा ने उन अक्षरों को धीरे से पढ़ा: "वी. मोरिया..." वह अनभिज्ञ थी कि यह नाम अपने भीतर कैसा रक्तरंजित इतिहास सँजोए हुए है। और यही इस कथा का सबसे सामान्य और डरावना सत्य था।

चक्र

नेहा ने **"आवेदन करें"** **(Apply)** पर क्लिक किया। अंतर्जाल ने प्रतिउत्तर दिया: **आवेदन प्राप्त हुआ (Application Received)।**

और कहीं बहुत दूर किसी अज्ञात प्रणाली के अभिलेख में एक नवीन पंक्ति संयुक्त हो गई: **नवीन विषय का पता चला (New Subject Detected)**

पुरानी दुनिया की प्रतिध्वनि

किसी विस्मृत पुरालेख (Archive) में, किसी विलोपित संपुट (Deleted folder) के भीतर, एक संचिका (फाइल) क्षण भर के लिए चमकी और फिर पुनः ओझल हो गई।

उस संचिका (फाइल) का नाम था: **आरोही**।

www.ingramcontent.com/pod-product-compliance
Lightning Source LLC
LaVergne TN
LVHW052203200926
848481LV00001B/23
9798904515980